لمزيد من المعلومات عن الكرمة: facebook.com/alkarmabooks

عيسى، إبراهيم.

رحلة الدم: رواية / إبراهيم عيسى – القاهرة: الكرمة للنشر ٢٠١٦.

٧١٢ ص؛ ٢٠ سم.

تدمك: 9789776467569

١ – القصص العربية.

أ – العنوان.

رقم الإيداع بدار الكتب المصرية: ١٣٢١٧ / ٢٠١٦

٤٦٨١٠٩٧٥

تصميم الغلاف: كريم آدم

نسخة

إهداء

تنويه

جميع شخصيات هذه الرواية حقيقية، وكل أحداثها تستند على وقائع وردت في المراجع التاريخية التالية:

«تاريخ الرسل والملوك» للطبري، «البداية والنهاية» لابن كثير، «الكامل في التاريخ» لابن الأثير، «أنساب الأشراف» للبلاذري، «سير أعلام النبلاء» للذهبي، «الطبقات الكبرى» لابن سعد، «أُسد الغابة في معرفة الصحابة» لابن الأثير، صحيح البخاري، «المصاحف» للسجستاني، «النشر في القراءات العشر» لابن الجزري، «تاريخ القرآن» لعبد الصبور شاهين، «فتوح مصر» لابن عبد الحكم، «الفتح الإسلامي لمصر» أحمد عادل كمال، «فتح العرب لمصر» لألفريد ج بتلر، «سقيفة حُبى» لجورج كدر.

١

ألصق ظهره بالجدار، فشعر كأن السور يهتز من رعشة بدنه. أدار عنقه وخرج بعينيه تطلان من رأسه على ذلك الزقاق الضيق وقد خلا بعتمته من عبور أو مرور. كانت دقات قلبه أعلى صوت في المكان، رغم الهمهمة والغمغمة والأصوات الصادرة من خلف أبواب البيوت، تعلن عن حركة خافتة ومرتبكة، يصنعها تعقد خيطي الفجر فتنقر راحة النائم. كان موقعه كما بدا له منضبطًا وموفقًا تمامًا، يركن على سور بيت على ناصية الزقاق الذي سيأتي منه الرجل الذي يترصد قدومه، ويطل كذلك على مدخل المسجد حيث بابه الوحيد مفتوح دون حركة، وبصيص ضوء ناحل من جذوة نار في سبيلها للانطفاء، هي وحدها التي ترمي نورًا على عتمة لم يتمكن منها خيط الصبح الأبيض بعد. زادت رجفة جسده، فأحس خبطة سيفه في الجدار غفوًا فانتفض فرقًا أن يلمس السيف المسنون جلده، فيبث سمه أو يشق عرق دمه. ندت منه صرخة كتمها، لكن صوتًا قادمًا من قبالته هدد بانكشاف مكمنه. كان يعرف أن رفيقه شبيب في الناحيه الأخرى، لكن بدنه ذاب سوادًا في عتمة، حتى إنه لم يكن متيقنًا هل لا يزال على نيته ووقفته أم مضى فانقضى أمره.

اطمأن حين سمع هفهفة عباءة صاحبه دليل وجوده. لمس بيد مهتزة تحت ردائه عند قصبة ساقه، فلم يشعر أن السيف قد دس سنه أو لمس حده جلدًا ولا عصبًا، فزالت عنه حمى قلقه. هي المرة الأولى التي يمسك فيها سيفًا كل هذا الوقت، في كل هذا الدهر الذي عبره متنقلًا من أمكنة إلى أكمنة، ولم يقاتل أبدًا فأردى أو أصاب، لم يخدش أو ينخدش، ولم يقل عنه أحد يومًا إنه شجاع أو محارب أو جريء أو بطل أو فارس أو قائد أو صنديد. لم يحتجه جيش، ولم يستدعه وغى، رغم أنه كان وسط غمار الضرب والقتل والسهم والنصل والرمح والقنا والدماء والنزف والنسف والجرح والرشح، لكن لم يصبه منها شيء ولا يصله منها إلا فيء التفضل من فضائل قادة الجيش أو فضلاتهم، فإذا به وقد ذهب بنفسه للسيف وقد اشتراه، ولم يكن ملكًا له يومًا في متاعه، على قدر معارك خاضها على حوافها أو بين خيامها أو خاضت فيه وخضت روحه. يتذكر هذا الحدَّاد نافخ الكير منذ أيام وهو يدق حواف السيف، وقد طق نظره مع طقطقة الشرر الطائر، وقد دق ببصيرته على كتفه وهو يتمتم متوجسًا بهاجس لا شك أنه يقين الخبير بالعميل:

ـ هذا سيف للقتل لا للحرب إذن.

من أين عرف؟

لا يعرف. لكن المدينة بهياجها وهمجها السائح في حرم الموت، والسابح في نهر الدم الجاري منذ سنين، جعلت من هذا الحدَّاد ليس وحيدًا في صنعته، وليس فقيرًا في ماله، وليس بعيدًا عن سياج الميدان. كم يرد له كل يوم من محاربين يطلبون سيوفًا من سيَّافهم، فيحسن صنع سيف لرجل سيُقتل على يد آخر قد خرج توًّا من باب دكانه بسيف أحسن صنعًا، أو أسعد حظًّا.

أجاء مبكرًا أم تأخر القدر؟

ينتظر في هذه البقعة وقد اعتادت عيناه على غبشة الظلمة، حتى إنه رأى نصل السيف يقطر قطرات صغيرة دقيقة بطيئة ثقيلة. ألهذا الحد تسمم حده؟ لقد عمل بالنصيحة كي يُحسن القتلة، فأتى بالأعشاب التي أوصوه بشرائها، فهرسها وطحنها وحبسها في خيش، ودسها في حفرة وكمرها بترابها، وجلس حول زمامها أيامًا قاعدًا بإليتيه على قدميه، يتلو قرآنًا بصوت دفيء، طالما أحبه الناس وطالبوه بالتلاوة على سفر وفي ليل حر سقر، بل في الحرب والضرب يكون نضاله من نصال صوته. آه، إنه زمن بدا بعيدًا جدًّا، كأنه ظلال ذكرى حين تلتم جماعة أعيتها جروحها النازفة، ودماؤها المسكوبة على أعضائها الخارجة من بطن أو فخذ، فلا يجدون عونًا ولا عناية إلا صمتهم الملون بأنات وتأوهات روح تنسحب، أو تهومات ألم ينكب على الجسد. لا يطيب الجراح والأرواح إلا صوته يتلو القرآن الكريم، ثم يتوقف ويتمهل ويشرح معنى غمض على سامعه، ويفسر كلمة صعبت على مُنصتها. وبينما هم الشهداء أو الواقفون على باب الجنة بروحهم الرائحة إلى بارئها في ساحة الوغى، إلا أنهم كانوا يعاملونه حينها كأنه صاحب الصك وحارس بوابة الصعود إلى الجنة، بما له من مكانة القارئ الحافظ.

وحده كان يتأمل حزمة أعشاب السم كأنها تنمو تحت الأرض بكراهيته لهذا الكافر الذي يسعى خلفه، ثم أخرجها بعد صلاة ضحى، وصارت كأنها كنزه المنتزع من خبيئته، فنفشها تحت الشمس. لم يذهب للحاق بصلاة الظهر في جامعهم، فقد صلى أمام أعشاب سمه، بل وسجد عند حافتها، لا يعرف أيباركها أم تبارك هي صلاته، وأطال في القراءة مستدعيًا كل الأماكن والمساجد والطرق والبلاد والتراب والفرش والحصر والعشب

والخيش التي صلى فيها وعليها، ثم عصرها بضرب قطعة حجر، وبعزم ما في قوته، تخيلها وجه هذا الكافر، فتصور ألمه وتوثق من مقته، فقطر منها زيتًا لزجًا كان هو السم، فدلقه في صحن ثم نثره على السيف، فلما اطمأن إلى إحسان الصنعة شك في نية الصانع، شك في قدرة نجاحه، فذهب إلى تلك الدرع القديمة، فقلبها على ظهرها وملأ قلبها بزيت السم، ثم دس فيه السيف ينقعه حتى إنه الآن في كمينه يخاف قطراته النازلة على الثرى، كأنما تمتص من كثافة السم ونقيع فعله.

أطبقت على جوفه حشرجة الجفاف، فأدرك أنه لم يتناول سحوره، ولم يبل ريقه ماء بعد صلاة العشاء حيث تجرع من ماء وضوئه. قيام الليل وركعاته وإمامته للصلاة لصحبه في صحن هذا البيت الذي هجرته عائلة صاحبه، هروبًا من الكفر المحدق وتطهرًا من دنس صحبة الأمير الكافر الذي لم يرجع ويتب أو يعود فيدخل الإسلام متبرئًا من ردته. كانت صلاة خاشعة لم يصلِّ مثلها أبدًا قبلًا، وكان صوته بنقاوته ودفئه الذي كم أحبه صبية الفسطاط وسعى إليه الناس ليحفظوا عنه. ودع حلقة الرفقة التي شدت من عزمه وربتت على كتفه وقبضت على كفه، وجاء هنا مع صاحبه تربصًا بالكافر حتى يخرج. لم يبحث عن بل ريق، رغم العرق الغزير الذي كان حمومه في هذه الوقفة، حتى إنه كان يمسح بطرف كمه العرق عن عينيه، مخافة أن يغفل وهلة عن تتبع ظل الكافر إن جاء.

هذه الليلة توافق ذكرى بدر، حيث نصر الله رسوله على الكفار، فهل يدعو الله فيها أن ينزل ملائكة يحاربون معه لقتل الكافر بكتاب الله؟ لكنه قادر على المهمة وحده ومعه صحبه، هو متوكل على الله الحي القيوم مالك السماوات والأرض المحيي المميت المنتقم الجبار العدل الأحد الواحد الصمد، فكيف لا يقتله وحده، ويفتت عظمه، ويشق قلبه ويهوي

عليه بسيفه، إلا لأنه قارئ وليس فارسًا، هذه مهمة هي همة القراء الحفَّاظ دفاعًا عن القرآن ودين الله وليس بحثًا عن نصر في حرب أو مغنم أو سبية.

آه تذكرها الآن وهو يلف برأسه كأنما سمع همسًا أو هسسًا أو ربما دهسًا على الأرض الرطبة، لكنه لم يرَ شيئًا ولا أحدًا، لكنه كأنه وسط العتمة رآها، عودها السامق الملفوف في عباءة مطرزة فارسية مشقوقة النحر، فيظهر الصدر ببياضه المحمر يبرق بزيت دهنت به جسدها فأطلق لمعًا ولهبًا، وألق الثديين القافزين من عشهما كأنما يطلان عليه من أعلى شجرة التفاح في الجنة بنظراتها الوحشية التي ترميها على جسده فتشعل شهوته وينتصب فائرًا بالرغبة. كاد أن يقذف ماءه وقد داخ رأسه، لكن همهمة أردت شهوته قتيلة الفزع، كان طائر يقف فوق سطح البيت المقابل يصيح بنقير الفجر القادم، تمنى أن يقويه الله بقتل الكافر، وأن يعزه بالفرار، فيكون قد دفع مهرها ويحقق أمله فينال هذه المرأة الموعودة. وعدته نفسها وقد منحته حق الفرجة المقررة للخطيبة حين قال لها فتواه إن معاينة عريها طلبًا لزواجها حلال، فسحقت فتياه بفتنتها. أمسكت أصابعه الخشنة الطويلة الرفيعة وجعلتها عند حزام عباءتها، ثم لمست بضربة خفيفة على ظهر كفه أن يفعلها، فلف حزامها مرتعشًا وفكه عن العباءة التي انفتحت وهوت تحت قدميها، فانبهر بما رأى، وزادت بعدها ليالي بأن تركته يطارد عريها متلصصًا رغم إدراكها وجوده، وكانت تخلع له ملابسها كأنها تزيده كشفًا وتزود ناره حطبًا، وحين أقسم لها إنه سيقتل هذا الكافر فكأنما بطولته المنتظرة ووعده الحاسم أولجاه بظرها. كان ينتظر هذه اللحظة أن يقضي على هذا الرجل، فتبث روحه الزهوقة روحًا جديدة لولعه. هل أبطل صومه؟ ألم تصل به تصاوير امرأته حتى مذي البلل؟ ثم إن الفجر لم يأتِ.

هل جاء مبكرًا أم تأخر القدر؟

كان نثر الرمل الذي أثار الغبار هو أول ما خلع فؤاده حالًا. رأى صاحبه شبيب يجري ناحية ناصية الطريق وهو يغمغم ويهمهم وكأنما ارتعش جسده، فهز التراب وجر رجليه من مرتفع أرض إلى مهبط. أخذته الحيرة: هل يناديه ليرجع عن مكانه المكشوف، أو يسكت خشية أن صاحبه ربما يرى ما لا يراه؟ رفع سيفه أمام وجهه ولوح به ومسح عرقه الذي غزر فكان يجففه برجفة كفه. فهم ما الذي جرى لصاحبه، فقد وصلته أخيرًا نبرات صوت الكافر وهو ينادي: «الصلاة الصلاة». إنه هو الأمير الكافر، كعادته استيقظ قبل رجاله وتوضأ ومضى يمشي من بيته إلى المسجد ينادي على الصلاة: «يا مؤمنين الصلاة». كان الصوت يقترب ويقظة البيوت تتململ من رقدتها، فخشي أن يصحو أحدهم فيصحب الكافر أو يلحق به في سيره للمسجد، فرفع رأسه من خلف الحائط وخطف نظرة للكافر يدنو في مجيئه، كلما اقترب خطوة زاد قرع طبل قلبه، هو نعم، في خطوه الآمن وثقته المطمئنة ومشية الفارس وهدأة المتوكل.

كانت كراهية الرجل تسابق دمه في عروقه، أنفاسه صارت كبخر غليان لا تسعه القدور، ستتخلص منه ومنهم جميعًا هذه الليلة. لا يريد أن يشتت ذهنه بعيدًا، فالكافر قد جاء أخيرًا. كيف فتنه هذا الرجل عن دينهم؟ كيف غرر به وبهم سنوات؟ لكنه الآن كشف الله عنه غطاءه، فبصره اليوم حديد. فجأة باغته شبيب حين اندفع نحو الرجل، لم يحتمل انتظاره فاندفع يرفع سيفه، وجرى عدوًا نحو الكافر، وفي لمحة وسط عتمة انشق شهب من سيفه وهو يهتز في فضاء الطريق. لكن هذا الأمير الكافر انتبه واستفاق على الهجمة، رجع بظهره بسرعة

لافتة، وعاد برأسه للوراء بحركة خاطفة، وأدار جسده للشمال، وتفادى ضربة السيف، وصفع بقبضتيه ظهر شبيب، ومن ثقلهما ارتمى شبيب على الأرض بوجهه منكفئًا، وزاحفًا بركبتيه، وباركًا بفخذيه، يصدر وجعة ألم بآهة صحا عليها الناعسون. حين وقف الكافر صلبًا وثابتًا وراسخًا، كأنه لم تهزه الفجأة ولم تقلقه الصدمة، كان قد وصل إليه ووقف الآن خلف ظهر الكافر الذي أحس خبط قدمه وهفوف ثوبه وقعقعة سيفه يخرج من غمده، وصكة النصل بالهواء، ولهث الجري وحرارة الأنفاس، وتطاير حبات العرق وانخلاع لفة العمامة، فالتفت بجانب وجهه. وفي خطفة اللحظة إذا بالسيف يهوي على رأسه فتطير العمامة مزقًا وقطعًا، ويشق الجبهة ينفلق عظمها، ويفجر الدم ليكسو صلعة رأسه ويسيل على الجبين والوجه والعنق ويمخر نحو النحر والسرة، ويضرب ثانية فيقطع جلد وجهه، ويحطم عظم ترقوته، فيتناثر الدم دفقًا ويغطي الوجه والصدر، فيرتد مترنحًا بظهره يأبى أن يسقط كأنه يمانع في السقطة لا الموتة، هطول الدم من رأسه لم يمنع تلك النظرة في عينيه التي رمقه بها فأشله.

ساعتها تدافع من الأبواب والشقوق والجوانب بشر، كأنما انشقت الأرض عنهم فزعين جزعين صارخين صائحين مندفعين محيطين به ومحلقين حوله. وبينما هو يحاول أن يفك الحلقة المستحكمة حوله بضرب سيفه في أجساد وأذرع وأكتاف وعصي وسيوف، حط غمام عجيب على رأسه كأنها عباءة أو خيمة، فغطت وجهه وأعمته ولفت جسده، فأقعدوه، وانحشر سيفه بين الأرض والعباءة والغمامة فانتزعوه منه، وكان يسمع القوم يصيحون ملتاعين متفجعين مذهولين:

ـ لقد قُتل أمير المؤمنين! هذا اللعين قتل علي بن أبي طالب!

بينما يذوي وعيه تحت ضربات الأقدام ورفس النعال ووخز أسنة السيوف، امتدت يد فككت قماش العباءة التي رموه بها ولفوا رأسه داخلها، ثم رفعت عن وجهه اللثام، وصاح صوت:

ـ إنه عبد الرحمن بن ملجم!

قبلها بعشرين عامًا

٢

أشاح بيديه ورمى نظرة مستخفة ترمق هذا الواقف على باب خيمته:

ـ من هذا الفسل الذي أرسله لي عمر بن الخطاب؟

عاد بظهره إلى تلك الأريكة التي وضعها حارسه في ركن الخيمة التي بدت صغيرة إن قورنت بجسد عمرو بن العاص العريض، الذي ينكث بكفه الضخمة شعيرات لحيته الكثة التي لم يغفل حنتها رغم مشاغل الحرب التي أثقلته بالغم. كان أقل صبرًا مما عرفه مصاحبوه، وقد ضاق بطول مقاومة الحصن، وقعود العدد الصغير الذي أتى معه من الشام لفتح مصر عن الاستجابة لأوامره العجلى لنصر متعثر. كلما يئس سيفه أبهجته وأملته السياسة التي ما برح يتيه بها كلما جمعته مفاوضات مع القبط. اتكأ على كتف حارسه وقال للجند إنه ذاهب للراحة فارتاحوا. أسرع خادمه ليقدم له شربة ماء بارد، فمنعته نظرات عمرو الضجرة عن إنجاز مهمته بذات همته. لقد سمع وردان الصخب الذي ارتفع منذ قليل في المكان، وأدرك أن عمرو بن العاص منع امتداد المحاورة إلى أطول من ذلك درءًا لرهق هيبته، فقد كان يثير حماسة الجند للعودة إلى الحصن للانقضاض عليه للمرة العاشرة منذ غبشة الصبح، إلا أن جنديًا في جيشه من أهل اليمن كان قد بلغ به التعب فصرخ حانقًا في وجه عمرو:

ـ إنَّا لم نُخلق من حجارة ولا حديد!

فانتفض عمرو غضبًا على جندي يعصي أوامر قائده صاحب الحول والطول وآمر الجند وسيد القوم، فقال بصوت زاعق مبلل بنثرات ريق من فرط انفعاله:

ـ اسكت، فإنما أنت كلب!

ران صمت أوقف الخيول عن هز ذيلها، ورمقه الجنود مدهوشين من خروج عمرو عن طوره. تجمعوا من نقاط قريبة فتقاربوا جهته، يمعنون في وجهه الناقم وملامحه الثائرة، لكن الرجل اليمني وحده الذي خرق الصمت بسرعة وبحدة وبجرأة، ورد على عمرو بن العاص قائلًا:

ـ فأنت إذن أمير الكلاب!

بهت الجمع من قولة اليمني، وترقبوا رد فعل عمرو المأخوذ بالتجرؤ.

لم تلبث ملامح عمرو بن العاص أن زادت قسوة ونفورًا للحظة، ثم سرعان ما سكنت كأنما ابتلع الجملة القاسية كشوكة، فلما عبرت جوفه نسيها، فأعرض عن الرجل اليمني وتوجه إلى خيمته.

حين جلس على أريكته فاجأه الخبر أن رسول عمر بن الخطاب قد وصل ببريده. وحين دخل الرسول عليه وتصافحا وأبلغه سلام الأمير وقدم له خطابه، قرأه عمرو والضيق لم يفته، بل زاد، فقد كان يخشى توبيخ عمر وقد حذره قبلًا، بل خمشت كلمات خطاب ابن الخطاب كبرياءه حتى إن أحدًا من خاصته لم يطق أن يُذكره بهذه الرسالة إلا بعد مرور وقت وفوات زمن، فقد قرأوها على الناس حين أمرهم بذلك، وقد استمهلهم كثيرًا حتى يفضوها لوغوشة في قلبه من ابن الخطاب وزواجره. لم تكن الرسالة يومها إلا كما ظنها. عمر بن الخطاب كان قد كتب له بذلك المفتتح المتهكم الساخط: «من عمر بن الخطاب إلى العاص ابن العاص»، ثم أضاف: «إنك

سرت إلى مصر ومن معك وبها جموع الروم، وإنما معك نفر يسير، ولعمري لو كانوا ثكل أمك ما سرت بهم». كان عمر يقرعه على تسرعه بالتوجه لمصر ومغامرته بجنود مرهقين وقليلي العدد، ولو كانوا إخوته وبنوته ما دفعهم عمرو بن العاص لهذا الطريق غير السالك والمعركة غير المضمونة. لا يزال ابن الخطاب يصفع طموحه غير محتمل لهفه على مصر، حمد الله يومها على فطنته. فقد كان عمر يطالبه طالما لم يصل حدود مصر أن يقف ويرجع أو ينتظر مددًا، فلما تمهل ساعات في فتح الرسالة، كان قد عبر فعلًا قرية مصرية، فصار مشروعه وجيشه أمرًا واقعًا لا عودة فيه ولو بأمر ابن الخطاب. رغم التقريع والإهانة إلا أنه كان له ما لم يكن يسمح إلا ليكون له، إنه القدر طبعًا مع غزير من دهاء يسري في عروق ابن العاص.

تنفس في خيمته، وقد دخل مصر ووصل فيها حتى حصن بابليون على نيلها، مستعيدًا الآن هدوءه وثقته في نفسه، وطلب من مبعوث ابن الخطاب أن يقرأ عليه رسالة أمير المؤمنين إليه، فقرأ الرجل:

- إني قد أمددتك بأربعة آلاف رجل، على كل ألف رجل منهم رجل بألف، الزبير بن العوام والمقداد بن عمرو وعبادة بن الصامت ومسلمة بن مخلد، واعلم إذن أن معك من الآن اثني عشر ألفًا ولا يُغلب اثنا عشر ألفًا من قلة.

- يا لابن الخطاب!

قالها معقبًا على الرسالة التي انتهى الرسول من قراءتها ومد بها يده لعمرو، فأومأ له بعينيه ناحية حارسه ليناوله إياها. فجأة ترك أمر الرسالة كأنها لم تصل، ولمح الرجل الواقف عند باب الخيمة متكئًا على عمود رمحها، فسأل الرسول عن كنه الواقف هناك:

- ومن هذا الآخر الذي أرسله لي عمر بن الخطاب؟

نادى مبعوث أمير المؤمنين الشاب بحركة من كفه، فحضر مقتربًا ومتهيبًا، فمسحته نظرة ابن العاص من رأسه حتى قدميه وقال:

ـ وبلا سيف أيضًا!

أجاب الرسول:

ـ نعم، فالرجال قادمون خلفنا بسيوفهم ورحالهم وخيولهم.

ثم عاد وأضجر ابن العاص بتكراره:

ـ أنت لديك أربعة آلاف مقاتل، وها هو أمير المؤمنين أرسل لك أربعة آلاف من جنود الشام والعراق، وأربعة فرسان: الزبير، والمقداد، وعبادة، ومسلمة، وكل واحد فيهم بألف، يصبح الحساب كله اثني عشر ألفًا يا ابن العاص، كما ينبئك الأمير.

ضحك ابن العاص:

ـ إنها حسابات ابن الخطاب العجيبة!

هم المبعوث أن يرد.

أسكته عمرو بكفه:

ـ نعم، لا يُهزم هؤلاء إن انهزموا عن قلة، بل عن فشل قائدهم، افهم الإيماءة يا رجل.

ثم تمهل وأشار:

ـ هل تروي ظمأنا الآن بالإجابة عن سؤالنا: من هذا الشاب الذي أحضرته في يدك من مدينة الرسول؟

تكلم الشاب ساعتها بهدوء:

ـ أنا عبد الرحمن بن ملجم المرادي.

لم يعنِ الاسم أي شيء لعمرو، بل زاد غضبه من غموض يستفز طاقته على الاحتمال:

- وما الذي يعنيه هذا الاسم لي أو لغيري؟

تدخل رسول عمر:

- لقد بعث به أمير المؤمنين ليعلم الجنود دينهم وليتلو عليهم القرآن ويحفظه لهم، فهو تلميذ معاذ بن جبل.

أومأ ابن العاص:

- تلميذ إمام العلماء! ومتى صحبته يا رجل على حداثة سنك وأظن كذلك حداثة عهدك بالإسلام؟

أجاب:

- في اليمن.

أضاف رسول ابن الخطاب:

- إن أمير المؤمنين يأمرك بأن تخط له بيتًا بجوار الجامع الذي ستبنيه للمسلمين في مصر، حتى يسعى له الناس ويسمعوا منه ويتعلموا القرآن.

قام عمرو بن العاص عن أريكته غارسًا سن سيفه في الرمل، وقال وهو يتجه خارج الخيمة:

- لنر أولًا أصحاب السيوف ثم نتفرغ لمن لا سيف معه!

٣

لم يكن يظن أنها ستحدث أبدًا مع معاذ.

هذه الزجرة وهذه الحدة وهذه الشدة باغتته، وإن لم تأخذ معاذًا أو تصدمه.

كان ابن ملجم في رفقته، وقد دخلا إلى مكة للحج بعد رحلة ضربهم فيها نصب وتعب، كان عبدان يصحبان معاذًا، يقومان على خدمته ويساعدانه في مشيه، فقد كان عرج ساقه يعطل سرعة خطواته ويؤلم جسده إذا ما زاد السير على الصبر، فيقومان بحمله على دابته وسقايته في عطشه وإعداد طعامه. وكان ابن ملجم بمثابة الرفيق الحارس والتلميذ التابع، بعد سنتين ظل فيهما يجلس تحت قدميه خادمًا لأستاذه، قبل أن يفتح الله على معاذ فيتسع رزقه ويملك من الخدم من يقوم على رعايته وشؤون بيته، فتراجع دور ابن ملجم كخادم. وظل ذلك التلميذ اللصيق الوثيق يصلي وراءه ويسعى خلفه في كل درب، ويقرأ عليه القرآن فيصححه ويحفظه فيحافظه، ويسأل عن معانٍ فيفسرها، وينقل عنه ومنه وكذلك إليه مسألة الناس وحاجاتهم وأسئلتهم في الدنيا والدين. وقد اعتاد أن يخط له ما يمليه، وأن يرسل له بريده، وأن يجهز له مصلاه، وأن يكون عصاه

يتوكأ عليها، وأن يفسح له في جلسة الصلاة حتى يمد قدميه لوجع العرج، وأن يرعى أبناءه في المرعى والمسعى، ويشتري لزوجتيه لوازم السوق من أكل وأقمشة. وقد اعتاد الناس في اليمن أن يروا ظله وراء معاذ، حتى كف القوم عن السؤال عن هذا الشاب الذي لا يبرح مكانه عن شمال أو يمين أو خلف معاذ، فكان خادم من استخلفه النبي على اليمن، وتلميذ من كلفه النبي بتعليم أهل اليمن. وقد أعجب به معاذ وبولائه وبنهمه للقرآن، حتى إنه كان يحفظ القرآن بأسرع مما يحفظه مسلمو المدينة على حداثة إسلامه.

كان ابن ملجم المرادي ينتظر معاذًا منذ علم مجيئه، وقد انشرح بهذا الصحابي الأنصاري الذي نقل لهم نسائم النبي وحلاوة الدين الذي ينتصر في الجزيرة، ويضع لدنيا ابن ملجم التي لم تكن أكثر من الرعي وحروف الهجاء عملًا. ارتوى قلبه بقدوم معاذ كأنما قد رآه في حلمه، عرفه بمجرد طلته السائلة عن الطريق والباحثة عن الوجهة، وقد أسلم على يديه، وحفظ عنه ما كان يرويه بسؤال النبي له: «بمَ تقضي إن عُرض عليك قضاء؟ فيرد معاذ: أقضي بما في كتاب الله. فإن لم يكن في كتاب الله؟ فيجيب: أقضي بما قضى به الرسول. فإن لم يكن فيما قضى الرسول؟ فيرد: أجتهد رأيي ولا آلو». وكان بريق عين معاذ كالشهب ألقًا حين يمس بكفه صدره ويمضي في حكايته مترقرق الحروف ويضيف:

- هنا ضرب الرسول (ويشير إلى صدره) وقال لي الحمد لله الذي وفق رسول رسول الله لما يرضي الله ورسوله.

لما سمع ابن ملجم الرواية حفظها من مرتها الأولى، لكن في الثالثة سأل معاذًا:

- وهل هناك مسألة لم تأتِ في كتاب الله؟

فيطرق معاذ ويجيب تلميذه في طريقهما للدار:

ـ هذا من رحمة الله، فالدنيا تتسع كل يوم، وكنا نظن أنها تضيق على ما فيها.

وفي الرابعة يسأله وهما يخرجان من صلاة:

ـ وهل هناك شيء لم يقضِ به رسول الله؟

فيرد عليه معاذ:

ـ هذا من حكمة الله عز وجل، أن يترك لنا أمرًا لم يأمر فيه الرسول فلا تحاصرنا الدنيا فنحصر.

وفي الخامسة كان يشاغبه بالسؤال عند فض جماعة سمعت درسًا واحتكمت في أمر:

ـ وهل اجتهاد معاذ يلزم غير معاذ؟

فيجيب معاذ ضاحكًا:

ـ إذا كان غير معاذ مثل معاذ فلا يلزمه، وإن كان غير معاذ على غير علم معاذ فلزومه أمان من الخطأ والخطر.

* * *

كان وقتًا لم يكن مثله أبدًا، فقد كان الإسلام سلامًا كله عنده، فالرأي رأي معاذ والعلم علمه، والناس تسأل وهو يجيب، كل غامض واضح، وكل لبس ظاهر، وكل مسألة محررة، وكل عقدة محلولة. لم يكن الدين إلا رأيًا واحدًا هو رأي معاذ، فلا اختلاف ولا تعدد ولا تنافس ولا تصارع ولا تصادم ولا تناظر ولا تنافر ولا تناحر ولا تشاجر ولا تيه ولا توهان، حتى وصل إلى مكة للحج، فوجد عمر بن الخطاب يومها ينهر معاذًا حتى انخلع قلب ابن ملجم فرقًا على أستاذه، يتضاءل نحولًا أمام زجرة ابن الخطاب. الغريب أنه لما تصافحت العيون بين ابن الخطاب ومعاذ وقد التقيا في صحن الكعبة بكى معاذ، فهي المرة الأولى التي يرى عمر

فيها بعد وفاة الرسول، ولكن بدت عينا عمر بلا دموع، فقد فرغت دموعه كلها من نهار اثنين وفاة النبي حتى عصر أربعائه حين دفن. رأى عمر معاذًا محاطًا بالخدم وبابن ملجم فاقترب منه وقال:

ـ يا أبا عبد الرحمن، لمن هؤلاء الوصفاء؟

كان يشير إلى خدم معاذ، وشزرة منه لابن ملجم بلوم غاضب فيستفهم معاذ بعينيه حين يجيبه بلسانه:

ـ هم لي.

يقف عمر وقد أمسك بذراعه:

ـ من أين هم لك؟ ومتى كسبت؟ ومن أين ارتزقت كي تشتري وصفاء تأتي بهم في رحلك وسفرك وحجك؟

رد عليه معاذ وقد لان صوته، وتتابعه عينا ابن ملجم، وعبداه ملجمان عن الرد والصد:

ـ هم هدية.

كأنما أمسك عمر بالمستمسك، وقال بلغة أمر ولهجة نصح:

ـ أطعني وأرسل بهم إلى أبي بكر، فإن لم يرَ في ذلك خطأ وحرامًا فهم لك.

كأنما الألق اندلق مرقًا أمامه، فكيف بصحابي مثل معاذ، وليس هناك لدى ابن ملجم مثله مثال، يتلقى هذا الشخط والنطر من صحابي هو عمر. فيما بعد سيعرف أن هذا أرق ما عند عمر من خشونة.

استنفرت الجملة معاذًا فأجاب حاسمًا:

ـ لن أطيعك يا عمر في شيء، ولن أرسلهم لأبي بكر، هم هدية لي، فلماذا أرسل بهم إلى ابي بكر؟

* * *

في مشيهم على جبل عرفة كان كلام عمر يثقل مشية معاذ ويضاعف عرجه. دار الحديث داخله دوائر كاملة، يبدأ من حيث انتهى، وينتهي من حيث بدأ في صدره بالتمتمة والهمهمة والحيرة فوق حروف سقطت نقطها. وجد ابن ملجم معاذًا يحادثه كأنما يحادث نفسه عن الدائنين ممن كانوا يطاردون معاذًا في المدينة المنورة، حيث الشوارع التي لا يخوضها خوفًا من رؤية أحدهم، وعن تجنبه مناطق يحوم فيها دائن، وعن لزوم بيته لا يخرج لصلاة ولا لغداة حتى لا يجد نفسه أمام مطلب رد المال، وهو لا يملك رد المال ولا ردًّا أصلًا، حتى جاءه استدعاء الرسول حيث ذهب رجل من دائني معاذ لمن لن يفر منه معاذ أبدًا. وقف أمام نبيه ينتظر أن يفرج عنه كربه وقد وجد عنده الدائنين وقد كثر عددهم، حتى سأل معاذ نفسه ومتى استدنت منهم كلهم كل هذا المال؟

قال تاجر من تجار المدينة للنبي:

ـ خذ حقنا منه.

ردد الآخرون كرجع الصدى ذات الجملة.

كان يعرف أن معاذًا لا مال موجودًا ولا مال محتملًا، فقال النبي:

ـ رحم الله من تصدَّق على معاذ.

لم يجرح الطلب معاذًا فهو يصدر عن نبيه، لكنه لم يغرِ دائنيه، فهل كان ثقل الدين السبب أم كثرة الدائنين؟ بعضهم وافق على التصدق بالمال المدين به معاذ واحتسبوه صدقة برجاء النبي وبركته وودعوا وانصرفوا، لكن آخرين رفضوا الرحمة التي تأتي من التصدق على معاذ، وألحوا على الحق لا على الرحمة:

ـ بل خذ حقنا منه.

نظر النبي إلى معاذ:

ـ اصبر لهم يا معاذ.

ثم قرر استدعاء ممتلكات معاذ من بيته، كل ما يملكه وأيٍّ مما يملكه.

ظل الجمع منتظرًا ومصطبرًا حتى يأتي من أوفده النبي لبيت معاذ.

مرت اللحظات ثقيلة وبطيئة على معاذ، وكان ألمه من صمت النبي أكثر من كلام الدائنين عن الحال والمال والسوق والتجارة والقوافل والشام ومكة والطائف، حتى وصلت حاجيات بيته ورصوها أمام النبي، وأمسك كل واحد منهم بشيء ويضع له سعرًا بكلمة منه، فلما جمعوا كل شيء سارع أحدهم وقدر الأمر للنبي:

ـ هذا كله لا يفي إلا بخمسة أسباع من دينه أو ما تبقى من دينه بعد صدقة رفقاء الدين، وانظر يا سيدي يا رسول الله، فلم يعد من حل إلا أن يبيع لنا نفسه قضاء لدينه.

وجد معاذ نفسه عبدًا هكذا فجأة، والمفترض أن من يصدر القرار آمرًا أو راضيًا أو متقبلًا هو النبي نفسه. فغامت عيناه عن الرؤية، وذاب جلده عن قلبه، وداخ رأسه كأنما حمأة الشمس، فما كان من النبي إلا أن أجاب:

ـ لا سبيل لكم إليه. خلوا عنه، فليس لكم إليه من سبيل.

كان النبي قاطعًا، وكان الجمع طائعًا، مضوا ومضى معاذ يحمل ماضيه معه ويترك مستقبله عند قدمي النبي.

بعدها أرسل النبي إليه أنه قد أرسله إلى اليمن لعله يصيب شيئًا، يعلم الناس الدين ويقضي ديونه.

* * *

عمر الذي ودع معاذًا مديونًا يكاد يُسترق بديونه ويفر بحريته من دائنيه، يستقبله محاطًا الآن بخدم وحراس. لعل هذا ما شغل معاذًا حتى أتم الحج فسافر مع خادميه وابن ملجم المرادي، فلما وصلوا

إلى الخليفة أبي بكر في المدينة، سلم عليه وعانقه مبلل العين واهن الصوت وسلمه خدامه:

ـ والله يا أبا بكر لقد رأيتني أقذف نفسي في النار...

ثم أشار إلى عمر الذي كان متربعًا جوار أبي بكر:

ـ وعمر يمسك بظهري وكتفي يمنعني أن أفعل.

تبسم أبو بكر وتمهل عمر، وقال الخليفة:

ـ بل هم لك.

فأضاف عمر:

ـ وهل سددت ما تبقى من دينك أم حججت دون أن تدفع لغرمائك؟

تابع ابن ملجم المرادي أستاذه وهو يحصل على حكم براءة ماله من أبي بكر، وفتوى حجته من عمر، واستغرب كيف تفوت معاذًا إمام العلماء فتوى مثل تلك، أن يسدد ديونه كي تكتمل حجته.

في الطريق إلى بيته أقعد الخدم في ركن ودخل على بيت ثم آخر، وعاد وابن ملجم يراه قد دفع دينًا لهؤلاء الذين أدهشتهم عودته وعودة مالهم، وحين وصلوا إلى داره أمر زوجتيه وأولاده والمرادي والخدم فصلى بهم في تلك الساحة الضيقة الخالية ناحية سور البيت، فلما سلم التفت إلى خدامه وقال لهم:

ـ لمن صليتم؟

رغم بداهة الإجابة أجابوا:

ـ لله رب العالمين.

فوقف من جلسته، وحين حاول أحدهم أن يسنده تخطاه واستند على ولده، وقال لهم:

ـ اذهبوا فأنتم أحرار لا خدم عندي.

٤

كان يتطلع أن يرى أحدهم، أيًا من هؤلاء المعدود واحدهم بألف رجل.

جلس عبد الرحمن بن ملجم بين زحام الخلق المتأهبين لقدوم المدد الذي أرسله عمر بن الخطاب لمصر وقد استعصى فتحها على ابن العاص. سبقهم عبد الرحمن مع رسول عمر موصى عليه من الأمير، لكن هذا لم يشفع له وسط الترقب والتنقب والتلفت والتوتر والانتظار والاستبشار في صفوف الجيش كي يمنحه أحد اهتمامًا، بل لعل ابن العاص قد نسيه، لم يلمح في عينيه انشغالًا به أو ربما احترامًا له إلا حين سمع اسم معاذ بن جبل مقرونًا به. وزعوا عليه نصيبًا من مأكل ومشرب كما هو مخصص لكل جندي، وجلس معهم على فراش ممدد على الأرض، فتربعوا وأكلوا، وكان ابن العاص بينهم يمد يده للأكل دون أن يعنيه ما الذي يأكله، فقد كان يبتلع قلقه. لقد فعلها وبأربعة آلاف فقط من الجند، جاء هذه الأرض ومر من العريش إلى بلبيس وحتى حي أم دنين ثم هليوبوليس فاتحًا بسيفه، لا واجهه عناد ولا عطله جلد ولا مقاومة عتيدة ولا حرب طويلة إلا هنا عند هذا الحصن التعس بأطلاله الشاهقة وأحجاره الصلبة وجدرانه السميكة وأبوابه الخشبية المغلقة بالحديد، إنه يحارب الروم لا القبط، يملك أصدقاء بين المصريين، ويدير عيونًا بينهم، ويدرك من تلك

الأخبار المرفوعة إليه أنهم ضاقوا بالروم وبظلمهم وباضطهادهم لكنيستهم. ساعة الجد لن يجد قبطيًّا يحارب من أجل حكم هؤلاء الطغاة، صحيح أنه يغزوهم كمسلم عربي، يحادث ابن العاص نفسه، لكننا عندهم أخف وطأة من عدو قديم داكن الكراهية في قلوب شعب مستعبد. إنني أبدلهم احتلالًا باحتلال، لكن احتلال الروم أشد وطأة فإنهم من نفس الملة ويدفعونهم إلى التخلي عن مذهبهم لملة الروم، وأن تنزع كنيسة القبط عن نفسها استقلالها ومذهبها لصالح كنيسة الروم وقيرسها، لكنها ستكون حرة تحت احتلالنا لا تابعة محنية تحت احتلال الروم. يريدون أن يغيروا على طقوسهم ويُغيروا شعائرهم، بينما نحن سنضمن لهم البقاء على ذات ما يرون ويريدون، هذا إن استسلموا ودفعوا. يعرف أن المصريين كرهوا هذا الاحتلال الذي طال ويعتمد على تعاونهم، فالعقل الذي يظنه داهية ينبئه أن كراهية حقيقية سوف تتغلب على كراهية متوقعة. ها هو ينتظر تدفق الجيش الوافد حتى يتم نصره ويقهر هذا القائد الرومي التافه الذي يهيئ له عقله أن عمرو بن العاص سوف يدعه هانئًا بحصنه وبمصره ويقفل عائدًا.

تزود رسول أمير المؤمنين بالعدة والزاد، وقد أراح فرسيه واستبدل أحدهما بآخر من خيل المعسكر، ورحل. لا يعرف ابن ملجم المرادي متى سيركب هو الآخر سفرته ويعود، فالرحلة التي حملته طالت ببلدانها وبشرها حتى أوصلته هنا في أرض ما انفتحت بعد، غريبة عليه وسط صحبة يجهلها وتجهله. لكن مكوثه هنا مأمورًا بأمر أمير المؤمنين كان كفيلًا بأن يخلع نفسه من همه، ثم إنه بلا صاحب ولا أهل ولا صاحبة ولا نسل ولا جذر ولا فرع، يحاور نفسه حين يحيره عقله: «ما الذي يعنيني إن كنت في تلك الأرض بطحاء أو صحراء، إذا كان معي مصحفي وقرآني فلا قرين أبغي ولا صاحب أبتغي».

لكن فضوله كان ثقيلًا على صدره. كان يريد أن يرى هؤلاء الذين كل واحد منهم بألف. ما الذي يجعل رجلًا يساوي ألفًا من الرجال؟ أهو القرآن يحفظه؟ هو يحفظه إذن. هل هو السيف يمسح عنه الدم حين يغمده؟ آه! لا سيف لديه ولا أمسك به يومًا ولا يعرف له لا رفعًا ولا غمدًا.

كان شغف ابن ملجم المرادي برؤية الرجال الأربعة يشعل حماسه في الاندماج في المعسكر الذي بدا أنه ليس مجندًا فيه إلا بصوته. يجلس قبل صلاة الفجر عند خيمة ابن العاص وأمام ساحة من الرمل المبلول برشات الندى ويضع قدميه تحت فخذيه ويتلو القرآن نديًّا نضرًا خضرًا. كانت الأسماع تلتف حوله والوضوء بمائه الرقراق يصول صوته بين أذرع الجند وأكفهم، حتى يؤذن المؤذن بالصلاة فيؤم عبادة بن الصامت الصلاة، إنه أول الأربعة الذين رآهم فتخطف قلبه شوقًا لأن يعرف سره، فلا شيء أمامه إلا دكنة سمرته وطول قامته ونعسات عينيه، أين التسعمائة والتسعة والتسعون الآخرون فيه، لم يرهم ابن ملجم فاتَّهم عينيه. كان أمير الجند هو ابن العاص، لكن أحدًا لم ينافس الزبير وعبادة على إمامة الصلاة إن شاءا وإن حضرا. الزبير بن العوام كان ثانيهم، غمره بالرهبة لكن تهيب الدنو منه، كما أن الزبير لا يعير أحدًا إعارة من اهتماماته. سمحت الصلاة وقرآن الفجر المشهود وفراغ ابن ملجم المتفرغ أن يتتبع الزبير: أبيض، عيناه زعاميتان، وحضوره نافذ، ليس طويلًا، لكنه لا يوحي بقصر القامة، لحيته ليست كثة ولا كثيفة، لا يمكن أن يشعر مراقبه أنه جندي عند عمرو بن العاص أو تحت أمره، فهو ينطلق وحيدًا ويأمر دون انتظار إمارة. كان ابن ملجم يبحث عن التسعمائة والتسعة والتسعين رجلًا الآخرين المختبئين في جسد الزبير، فلم يرهم فخشي عماه.

حين أتم بحثه وشاهد مسلمة بن مخلد والمقداد بن الأسود فأكمل

الأربعة معاينة، لم يعد أمامه إلا أن يشك في عقله، فذهب وسأل مسلمة ذات ليلة وقد نهب الشك قلبه:

ـ لقد تابعتك مع صحبك منذ جئتم، ولم أعرف لماذا عدكم ابن الخطاب واحدكم بألف، فهل تحنو على أخيك بالإجابة؟

ثم أضاف:

ـ أين التسعمائة والتسعة والتسعون رجلًا الآخرون فيك؟

كان مسلمة يضحك وهو يمضي مبتعدًا عنه بجسمه الثقيل ومشيته الوئيدة.

٥

لا شيء إلا الريح بفحيحه، وصوت الصمت أعلى من صخب أفكاره التي لم تبرح قفص عقله رغم براح هذه الصحراء. كان أبو مريم كئيبًا كما اعتاد أن يكون منذ سنوات، لا شيء يثير القلب في هذه الوحشة إلا هذا الطريق الذي يخطوه ملتفًّا ومداورًا ومناورًا، حتى يتوه متتبعوه ويخبو حماسهم خلفه، أصبح الشيء الوحيد الذي يبث راحة في جنبات نفسه رغم الوجع، ويطبب ألمه منذ سار وراء معلمه وبطريركه بنيامين الذي عاشره عشر سنوات مختبئًا ومختفيًا ومختليًا بين رمال الصحراء وكهوفها، بين مغارات الجبال وصخورها، هروبًا من مطاردة، وفرارًا من ملاحقة لم تهدأ ساعة، سعيًا وراء هذا القس الذي رفض أن ينحني فتعمد بطلًا. صار اسمه في قلب كل قبطي رسمًا ووسمًا لهذا البطريرك بنيامين، فهو الراهب الجسور الذي رفض أن يسلم دين المصريين للبيزنطيين، ويقبل بمذهب الكفرة الذي يعتنقه قيرس المقوقس ويجبر القبط على تخليهم عن دينهم. ها هو الآن أبو مريم الراهب المريد والعابد الناسك يمشي في قيظ الصحراء يحمل الأخبار والأسرار والرسائل للبطريرك في مخبئه مختفيًا عن عيون هؤلاء الكفرة. كان يعرف أنه مطارد من الروم، لكنه

ما كان يسمح أن يكون مطرودًا من محبة المسيح، من هو الذي يلاحق رجلًا في الصحراء إلا لو كان قنفذًا أو سحلية، من يتخفى خلفه إلا لو كان عشبًا جافًّا أو شوكًا مكومًا مكورًا تحدفه الرياح لكمة في وجه الصمت. يعرف أن الروم نجحوا في تسلق الأسوار الشاهقة لحصون ومدن مصر، وبركت الكتائب البيزنطية على جوانب النهر ومدقات الصحراء وأبواب القرى وحصون القلاع، لكنهم لم يتمكنوا من تسور قلوب الأقباط، بل تساقط زلقًا على نتوءاتها جند الروم ونفوذهم الذي وسع كل شيء، لكنه لم يخرق خرمًا في قلب مصري من اللحظة التي داست سنابك هرقل على الرمل هنا، ووثب قيرس على الكرسي وجعل من نفسه حاكمًا وبطريركًا، ويخير الناس بين مذهب خلقيدونية وبين الجلد والموت، فاختار الأقباط المشي صبرًا صلدًا في المسافة بين الجلد والموت.

مضى أبو مريم بملابسه الخشنة الفضفاضة بسوادها الممسوح بغبار الصحراء ولحيته الكثة الشعثة في هذه الطرق عشر سنوات من عمره، يتنقل دون دليل مرشد، فحسبه قلبه الراشد من وادي النطرون إلى بني سويف إلى أسيوط، حيث يتوجه بنيامين يتجه، وحيث يسكن يركن، وحيث يختبئ يلتجئ، وحيث يستقر يقر.

كان الاجتماع به يوم عيد يستعيد فيه قوة عظم بدنه وقوت إيمان قلبه، فما كان يعيشه ويراه أسهل كثيرًا عليه من صعوبة حكي وقائعه وأحداثه للأب بنيامين، لم يكن الهول في الذي يحياه، ولكن حين كان يعيد إحياءه سردًا للرجل الذي يقبل يديه الخشنتين، كأنه يمرغ وجهه في راحتي يسوع.

* * *

يتذكر تلك الليلة وقد طلت عليه عيون يسوع من صورته المنقوشة

على جدار الكنيسة الشاهق تعكس أضواء المصابيح المتدلية من الأسقف والمعلقة على قطع خشبية مثبتة في الحوائط، وقد تعرق القساوسة في لباسهم الشتوي الثقيل وعيونهم المهمومة وأكفهم تمسح لحى طويلة خشنة وكثة ينشب فيها شيب وحنة. ينصتون لهذا الأسقف بنيامين الذي تترسم في كلماته وعلى ملامحه ليلتها زعامته قبل أسقفيته، يأخذ ألبابهم بعدما آخذ بعضهم على نقصانهم، فاشتد عليهم فأحبوا عدله، وهام به الأقباط تتيمًا فتيتموا بغيابه. هي اللحظة التي يتذكرها أبو مريم لصوت بنيامين الجليل وقد قاس فيها حب شعبه وولاء قساوسته باحتمالهم تلك الحمولة التي يضعها على كاهلهم حين قال:

ـ لقد جاءكم كفار يعلقون الصليب على أعناقهم، ويدعونكم إلى ترك عقيدتكم واعتناق مذهب ساقط يفرضه قيصر على مسيحيي العالم، لكنه لا يمكن أن يجبر عليه شعب مصر. ووالله لو عذبونا وجلدونا وسلخونا وذبحونا على أن نغير ديننا ونبدل مذهبنا ونرتد عن عقيدتنا ما فعلنا ولو مات منا من مات، بل لو متنا كلنا. اثبتوا وثابتوا وصابروا وثابروا ولن يتخلى عنا الرب أبدًا.

نظر بنيامين فلم يناظره أحد. كان القساوسة وبعض رجالات الإسكندرية الذين خبروا جلال الحدث، قد جاءوا سماعين طائعين، وقد ملأتهم كلمات بنيامين عزًّا بعقيدتهم وعلوًّا في مواجهة كفار يعلقون الصلبان. كانت التمتمات والهمهمات والصلوات تركب في أرجاء الكنيسة فوق هسيس طقطقات الخشب وشعلات اللهب وذوبان الشموع، حين بدا بنيامين ساعتها مودعًا جمعه وشكل الحياة التي عاشها أكثر من أربعين عامًا بين أحضان الإسكندرية وفي ربوع الصعيد وعلى نهر النيل.

جلس بنيامين لحظتها على كرسيه الخشبي عالي الظهر، يطرق برأسه في

موضع عصاه على الأرض، يقلبها ويديرها وينقرها في البساط المفروش الذي يكاد الكرسي ينغرس فيه:

ـ أعرف أن قراري قاسٍ على كثير منكم، وأن شأني قد لا يلزم بعضكم، لكن رأيي هو أمري أن نهاجر جميعًا نحن حُمَّال رسالة الرب كما فعل آباؤنا، فعصر الاضطهاد الذي سنعيشه مرة أخرى أفدح كما أظن وأكثر مرارة كما أرى. نفر إلى الله في جباله وصحاريه وكهوفه ومغاراته، لا يظهر فيكم واحد إلا حين يرفع الله غضبه، فهذا العدو المرتد أقسى علينا من الوثنيين وعبدة النار. ولا سلاح لدينا ولا جيش عندنا فلا نقدر على حرب بل هروبنا لجوء إلى الله، وحين لا نقع في أيديهم فهو نصر في مواجهتهم وانتصار على غايتهم.

عرف أبو مريم يومها أن قساوسة بنيامين يودعون كنائسهم التي تزدحم بعباد الله، وتصدح العصافير في أسقفها، وتطير النوارس أمام نوافذها، وترفرف أجنحة الحمام البيض في باحات وساحات أمامها، يمرح فيها الصبية، وتحتشد باعة الأيقونات والتمائم والبضاعة المباركة وقناديل الزيت وثمرات الزيتون وحبال الكتان وأقراص الأرغفة الساخنة والناشفة ومعجنات الحلوى المغموسة في العسل الأسود، وصيحات الباعة مع مفاصلة المشترين مع قرع الطبول الفرحة بوفود قادمة من الصعيد والفلاحين. بعد الآن لا سعف نخيل مرفوعًا بأذرع الصبية في أيام العيد، ولا غناءات المصريين، ولا أكواب البيرة تمتلئ من صنابير البراميل الخشبية تحية لشم النسيم، ولا بيضَ ملونًا في سلال الصبية تحت أسوار الكنائس يتسابقون في مضمار تخطه البهجة. سيعيش القساوسة منفيين مطاردين، لا هناءة الاستقرار، ولا طمأنينة السكن، ولا شفاه الفقراء تلثم أكفهم، ولا لهفة الأمهات

لمباركة الأبناء الغائبين والمرضى، لا هواء النيل النسيمي، ولا طراوة ساعات العصاري، ولا ترانيم الجوقات تلهج بالحب الإلهي، بل سنوات من عذاب المطاردة وتعذيب الغربة.

لم تكن ظلمة الليل الشاهد الوحيد على ظلم دفع بنيامين وصحبه، كان موج البحر الهائج أيضًا يرمي غضبه على بر الإسكندرية وأزقتها المهجورة وشوارعها المبللة بالهزيمة المنتظرة، والكنائس المغلقة، والقلاع المستكينة، وطيور البحر القلقة الطلقة بالهديل المغموس بهدير البحر. وخرج بنيامين من المدينة من الباب الغربي حيث حراسة بلا حراس، وبالأحصنة التعبة، وبالحناطير المهتزة، وبالمراكب الصغيرة ذات الأشرعة الممزقة، وبالأقنعة والأوشحة والعباءات الملفوفة تحت خرقات خيش بالية. كانت تلك بداية الرحلة التي طالت، تتغير معها مصر وتتقلب الأحوال، ويرفع قيرس المقوقس سوط قمعه فيضرب ظهر البلد، يؤلمه ولا يحنيه رغم الدم المراق والنزف المفتوح والدموع التي تروي نهرًا. إلا أن صمودًا عجيبًا للأقباط جعل أخبار مئات الموتى تعذيبًا والآلاف من قتلى السجون الذين دفنتهم أيدي الاضطهاد في مقابر جماعية أو رمت بهم على رمال الصحراء أو ألقت بجثامينهم في النيل تتناقل بين القبط مغمورة بغمها.

* * *

ظل أبو مريم طيلة تلك السنوات العشر عين البطريرك وأذنه، يرى ويسمع ويتابع ويتبع ويسافر ويتخفى ويختبئ، ثم يظهر كما هو الآن عند بوابة الدير النائي الضئيل الفقير المهجور البعد المختفي الذي يؤوي أستاذه ورائده.

لكن أقسى لحظات أبي مريم وأشدها روعًا، والتي أدمت فؤاده حتى

أحس أن دموعه المنسابة المنسالة تحممه بالنار، حين كان يروي ما فعله المقوقس بميناس، يحملق في عيني بنيامين الواسعتين المحدقتين المحلقتين البارقتين، ما رمشتا ولا ارتجفتا ولا تحركتا وهو يسمع قتل أخيه.

رمى هذه الذكرى من رأسه الآن، ووكز عصاه وهرع إلى الدير، فقد جاء لبنيامين اليوم بما كان ينتظره منذ شهرين.

٦

هو المقوقس بنفسه الذي وقف صارخًا فيهم أن أحرقوه.

كان الجمع مذهولًا في المجلس الخلقيدوني، حيث باحة الحصن الهائلة ترن فيها كلمات المقوقس، تبث الذعر في حملة المشاعل من الجند الذين لا ترى على وجوههم إلا الاستنجاد بالقساوسة الجلوس حول المقوقس، قساوسة مصريون تخلوا عن مذهبهم وباعوا بطريركهم بنيامين ضمن بضعة منهم اشتروا حياتهم باعتناق مذهب الروم، وقالوا لرعيتهم إننا نعبد إلهًا واحدًا ومسيحنا مسيحهم، لكن المصريين لم يغفروا لهم، ودهس الندم بعضهم حيث اتضح أن المقوقس لم يكتفِ بأن ساروا معه، فطلب منهم أن يسيروا خلفه في اضطهاد القبط حتى يرتدوا عن ملتهم ويعتنقوا مذهب الدولة الجديد. كان عذابهم في الفرجة والمشاهدة لهذه المجالس اليومية أشد ألمًا من المعذبين أمام أعينهم، كأن المقوقس ينتقم منهم بأن يقعدهم على هذه الأرائك في باحة الحصن يهدهدونه ويستملحون مذهبه ويفسرونه ويشرحونه ويعلمونه لهؤلاء المصريين الذين يأتي بهم مرهقين من كرابيج تسوقهم، ومضروبين من قبضات تلكمهم، ومسحولين إن قاوموا، ونازفي الدم وسائلي اللعاب والبول

من كثرة ما أرعبوهم وأفزعوهم، ليتلقوا مذهبهم الجديد على يد يهوذي القساوسة، رغم حصار الجند للباحة، ورغم ارتفاع الأسوار الخانق القافل للأفق، ورغم شعلات النار اللهيبة المهددة والمرعبة. كان الأقباط بعيونهم الواسعة ووجوههم القمحية ونحافة الجوع وضمور الجسد يبتسمون استخفافًا من المقوقس وجنوده وحراسه وكهنته وقساوسته. كان هؤلاء الفلاحون الجهلة، كما ينقم عليهم المقوقس فيصفهم، أشد عنفًا عليه من أعدائه في جيش الفرس، لكن الجمع كله لم يظن وصول المقوقس حتى هذا الحد، فيعبره بجلافة من لا ينتظر ميلًا وحبًّا من أحد. أن يعذب أحدهم بعد أن يخيره بين مذهب الأرثوذكس المصري وبين المذهب الخلقيدوني الرومي، فهذا أمر لم يستهجنه هجامته وهجاموه وهمجيوه أبدًا، لكن أن يعذب هذا القس تحديدًا فهي حرب لا يريد فيها مائدة تفاوض أبدًا، وقطع لما لا يمكن أن يوصل، إنه ميناس شقيق البطريرك الهارب بنيامين؛ الرجل الذي يعشقه المصريون، ويهفو له الفلاحون في القرى، والصيادون في النهر، والبناءون في المدن، والقساوسة في الكنائس، والرهبان في الأديرة؛ الرجل الذي إذا أقنعه المقوقس بالدخول للمذهب تبعه الشعب كله، وإن استمر على إبائه فلا أمل للمقوقس ولا لأحد أن يقنع المصريين ببدعة هرقل المهووسة بعظمة توحيد مذاهب المسيحية. لكن المقوقس وقد ارتج جسده غضبًا حين أحس تشككًا في أمره وترددًا في تنفيذه، صرخ فيهم بزئير أسد يشك في اعتراف لبؤته به:

ـ أحرقوه.

تحركت أقدام وأذرع، وارتفعت المشاعل واقتربت من ميناس الواقف صلبًا ومصلوبًا بقيود من حبال خشنة ثقيلة ملفوفة حول صدره وظهره وعند قدميه وساقيه، ومفرودة ذراعاه مصلوبة على خشبة مثبتة على عمود من

الجرانيت. ستة من جنود المقوقس والمتخصصين في عمليات التحريق دنوا من ميناس، وأمسكوا بمقابض المشاعل السفلية وقربوا النار ناحية ميناس في الوقت الذي جرى رجل ضخم البنيان سمين الرقبة جهة العمود الجرانيتي، ونشب بقطعة من حديد مدبب في الرداء الرث الذي كان يلف ميناس فمزقه جارحًا جلدَ ميناس وكاشفًا عريه إلا من مزق يداري عورة الرجل التي كادت تنكشف. كان تمزيق رداء ميناس كأنه الإذن بالتصرف، فقد دنا حملة المشاعل وسلطوا نيرانها على جسم ميناس، احمر الجلد وانتفخ وميناس يجأر بالصراخ المدوي الذي يحشو القلوب هلعًا، لكن لا أحد ولا حد.

كانت العيون شاخصة لا تصدق صبر الرجل، وصياحه بدعاء يسوع حين كان يحترق. وشاهد الجمع جلده يسقط على الأرض متفحمًا مشويًّا وقد سال دهنه من جبينه إلى الأرض. انزعج المقوقس من صيحات ميناس ودعائه اللاهج، لم يحرق اللهب لسانه بعد، فنادى بإصبعه يومئ بشيء تلقاه حارسه، كأنه فك شفرة الإيماءة، فأرجع بكفه حملة المشاعل الذين تحمرت جباههم ووجوههم، وتقشرت قفازات من كتان وخيش تلف أكف قبضاتهم، فأمسك رجال الباحة بأوانٍ فخارية ودلقوا ماءها فأغرقوهم بها، أفسحوا مكانهم لاثنين يحملان جرابًا جلديًّا، مدربين على تجاهل الجلد المحروق والجسد المشوي والأنين المفجع، وأخرجوا مقابض حديدية، التصق أحدهما بميناس ودس في فمه بآلة فشخ مزقت جنبي شفتيه، وشقت وجهه بجرح عرضي يكاد يصل الأذن بالأذن، واقترب الآخر ممسكًا بمقبضه الحديدي الطويل ينتهي بكماشة أطبقت على سن ميناس، فضغط الرجل على مقبضه فطقطق عظم السن وسقط مرميًّا على الأرض مع آهة مكتومة محشورة في الجوف مخنوقه بالدم، لكن لم يصدر عنه مرة أخرى نطق أو تأوه، بل طنين ثقيل بطيء ممطوط يتحول صفيرًا

رفيعًا حين كان الرجل بمقبضه الغليظ يخلع سنًّا لميناس فيلقيه ثم ضرسًا فيرفعه للمقوقس كي يراه من بعيد، فيومئ المقوقس كأنه رآه فعلًا، فيكرر الرجل خلع أسنان المعذب ويلقيها على بلاط الباحة فترن كأنها قرع جرس كنسي يئن. فرغ الرجل من خلع أسنان ميناس، ونزع الآخر آلة الفشخ من فمه فسقط رأسه على صدره وقد ظل وجهه المشقوق مفتوحًا تنسال منه دماء لزجة في خيط من فمه للأرض. لكن المقوقس وقف ففاجأ الجمع الذي نشفت روحه وجفت دماؤه، وحاول البعض أن يخفي تقيؤه في حجر ملابسه، بينما جحظت عيون أغمضت جفونها كأنها تريد أن تعمى ولا ترى ما تراه، حيث وصل المقوقس إلى جسد ميناس المصلوب وحدق فيه لحظات وقد وضع طرف كمه على أنفه، وقد اندفع بعض الخدم ليجففوا بلل الماء والدم من تحت أقدام المقوقس، أمر وسط هذا الذهول بشيء لجنوده، فجرى بعضهم ولملم جثمان المصلوب في كيس أتوا به كأنما كان معدًّا ومجهزًا مملوءًا برمل وزلط ودسوا الجثة فيه يكورونها ملفوفة، يكسرون الأذرع والسيقان المحروقة المتفحمة حتى تنحشر داخل الكيس، ثم أحكموا رباطه وحملوه من طرفيه في موكب من الحرس والجند يتوسطهم المقوقس. وفي قلب هذا الليل البهيم فتحوا بابًا وصعدوا سلمًا واخترقوا ممرًّا ووقفوا على سور بمشاعلهم تحركها الريح، وتهتز أياديهم وأذرعهم ثم تهوي بكيس الجثة المدسوسة وسط الرمل والزلط لتقذفه في النيل فيدوي صوت ارتطامه بالماء يسد طبول آذانهم.

تحرك الجمع وتراجعوا عن السور ليفسحوا مكانًا للمقوقس يصعد سلمًا بدرجات قصيرة نحو السور، ثم يقف على حافته، ويرقب تحت أضواء المشاعل جثة ميناس وهي تغطس في النهر، وحين التفت برأسه تمتم:

ـ لنرَ ماذا يفعل الآن بنيامين اللعين؟

٧

عبر أبو مريم سور الدير وقد أعيته شمس الصحراء، وبُللت عباءته وقلنسوته بالعرق وتعفرتا بالتراب، ونُثر الرمل في فمه، وثقل خفاه بالتراب والحصى العالق فيهما، وكلت كتفه عن حمل المخلة، وقد تضبب بصره من ذرو الرمل وأشعة الشمس، لكن ريقه الناشف تبلل بالرضا حين تحرك مزلاج حديدي ثقيل الوزن ضخم الحجم بفعل أيدي راهب لمحه من شرفة الدير فسارع للقياه بصرير البوابة مرحبًا.

كان المقوقس قد عاث في الأديرة والكنائس غيظًا، فأباح لجنود الروم اقتحام الحرمات المقدسة، فدنست الخيل وأحذية الروم وبصاقهم وسبابهم وسياطهم الكنائس، وسرقوا الأبسطة والأيقونات وصناديق النذور ومصابيح ومشاعل النور وستائر الحرير والخيش وخشب الأرائك، وحطموا النوافذ وكسروا الأبواب، فكل كنيسة رفض قساوستها الإذعان للمذهب المسيحي الجديد خربها المقوقس وطرد كهنتها، حتى الرهبان لم يعودوا يأمنون في كهوف الصحراء ومغارات الجبال على أرواحهم، وطالت الحملات وتعددت على الأديرة، ولم ينجُ منها إلا ما قدر الله لها أن تنجو. كان الراهب الذي أجلس أبا مريم على دكة خلف البوابة تحت

ظليل شجر رمان يمنحه ماء للشرب ويقوده إلى موضع للغسل، يخبره أن البطريرك يعتكف للعبادة في خلوة سينهيها حين يعلم بمجيئه.

همس الراهب في أذن أبي مريم وهو يقضم قطعة من العيش الناشف ويغمسها في زيت الزيتون في صحن فخاري:

- لم نره على هذه الحال من الألم منذ استشهاد ميناس.

رد أبو مريم وقد وقفت يده عن إطعام فمه:

- هل بلغه ما جرى مع صمويل الزاهد؟

رد الراهب على السؤال بدموعه، فأكمل أبو مريم:

- كيف بلغه الخبر؟

- صمويل أبلغه.

الدهشة شحنت وجه أبي مريم بالحمرة، ضرجت شحوبه، تدور نظراته في الغرفة عالية السقف الرطبة، يأتيها نسيمها من باب مفتوح على ساحة الدير ونافذة طولية عارية، ضلفتاها من النقش والرسم، عاجله الراهب بإجابة سؤال لم يسأله:

- أرسل له أحد الرهبان الذين فروا مع صمويل رسالة بما جرى من مواجهة مع المقوقس، وحين وصلته كان صمويل قد قُتل.

أخرج الراهب بيديه النحيفتين من جيب جلبابه ورقًا ملفوفًا معوج الأطراف.

سأله أبو مريم:

- هل هي الرسالة؟

- لا، بل هو نصها، فقد خططته لما وصلت لأحتفظ بنسخة منها، فالبطريرك ينظم مكتبة المخطوطات في الدير، وننقلها معنا كلما أجبرنا هجوم العربان أو مخبرو المقوقس على الرحيل.

ثم نظر الراهب إلى الورق، وقرأ وقد رفع أبو مريم يده عن طبق الزيت:

ـ وأعلمك يا سيدنا البطريرك أن قيرس جاء إلى الدير فوجده خلاء ممن فيه إلا من خازنه، فقبض عليه وجلده وأخذ يسأله. فقال له الخازن: «لقد جمع صمويل الزاهد رهبان الدير وخطب فيهم فأطال، ووصفك بالكفر وبأنك يهودي من أتباع خلقيدونية، ولا تؤمن بالله، وبأنك لست أهلًا لأن تقيم الصلاة، ولا أن يعاملك المؤمنون. فلما سمع الرهبان قوله هذا هربوا قبل مقدمك». فلما سمع الكافر الفاسق المقوقس ما قاله الخازن ثار ثائره وعض شفتيه من الغيظ وسب الخازن والدير ورهبانه، ومضى عنه، فلما ذهب رجع الإخوان إلى ديرهم آمنين. وأما المقوقس، ذلك البطريرك الدعي فقد ذهب إلى الفيوم والغيظ يأكل قلبه، ودعا هناك أصحابه وأتباعه وأمرهم أن يأتوا له بالعابد الأب صمويل مكتوف اليدين من خلاف، وأن يضعوا في عنقه طوقًا من الحديد، وأن يدفعوا به كما يدفع باللصوص. فذهبوا إلى الدير الذي كان فيه وقبضوا عليه.

وذهب صمويل مستبشرًا في صحبة الله وهو يقول: «سأُمنح إن شاء الله اليوم الشهادة بأن يُسفك دمي في سبيل المسيح»، ثم جعل يسب المقوقس لا يخشى شيئًا. وأدخله الجنود عليه، فلما رأى المقوقس ذلك الولي أمر جنده أن يضربوه حتى سال دمه كما يسيل الماء، ثم قال له: «صمويل، أيها الزاهد الشقي، من ذا أقامك رئيسًا للدير وأمرك أن تعلم الرهبان أن يسبوني ومذهبي؟». فقال له العابد الأب صمويل: «إن البر في طاعة الله وطاعة البطريرك بنيامين، وليس في طاعتك والدخول في مذهبك الشيطاني، يا سلالة الطاغوت ويا أيها المسيح الدجال». فأمر قيرس جنده أن يضربوه على فمه وقال: «لقد غرك يا صمويل أن رهبانك يجلونك

ويعلون من شأن زهدك، ولهذا تجرأت وقويت نفسك، ولكني سأشعرك أثر سبابك للعظماء، إذ سولت لك نفسك ألا تؤدي لي ما يجب عليك أن تؤديه لعظيم رجال الدين وكبير جباة المال في أرض مصر». فأجابه صمويل: «لقد كان إبليس من قبل كبيرًا على الملائكة، ولكن كبره وكفره فسقا به عن أمر ربه. وهكذا أنت أيها الخادع الخلقيدوني، فإن مذهبك مذموم، وإنك أشد لعنة من الشيطان وجنوده». فلما سمع المقوقس ذلك امتلأ قلبه بالغيظ على ذلك الولي وأومأ إلى الجند أن اقتلوه. وقصارى القول إن ذلك الكافر أراد أن يقتل الولي، ولكن حاكم الفيوم خلصه من يديه، فلما رأى قيرس أن صمويل نجا منه أمر به أن يطرد من جبل الدير.

طوى الراهب الرسالة، فأكمل أبو مريم خبرها:

ـ ولكن صمويل عاد إلى دير الخشب، فبلغ المقوقس جسارته وعناده، فأمر مكسيميانوس، رجله المتوحش، بأن يذهب في الصحراء ومعه مائتا جندي. فاقتحم الدير وأعطى صمويل كتابًا يأمره فيه بالإيمان بمذهب خلقيدونية، فمزقه صمويل ورمى به من باب الكنيسة وهو يقول: «ليس لنا من رئيس إلا بنيامين، ولعنة الله على ذلك الكتاب الكافر الذي جاء من الإمبراطور الروماني، ولعنة الله على مجمع خلقيدونية وكل من آمن بما أقره من مذهب مسيحي مرتد». فما كان من رجل المقوقس إلا أن أمر جنوده فخلعوا روح صمويل من قلبه.

سمعا نحنحة وسعالًا من ناحية الباب فإذا بأحدهم ينادي:

ـ البطريرك يطلب أبا مريم.

نهض كلاهما يقفزان، لكن الراهب أمسك بكتفه سائلًا:

ـ هل حقًا وصل العرب؟

* * *

صعد أبو مريم السلالم الحجرية الضيقة المحشورة بين حائطين يقودانه بالتفافهما إلى غرفة مسدودة بباب خشبي جهم وخالٍ من النقوش والبروز، كان مبنى صغيرًا في ركن الدير الخلفي بدا وكأنه تحت الإنشاء، فلا أسواره اكتملت ولا أبوابه ركبت، ولا مظاهر حياة تتظاهر بالوجود فيه، لكنه كان السكن الذي يأوي إليه البطريرك بنيامين خلال العام الأخير تضليلًا لهؤلاء المتلصصين والمتربصين من جند الروم أو من مجندي الأقباط الذين استسلموا لغواية المقوقس، حيث كانوا يتقصون كل أثر بحثًا عنه. وقد أشعل فيهم انقضاء عشر سنوات دون أن يقبض عليه أحد مزيدًا من الهوس والرغبة في مزيد من المال مكافأة العثور عليه، فما كان من بنيامين إلا أن يهرب من مكان إلى آخر، ولا يستقر إلا قليلًا، ولا يعيش إلا في دير يبدو أبعد ما يكون عن العيش فيه، وأن يسكن داخل الدير في ركن قصي خفي حتى على بعض قاطني الدير أو زواره، فلا يعرف القساوسة إلا الحذر حتى مع من يلبس عباءاتهم ومسوحهم.

فتح أبو مريم الباب بعد أن طرقه ثلاثًا، ودخل فوجد البطريرك جالسًا على مقعد من جريد النخل مرتديًا رداء صوفيًّا خشنًا دفع العرق في كل جسمه وتوقفت قطرات على لحيته وفرشت جبهته العريضة، وبث العرق المتصبب اللون الغامق في الشال الأبيض الذي يضعه على رأسه. كانت الغرفة عارية من الأثاث إلا فراشًا أخميميًّا على الأرض وقلة ماء تحت نافذة طولية وضيقة.

استقبله بنيامين بحب تألق في عينيه بالفرحة بمجيئه، بينما انهال أبو مريم على كف الرجل تقبيلًا وتبليلًا بالدموع ونشيجًا بالصلوات.

لا شك أن البطريرك تأثر بلقبه الذي حازه بامتياز، البطريرك الهارب، تأثرًا بدا في نحافة العود المجفف تحت جلبابه وخشونة اليد وبياض الشعر

والعين من الحزن، لكنه بمجرد ما نطق كانت الحروف قوية متماسكة وهي تحمل تفاؤلها فوق ألفاظها وهو يربت فوق رأس أبي مريم:

ـ خلاصنا اقترب يا أخي فلا تترك نفسك لحزنك.

رد أبو مريم:

ـ هو الشوق يا أبانا وليس الحزن، فلا حزن بلقياك.

ـ بوركت يا أخي كم تحملت من أجلي.

ـ وأموت من أجلك.

ابتسم بنيامين:

ـ بل هي الحياة بمشيئة الرب.

ثم أطرق:

ـ هل صحت الأخبار؟

جلس أبو مريم عند قدمي بنيامين وقال:

ـ فعلًا، وصل عمرو بن العاص.

تنهد بنيامين في راحة:

ـ منذ أخبرتني بأن العرب قادمون من فلسطين وأنا أشعر بقرب خلاصنا من المقوقس ودولته. وكيف كان قدومهم؟

ـ أنت تعرف أن خليفة المسلمين عمر قد أرسل من قبل إلى قيرس المقوقس برجل اسمه التنوخي؛ كان نصرانيًا في اليمن كما قيل، ثم دخل في دينهم، ولم يدرك المقوقس يومها أن ابن الخطاب يدرس البلد وحاكمه لأنه يريده.

قال بنيامين وهو يضع كفيه في حجره عاقدًا أصابعه حول صليب خشبي ملون ومنقوش بآيات إنجيلية على ناحيتيه، متصلًا بمسبحة من حجر الياقوت الأحمر:

ـ المقوقس جاهل في الدين وفي الحكم، هو الفشل عينه، فلا يقدر على مواجهة جيش ولا مصارعة تفاوض، فهو ضيق العقل ومتطرف المزاج ونافد الصبر، وهذه السمات التي جعلته يعادي شعبًا وهو يظن أنه يهديه، ودفعته إلى أن يحفر كراهية له ولحكمه ولقيصره في كل قلب قبطي. لا يمكن أن يكون المستبد ذكيًّا ولا يمكن أن يكون المغرور منتصرًا!

ـ أتظن أنه لن يقدر على العرب؟

ـ أظنه لن يقدر علينا نحن المصريين يا أبا مريم، ألم تفعل ما اتفقنا عليه؟

نهض أبو مريم واقفًا ليعطي كلامه حق الطاعة:

ـ قطعًا يا قداسة البطريرك، لا أحد من الأقباط رفع سيفًا لملاقاة ابن العاص حتى الآن، بل سيوفهم معه. كانت تعليماتنا للقساوسة والرهبان أن ينقلوا رسالتك إلى كل بيت مصري منذ وصل جيش العرب إلى العريش، هذه ليست معركتنا مع المحمديين، لا مصر ولا قبط، بل هي حرب بين عرب وروم، لا دخل لنا بها.

تنهد بنيامين بحرارة:

ـ ما كان يمكن أن نساند المقوقس الكافر، ولا أن نحارب دفاعًا عن كفره هو وقيصره! انتصار المقوقس وجيشه على المسلمين معناه بقاؤه واستقراره وتمكنه وفوز كفره وإغراء الأقباط على الدخول في مذهب نصرة المسيح في تصديه لدين العرب، الروم غزاة محتلون لا مصريين أقباطًا حتى يقولوا إنهم يدافعون عن وطنهم، بل هو مملكتهم لا وطنهم!

ـ ولكننا قداستك بهذا القرار نترك دينًا كافرًا آخر ينتصر، ويدخل جيش غزاة إلى بلدنا، ومن يضمن لنا أن هؤلاء العرب لن يجبرونا على دخول دينهم، ويسوموا المصريين سوء عذاب؟

أشار بنيامين لأبي مريم أن يجلب عصا من الأبنوس مركونة عند زاوية الغرفة لم يرها أبو مريم إلا حين أشار له بنيامين، فأحضرها وسلمها للبطريرك الذي قبض على منتصفها بكفيه ثم سحبهما إلى أعلى، وتساند على العصا رافضًا بإشاحة من رأسه أن يساعده أبو مريم:

ـ المصريون لم يخضعوا دينهم للمقوقس ولم يتنازلوا عن مذهبهم رغم الاضطهاد والتعذيب والسجن والقتل والتشريد، فهل تتوقع أن يتنازلوا عن دينهم نفسه أمام محتل لا يعرف لغتهم ولا دينهم؟ ثم العرب قبائل تنظر لمغنم الأرض والثروة ويريدون بلادًا تدر مالًا وفيئًا تحتاجهما حروبهم المتواصلة المعتزة بقوتهم وانتصاراتهم، وستحتجز صحراؤهم ولغتهم وبداءة دولتهم وبداوة رجالهم قدرتهم على التواصل مع المصريين. وفي هذه الفترة التي أظنها ستمتد سنين سوف نرى تسامحًا منهم وعزوفًا عن التدخل في شؤون ديننا، فيرتاح المصريون من هم وغم المقوقس ونعود إلى كنائسنا وأديرتنا نعلم شعبنا ونعضد إيمانه.

كان قد مشى في أنحاء الغرفة ببطء:

ـ كنت أحب أن أنزل معك إلى باحة الدير أو إلى مزرعته المجاورة فنتمشى ونستنشق هواء مصر العليل، لكننا لا بد وقد وصل العرب وبلغ الوضع هذا الحد أن نحذر، لهذا أريد أن تكون شديد الحيطة في التعامل مع جيش ابن العاص.

رد أبو مريم:

ـ أنت تعرف أن رجال المقوقس لا يشكون في موقفي، وأنني سلمت من عسسهم كثيرًا، فوجودي بينهم مفيد لنا لنعرف حقيقة ما يفكرون ونية ما يعتزمون، وتضليلهم بالخاطئ المزور من المعلومات، وإسداء النصائح غير المخلصة لهم.

ضحك بنيامين مرهقًا:

- الحقيقة أنك شديد الإخلاص في عدم إخلاصك لهم.

ثم عاد فجلس متمهلًا ومتباطئًا على مقعده:

- احكِ لي ماذا رصد المقوقس عن جيش المسلمين؟

- كانوا مستخفين به عند قدوم أخباره عند العريش، فقد كان عدده قرابة الأربعة آلاف جندي، خصوصًا أنهم عرفوا أن الجيش يضم ثلاثة آلاف وخمسمائة من أفراد قبيلتين أو ثلاث من اليمن، فذهب تقديرهم إلى من هم هؤلاء الصحراويون الذين لا خبرة ولا دربة لهم إلا غزو الخيام والسطو على النخل من جنود الروم المدربين المجهزين. وربما لهذا فإن ابن العاص لم يلتق روميًّا من العريش حتى الفرما، وهناك واجه قوة محدودة من الروم حتى إن حصنها لم يشهد جنديًّا واحدًا إضافيًّا، رغم ذلك استمر حصاره شهرًا حتى كسبها الجيش المسلم، ثم توجه إلى القواصر ولا أحد هناك يواجه من الروم، حتى أتى بلبيس فانتصر على حاميتها بعد قرابة الشهر.

علق بنيامين:

- وهل التزم كل قبطنا بعدم المشاركة مع الروم لا بدعم ولا بحرب ولا حتى سقاية ماء؟

أجاب أبو مريم:

- بلا أي استثناء، بل الاستثناءات جرت في أم دنين، حيث تعاون بعض القبط هناك مع العرب وأمدوهم بطعام وألبان وإرشاد لطرق ودروب.

- وأين هو حين خرجت لي؟

- متعثر أمام حصن بابليون، وكاد الشتاء يلحق به وهو عاطل أمام الحصن، حتى إن خليفته أمده بأربعة آلاف آخرين.

ـ من اليمن أيضًا؟

ـ أشك أن هذه القبائل اليمنية قد تركت طفلًا لها لم تأتِ به إلى جيش ابن العاص.

ـ إذن يجب أن نتحرك، فصمود المقوقس بلاء مستحكم على القبط، ثم إن هرقل لن يتأخر كثيرًا في إمداد المقوقس بجيش إضافي، فضلًا عن أنه مع استمرار المعارك سيدرك حتمًا أن المقوقس جبان وغبي!

دارت أصابع بنيامين على حبات المسبحة في توتر حاول أن يخففه عن نفسه بتمتمات الصلاة:

ـ الآن، لا بد أن تعود سريعًا وتنفذ خطتنا، فأملنا كبير في انتصار المسلمين بفضل غباء وضعف المقوقس، لكن يجب أن نسرع بالحركة ونعجل بهزيمة الروم وفوز العرب.

ـ كيف؟

ـ كما اتفقنا.

ـ نعم، نحن لا نشارك في الحرب، بل ونعاون العرب إن استطعنا وبعضنا يمده ويدعمه، فماذا نفعل أكثر من ذلك؟

وضع بنيامين كفيه على كتفي أبي مريم الراكع أمامه على ركبتيه:

ـ نحن لا نحارب جيش المسلمين، لكن المسلمين لا يعرفون ذلك، ولا يعرفون أننا نريد لهم الفوز واحتلال مصر، بل ونريد أن نكون معهم في حربهم، وحين يعرفون ذلك فإن خطط ابن العاص قد تختلف كثيرًا وقد تقوى أكثر.

ـ وكيف يعرف ابن العاص بذلك؟

خرجت آهة قوية من صدر مزدحم بالتعب، وقال بنيامين:

- أظنه يعرف ذلك جدًّا فإنه ذكي، ولا بد أن غياب الأقباط عن محاربيه قد أثار انتباهه حيث لا يجد إلا رومًا ورومبين، لكن من الضروري أن نطمئنه إلى صحة استنتاجه، وأن يوقن من حسن نوايانا، فعليك به.

- لكن المقوقس قد قال لي ذات مرة إنه يريدني ضمن وفد مفاوضاته مع ابن العاص!

- عظيم، وافق إذن.

- وكيف أبلغ ابن العاص وهو يراني مع المقوقس، سوف يشك مهما أقسمت؟!

عاد بنيامين إلى وقفته، لكن هذه المرة أكثر قوة وأسرع حركة، وقال وهو يشير بعصاه إلى ضوء النافذة الخافت:

- أليس في هذا الجيش أقباط ممن سافروا للجزيرة ودخلوا دين محمد؟

- نعم، أعرف من بينهم رجلًا له صحبة قديمة حين كنا صبية، إنه صالح القبطي.

ابتسم بنيامين مرتاحًا وحامدًا الرب وشاكرًا فضله:

- إذن هو صالح القبطي من نريده الآن!

٨

جلس عبد الرحمن بن ملجم المرادي القرفصاء، نحافته وجلبابه الواسع وعمامته السوداء المتربة ولحيته الخشنة وسمرته اليمنية لا تجعله مختلفًا عمن حوله من جماعة الجند الذين يذهبون ويروحون أمام الخيام، وينامون داخلها في هذا المعسكر الذي ضربه الملل من شهور الحصار لحصن بابليون دون اقتحامه، بأسواره البنية، وأبراجه العالية المستديرة، وبوابته الضخمة السميكة السمجة بخشبها الجهم هائلة الحديد، وذلك الدبيب الذي يحرص عليه جند الروم المنتظمون في دوريات حراسة فوق الأسوار يمشون في الليل وشفق الصبح لقلقلة نومة الغزاة الرابضين تحت الجدران في مرامٍ بعيدة عن بلوغ الرماح أو السهام، كثرت الخيام بعد مجيء قوة الدفع بأربعة آلاف، لكن الحرب لم تقع والحصار لم ينتهِ.

لا الحر هنا قائظ ولا البرد هنا قارس، فكانت جلسته أمام خيمة في جانب المعسكر محمية من هبوب ريح. اعتاد منذ مجيئه محملًا بمهمة عمر بن الخطاب لتعليم الجند القرآن أن يجعل من هذا المربع الترابي مجلسه. يبدأ بتلاوة من آيات الذكر الحكيم فيأتيه سامع فسماعون فمنصتون فقارئون خلفه وحافظون وراءه، ثم يتوقف فيشرح بعضًا مما

علمه معاذ بن جبل، فيفسر ويشرح ويجيب أسئلة تترى. كان ما يدهشه هو أن كثيرًا من هؤلاء الجند لا يحفظون كثيرًا من القرآن، يعرفون ما تيسر ولا يفهمون يسيره من عسيره، ثم لم يكونوا كذلك مشغولين بأن يعرفوا أو يتعرفوا. في الحرب الأمور واضحة جدًّا، وبذل أي جهد لتعريف أو تفهيم أحد في قلب الغزو والحرب والضرب والقتل بلا جدوى. حددوا جميعًا وجهتهم وهدفهم وعقيدتهم خالصة ومخلصة، فلا وقت للعلم الآن، ويبدو أنه كلما ارتفع سيف تعطل وقت العلم، لقد آمنا بالله وبرسوله وها نحن نؤدي ما يقتضيه منا إيماننا. غاب عنهم، كما تصور المرادي، أن كل ما يحاربون من أجله هو الدعوة للرسالة وليس الفوز بأرض وسلطة، فإذا كانوا لا يتمكنون من شرح رسالتهم لأنهم لا يفهمون رسالتهم فما هم فاعلون؟ قال هذا لعبد الرحمن بن عديس أكثر من أحبه هنا، وربما لأنه أول من تعرف عليه، صحبته للرسول هي ما جذبته له وسط الوجوه التي أحاطته بفراغ عيونها، ثم لهجته الواثقة ونبرته المطمئنة والتفاف الناس حوله، فلا يتحرك إلا مصحوبًا بصحبة ثلة تنقاد له دون أن يفكر حتى في قيادتها، لم يكن كالصحابة الآخرين بعيدين لا ينخرطون بين دهماء المعسكر ولا يتقربون مثله لأهل يمن أو نجد. رد ابن عديس ساعتها:

- كل واحد هنا يؤدي مهمته يا مرادي، القرآن الذي تملك حفظه في قلبك لا يملك أن يرفع سيفًا ليقاتل، والسيف الذي يمتلكه غيرك لا يقدر على تلاوة سورة، اتلُ أنت ويحاربون هم.

أغلب من تعرف عليهم وعرفهم كانوا من قبائل اليمن، وأكثرهم في عدة الثلاثة آلاف كانوا من قبيلة «عك» هناك، هم أقاربه وتربطه بهم وشائج أجداد، لكن معظمهم لم يتفرغ للدين، فقد شغلتهم حروب الغزوات، خرجوا إلى العراق وحاربوا مع جيش المسلمين في فارس ثم تنقلوا إلى

الشام ومن هناك عاد بعضهم لليمن، لكن أكثر منهم حضروا إلى مصر. فالحروب جلبت النصر والعزة والغنائم والفيء، ثم إن جفاف الصحراء وضيق الحال لم يعد يستهويهم خصوصًا مع رسالة باتوا ينتسبون إليها وفوز دنيوي وأخروي مضمون، فجذب القتال في سبيل الله الناس في اليمن والجزيرة، حتى إن قبيلة برجالها وشبابها كانت تملأ صفوف جيش عمرو حين قرر أن يأتي به لمصر، فكانوا يعرفون بعضًا بالأسماء والألقاب وذكريات الصبا وكنية الآباء والأبناء، وكلهم أخوال بعض وأعمام بعض. ولذا بدا المرادي غريبًا عنهم رغم يمنيته، هو لم يأتِ معهم من اليمن، ولا خرج معهم في القبائل، ولا انضم لهم في كتائب الجيش، ولا حتى دخل الإسلام معهم، فقد جاء وافدًا من المدينة فضلًا عن أنه لا حسب ولا نسب ولا صهر ولا نسيب، لكن مكانته التي حاول أن يتفسح لها فسحًا وسط ضيق المكان كانت قرآنه. لم يعر معظم الجند اهتمامًا لرجل أرسله عمر للعلم، لكن عبد الرحمن بن عديس استمع إليه في أول ليلة حضرها.

* * *

كان ابن ملجم منزعجًا من غربته ووحدته، فاتخذ زاوية خلف خيمة عجت بالصخب بين ساكنيها وبدأ يتلو القرآن، ثم علا صوته مستعيدًا جلساته مع معاذ، كأنهما هناك في صحن دار أستاذه يتلقى ويتلقن ويتقن. جاء نفر من الجنود فضولًا وآخرون حبورًا بما يسمعونه وتراجعت ضجة الخيم المحيطة، فرغ ابن ملجم من تلاوته فاستحسن البعض وتمتم البعض وانصرف البعض، لكنه صار معروفًا يومها ببضاعته. عند عمود خيمة مقابلة اقترب منه ابن عديس فأحبه في مقدمه، لم يره في المدينة لكن سمع عنه، فهو واحد ممن بايعوا النبي في بيعة العقبة. كان المرادي شغوفًا بأسماء أصحاب النبي الذين رأوه وعرفوه وصاحبوه وقاتلوا معه

وصلوا خلفه. كان يحس نقصًا أن لم يلحق بالنبي. كان يشعر بانخفاض رتبته عن هؤلاء، يؤمن أنهم ما لامسوا النبي فقد صاروا ما لم يصره أو يصله أحد. كانت غصة تنتابه حين يرى من أحدهم ما يراه من الرجل العادي، يضعهم في ذرا حلمه، ومن الحلم خرج له ابن عديس الآن باسمًا ومتسائلًا:

ـ ما اسمك؟

ـ ابن ملجم المرادي.

ـ أنت تلميذ معاذ، من بعثك لنا عمر قارئًا؟

ـ نعم.

أضاف ضاحكًا:

ـ يمني، أليس كذلك؟

حاول ابن ملجم أن يقف للرجل، فأجلسه ابن عديس بكفه، ثم جلس بجانبه وهو يقهقه لرده:

ـ وهل هنا أحد غير يمني؟

كان طويلًا عريضًا مهيبًا، عظيم عظام الوجه، أسود اللحية بشعيرات من بياض، لا تبين سنه حين يتكلم، لم يتوقع ابن ملجم عمره، لكن بصحبة رسول الله وبيعته في الرضوان تجاوز الأربعين عامًا فيما يظن، بل لعله ضعف سن ابن ملجم.

ـ صحيح. ولكن قل لي، لقد سمعتك تقرأ آيات من سورة البقرة ما سمعتها هكذا.

ـ لكن أحدًا ممن سمع لم يستوقف قراءتي ولم يختلف عليها.

ـ ربما لا يحفظونها يا ابن ملجم، أليس لهذا أتيت إلينا؟ ثم ربما يعرفونها على غير ما تعرف.

استغرب ابن ملجم قلقًا وخشي الخطأ، فارتعشت شفته السفلى، ولمح ابن عديس دموعه تحتشد في عينيه:

ـ ما بالك يا مرادي؟ أهو البكاء؟

ـ أخاف الخطأ وقد حفظت عن معاذ، فقد قرأت عليه سنتين ولم يخطئني مرة واحدة.

ـ ومن أدراك أنك أخطأت لعله خطئي أنا.

ـ تخطئ وأنت من أنت؟!

ـ وهل تظن من هو مثلي لا يخطئ كمن هو مثلك، ما الفرق بيننا يا ابن ملجم؟

ـ صحبة رسول الله.

ـ وما أعظمها صحبة، لكنها لا تنزع عني خطأ ولا تمنحني صوابًا.

ـ هل هذا حقٌّ؟

ـ ولا حق غيره.

ـ ومن يصح إن لم يصح الصحابة؟!

ـ يصح الصحيح صاحبًا كان أو مصحوبًا.

ـ وأين ما سمعت مني فاستوحشته؟

ـ لقد تلوت: «وأتموا الحج والعمرة للبيت»، وأنا أحفظها: «وأتموا الحج والعمرة لله».

ـ ولكن ما قرأته عن معاذ وعن عبد الله بن مسعود.

ـ وما قرأته أنا عن رسول الله.

اندهش ابن ملجم من إجابة ابن عديس، فطارت كلماته من فمه:

ـ وهل سمعا من غيره يا صاحب رسول الله؟

أومأ ابن عديس مبتسمًا:

- أنت محق، لكن حفظي على غير ما حفظوا، لكنهم الحفاظ وأنا لا أملك عليهم طولًا، لكن غيري كذلك قرأ معي: «ولا يقبل منها شفاعة».

علق ابن ملجم:

- وأنا قرأتها: «ولا يؤخذ منها شفاعة».

- وقرأت أنت كذلك: «البقر متشابه علينا»، ونحن نقرأها: «البقر تشابه علينا». ثم قرأت في البقرة نفسها: «وإذ يرفع إبراهيم القواعد من البيت وإسماعيل يقولان ربنا»، ونحن نقرأها: «وإذ يرفع إبراهيم القواعد من البيت وإسماعيل ربنا تقبل منا».

أطرق ابن ملجم:

- هو ما تعلمته.

- وهو ما يطلب منك عمر أن تعلمه، لكن هذا ما تحفظه أنت بينما آخرون لهم حفظهم.

- لكنني أملك مصحفي يا ابن عديس.

قام عبد الرحمن بن عديس من جلسته وقد أقبل عليه جماعة من رجاله، سمع كلمات ابن ملجم فالتفت له معلقًا سخريته بين شفتيه:

- لو سمعك جبلة الآن ما طاق منك حرفًا.

مضى وقد ترك ابن ملجم متحيرًا يقلب صفحات مصحفه، ثم يتبع ظهر ابن عديس المرتحل بين أصحابه إلى داخل المعسكر.

٩

- ألا تحمل سيفًا يا رجل؟

خاطبه عبد الرحمن بن عديس، فالتفت له ابن ملجم دون أن ينطق، فأكمل ابن عديس:

- في معسكر حربي ورجل لا يحمل سيفًا؟! حتى الطباخون والسقاءون يملكون سيوفًا ورماحًا وخناجر يا مرادي!

كان ابن عديس ينقش بسيفه فوق صفحة ماء النيل. قام وأخذ ابن ملجم من ذراعه ومضى به يخترق الممرات بين خيام المعسكر، حتى خرج إلى ساحة تحت أسوار حصن بابليون. تابع معه فرسانًا يتجولون بخيولهم، يجرون ويدورون، يتدربون ويندفعون، دافعين غبار التراب يثير رغبة الفرسان في المواجهة، بعضهم يغامر حتى حدود مرامي السهام فيرفع أقدام فرسه ويزأر فتذهب جهود عقيرته مهب الريح. ابتسم ابن عديس وقال له:

- غالبًا هو الزبير، لا يطيق جلسات مفاوضات ابن العاص فيدرب رجاله على الحرب ولو مع الهواء.

يعرف عبد الرحمن بن عديس الجميع، يحاور أبناء اليمن ويجالس

الشوام، وجُل وقته يمنحه للقعود مع صحابة المدينة، يمكث وقتًا مع الطباخين والسقائين، ويعرف وجبات اليوم المخصصة للجند قبل طهوها، يطمئن من السقائين على جلب المياه من النيل وسكبها في إناءات الخزف والرخام التي حصلوا عليها من معاركهم المنتصرة من العريش حتى هليوبوليس. كانت خريطة وصوله لشاطئ النيل من زاوية مخفية على عيون عسس الحصن، يخلع هدومه، يغتسل ويستحم ويشرب ويسبح.

ـ أين تعلمت العوم يا ابن عديس؟

ـ لم أتعلمه.

ـ وكيف تعوم فلا تغرق؟

ـ ليس مهمًّا أن تعرف العوم، المهم ألا تخشى الغرق.

سأله ابن ملجم أثناء عودتهما من جلسة النيل وقد تبللت عمامته تقطر ماء من شعره الكثيف المغمور بأثر النيل:

ـ سمعت أن ستين صحابيًّا ممن بايع النبي تحت الشجرة قد لقوا الشهادة، ولم يتبق إلا عشرة أنت منهم.

تجاهل الإجابة وعاجله:

ـ هذه ثالث جلسة آتي بك فيها إلى النيل ولم أسمع منك آهة محبة لهذا الماء الرقراق، ولا شيئًا عن شجر ونخل في حضن النهر، ولا كلمة عن حمام يطير فوق سطح الماء فينفخ هديله في روح السامع، ألا تسمع؟ ألا ترى يا ابن ملجم الفارق بين هذا وصحرائك؟

ـ لكن الصحراء تملأ هذا المصر.

ـ يا حول الله، أي أنك رأيت الصحراء هنا ولم تر النهر!

حين وصلا كانت جلبة من الجند تنادي على ابن عديس:

ـ هل رأيت صالح القبطي؟

يبدو أنه كان طبيعيًّا أن يسألوا ابن عديس، فمن الطبيعي أن يعرف.

كان ابن ملجم يسمع الاسم لأول مرة وفاجأه اللقب:

ـ أهو مصري؟

أجاب ابن عديس وهو يركب حصانه برشاقة وخفة على سؤالهم:

ـ سأجده.

ثم رد على سؤاله:

ـ هو مصري، لكنه من صحابة النبي، هل تريد أن تراه أم أن تسمع قصته؟

ـ الأمرين.

ـ إذن اركب.

أمسك بخطام حصان مربوط في عمود خيمة وهو ينادي صاحبه الذي حيا ابن عديس بكف ملوحة:

ـ سأعيده إليك، فهذا الرجل بلا خيل وبلا سيف.

ثم ضحك:

ـ وبلا عقل فيما أظن.

ربت مداعبًا على كتف ابن ملجم المرادي الذي قفز فوق ظهر الحصان بعد إيماءة صموتة مع صاحبه، ودفع ابن عديس بقدمٍ بطن حصانه وبالأخرى بطن الآخر:

ـ صدقني يا ابن ملجم لا مصحف بدون سيف.

ثم اندفع بفرسه، فحاول ابن ملجم أن يلحق به فخشي السقوط، فأدرك ابن عديس عجزه، فتمهل وعاد إليه واقترب من أذنه هامسًا:

ـ أين تخبئ مصحفك يا رجل؟

ـ لقد كتبت البقرة وآل عمران وكثيرًا من النساء على جلود أضعها في خيمتي، لكنني أحفظ القرآن كله في قلبي.

ـ وهل منحك الله عقلًا يعين قلبك يا ابن ملجم؟

* * *

لم يسمع ابن عديس الإجابة، فقد لمح صالح القبطي في المكان الذي كان ينتظر أن يلمحه فيه.

كان بيتًا من حجر، مهدمة أسواره، ينتصب مع أطلال بيتين آخرين بعيدًا عن المعسكر، اقتحمهم الخيل وداسهم الزحف وخاف قاطنوهم فرحلوا، وقد امتلأت واجهة البيت برسوم ونقوش ملونة لم يتبين منها ابن ملجم ملامح مفهومة ليفهمها، ربما رؤوس طيور أو مفاتيح أبواب أو نخل ووجوه نسوية ممحوة المعالم. أحس ابن ملجم حركة هناك فنظر فوجد شبحًا من خلف نافذة تطل على ساحة البيت يقلب في أشياء ويرفع من ألواح خشبية. عرف من نظرة ابن عديس المتوازية مع بسمته أنه صالح القبطي الذي انتبه لصوت حوافر تقترب منه وتعيث ترابًا، فالتفت فرأى ابن عديس فبادله التحية وخرج من كوة مكسورة كأنها كانت بابًا، ممسكًا في قبضته بجريد نخل، ونفض عن نفسه رمادًا علق بثوبه. خاطبه ابن عديس:

ـ ماذا في هذه البيوت المتهدمة يلجئك إليها دومًا يا صالح؟

ضحك صالح وأجاب:

ـ قلت لك أكثر من مرة يا ابن عديس لكنك لا تطمئن للإجابة.

ضحك ابن عديس وقال وهو يتابع صالحًا يركب فرسه المربوطة خلف البيت ويعود ليقف أمامه:

ـ والله هو الحنين يا قبطي لمرابع الصبا.

بادله صالح الضحك:

ـ أي صبا يا ابن عديس؟ لقد خرجت من مصر وكاد الشيب يشب في فودي، إنما أبحث عن عشب لعلاج الصداع طالما كان شافيًا في زمني هنا.

اقترب بفرسه ناحية ابن ملجم:

ـ ومن معك؟ ولمَ مجيئك؟

انطلق عبد الرحمن بن عديس بفرسه فتبعه كلاهما وهو يقول:

ـ عمرو بن العاص يبحث عنك لعل صديقك القبطي جاء يفاوضه وينتظرك ترجمانًا.

* * *

في الليل كان ثلاثتهم أمام خيمة ابن عديس يأكلون طعامًا أعده جماعة من رجال قبيلة ابن عديس ممن ينبرون ليكونوا تحت إمرته ورهن يده. كان شيئًا لم يره ابن ملجم في اليمن أو المدينة أبدًا مغموسًا في قمح مدهوس:

ـ وهل يؤكل العصفر يا رجل؟

ابتسم ابن عديس وقال لصالح أن يجيبه:

ـ ألا تعرف الدجاج المصري يا ابن ملجم؟ ألست يمنيًّا؟

ـ يمني المولد والمنشأ.

ضحك ابن عديس:

ـ والمفرخ كذلك يا قارئنا.

ثم التفت وقال:

ـ هل نجحت مفاوضات الصلح يا قبطي؟

ـ سنذهب للمقوقس بعد ليلتين من الآن، وتركت ابن العاص يحدد وفده.

ـ أتذهب؟

ـ لو أمرني.

ـ ألا يحتاجون مترجمًا؟ ثم أنت أعرف الناس بقومك.

ـ يا ابن عديس قلت لك هؤلاء الروم ليسوا قومي وليسوا مصريين، بل هم محتلون للأرض جاءوها غزوًا.

علق ابن ملجم متحمسًا:

ـ وألم نجئها نحن غزوًا أيضًا؟

أشار ابن عديس لصالح:

ـ أجب يا أخي فهو سؤال ماهر من حافظ القرآن، يكاد لا يعرف ما خارج مصحفه بشبر.

لكن ابن ملجم أجاب على سؤاله بنفسه:

ـ جئنا لنهديهم لا لنحتلهم.

فرد القبطي:

ـ وإن لم يهتدوا؟

ـ هم على ضلال ونحن على حق.

ـ والروم حين غزوا مصر كانوا يعتقدون أنهم على حق، وجاءوا هادين للدين الحق، بينما المصريون على ضلال.

ـ أليسوا على نفس دين المسيح؟

ـ نعم، ولكنهم مختلفون، حتى الحرب قائمة بينهم منذ عشر سنوات، فالروم تقتل وتعذب ويسومون الأقباط سوء عذاب.

ـ لماذا؟

ـ كي يدخلوا مذهبهم.

ـ أليسوا أبناء دين واحد؟

ـ نعم، لكن مذهبهم يختلف.

ـ وهل في الدين مذاهب تختلف؟

تدخل ابن عديس:

ـ قل لنا أنت يا قارئنا.

أجاب ابن ملجم منفعلًا صائح الاستنكار:

ـ كيف يكون دينهم واحدًا ونبيهم واحدًا ويتفرقون ويتحازبون ويتحاربون؟

رد ابن عديس:

ـ ولكن ديننا واحد ونبينا واحد وتحاربنا بعد وفاة الرسول يا ابن ملجم.

ـ ولكن هؤلاء كانوا مرتدين على دين الإسلام.

ـ بل قالوا إنهم مسلمون ولا يختلفون في صلاتنا وصومنا وحجنا ووحدانيتنا، ولكنهم فقط رفضوا دفع خمس النبي بعدما مات، فرفض منهم أبو بكر وحاربهم.

ـ كان ارتدادًا.

ـ وربما كان مذهبًا.

احتد ابن ملجم ورمى بقطعة الفرخ المطهي بيده وردها إلى صحنه:

ـ لا مذاهب في الدين الواحد.

ـ ولكننا اختلفنا في مصحفنا منذ أيام، وعلى رسلك يا مرادي فالناس هنا غير الناس هناك.

شعر ابن ملجم ذهولًا، قرر معه صالح القبطي أن يخفف الغضب بعدما لمح حمرة عيني ابن عديس الغاضبة وحيرة ابن ملجم التائهة، فقال لعبد الرحمن بن عديس:

ـ هل رويت له قصتي؟

نفض ابن عديس يديه ملولًا وقال:

ـ بل تركتها لك.

مسح القبطي يديه في خرقة فنظفها من عوالق الطعام ثم أزاحها وقال:

- في ليلة مثل هذه انطلقت مع حاطب بن أبي بلتعة.

ولكنه التفت إلى ابن ملجم:

- ولكن هل تعرف حاطب بن أبي بلتعة؟

أجاب ابن عديس عنه:

- لا عليك يا صالح، فلو حكينا له عن كل اسم نقوله ما كفانا ليل مصر كله.

* * *

قضى المرادي صبحه حتى غروب الشمس مغمومًا وصموتًا، حتى استوحش رفاق الخيام تلاوته فطلبوا منه شيئًا من القرآن عند الظهيرة وقد أعياهم شق الأنفس في محاولة الوصول إلى بوابة الحصن، يفشلون في الوصول أمام السهام الرومية وحديد البوابة المتحدي، فما كان منهم إلا أن راقبوا يائسين جماعة من الفرسان تقترب من البوابة بخيول مسرعة في وجبة الشجاعة اليومية ثم تعود بذات السرعة حين تلمح أول سهم رومي يرمى من أبراج الحصن، لم يجب عبد الرحمن بن ملجم ولم يستجب، وطوى غيظه في جنبه. كاد حوار الليل أن يقطع أواصر علاقته مع ابن عديس وصالح القبطي فلم يطق ما قالاه في استخفاف أهانه وجرحه، تخاصما حول حاطب حتى تزلزلت روحه، لم يجد صالح القبطي بأسًا من أن هذا الصحابي الذي شهد بدرًا قد خان رسول الله:

- أنا لا أقول يا ابن ملجم أنه لم يخنه، بل خانه فعلًا ووالى أعداء الله.

- ومن يتولهم منكم فهو منهم، وقد كفر.

- وهل تظن أن محمدًا يعفو عن كافر؟

انتفض ابن عديس:

- ماذا بك يا ابن ملجم؟ إن حاطب بن أبي بلتعة صحابي ضربته لحظة ضعف، فكتب للمشركين في مكة أن النبي قادم إليهم بجيشه متمنيًا أن يكسب منهم ودًّا تجاه أهله هناك وأعماله في أم القرى. نعم هذا جرم الخيانة حين يذيع سرًّا عسكريًّا ويبلغ عن الجيش النبوي، فكان يمكن لهم أن يصنعوا لنا فخًّا ويقتلوا النبي ويقتلونا معه، ولهذا فقد أعلم الله نبيه، وذهب عمر واثنان من الصحابة للمرأة التي أرسلها حاطب برسالة الخيانة إلى مكة فأوقفوها، وكاد عمر بعد أن فشلوا في العثور على الرسالة أن يدق رأسها حتى انهارت وهو يقول لها إنه النبي لا يكذب وإن لديك رسالة من حاطب للمشركين، فخرجت بالرسالة التي كانت تخبئها في صدرها. ولما واجه النبي حاطبًا اعترف وقال إنه لم يفعلها عن كفر ولا ردة ولا خرج من دينه، فصدقه النبي وغفر له فما الذي يضيرك يا حافظ القرآن ومعلمه؟

- لا يمكن أن يأتي صحابي بهذا الفعل الكافر، ولا أفهم كيف لا يراه النبي كافرًا ويرديه قتيلًا!

- في الحقيقة لقد أصر عمر على أن يقتله، لكن النبي أبلغنا بأن الله غفر له، فما المطلوب؟ أن نعاند نبينا ونرفض إرادة المولى كي ترتاح أنت؟

- لا يأتي صحابي بفسق.

- وقد يأتي به ويستغفر ربه.

- أهؤلاء صحابة رسول الله؟

- نعم هؤلاء صحابته رغمًا عن أنفك.

* * *

مضى الليل كله يسأل نفسه في صحوه وفي نومه: كيف فعلها حاطب؟

هل يمكن أن ينحرف بطل شهد بدرًا ونصره الله بملائكته؟ من يثق فيهم إذن إن كان صحابتنا وتحت راية النبي وفي حياته معرضين لجرم الخيانة وشفا الكفر؟ تقلب في عرقه وغضبه ولهثه، فصحا في غبش الفجر على حزن مقيم حتى ساعة ميل الشمس عن الأفق، فوجد ابن عديس في وجهه يدعوه لشهود غروب الشمس عند نهر النيل:

- وسأؤمك في صلاة المغرب حتى تصلي خلف صحابي شهد بيعة الشجرة.

كان عبوسه قويًّا، لكنه ليس أقوى من حبه ضعفه تجاه ابن عديس، فقام إليه وهو يغمغم بسؤال آثر بنبرة صوته الجافة أن يبدو سؤالًا للعلم أكثر منه لمد الود حبلًا:

- هل صحيح أن عمر بن الخطاب قطع هذه الشجرة التي بايعتم رسول الله تحتها لما وجد الناس يتبركون بها ويصلون عندها؟

- لم يقطع الشجرة لأنه لم تكن هناك شجرة.

دهش ابن ملجم ولجمته الإجابة برهة، ثم صارت نبرة صوته أكثر جفافًا:

- هل تنكر وجود الشجرة وقد ذكرها ربنا في قرآن يتلى؟

نهره ابن عديس مغلظًا:

- حسبك غباء يا ابن ملجم، فالشجرة بايعنا النبي تحتها، لكننا في العام التالي حين عدنا إلى ذات المكان لم نعرف أي مكان هو وأي شجرة هي. كانت هناك شجرة وكأنها هبطت من السماء لمهمة ثم صعدت مرة أخرى، اختفت أو أخفيت عنا، فما قطع عمر شجرة لم توجد يا رجل!

ثم التفت:

- بالمناسبة، صالح القبطي ينتظرنا هناك، فإن قصته مع حاطب لم تبدأ بعد.

١٠

لم يجدا صالح القبطي في انتظارهما عند مكانهم في النهر.

قال ابن عديس:

ـ لا وقت لتأمل الغروب الآن يا ابن ملجم لنبحث عن صاحبنا.

ثم التفت للشمس وقد أدمت الأفق بحمرة الرحيل:

ـ منذ جئنا إلى هذا البلد وأنا أحب شمسه فوق نيله عند غروبها، لا آتي هنا إلا ويصيبني هذا الجمال بالخفة.

أجاب ابن ملجم محتفظًا بخشونته يقظى:

ـ أي جمال؟

توقف ابن عديس بفرسه ودار إلى مواجهته وقال:

ـ لقد ختم الله على قلبك الغلظة يا ابن ملجم، لا ترى هذا المنظر الجميل، إنك أعمى فعلًا!

رد ابن ملجم مستغربًا استغراب ابن عديس:

ـ لا أفهم قصدك؟

قال ابن عديس دون أن يعيره اهتمامًا كأنما يحادث نفسه:

ـ ماء رقراق وخضرة ألقة وحصون جاثمة وحرب قائمة وامتحانات الدنيا وصراع الفوز والسلطة، هذه كلها آيات الله في كون الله.

وحين انطلق ابن ملجم خلفه قال ابن عديس ملتفتًا إليه:

ـ ولا تنسَ النساء.

وأكملها برنة متسائلة وساخرة:

ـ نحن جميعًا في انتظار نسائنا القادمات عقب النصر يا رجل، فهل لك من نساء يقدمن؟

تجاهل ابن ملجم السؤال:

ـ هل سنعود للمعسكر أم نبحث عن صالح القبطي؟

قال ابن عديس حازمًا:

ـ أعرف أين أجده.

حين وصلا لم يكن صالح القبطي وحده، عرف رغم المغيب الذي خيم على المكان أن ابن عديس في الخارج ومعه ظله الجديد، فأشار لهما بتلويحة التحية، بينما أخذ ابن عديس يلف حول البيت المهدم الذي وقف فيه صالح مع رجلين غريبين عن العرب. أدرك ابن عديس سر مجيء صالح القبطي إلى هذا المكان وهو يهبط عن فرسه ويصل حتى نافذة تنقل أصوات المجتمعين في الداخل مع نفث هواء وزوم ريح مكتومة تملأ هذه البيوت الثلاثة المتجاورة بتكسرها وخرابها. كان الكلام الذي يصل مسامعه بلغة القبط لا عربية قريشية ولا حضرمية، لكن النغمات كانت توحي بخطورة مهموس بها، يشم من التوقفات الصامتة ومساحة التدبر قبل الرد رائحة خطة. وجد ابن ملجم المرادي ملتصقًا بلحيته فوق كتفه، فأزاحه بقبضته، فقلق زائرا صالح من هسيس الحركة فتنبها، فأسرع صالح إلى مناداة صاحبه:

ـ يا ابن عديس تعال لأعرفك على صديقينا.

سمع وهو يخرج له من وراء جدار متهدم مصاحبًا ابن ملجم ظله في ذيله، صوت صالح يتحدث للراهبين القبطيين بغمغمة لغتهم، فاندهش

ابن عديس من رغبة صالح في كشفهما أمامه حتى إنه وقف مترددًا، ففهم صالح تردده وقال له:

ـ هما صديقان يعرفان معنى التكتم في الحرب فلا تقلق.

ثم أشار إلى ابن عديس وهو يمسك بذراعه وقد ألقت شموع في ركني المكان بضوء كافٍ لتبديد العتمة رغم اهتزاز الشعلات بهبوب الهواء، وتكلم بالقبطية:

ـ وهذا صحابي جليل كأنه حواري من حواريي المسيح لديكم.

تقلد الرجلان فورًا سيمات التبجيل والاحترام، وزادا تأدبهما فوق الوقار عندما أضاف صالح:

ـ وهذا أبو مريم من القساوسة الأقباط الأحرار الذين يناضلون في مواجهة جيش الروم وعسف المقوقس وظلمه.

ثم ابتسم صالح لمرافق أبي مريم كأنه يطمئنه على حفظ سر اسمه، ثم داس بقدميه تراب الأرض تحته يسويه ويردمه، فأدرك ابن عديس أنه يزيل آثار خريطة رسموها على الرمال، وتصافحوا جميعًا ثم خرج صالح يودع زائريه وقد توقفوا لهمسات أخذت وقتًا إضافيًّا، ثم تركاه ومضيا بعباءتيهما السوداوين وأغطية الرؤوس التي أخفتهما شبحين في الظلام الذي احتضن المكان. استغرب ابن ملجم وهو يخرج ليلحق مع ابن عديس بصالح القبطي أن أحدًا من الراهبين لا يملك فرسًا وأنهما يرحلان مشيًا في هذا المكان الموحش، فأعلم بمشاعره صالح، فأجاب وهو يركب فرسه:

ـ المكان ليس موحشًا أبدًا، فعلى مبعدة مسافة ساعتين من هنا قرى يحفظ الراهبان الطريق إليها كما يحفظان خطوط كفيهما ولا يريدان أن يدل عليهما فرس أو حرس، ثم لا تنسَ أنهما أصحاب البلد وأدرى بشعابه.

قال ابن عديس:

- أنت رجل غامض يا صالح، لكنني كنت أعرف أنك تأتي هنا ليس بحثًا عن دواء للصداع.

- بل دواء للحرب يا ابن عديس.

- وابن العاص؟

- يعرف كل همسة أهمسها، بل هي أوامره منذ جئنا.

- لا ينافس ابن العاص في المكائد إلا نفسه.

أومأ صالح القبطي مؤمنًا على خلاصته.

أضاف ابن عديس:

- أفهم أنهما من أعداء المقوقس والروم؟

رد صالح:

- نعم.

أجاب ابن عديس مؤكدًا حروف كلماته:

- إذن هما من أصدقائنا.

حين ضحك صالح علا صوت ابن ملجم متوترًا:

- هم جميعًا أعداؤنا، ولا أصدقاء لنا بين الكفار!

نظر صالح إلى ابن عديس وهما ينطلقان بأحصنتهم إلى المعسكر:

- من أين أتيت بهذا الرجل يا ابن عديس؟

ربت ابن عديس على عنق فرسه متحيرًا:

- أرسله لنا ابن الخطاب ليعلم الجند القرآن.

أجاب صالح القبطي وهو يلمح ملامح المرادي المتصلبة خشية السقوط من على فرسه:

- وهل هذا الفسل من يجب أن نتعلم منه؟!

ألح ابن ملجم عند وصولهم أن يحكي صالح القبطي قصته، فترجاه ابن عديس أن يتخلص من إلحاح ابن ملجم، فحكى:

ـ كنت تاجرًا للكتان، وتعرفت في رحلات الشتاء والصيف على عرب من الجزيرة واليمن، تعلمت معهم العربية حتى أدير تجارتي وأعظِّم أرباحي. حين جاء حاطب بن أبي بلتعة بوفد لزيارة المقوقس القديم، جاءني في منزل عند النهر يخبرني بشأن الوفد حيث ضم أدلة عربًا ممن يعرفونني وتجارًا من أصحابي صاحبوه في رحلته لإنهاء شؤونهم التجارية، وتحادثنا عن الإسلام ومحمد. جذبني الدين الجديد وسهرت أفكر في هذا القرآن أستدعي حكمته وأتأمل مراميه، وقد رأيت أثر الدين على وجوه هؤلاء العرب، فقد اكتسبوا ثقة وقوة وعزة الطمأنينة ما كنت أراها عليهم وهم عباد أوثان، صاروا أصحاب دين وأتباع نبي يتلقى الوحي من السماء، رؤوسهم برؤوس اليهود والمسيحيين الذين كانوا يرون فيهم أجلافًا تركع لأحجار. حين عاد حاطب من وفادته إلى الإسكندرية كان سعيدًا باللقاء ومستبشرًا بحلو كلام وهدية مقوقسية ما سمعت أحدًا من الأقباط يعلم بخبرها ولا أتى على ذكرها ولا مدح أو قدح في أمرها، كأنها هدية سرية لم يطلع عليها أهل المقوقس ورجاله. لم يعلم قصر المقوقس وكنيسته أنه قد هادى محمدًا أصلًا بهدية مما أكد عندي أن حلو الكلام يخفي مر الاستجابة، وأن دعوة حاطب للمقوقس للإسلام، وما أرسل به النبي لحاكم القبط وبطريركها من رسالة تدعوه للدين الجديد، إنما ذرتها أمواج الإسكندرية، فكيف بالمقوقس أن يُسلم دينًا وبلدًا للعرب برسالة نقلها موفد وترجمها ترجمان؟ كان هذا من سنوات أما مقوقسهم الحاكم الآن ونحن على مشارف حصنه نقف عاجزين عن اقتحامه فهو الذي سيسلمنا مصر، أعدكم بهذا يا ابن عديس.

ثم التفت إلى ابن ملجم واستخفه:

ـ هل لا زلت عنيدًا مع حاطب؟

نفر ابن ملجم وقال حاسمًا:

ـ قد يُحسن الرجل عمره كله ثم يكفر قبل متر من قبره.

ـ ولكن ربنا أوحى لنبيه بإيمان الرجل رغم خيانته.

ثم أشاح صالح بكفه وأكمل:

ـ المهم أن هدية المقوقس جاريتان، مارية وسيرين، ومع مارية ابن عم لها وحمار اسمه دلدل، كان أول حمار تشهده يثرب. مكث حاطب عندي بعدته وحمولته، وقمت على حراسته ورعايته، وطلب مني أن أصحب قافلته حتى مأمنها، ولكني واصلت طريقي حتى رأيت نبي الله فأسلمت وصرت صالح القبطي، وصارت مارية القبطية جارية النبي.

ثم تزلزلت روحي وكدت أن أفقد مقامي بين يدي رسول الله، فقد عشت الليالي التعسات حيث القلق ينهشني والخوف يملأ قلبي والكمد يعصف بذاتي وأنا موضع سهام العيون المتشككة والأصابع المتهمة، ومصلو المسجد يعزفون عن مصافحتي، والأعظم أسى وألمًا أن النبي لم يسمح لي بحضور ولا قدوم عنده ولا صلاة وراءه.

كنت منكسًا بالألم، محتارًا تائهًا بالغموض الذي اكتنف كل من حولي، لماذا لفظني نبيي؟ ولماذا يهجرني الناس؟ وكيف تحولت العيون صوبي شكًّا وكرهًا؟ وها هي النظرات تحرق جلدي. ثم عرفت ففهمت السر الذي يضيق على عنقي، حيث إن المدينة كلها تتحدث عن رجل قبطي يخون النبي بالنوم مع مارية أم ولده إبراهيم، وقد ظنت المدينة أنني كنت أنا المعني بالقبطي الخائن الزاني المعتدي على سرير محمد بن عبد الله!

١١

انشغل صالح منذ صبح يومه بوفد المقوقس. كان أبو مريم أحدهم فزاد حرصهما على إخفاء أمرهما، بل وتجاهل الحوارات المباشرة بينهما. وكان ابن العاص بين الحين والآخر يكرر سؤاله بعينيه عمن فيهم أبو مريم بين هذه اللحى والقلانس. يصاحبهم صالح ويرافق ويترجم ويشرح ويفسر غموض كلمة، ويشرف على تقديم المأدبة ونوعية الأطعمة، وينصت لعمرو بن العاص داخل خيمته المعدة لاستقبال الوفد الذي حرص على فخامتها ورفاهيتها، وأوصى رجاله بتأنق اللبس، وطيب الرائحة، واسترخاء الملامح، والابتسام المفرط، والدق على السيوف كأنها إيقاع طبل ونقر نحاس، وأمر حين الأذان للصلاة أن يجتمع المعسكر كله كأنه تمام حرب ليصلوا خلفه في عدتهم الكاملة. هذه حرب ابن العاص حقًّا، لا تراه في الميدان ولا تشدك مبارزاته ولا تتبع فرسه لتتعلم من حركة السيف أو مرونة الجسد أو شجاعة اللقاء، بل حربه هنا، في خيمة تحت ظل سقف قماش يمنع سخونة الشمس وينشر طراوة ويُسقى من ماء بارد. فالحرب التي ينتصر فيها هي مائدة التفاوض وقرع الحجج وفرض الشروط والتهديد الظاهر والترغيب المبطن، رجل الصفقات السياسية الذي مل من

الصفقات التجارية منذ زمن. حرب السيوف والرماح يخوضها الجنود، لكن حربه هو يخوضها العقل والدهاء. لهذا كان يعرف أن المقوقس لين وضعيف، ربما أثقله كره المصريين له وتراخيهم عن نجدته. قاس طريقة مفاوضات المقوقس ورسائل مندوبيه، فأدرك أن هناك رتقًا عليه أن يشد شدقيه حتى يتسع ويصعب على الراتق. كان يقدم الآن لوفد بطريرك وقائد المصر استعراضًا للقوة، وهو يؤمن بقلة عدده أمام مدد الروم إن أرادوا وإن احتاجوا، فكان يتعجل أن يضرب في مفاصل الرجل: أبهة الخيمة المصنوعة، ثم الاسترخاء الذي يمنح المترقب إحساسًا بأن العرب ليسوا متعجلين وصبورون جدًّا حد رفاهة الانتظار، الرقة في الحوار والهدوء في الخطاب حتى يأمنوا عاقبة الاستسلام فلا قسوة ولا تنكيل، وفي ذات الوقت يأخذهم في جولة يرافقهم فيها صالح القبطي كي يترجم بين صفوف الجنود واستعدادات الحرب كي يبقر صدورهم من الخوف، ثم يجمع للصلاة فيستعرض قوة إيمان الغازين بالغزو.

عمرو بن العاص يغمره قلق الخندق الذي حفره الروم حول الحصن، وبوابات الحديد التي سدت كل منفذ، والنيل النهر الذي لم يعتده جنوده الصحراويون ولم يركبوه أبدًا يحجزه ويمنعه عن الالتفاف حول الحصن، لكنه يكتم كل هذا إلا في حلقة حرسه الضيقة، بل يداريه عن الزبير بن العوام، فثمة إحساس من الزبير في حركة جسده الثقيلة، في إيماءاته الضجرة، في إشاحات يديه وشذرات عينيه وصوته الزاعق بلهجته وجماعته الملحقة المتبرمة المحيطة به. يلمس هذا الإحساس ويشمه، إنه لا يرى مرتبة ابن العاص فلا يرتب على قيادته شيئًا، بل لعله ظهر غير مبالٍ أصلًا بأن له قائدًا، ربما خارجة هو المقرب لابن العاص، حيث لا إحساس بالعلو في السبق للدين ولا في مكنة القيادة ولا سابقة البطولة العسكرية،

مستعد للانقياد وراضٍ بالتبعية. وحافظ عبادة بن الصامت، بقامته النحيلة وسمرته الداكنة وعينيه الزاهدتين، على تقاليد القيادة لابن العاص، وإن أحس بطول مدة الحصار وغياب خطة للنصر. لا ينسى عبادة يوم نزل عن فرسه حين رأى الزوال فخشي فوات الصلاة، ففرش عمامته على الرمال وبدأ يصلي، فأحس بعد ركعتين بمن يدب خلفه دبيب المتربص، التفت من صلاته فشاهد قدومًا صامتًا محدقًا مسرعًا من أربعة من الجنود الروم في عدتهم الحديدية، وخلف أقنعتهم تبرز عيون عازمة على قتله، فاستل سيفه في لمح البصر وقفز فوق حصانه فتراجعوا وعادوا عدوًا فوق خيولهم إلى باب الحصن وهو يجري بحصانه خلفهم، فرمى أحدهم سواره وأحزمته ثم درعه حتى يشغل عبادة بغنائم فلم يعرها اهتمامًا، فظن الآخرون أنها لا تملأ عينيه، فرمى كل منهم بصدريته الحديدية على الأرض فلم توقف عبادة ولا شغلته، لكنهم وقد خف حملهم اشتدت سرعتهم، فوصلوا بوابة الحديد فصرخوا على حراس أبراجها أن افتحوا ودلف آخرهم. كبح عبادة جماح حصانه وتثبت في الأرض وهو يلهج، كانت البوابة مفتوحة لأول مرة في الحصن كأنها تنتظر عبادة وقد وقف الخيالة الأربعة الذين كان يطاردهم في انتظاره يدورون بخيولهم، يتساءلون بحركاتهم: هل يندفع إلى داخل الحصن فيجد نفسه أسيرهم؟ هل يقف فتثقبه سهام أبراجهم؟ كانت الأصوات تأتي من ناحية المعسكر تطالبه بالعودة فأحسها خوفًا، وكانت التوقفات المترقبة عند بوابة الحصن تنتظر قراره، فأحسه فخًّا فقفل راجعًا. حين عاد كانت حوافر حصانه تدوس أشياء الفرسان الروم وتقذفها أمامه.

نظر عمرو بن العاص بعد أن فرغ من صلاته فتأكد من الجلسة التي أقعدها لوفد المقوقس على قطع من الخشب مرصوصة ومكسوة بالفرش

والقماش وعلى مرتفع شهودًا للمشهد، فنادى حارسه فتتبع صالح شفتي عمرو يأمره أمرًا ثم ناداه وهمس في أذنه:

ـ هل أنت متأكد أن رجلك من بينهم؟

ابتسم صالح لقلق عمرو بن العاص الذي يخفيه تحت جلده، ومضى لمجالسة الوفد، ومن حيث وقوف صالح رأى قدوم عبد الرحمن بن ملجم في صحبة حارس ابن العاص، فمر على الصفوف وأجلسه عمرو بنظرته إلى جانبه وأومأ إليه أن يتلو.

* * *

كان ابن ملجم قد قضى ليلة سوداء لم يقرب النوم فيها جفونه منذ صاح في صالح القبطي وابن عديس غاضبًا ملتاعًا:

ـ أي مدينة وأي صحبة وهم يتعرضون لعرض وشرف نبيهم؟! كيف يتقول هؤلاء الفجار ويتهمون امرأة رسول الله؟! هؤلاء لا إيمان ولا إسلام، وما كنت أتردد لحظة عن ضرب أعناقهم جميعًا في صحن المسجد متى مسوا نساء النبي!

لا يعرف صالح القبطي من أين جاء بهذا الهدوء، ربما من ذات المكان الذي أتى منه غضب ابن ملجم وقال:

ـ هل أنت متأكد أنك القارئ الحافظ لكتاب الله في صدرك يا هذا؟

انتفض ابن ملجم للسؤال الاستنكاري فزادت حدته:

ـ وهل أنت أيها القبطي من تجرأ فلوث سرير النبي بمنيه؟

حاول عبد الرحمن بن عديس أن يملك زمام نفسه وقد هم بأن يصفع هذا البدوي الفج على وجهه، لكنه عاد وملك زمام غضبه وهو يترجى صالحًا:

ـ اكظم الغيظ يا صالح فابن ملجم سيعتذر.

ثم نهر ابن ملجم بنظراته ثم بكلماته تصفع خديه:

ـ هذا صالح، أقدم منك إسلامًا، وأعلم منك بالنبي، وقد صاحبه وأدركه، فهل تجد في نفسك منافسًا للرجل يا ابن ملجم لمجرد أنك تفرغت لحفظٍ لم يتفرغ له صالح؟ ثم الرجل ينبهك لكتاب الله الذي تتلوه علينا، أليس يحمل بين دفتيه حادث الإفك حيث طعن الناس ومنهم الصحابة وأهل المدينة في شرف عائشة واتهموها برفقة رجل وخيانة زوجها الأكرم، وباتت المدينة شهرًا كاملًا وهي تأكل في لحم النبي وشرفه وهو صابر محتمل، وهي السيدة والحبيبة وبنت أبي بكر، ورغم ذلك فالنفوس حتى في مدينة الرسول تحوي شرها وخبثها وقد برأها الله من فوق سبع سماوات.

استعاد صالح نبرة الذكرى في جوفه وهو يمضي في حكايته، كأنه بات يحكيها لنفسه لا لهذا الفسل الأرعن، وقال:

ـ لم أخبرك أن النبي أهدى حسان بن ثابت سيرين شقيقة مارية، وكان النبي قد جلد حسان نفسه وهو صاحبه وشاعره لأنه من قذف عائشة بالزنى والخيانة وهو من هو قربًا من الرسول، ثم إن الرسول غفر له حتى إنه كي يطيب خاطره بعد أن اعتدى عليه ضربًا أحد الصحابة...

أضاف ابن عديس بسرعة:

ـ ابن مطعون.

ـ نعم، ضربه ابن مطعون ضربًا شديدًا، لكن النبي نصح حسان بالعفو عنه، فلما عفا أهداه سيرين، بينما اختار النبي لنفسه مارية وأجلسها في بيت بعيد في المدينة، وهي وحدها مع امرأة تخدمها لكنها بلا أهل وصحبة في المدينة. ولأنها الغريبة فإن مأبور ابن عمها الذي جاء معها من مصر وقد اشترته عائلة في المدينة للعمل على بئرها ونخلها،

كان يزورها في بيتها ويجالسها ويعمل على مؤانستها والإتيان لها بحاجاتها، فلما حملت من النبي وبان بطنها انتشرت الألسنة حدادًا تقول علج يدخل على علجة، واتهموا قبطيًّا بمواقعتها. وتبادل البعض اتهامي مخفيًّا ومكتومًا ثم مهموسًا ومسموعًا، وذقت عذابي أيامًا بلا شربة ماء ولا كسرة طعام من انكسار روحي حتى صدعت المدينة كلها باسم مأبور وكان هو المتهم الملعون يومها.

ـ وهل كان يعلم النبي بأن لها ابن عم يزورها؟

ـ أغلب الظن كان يعلم، ولم يشغله هذا بشاغل، فلا حاجة لنبي الله بأن يشك في جاريته، لكن يبدو أن كلام الناس زاد ووصل حتى غرفات النبي، حيث زوجاته تحادثن في هذا، ولعل عائشة بغيرتها على حبيبها وغيرتها من جارية انتفخ بطنها بنطفة نبوية، قد أبلغت النبي ما يقال وقد تحرج كثيرون أن يقولوه.

تدخل ابن عديس مندهشًا:

ـ عائشة التي سبق وتلقت ذات التهمة ترددها على غيرها من جواري النبي!

أكمل القبطي:

ـ فطلب النبي من على بن أبي طالب أن يقتل مأبورًا، فقال علي: يا رسول الله، أكون كالسيف المحمي، أو الشاهد يرى ما لا يرى الغائب؟ فقال: «بل الشاهد يرى ما لا يرى الغائب»، فذهب علي إليه ليقتله.

رد ابن ملجم:

ـ بل ذهب ليرى ما لا يرى الغائب.

أطرق صالح:

ـ صحيح، فلا يمكن أن يقتل النبي على الغيبة.

فقال ابن عديس:

ـ وكيف يقتل أصلًا فإن كان مأبور قد زنى فالجلد عقوبته، ونصف عدد الجلدات المقررة فهو عبد ثم الجلد للزاني مشروط بشهود أربعة أو بالاعتراف.

تساءل ابن ملجم مضيفًا:

ـ ثم كيف لم يطلب النبي قتل المتهم في واقعة عائشة كما طلبها في واقعة مارية؟

رد صالح القبطي:

ـ هذه حادثة يعلمها الصغار والكبار في المدينة، لكنني أظن أن النبي لم يقصد قتله بل تهديده، ولهذا طلب الأمر من علي بن أبي طالب، فهو يعلم ابن عمه وعلمه بالشرع، فلا يمكن أن يقتل دون تحقيق أو تحقق، ولا يمكن أن يأتي بحد لا يأمر به ربه.

ـ وماذا جرى؟

ـ ذهب علي مسرعًا وملهوفًا على الدفاع عن شرف وعرض النبي، ووجد مأبورًا في قطعة أرض يزرعها لمالكها بأطراف المدينة، وكان يصعد نخلة، فشخط فيه علي وأمره أن ينزل إليه، فأحس مأبور بشر ينتظره. وكان قد سمع أطرافًا من لغو المدينة عن مارية وراح ليشتكي لها، فشكت له ضعفها وغربتها وغياب النبي عنها وخوفها من شكه فيها، وقد تركها مأبور وهي تبكي دمعًا سخينًا، فشل أن يجفف دموع حزنها، وهي تربت على بطنها تخاطب جنينها بنشيج موجع استعادت فيه عديد قريتها المصرية البعيدة الذي تعلقت كلمات غنائها المكسور في أذنيه، وكأنه يأتيه من فوق جريد النخلة. وما إن

لمح عليًّا قادمًا وصوته يستدعيه حتى عصف به الخوف على حياته، وقد سمع احتكاك نصل السيف بجرابه وعليٌّ ينزعه ويشرعه، بينما العشرات من العابرين والقاطنين في المزارع والبيوت بدأوا يتوافدون تباعًا سراعًا يتجمعون يرقبون وينظرون وينتظرون دمًا يُسال وعرضًا يُداس ونبيًّا يُهزم في بيته. فما كان من مأبور إلا أن هبط بهدوء من جذع النخلة، ونظر صامتًا ثابتًا، كأن الخوف قد زال فجأة من فؤاده، فأدهشت جرأته ابن أبي طالب الذي دنا منه وهم بأن يصرخ فيه، ثم أذهلت المفاجأة عليًّا والقوم الذين تجمعوا حوله وخلفه ووقفوا متجمدين حين أمسك مأبور بذيل جلبابه ورفعه بكفيه إلى أعلى ببطء حيث بانت ساقاه ثم ركبتاه ففخذاه ثم فرج عما بين فخذيه عاريًا بين الناس، وأشاح عليٌّ فورًا بعينيه فلا يرى أبدًا عورة، بينما صاح الناس وصارحوا ببراءة مأبور كما عاينوا أيره.

ندت من ابن ملجم آهة من التبس عليه الفهم، فشرح ابن عديس:

ـ كان مأبور مخصيًّا، ألا تفهم؟

* * *

يجلس ابن ملجم الآن جانب عمرو بن العاص وقد تربع وقرفص وتغيرت ملامحه من النكد الذي يعلق بها وبدأ يتلو القرآن. ابتسم صالح حين التقط مكر ابن العاص، فقد سأله القساوسة عن معنى ما يقرأه القارئ من القرآن، وهو يتبادل من بعيد نظرات الرضا مع ابن العاص سأل نفسه وهو يستمع لصوت ابن ملجم مرتلًا: كيف أترجم هذه لهؤلاء أيها الماكر؟

وكان ابن ملجم يقرأ من سورة محمد آيتها: «فَإِذَا لَقِيتُمُ ٱلَّذِينَ كَفَرُواْ فَضَرْبَ ٱلرِّقَابِ حَتَّىٰٓ إِذَآ أَثْخَنتُمُوهُمْ فَشُدُّواْ ٱلْوَثَاقَ فَإِمَّا مَنًّۢا بَعْدُ وَإِمَّا فِدَآءً».

فلما سأله أبو مريم عن معنى ما يقرأه القارئ رد صالح:

ـ يقول إن أقرب الناس للمسلمين هم المسيحيون.

رد أبو مريم:

ـ مسيحيو المقوقس أم مسيحيو القبط؟

ضحك صالح:

ـ المسيحيون الذين يستسلمون.

في الليل كان صالح يحكي لابن ملجم وقد قفز على خيمته ملحًا بالسؤال عما جرى لمارية بعد موت النبي:

ـ طرق الخليفة عمر بن الخطاب منذ عام فات باب داري في ذات غبش فجر وهو يناديني أن أخرج، فلما استيقظت من نومتي ظننت أن ابن الخطاب يطلبني في حرب أو صلاة، لكنه قال والدموع تملأ عينيه وهو الذي لا يبكي: «تعال ندفن مارية، فقد ماتت أم ولد رسول الله». وأمسكني من يدي نمر معًا على كل بيت من بيوت المدينة، فيطرق عمر بابه وهو ينادي صاحبه باسمه أن تعال ندفن مارية أم ولد رسول الله. وخرجنا كلنا نصلي وراء عمر جنازة القبطية التي عاشت وحيدة وماتت وحيدة لم يؤنسها إلا نبي كريم وإبراهيم الولد الذي مات طفلًا فترك فؤاد أم إبراهيم فارغًا.

١٢

حين رأى قيرس هذا الرجل الأسود يدخل عليه أحس إهانة معلقة في نصل خنجر انحشر في عظم ظهره. نعم كان قيرس جالسًا على مقعده الخشبي العالي المنقوش بالرسوم المحفورة والمنقوشة، وكانت ذراعاه تستندان في راحة الخيلاء على مسندي المقعد المبطنين بالريش والمكسوين بالحرير. وكان حرسه ورجاله يحيطون به ويقفون خلفه، وكانت الأسقف المرتفعة بزجاجها المعشق الملون والأيقونات في جوانب القاعة مع المصابيح المعلقة والمثبتة على الأعمدة الشاهقة التي لا يخلو شبر فيها من نقش ورسم، والشرفات المفتوحة بطلتها على النيل وستائرها الثقيلة الفخيمة، ومارجرجس على الحائط المواجه كبيرًا وضخمًا وقويًّا، محاطًا بهالة حول رأسه، وذراعه ممدودة بالسيف المسنون ذي الرؤوس الخمسة تنغرس في التنين الوحشي الذي تفاجئه عزيمة مارجرجس وعمق غرسته. إلا أن المقوقس بمجرد أن دخل هذا الرجل الأسود عليه تشاءم وتطير ولعن اليوم الذي جعل عبدًا عربيًّا مثل هذا يأتي ليفاوضه.

لم يكن يحب حصن بابليون، وكان يتمنى أن يجلس هناك محتميًا

بإسكندريته ضد هجوم ابن العاص، لكنه مدفوعًا بكونه حاكمًا وبطريركًا، كان لا بد أن يمشي وراء نصيحة قائده العسكري تيودور: أن يبقى جوار الجند ويقف في مواجهة العرب. منذ جاء إلى مصر وهو يكرهها. فرحه بالفوز بتكليف هرقل ووهجه بفخر اللقبين الحاكم والبطريرك وأبهة ملك هذا البلد، لم يستطع كل هذا أن يمنعه عن شوكة بلعها في أمعائه وعلقت بها منذ سمع عن هروب بنيامين قبل وصوله، بادر هذا الملعون بحربه حين قرر أن ينسحب من مواجهته. ولع قيرس بالحكم كان أكثر من فخره بمكانته الدينية، لكن بنيامين بطريرك الإسكندرية الأرثوذكسي الهارب لم يدع له أي فرصة في أن يتمخطر بالعباءة القشيبة المقصبة ككاهن، ولم يترك له بلاطة ليقف عليها في دير أو كنيسة معترفًا به مجمعًا عليه، هو يكرهه أكثر من كراهيته لعمرو بن العاص، بل أكثر من كراهيته لهذا الأسود الذي همس في أذنه ترجمانه وأخبره أن اسمه عبادة بن الصامت. نعم هو في هذا الحصن الهائل محصن عن أن يناله ابن العاص الذي يحاصره، لكنه محاصر بمن هم أشر عليه، محاصر بمئات الأقباط الذين يحتجزهم في أقبية وسجون الحصن، فهم خونة مستعدون أن يبيعوا أنفسهم للعربي مقابل أن يخلو لهم وجه مذهبهم وبنيامينهم. من فرط شعوره بالإهانة يريد أن يترك الكرسي حالًا وينزل من سلالم الكنيسة ويمر في زقاقها الخلفي وينادي على حرس يُخرجون له من القبو قبطيًّا أو اثنين فيذبحهما لتهدأ أعصابه. حرمه هؤلاء الفلاحون والنجارون والبناءون التافهون من مجده، كأن هؤلاء المزارعين المصريين الجهلاء الذين لا يعرفون في الدنيا إلا زراعة قمحهم وشعيرهم وطلوع نخلاتهم علماء يتفقهون في الدين المسيحي وهم لا يعلمون منه وعنه إلا أيقونات المسيح ورجفة أياديهم الخشنة على الصلبان، الصيادون الرمم وسكان البيوت الكئيبة الموحشة رفضوا مذهب هرقل كأنه الكفر.

ماذا يعرف هؤلاء عن دين المسيح حتى يمشوا وراء بنيامين العنيد الخائن ويصموا مذهب المسيحية الجديد بالكفر؟

هل هرقل الذي أراد أن يجمع المذاهب المسيحية المختلفة المتناحرة المتصارعة الممزقة للمسيحيين في أركان الأرض، وينهي خلافاتهم اللاهوتية الفارغة وتنافس رهبانهم وقساوستهم بثرثرات وتقولات وهرطقات ونزف دم وحروب شعوب، ويصنع مذهبًا واحدًا جامعًا موحدًا يؤمن به كل مسيحي على وجه الأرض، يصبح في نظر هؤلاء الحمقى كافرًا؟

ومن يحكم عليه بالكفر؟ مجموعات الجهلة وجوقات الفلاحين والصيادين والنجارين في بلد لا يقدر شعبه على البقاء يومًا في حياته دون أن يحتله أجنبي! نسي هؤلاء من منكري الفضل وناكري الجميل بكاهنهم الأناني أن هرقل أنقذهم من حكم الفرس الذين أذلوهم وأهانوهم وحاربوا دينهم وقهروا كنائسهم وهدموا أديرتهم. فانتشلهم ملك الروم من وحل الكفرة المحتلين، وحرر بلدهم من دنس نجس، فإذا بهم يردون على صنيعته برفض مذهبه الذي جمع له كل قساوسة الأرض فأقروه وقرروه، لكن المصريين يعتبرونه كفرًا.

يتذكر عندما تحدى أبا مريم، هذا القسيس الذي لا يطمئن إليه كثيرًا، رغم أنه حل رقبته من رفقة بنيامين وانضم إلى صف المذهب الجديد واحتمى بعباءته، لكن قيرس لا يزال ينظر له شاكًا مشككًا، ورغم تضييق الحلقة عليه بالعيون والبصاصين، لكن الرجل الثعلب يفلت في كل مرة ويظهر بريئًا مخلصًا متفلتًا من قبضته، وفي كل مرة يريد أن يقطع رأسه، لكنه يتراجع كأنما يريد أن ينتصر على بنيامين بأن يبايعه نصيره السابق وراهبه المفضل، تحداه يومها وقال له وبحر الإسكندرية الهائج يموج بموج غضبه:

ـ لو جئت هنا بكل صيادي الإسكندرية ومثلوا أمامي واحدًا بعد الآخر فسألتهم ماذا تعرف عن الفرق بين مذهب المونوفيسي، ولاحظ أنه مذهبهم القبطي يا أبا مريم، وبين ما أدعوهم إليه من مذهب المونوثيلي، فلن يعرفوا فرقًا واحدًا، ولن يجيبوا بكلمة واحدة، فهم جهلة بنيامين المؤمنين، إنهم فقط يرفضون دين الغريب الأجنبي، ما يأتي من الروم كفر ونحن المصريين الذين نفهم في الدين ونؤمن بالمسيح. طيب يا مغفل أنت وهو وما الذي يبدو فارقًا بين مذهبينا؟ لا يجيبك. فإن قلت لهم هذا يكاد يكون ذات المذهب، يبتسم الصياد الخبيث ويقول بكل لؤم: «إذن دعنا في مذهبنا طالما هو ذات المذهب». إنهم يسيرون وراء بنيامين وما يذيعه عليهم، بينما أنت ومن دخل مذهبنا الجديد لا تبدون حماسًا في تعريف الناس ولا إفهامهم حقيقة روعة وعظمة ما ذهب إليه هرقل من توحيد المسيحيين على مذهب واحد!

كان أبو مريم لا يرد إلا بابتسامة راعي غنم لذئب يستأمنه، ولم يفهم هذا الراهب ولا غيره مدى اشتعال القلب الذي عاشه قيرس مع فشله في إقناع المصريين بالمذهب الجديد، وهذا العناد اللعين الذي أبداه القبط تحديًّا من قوم لا حول لهم ولا قوة، فاستفزوا كبرياءه حين جرحه كل يوم ضعيفهم وراهبهم الهارب. منذ عشر سنوات وحتى الآن يحاول إخراج الحية من مكمنها لكنه يفشل فيزداد إحساسه بالهزيمة رغم ملك الأرض وصولجان القوة وجند الروم الموزعين في كل ركن وجمال الإسكندرية وبهاء النيل وهذا الزهو العاتي في براح هذا البلد، إلا أن إحساسه بالضعف تجاه شعب أعزل إلا من عناده أفسد عليه حياته. رسائل هرقل الطاعنة في قدراته كحاكم لبلد هو الأعز عند هرقل في الشرق كله، وتهافت قدرته

على إغراء القبط بالتمذهب بمذهبه، كانت تشوي كبرياءه، فزاد غله، نعم لم يتورع يومًا أن يصرخ في هذا المكان: «أنا أكره هؤلاء القبط، أنا حاكم مصر وسيدها وبطريركها الذي يكرهها».

عندما استمع له بعض متنفذي الروم وكبار تجارها الذين يستثمرون في قمح مصر وصناعاتها أشفقوا عليه من مكانته التي صارت لعنته.

حين دخل هذا الحصن في أول أيامه بمصر كان مزهوًّا ومتعاليًا وفخورًا وفرحًا مرحًا حرًّا طلقًا. ولما فاتت به الأيام من معاندة القبط وهروب بنيامين وفشله في جمع المصريين على مذهبه الجديد كانت تتآكل روحه فيزداد عنفًا وقتلًا.

لما جاءه مندوب هرقل المتباهي بمندوبيته وكأنه قدم ليعطيه دروسًا في الحكم وفي التبشير قائلًا:

ـ أنت تقسو على المصريين وتجلدهم بالضرائب عن النفس وعن القمح، وتسجن وتعذب لتمسكهم بقبطيتهم، لماذا لا تجرب أن تغويهم وتغريهم وتخفف عنهم فيتقبلونك ويقبلون على مذهبنا ويتخلون عن أرثوذكسيتهم؟

رد المقوقس نافد الصبر ضيق الصدر:

ـ أنت ساذج! أتحسب أن قدومك من بلاط هرقل يمنحك حق الحكمة وصوابية الرؤية؟ اجمع كلامك وأعده إلى جوفك، فهؤلاء يلعنوننا جهرًا وسرًّا، ويكفروننا ويتعالون علينا، كأننا الكفرة وهم المؤمنون، كأن العائلة المقدسة حين زارتهم لاجئة منحتهم صك تفردهم عن مسيحيي العالم، فصارت إسكندريتهم هي منبع الدين ونبع المسيحية الصافي، وما عداها هرطقة كفرة وزندقة مرتدين. هذا ليس إيمان الرهبان في جبالهم وأديرتهم هنا، ولا عقائد القساوسة في كنائسهم،

بل هو إيمان وعقيدة أي فسل جاهل يجمع الحطب أو يحصد أعواد القمح في أرض طينية نتنة! هؤلاء لن يسلموا ولن يستسلموا حتى لو ابتسموا لك وألقوا عليك تحية الصباح! أنت لم ترَ الجلود التي سلختها ولا الأعناق التي ذبحتها وأصحابها يبتسمون ويُشهدون المسيح على تقواهم!

كان المندوب قد يئس منه، لكن قيرس متفجرًا بكراهية رسولية يحب أن يبشر بها ويدعو لها ويضم إليها:

ـ ما يؤلمني هو مسيحيتي، أراها تضيع في الخلافات والتناحر، وبينما يشرق المسيح علينا بهداية هرقل لمذهب موحد، إذا هؤلاء الجهال ينبذونه كأنهم يكتبون على المسيحية الفرقة والخلاف والتنازع للأبد! إن عصيان القبط يشجع الآخرين على التملص، ويعض في لحم المذهب الموحد فيدميه، لذا لا بد من إجبار هؤلاء الأقباط على الانحناء لدين الله!

* * *

يسأل قيرس نفسه بعد هذه السنوات وحده في حصن بابليون بدون صديق يؤنس روحه القلقة ولا شريك يسد مزق قلبه بيده فيمنع عنه حزنه، جاء هؤلاء العرب وهو في إعياء الوحدة وزهق الطاقة وحوله جنود مستهترون وقائد عسكري تافه ظن نفسه في نزهة مصرية مكافأة من قائد الجيش في روما على ولائه. نعم هذا الحصن بكنائسه البهية وممراته وأزقته ونخله وصلبانه وجدرانه وجرانيته وقبابه وأسواره وبواباته الجهمة العصية على الاقتحام وسجونه وأقبيته التي تنحشر فيها أجساد نحيلة هزيلة تهذي بكفر قيرس وهرقل وجنود الروم، وهؤلاء الروميات الطليقات الحسناوات وأصحاب المال والتجار، وكل هذا الحصن الذي لجأ إليه قادة الجيش

الرومي الذين فروا من هزائمهم أمام العرب يدق أجراسه في عقله فيذكره أن المصريين يكرهونه، وأنهم يدفعون العرب لهزيمته: كيف يواجه محتلًّا يرحب به الشعب المحتل وآخرها يرسل له عمرو بن العاص بعبد أسود يدخل عليه كأنه قيصر الحجاز القاحلة؟!

١٣

كان قيرس يهرول في الزقاق الضيق بين الكنيستين، يدوس على عباءته بحذائه الجلدي فيكاد يتعثر، فيصيح متذمرًا ساخطًا، ويلم العباءة عند خصره وهو يتمتم بكلمات متلعثمة مضمومة الحروف غامضة المعاني. كان يفور كالتنور المغلي منذ رد عليه عبادة بن الصامت، فترك القاعة مشيحًا بيديه، وفاجأت حركته مندوبي الجيش العربي كما أذهلت حراسه، وبوغت تيودور وهو لا يستوعب حمأة قيرس، فقام بعد تلكؤ غير مستوعب لما رآه. خرج قيرس المقوقس من أول باب وجده في طريقه فكان بابًا خلفيًّا للخدم، فهبط على سلالمه الحجرية التي تهبط إلى زقاق خلفي فمشى فيه دونما هدى، ولحق به الجند والقساوسة يجمعون أطرافهم مع أفكارهم لمحاولة تهدئة المقوقس وهو يلعن ويسب ويلوح ويشيح ويقف متعثرًا ثم يستعيد مشيته ناقمًا. فلما أمسك به تيودور بعدما عبر كل الملاحقين الذين أفسحوا له الممر، نظر إليه المقوقس وكأنما وجد ضالته المثالية للانفجار، فنزع عن تيودور سيفه الموضوع في جرابه المطلي بالفضة ودفعه بقبضة ضربت الدرع الحديدية التي تزين صدر قائد الجيش، ونفخ فيه ناره:

ـ لو كنت قائدًا محترمًا تواجه عدوك، بدلًا من أن تسقط كل حامية يلقاها

العرب الهمج في طريقهم، ويأتون مهزومين يتراقصون عندك في هذا الحصن الذي صار ملجأ لعجزة جنودك، ما تطاول هذا العبد الأسود على مقوقس مصر!

حاول تيودور أن يخفي آثار الإهانة بابتسامته، وقال هامسًا:

ـ أنت حاكم مصر وسيدها، فلماذا لا تخطط ونحن ننفذ؟

قبل أن يلتقط قيرس لكمة ما قاله تيودور، أكمل قائد الجيش كلامه بسرعة وهو يمسك سيفه من قبضة المقوقس ويعيده إلى مكمنه:

ـ ثم إن هؤلاء العرب يقفون على باب حصني منذ سبعة أشهر، ومر عليهم صيف ونزل فوقهم مطر ولم يجرؤوا على اقتحامه.

شخط فيه المقوقس متهكمًا:

ـ حر ومطر! لقد أفسدت بضعف جيشك على الفلاحين زروعهم وحقولهم ومحاصيلهم!

ضحك تيودور رغمًا عنه وهو يرد:

ـ ومنذ متى تهتم بالفلاحين؟

استنكر قيرس السؤال فزعق:

ـ بل أهتم بضرائب الفلاحين يا غبي!

تبادل الوقوف البسمات، فعاد المقوقس يتلمس هواء يعبئ به رئتيه. مشى وسط الهمهمات المتدلية من ضحكاتهم المكتومة، فوجدوا أنفسهم يعودون وراءه إلى الباب الخلفي للكنيسة، وقد بدأ المقوقس يسترجع ما فقده من أنفاس الهرولة، فاقترب منه القساوسة في حلقة ضاقت حتى طالت في الزقاق المرصوف بحجارة البازلت السوداء اللامعة، وأضاف ساعتها تيودور وهو يجذبه للعودة.

ـ ثم إن الحاميات التي انهزمت أمام العرب هي حاميات صغيرة وبعيدة،

وتعرف أنها ليست تحت سلطتي، فأنت وافقت هرقل في تقسيم مصر إلى حاميات عسكرية منفصلة ومستقلة في إدارة شؤونها على كل رقعة تعسكر فيها، فلا شأن لي بها.

تنمر المقوقس فخافوا من تملصه من العودة خصوصًا حينما زمجر في تيودور:

ـ بل جئتني مهزومًا في ثلاث معارك، وكل ما نصحتني به هو إغراء هؤلاء العرب بالمال حين أعياك السلاح عن ردعهم!

وفجأة وقف المقوقس قبل أن يسمع إجابة من تيودور، وقبيل الولوج للباب المؤدي للسلم، وقال:

ـ كيف أتحمل هذا العبد الأسود مرة أخرى؟!

لكنه لم ينتظر إجابة، بل صعد وهم يتجمعون متزاحمين خلفه، بينما يتمتم بالحوار الذي جرى بينه وبين عبادة بن الصامت، يعيده كأنما ليذكر نفسه بما جعله ينفجر، فحين باغته المقوقس قائلًا:

ـ ابعد عني يا أسود، وهات لي غيرك يحادثني!

رد عليه عبادة بصلافة واثقة، فهم إجابته قبل أن يترجمها ترجمانه المتهيب أن ينقل له تطاول طويل القامة على قامة صاحب القداسة والنيافة، كان عبادة قد قال:

ـ لن يحدثك غيري يا رجل، أو ليس لنا حاجة في الحديث معك!

* * *

دخل المقوقس عائدًا بصحبة رجاله إلى بهو الكنيسة حيث المقعد الفارغ ينتظره، ووفد العرب على حاله من الجلوس عند الشرفة المطلة على النيل يرقبون خطوة المقوقس القادمة بعد خروجه الغريب الخاطف الغاضب. كان صالح القبطي يضع كفه على كتف عبادة بن الصامت

الجالس أمامه مطمئنًا، بينما تبادل ابتسامة ضيقة اتسعت مع أبي مريم، وهو يقف الآن خلف المقوقس يومئ برأسه وينحني على أذن المقوقس الذي همس ردًّا على جملة أبي مريم الخافتة:

ـ هل عميت عيناك يا رجل؟! إنه عبد نحيل نحيف طويل طول عبد بالي الثياب، مهمته أن يهش عني الذباب بينما يحدثني كأنه هرقل!

كتم أبو مريم همهمته، لكن المقوقس تنحنح ثم تحدث بصوت حاول أن يكون جادًّا:

ـ تقدَّم يا أسود وكلمني برفق فإني أهاب سوادك!

ثم أشار لأبي مريم أن يترجم بنفسه، ورمى نظرًا كالشرر على تيودور الذي بات غروره ملقى أمامه على البساط.

* * *

سأل صالح القبطي عبادة:

ـ هل أترجم كل كلمة بذاتها للمقوقس أم أوجز وأكثف؟

كان يعرف إجابة عبادة، فالرجل يتصور أن بلاغته العربية وفصاحة كلماته حين تنتقل إلى مسامع مفاوضه الضجر مكلوم الكرامة ستجد لها موضعًا أو تضرب سيوفها في نحره. لقد عرف صالح فور أن عين ابن العاص عبادة رسولًا له على رأس الوفد ما يسعى له عقل عمرو بن العاص الذي لا يكسل أبدًا، كان هدفه يتجلى في ابتسامته وهو يهندم عمامته الصفراء على رأسه، تبرق عيناه كالعادة بلمعة دقة تصويبه لسهم فكرته، فعمرو بن العاص يهين المقوقس ويضغط على كبريائه فيدهسه بإيفاد رجل مثل عبادة لن يراه بطريرك وحاكم مصر إلا عبدًا تافه الشأن يصفعه ابن العاص به. فالمقوقس مهزوم حتى إن ابن العاص لا يريد تخويفه بمندوبين يهابهم أو يوقرهم، بل يريد إهانته، يرسل له من يذكره بذبول حكمه وصغر

شأنه، ثم إن عبادة عابد فارس ورئيس قومه الذي لا يتلقى أوامر من أحد إلا نبيه وخليفته، فلا يجيد المفاوضة ولا يعرف فن المحاورة، فسيلقي على المقوقس ما طلبه ابن العاص صخرة في وجهه القوقازي بلا تردد وبلا تودد. وهذا ما كان، فعبادة أخذ يلقي على المقوقس محاضرة في الدين الإسلامي حين كان يترجمها صالح ويلقي بكلماتها ناحية المقوقس يدرك مدى ملله، وحين كان ينقل رد المقوقس لعبادة كان يدرك مدى انصراف عبادة عنها وعنه، فلا شأن له بما يسمع بل بما يقول:

ـ إن من أصحابي ألف رجل أسود كلهم أشد سوادًا مني وأفظع منظرًا، ولو رأيتهم لكنت أهيب لهم منك لي، وأنا قد وليت وأدبر شبابي، وإني مع ذلك بحمد الله ما أهاب مائة رجل من عدوي لو استقبلوني جميعًا، كذلك أصحابي، وتلك رغبتنا وهمتنا الجهاد في الله واتباع رضوانه، وليس غزونا عدونا ممن حارب الله لرغبة في الدنيا ولا طلبًا للاستكثار منها، إلا أن الله عز وجل قد أحل لنا ذلك، وجعل ما غنمنا من ذلك حلالًا، وما يبالي أحدنا إن كان له قنطار من ذهب أم كان لا يملك إلا درهمًا، لأن غاية أحدنا من الدنيا لا يملك إلا كِفاه، وإن كان له قنطار من ذهب أنفقه في طاعة الله، واقتصر على هذا الذي بيده، ويبلغه ما كان في الدنيا، لأن نعيم الدنيا ليس بنعيم، ورخاءها ليس برخاء، إنما النعيم والرخاء في الآخرة. وبذلك أمرنا الله وأمرنا به نبينا وعهد إلينا ألا تكون همة أحدنا من الدنيا إلا ما يمسك جوعته ويستر عورته، وتكون همته وشغله في رضوانه وجهاد عدوه.

مسح المقوقس عرقًا على جبينه وهو يهمس لنفسه ويمنع بكفه المعلقة أمام صدره أحدًا عن ترجمة كلامه إلا بعد أن ينتهي منه:

- أسمعك تقول عدوك، ومتى كنت عدوك يا أسود وأنت الذي جئت لي غازيًا محاربًا ولم أكن قد مددت لك ذراعي بسيف ولا اقتربت من بلادكم بشبر؟

أدار أبو مريم وجهه ناحية صالح يطلب منه بعينيه ألَّا يكون مخلصًا في ترجمته، بينما كان المقوقس يتحدث مع تيودور ناقمًا:

- هل سمعت ما يقول هذا الذي يغزو مصرنا؟ يزعم أننا أعداؤه، كله من خيبة عملك وهزيمة جندك!

ثم نفض يديه:

- لكن دعنا نكمل بعد رحيل هذا العبد الثقيل على قلبي سواد وجهه قبل غباء كلامه.

التفت إلى ترجمانه وقال وهو يشير لصالح:

- هل ينقل هذا الرجل كلامي أم يضع فيه نفسه؟

لم ينتظر إجابة وأكمل:

- قل له يا هذا ألَّا يغرنك سقوط مدن من ضعف أو خوف أو خيانة من هؤلاء الأقباط الذين ينقمون علينا حكمنا ومذهبنا، فهم مارقون مرتدون. ولا تأخذك أنت وقائدك الفرحة، فأنت تقف على حصننا منذ شهور وما أفلحت في فتح كوة ولا عبور قنطرة، إنك وأصحابك ممن أخرجهم الله لخراب الأرض، وقد توجه إلينا لقتالكم من جميع الروم ما لا يُحصى عدده، قوم ما يبالي أحدهم من لقي ولا من قاتل، وإنا لنعلم أنكم لن تقدروا عليهم ولن تطيقوهم لضعفكم وقلتكم، وقد أقمتم بين أظهرنا أشهرًا، وأنتم في ضيق وشدة من معاشكم وحالكم ونحن نرق عليكم لضعفكم وقلتكم وقلة ما بين أيديكم.

ثم التفت إلى ترجمانه وقال له:

- اصمت أنت.

ثم أشار على صالح أن يهب ليتقدم إليه، فأتاه صالح بعد شفرة موافقة من أبي مريم:

- أريد أن تترجم له ما سأقوله الآن بنفسك.

ثم نظر إلى ترجمانه:

- وراقب أنت دقته.

ثم وضع كل ما يملك من نظرات في عين عبادة وقال:

- نحن نعلم ضيق حالكم وما أنفقتموه سعيًا لمصر وطمعًا في خصبها وثرائها، ولذلك يمكن أن نعوضكم بأن نفرض لكل رجل منكم دينارين، ولأميركم مائة دينار، ولخليفتكم ألف دينار، فتقبضونها وتنصرفون إلى بلادكم قبل أن يغشاكم ما لا قوة لكم به!

لم تهتز عينا عبادة بن الصامت، وبدا تمامًا ذكاء اختيار ابن العاص حين رد وكأنه لم يسمع عرضًا:

- يا هذا، لا تغرن نفسك ولا أصحابك، ما تخوفنا به من جمع الروم وعددهم وكثرتهم وأننا لا نقوى عليهم، فابحث عن غيرها، فليس هذا الذي تخوفنا به، ولا الذي يكسرنا عما نحن فيه، وإن كان ما قلتم حقًّا فنحن والله أرغب ما يكون في قتالهم، فليأتوا الآن دون مهل أو تمهل، وما منا رجل إلا ويدعو ربه صباحًا ومساءً أن يرزقه الشهادة، وألا يرده إلى بلده ولا إلى أرضه ولا إلى أهله وولده.

استفسر المقوقس مرتين وهو هادئ تمامًا، كمن سحب منه الهواء غضبه عن معنى الشهادة، وعاد ليستفسر عن معنى معناها مرة أخرى، وتمتم بعدها ناظرًا لمن حوله:

- يذكرونني بموت الأقباط تحت التعذيب من أجل مذهبهم الأخرق،

كأن الشهداء يحيطون بي من كل صوب يا تيودور! مصريون لا مشكلة لديهم في أن يموتوا جميعًا من أجل مسيحيتهم، وهذا الأسود وعربه يهددونني بموتهم من أجل إسلامهم!

تنهد والتفت إلى عبادة:

ـ تفضل أكمل يا رجل، ماذا جئت لتعرضه علينا؟

بعد ترجمة مقتضبة تمهل عبادة ثم قال خطيبًا:

ـ فليس بيننا وبينك خصلة نقبلها منك ولا نجيبك إليها، إلا خصلة من ثلاث، فاختر أيها شئت ولا تضع نفسك في الباطل. بذلك أمرني الأمير وبها أمره أمير المؤمنين وهو عهد رسول الله من قبل إلينا: إما إن أحببتم إلى الإسلام الذي هو الدين القيم الذي لا يقبل الله غيره وهو دين أنبيائه ورسله وملائكته، أمرنا الله تعالى أن نقاتل من خالفه ورغب عنه حتى يدخل فيه، فإن فعل كان له ما لنا وعليه ما علينا، وكان أخانا في دين الله، فإن قبلت ذلك أنت وأصحابك فقد سعدتم في الدنيا والآخرة ورجعنا عن قتالكم ولم نستحل أذاكم ولا التعرض لكم.

كان تدفق عبادة بالكلمات أسرع لهثًا من مترجمه، فطلب منه المقوقس بكفه أن يتمهل ليسمع مترجمه:

ـ تمهل يا رجل، فأحب أن أنتبه لكلماتك وأنت تدعوني وتغريني بالدخول في دينك.

سكت صالح القبطي حين أنهى ترجمته، فسكت المقوقس وقد وقف فجأة وقام عن كرسيه ثم مشى ناحية تيودور ثم عاد فأمسك بيد أبي مريم وتبادل النظرات مع قساوسته وقال:

ـ لي عشر سنوات في مصر أحاول أن أدعو الأقباط أن يغيروا مذهبهم ويعتنقوا مذهب هرقل الخلقيدوني، وفشلت كما ترون في أقبية هذا

الحصن، ثم يأتي أسود من الصحراء فيطلب مني بكلام لا أفهم نصفه من مترجمنا، أن أسارع فأُغير أنا ديني وأدخل في دينه الذي لا أعرفه ولا أفهم لغته!

قهقه جدًّا وكأنه اكتشف نجمًا في السماء، وقال موجهًا كلامه إلى عبادة:

ـ عمومًا، حظًّا سعيدًا مع أقباط مصر!

ثم عاد وجلس رزينًا وراضيًا، وقال بصوت جهوري بعد لحظة صمت:

ـ وإلَّا، أكمل، وإن لم أدخل دينك فماذا تعرض؟

ـ الجزية، فأدوا الجزية عن يدٍ وأنتم صاغرون، وأن نتفق على قدر نرضى به نحن وأنتم في كل عام ما بقينا وبقيتم، ونقاتل عنكم وعن أرضكم ودمائكم وأموالكم.

ـ حسنًا، وإلَّا؟

ـ ليس بيننا وبينكم إلا السيف.

نهض المقوقس من جلسته نشطًا كمن فرح بنهاية الأمر، بصرف النظر عن طبيعة هذه النهاية، وقال:

ـ هل أكرمتم ضيوفنا وأطعمتموهم من لذة الطعام والعصائر المصرية؟

أومأ صالح لعبادة بأن اللقاء انتهى، فقام عبادة من جلسته التي لم يتحرك منها أو فيها طيلة الوقت، فأشار المقوقس إليه وهو يهمس لقساوسته:

ـ ألم أقل لكم؟! لقد كان أليق به أن يقف خلفي بمراوح الريش ليخفف عني قيظ حر، فإذا به يأتي ليهددني، لم أكن أتصور أنني سأكره رجلًا أكثر من بنيامين، لكنني أكره هذا العبد الذي أشأمني أكثر، فقد أقنعني أنه لا أمل في التفاوض معهم إطلاقًا!

فتح الحراس للمقوقس الباب الضخم الذي صلصلت مزاليجه وهو يدلف منه ناقمًا نافخًا حارجًا.

١٤

شد جبلة ورقة البردي من بين يدي ابن ملجم فألجمته تلك الاندفاعة المفاجئة، لم يصمت هذا النفر المتجمع حول ابن ملجم بل صاح أحدهم مستنكرًا:

ـ ماذا تفعل يا جبلة قبحك الله؟

نهرهم جبلة وقد دفعته الجملة إلى اندفاعة تالية، فجذب منهم ما قبضوا عليه بأيديهم من ورق مصري وجلود ملفوفة قد خط عليها ابن ملجم بآيات من القرآن الكريم. كان ابن ملجم قد نال اعتماد آذان بعض الرجال المنصتة إلى صوته القوي العفي الذي لا يكف عن التلاوة، ويرتل يصبحهم ويمسيهم بالقرآن، حيث يركنون إليه ويتجمعون في مجلس يختاره. وقد تحيروا لماذا يجلس دومًا في مكان مكشوف للشمس، فتنتشر حبات العرق في وجهه ثم تغرق به عباءته حتى يبدو بلله ظلًّا من بعيد، يشارك سمرة بشرته ويدقق من نحافة عوده. وقد سألوه رأفة بنفسه وبهم أن يقتعد رقعة ظليلة تحت شجرة أو وراء خيمة فيتلو مرتاحًا ويسمعون دون رهق، لكنه بدا [illegible] في كل مرة حتى ظنوا هذا من لوازم حفاظ القرآن، لكن عبد الرحمن بن عديس صاح فيه بالحقيقة يومها حين نهره قائلًا:

- أتظن أن ثوابك سيكون أعظم لو أضنيت نفسك وأضنيت الخلق معك تحت شمس محرقة وأنت تتلو قرآن ربك متحرقًا، وهم يسمعون متعرقين؟ وهل للقرآن فضل في حر عن ظل وفي قيلولة عن قيظ، أم تعوض عن نفسك أنك بلا سيف ترفعه ولا عرق يبللك في قتال، فتتخذ من تعذيبك لنفسك مقربة من الله؟ والله إنك لمبتلى بعقلك يا حافظنا وقارئنا!

كان ابن ملجم قد سلم له بقيادته، لم يعرف كثيرين من رفقة المعسكر ولا جنوده، لكن تلك المجموعة التي تكونت حول ابن عديس صارت هي جماعته، وبدأ يتقرب ثم يقترب منهم، أكثرهم تنكيدًا عليه هو جبلة، حيث ينافسه في حفظ القرآن ويصمم على تخطئته ويدافع عن مصحفه، كأن ابن ملجم يطعنه برمح إذا قرأ قراءة مخالفة له. فكان ابن ملجم يشتد عليه بالهجوم الغليظ، لا يمنعه إلا قوة جبلة وشدته وعينا ابن عديس اللتان تفصلان بينهما حين يهمان بالتناحر والتشاجر. أما كنانة فهو ألصق الناس بابن عديس، وهو الذي اعتبر أن انقياد ابن ملجم لابن عديس انقياد بالتبعة له، هو محارب ومشغول بالانزعاج الدائم من عمرو بن العاص في الخفيف من الأمور والثقيل فيها، ولا يمضي في أي حوار إلا ساقه إلى الفيء والمال، ونافس سودان في الصرع بالنساء وذكرهن حين افتقاد الزوجات والإماء. سودان بطوله الفارع وبشرته السوداء هو المزهو بغلظته كما يصفه ابن عديس، وحين يداعبهما يقول إن أكثر من ينافس ابن ملجم في ضيق رأسه هو سودان. إنه عبد الرحمن بن عديس المسموح له بما لا سماح لغيره، الصريح الواضح المستند على تاريخه في صحبة النبي وبيعته تحت الشجرة في أن يجتاز سبق أي شخص على قلب ابن ملجم الذي يبدو له أنه لا يسع الكثيرين، فقد شغله سكان قدامى، هم كل القدامى من الصحابة الذين لم يرهم والذين إن رآهم

أسكنهم مكانًا فارغًا في قلبه، ربما يتعصى عليه الزبير لكنه يحشره حشرًا حتى يمر في جنب من جنبات قلبه.

الاقتراح الذي قدمه صالح القبطي كان رائعًا يومها، فصار قاعدة في التعامل مع ابن ملجم، فهو يتلو على الجنود القرآن جالسًا في حره وشمسه وقيظه، بينما هم يتجمعون أمامه وحوله تحت خيامهم يستظلون بها. وكان ابن ملجم لا يتعب من جلسته وتلاوته، ولا يقوم عنها إلا حين ينفض الجنود إلى تدريبهم أو غاراتهم أو نومة وقيلولة وغدوة وطعام.

لكن هذا النهار كانوا أقرب إليه وأدنى منه ومحيطين به في حلقة، فقد أجبرته تلك المادة المصرية الذائبة الحمراء التي يغمس فيها ريشته على الابتعاد عن الشمس حتى لا يصيبها نشفان سريع ولا تسقط حبات عرقه على الورق فيفسد حروفه. كان جبلة الأنصاري قد أتى بورق بُني مفرود وخشن، قال لهم إن اسمه ورق البردي، يكتب عليه المصريون الأقدمون كتاباتهم، وقد أحضره وفد عبادة بن الصامت معه من لقاء المقوقس. طلب من ابن ملجم أن يكتب له آية من القرآن ليحتفظ بها في رداء حربه، ويحفظ فيها أثناء مشيه وعدوه، فلما استجاب ابن ملجم وكتب له الآية قلد الآخرون طلب جبلة وتدافعوا حوله كل بورق مما اقتطعه من حمولة وفد عبادة اليسيرة أو من جلد أو قماش من حوائجهم. وفي حمأة انشغال ابن ملجم بالكتابة وهو يمعن ببطء في ريشته، اندفع جبلة اندفاعته وجذب الورق وصاح وسط دهشتهم:

ـ لا تجعلوه يُكمل، ومزقوا ورقكم هذا!

صرخ عليه ابن ملجم:

ـ ويحك! أتريد أن تمزق كلام الله؟!

فصرخ فيه جبلة وقد كاد أن يمسك بطوق عباءته، إلا أن يد ابن عديس سارعت فاحتجزت قبضته المنفلتة:

- بل هو كلامك يا ابن ملجم، فأنت تحرف كلام الله عن مواضعه!

لم يستطع أحد ساعتها أن يمنع ابن ملجم عما فعله، فلم ينتبه له أحد إلا بعد فعلته، فقد رمى جسده على جبلة فأسقطه أرضًا، وخنق عنقه بأصابعه الطويلة بارزة العظم مرتعشة النبض، وهو يزمجر ويزأر:

- بئس ما قلت يا كلب!

كان ابن عديس والجنود يرفعون ابن ملجم عن جبلة وقد لاكمه جبلة في بطنه من تحته، بينما يقاوم ابن ملجم أيادي وأذرع الرجال تشده ليقوم من فوق جبلة، رغم خربشة وحمرة كدمات من أثر لكمات جبلة المختنق هو الآخر بزرقة اتسعت في وجهه كأنه يموت، بينما يتحشرج كلامه وهو يصيح في خانقه:

- أتقول عن صحابي قاتل مع نبيك في أُحد إنه كلب يا ابن من لا أب له!

نجح القوم في فك الاشتباك، وبلوا ريق المتشاجرين بالماء، وكانت الملابس قد تمزقت عن صدر وظهر وأكمام وأكتاف، والوجوه مخدوشة، والعيون محملقة حمراء الجفون.

ثم سأل ابن عديس جبلة عن سر ما قاله، فرد وهو يشيح ناحية ابن ملجم:

- لقد كتب الآية في البقرة: «وأتموا الحج والعمرة للبيت».

رد ابن ملجم:

- وماذا في هذا؟!

- لقد سمعتها وحفظتها عن زيد: «وأتموا الحج والعمرة لله».

رد ابن ملجم:

- بل حفظتها عن خير مني ومنك، وقد حفظها عن خير منه: «وأتموا الحج والعمرة للبيت». هذا ما أشهد به عن معاذ بن جبل.

* * *

حين استدعاهما عمرو بن العاص، كان جبلة وابن ملجم قد تصالحا، وسلم كلٌّ منهما للآخر بسلامة النية والغيرة على كتاب الله، ولكن ابن العاص لم يكن يحتمل ما وصل إليه من تطاحنات المعسكر حول قراءة القرآن، وكان لا بد من وضع ضوابط تغنيه وتعينه، لكنه كان منشغلًا حين وصلا في صحبة ابن عديس كأنما ليخفف عنهما غضب الأمير أو عقوبته. كانت حلقة الخيمة قد اتسعت للزبير وعبادة بن الصامت والمقداد وخارجة، لكن ما خطف ناظري ابن عديس وقد شاركه ابن ملجم ذات الاختطاف هو جلوس صالح القبطي ورجله أبي مريم في الحلقة، بل زاد على ذلك وجهان روميان أحدهما هو الذي كان في صحبة أبي مريم في لقائه في البيت المتهدم مع القبطي.

قال ابن العاص:

ـ وهل لا يزال القبط على موقفهم يا خارجة؟

رد خارجة الذي كان موضع ثقة ابن العاص ومحل سره:

ـ ما يصلنا يؤكد ما يقوله أبو مريم، فإن القبط لا يشاركون الروم حربهم، ولا نرى قبطيًّا يشهر سلاحًا أمامنا حتى الآن إلا يسيرًا لا يُعد، وبعضهم التحق بجيشنا في الفرما وبلبيس وإن كنا لا نضعهم في قلب الصفوف إلا أن فائدتهم مؤكدة.

سأل ابن العاص:

ـ زدنا يا أبا مريم؟

أبو مريم وهو يعتدل في جلسته على الفراش الأرضي، وكان واضحًا أنها جلسة تضنيه لم يعتدها ولم يفهمها في خيمة قائد حرب، كان يتحدث بلغته بينما يظل محدقًا في وجه ابن العاص حين يشرع صالح القبطي في ترجمة كلماته:

ـ لقد أحصى المقوقس أكثر من سبعين ألف راهب قبطي، كلهم يعارضونه وكلهم مطاردون منه. ولو تكلم كل واحد فيهم بكلمة لقام الأقباط منضمين لجيشك، فقد وصل بهم الحنق والكره حدًّا يستبدلون فيه العرب بالروم دونما ذرة من تردد.

أكمل صالح القبطي دون أن ينتظر إضافة من أبي مريم:

ـ رسائل البطريرك بنيامين، وهو المطاع من شعبه، تطمئننا على أن عدوهم وعدونا هم الروم.

نظر ابن العاص إلى عبادة الجالس كالواقف:

ـ هل أدركت ما الذي سيفعله المقوقس يا عبادة؟

ـ أنا لا أعرف إلا أنني سببت له رعبًا.

لما ترجم صالح لأبي مريم، ابتسم حين تذكر نفور المقوقس من عبادة، وقال:

ـ هو مذعور رغم أن الموقف العسكري حتى الآن وفق تقدير قادة الحاميات المتناثرين ليس سيئًا، ولكن المقوقس مكسور بفشله مع القبط وبغربته في حكمه، وهو لم يكن يومًا محلًّا لهجوم ولا حرب، بل كان دائمًا ملحقًا بالجيش الغازي الذي يملي شروطه، وهو الآن مأخوذ بسكوت روما وعدم إسراعها بدعمه. لكن الأمر الأهم هو أن روما نفسها مشغولة بنفسها، فما يصل المقوقس أن هرقل مريض والصراع على وراثته يدمي بلاط قصر القيصر.

كان إيذانًا بالإذن بالرحيل حين قال ابن العاص:

ـ ألن تلحق باجتماعه الليلة يا أبا مريم؟

ضحك صالح، وأطرق الزبير لخارجة، فقد فهما أن ابن العاص يرسل إليه رسالة بأنه ليس جاسوسه الوحيد عند المقوقس. نهض أبو مريم

ورجاله وهم يتصافحون مع مضيفهم، ويربت على كتفه ابن العاص قائلًا وهو يستمهل كلماته لحين يترجمها صالح، بينما لا تبرح الابتسامة شفتيه ولا نظراته تبتعد عن حدقتي عيني أبي مريم:

- لقد تخففت من تخفيك في قدومك علينا يا أبا مريم، وهذا يجعلني أشعر بأنك لم تعد تقلق على انكشافك، فالمعركة تبدو لك محسومة، وهذا فأل حسن، أليس كذلك؟

* * *

مكث ابن العاص في حوارات متقطعة مع قادة الجيش، وما لبثوا أن مضوا، فالتفت فإذا بابن ملجم وجبلة في قعدتهما على الأرض وابن عديس أمامهما، بينما صالح القبطي واقف خلف الأمير المرهق.

- لقد نسيتكم.

قالها ابن العاص، ثم أضاف:

- لكنني لا أنسى من يدب خلافًا بين جنود في حرب وأنت يا جبلة بالذات!

قال جبلة مستنفرًا:

- حاذر يا ابن النابغة، فقد كنت أحارب مع رسول الله وأنت لا زلت على كفرك في حانات مكة!

- أنت كما أنت يا جبلة، دائمًا فقيه عليم، ولكنك مغرم بقطع الحبل، تفصل ولا توصل!

كان النداء الذي رماه جبلة على مسامع ابن العاص قد باغت ابن ملجم، كيف ولماذا يناديه بابن النابغة؟ هل النابغة أمه؟ وهل يجعل هذا سببًا لكي يقولها جبلة هكذا مع تهكم لا يخفى فوق نطق حروفها؟ لكن ابن ملجم انشغل بتنهيدة عمرو بن العاص، سمعها وهو يوجه كلماته وكفه نحوه:

- أما هذا، ابن ملجم، الذي أرسله لنا ابن الخطاب فلا أظنه يتقن في الدنيا إلا الحفظ.

نفض يديه تسليمًا:

- عمومًا لقد استدعيت عبيد المعافري، وهو أول من سمعته يقرأ القرآن في مصر، حتى نعلم قوله في خلافكما، وهو ليس أول خلاف أسمع به إن أردتم دقة الحق!

كان المعافري قد وصل منذ لحظات، وقد سمع باسمه، فلما رآه ابن العاص جلس متكئًا وهو يخاطبه:

- أظنك قد سمعت بالخلاف الذي جرى، بل لعل المقوقس نفسه قد سمع صخب هذين في معسكر يستعد للقاء الأعداء، فماذا تقول عن صحة الآية؟

كان المعافري باشًّا، لحيته كثيفة وبيضاء تكاد تخفي ملامح وجهه مع عمامة وصلت حتى حواجبه التي تحنت بحمرة بُنية، وظل واقفًا يخبئ نحافته في عباءته الواسعة التي خلت من عدة الحرب. وقد تعجل ابن العاص شهادته حتى يأذن لهم بالرحيل ويرتاح، فأشار عليه ملحًّا أن ينطق بسرعة، فقال المعافري:

- هي صحيحة عند جبلة.

أشرق وجه جبلة، وكادت تذهب عنه خربشات وجهه اطمئنانًا، بينما كان ابن ملجم كظيمًا غير مصدق، لكن المعافري أكمل:

- وهي صحيحة عند المرادي أيضًا.

تنهد ابن ملجم، بينما شك جبلة، ولكن ابن العاص أشار على الرجل أن يتم قوله:

- جبلة هي قراءة عبد الله بن مسعود، وابن ملجم هي قراءة معاذ بن

جبل، وهما أحرف من الأحرف السبعة التي نزل بها القرآن على نبينا المصطفى.

حينما رحل الجميع وفرغت الخيمة إلا من عمرو بن العاص وخادمه المطيع وردان، قال ابن العاص متململًا:

ـ لا بد أن نجد حلًّا يا وردان.

ـ أي حل غير تسليم المقوقس المنتظر يا أمير؟

ـ بل حل لا يفرقنا على المصاحف يا رجل، فالمقوقس مقدور عليه!

أراح ابن العاص جسده على سريره وقد وضع ساقًا فوق ساقه، وقال متفائلًا:

ـ استعد غدًا لاستقبال المقوقس يا وردان.

١٥

وقف الزبير يزأر في الجنود الذين تحلقوا حول عمرو بن العاص. كان يخاطبهم لا يخاطبه، وكان يستحثهم لا يطلب إذنه، فلم يكن لابن العاص أن يأبى إذنه أو أن ينتظر الزبير استئذانه. ثم في غضبة صارمة متوعدة قال:

ـ لن ننتظر مفاوضاتك أكثر من هذا وقتًا وزمنًا يا ابن العاص، هذا السور لي.

كانوا قد انتهوا من صلاة الفجر وصلصلة السيوف والرماح ترتع في صمت هذا النهار الربيعي حيث نسائم باردة تمتص حر الروح وترطب لسع جلد الجسد، ورائحة ورود تفوح من زروع الجزيرة التي يتصدرها هذا الحصن الحائل الحاجز نصر المسلمين. كانت خطبة الزبير المجلجلة قد فقدت أثرها على ملامح ابن العاص الهادئة، لكنه لم يمانع أو يمنع هذا التجمع الذي بدا مستعدًّا ومهيأً حول الزبير، وقد رفعت أكتافٌ وسواعد سلمًا خشبيًّا طويلًا ومربوطة درجاته العريضة بحبال من الخيش والكتان، بينما التكبير حوله ووراءه من الوجوه والأفواه يعلو من صوت حنجرة متطوعة ومتحمسة ينتقل إلى حناجر متآزرة ومتشجعة، وجدوا الزبير وقد أمسك بالسلم بيديه من أول درجاته فوق أكتاف الجند وهرول بهم ناحية

سور الحصن يرفعونه فوق رؤوسهم تفاديًا لإطلاق السهام ورمي الحجارة من صحون المنجنيق، وإن كانت أصواتهم قد خفتت ثم تحولت همهمة، ثم لم يسمع أي ممن ظل من الجند والقادة مع ابن العاص فوق تبة حجرية عند المعسكر إلا صدى لهاث طليعة الجند المتحمسين وأنفاسهم، فقد أمرهم الزبير بالصمت حتى لا يتسمع الروم منهم حسًّا فينتبهوا في غبشة الصبح للهجوم. كانت نظرات صالح القبطي معلقة بابن العاص الذي لم تظهر عليه أي رغبة في نصح أحد بالتمهل، وسط استغراب صالح الذي لم يتراجع حين رأى ابن عديس وكنانة وسودان وجبلة يندفعون مع الزبير رافعين للسلم، رغم أنهم كانوا بصحبته قبيل الفجر ووصلهم ما أوصله لهم همسًا وسرًّا. فجأة سرت رعشة قلق حين علا صوت من خلفهم، التفتوا فرأوا شرحبيل مندفعًا بعدد من جند قبيلته يحمل سلمًا خشبيًّا هو الآخر ويكبر لاحقًا بالزبير.

التفت صالح للجنود المتدفقين متمنيًا أن يكون هذا السلم مفاجأتهم الأخيرة، فالسلمان كانا من غنائم الجيش التي خلفها هروب الروم من هليوبوليس.

وضع الجند السلم على حائط السور بعيدًا عن برج الحراسة، وفي أضيق فجوة في الخندق المحفور حول الحصن. وكان ماء النيل قد جف فيه من غيض الفيضان، وتراجعت المياه، فملأ الروم الخندق سبائك من حديد مدبب، لكنه لم يعطل السلم ولا قفز الجنود وعبورهم فوقه، ينظرون تحتهم إلى الخندق وقد نحرت حوافه التي اكتست بخضرة مسودة إثر انسحاب الماء. كان الزبير يضع قدمه على درجة السلم الأولى وهو يطلب من الله أن تكون درجة في سلم إلى الجنة، عازمًا وصارمًا، ولا يفكر إلا في أن هذا الحصن المنيع لا بد له أن يسقط، جثومه أمامه هذه الشهور

أحبط قوة إحساسه بالنصر، فقرر أنه لا يريد أن يراه من الخارج مرة أخرى بعد هذا الفجر. إما أن يتجول فيه ويصلي الظهر داخله، وإما أن يُقتل على سوره! يقفز درجات السلم وعيناه لا تريان إلا صخره وحجره، ويرفع رأسه فلا يلمح حارسًا يطل ولا سيفًا يبرق ولا سهمًا يمرق، بل كان الصبح يفك أسر الغبشة، بينما كان يصل حتى سطح سور الحصن فيطلق صيحته:

ـ الله أكبر.

يسمعه الجنود فتشتعل صيحات الحماس والتكبير وصكات السيوف وتكتكات السهام ورنين قرع الرماح. رمى الزبير بجسده فوق السطح حيث ممر ضيق طويل ممتد بين برجين مسدودين بلا فتحات ولا كوات دخول وخروج عن اليمين أو الشمال، لا يظهر من طاقتيهما المفتوحتين أعلاهما أي خوذة لحارس أو قوس لرامٍ أو سن لرمح. تقدم مترقبًا حذرًا ناحية السور المطل على داخل الحصن وساحاته وشوارعه، بحث عن أي درد أو فتحة تقود إلى سلم مخصص لصعود وهبوط حراس الأبراج، فلم يجد إلا كوة تقود للسلم الذي ينزل إلى داخل الحصن، ووجدها مغلقة مسدودة بحجارة مرصوصة وملصوقة. رفع رأسه بهدوء وصبر فوق السور لينظر إلى قلب الحصن، فلم يجد إلا أحصنة مربوطة في زاوية بعيدة تشرب من حوض لسقاية الخيول، وعشرة من الجنود عند بوابة الحصن الحديدية، وثلاثة فوق برج السور المقابل، ويقفون جميعًا في مفاجأة أذهلته يحدقون فيه ويتأملون في هيئته. شعر بأن أمرًا غريبًا يلف المشهد بالغموض: قلة عددهم، صمتهم عن ملاقاته، وعدم شروعهم في قتاله، وشرودهم عن تهديده، ثم هذا رجل منهم يصيح على أحدهم في حجرة تحت قباب الحصن، فيخرج واحد يبدو كبيرهم يشيرون له على الزبير، فيومئ لهم ويحملق في عدوه الواقف على سور حصنه ظلًّا حاملًا سيفًا

وممسكًا برمح فلا يتحرك مهتزًّا أو مسرعًا أو مرتبكًا أو متلهفًا أو خائفًا أو مستعديًا أو مستعدًّا، بل يدخل بهدوء مريب إلى حجيرته مرة أخرى! بحث الزبير عن سلم آخر لهبوط الجند، فوجد كل الأسوار مسدودة عن أي نزول أو طلوع. مشى بين البرجين فلم يجد منزلًا ومنفذًا للوصول إلى قلب الحصن. كان شرحبيل قد وصل مع سلمه الآخر هو ورجال معه فأعاقا الزبير عن الرؤية والمتابعة، وشغلوه بالنقاش والاندهاش، ثم صرخ فيه شرحبيل:

ـ ما الذي أشلك يا زبير عن القفز للحصن؟!

خدشت الجملة كبرياء الزبير من نكرة لا يعرف اسمه، ومن جندي منفلت اللسان مع قائده الفارس. صمت الزبير ولم يرد، فتدافع الجنود حوله حتى كادوا أن يدفعوه في زحامهم من فوق السور، فصاح فيهم أن يتعقلوا وأن يتمهلوا حتى نُحكم خطة.

كان حماس شرحبيل للقفز رغم رؤيته للروم في الأسفل متابعين لحركته ورجاله، ومترقبين خطوتهم القادمة، لكنه لم يرَ بأسًا من المغامرة حتى لو تكسرت أضلع وسيقان البعض للوصول إلى العدو في قلب حصنه. كان عمرو بن العاص قد وصل إلى أسفل الحصن الآن برجاله، وهو ينادي الجند أن يبعدوا عن السلم، فقد كادوا من كثرة تكالبهم، ومن إخلاص اندفاعهم، ولهب حماسهم، أن يكسروه فيسقط الناس من علٍ ويموت الجند من شاهق.

اقترب صالح من عمرو بن العاص:

ـ هل سننتظر حماة الجنود أن تقودنا، أم نأمرهم بالتوقف؟

رد عليه ابن العاص:

ـ لن يقفوا ولن أوقفهم، فلا بد أن يشعروا بأنهم فعلوا شيئًا.

ـ والعمل؟

قال ابن العاص وهو يمضي به إلى باب الحصن بحديده وخشبه العصيين على الفتح منذ جاء:

ـ سأقف هنا حتى يفتح جورج الباب ليدعوني.

* * *

كان كل شيء قد حُسم أمره في الليل، المقوقس وقد صحب أبا مريم وتيودور وقساوسته الخلقيدونيين إلى حيث كان عمرو بن العاص ينتظره مع خارجة ووردان وصالح القبطي هناك في تلك الجزيرة الصغيرة التي تقع إلى جانب الحصن من ناحيته الشمالية. وقد أرسل المقوقس أبا مريم بمركب صغير يجدفه في ظلمة الليل تحت هدى مصباح ناعس فوق مقعد المراكبي، حيث رسا عند البيوت المهجورة خلف معسكر المسلمين. كان ابن العاص يرتدي عباءته التي أخفت وجهه، بينما أسلحة رجاله مشهرة ومسنونة تحت عباءاتهم تحسبًا لغدر. كان أبو مريم حليفهم السري قد رأى تأهبهم فطمأنهم أن كل شيء مأمون.

همس في صدر ابن العاص:

ـ أنت تذهب لرجل مهزوم ينتظر عهدًا.

عند الجزيرة كان مركبان آخران لا يزيدان حجمًا عن هذا المركب الذي ركبه ابن العاص وسط قلق خارجة ووردان، فلم يكن أحدهما قد جرب ركوب البحر من قبل، ابن العاص وحده العربي الذي تنزه في صحبة مضيفيه وشركائه التجار من الأقباط في رحلة نيلية منذ سنوات، لكن لا يمكن أن يقارنها بخطورة هذه الرحلة التي تحدِّد على قِصر مسافتها مصير مصره. وسط العشب والشجر المتحول أشباحًا في ليل بلا نور، استقبله المقوقس محتفظًا بسطوة ملابسه القشيبة وعباءته المقصبة وصلبانه

المنقوشة، وإن كان صوته الخافت وهمسه لترجمانه قد أوضحا حقيقة موقفه. أسر ابن العاص على مسامع خارجة جملة حكمته:

ـ المقوقس لا يبدو حاكمًا لشعبه يعقد صلحًا، بل خائنًا يهرب في جنح ليل!

رد خارجة وقد شاركهما صالح المحادثة:

ـ لا يعنينا هنا إلا وثيقة يوقعها يا أمير.

كان عمرو بن العاص ينتظر فخامة للقاء وطقوسًا للمقابلة وعلانية للحضور وشعائر للاعتماد يثبت عندها مشهد انتصاره ويرهب بفوزه روم الإسكندرية وجنوب مصر، ويقنع بالشهود الكثر القبط بأن العرب قد حلوا واحتلوا، لكن كل هذا تبدد بالسرية التي رضي بها ابن العاص طالما تنتهي بتحقيق هدفه وبلوغ مراده، ثم إن هذا سيسمح للجند بأن يقوموا بمشهد عسكري يشبع حماسهم في مواجهة إحباط حصن بابليون التعس.

لم يحاول المقوقس أن ينظر في عيني ابن العاص، بل تجاهل أن يتجه بعينيه ناحيته، بينما تفقد ابن العاص أسماء الحاضرين فلم يسمع اسم جورج قائد الحصن، فتساءل عن موقفه من المعاهدة، فأجاب تيودور مقتضبًا بأنه مأمور منهم فلا خوف معه ولا شك فيه.

وكانوا قد فرغوا من مهمتهم العاجلة، فقد صنعوا لهم خيمة صغيرة اتسعت للوفدين الواقفين حتى باب الخيمة يتفادون برؤوسهم مصباحًا تدلى من عمود سقفها. أخرج أبو مريم من حقيبة من قماش مزين بالرسوم أوراقًا ملفوفة فردها أمام ابن العاص وتيودور، ثم ناولها للمقوقس كي يوقع بخاتمه وهو يخاطب خارجة بلغة رسمية جهمة متقنة الأداء لمهزوم يسلم حكمه لغازٍ منتصر:

ـ هذا إحصاء بعدد القبط الذين تنطبق عليهم الجزية، وكما كتبنا حسب

الاتفاق، فالجزية ديناران عن كل نفس، شريفهم ووضيعهم، بلغ الحلم، وليس منهم الشيخ الفاني ولا الصغير الذي لم يبلغ الحلم ولا النساء، ولما أحصينا عدد القبط ممن تنطبق عليهم الجزية، فخزائنكم ستستقبل اثني عشر مليون دينار سنويًّا، وأن للمصريين أرضهم وأموالهم لا يتم التعرض لها ولا مصادرتها.

رفع المقوقس كفه بأن يقطع أبو مريم عرضه، وتدخل هامسًا لتيودور الذي قال لترجمانه ما قاله فترجم، بينما إيماءة من صالح القبطي بالموافقة تصاحب الترجمة:

- هذا العهد عن القبط فقط، أما الروم فلا زال المقوقس ينتظر موافقة القيصر على المعاهدة.

حين رجع ابن العاص في المركب، كان قد اطمأن على ثبوت النص الذي صمم عليه في المفاوضات التي خاضها ذهابًا وإيابًا في الليالى السابقة أبو مريم وصالح القبطي، وهو أن للمسلمين حق النزول للقبط في بيوتهم حيث نزلوا ومتى أرادوا، وأي عربي نزل ضيفًا على بيت أي عائلة قبطية كانت له حقوق ضيافة ثلاثة أيام مفروضة عليهم.

لم يفهم أي من صحبة ابن العاص سر تمسكه بهذا النص، وكان يرد عليهم مبتسمًا أنكم ستفهمون فيما بعد وستشكرون ابن العاص عليه كثيرًا.

سأل ابن العاص صالح القبطي:

- كيف للمقوقس أن يتحدث ويوقِّع باسم القبط وهو حاكمهم المنبوذ الكريه المكفر منهم، ويلزمهم ويلزمنا بتوقيعه، بينما لا يملك وهو ممثل القيصر أن يتحدث إلا باسم جنوده الروم؟

قال صالح:

- يبدو أن المقوقس يصر على التنكيل بالمصريين حتى وهو يهجرهم

فيدفعهم لجزية، وفتح بيوتهم للعرب قسرًا، إمعانًا في كراهيتهم كرسالة أخيرة.

كانوا قد وصلوا لخيولهم وركبوها في طريق عودتهم للمعسكر حين قال عمرو بن العاص:

ـ لننتظر جورج إذن غدًا وهو يفتح لنا باب الحصن.

* * *

بعد ساعات كان المقوقس يتابع حلقة رجاله الضيقة وهي تجمع حاجاته من الكنائس وتضعها في صناديق تخرج بين الناس المندهشة لهذه الحركة الليلية النشطة، لكن سرعان ما اكتشف الرهبان والقساوسة وقادة الروم دبيب الخيانة، فشاركوا فيها متحمسين وملهوفين، فبدأت الصناديق تتسع وتزيد، وتهرول أقدام مرتدية أحذيتها على عجل، ويهمهم آخرون لآخرين، وتسحب أذرع المراكب الراسية في النهر فتفتح أشرعتها وتجهز مصابيحها، وتنفرج البوابات الحديدية المؤدية إلى السلالم الحجرية التي تخرج من الحصن إلى مرسى المراكب. ويتنادى التجار وأصحاب المحلات فيفرغون حوانيتهم بمساعدة أقباط مستعبدين، يجلدونهم للسرعة في طي الهدوم ولم السلع وجمع البضاعة، ويأبى المراكبية أن يحملوا الأحصنة والحمير معهم وإن رضوا بأقفاص العصافير وسلال الحمام المغطى برداءات بيضاء تهتز وترتعش بأجنحة الحمام الفزعة تتحرك تحت أغطيتها. لم يكن لدى أيهم كلام وداع، ولا دموع رحيل، ولا فرقة تدمي الأفئدة، بل بدا الروم وقساوستهم عجلى بالخروج ليس من الحصن بل من مصر كلها. لكن تيودور طلب من المقوقس أن يؤجل ساعة لأداء مهمة أخيرة استفهم عنها المقوقس، فأجابه تيودور، فلم يمنعه، بل أطرق برأسه متمنيًا عليه إتقان فعلته:

ـ لا تأخذك العجلة أن تنسى أو ترفق.

فوعده تيودور بتلبية أمره.

ناداه المقوقس وهو يدفع أحدهم من جواره بأن يقوم ويصحب تيودور:

ـ خذ معك أودوقيانوس.

* * *

وقف ابن العاص أمام باب الحصن منتظرًا جورج، ولم يطل انتظاره، ومع أصوات التهليل والتكبير والتدافع والاندفاع، وهرج الأحصنة وغبار الرمال، والشمس التي أشرقت، والحمام الذي طار جماعات، ومواكب فوق الحصن وعند النهر وفوق الرؤوس، كان صرير البوابة الحديدية يئن وينتحب وجماعة صغيرة من الروم يفتحونها ويقفون عند وصيدها، بينما يقفز أحدهم فوق حصانه ويندفع تجاه ابن العاص وصحبه، فلما يقترب يوقف حصانه ويهبط من فوقه قافزًا ثم يمد يده بطيئة تحت ثيابه فتخرج كفه ممسكة بقطعة ملفوفة من القماش يفردها فتهب فيها الريح ترفرفها فإذا بها راية الاستسلام البيضاء.

وحين استبان للجند بياض الراية انطلقوا مهللين مكبرين، بينما تقدم خارجة ناحية الرجل وتسلم من كفه الممدودة مفاتيح البوابات، وقد أبلغه الأمان له ولمن تبقى من الجند، وقد عرف منه أنهم قرابة سبعين تبقوا في الحصن، وأن جورج ينتظر أمانه كي يركب النهر ويرحل.

التفت الجند في فرحهم المدوي، فإذا بالزبير وقد نزل من سلمه من سطح الحصن، يجري يشق صفوفهم ويشق طريقه دافعًا ومندفعًا غاضبًا ومغضبًا حتى وصل لابن العاص:

ـ لا تقبل صلحًا يا ابن العاص فلا حاجة لنا به، ودعني أدخل برجالي إلى الحصن فنبيد من فيه ونتمكن منه عنوة.

نظر إليه عمرو بن العاص بابتسامة الواثق المنتصر، بينما كان الزبير هائج الملامح ومتعرق الوجه واللحية وتعبًا من صعود السلم وهبوطه ومستكثرًا ألا يكون بعد الجهد جهاد.

قال ابن العاص:

ـ بارك الله فيك يا ابن العوام، فقد فتح الله الحصن على يديك يا صحب رسول الله.

نجح ابن العاص في أن يبرد جذوة الزبير وقد كلله بوسامه، ثم تلا ابن العاص القرآن فمشى جواره وهو يقرأ: «إِذَا جَآءَ نَصۡرُ ٱللَّهِ وَٱلۡفَتۡحُ ﴿١﴾ وَرَأَيۡتَ ٱلنَّاسَ يَدۡخُلُونَ فِي دِينِ ٱللَّهِ أَفۡوَاجٗا ﴿٢﴾ فَسَبِّحۡ بِحَمۡدِ رَبِّكَ وَٱسۡتَغۡفِرۡهُۚ إِنَّهُۥ كَانَ تَوَّابَۢا».

وصاح الجند من كل صوب:

ـ الله أكبر.

بينما كان ابن ملجم ساعتها يعانق جبلة وابن عديس وكنانة ويمضون نحو صالح القبطي فيحمله جبلة وسودان على أكتافهم وهو ينطلق بضحك هانئ.

* * *

لما انطلق تيودور وأودوقيانوس أخذا معهما ثلاثين من الجند إلى داخل الحصن حيث انتهوا إلى الأقبية. وقف تيودور وأعطى الأوامر، فانطلق الجنود ببدلات الحرب الحديدية وخوذات المعارك الثقيلة يفتحون بوابات الزنازين ويجرون الأقباط المساجين خارجها زحفًا وسحلًا مقيدين بالسلاسل في أقدامهم وأيديهم، عرايا من اللبس إلا الرث البالي الممزق، وقد اسودت وجوههم من أثر التراب والغبار ودخان النيران التي تعذبوا بها، الأجساد النحيلة والعظام البارزة والجلود المتهدلة والعيون المغلقة بالرمد وبالجروح المتقيحة، ملأوا ساحة الحصن التي تقود إلى باحة البوابة

الرئيسية، ثم انتبهوا إلى صيحة أودوقيانوس العسكرية يطلب من جنوده الاستعداد والانتباه، ثم صرخ عليهم تيودور:

ـ نفذ الأمر.

رفعوا أذرعهم بالسيوف، وانهالوا على سيقان الأقباط، فغرسوا فيها السنان، فمزقوها وقطعوا أكفهم وزنودهم. تصعد السيوف وتهوي، وترتفع الخناجر وتضرب، ويستدير كل جندي من ضحية إلى أخرى حتى يفرغ من رجل فيلتفت إلى طفل، ومن ذراع قس إلى كف امرأة، ويتبادل الجنود أذرع وسيقان ضحية وراء أخرى، ويجثمون فوق صدور، ويحطمون عظامًا، فتتناثر الدماء وتنتشر بقع الدم وقطع اللحم وفتات الجلود، وتدوي الصرخات بآلام وتوجعات وآهات وصلوات ودعوات وتشنجات وتوسلات ولعنات، ثم ما تلبث أن تهمد وتخفت وتتحول أنينًا مكتومًا مدفونًا يخرج من قبور حناجر.

رفع تيودور يده ومشى وهو يقلب الجثث بحذائه، وبينما يبصق على أحدهم حين قبض عليه بزنده المبتور ويتأمل في عيني قس بنظرة ذعر ملكته حين صرخ القس بفحيح نحيب:

ـ أنتم أعداء المسيح الذين دنسوا الدين برجس بدعكم، وفتنتم الناس عن إيمانهم فتنة لم يأتِ بها عبدة الأوثان ولا الهمج!

كان تيودور يضرب بقدميه في وجه القس، ويتدافع نحوه جنود يطعنون في جسد الرجل الذي بح صوته ونحلت نبرته ووهنت، لكنه يواصل كأنما يجيء صوته من آخرته:

ـ عصيتم المسيح وأذللتم أتباعه يا عبدة الأوثان!

صاح تيودور مرتبكًا وساخطًا:

ـ لنلحق بالمقوقس.

١٦

اندفع وردان هائجًا يجري بين أروقة القصر تائهًا في دهاليزه، يقوده صوت ابن ملجم مؤذنًا للصلاة، كان وردان يصرخ مهددًا الجند الذين يتعثر فيهم ويتمتم لاهثًا:

ـ من هذا المخبول الذي يؤذن؟

دهشه السؤال كما دهشه النعت الذي نطق به وردان على من يرفع الأذان. أمسك بقبطي نحيل جالس متكئًا على حجر في مدخل سلم هبط منه وردان، وقال له:

ـ دلني من أين يأتي الصوت؟

لم يفهم القبطي لغة مولى عمرو بن العاص، لكنه تفهم غرضه فسبقه جريًا من ممر إلى آخر، وقد تزاحم مندهشون من الجند صنعوا طابورًا وراء وردان والقبطي ليستوعبوا ما الذي يجعل الرجل في هذه الحمأة والتوتر.

كان الجند قد انتشروا في حجرات قصر بابليون وقاعاته وباحاته، ودخلوا إلى كنائسه ودوره وحوانيته، وأفرغوا بضاعة وذبحوا خرفانًا وجديانًا وجدوها وسط سياج من خشب تحت أسوار الحصن المطلة على نهر النيل. لم يعرفوا كيفية ذبح وطبخ الفراخ والديكة فتركوها تصوصو

مذعورة من الأقدام المندفعة والأيدى الخابطة الضاربة، كانوا قد فرغوا من الإشراف على عديد من الأقباط الذين جمعوا أشلاء ذويهم المقطوعة تحت تعذيب المقوقس وتيودور، ونظفوا البلاط من بقايا الدم المتخثر، وضمدوا جراح السجناء، وسقوا المحتجزين الناجين الماء، وغمسوا لهم لقيمات من الخبز في الزيت. لم يكن الجند قد ركزوا كثيرًا فيما يمكن أن يفعلوه مع المصريين القلائل الذين بقوا في الحصن دون أن تمسهم جروح الضرب والركل والتعذيب، فتركوهم مطلقي السراح يمشون ويروحون ويجيئون في أمان داخل الأروقة والساحات وفي الممرات والأزقة. لكن الكنيسة المعلقة كانت هي المأوى والملجأ الذي تحلق فيه الأقباط، بينما كان جورج حاكم الحصن في غرفة صغيرة مع مساعدين له في انتظار لقاء عمرو بن العاص، وقد افترش جند الجيش على الفرش والسجاجيد أجسادهم لترتاح في دعة مستأذنة من تعب شهور الحصار. تعلقت عيونهم بالمصابيح المعلقة، والرسومات الضخمة على الحوائط والجدران، ونوافذ الزجاج الملون والمعشق، والصلبان الخشبية المزركشة في الجوانب وعلى أفاريز الشبابيك. اكتفى ابن العاص بالزبير وخارجة ومسلمة وعبادة وجندهم وحرسهم ورؤوس القبائل حين تسلم الحصن، ومنع عموم الجنود من الولوج قلقًا من استمرائهم المكان ودعته، لكنهم تسربوا ثم تسللوا ثم تجولوا ثم تمددوا داخل الحصن. وها هم فوجئوا بوردان يجري باحثًا عن مؤذن أدركوا أنه معهم هنا في الحصن، فشدهم الفضول ليعرفوه أو ليتعرفوا سر غضب وردان عليه. وحين وصلوا إلى صحن الحصن الخلفي حيث النيل يحتضن الأسوار، والمراكب تهتز بالأشرعة، والحمامات تطير بهديلها الصائح، والعصافير تنقر الماء بنحول أقدامها فتنثر رشاتها قطرات في الهواء، رأوا ابن ملجم وقد وصل إلى حي

على الفلاح الثانية واقفًا على عتبة حاجز من الحجر يكاد يخيل للرائي أنه يعوم فوق صفحة النيل، إذا بوردان قد لحق به ومد كفه وألجم فم ابن ملجم وشده للنزول من مكانه، فإذا بابن ملجم وقد عصفت به الحركة، فهاج وماج ودفع كف وردان، وحاول أن يكمل الأذان، فعاجله وردان بقبضة أخرى تكمم فمه، فدفعها ابن ملجم عن فمه وهو يزعق:

- أتمنعني يا هذا من رفع الأذان؟

فناله وردان تمامًا حين قال:

- بل وأمنعك من الصلاة كذلك بأمر أمير الجيش.

فشخط فيه ابن ملجم:

- ومتى كان أميرك قادرًا على منع أوامر الله بأوامره؟

- لا تتخاشن معي يا ابن ملجم، فأنت أعرف بالقرآن مني، وطاعة ولي الأمر فيه ومنه.

أخذه من يده وهو ينادي في الجند المتجمعين:

- لا أذان ولا صلاة في حصن القبط، والصلاة جامعة في المعسكر.

لم يستوعب ابن ملجم حكمة ابن العاص في قراره، وتغاضب مع خارجة الذي لم ترقه غلظة رجل لا قوة له في ميدان، ولا فضل في حرب، ولا أصل له في نسب، على الاختلاف مع قائده، فنهر ابن ملجم وهو يشير لابن عديس أن يتدخل ليتمالك هذا الفسل نفسه:

- نحن نريد أن نعطي الأقباط أمانًا في دينهم وشعائرهم، ولا يمكن أن تكون خطوتنا الأولى أن نحول كنيستهم جامعًا وحصنهم مسجدًا، فكيف نريد أن يصدقوا كلمتنا وهم حتى الآن أعوان وحلفاء؟!

بعدها لم ينس ابن ملجم التأنيب الذي تلقاه، فقال متهكمًا حينما استدعاه عمرو بن العاص لجلسات التخيير:

- هل يوافق أمير الجند على أن أدعو القبط للإسلام حقًّا أم أن هذا سيغضب شعور وردان وخارجة؟

ابتسم صالح القبطي وابن عديس وهما يسمعان رد كنانة عليه:

- خصوصًا وأنت ستدعوهم للإسلام في قلب حصنهم وعلى مبعدة أشبار من كنائسهم!

* * *

حين وصل ثلاثتهم إلى هذه الدار الواسعة عالية السقف خالية الأثاث عارية الحوائط، عرفوا أنها كانت مبنى خاليًا في محيط الحصن لم يتمم بناؤه، فاختاره ابن العاص مكانًا لاجتماعات التخيير، فلا صلبان معلقة ولا مرسومة، ولا آثار دماء مسكوبة، ولا علامات نقش معذبين بأظافرهم على حوائط، هي محايدة عن التأثير فهي الأنسب للتخيير، حيث يقف الأقباط وقد جمعوهم من بيوت وكنائس الحصن في جانب الساحة، وفي المقابل عدد من جند المسلمين وقادة القبائل، وفي قلب الساحة حلقة ضيقة لمقعد خشبي صغير يجلس فيه المسيحي وأمامه أريكة يجلس عليها حفاظ القرآن، فكان ابن ملجم أحدهم وأكثرهم حماسًا وأشدهم إصرارًا في مهمته، حيث أمرهم ابن العاص الذي لمحه كنانة حاضرًا ومهتمًّا حينًا وغائبًا عازفًا عنهم حينًا أن يعرضوا على كل قبطي الدخول في دين الإسلام، ويخيروه بين أن يكون واحدًا من المسلمين له ما لهم وعليه ما عليهم، أو أن يظل على دينه فيدفع الجزية عن يد وهو صاغر.

كانت اللحظات التي تنحنح فيها وردان وهو يشرح ما سيجري للكافة ويتمهل في كلماته حتى ينتهي المترجم من ترجمتها، لا تنبئ بهذه الحمى التي توزعت في المكان بعد بدء المراسم. كانت وجوه القبط تنتقل من ذعر الملامح إلى قلق النظرات، ومن الشعور بالإنهاك إلى الإحساس

بالانتهاك. وكانت وجوه المسلمين تتقافز من قلق المشفق إلى ثقة المنتصر، ومن قوة الغازي إلى ضعف المنتظر. شبت النظرات العليلة والأجساد الكليلة للأقباط مع إيماءة عبادة بن الصامت وهو يُرحب بأول الأقباط الذي تقدم ببطء وبتوجس ناحية الكرسي فانتظر إذنًا بالجلوس، فلما جلس قال له عبادة:

ـ اسمك كي نسجله في العهد.

كان وردان يشرف على ثلاثة من العرب فردوا أوراقهم وأحضروا أحبارهم وريشهم في ركن مشرف على حلقة التخيير، يدونون الأسماء ويختمون الأوراق، ويتسلم جورج حاكم الحصن أسماء النصارى على أن يحتفظ العرب بأسماء من يعلن إسلامه.

نطق الرجل:

ـ صمويل النجار.

بعد برهة من الصمت قال عبادة:

ـ هل تعرف لماذا نحن هنا؟

سكت الرجل الثلاثيني العمر حتى يفهم ترجمة السؤال، ثم أجاب:

ـ نعم.

طلب عبادة من ابن ملجم أن يبدأ هو، فما صدق ابن ملجم حتى لكأنما كانت الحروف معلقة على شفتيه:

ـ لقد نصرنا الله عليكم وأعز دينه وأذل أعداءه، وصرنا على هذه الأرض ملوكها وحكامها، فأبان الله لكم أن كلمته هي العليا وأن دينه الحق وأن غيره باطل، لا ينفع الكافر كفره في الدنيا ولا الآخرة، وها أنت اليوم مخير بين دين الله الأعز دين محمد بن عبد الله المبعوث رحمة وهداية للعالمين، وبين الاستمرار في كفرك المغلوب.

هناك كان أبو مريم واقفًا يتابع عند شباك الدار خلف زحام القبط، فمر بين المناكب والأكتاف ووصل إلى صالح القبطي فأخذه من ذراعه وهو يسمع ترجمة المترجم لفضائل الإسلام كما يشرحها ابن ملجم للنجار المسيحي، وتنحى به إلى الباب المؤدي إلى شرفة تطل على النهر ولا يصلها صخب الداخل إلا نحيلًا خافتًا:

- ما هذا يا صالح؟! هل تعتقدون أن هؤلاء المسيحيين سيتخلون عن دينهم في حلبة، فلا هم يعرفون دينكم ولا لغتكم ولا قومكم، ومع ذلك تتوقعون أن يؤمنوا بما لا يعرفونه بعد خطبة من صاحبكم المتحمس مترجمة برداءة متحمسة كذلك إلى قبطي مسكين لا يعرف من دينه شيئًا كي يعرف دينكم؟!

رد صالح:

- لقد قلت لابن العاص هؤلاء الأقباط تعذبوا عذابًا وبيلًا لعشر سنوات كي يغيروا مذهبهم في قلب دينهم ورفضوا، فلا معنى لأن تأمل أن يغيروا دينهم في يوم وليلة.

تجولت عينا أبي مريم في الوجوه التي زاد زحامها وعرقها وتوترها في الداخل:

- إن ابن العاص أذكى من أن يثير هذه الفتنة الآن قبل أن يتمكن من الروم في الشمال حتى الإسكندرية وحيث القبط يعاونونه ويساعدونه في حربه.

أطرق صالح برأسه:

- إنها أوامر الخليفة، ثم إن جيش ابن العاص جاء لهذه وليس للسياسة يا أبا مريم، وظني أن ابن العاص يعلم حقيقة الموقف فأراد أن يراه جنده بدلًا من أن يسمعوه منه فلا يصدقونه، ثم ما يحدث الآن إنما

هو منظر يبيعه لجنده المنتصرين ثم لا يكرره، فكما قلت هو أدهى من خسارتكم الآن.

رد أبو مريم:

ـ أخشى أن نكون نحن الأعبط فصدقناه.

كان كلاهما يعودان للداخل يحملان توترًا على أكتافهما حين وصل عبادة للسؤال النهائي:

ـ يا صمويل، هل تدخل دين الإسلام أم تبقى على نصرانيتك؟

كان صوت الصمت طاغيًا كأنما سحب الله من الجمع أنفاسهم، فلا زفير ولا شهيق من صدورهم كي لا يضيعوا على مسامعهم حروف الإجابة التي كانت تخرج من فم القبطي بطيئة خفيضة:

ـ سأبقى في ديني ولن أتركه حتى ألقى المسيح.

انفجر القبط فرحًا وتهليلًا وبكاء وصراخًا وصياحًا وقفزًا وعناقًا حين سمعوا أول كلمات صمويل، ولم يحتج المترجم أن يشرح للمسلمين الإجابة، فقد عرفوا وران عليهم حزن كئيب كأن صمويل كان سيتم نصرتهم بخروجه عن نصرانيته.

عد وردان يومها الأقباط الذين جلسوا في التخيير بمائة وواحد نصراني، بقي سبعة وتسعون منهم على دينهم ودفعوا الجزية، بينما دخل أربعة في الإسلام، وقد حكى لابن العاص وهو يسرد له الأرقام ما جرى:

ـ اجتمعت النصارى فجعلنا نأتي بالرجل ممن في أيدينا ثم نخيره بين الإسلام وبين النصرانية، فإذا اختار الإسلام كبرنا تكبيرة هي أشد من تكبيرنا حين تفتح القرية ثم نحوزه إلينا، وإذا اختار النصرانية نخرت النصارى ثم حازوه إليهم ووضعنا عليه الجزية. وجزعنا من ذلك جزعًا شديدًا حتى كأنه رجل خرج منا إليهم، فكان ذلك الدأب

حتى فرغنا منهم. وقد أُتي فيمن أتينا بشاب من شبابهم، فأوقفناه، وعرضنا عليه الإسلام والنصرانية، وأبوه وأمه وإخوته يقفون في جمع النصارى يرقبون، فاختار الإسلام فحزناه إلينا، ووثب عليه أبوه وأمه وإخوته يجاذبوننا حتى شققوا عليه ثيابه وكان يبكي وهم يبكون.

أدرك وردان أن شيئًا يشغل عمرًا، فسأله ما به، فأنصت عمرو للسؤال ثم نهض من جلسته وقال:

ـ يبدو أن السبايا تسببن في مشكلة يا وردان!

رد عليه:

ـ أنا لا أستغرب أبدًا أن تسبب النساء المشاكل، لكن هؤلاء السبايا لا يتجاوزن عشرين امرأة من روميات الحصون التي سقطت في هليوبوليس وغيرها، وهن في وسائد الزبير وعبادة وخارجة ومسلمة وبعض ممن سميت، فما الذي يجعل منهن على خفائهن مشكلة؟

ـ لسن روميات بل قبطيات، هذه واحدة، والثانية أن أبا مريم أرسل بخبرهن إلى عمر بن الخطاب يشكو أنهن لسن سبايا، فلا حرب قد وقعت، وأنت تعرف ماذا فعل معنا ولنا أبو مريم.

ـ وماذا قال عمر؟ هل أتت رسالة منه وأنا غائب؟

ناوله ابن العاص رقعة الجلد الملفوفة:

ـ بل حصلتُ على الرسالة قبل أن تخرج من مصر أصلًا يا رجل.

ضحك وردان واستغرب أنه لم يتوقع ذلك، فكيف ستلحق رسالة أبي مريم بعمر بن الخطاب بين يوم وليلة، لكنه استغرب أكثر حين قال ابن العاص:

ـ سنطلق سراحهن فورًا قبل أن يأمرنا عمر بن الخطاب بذلك.

ثم أضاف:

- لتجهز غرفة خاصة لهن في الحصن لتكون سكنًا.

رد وردان:

- لكن الرسالة لم تذهب إليه.

قالها وهو يمسكها بيده.

ابتسم ابن العاص:

- بل سترسلها أنت الآن فورًا حتى يأمرنا بإطلاق سراحهن، فنخبره أننا بحكمتنا فعلنا ذلك دون أن ننتظر أمره.

همس وردان:

- وهل سنأتي بالرومية من خيمتك أيضًا يا أمير؟

ضحك ابن العاص باشًّا وهو يقول لوردان القلِق:

- طبعًا يا خبيث.

ثم قام مبتهجًا بما لم يفهمه وردان، حتى قال ابن العاص:

- لقد جاءت رائطة.

١٧

ـ كيف فعلتها يا ابن النابغة؟!

هب عبد الرحمن بن عديس غاضبًا في وجه عمرو بن العاص الذي اربد وتعكرت كل خلاياه حين سمع شخطة ابن عديس ونعته الذي رماه به. انتشرت بقع الغضب في الرواق الذي جلسوا فيه، بينما عمرو بن العاص يرتدي عباءته الأخميمية وعمامته الصفراء ولف حزامًا حول خصره وبطنه ووضع شالًا على كتفه وشذب لحيته، وظل رغم تساؤل ابن عديس المستنكر، ورغم غليانه، على هدوئه مبتلعًا غصته في قرار جوفه وقال:

ـ وهل هذا وقته، تجتمعون معي وتحاصرونني بنقمتكم، بينما كبار القبط في الغرفة المجاورة ينتظرون لقائي بهم؟

كان الرواق عالي السقف دائري المجلس مفتوح النوافذ على زقاق الكنيسة المعلقة، وقد ظهرت أبراجها وواجهتها بالحجر الملون والرسوم والنقوش للمسيح والعذراء تغلق الرؤية من النوافذ عن أي شيء غيرها، وكانت النخلات التي تملأ الممر المؤدي إلى بابها الرئيسي تهتز بفروعها، وسعفها يصاحب الرياح التي طرقت خيام الجيش ومعسكره. قام جبلة من بين الجلوس ووسط دهشة وردان المتذمر من الجلسة والمستعجل

على إنهائها حتى يلحق ابن العاص بالقبط، أغلق جبلة مصاريع النوافذ والتفت إلى وردان المستغرب:

ـ لن نتحدث والصلبان في عيوننا وفوق رؤوسنا يا وردان!

لم يكن وردان متحملًا هذا اللجج الذي يسمعه من ابن عديس وابن ملجم اللذين صحبا جبلة للإمعان في التنغيص على قائده، وحين عرف بقدوم هؤلاء طلب من عبد الله بن عمرو بن العاص أن يحضر لوالده في الرواق، وأن يدع الزبير وعبادة وحدهما مع كبار القبط، حيث إن جماعة الجنود الغاضبين قد ضيقوا الخناق على صدر ابن العاص، وأشار وردان لمعاوية بن حديج وشرحبيل بأن يعينا الأمير على الغوغاء الذين جمعهم ابن عديس.

تجاهل وردان ثرثرة جبلة، ومال على ابن العاص يلح عليه بالانضمام للزبير في اجتماع القبط، لكن ابن عديس عاد واحتد، فاحتمله حلم ابن العاص حين قال:

ـ قل لمولاك أن يكمن في جلسته، فلن تذهب يا ابن العاص إلى اجتماعك قبل أن تروي غلتنا!

رد عبد الله برقته وتهذيبه اللذين يأسر مخاطبيه بهما دائمًا:

ـ وما الذي تأخذونه على أبي يا ابن عديس وهو قائدكم الذي فتح الله به حصن بابليون وأجرى على يديه هذا النصر؟

أجاب ابن ملجم بخشونة تجاهلت محبة الناس لعبد الله:

ـ لم يكن وحده!

أجاب وردان متعجلًا قبل أن تغلب رقة عبد الله غضبه من السؤال:

ـ أنت بالذات يا ابن ملجم تصمت حين الكلام عن الحرب، فأنت هنا قارئ، فما دخلك بنصل أو نصر؟!

انضم ابن عديس للدفاع عن ابن ملجم:

- ابن ملجم هو الحافظ القارئ الذي أوفده لنا الخليفة.

رد معاوية:

- إذن نصلي خلفه يا ابن عديس، لا أن نحارب وراءه.

صفق عمرو بن العاص بيديه منهيًا لهاث الاختلاف:

- ليكن، كلكم على رأسي، ما حاجتكم بي الآن وقد انقضى ما تحسبونه ضدي، لم يعد لدينا سبايا لنوزعها فتختصمون القسمة.

رد ابن عديس:

- ولكن هؤلاء الجند معك منذ عام في حرب طالت، وقد تركوا زوجاتهم ونساءهم وخاضوا غمار المعارك وغبار الصحراء محرومين من أثداء النساء وأفخاذهن، كاتمين شهواتهم التي أحلها الله، ثم نكتشف أن الجيش حظي بسبايا من روميات حمراوات وبضات نمن على صدوركم يا رجل، وربتم على مؤخراتهن، وتأتوهن أنى شئتم، بينما نحن لا نعرف ولا نملك، وسيوفنا كسيوفكم ورماحنا كرماحكم!

كان ابن العاص يعرف سر مجيئهم، لكنه لم يكن يفهم هذا الإلحاح في قضية انتهت حتى إن السبايا تجمعن منذ ساعات خلف باب هذا الرواق وقد ارتدين ثيابهن واستعددن للعودة إلى أهلهن. لكن ابن العاص لم يكن يعرف كذلك أن ابن عديس وكنانة قد رأيا جمع النساء قبل المجيء للغرفة، واطلعا على السر الذي صدم كلًّا منهما بخبط بين فخذيه، فسخنت العروق وغلت الأعصاب من بياض البشرة، وحمرة الوجنات، والشعور المطلوقة ناعمة سائبة بنية وسوداء، واستدارات الوجوه البضة، والعيون الزرقاوات، والقدود المفرودة والممدودة، كان وهج الروميات قد ألهب نقمة الرجلين اللذين سارعا فأخبرا أصحابهما عن سبايا احتجزهن ابن النابغة لنفسه ولخاصته.

* * *

ظلت كلمة ابن النابغة ترن في رأس ابن ملجم منذ رماها ابن عديس في وجه ابن العاص، كان ابن ملجم قد ألف سماعها مدموغة مكتومة متهكمة محشورة بين كلام القوم، تتردد على ألسنة القادة والجند في لحظة الغضب على ابن العاص، أو النقمة من فعل أو أمر له، أو منابذته في الحوار. والعجيب أن عمرو بن العاص لم يكن يعيرها همًّا، كأنها ليست مطعنة ولا مسبة، هل لأنه اعتادها، أم لأنه في موقع القائد الحليم الممتص لغضب الجند والصحب، أم لأنها لا تمثل قيمة عنده تحرك مشاعر الغضب أو توقد مشاعل الغيرة على اسم أمه تلوكه العرب كأنها تعرفه بها لا بأبيه. حكى عبد الرحمن بن عديس له وهو ينكش بعصاه تراب الخيمة ما سمعه من قبائل مكة:

ـ اسمها سلمى، لكن لقبها هو النابغة، أصابتها رماح العرب فبيعت في عكاظ جارية، ورغم جمالها وحسنها إلا أنها كانت تنقلت من سيد إلى آخر، لعله فرط حسنها الذي لم تتحمله قلوب السادة أو لعلها كانت تُهدى من رجل إلى آخر بيعًا لخدمة أو خدمة لبيع، فقد كان الرجال يهبون جواريهم لأصدقائهم. وقد حملت اسمها لنبوغها في الغناء وربما في الفراش، أو فيهما معًا. كان العاص والد عمرو، وقد وقعت له مهداة من عبد الله بن جدعان يعيرها لصاحبه متقاضيًا أجرة عليها ثم يعيدها بأجرتها إليه، فكان العاص يبادلها على رجال قومه وقد زاد أجرها لحسنها وبراعتها في الملاعبة والملاينة، ولهذا لم تكن النابغة ممن يحب العربي أن تكون له زوجًا أو أمًّا، وهي تجر هذه السيرة وراءها أينما ذهبت، بل أينما ذهب اسمها، حيث شهرتها كأحسن نساء مكة غناء وأحسنهن صوتًا فاقت الحانات والدور إلى عربان الصحراء. تقلبت النابغة في سنوات ريعانها على أسرَّة ثلاثة رجال من أعاظم نسب مكة، ابن جدعان والعاص ونافع، ولما أنجبت

عمرًا سألوها عن أبيه فقالت العاص، ورغم أنها ادعت أنها ألحقت عمرًا بالعاص لأنه كان ينفق على بناتها إلا أن القوم جميعًا يشككون في كلامها، فالعاص بخيل بخلًا لا تطيقه نفس عاقلة، ولا ينفق على أبنائه، فكيف ينفق على بنات جارية؟! ثم إنها كانت في كنف رجل آخر وأنجبت له بعدها ولدها الذي تراه في جيشنا هنا وهو عقبة بن نافع، لكن الناس ما إن تنقم على عمرو بشيء فتذكره بأمه المغنية لا بوالده الميت على كفره وبخله، فالعرب من زملاء ابن العاص لديهم تقريبًا جميعًا آباء على شاكلة كفر العاص، لكنهم لا يملكون أمًّا جارية غانية على شاكلة أمه النابغة.

علق ابن ملجم:

ـ لكن ما شأنه هو بأمه؟!

هنا قال صالح القبطي معلقًا بتنهيدة متأسية:

ـ حين يكون الرجل سيدًا وأميرًا ومزهوًّا بفوزه فتحب الناس أن تخمش جلد غروره بما يطالونه من نقيصة أو معيبة أو ما يظنونها كذلك، وتأكد أن عمرو بن العاص لا يتورع عن نفس الفعلة حين يواجه خصمًا يملك عيبًا فيغمس عمرو.

توقف صالح وضحك وهو يقطع جملته:

ـ عمرو بن النابغة.

ثم أضاف:

ـ ويغمس فيه خنجر كلامه بلا تردد.

* * *

الآن وسط هذا الغضب المحموم بالرغبات المكبوتة. أجاب عمرو بن العاص على رجال جيشه حاسمًا:

- أعرف قطعًا حاجة الرجل لنسائه، وإنني وإياكم في سبيل الله نحارب لرفع رايته يا قوم، ما جئنا لسبايا أو لأموال أو لغنائم، ورغم ذلك فإن حاجة المقاتل لتفريغ شهوته ولإمتاع أيره ومؤانسة روحه أشد من حاجة الرجل بين الغرس والزرع أو السعي خلف غنمه. وما تركنا نساءنا وراءنا إلا تخففًا من حمولة الطريق ونحن في أرض نجهلها وتجهلنا وصعب نركبه ويركبنا، فلما بدت بشائر النصر ولم يعد أمامنا من مصر إلا الإسكندرية نخوض لها طرقًا صعبة وقرى مخاصمة ومحاربة، لكننا لها كما وعدنا ربنا، فإنني أخبر الجند كلهم بنبأ جلب نسائكم. فمن كان له زوجات أو جوارٍ فهن قادمات في قافلة وصلت طليعتها ليلة الأمس. أما السبايا فكن أربعًا وعشرين جارية غنمها بعض الجند في هليوبوليس، وقد وجدناهن في قلعة للروم، ولم يكن ممكنًا أن أعطيهن لجيش قوامه اثنا عشر ألفًا، فقدرت حاجة بعضكم عن بعضكم، وكان الأمر أيامًا فقط حتى جاءني أبو مريم، وهو من كبار قساوسة القبط الذين تعرفون الآن حجم معاونته، وكم شاركنا في حربنا ضد الروم، وهو أقرب الناس إلى بطريرك المصريين بنيامين، وقال لي إن هؤلاء النسوة قبطيات لا روميات وكن أسيرات لدى روم القلعة الذين خطفوهن من بين أيدي عائلاتهن، وطلب مني تسليمهن له حيث إن النسوة لسن في جيش عدو غلبناه فغنمناه، فرفضت فبارزني الحجة، فقلت له سأراجع بالأمر، لكنه أرسل إلى الخليفة عمر حتى يقطع برأيه فأخضع لأمره.

لم يطق كنانة صبرًا فقاطعه:

- لكنك تركتهن تحت الزبير وعبادة وقادة عك وغافق، بينما لم تسرٍّ بهن إلا على خواصك وعلى سريرك ونحن ننام نلتحف السماء!

رد وردان:

- وما الذي كنت تريده يا كنانة؟ أن نمرر هن على خيامكم كل ليلة؟

قام عمرو باترًا الحديث:

- لقد أمر ابن الخطاب برد النساء إلى القبط، ومن كان منكم ملهوفًا على فخذ امرأة الآن فليعجل بالشهادة فحور العين ينتظرن.

اتجه ابن العاص إلى الباب مندفعًا ففتحه، فإذا بالنسوة القبطيات مذعورات يرتجفن، وقد اتسعت أحداقهن وتبللن من عرق القلق والتوتر، وقد أدرك ابن العاص خطأ ولوجه إلى الباب العكسي، فاعتذر متمتمًا:

- لا تخفن، فسوف تبتن الليلة في بيوت أمهاتكن.

لم تفهم النسوة شيئًا من لغته وقد انكمشن حتى صرن جسدًا واحدًا بأذرع ووجوه متعددة، فنادى ابن العاص:

- هاتوا صالح القبطي ليشرح لهن بلغتهن.

ترك وردان يغلق ضلفتي الباب واستدار بوجهه إلى الناحية المقابلة حيث شرع بالدخول من الباب الذي ظهرت بين ضلفتيه المفتوحتين قلانس الأساقفة بلحاهم البيضاء وصلبانهم المنقوشة على عباءاتهم السوداء، وهي تلتف لترى من الذي قدم إليهم، وحينها شق صوت وردان همهمة المكان وهو ينادي منبهًا أسماع القوم بأن دنياهم قد تغيرت:

- الأمير عمرو بن العاص.

١٨

ـ ما الذي جاء بي إلى هنا؟

سأل ابن ملجم وهو يتمتم بكلمات غضوبة وحانقة، حتى إن ابن العاص لم يستبن مراد الرجل، فرد وهو أضيق صدرًا من أن يطلب منه إعادة سؤاله:

ـ وهل هناك ما يسوؤك يا مرادي؟

رد ابن ملجم بإجابته متذمرًا، وقد استغرب وردان تجرؤ هذا الشخص على اقتحام غرفة الأمير وتجاوز الحرس واللفظ بهذه النبرة الفظة:

ـ لا أحد يلتفت لحلقات القرآن ودروس العلم يا ابن العاص!

نهره وردان:

ـ إنه الأمير يا ابن ملجم!

زجره ابن ملجم:

ـ وأنا القارئ يا مولى الأمير!

منذ جاء إلى مصر وابن ملجم ينظر إلى ابن العاص كأمير وليس كصحابي، نعم هو صاحب نبيه، لكن شيئًا ما يكبر في نفس ابن ملجم منذ رآه، يضعه في مرتبة هناك بعيدة عن غيره ممن لقيهم فعرفهم صحابه، ففتش عما فيهم وسعى لما وراءهم إلا ابن العاص، ظل أميرًا بل وبات أحيانًا ابن النابغة.

رق عمرو بن العاص، فلا طاقة عنده للتغاضب مع هذا الصنف الذي ينطق لسانه قبل عقله:

ـ إننا في حرب يا ابن ملجم، فهل تعتقد أن الجنود يتفرغون للتفقه والتعلم وهم مشغولون بالتدريب والاستعداد والنبال والسيوف؟!

ـ لكنهم التفتوا للنساء حين جئن!

لم يطق ابن العاص، فرفع صوته وقام بجسمه عن كرسيه:

ـ وهل تريد أن أخصيهم كي يتفرغوا لدروسك يا رجل؟!

كانت رائطة أول من جاءت، زوجة عمرو بن العاص التي وفدت مع قافلة الشام قادمة من المدينة. الرحلة الشاقة لم تمنع السيدة العربية أن تختار مقر إقامتها في دور ملحقة بحصن بابليون، ثم حين فرغت الجواري اللاتي أتين معها من إعداد الحمَّام لتهيئة الزوجة المخلصة لاستقبال زوجها الأمير، كانت نساء القبائل قد وصلن بحراسة مندوبي الجيش الذين خرجوا لاستقدام الموكب النسائي من الفرما، فريق الجند الخاص بالأمير سبق بزوجته، بينما رجال القبائل من عك وغافق وتيم جاءوا بنسوتهم في القافلة المحروسة في طرق تتربص بها عيون الروم الذين أدركوا أن مجيء النساء هو علامة الطمأنينة استقرت في قلوب المسلمين، فالنصر متمم بعد فتح بابليون، ومصر تفتح ذراعيها للعرب المنتصرين لكي يجيئوا بنسوتهم، فلا خطر محدقًا ولا خوف لاحقًا. والاستقرار في هذه الأرض يتطلب أفخاذًا بأفخاذ وبطونًا فوق بطون. كانت الخيم منصوبة لكل قبيلة، ومن أحضر حريمه خصص لهن المكان الآمن، بينما نسوة الزبير وعبادة ومسلمة والمقداد وغيرهم من علية القادة قد انفتحت لهن دور الروم المهجورة وغرف الحصن المغلقة، فحيث لا رومي ولا قبطي يعني أن المكان مباح للعرب، وإن رفض

رومي أو قبطي فوجود العربي لا يتطلب استئذانًا طبقًا للعهد الذي وقعه ابن العاص مع المقوقس.

* * *

كانت مصر لا تزال منبسطة تحت سنابك الخيل، ولم تسلم نفسها كلها للغازي العربي، لكن ابن العاص قد شعر بأن البلد في قبضته، وأنه الوقت فقط ما يحول دون إكمال غرس راياته في ربوع البلد. كان المقداد يرى ضرورة الانطلاق إلى الإسكندرية، فهي المدينة التي يحتشد فيها الروم بقوتهم وقواتهم وكنوزهم وذخائرهم، وقد لجأ إليها الهاربون والفارون من الحصون المهزومة، فالعجلة العجلة يا ابن العاص. لكن ابن العاص لم يكن عجولًا فقد قال للمقداد:

- يا مقداد، لقد حاربت بكم قرابة العام وشهور، فلم يسقط منا شهداء إلا بضعة جند لا يفقن العشرة، ثم إن سبعة شهور في حصار حصن تتطلب راحة لجنود واستكشافًا لتضاريس الأرض وخرائطها. الآن وقد تأكدنا من تعاون القبط ورضاهم بنا خلفًا للروم، فلنترك لأنفسنا الفرصة في الاستفادة بهم في فهم البلد، وتجميع القوى، وكشف الثغرات، وإرغام الروم على الانسحاب، واختراق صفوفهم، ولتكن حربنا شيًّا للشاة بعد أن ذبحها أصحابها.

بعدها بأيام دعا ابن العاص المقداد لاجتماع مع رؤوس القبط في مقره بالحصن. كان قد تخير من قادة الجيش المتعجلين منهم للحرب والواثبين منهم على مكانة ابن العاص، الزبير ومسلمة وعبادة والرؤوس المتساوية آن لها أن ترى سياسة عمرو المأمور من الخليفة رجلًا لهذا المصر.

أجلس ابن العاص جورج رجل بابليون ومنقاروس حاكم قليوب

وأبا مريم قريبين منه على أريكة خشبية واحدة. كسرت نظراتهم رسوم الصلبان المكشوطة على ظهرها، وقد تعرت من وسائدها الحريرية المبطنة بالريش وصارت خشنة الخشب تحت قواعد مؤخراتهم، بينما كان شهود القادة قد جلسوا يتابعون على قطع من الحجر مثبتة في الأرض مربعات كانت مخصصة للشمعدانات وشموعها، بينما ريح تزوم في الخارج تعبر النوافذ الدائرية المغلقة بأقراص من الزجاج المعشق تخبط في سطحه، فتقرع بدقات طبل زجاجي تشد الأسماع بين جملة وأخرى. أشار عمرو بن العاص بابتسامة ودودة إلى نفخ الهواء المصفر الغامق:

ـ ما شأن هوائكم الآن؟

رد أبو مريم:

ـ إنه مقدم فيضان النهر يا أمير، يرسل الرب منذرات به ومبشرات.

بعد ترجمة سريعة استمع لها ابن العاص من صالح القبطي، أومأ راضيًا:

ـ كل مسخر بقدرته عز وجل.

ثم دخل في الموضوع:

ـ نحن نهيئ جيشنا للإسكندرية، وقد نجوس في شمال مصر بخيولنا وعتدنا قبل الطريق للبحر، لكننا في حاجة إلى سفن نركبها ونقلع بها في نيلكم، ولا شأن للعرب بصناعة السفن ولا إقلاع المراكب. فهل لكم أن تعينونا عليها؟

قال جورج:

ـ ولكن المركب ليس أهم من المراكبي يا أمير.

حين ترجم له صالح لم يعنَّ لعمرو الإجابة إلا بعد أن أشار لصالح القبطي ليؤمن له على دقة الترجمة فأشار له بثبوت صحتها.

فأجاب ابن العاص:

- وليكن المراكبي من المصريين كما مركبته.

رد جورج:

- لا أظن أن ما تبقى لدينا في الحصن يكفي جيشًا.

توقف عمرو بن العاص عند كلمة لدينا، فاستفهم معناها مبتسمًا دون أن يمحو أثر سخريته عن شفتيه، وقال:

- أدرك هذا، ولذلك قلت أن تصنعوها لنا.

- هذا سيأخذ وقتًا.

أضاف حاكم قليوب:

- ويأخذ مالًا.

رفع عمرو له عينين حادتين وقال:

- المال نخصمه من الجباية والخراج، أما الوقت فلن نتأخر إن بدأتم اليوم قبل الغد، ثم لا تنسوا أن الجيش حين يتحرك يحتاج قوتًا وطعامًا وأنتم أصحاب الزرع والثمر، ونريد سقاية ولباسًا ونجارة وحدادة وأنتم أصحاب الأسواق.

أومأ القبط برؤوسهم يحسبهم البعض متحمسين أو مستسلمين بحماس، واكتفى ابن العاص بحركات رؤوسهم فوق أعناقهم علامة تلبية، فطلب منهم أن يوفد إليهم من يعاونهم ويتعلم منهم من جيشه، وفهم أبو مريم فقالها بالعربية:

- ويراقبهم.

قهقه الجميع من سرعة أبي مريم الخاطفة في التقاط كلمة عربية أصابت هدفها، رغم لكنة لسانه التي نزعت الفخامة عن الكلمة.

أضاف أبو مريم وهو يرد ضحكهم بضحكه وبلغته القبطية:

- وليطمئن الأمير على أنه لا خدعة ولا كسل.

قال ابن العاص لصالح القبطي باسمًا وهو يشير إلى أبي مريم:

ـ أخبر أبا مريم أن تكتم الخبث أفضل من أن تذيع الخير.

* * *

حين وقف ابن ملجم بعدها يتغاضب مع ابن العاص على خلو خيام الجند من حلقات القرآن، لم يجد له حلًّا إلا أن أمره بالرحيل مع جبلة وصالح القبطي إلى قليوب ليتابع بناء المراكب.

كان ابن ملجم ضاجًّا بالرحلة، فلا هي حرب ولا هي بعثة لدين، لكن جبلة أقنعه أنهم سيلتقون بأقباط، لعلهم يسمعون منه دين الإسلام فيهديهم ربهم إليه.

ظل يوميه على أرصفة النهر، يجري فوقها وحولها قبط يرفعون خشبًا ويطرقون حديدًا ويفردون أقمشة ويرفعون أقفاصًا، ويروحون ويغدون في حركة عمل بصدور عارية وسراويل واسعة تمتد من سراتهم حتى عراقيبهم، يجلس متربعًا تحت شمس يتلو القرآن لعلهم يهتدون به إن سمعوه، فيرفع صوته بعقيرة لاهجة، فيتوقف عنده بعض القبط مندهشين، لغة لا يفهمونها، ويبتسم بعضهم ويمضون عنه، وآخرون يرسمون علامة الصليب مطرقين خاشعين ثم منصرفين. أدرك صالح القبطي يأس ابن ملجم حين وجده أخيرًا يترك البقعة الحارة المكشوفة للشمس، ويذهب ليجلس وحيدًا صامتًا عند ركن ظليل، يعطي ظهره للنهر وللقبط.

كان وجه عمر بن الخطاب يلح على ابن ملجم في ليل هذه الرحلة كلما غفا أو صحا، كأنما يسأله لماذا اخترتني لهذه المهمة؟

لم يرِم الاستفهام بثقله عليه كل هذه الشهور الماضية إلا ساعات الوحشة التي أحسها منذ عمت المعسكر رائحة حضور النساء، لا شيء غريبًا حوله إلا هو، لا زوجة ولا امرأة، ولا حاجة لديه لزوجة أو امرأة. ابن عديس الذي لاحظ شروده عرض عليه جارية لمؤانسته لكنه أبى،

أيكون ليل القتال في سبيل الله إلا تهدجًا وترتيلًا لله، لا وطرًا في بظر ولا أيرًا في بئر، ما حاجة من خرجوا لإعلاء كلمة الله لانتصاب وقذف، ألا يكفي التوق إلى حور العين دفعًا للشهادة أم أن الدنيا تغلب بنسائها ومالها وحسبها ونسبها. عندما كان في المدينة صحب الصحابة، من رآهم في شهوره القليلة مشى وراءهم، وجلس بجانبهم، ونام عند عتبات بيوتهم، وصلى خلفهم، وخدم حاجاتهم، وسقى إبلهم، ورفع ماءهم من آبارهم. وفي كل مرة كانت تضربه بشريتهم، كان يخيل له أنهم ملائكة مرسومون على هيئة الرجال، لكنه وجدهم رجالًا في كل مرة حين يتكلمون ويروحون ويجيئون. منذ عاتب عمر بن الخطاب معاذًا وشوك التفاجؤ يشكه نخزًا. كان يريد أن يسأل معاذًا سؤالًا استعصى عن التدلي من فمه، كان قد رآه جالسًا مع زوجته في اليمن، يرتل ويصلي على عتبة بابه، بينما زوجته تقضم ثمرة تفاح يمني، حين مر صبي أشعث نظر بنهم للتفاحة تقرمشها زوجة معاذ، فمدت يدها بها من فمها إلى يد الصبي الذي تلقفها فرحًا وألقمها أسنانه، حين مضى الولد مبتعدًا وكفه ممسكة بالتفاحة تسد فمه وتملأ نصف وجهه، قام معاذ متكئًا على عصاه منفعلًا إلى زوجته فصفعها على خدها بكف ثقيل. يومها لم يرمش لابن ملجم رمش عين، ولم يستغرب ولم يتساءل، فلا شيء خاطئًا يقدم عليه إمام العلماء وصحب رسول الله، وإن ضربها لتفاحة فلا حاجة لسبب يعرفه ابن ملجم متى عرفه ابن جبل، لكن حين سافر معه إلى مكة حاجًّا ثم صحبه إلى أبي بكر، والخليفة يقاسم معاذًا ماله اليمني، ويرد على دائنيه دينه المستحق، عادت التفاحة ولم تبرح عقله، وكان يهم في كل مرة أن يسأل معاذًا: لماذا صفعت زوجتك بسبب عطفها بتفاحتها على صبي أشعث فقير؟

لكنه لم يسأله، ولا جاوب.

١٩

ـ إنهم يقتلون عمرو بن العاص؟

صرخ صالح القبطي بينما يتعثر في هرولته يفر من هذا الجحيم المصبوب عليهم من جند الروم. كان عمرو بن العاص بسيفه ودرعه يشق طريقه جذلًا بالمفاجأة التي أحدثها جيشه بعد هذه الشهور التسعة التعسة أمام أبواب الإسكندرية، اقتحموا باب البحر أخيرًا، حطموا خشبه وأذابوا حديده وهزموا حراسه ودخلوا خلف أسواره. كان مئات الجنود قد أحاطوا بابن العاص دخلة المنتصر المترقب الفائز المنتظر، لا شيء استقبلهم ولا أحد واجههم، بدت هذه الساحة التالية لسور باب البحر خالية لا تليق بهذا الصلد الذي تعصى على الجيش هذه الأسابيع من المناوشات التي تنشب ثم تهدأ والمعارك التي تنتهي قبل أن تبدأ. عندما وصل ابن ملجم إلى المتر الأول تحت قوس البوابة المحطمة ورأى جند الله يرفعون سيوفهم تسد الأفق عن رؤية السماء هلل وكبر صائحًا:

ـ الله أكبر.

ثم أخذ يمسك بأكتاف الجند المندفعين يهزها ويوجهها وجهته

ويطالبهم بالتكبير، ساعتها أفزعه غموض الصخب المباغت، وجد الفرسان يرجفون بأحصنتهم والمشاة يعودون عدوًا متراجعين إلى البوابة حتى أخذته الأذرع والأكتاف والصدور، وكاد يسقط من هول الخبط والتخبط. كانت قذائف لهب تسقط فوقهم كمطر من نار، ملأت الهواء بالشواء ورائحة الحريق، وانتشر دخان أعمى الرؤية. حين كان الكل يفزع هاربًا كانت كائنات الروم المرتدية حديدًا وخوذات فضية وأقنعة من معدن مثقوبة عند العينين تهوي بالسيوف على ظهور الدروع المتقهقرة انسحابًا أمام الهجمات التي جاءتها من كل جانب، حيث خرجت من فتحات تحت الأرض مغطاة برمال خادعة ومن أبواب خفية خلف أسوار مصمتة، وجاءت النار المقذوفة من أبراج بدت بعيدة مهجورة. كانت الفوضى عارمة، حتى إن أحدًا لم يتذكر أن قائدهم تدهمه قوات عدوه. صالح القبطي وهو يمرق من ضربة سيف يراوغها وينجو بنفسه ناحية البوابة، كان يلمح ابن العاص وقد حاصرته قوات الروم مع ثلاثة من رفاقه وتجري حوافر الخيول توشك أن تدهسه. لم يعرف صالح ماذا جرى، فقد وصل إلى خارج سور الحصن كآخر من وصل، فإذا بالروم لا يلاحقونه ولا يطاردون الجند بعد طردهم، بل يدفعون عجلات بسرعة رهيبة كأنها الريح فوق قضبان من حديد، تجرها أحصنة ضخمة مكسوة بصفائح معدنية تبرق تحت أشعة الشمس تعمي العيون بضوء لهيب. يتحرك فوق القضبان جدار خشبي هائل يضعونه مكان البوابة فيسد الفجوة التي نجح العرب في بقرها فيعود السور عاليًا ومدرعًا ومدبب الحواجز. جرى صالح إلى الزبير بن العوام يبحث عنه بين الأضلع المكسورة والعيون الزائغة من أثر الدخان، والرؤوس الملتاعة من أثر الصدمة، حين باح صارخًا بما رآه كتم الزبير فمه بقبضة آلمت فكه:

- اسكت، هل تريد أن تفتن الجيش وتمزق قلوب الرجال؟ دعنا ننتظر خيرًا فإن لابن النابغة عقلًا أقوى من سيفه.

صمت صالح مقموعًا بالمنطق، لكن ابن ملجم الذي ظهر فجأة تحت إبطيه صاح مخنوقًا بغضبه:

- وهل نحن جيش ابن العاص أم جيش الله يا زبير؟ فوالله لو مات أو مت فسنكسر صليب النصارى!

دفعه الزبير في صدره الخالي من الدرع، وأمسك بذراعه الفارغة من السيف:

- من أنت يا ذبابة من ذباب اليمن لتحدثني هكذا؟

ثم التفت لصالح القبطي:

- ما الذي يفعله رجل بلا سيف ولا درع في حربنا تلك يا قبطي؟ أهو قارع طبل من طبولكم؟

ارتعش جسد ابن ملجم النحيل حتى كادوا أن يروا عظامه تتفرق من هزتها، ولم ينطق بكلمة حتى قفز الزبير على فرسه وانطلق ناحية الخيمة المنصوبة فوق ربوة النخل في قلب المعسكر الرابض منذ شهور.

كان عمرو بن العاص قد شعر بآخرته، وأوشك أن يرفع سيفه ليغرسه في بطن الفرس الذي ارتفعت قوائمه عن الأرض، يستعد فارسه للقفز على جسد هذا الجندي العربي الذي سقط عنه درعه وعمامة رأسه وتمزق قماش ثوبه، لكن ذراعًا قوية متشنجة أحاطت صدر ابن العاص وجذبته من خلفه ليقفز مع صاحبها نحو كوة مفتوحة مكشوفة الغطاء في هذا المبنى الصغير الملاصق لبرج حراسة البوابة. لم يتبين ابن العاص من الذي أنقذه، لكن عمرًا بفطرته وبداهته أسرع مع الرجلين دون أن يتكلموا أو ينتظر أحدهم مبادرة الآخر، فأغلقوا الغطاء الحديدي وأحكموا قفله لاهثين، تتساقط

حبات عرقهم غزيرة فتبلل الأيدي التي تكالبت على سلاسل الغطاء يلفونها بقوة حول جوانب الباب الذي دفعته حوافر الفرس الطائر تضربه فتهزه حتى خشية الانخلاع، ثم يرجع الفارس الرومي بحصانه إلى الوراء، ثم يعيد الاندفاعة فترج أجساد المحتجزين رجًّا، سمعوا كلامًا روميًّا عاليًا وعصبيًّا ثم سكوتًا لا تقطعه إلا أصوات الحوافر ونقرات الخيول وصك السيوف وضحكات متهكمة تصحب صرير عجلات.

التفت ابن العاص يتفحص وجه الرجل الذي أنقذه:

ـ أنا عبد الرحمن بن عديس.

ثم التفت إلى الرجل البدين محشور اللحم الذي يلهث من التعب حتى إنه يسعل في صدره نائمًا على بطنه بكرش تمزق ثوبها فبان لحمها الأبيض المنتفخ.

ابتسم ابن العاص رغم خطر اللحظة، فعرف ابن عديس سر الابتسامة المنزوعة من جسامة الموقف:

ـ ألم يلقنا القدر إلا مع هذا الرجل؟!

كان مسلمة بن مخلد منذ أيام قد بارز روميًّا في مناوشة عند باب رشيد، فصرعه الرومي وألقاه عن فرسه وهوى عليه ليقتله، لكن خارجة انطلق بدرعه ووقف في طريق سيف الرومي لحظة تهليل الروم وصرخات فرحهم. أمسك خارجة بمسلمة يرفعه من نومة الأرض بسمنته الثقيلة وانكشاف ظهره، فلما وصلا إلى ابن العاص كان يصرخ ناحية مسلمة ناقمًا وقد امتلكه الإحساس بنفاد الصبر وانهيار الطاقة ناسيًا أنه يكلم صحابيًّا موفدًا من ابن الخطاب:

ـ ما بال هذا الرجل الذي يشبه النساء بسمنته ولحمه يدخل في [illegible] الرجال ويتشبه بهم؟

شعر الواقفون كلهم بعظم غضب عمرو بن العاص حتى انفلاته، بينما كتم مسلمة إحساسه بالإهانتين، من ضربة الرومي ومن سخرية ابن العاص.

الآن يسأل عمرو بن العاص وهو يتفحص ما حوله من جدران وبشر:

ـ ما هذا المكان الذي تحصنًّا به؟

كان مسلمة قد وقف خلفهما الآن ملتقطًا أنفاسه ثابتًا في الأرض، والعجيب أنه يرتدي ثوبًا جديدًا محكمًا بإزار وحزام، وقبل أن يسأله أيهما من أين جاء بهذا الزي؟ قال:

ـ هذا حمَّام اغتسال الجنود.

* * *

صرخ ابن ملجم في جبلة وقد اقتحم عليه وحدته:

ـ اتركني في شأني الآن.

رد جبلة وهو يرى صالح القبطي وقد حضر:

ـ هل أنت خائف على ابن العاص؟

نهره ابن ملجم بإشاحة من يده:

ـ وهل يخاف المسلم من موت في سبيل الله؟ ليمت ابن العاص فهو واحد كأحدنا!

قال القبطي وهو يحاول أن يهدئ روع ابن ملجم، خصوصًا وقد اقترب عدد من الجنود نحوهم وأحاطت أسماعهم بهم:

ـ لا أحد في قدر ابن العاص معرفة وخبرة بمصر، ولندعُ الله أن يعود لنا سالمًا، ثم إنك يا مرادي غاضب من الزبير لا خائف على عمرو.

قال جبلة:

ـ الزبير هو قائد الجيش إن مات ابن العاص، فأنت لا يهمك يا قارئنا مصير أمير وغاضب من خليفته المنتظر، فلتتفرغ لترتيلك أفضل.

نهض ابن ملجم غضوبًا مغضبًا:

ـ وما ترتيلي إن لم يكن مسموعًا من جند ينشغلون عن القرآن بالدنيا.

ـ بل بالحرب يا ابن ملجم.

ـ نحن هنا في مصر منذ عامين وأكثر، ولم نقدم إلى الإسكندرية إلا بعد أن عنف عمر بن الخطاب قائدكم. ألم تسمعوا ما كتبه عمر إلى عمرو، لقد حفظته يا جبلة واطلعت أنت عليه يا صالح، يا صاحبي رسول الله، ألم يكتب: «أما بعد، فقد عجبت لإبطائكم عن فتح مصر، إنكم تقاتلون منذ سنتين وما ذاك إلا لما أحدثتم وأحببتم من الدنيا ما أحب عدوكم».

ثم انتفض ابن ملجم:

ـ ألم يقل هذا بحرفه ولفظه يا جبلة؟

لم يرد جبلة، لكن صالحًا أجاب:

ـ إنها مشقة طريق الإسكندرية وبناء جسور خشب للعبور فوق النيل، ألم تكن معنا في كل هذا يا ابن ملجم؟

ـ لكن عمر عرف ما لا تريدون أن تعترفوا به يا جند الإسلام.

لما رأى كنانة وسودان أمسك باللحظة وارتفع صوته:

ـ لقد أحدثتم يا كنانة، وأحببتم الدنيا يا سودان، لقد غيرتكم آلاف الأكياس من الدنانير يوزعها عليكم وردان غلام ابن العاص من جباية القبط.

شخط فيه سودان فورًا:

ـ من يسمع هذا يقول إن وردان لم يرمها في حجرك أنت أيضًا يا حافظ القرآن!

لم يهتم ابن ملجم وواصل:

ـ لقد تراخينا حين جاءتنا دنانير الجباية وأموال الخراج المحصلة، وتوزع بيننا العسل واللبن، ونمنا فوق صفحات النهر وركبنا الزوارق،

وجرى بعضنا ليزرع في الفيوم وغيرها رغم التحريم والمنع لجنود الله أن يزرعوا ويؤجروا ويحرثوا. فلا شأن لهم بالدنيا بل هم لتأهب الموت في سبيل الله أو نصر تحت راية رسوله، لكن الأقباط أقعدوكم عن القتال باستسلامهم، ورفعتم عنهم سيوف الذبح لأموالهم، لقد كتب عمر بن الخطاب لقائدكم أن الله تبارك وتعالى لا ينصر قومًا إلا بصدق نياتهم. فهل صدقت نواياكم؟

صرخ فيه خارجة، وقد حضر إليه لما ارتفع صوته، والتم الجند حولهم متذمرين مهمهمين في وجه المرادي الذي تلبسه تصلب وجه عنود:

- بل قاتلنا شهورًا في شمال مصر ودخلنا معارك ضد حصون الروم وغزونا ديارهم.

قال ابن ملجم مستمرًّا في استفزازهم:

- بل هي ثلاث قرى من عصت وتمردت وحاربت فقاتلهم الجيش، غير ذلك فإن ابن العاص يصلح للصلح لا للحرب.

هب فيه خارجة:

- بل يصلح للنصر صلحًا أو حربًا! ثم لتتعقل يا رجل، فالذي سبك هو الزبير أما ابن العاص فهو الآن في يدي عدونا ولا نعرف ماذا فعلوا به! لندعُ له لا نحاسبه!

حين زام الجند وهاجت أصواتهم وخرق الأسماع نحيب صارخ:

- المقوقس سيقتل ابن العاص!

لحظتها أدركوا أن خناقهم أذاع على الجيش سر غياب عمرو بن العاص، فضربتهم المفاجأة.

لقد أسر الروم قائد جيش المسلمين.

* * *

ـ مرة أخرى تحت أسواري يا ابن العاص، هناك في بابليون حيث صبرت حتى مللت أنا، ثم نفد صبرك حتى جئتني هنا في إسكندريتي يا رجل.

تسمَّع تيودور تبرم المقوقس وكلماته المحكية المهموسة إلى قفص صدره، كأنما يردها إلى مخبئها كاتمًا بوحه، لكن تيودور كان مهتاجًا بفرحة رد المسلمين عن سور باب البحر، ولم يفهم سر هذه النظرات المنكسرة في عيني المقوقس.

لم يكن تيودور ينتظر أن يعود المقوقس من روما بعد أن هج بهزيمته في حصن بابليون من مصر إلى روما، ظنه غار وانتهى من هذا البلد، لكنه عاد إلى الإسكندرية، بل واستقبله مرة أخرى كقائد وكحاكم وكبطريرك في بلد سلمه لعدوه ورحل مرتاحًا، رجع في وضح النهار في سفينة قادمة من هذا الميناء الهرقلي. ضاق المقوقس بمصر، وحين وقع صلحًا مع ابن العاص، كان يوقع على ورقة هجره هذا البلد الذي لعنه بالكراهية مختومة على ظهره. بدا مهزومًا أمام العرب ومهدور الكرامة أمام جيشه، لكنه كان مبتهجًا بحزنه منتصرًا بهزيمته، فهو ينتقم من المصريين بالعرب، ومن القبط بالمسلمين، ومن هرقل الذي تركه وحيدًا، ببدو الجزيرة الذين سيتبرز حمامهم على قلاع الروم. لكنه جبن وعاد مرة أخرى إلى مصر حين نهره هرقل وهدده بالسجن والمذلة لو لم يعد لحرب العرب والدفاع عن الإسكندرية. من قال لهرقل إنه قائد محارب؟ ومن أوهم هذا القيصر المريض الذي يتنازع عياله على إرث عظامه قبل أن يذوي لحمه بأنه قادر على دحر ابن العاص؟

أرسل له هرقل هذا الخطاب الملفوف طيلة الوقت تحت سترة هذا التيودور الذي يعرف المقوقس أنه لا شيء عظيمًا فيه إلا الوضاعة:

- إنما أتاك من العرب اثنا عشر ألفًا وبمصر من بها من كثرة عدد القبط ما لا يحصى، فإن كان القبط كرهوا القتال وأحبوا دفع الجزية إلى العرب واختاروهم علينا، فإن عندك بمصر من الروم بالإسكندرية ومن معك مائة ألف، معهم العدة والقوة. والعرب حالهم وضعفهم على ما قد رأيت والقبط أذلاء، أفلا تقاتلهم أنت ومن معك من الروم حتى تموت أو تنتصر عليهم، فإنهم فيكم على قدر كثرتكم وقوتكم وعلى قدر قلتهم وضعفهم فريسة، فافترسهم أو تعال لنضعك طعامًا للأسود الجائعة فقد يكون لك فائدة أخيرًا.

من هذا الأبله الذي خط لك هذه الرسالة يا هرقل؟ يغمغم المقوقس كلما تذكرها حيث لا سبيل لنسيانها. ما الذي يدفعنا لقتال العرب للاحتفاظ ببلد يكرهنا، حتى إن رائحة الكراهية النتنة نشمها في هواء البحر؟ فلأقتل كل جيش ابن العاص، وماذا بعدها؟ كيف تحكم شعبًا خانك يا هرقل؟!

ينطق المقوقس مؤنبًا تيودور:

- أنت فرح إذن بردنا العرب عن باب البحر، فماذا عن الأبواب الستة الأخرى؟ ماذا يا تيودور لو قتلنا العرب كلهم على أسوار الإسكندرية؟ هل سيخافك بنيامين اللعين وينزل عن مذهبه وينضم إلى مذهب خلقيدونية الكافر كما يصمه القبط؟ قل لي هل سبق وحكم أحد الروم من عباقرة هرقل شعبًا خانه كل فرد فيه كل صبح استيقظه وكل ليل نامه؟!

رد تيودور:

- نستعيد مصر ثم نقتل بعدها الخونة واحدًا واحدًا.

- تقتل شعبًا؟

ـ وماذا في ذلك يا قيرس؟! فأنت الذي قتلت فيه وعذبته وشويت لحمه، لن تكون مرتك الأولى!

ـ بل ستكون مرتي الألف، ولهذا فلا ألف تكفي، وكأننا نحارب الآن لتبقى الإسكندرية وليلعن المسيح قبطه ومصره.

ضج تيودور بكآبة المقوقس، فقال له مبتعدًا به عن عدميته:

ـ أمامي معضلة الآن، فهناك مجموعة من العرب قيل لي إنهم ربما ثلاثة رجال قفزوا أثناء فرار العرب في قاعة الحمَّام الملاصق بباب البحر وأغلقوا بابها الحديدي ونوافذها. فهل أتركهم حتى يموتوا جوعًا أم أنهي هذا الموقف بحرقه عليهم؟

لم يبدُ المقوقس مباليًا بهذه التفاهة التي يستغرقه فيها تيودور، فصمت ملولًا، فألح تيودور بهمهمة تبادله الضجر، فأفاق المقوقس على أنه لا بد له من إجابة فأجاب:

ـ أرسلوا لهم مترجمًا ليقنعهم بالخروج وحين يخرجون اقتلوهم!

ـ وإن طلبوا الأمان؟

ـ هل لدى العرب أحد من رجالنا نبادله بهم؟

أجاب تيودور:

ـ لديهم جثث لبعض جنودنا.

ـ إذن اقتل العرب وبادلهم جثثهم بجثث رجالنا!

* * *

كان عمرو يعرف أن الروم لا يعرفون بأسره في حمَّامهم، لو عرفوا لقتلوه قبل ما يتيقنوا بحقيقة كونه عمرًا. لو كان مكانهم لفعل، فالضربة ستقصم ظهر العدو. لهذا أمر ابن عديس ومسلمة ألَّا ينطقا باسمه وأن ينكرا حال اقتحام الروم المكان أنه أميرهم، بل هو واحد من عامة الجند

ألقاه حظه العثر في حفرة حمَّام سكندري عظيم الرخام نظيف الأوعية مصبوب الماء زلق المصاطب، صار كأنه حمَّام غسل موتى بالنسبة لثلاثتهم المأسورين احتجازًا. تأمل صاحبيه ونفسه، ليس منهم شاب يحتمل، بل هو نفسه في الستين من عمره وقد لا يبرحها أبدًا. كل ما يخشاه أن يفتقده قادة الجند، فيذيع بين الجيش خبر موته أو أسره، فتصل الأخبار للروم فتهدم عليه جدران الحمَّام. لم يتصور عمرو بن العاص أن نهايته في هذا المصر الذي سكن ملكه حلمه منذ سنين ستكون في حمَّام بارد، وفي موتة صغيرة تافهة كتلك، فزاد نكده مع رهق عينيه وشحوب وجهه، بينما سلام غريب يغمر وجه مسلمة بن مخلد أمامه. انتبه ابن عديس للصوت المتحدث يأتيهم من خلف الجدران ومن فتحات النوافذ الضيقة عربيًّا بلهجة من تعلمها لا من وِلِد بها:

- يا جند العرب.

أنصت عمرو وعرف أنه التفاوض، فأحسها فرصته.

- هل لنا بأسمائكم فنخبر قادتكم؟

أشار ابن العاص برأسه رافضًا، فصاح مسلمة:

- نحن عبيد الله وجند محمد نبي الله.

بعد صمت وترجمة إلى آخر توقعوا أنه قائد أعلى رتبة، جاء الرد:

- وهل أمركم دينكم أن تغزوا بلادنا وتقتلوا أبناءنا وتهدموا ديارنا وتخربوا زرعنا؟

هذه المرة لم يطق مسلمة فقال بصوت عريض:

- جئنا لنجعل كلمة الله هي العليا وكلمة الكافرين هي السفلى.

حين كان المترجم يعمل عمله، كان ابن عديس يهمس لابن العاص مشيرًا على مسلمة:

- هل هذا وقت المنازلة بالدين أم المفاوضة بالسياسة؟

تقلقل مسلمة من مقعدته التعبة:

- هل تظن أن هذا موقف تنقذنا فيه السياسة؟ بل هي كلمة الحق نسمعها لعدو الله!

لم يعلق ابن العاص وأنصت، فقد جاء صوت المترجم ناقمًا:

- أنتم محاصرون في هذا المبنى ولن يأتيكم غوث ولن تدرككم نجاة، فإن استسلمتم سلمتم وستكونون أسرانا، وإن ظل حبسكم فلا ضير لنا فيه، لكنكم ستموتون محبوسين، فلا أنتم قاتلتم ومتم شهداء كما تقولون ولا أنتم أسرتم أحياء.

- بل نقاتلكم حتى نموت.

قالها ابن عديس، فأمسك مسلمة بكتفه مهنئًا مباركًا.

كان المترجم قد صمت، ولم يخمش الصمت صوت حنجرة أو حافر حصان أو صلصلة سيف، علق السكون في الهواء وقد استغرق ابن عديس في تلاوة القرآن هامسًا، وحين وقف عند حرف نظر لابن العاص مبتسمًا:

- لو كان جبلة وابن ملجم هنا لخالفاني القراءة.

بادله ابن العاص ابتسامته، بينما تساءل مسلمة عمن تحكون الآن، ونحن نرقب إجابة ترزقنا الشهادة.

عادوا للصمت الذي خرقه صوت المترجم:

- إذا كانت هذه رغبتكم فلتخرجوا لنتحارب.

هنا قفزت الفكرة في رأس ابن العاص فأطلقها متعجلًا ترجمتها:

- ولكن أنتم كثرة ونحن قلة، ولا شرف في أن تحاربونا هكذا، فأي نصر إن انتصرتم بألف على ثلاثة؟!

أدار ابن عديس رأسه إلى مسلمة:

ـ هي السياسة إذن يا مسلمة!

ـ بل هو الدين يا ابن عديس!

جاءت الترجمة متحدية:

ـ إذن ليبارزكم عدد كعددكم.

التقط ابن العاص الموافقة، فعاجلهم باقتراحه:

ـ بل يبارز أحدكم أحدنا، فإن انتصر رجلنا عليه حررتمونا وتركتمونا لنرحل عنكم إلى معسكرنا، وإن انتصر رجلكم حزتم علينا أسرى بلا قتال.

استغرب مسلمة عرض ابن العاص بعينيه وبكفيه وبغمغمة المتسائل غير المفصحة عن لفظ أو حرف، فأجاب ابن العاص عن سؤاله الذي لم يسأله:

ـ سأبارز أنا، وإني إن شاء الله سأفوز فننجو جميعًا، وإن قُتلت نجوتما أنتما، ولن يعجز جيشنا أن يبادلكما ببعض من رجالهم.

حين كان مسلمة وابن عديس يعلنان رفضهما تصدره للقتال، كان صوت المترجم يأتيهم بالموافقة وانتظار أن يفتحوا البوابة ليخرج فارسهم.

كان ابن عديس يحرك مزلاج الباب وسلاسله، ويفك قفله، ويفتح الكوة ليظهر نور النهار، فإذا بمسلمة بن مخلد ينحشر بجسمه البدين في الباب ويكمل فتحه، ويخرج منه سادًّا عليهم فتحة الباب معلنًا للروم عن أنه مستعد للمبارزة. لم يسمح مسلمة أن يغامر بفقدان أميره، فما كان منه إلا أن أزاح ابن العاص بكتفه، وتقدم على ابن عديس ببدانته، وخرج من الباب ببطئه الذي سرى معه ضحك مكتوم من فرسان الروم على منظره. كان المكان قد احتشد فيه مئات الوقوف وفرسان الروم، حتى اندهش مسلمة من أن هدوء الباحة لا يتسق مع هذا الزحام.

عرف المترجم من هيئته، فهو بلا سيف ولا درع، وكان يوحي بأنه تاجر جاء المكان على غير رغبته. عاد ابن عديس وأغلق الباب بقوة وبسرعة حتى يأمن غدرًا ويقي ابن العاص من مغبة التعرف عليه. كان قلبا الرجلين يخفقان بينما تثبت جسداهما خلف الخشب والحديد والصخر يتسمعان سل السيفين، وحركة الأقدام الأربعة، وخبط الساق بالساق، وترنح الأذرع، وطوح الأيدي، وقرع الدروع، وتخبط الضلوع. همس ابن العاص لما أدرك أن واحدًا من المتبارزين يتقافز ويضرب الأرض بقدميه:

- بدانة مسلمة ستودي بحياته، فلا أعرف كيف يقاتل هذا السمين الذي أرسله لي عمر كأنه بألف رجل! هل كان يقصد من حيث زنة الرجل؟

يضيق الصدر تمامًا عارفًا بما هو قادم، خصوصًا مع أصوات مهللة وصرخات متأوهة وصيحات متعجبة يأتي صداها مضخمًا منفوخًا حتى قبوهما ليسد آذانهما.

قال ابن عديس:

- هل يبارز مسلمة دون أن ينطق؟ أنا أحارب بجوفي كما بسيفي يا ابن العاص!

تعالت خبطات السيفين وتسارعت، وثقل صدى الضرب، ثم جاء صوت تعثر جسد فسقوطه، ثم نبش أيدٍ في الأرض تحاول النهوض.. لم يشكا لحظة أنه مسلمة.. ثم مروق صوت صك سيف، ثم هسيس نثر دم وكسر ضلع وصرخة مكتومة، ثم سقطة زاحفة على التراب.

كل شيء كان ينطق بالصمت لحظتها: هل صمت آذانهما فلم يسمعا، أم أن الصمت كان إجلالًا [illegible] [illegible]؟ سمع عمرو بن العاص طرقات على الباب قوية رغم اليد المتعبة التي تدقها:

- افتح يا ابن النابغة.

كان صوت مسلمة بن مخلد.

صرخ ابن عديس:

- الله أكبر.

٢٠

كان ابن ملجم يلهث، وقد ذهبت أنفاسه وكاد يتعثر في حصى الأرض وكثبانها، لكنه كان مصممًا على أن يثبت أنه ليس أقل منهم قوة بل أشد منهم عزمًا. اشترط عمرو بن العاص أن يكون جميعهم في صف عند خط واحد، يبدأ من عنده سباقهم من فوق هذه التلة المطلة على القرية القريبة، بنخيلها وشجرها وحقولها الخضراء التي تهتز عيدان زرعها في صفار الحنطة، تتمايل مع نسيم الريح الوادع الذي يهب فيهب الروح راحة انفتاح أبواب الدنيا، يصدها قلب ابن ملجم خوفًا من فتنتها وغضبًا من أثر جمالها على قلوب رجال جاءوا ليكسر الله بصلابتهم عضد عدوه. تلك الوجوه التي لم ترَ قبلًا نهرها الرقراق، تنكسر خشونتهم أمام رقته، ولم تألف عيونهم تلك البيوت الملونة بالرسوم على الجدران، فصارت تهفو لمثلها. وها هي تجري لاهثة ملهوفة تتسابق وتتنافس وتتصارع بينها على الفوز بتلك الليالي الثلاث التي تتمتع بها عظامهم الصلبة وجلودهم الخشنة وشهواتهم الشرهة.

كان صوت ابن العاص في كل مرة منبهًا لا يخلو من مرح، وحازمًا لا يخفى تساهله، وهو يخاطبهم من فوق فرسه يلف به ويدور، يثير الرمل وفضولهم، ويغريهم بالأمر وبطاعته، فيقول:

ـ هذه شبرامنت لكم ثلاث ليالٍ كاملة، كل بيت فيها لواحد منكم متى تمكن أن يضع فيه علامة له، يغرس رمحًا في سطحه أو يعلق سيفًا على بابه أو يدق بيرقًا في سوره، معاهدتنا مع القبط أن تخلو لكم أي قرية في طريق حربنا وتحت طلبنا بالراحة ثلاثًا من الأيام والليالي، تتمتعون بما في البيوت كأنها بيوتكم، وتسكنونها كأنها مساكنكم. لكنني أريد منكم الالتزام بالشروط، فلا دخل لكم بها مع انقضاء المدة، ولا تستبيحوا فيها شيئًا وتحملونه معكم، وإن أراد أصحابها البقاء فيها في أيام ضيافتكم فهم عون لكم، وتحت أمركم، دون المساس بهم وبحياتهم وبأعراضهم.

صاح سودان بصوته الأجش:

ـ أتحرمنا سبايا لنا يا ابن العاص؟

نهره ابن العاص باندفاعة فرسه نحو مكانه، حتى تلامست حوافر الفرس بقفطان سودان الذي ارتاع من حنجرة ابن العاص وهي تطلق هواءها الساخن مع حروفه:

ـ هذه قرى صالحتنا وساعدتنا وأمدتنا بالطعام والسقاية والسلاح، فكيف تكون دار حرب يا رجل؟! إن الله يجازيكم بجائزة فخذوها قانعين بما آتاكم ولا تقدموا لشهواتكم أسبابًا لتغلبكم بها!

حار عبد الرحمن بن ملجم وهو الذي ضاق بانشغالهم عن القرآن في خيامهم ومعسكراتهم ومع نسائهم وجواريهم: هل ينطلق معهم حيث القرية كما لم يفعل في كل مرة سمح لهم ابن العاص بالتريض والسكنى في قرى الأقباط، بينما يجلس قابعًا في خيمته متعففًا عن سكريات الدنيا التي يتغنى بها زملاؤه حين إيابهم، وحيدًا مع صهد الحر أو قيظ الوحدة أو صمت المكان الموحش يتلو قرآنًا لا يسمعه أحد، فالمرضى الذين لا يقدرون على

الجري وخوض السباق مع الرجال للفوز بمراقد الأقباط، يتوكأون على عصيهم ويلحقون بمنازل القبط الصغيرة البعيدة في أطراف القرية الفقيرة، يتحصلون قليلهم من قليل فقراء الأقباط، وابن العاص والزبير وغيرهما من قادة الجيش يركنون إلى بيوت أغنياء القرية وساداتها الذين يخلون بيوتهم خصيصًا للوجوه المترئسة، ولا يبقى في المعسكر إلا الحرس المتبرمون من مناوباتهم المفروضة عليهم والمتطلعون للحصول على حظ سابقيهم؟

هذه المرة قرر ابن ملجم أن يذهب، أن يرى ما رأته العيون العطشى للدنيا التي تعود إليه تحكي بحدقاتها قبل حروفها عن بلد ليس كصحرائهم البعيدة، وعن هناءة عيش تنتظرهم في هذه الأرض المفتوحة بأهلها المغلوبين دون سيوف، لا دم شاهده ولا جرحى سقطوا أمامه. ليس أكثر شدة من ذلك اليوم الذي وقع فيه ابن العاص أسيرًا لساعات النهار على سور الإسكندرية، حين عاد عرف أن الروم لم يتعرفوا عليه وأن مسلمة بن مخلد أنقذه حين انتصر على فارس من الروم تبارزا على باب مخبئهم. دهشة ابن ملجم من وفاء الروم بعهدهم كانت تنغص عليه نجاة ابن العاص: أهؤلاء الكفار يملكون هذا الوفاء بالعهد فأفرجوا عن أسراهم الثلاثة كما وعدوا حين التبارز، لم ينكثوا بالوعد، ولا خلفوا العهد، ولا تحايلوا ولا غضبوا من مقتل أحدهم على يد عدوهم؟! لم تكسر ابن العاص الحادثة، لكنها زادته إيمانًا بأن الله يريده على سدة هذا البلد، فقط كانت نظراته خجلى من مسلمة حين عادوا وانضموا للمعسكر وسط الصياح والتهليل والتكبير وصليل السيوف واللعب بالرماح وشواء الشياه تحت طقطقة نار الحطب.

قال ابن العاص لمسلمة وسط الجند وكان يريد لهم أن يسمعوا، فتحيَّن وقت فراغهم من ثرثرة اللغو الباش وقال بصوت مستقيم النبرات:

- إنني أعتذر منك يا مسلمة! فقد ندمت والله على إهانتك ندمًا لم يشق قلبي منذ صباي، ومن أنا كي أسخر من صحب نبي ومن رجل عده لي ابن الخطاب بألف من الرجال!

كان مسلمة في غاية التواضع والحياء، فلم يقل أكثر من غمغمة ضاعت وسط تعليقات الرجال المتداخلة وصوت الزبير الحاسم بالانتقال لموضوع آخر فقال:

- يبدو أن الإسكندرية ليست بتلك المدينة التي كنا نظنها يا عمرو، ولعل لديك خطة للتعامل معها بدلًا من أن نمكث تحت أسوارها أكثر من تلك الشهور التي لامنا عليها ابن الخطاب وقرعتنا كلماته عليها.

بعدها بأيام كانت الأوامر للجيش بالتجهز لفض المعسكر والتأهب لغزو مدن وقرى محيطة بالإسكندرية. وقد سافر بعض الجند لحصن بابليون حيث أعادوا التمركز هناك لإمداد الجيش في تحركاته بجنود جدد واحتياطيين. وقد جاء وردان خادم ابن العاص يومها لابن ملجم وعرض عليه العودة لبابليون والتعسكر هناك في انتظار عودة الجيش، فرفض المرادي حيث قرر أن يعتبر نفسه جنديًا لا واعظًا حافظًا للقرآن:

- لقد اكتفيت بدور المعلم الذي لا يعيره أحد اهتمامًا يا وردان، فليس لي الآن سوى السيف ككل الرجال.

- ولكن الرجال أصحاب السيوف لا يملكون حافظتك للقرآن يا مرادي، وابن الخطاب عينك قارئًا لا مقاتلًا!

- لكنني لم أشهد قتالًا حتى الآن يا وردان يستشهد فيه رجالنا في سبيل الله!

رد وردان:

- وماذا عن شهدائنا عند سور باب البحر يا رجل؟

ثم أضاف:

- وهل الموت شرط النصر يا رجل؟! إننا نفتح بلادًا لا نريق دماءنا على أعتابها، فعمرو بن العاص يقاتل بالكلمة أحد من قتاله بالسيف، ويجنب المسلمين أرواحهم مقابل نصرهم!

تهكم ابن ملجم ضيق الصدر بدروس وردان:

- بدليل أننا نترك الإسكندرية لروميها وقيرسها دون أن نقاتل ونُقتل وتكون كلمة الله هي العليا يا مولى ابن العاص!

فرغ وردان من لجاجة المرادي بجملة أخيرة:

- أنت تستحق مقالة الزبير يا قارئ القرآن!

كانت طعنة وردان حارقة، خصوصًا أنه غرسها ومضى دون التفاتة ولا انتظار رد. غلت الدماء في رأس ابن ملجم واستعاد إهانة الزبير الموجعة، وتذكر تلك الجملة وهي تدوس جبهته بنعلها: هل أنا ذبابة في عين الزبير وابن العاص، وحتى خادم ابن العاص؟!

* * *

كان ملهوفًا ليصل إلى ذلك البيت الذي يبدو بقبته البرونزية ونوافذه المقوسة لعينيه قصرًا، وهو يحول دون سقوط حبات العرق على رموشه وتحول عن محجري عينيه الرؤية. كان يقسو على ساقيه كي تسبق هذا الرجل الذي نفر من طريق يعج بالسيقان التي ترمي بقفزات قدميها التراب، وتثير الغبار يلقي ذرات ساخنة في الوجوه الملفوفة بألثمة تمنع عن أنوفها خناق الرمل. كانت أكتاف تحتك بأكتاف، وأقدام تعرقل أقدامًا، وسيوف تسقط من أغمدتها، ورماح تتخبط في أذرع أصحابها، وكلما لاحت بيوت القرية كانت صيحات تتضارب في الهواء، وخف يطير من قدمي صاحبه وآخر يتمزق فيكب لابسه على الأرض. كان الرجل يقترب من ابن ملجم،

فشعر بحقد بالغ نحوه، وفكر أن يقف غارسًا قدميه في الأرض ويستدير منتظرًا تلك المسافة القصيرة التي سيلحقه فيها سريعًا فيلكمه في وجهه ليسقطه على الأرض، فتهدأ لهفته المتقدة اشتعالًا في صدره. لكن في اللحظة الأخيرة، وحين كان يسمع تكبيرات فوز أحدهم بوصوله لبيت ودخوله لدار، كان يقفز بجسده تلك البوابة الخشبية القصيرة التي تقود لباب البيت الحجري، وبينما جرى منافسه منحرفًا عن طريقه باحثًا عن غنيمة أخرى تعوض ما ضاع منه توًّا، كان ابن ملجم يرمي بنفسه على الباب فخبط رأسه العاري تلك المطرقة الحديدية المنحوتة على شكل كف يطرق الباب. أدرك ابن ملجم أن العلامة التي تشير على أن هذا البيت صار بيته الآن، هي هذا الخيط من الدم إثر شج رأسه يلون مطرقة الباب، وتطبع قطراته نقشها فوق خشب الباب.

كان ابن ملجم يجمع شتات روحه، ويلم عمامته المفكوكة بين يديه، ويمسح بها عرقه ودمه. يهم بالوقوف فيضغط على ركبته اليمنى ثم يرفع ساقه اليسرى، ويقيم رأسه فيلتفت إلى الرماح المغروسة في أبواب البيوت المحيطة وتلك الرايات التي يثبتها بعضهم عند مداخل مساكن بعيدة، وحيث الغبار لم يهدأ والتراب لم يهمد. بينما يمد كفه ليدفع باب جائزته لليالي التالية، إذا بصوت صرير الخشب القديم ومطرقة الباب ترتعش فتدق دقات. يشهق من المفاجأة التي لم تدع له فرصة للتمالك أمام وجه أبي مريم الذي ظهر واقفًا وراء كوة الباب المفتوحة بملابس الرهبان السوداء، وعصاه التي لم يره بغيرها، وتلك اللحية الخشنة الشعثاء والعيون الخضراء واسعة الحدقتين. وحين انفتح الباب العالي الثقيل كاملًا كانت ابتسامة صالح القبطي تكاد تبلع وجه ابن ملجم المهزوم بفوزه.

جلس مربعًا على وسادة محشوة بالريش يقلب عينيه في الجدران

التي أطبقت عليه بصلبان معلقة بأحجام مختلفة في أركان الغرفة الفسيحة التي أجلسوه فيها مرحبين به بضحكات مكتومة. انزوى صالح بأبي مريم عند أريكة في الواجهة، كان حديثهما باللغة القبطية غامضًا بأثقل من جهل المرادي باللغة. رائحة بخور تملأ أنفه، والألوان الزاهية بصفارها وزرقتها تكسو الفرش والحيطان والنوافذ، وهذه النقوش على سجاجيد مفروشة تصدم قدرته على الفرار منها بوجوهها ذات العيون الواسعة والأنوف البارزة والوجنات الطولية المسحوبة ولحاهم الكثة السوداء وفي أيديهم وعلى صدورهم الصلبان، بينما نقشٌ على قطعة فخار حيَّره وأزاغ نظراته وحشره في الصمت، حتى إن صالح القبطي انتبه له من مكانه فصاح عليه:

ـ هذه أيقونة السيدة العذراء. هذا رسمها الذي يقدسه القبط.

ثم عاد لاستكمال حديثه مع أبي مريم. أفهمه صالح أنه سيرحل مع صاحبه بعد انتهاء حوارهما في شأن مهم أرادا له السرية بعيدًا عن خيام المعسكر. أخبره أن العائلة التي تسكن هذا البيت انتقلت إلى غرفة خلفية في جنينة المنزل، وسيكون له بكل ما فيه كما أراده حين سبق منافسيه إليه، أما العائلة فلن تنغص عليه ملكيته المطلقة للبيت هذا الوقت إلا إذا طلب منهم شيئًا ليخدموه.

جاءته صبية خمراوية ذات ضفيرتين تتدليان إلى جانب أذنيها الصغيرتين تشبك فيهما قرطًا فضيًّا على شكل صليب، عيناها السمراوان تبثان نظرات الفضول الممزوجة بالاضطراب والحزن، تحمل بين يديها طبقًا من الخزف يمتلئ بشراب أحمر اللون، فنهض مفزوعًا من قدومها مرتعشًا ومحمومًا، حتى إن حدش جبهته للتو بخيط الدم الذي باغت الصبية، فصرخت ودلقت الخزف فانكسر تحت قدميها وطار الشراب رذاذًا.

هرع ابن ملجم حاملًا رمحه بذراع قلقة، وفتح الباب ومضى، جرى صالح خلفه وهو ينادي عليه:

ـ ماذا جرى يا ابن ملجم؟

كانا قد وصلا إلى الفضاء الرحب أمام البيت، ولم يلبث ابن ملجم أن التفت ووقف صارخًا في وجه صالح القبطي:

ـ أنا لن أطيق بيوت الكفار ولا بناتهم ولا صلبانهم، ولن أشرب شرابهم أو أنام على فراشهم!

رد القبطي:

ـ أنت حر. فلتفعل ما بدا لك، لم يطلب منك أحد أن تفعل ذلك يا مرادي، بل أنت من سعيت وتسابقت ولهثت جريًا لتفعلها!

لم يعلق ابن ملجم إلا بجملة مبتسرة:

ـ هذا شأني وحدي.

ـ أنت وحدك دائمًا.

كان أبو مريم قد وقف على وصيد الباب، وبجواره الصبية الدهشة، وهو يخاطب صالح بالقبطية، فزادت عصبية ابن ملجم فسأله ناقمًا:

ـ ماذا يقول لك هذا القس؟ وما الذي تدبرانه يا رجل؟

أجابه صالح بضيق صدر:

ـ ندبر كيف تدخل مع أميرك الإسكندرية دون سهم ترميه ولا رمح تقذف به ولا سيف ترفعه!

ـ وأي جهاد في سبيل الله هذا الذي لا نموت فيه؟!

نهره صالح:

ـ اسأل عنه ابن العاص!

ثم أعطاه ظهره وانصرف.

حين وصل إلى أبي مريم، همس القس في أذنه:

- هل تطمئن إلى أنه لم يعرف خطتنا للإسكندرية؟

ربت صالح على كتف القس قائلًا:

- لا تقلق، فهذا ابن ملجم الذي لا يفهم أبعد من ثغاء نعجته.

٢١

عينا صالح الزائغتان أوقفتا قدمي أبي مريم الهرعتين. التفت أبو مريم إليه حانقًا وجذبه إليه صائحًا:

ـ ما لك يا رجل؟ هل تريد أن تثير الشبهة فينا بنظراتك الدائخة هذه؟

خبط كتف صالح القبطي في أكتاف عابرة لاهية عنه في زحام الشارع المؤدي إلى كنيسة مرقص، كل ما فيه كان مشدوهًا لما حوله ومجذوبًا بما يراه، هذه هي الإسكندرية إذن بعد كل هذه السنوات من غيابه عنها، كانت مصر كلها من الفرما حتى عين شمس حتى شمالها ورشيدها وفروع نيلها وبحيراته، عالمًا آخر غير الذي عاشه بين قفر الصحراء وإفلاس العمران في الجزيرة. لكن الإسكندرية غير كل مصر، التي هي غير كل صحراء دينه الجديد، الذي غسله من ماضيه إلا شغف هذا البحر الأزرق الذي يرمي أمواجه على رمال ساحل هذه المدينة، فيهبها هيبتها وهبتها ورهبتها. هذه المراكب التي ترسو في ميناء يتسع للأشرعة المشرعة والمطوية، وصخب الصيادين والبضائع التي تهبط بسواعد وعلى ظهور عمال الميناء في حركة لا توحي أن هذه المدينة تنتظر غزوًا يكسر غرور قصورها الممتدة على طول الساحل بحدائق خضراء زاهية مغسولة بالمطر ومتراقصة بالريح

وتفوح منها روائح الفواكه المعلقة في زرقة السماء. جرته يد أبي مريم وهو يهمس في أذنه عابرين زقاقًا يهبط بهما من مرتفع يختفي تحته منظر البحر:

ـ أوَتظن أنها لا تسحبني من قلبي فتسلب روحي؟ منذ أتركها في تنقلي بين الأديرة التي يفر إليها الأب بنيامين وبين قصور وكنائس وحصون قيرس المقوقس وهي تشدني شوقًا لا يروي ظمأه إلا إغماض عينيَّ وتخيل عودة بنيامين إليها يقف عند خشبة صليب المسيح وهو يبتهل لرب يسوع ونحن نلهج وراءه بآمين، هدير «آمين» الجماعي الضخم المفخم المنغم اللاهج الضارع الصادق هو ما أنام عليه كل غمضة ليل حتى أُسكن قلبي في مكمنه!

انتبه صالح القبطي متجاوزًا ما كان يفكر فيه من سؤال يطرق رأسه كلما خطا خطوة في لج هذه المدينة: هل يملك المسلمون الإسكندرية فعلًا؟ ثم ندت منه ابتسامة المستغرب لما تذكر جبلة وابن ملجم وكنانة وابن عديس: كيف يتحمل هؤلاء سطوة هذه المدينة؟ جبلة لن يرى إلا نساءها سبايا محتملات، وابن ملجم لن يراها إلا صروح كفار، وكنانة لن يرى إلا غنائمها وأموالها، لكن ابن عديس سيتمنى قصرًا فيها.

عاد من المسافة التي مشى لها تفكيره، فأجاب أبا مريم قائلًا:

ـ لقد أسلمت لدين محمد، ولكنني مشبوك بهذه الرائحة السكندرية، لا أشمها إلا حين تزورني السعادة. لا زلت أذكر جلساتي مع مارية زوجة النبي في دارها الصغيرة ودمع العيون يغلب سلام الإسلام حين نحكي ضباب ذكرياتنا عن تلك الكنائس السكندرية وهي تقرع بأجراسها مع هدير البحر، ووالدي يلفني في معطف صوف ثقيل ويجر أخي الأكبر بيده، وأمي تضع أختي فوق صدرها، ونشتري تلك المشروبات الساخنة والثمار المشوية من الباعة أمام الكنيسة،

ونعبر المياه التي تملأ الساحة، ونقفز فوق البرك التي صنعتها الأمطار، ونتفادى الأرض الزلقة، وندخل باب الكنيسة الشاهق، فنجد دفء الشموع وشعلات النار المطقطقة في أقماع الحديد المثبتة في أعمدة الكنيسة، والأنفاس الدافئة التي تغمر المكان. الإسكندرية توسم أبناءها يا أبا مريم!

لم يكن أبو مريم قادرًا على أن يستجيب لحنين صالح الذي أذاب روحه منذ دخلا الإسكندرية فجرًا، مدينة الأعمدة المرمرية، حيث ترتفع في كل أماكنها أعمدة قصور تجاوزت في حصر حاكمها قبل سنوات أربعمائة قصر أبيض، حتى قيل إن ملابس القساوسة اتخذت سوادها من فرط بياض المدينة، حيث أعمدة الكنائس في مداخلها وبهوها وساحتها وصحنها وقاعاتها بنقوشها ورسومها وكتاباتها. نبدو بشرًا صغارًا جدًّا وأدنى من عملاقية هذه المدينة، أعمدة المعابد التي تنعكس أضواء القمر على لونها، فتضيء الإسكندرية كلها نورًا يكاد فيه الخياط أن يضع خيطه في إبرته بغير مصباح.

* * *

تجاوزا هذا الحشد من باعة الخضار في الشوارع والأزقة، وتلك المحلات من الملاهي التي تعزف وتغني منذ مطالع المساءات. وصلا إلى الكنيسة التي كان ينتظر على درجها رجل بزي أخضر قدوم أبي مريم وصاحبه. تعرف صالح على ملامحه حين التصق بكتفه، هو الرجل صاحب الدار التي التقى فيها بأبي مريم ورجاله في شبرامنت. لم يتبادلوا كلامًا، فقد أخذهما وشق بهما الزحام المتكالب أمام الكنيسة وقادهما إلى باب جانبي، قرع خشبه بطرقات ثلاث ففتح له أحد خدام الكنيسة الذي أشار إلى فجوة في جدار أداروا حلقتها الحديدية مرتين فانفتحت بصرير عالٍ. ولما تمكنوا

من الرؤية حين أشعل مرشدهم مصباح زيت معلقًا في مدخل الكوة شاهدوا كنيسًا صغيرًا ينتهي بمذبح موضوعة أمامه لوحة مرسومة على لوح ضخم من الزجاج يظهر فيها المسيح متوكئًا على عصاه وخراف بيت لحم ترعى حوله.

بعد فوات وقت كانت تلك الغرفة قد امتلأت بقساوسة توثقوا من صالح عقب استجواب مقتضب مع أبي مريم، ثم فتحوا صندوق خططهم له.

فهم صالح من شرح راهب، بدا أنه مركز قرار القساوسة، ما يجري خارج هذه الأسوار، حيث إن الإسكندرية تعج الآن بالأقباط الذين تنفسوا شيئًا من الحرية بعد هزائم الروم في كل مصر وتقلص نفوذهم على البلاد حتى صار محصورًا بين بوابات الإسكندرية. رفع القبط رؤوسهم مع كثرتهم كذلك، فقد قدم للإسكندرية لاجئون من مصر العليا ومن بابليون وشمالها، آلاف من القبط التي لم يقدر روم العاصمة ولا حراسها على منع دخولهم. ثم إن قبضة الجند المهزومين الذين يجرون خلفهم عار الهزيمة والاستسلام للعرب تراخت؛ فقد أهينت كرامتهم بنكت المصريين ودعاباتهم السرية التي تجرأت وجرت على الألسنة في البيوت والكنائس والحوانيت والشوارع. وكان المسمار الذي فتق سفينة قيرس في المدينة لما اعتدى أحد جند الروم على بائع سمك قبطي في حي البروكيون أمام الميناء، فلم يسكت القبطي ويجمع سمكاته المرمية من على الأرض ويمشي مخزيًّا كما كل مرة، بل قفز على الرومي وألقاه أرضًا وكال له الصفعات واللكمات، فلما تضامن الجنود مع زميلهم وأمسكوا ببائع السمك واحتجزوه في مقر شرطتهم تجمع مئات السماكين والصيادين وأغاروا على الشرطة وأحرقوا مقرها وهرَّبوا صاحبهم، ثم انطلقت في أرجاء المدينة غارات من الأقباط تنزع عن الروم أسلحتهم وتحاصر بيوتهم. ورغم إخماد هذه الانتفاضة إلا أنها بثت روح التجرؤ على حكم

قيرس المقوقس، وعلت أصوات الأقباط بعد سنوات كانوا قلة المدينة وأقليتها المغلوبة المضطهدة، وصارت الإسكندرية تستقبل الفوضى كل ليلة بخناقات الأقباط مع الروم وأولئك المتذهبين بمذهب القيصر.

لكن الراهب الذي عرف أن اسمه حنا، حين همس له أحدهم باستعداد الجموع المنتظرة، زاد من إيقاع حديثه وكان أكثر تحديدًا وهو يسرد خطة هذه الليلة:

ـ نعرف أنك يا أبا مريم جئت لمقابلة قيرس المقوقس، ولكن من الضروري أن نؤجل هذه المقابلة يومًا أو يومين، فأنت تعرف أننا تجمعنا حول إنستاسيوس وتقربنا منه، وصار معظم القبط هنا سواء من تمسك بدينه أو من أوهم إنستاسيوس أنه دخل في مذهب القيصر وترك مسيحيته المصرية، يقفون بجانبه، فهو الذي يقود جيش الإسكندرية الآن وليس بينه وبين قيرس عظيم حب، خصوصًا وقد صار المقوقس يكره رجاله الذين أشعروه بالذل، وقد عاد إلى الإسكندرية على غير هواه ولا رغبته مكرهًا بأوامر ابن القيصر الذي يريد التخلص منه وكاد أن يفتك به في مملكته. وبينما يكيد تيودور القائد الأعلى لإنستاسيوس، إلا أنه يفضله على دومنتيانوس الذي هو عدو الاثنين؛ فهو الذي هرب من أمام جيش ابن العاص ويرى فيه تيودور شؤم الهزيمة، لكن دومنتيانوس لم يسكت لحصار الرجلين له، فدعا قسًّا صاحب نفوذ اسمه فيلياديس، وهو لص أموال الكنيسة، كي يتقوى به وبرجاله ويحتمي بماله الدنس، ولم يلبث الحليفان أن شكلا جماعة القمصان الزرق، حيث يرتدي جنودهم ورجالهم ومن أغووهم من اليهود والمصريين قمصانًا زرقاء ويقنعون وجوههم ويهاجمون كل يوم مكانًا لإنستاسيوس

ومعسكراته، وقد امتلأت الإسكندرية شغبًا من القمصان الزرق، حتى إننا اتفقنا مع إنستاسيوس على جمع صفوفنا ورجالنا ومعظم من نجده مخلصًا من القبط، وشكَّلنا جماعة القمصان الخضر، وها أنت حضرت تجمُّعنا هنا في الكنيسة حيث سنلتقي مع بقيتنا وبعض ممن أعدَّهم إنستاسيوس عند كنيسة قيصرون، وننطلق مع أهالي الإسكندرية وعوامهم الذين تجذبهم هذه الهوجات إلى فيلياديس ونغير عليه ونقتله.

كان صالح القبطي مذهولًا من تصرف قادة مدينة يحاصرها أعداؤها فيعادون أنفسهم. بينما كان أبو مريم منصتًا لمعلومات لا تدهشه كأنه كان يعرفها أو يدبرها، فيرى تخمر خبزه أمامه، لكنه سأل حنا:

- لكن القمصان الزرق لن تسكت.

أجاب حنا وسط همهمات الموافقة من القساوسة:

- نحن متأكدون من ذلك، ولهذا فإنك ستنتظر حتى اشتعال المدينة بالفوضى والشغب، وتذهب حيث نضعك على بوابة رشيد، فتخبر قيرس بحضورك الطازج، وساعتها بين ما يعيشه ويشاهده ويحيطه، فإنه لن يصمد في مفاوضاتك كثيرًا.

أضاف أبو مريم كأنه يكمل خطته:

- خصوصًا أن شروط الصلح هذه المرة تشمل مكانة خاصة لقيرس وبقاءه في الإسكندرية حاكمًا وبطريركًا لها!

بهتت وجوه القساوسة وزاد بياضها في غبشة العتمة عند سماع هذا العرض، فسارع أبو مريم قائلًا:

- لا تخشوا شيئًا، لا بطريرك إلا بنيامين، لكن كما لكم خطتكم فإن ابن العاص له خطته.

ـفت حنا إلى صالح القبطي:

ـما الذي يضمن لنا وفاءه بعهده وإعادة البطريرك بنيامين إلى كنيسته وعودة مصر إلى قبطيتها؟

رد صالح بقوة:

ـ ذكاء ابن العاص قبل وعده هو ما يضمن، فهل من كان مثله يأمن لبطريرك يعادي الروم وكان طريدهم ويقف معه المصريون كلهم بدينهم ودنياهم، أم لبطريرك انهزم جيشه وزالت دولته ويكرهه المصريون ويعتبرونه كافرًا وبينه وبينهم دم نازف؟

حين صعد أبو مريم وصالح إلى برج الكنيسة حيث شوارع حي المصريين مكشوفة أمامهم وتشابك أزقتها مع حي الروم، كان المئات يتدافعون في الشوارع كتلة خضراء من الثياب والعباءات واللثامات، وصيحات تتصاعد وهتافات تدوي، والجمع الأخضر يتلوى في حركته ويتسع ويزداد ويطول.

كان أبو مريم قد صعد درجات السلم الحلزوني الضيق، ودلف إلى غرفة البرج، ولحق به صالح حيث وجده يفرد تلك الآلة الطولية الطويلة ذات العدستين الزجاجيتين، ويلف قرصًا من حلقة حديد تتوسط الآلة المعدنية، وكانت ملامحه كلما مر الوقت تزداد انبساطًا ولحيته تزداد التصاقًا بالعدستين، لم يكن القبطي يفهم هذا الشيء الغامض الذي يجعل أبا مريم سعيدًا ومنشغلًا، حتى طلب منه أن يضع عينيه في هاتين الزجاجتين، ولما اقترب منهما صالح سرت به رعدة وفزع مرتدًا إلى الحائط.

٢٢

عندما شاهد صالح القبطي ألسنة النار تتقافز فوق أسطح بيوت الإسكندرية وترتمي شعلاتها في الشوارع ومن الشرفات وإليها، وسط زحام خانق وخناق مزدحم، تصارعت فيه الأكتاف مع الأذرع، وتكسرت فيه أصابع وتحرقت أكف، وتمزقت القمصان الزرق على الأجساد، وتقطعت القمصان الخضر على الأبدان، وركب زئير الغضب الكاسح فوق هدير البحر، عرف ساعتها أن قيرس سوف يسلم الإسكندرية. وكانت وقفة صالح القبطي هناك فوق برج الكنيسة وهو يحدق في تلك الآلة الفلكية بزجاجها النافخ في الصور والمقرب للمنظر، فشاهد الفشل متفشيًا في أجناب هذه المدينة. كانت خطة قيرس تبدأ بهذا الموكب الذي أعده، حيث جنوده فوق الأحصنة، ووراءهم العربات الخشبية المزينة بالأعلام والرايات، وأناشيد من فرقة موسيقى مصاحبة بمزامير يرفعها وينفخ فيها رجال يرتدون ملابسهم البيضاء الملفوفة بنطاقات حمراء على خصورهم، وقد فُرشت نمارق وأبسطة، وارتفعت ألوية من حرير تخفق مع ريح البحر العاصف، وازدحمت الطرق إلى كنيسة القيصرون بأهالي الإسكندرية الذين يعيشون ذعر اشتعال الحرائق وحروب القمصان

الزرق والخضر وإتلاف القصور وهدم الحوانيت والحرب الباردة التي استعرت في أيامها الأخيرة مع القبط الذين انتشروا في البلد، بينما ارتبك الروم وضعفوا، وخاف المرتدون من القبط من حوادث الانتقام ضد ممتلكاتهم فأخلوها، أما أرواحهم ففروا بها. كانت المدينة تتمزق كأن عدوًّا لا يطرق بابها بسيفه، فلما ظهر قيرس بموكبه لاح لدى الناس شيء من أمل، خصوصًا أنه يحمل على ظهر العربات الصليب الأعظم يمر به أمام المسلتين الفرعونيتين، ثم دلف به إلى فناء الأروقة والأعمدة التي يصعد سلالمها الآن إلى قلب الكنيسة.

حين وصل مع أبي مريم إلى المقوقس الذي كان قد شق طريقه مرتديًا عباءته السوداء بصلبانها المقصبة، يحيطه تيودور وإنستاسيوس وحرس يتكالبون حول أكتافه حتى لا تصل له أيد تلهث نحوه مرتعشة من سكان البلد الذين وفدوا بعد يوم دامٍ حارق أشعل فزعهم من تمزق الإسكندرية أمام جيش العرب. كانت الوجوه الرومية التي ملأت الكنيسة، والأطفال المعلقون فوق أكتاف آبائهم، والنساء المتشحات بلون الحداد على قتلى الحرب الأهلية المستعرة بين أزقة الإسكندرية وتحت شرفات بيوتها، وهؤلاء الجند المبهوتون والمرهقون من فض منازعات أعيت حيلتهم وأزاغت أبصارهم عن البحر الذي يتطلعون فيه إلى غوث قيصر يشق نحوهم الموج بأشرعة سفن تملأ السماء. لم يكن صالح على هذا الوهج من الاهتياج الذي يملأ على أبي مريم أيامه التي قضاها في الإسكندرية بين لقاءات قيرس واتفاقاته مع صالح ورسلهم إلى عمرو بن العاص، وتلك الجلسات السرية مع مشعلي الفتن ومطلقي النيران من أقباط القمصان الخضر في حربه المستترة ضد قيرس وولائهم المقدس لبنيامين المنتظر هناك في ديره النائي أن يأتي ليحمل هذا الصليب الذي ترفعه الآن

الأيدي العارية بوجوه صادحة بالخشوع وصيحات متوالية من الجمهور المكدس في الكنيسة، تلتاع مع كل حركة ورفعة وضمة للصليب، صرخات وتهليلات ونداءات وأدعية وصلوات للمسيح، الدموع تبلل الأصوات المبتهلة من شباب مخنوق العبرات، بينما النسوة يكاد يغشى عليهن من الجلال والإكبار، والمسنون والعجائز يصدرون أنينًا موءودًا.

وقف قيرس تحيطه التماثيل للسيدة العذراء وأيقونات يسوع ولوحاته الجدارية المثبتة على الحوائط، يتناول منهم الصليب المرفوع على أذرعهم وأكتافهم، فيلمسه مع اشتداد الصياح والصراخ، وينحني عليه فيقبله ويمرغ وجهه ولحيته في خشباته، والأضواء القادمة من المصابيح الملونة وشموع المذبح والمشاعل المعلقة فوق الأعمدة تضفي على وجهه لمعانًا دامعًا ووجعًا ساطعًا.

وقف يحضن الصليب الخشبي منحنيًا فوقه، وقد وضعوه على مائدة ممتدة بفرش أحمر منقوش بصلبان بيض، ثم رفع وجهه، علا صوت الصمت فجأة، ولو كان جناح حمامة فوق برج الكنيسة قد رف لسمعه الكافة، بل إن هدير الموج كان يملأ هواء المكان وسط صمت مترقب صوت قيرس.

بان إعياء الرجل لعيني صالح تمامًا، لكنه لم يكن لدى كل هذه الجموع إلا قيرس، الذي يملك الآن صليب المسيح المقدس. لم يستوعب صالح القبطي بعضًا مما قاله قيرس من أثر الصيحات والتبريكات التي كانت تعقب على كلامه، لكنه اندهش من هذه القوة التي استعادها قيرس وهو يخطب فيهم:

ـ هذا الصليب الذي رفعوا فوقه يسوع المخلص وصلبوه لينزف دم ابن الرب، وسرقه الفرس اغتصابًا، وأعاده هرقل من يد أعدائه إلى بيت

المقدس التي وقعت تحت احتلال العرب، فإذا بهذا الصليب المقدس يأتينا هنا في الإسكندرية لهذه المدينة الطاهرة من الدنس والنجاسة ليغسل قلوبنا بالطمأنينة ويحمل عنا أوزارنا الدنيئة، وليذكرنا أن الرب معنا، وأن يسوع لا ينسى أبناءه على هذا البحر الذي رفعوا فيه ذكره ولهجوا فيه بدينه ونشروا بشارته على العالمين. لا تعتقدوا أن الرب سيخذلكم وقد خلصتم صليب ابنه المخلص.

لم يكمل قيرس خطبته، فقد تعثرت قوته تحت ثقل سقمه، واشتدت تحشرجات صوته المنفعلة مع هذا الزحام الذي شاركت روائح البخور وعبقها في حشو صدره بسعال الاختناق، ثم إن الشمامسة بدأوا الأناشيد فاختلط على القوم ما سمعوه، فلم يكن هذا النشيد إلا وداعًا للبطريرك.

هاج القوم بالصياح، بينما سأل صالح نفسه، وهو يتبادل نظراته مع أبي مريم: كيف لهذا الرجل أن يفعل في شعبه هذه الخديعة بكل هذا الحماس؟! كيف يمنحهم الأمل وهو قد قتله منذ يومين؟!

* * *

كان قيرس قد وقع عهد تسليم الإسكندرية، هناك حيث حصن بابليون، ذلك الذي عاد إليه مهزومًا بعد أن خرج منه مهزومًا. دخل الحصن ولج من بوابته الخلفية بعد رحلة بالمراكب التي خلعوا عن أشرعتها أي علامات لوجود المقوقس فوقها. كان بحارته عددًا محدودًا من الموثوق بهم وحرس اختيروا من بُكم العقول حتى يدفنوا سر المقوقس لحين أن تتكشفه مصر على مهلها منحنيًا مختفيًا مع ثلاثة من قساوسته في صحبة أبي مريم وصالح القبطي. كان اللقاء سريًا، حتى إن خارجة ووردان ومسلمة وابن حديج فقط من حضروه من رجال ابن العاص، بعض التمرات والخبز المصري وصحون من الزيت وشواء من لحم الماعز وأكواب من اللبن كانت على

مائدة الطعام، لكن لم يمسه قيرس. حين ألح عليه عمرو بن العاص أن يتناول شيئًا يعينه بعد سفر شاق، غمس كسرة خبز في زيت، لكنه قضم جزءًا منها وظل ممسكًا حتى رحل بالقطعة المتبقية بين أصابعه، كأنها الفتات الذي حصل عليه من استسلامه. لم يكن قيرس في رحلة الذهاب ولا في طريق العودة إلا ويتمتم لاعنًا وسابًّا هؤلاء القبط الذين خذلوه وباعوه، وأن أفضل ما يفعله لهذا البلد أن يسلمه للعرب: أنا أعرف أنهم تحالفوا مع العرب، ولا أظن إلا أن بنيامين من أشعل لي الإسكندرية، وهذا الفتى النزق ابن هرقل الذي لا يملك أن يرسل جيشًا ليحمي مصره، لا شيء أمامي إلا أن ألقنهم جميعًا درسًا في الخذلان.

ثم يردد متقطع الأنفاس: ماذا أفعل وقد انهار رجالي وتفكك جيش الإسكندرية واشتعلت الحرب بين الملاعين الأقباط والروم والعوام واليهود في العاصمة؟ لقد ضربتنا الفتنة بعد اللعنة، ولو دخل العرب فيها عنوة لاستباحوها، وإن كنت أتمنى هذه النهاية للقبط راضيًا، إلا أن حامية الروم عندي أهم، ثم إنها ستظل تحت حكمي وقيادتي. فقط أكف ابن العاص عنها حينها بجزية تريح خليفته وتلجم ابن العاص عن سكنى قلاع البحر.

حين طلب قيرس من ابن العاص أن يتركه على الإسكندرية حاكمًا مندوبًا عنه لمدة أحد عشر شهرًا حتى يرحل الجيش الرومي ومعهم متاعهم وأموالهم، تململ الرجال حول عمرو بن العاص، فأدرك قيرس أنه يحتاج انحناءة أكبر كي يمرر هذا الطلب، فعرض أن يسلم مائة وخمسين من جنوده وخمسين من غير الجند ضمانًا لإنفاذ العهد.

كان ابن العاص رقيقًا مع قيرس، ومطمئنًا لروعه، وملبيًا لطلباته التي كانت تأتي نحيلة الصوت مكسورة الحروف، يترجمها صالح الذي تنعقد

الدهشة فوق جبهته وهو يسمع قيرس خارجًا من باب غرفة اجتماعه مع ابن العاص يأمر قسيسه وأمين سره بأن أول ما ينزل الإسكندرية يقبض على رؤوس الأقباط ومتخفيهم ورجالات بنيامين بينهم.

* * *

قبل أن يجمع المقوقس قيادات جيشه ليعلمهم الخبر، كان قد أعدم عشرات من المساجين الأقباط الذين جمعتهم شرطته من الأزقة والمراكب، وكانت قد هجمت قواته على كنائس القمصان الزرق، ثم حين دخل عليه تيودور أدرك من نظرته المشتعلة حزنًا موقودًا بنار الغل أنه قد فعلها.

لا ينساها صالح أبدًا، ففي اليوم التالي لبكاء قيرس على الصليب المعظم، كانت أبواق الإسكندرية تدوي فوق أبوابها وأسوارها، وركض أهل الإسكندرية في روع وفزع مفاجأة قدوم جيش العرب الذي كان قد رحل عن أسوارهم شهورًا طالت، وتأهب الجند، واصطفت الصفوف خلف البوابات، وجرت العربات الحربية ناحية الأسوار، وارتفعت المجانيق، وارتدى الحرس على عجل خوذاتهم وشرعوا سيوفهم، واشتدت أقواس السهام بين أيدي الرماة. كانت الأسئلة تشق الصدور ثم الحناجر، وتنتقل من فم إلى فم، وتعلو حتى تصل مسامع قادة الروم الذين تتدلى رؤوسهم في سكون مقيم وسكوت مطبق:

ـ العرب لا يتوقفون ليعسكروا وراء الأسوار، بل يقتربون غير عابئين نحو البوابات!

ثم ينتظر الجند أمرًا لم يأمرهم به أحد، فلا قرار بالضرب، ولا صيحة بإطلاق السهام، ولا صراخ بإغلاق البوابات، بل إن خيول العرب تقف عند البوابة الأولى وقد احتشد جيش ابن العاص أمامها، وإذا بواحد منهم يصرخ إلى حراس الأبراج، لم يكن إلا صالح القبطي:

ـ افتحوا البوابات أيها الحراس فقد استسلم قيرس.

لم يفهموا ما قاله الرجل رغم لغته القبطية، واستغلق عليهم المعنى فكرره صائحًا:

ـ ليست هناك حرب. لقد صارت الإسكندرية للعرب، فلا تضيعوا وقتًا واسألوا قادتكم: لماذا لم يأمروكم بقتالنا.

كان تيودور هو من أطلق الأمر لمساعده الذي أمسك بالبوق ووضع هذه الكلمات في آذان جنود الروم:

ـ افتحوا البوابات فقد جاء العرب لاستلام الجزية.

كان الذهول ساعتها يقتل ابن ملجم الذي كان راكبًا فرسًا في مؤخرة الجيش الفاتح، وقد رأى البوابات تنفتح بأيدي الروم، والجيش يكبر ويهلل، وتلوح الأذرع بالرايات والرماح، ويتبادل القوم التهاني. أصابه كمد خنق جوفه، فما كاد أحد يفهم كلامه إن كان قد سمعه:

ـ أهكذا بلا دماء الكفار مرة أخرى يا ابن العاص!

٢٣

غمرها أخوها بهذه السعادة، كأنه هذه الساعة يدخل مع أبيهما أبي بكر في دارهم بمكة فترمي ألعابها الطينية من عرائس الصبيات والحمامات من يديها، وتصيح عليها أمها أن تهدأ، لكنها تجري لتستقبل شقيقها عبد الرحمن متعلقة بعنقه، فيرفعها بساعديه مبتسمًا مهللًا:

ـ أوحشتني يا عائشة.

يضحك أبوها من لهفة الصبية على أخيها الكبير، تستحضر الآن وهي جالسة في غرفته، ابتسامته وكأنها مستنسخة على وجه أخيها.

ـ وعليك السلام يا عبد الرحمن.

قالتها السيدة عائشة وهي تحاول أن تقف لتحيته، فيندفع عبد الرحمن بقامته الطويلة ولحيته المحناة المشذبة وعينيه الفرحتين، فيعيدها لجلستها ويقبل رأسها:

ـ كأني بك طفلة تلعبين في صحن الدار بالطين يا عائشة.

ضحكت وهي تضرب صدره بيدها، وقالت:

ـ تعرف ما الذي يرضي النساء يا أخي، أنهن لا يكبرن ولا يعجزن أبدًا.

رد عبد الرحمن وهو يفترش الأرض تحت مقعدها:

ـ بل أنت تزدادين شبابًا يا أختاه.

ـ بل أنا أمك يا عبد الرحمن.

ـ رحم الله أم رومان، فهي أمنا، أما أنت فأم المؤمنين يا عائشة.

لم يكن يشد حيلها قوة، ولا يخفف عنها حمولة حزنها حين خاصمها النبي وسمع كلام الناس عنها ولم يقطع ولم يردع ألسنة الإفك وتركها مكلومة مهزومة محزونة في بيت أبيها مطعونًا في شرفها، إلا عبد الرحمن. كان يداوي جرحها بلطفه، وكان يبدد قلقها باطمئنانه الواثق أن الله لن يخذلها أبدًا. كان يأتي إلى بيت أبيها في الليل حيث يعلم سهرها ألمًا فيؤنس وحدتها، وكان يمضي معها قيلولتها الموحشة تنتظر معه أن يدخل عليها زوجها النبي فيأخذ بها ويأخذها إلى بيته يرد لها شرفها وكرامتها، وحين لا يأتي نبيها وزوجها يرفق بها أخوها عبد الرحمن وهو يشغلها عن الانتظار المر، فيشاغلها بذكريات الطفولة وحكايات بناته حين يذكرنه بشقيقته الصغيرة اعتدادًا بالذات واعتيادًا للتدليل. كانت تحكي له عن حزنها عليه حتى كاد ينفطر قلبها وهي تدعو الله أن يهديه للإسلام، ما كانت تطيق أن جدها قحافة كان لا يزال كافرًا يحارب رغم عماه دينًا كان ابنه أول من دخله وآمن به، وتهمس تستعيد مشاعرها:

ـ لكن هذا لم يكن شيئًا بجانب كفرك أنت حين كان اسمك عبد العزى، عبد لصنم من أصنام مكة.

كان يرد حين تذكره بأنه عبد العزى بأن أباكِ هو من سماني كذلك، لكن نبيك هو من سماني عبد الرحمن.

في معركة بدر كان قلبها الغض يرجف، وتكاد الحمى تعتري بدنها، حين تتخيل أن خبرًا أتاها بأن شقيقها الذي يحارب النبي قد مات بسيف أو رمح أو أخذ أسيرًا، فكان دمه مطلوبًا وعنقه مذبوحًا. كانت تتابع أخبار القتال وهي تعلم أن أباها كان في خيمة مع النبي يطّلعان على سير المعركة، ويرقبان اتصال النصال بالنصال. لم تكن ساعتها تقلق من حزن أبيها عليه إن مات، بل من فجيعتها به إن قُتل. وحين عاد مع جيش قريش إلى مكة، وعلى قدر سعادتها العارمة بنصر المسلمين على قدر هناءتها بعودة عبد الرحمن سالمًا على كفره. وفي معركة أحد حين عاد ليحارب مع قريش بخشونة قلب لم يرق لأخته أبدًا ولا لأبيه، مصممًا وعازمًا على قتال بتجاهل جهم أنه سيشق قلبها إن مس زوجها ووالدها أذى أو نزفا دمًا، فإنها فرحت وسط غمها بهزيمة المسلمين بعودة عبد الرحمن إلى مكة دون جرح. حين أسلم في صلح الحديبية وجاءها مغتسلًا من كفره زغرد قلبها فرحًا، كانت أبهج الناس وأسعدهم، وشكرت ربها وتمنت لو أعتقت عبيدًا لو كانت تملكهم حينئذ، فتحررهم بقدر ما تحررت روحها من قبضة قلقها عليه. ها هو يأتي اليوم كما كل مرة يزورها بعد موت أبي بكر، فيعيد والدها وأمها وصباها وراحتها إليها. لا تنسَ أبدًا أنه الذي صاحبها في عمرة حجة الوداع بوصية من النبي، فكأنه حاميها حين كان محرمها.

* * *

كانت عائشة ترتدي ثوبًا أصفر يسبغ جسدها، وخمارًا يغطي رأسها ويطول بأطرافه السوداء فرشها الذي تجلس عليه من جلد ماعز، وحين طلبت من جاريتها أن تسقي عبد الرحمن شيئًا سمعت من يقول:

ـ اجعليه شرابين من لبن بدلًا من شراب واحد يا أمه.

ثم دخل عليهما أخوها محمد مقبلًا بمقتبل شبابه وبشاشة القدوم على أخته وزوجة نبيه.

قام عبد الرحمن فعانقه وأجلسه لصقه بعدما قبل محمد رأس أخته، فقالت له معاتبة:

ـ تغيب عني يا محمد كثيرًا، فقد أخذك علي بن أبي طالب منا.

ضحك عبد الرحمن:

ـ أوَتظلمين عابد المدينة يا أختاه.

كان محمد على صباه وصغر سنه وضآلة حجمه يحمل هذا اللقب فوق رأسه كلما تجول في شوارع المدينة، فهو ابن أبي بكر الذي تركه طفلًا، فتسلم تربيته علي بن أبي طالب الذي تزوج والدته أرملة أبي بكر، فكبر محمد على حب زوج أمه وعلى علم زوج أمه وعلى تبتل زوج أمه، فكان كأنه ابن آخر مع الحسن والحسين ومحمد، لابن أبي طالب.

قال محمد لأخته عائشة:

ـ سمعت أنك تتحدثين بحديث للنبي يا أختاه، فقلت آتي لأحفظه عنك.

ثم التفت إلى عبد الرحمن:

ـ يا قوة أختنا يا عبد الرحمن، فأمير المؤمنين عمر يمنع الحديث بغير كلام الله وقرآن ربنا، وقد ضرب أبا هريرة بسوطه حين خالف أمره بالحديث عن النبي حتى إن أختك قالت وأين سمع أبو هريرة هذه الأحاديث عن النبي وهو كان من أهل الصوفة، ينتظر الصدقة على أعتاب المسجد.

نظرت عائشة إلى محمد فسكت لنظرتها، فقالت هي:

ـ أخوك يا عبد الرحمن يتألم لعدم اللحاق بزمن نبيه، فيحاول أن يأخذ من علي ومني ما يروي ظمأه.

ـ صحيح، وهو يلزم المسجد ويداوم على الصلاة وحفظ القرآن، كأنه لا يفعل غير هذا من شؤون الدنيا.

مدت عائشة يدها إلى جوال بجوارها، وحين كانت تقلب كفها فيه وتفض بين محتوياته دخلت الجارية باللبن فوضعته بينهم، فطلبت منها عائشة أن تعاونها في إيجاد قطع من النسيج كانت تحتجزها في هذا الجوال، بينما انشغلت الجارية في بحثها قالت عائشة:

ـ نريد أن نجد زوجة لمحمد يا عبد الرحمن.

ضحك عبد الرحمن ورد وهو يربت على كتف أخيه:

ـ وتفعلين معها ما فعلته مع عاتكة زوجة أخينا عبد الله رحمه الله.

كأنما تذكرت عائشة فجأة، فقالت وهي تضحك في غضبها وتغضب بضحكها:

ـ إنها تستحق ما فعلته وأكثر، لقد كان أخوكما يهيم بها حبًّا فجعل لها بعض أرضه على ألا تتزوج بعده.

سمع عبد الرحمن ومحمد هذه الحكاية من أختهما كثيرًا، لكنهما تركاها تكمل من فرط حماسها كلما قصَّتها:

ـ ولما ثكلنا في عبد الله كانت تبدو أكثرنا حزنًا، حتى إنها جعلت من نفسها شاعرة فأخذت تردد بيت شعر أشك أنها من نظمته.

أنشدت عائشة البيت متهكمة وسط جلجلة قهقهات أخويها:

آليت لا تنفك نفسي حزينة عليك ولا ينفك جلدي أغبرا

صمتت وقد رن حزن في بحة صوتها وهي تواصل:

ـ ثم تخلت عن حزنها ووعدها ووفائها المزعوم لأخي بمجرد أن تقدم للزواج بها عمر بن الخطاب، فوافقت على زواجه ودخل بها ونسيت كل ما كان من أخي وولهه وأرضه.

انطلق محمد صائحًا:

ـ فلم تسكتي عنها، فأنشدت أنت كذلك يا أختاه بيتًا يعارضها في شعرها فقلت...

حين بدأ محمد يتلو بيت الشعر ردده معه عبد الرحمن، فكان صوتاهما معًا يطلقان ضحكات عائشة مخلوطة بدموع على جانبي عينيها:

آليت لا تنفك عيني قريرة   عليك ولا ينفك جلدي أصفرا

فأكملت معهما عائشة كلامهما بصوت ثالث:

ـ وردي إلينا أرضنا.

هدأ ضحكهم لحظة صمت خرقه محمد:

ـ أيدك الله يا أختاه فعلًا، فقد انتقلت عاتكة من حال إلى حال، فصارت كما قلت قريرة بالزواج، ولم تعد نفسها حزينة، وخلعت السواد وارتدت المعصفرات من الثياب، فكان ولا بد أن تستعيدي أرض أخينا منها.

أضاف عبد الرحمن:

ـ ويشهد الله أن ابن الخطاب لم يغضب ولم يرفض، بل أرسل لي لأتسلم أرض أخي.

أشارت عائشة إلى محمد قائلة:

ـ وكيف حال عمر في زواجه من أم كلثوم بنت علي يا محمد؟

ـ كما تعرفين.

ـ نعم، هو رجل يطعم نفسه وأهل بيته الخشن من الطعام، شديد على النساء، لكنه الفاروق والله كما لقبه النبي.

ثم تنبهت إلى أن الجارية لم تأتها بما طلبته من نسيج، فنادتها فجاءتها فسألتها:

ـ أين ما بحثت عنه؟

ردت الجارية:

ـ والله ما وجدت شيئًا، فقد وهبت كل ما جاءك يا أماه.

ابتسم عبد الرحمن:

ـ الجارية محقة يا عائشة، فإن كنت تبحثين عن شيء لتهديه لنا مما يرسله لك عمر من راتبك وغنائم الشام والعراق، فإنك لن تجدي شيئًا من هذا، فكل ما لديك تصرفينه لأهلك ولأصحاب الحاجات الذين يقفون على بابك.

ردت الجارية:

ـ ما نملك يا سيدي من راتب أرسله الأمير لنا إلا دراهم معدودة، وسل أمنا كم كان هذا الراتب؟

أومأت عائشة:

ـ لقد زادني عمر عن راتب كل زوجات النبي، فخصص لي ألفين فوق المائة ألف، ولم يتبق إلا ما قالت الجارية.

علق محمد:

ـ نعم، لقد عرفت بهذا، فقد جاءه خراج مصر بخير، يقولون عنه الأقاويل، ويحكون عن بلد خيره بطول نيله وطين أرضه.

أضاف عبد الرحمن:

ـ لكن ابن العاص كما بلغني لم يفتح الإسكندرية بعد.

تنهدت عائشة وهي تتصفح بعين تلمع بدمعها الساكن صفحات ماضٍ غالٍ، وقالت بصوت يغلف حروفه الشجن:

ـ إنه بلد مارية.

قال محمد وهو ينهض مودعًا:

ـ هل تريدين شيئًا من الخليفة عمر، فأنا ذاهب إليه؟
ـ أبلغه السلام.
قام عبد الرحمن مستندًا على ساعد أخيه الأصغر:
ـ خذني معك يا محمد.
قبَّل رأس أخته ومضى، ثم وقف وعاد برأسه ولمح شجن رحيله في عينيها:
ـ سأعود قريبًا، فإن طعم الحليب هنا كأنه عسل بنها.
صاحت عليه:
ـ انظر يا عبد الرحمن فقد ذكرتني، لقد وصلني من عمر إبريق من عسل مصر، يا جارية أين عسل مصر؟

* * *

حين ذهب محمد بن أبي بكر إلى بيت عمر رأى رجلًا بدا عليه تعب السفر وغبار طول الطريق، يجفف عرقه ويمسح رأسه ويسند ظهره على جذع نخلة، وكان قد أناخ للتو ناقته عند باب المسجد، فإذا بجارية عمر تخرج من بيته فتلقى الرجل فتسأله عن خبره ومحمد يحاول التعرف على ملامحه، رد الرجل متحمسًا على تعبه:
ـ أنا معاوية بن حديج، جئت من مصر برسالة من عمرو بن العاص.
دخلت الجارية إلى البيت عائدة، بينما اندفع محمد ناحية ابن حديج وقد تعرف عليه، يرحب به ويبحث في يد الرجل عن لفافة رسالة، وفهم معاوية نظرة الشاب المستفهمة، فقال له حين عرف أنه ابن أبي بكر:
ـ لقد طلبت من ابن العاص أن يبعث معي كتابًا، فقال لي وماذا عساني أفعل بالكتاب ألست امرءًا عربيًّا تقدر على وصف ما شهدته.
لحظتها كانت جارية ابن الخطاب تخرج من البيت لاهثة تكاد تتعثر من ركضها وتتخبط في ردائها وهي تناديه:

- إن الخليفة ينتظرك.

دخل ابن حديج ومحمد يتبعه من غير ما ينتظر دعوة، صاح فيه عمر وهو يهم بالوقوف لاستقباله:

- ماذا كنت تنتظر يا ابن حديج؟

- حسبتك نائمًا يا أمير المؤمنين.

- بئس ما قلت، وبئس ما ظننت، لئن نمت النهار لأضيعن الرعية، ولئن نمت الليل لأضيعن نفسي، فكيف بالنوم مع هذين؟! هات ما عندك.

- خيرًا يا أمير المؤمنين. فتح الله علينا الإسكندرية.

تهلل محمد وسمع فرح أهل البيت الذين وصلتهم كلمات ابن حديج، فاشتعل البيت صياحًا، بينما نهض عمر مندفعًا وهو يمسك بيد معاوية بن حديج ويخرج من باب بيته كأنما يجري جارًّا الرجل خلفه، يتجهان نحو المسجد، يتبعهما محمد، وجمع من المارة لما رأوا عمر على هذه الحالة أدركوا أن ثمة أمرًا جللًا فتبعوه، وحين رأى عمر عثمان بن عفان عابرًا أمام باب المسجد ناداه ملهوفًا فرحًا:

- يا عثمان، أبشر ومُر المؤذن بالأذان.

كان وجه عثمان قد نطقت ملامحه بالبشرى التي أحسها في حماسة عمر. حيا محمد بن أبي بكر عثمان وسط هذه المشاعر اللاهثة بالسعادة، فابتسم له عثمان حاضنًا ابن صديقه بذراعه. كانت مشاعره الأبوية الراعية تحتفل دومًا بمحمد حين يراه، هو أصغر أولاد صديقه أبي بكر وأحب من رباهم علي بن أبي طالب إلى قلبه، ثم هو الصبي عابد المدينة المتعبد الذي ما دخل عثمان المسجد في صلاة إلا لقيه. لم يكن محمد في عيني عثمان إلا هذا الغلام المتأدب القانت، ابنًا بالولادة والتربية لصاحبين

من صحابة النبي. ولم يكن محمد يرى في انشغال عثمان في التجارة وأحوال السوق والقوافل إلا هذا الرجل الذي أعز المسلمين بماله، ولم يكن يصغي ابن أبي بكر إلى علم إلا علم علي، إلا أن عثمان كان وجه أبيه الذي فقده صغيرًا، وذكرى أبيه التي كبرت مع كبره، لذلك استأذن عثمان في أن يكون هو مؤذن اجتماع المسلمين لسماع عمر، فربت على كتفه أن يفعلها فورًا.

حين كان يتجمع على صوت محمد بن أبي بكر جماعة المدينة، كان عمر ينفرد بعثمان في منبر المسجد ويهمس له:

ـ هل زرتها في تجارتك من قبل يا عثمان؟

ـ ما هي؟

ـ مصر.

أطرق عثمان:

ـ آه.. مصر، لم أزرها، لكنها بلد لا يأتي منه إلا خير.

تحرك عمر، فصعد على درجة منبره وخطب في الجمع الذي احتشد:

ـ بارك الله لكم في الإسكندرية.

٢٤

كان كلما عبر أمامها تثاقل في مشيته، وظل يحيط بها بخطوات مترددة ونظرات متحيرة، يقف أمام دار عبد الرحمن بن عديس. يتساءل ابن ملجم في صدره المنغلق على كوامن أسئلته: لماذا بنى عبد الرحمن بن عديس هذه الدار بهذا الشرف، حيث الفخار والحجارة والخشب المشغول المشبوك، حيث إن الكل أطلق على الذي جعله سكنه اسم الدار البيضاء، هي فعلًا البيضاء الوحيدة في الفسطاط، حيث طلاها على غير أهل المدينة باللون الأبيض؟ يتذكر هؤلاء القبط الذين جلبهم ابن عديس من الصعيد حتى يصنعوا هذا الطلاء اللزج الثقيل، فيدهنونه على حوائط الدار فتتلون ببياضها الذي يبرق في ظلمة الليل ويعكس ضوء شمس النهار. ها هو الآن يمشي في طرقات مدينة بناها المسلمون إعلانًا لامتلاكهم هذا البلد. كان كل ما فيها يناديه للصحراء، لم يحب العمران الذي عطل هذا الجيش عن رفع السيوف منشغلًا بالقطوف، صحيح أن سرايا تذهب هنا وهناك، وأن بعضًا ممن عرفهم يستعد للقتال في شمال أفريقيا، لكن الجنود صاروا سكانًا. جبلة ما تركه أبدًا دون أن يخمش جلده:

ـ لم تكن يا ابن ملجم أبدًا محاربًا، لكنك أكثر الناس انشغالًا بأن يحارب غيرك، وتكتفي أنت بتلاوة القرآن!

لم يكن يرد على جبلة، فالرجل صار صديقه وهو أفقه منه وأعلم، ليس بينهما إلا التشاكل في قراءة القرآن بين ما تعلمه من معاذ وحفظه عنه وما تعلمه جبلة من ابن مسعود وأخذه عنه. لكن ابن ملجم المرادي لا يشاغل نفسه بهذا السؤال أبدًا، فهو شارك في الحرب والفتح ولكنه لم يرَ منه حربًا ولا فتحًا، بل حصارًا ومناوشات وضربًا من المفاوضات التي لا تنتهي حتى يرفع ابن العاص راية نصره بعدها، لا دماء لأعداء الإسلام تُراق بين يديه أو تحت رجليه، ولا رأى ابن ملجم رؤوسًا معلقة ولا أعناقًا ذبيحة ولا دماء كالبرك تتجمع وتتخثر، بل عاش انتصارات على حصون بالصبر والتفاوض. حتى الزبير بن العوام وهو يصمم أن يضع في صحن داره في الفسطاط السلم الذي صعد عليه إلى حصن بابليون وقد حمله إلى الدار معهم يومها ابن ملجم، لم يتردد حين عبر أمامه القوم بالسلم ناحية دار الزبير الجديدة في الفسطاط، فانضم إليهم إذ يرفعونه ويدخلون به من فوق السور مهللين وصائحين يستعيدون يوم أن حملوه ووضعوه على سور الحصن فتسلقه الزبير، بينما كانوا ينصبونه شاهدًا الآن في بهو الدار حتى يراه الرائحون والغادون في الطريق. لكن ولع الناس بسلم ابن الزبير على سور داره لم يجب لابن ملجم عن سر احتفاظ الزبير به تباهيًا، رغم أن الجيش دخل الحصن من بابه بعد مفاوضة ابن العاص، ولم يقتحمه من سوره كما يوحي سلم الزبير المعلق، لكنهم الصحابة أصحاب الراية الذين يفد لهم الجميع في قلب هذه المدينة للرأي والإفادة والقيادة يفعلون ما يشاءون.

ربما لهذا فعلها معاوية بن حديج حين كلفه ابن العاص بتخطيط الفسطاط، حين عادوا من الإسكندرية كان قيسبه بن كلثوم قد سكن هذه الأرض منذ جاء بمائة راحلة من الشام وخمسين عبدًا وثلاثين فرسًا، فحين استملح ابن العاص

المكان لبناء المسجد تركه قيسبة بزهد يليق بمن كان في غناه وجهاده، فهو لم يهنأ بثروته وقصره في الشام، بل تركهما لينضم إلى جيش مصر. رغم هذا القلق الذي ينبش في صدر ابن ملجم من الثراء المتفحش الذي يراه عند هؤلاء الرجال ويحسه إقبالًا على الدنيا ممن يجب أن يدبروا عنها، إلا أنه أحب قيسبة، خصوصًا أنه كان يرسل عبيده لابن ملجم كي يعلمهم القرآن، وزاد بأن أرسل أبناءه إلى ركنه في المسجد كي يقرأوا عليه القرآن.

يذكر ابن ملجم تلك الأيام التي كان يُبنى فيها أول مسجد بمصر وهو يحدق في الوجوه والسواعد التي تحيط الأرض في دائرة تعجن الطين وتحمل جذوع النخل وترفع الطوب اللبن وتنصب الجدران عارية من الزخرف والبياض، وكان أول من رفع عقيرته غاضبًا حين حاول البعض إشراك الأقباط في البناء، حيث قال عبيد المعافري لابن العاص:

- إننا قد رأينا في الأقباط بنائين شيدوا القلاع والحصون هائلة مهولة، فلمَ لا نستعين بهم في البناء؟

كانت عقيرة ابن ملجم الأعلى فوق الهمهمات التي ندت عن بعض ممن سمع وصاح:

- كيف نأتي بكفار ليبنوا لنا بيتًا من بيوت يُذكر فيها اسم الله وتسجد على أرضها جباه المسلمين؟!

ساعتها نفر المعافري منه ورد بقوة:

- أوَتخطئني يا مرادي وأنا أول من قرأ القرآن في هذه الأرض قبل أن يوفدك ابن الخطاب إلى هذا المصر فتعطينا دروسًا في بناء المساجد؟!

ثم التفت إلى ابن العاص:

- أوَلم يستعن نبينا المصطفى بابن أريقط المشرك ليكون دليله ومرشده في الهجرة إلى المدينة يا ابن العاص؟

زعق المرادي:

- ومن أين يعرف ابن العاص وكان مشركًا وقتها؟!

- ومن أين عرفت أنت يا ابن ملجم وكنت نطفًا جاهلًا مجهولًا كافرًا وقتها؟!

ضحك ابن العاص وتدخل بين المتنافسين:

- نحن هنا في حاجة إلى بنائين لا متفقهين، ولتجلسا كلٌّ في ناحيته يتلو لنا القرآن لننصت إلى كلمات الله ونحن نعمل بدلًا من أن تشغلاني بقضايا لا نريد أن ننشغل بها!

صمم المعافري على أن يشارك في العمل، بينما انزوى ابن ملجم إلى ركنه يتأمل هذه الوجوه التي حصرها. ثمانون من صحابة الرسول هنا حوله وأمامه وإلى جانبه يشاركون في بناء المسجد، بينما يراهم بشرًا ورجالًا يحاول أن يكتشف ضوء النبي على جباههم فلا يرى إلا هذه الملامح التي غضبت وضحكت وتنافست وأكلت وشربت وصحبت نساءها وتسامرت وأشعرت وصلت ونامت وتغاضبت وتشاتمت وتشاحنت. ولم يكن يوم يمر إلا وكان يوقن أنهم رجال مثله: فأين كانت صحبتهم للنبي فيما يفعلون، وهل لو كان صحابيًّا للنبي أكان سيكون مثلهم، هو يحفظ قرآن ربه ويزن كل خطوة أو كلمة أو فعلة بميزان قرآنه، فلماذا يقول عنه ابن عديس إنه عابس، فهل يمرح من يعرف حسابه في الآخرة، وهل المسلم الحق إلا مودعًا ونس الدنيا وأنسها وهو على ظهرانيها. إن ابن عديس يطلي داره بالبياض، والزبير يعلق سلمًا، ومعاوية بن حديج بعدما عاد من المدينة وقد بشر ابن الخطاب بفتح الإسكندرية يرسم الخطط ويحدد الشوارع في الفسطاط ويقسم الأحياء على القبائل والعائلات؛ فلكل قبيلة مساحة من الأرض تبني فوقها، وكل واحد منهم بنصيبه وبغناه وثرائه وماله الذي تحصل عليه

من رواتب الجيش التي يحددها ويصرفها بمقررات من ابن العاص يبني بيته حسب طاقته. وكلما ظهر اكتمال بناءات حي واختط وسيع الشوارع كانت الفسطاط تعلن عن تقسيمها بين القبائل التي تقاربت مساكن أفرادها ودنت دورها. وكان لكل قبيلة مشرف وحارس على منطقته، وها هم أهل الراية أولئك القريشيون وقرابة ابن العاص يسكنون وحدهم منطقة، بينما وزع ليفصلهم عن قلب قريش الجنود من المسلمين ذوي الأصل الرومي، فأسكنهم في طرف بعيد من الفسطاط، صار العرب يسمونه الحمراوات لاحمرار وجوه ساكنيها، وهم بعض ممن أسلم من الشوام وأهل فلسطين، وانضموا لجيش ابن العاص خلال عاميه من الغزو. أما الفرس فذهبوا بهم إلى أبعد منطقة في الفسطاط حيث يتجمع جند كسرى الذين أسلموا في اليمن وقدموا من صنعاء أو من ما وراء العراق فيمكثون وحدهم، وكما أوصى عمر عمرًا فقد ناداه ابن حديج ذات يوم وقال له:

ـ يا ابن ملجم، هذه دارك، أتبنيها أم نبنيها لك ويُخصم مالها من أعطيتك؟ ثم زاد إنها قرب المسجد كما قال الخليفة.

قرر ابن ملجم أن يبنيها وحده، ضيقة وصغيرة ضئيلة وسط دور الفسطاط، لكنه لم يرد منها إلا أسوارًا بأسقف معروشة، ولم يكن فيها إلا حصر وحصى، بينما دار الأمير على مبعدة منها يحيطها فضاء واسع للخيل، كلما مشى أمامه ابن ملجم سأل ابن عديس:

ـ أليس بخيل أقل من هذه انتصر النبي على كفار قريش يا ابن عديس؟

فيرد ابن عديس:

ـ وأعدوا لهم ما استطعتم من قوة ومن رباط الخيل، يا حافظ القرآن.

يجيبه ابن ملجم:

ـ واحد منا إن آمن حقًّا بألف من الخيل.

يضحك ابن عديس:

ـ لننتظر اليوم الذي تقف فيه بإيمانك أمام ألف من الخيل يا مرادي!

* * *

حين كاد أن يرى بياضًا يعلن عن بيت عبد الرحمن بن عديس، كان أبو ذر الغفاري يضرب كتفه حانقًا على حماره قد أسقط صندوقًا من فوق ظهره وهو يركبه ليدفعه للخروج من زقاق القناديل حيث يسكن ليلف خارجًا من الزقاق لزقاق أضيق، حينها خبط الحمار في حائط بيت فسقط الصندوق، فنزل أبو ذر مبتئسًا قاسيًا على حماره باللعنات، التفت ابن ملجم وقد تعرف على وجه أبي ذر فسكنت روحه، كأن جواب أسئلته مرفق بمرفق هذا الرجل، أحبه منذ سمعه يحاور ابن العاص بقوة، واحترمه أكثر من خشية ابن العاص حواره وتجنب كلامه. كان رغم صحبته للنبي من هؤلاء الذين لم تشغلهم نعمة مصر، ولم يرتدِ نسوجها ولا قماشها الناعم المحبوك المؤنق، وظل منذ جاء في نهايات حصار الإسكندرية على صوفته البالية تستر جسده الممشوق، فتلطف معه ابن ملجم مبادرًا بمعاونته:

ـ أوَفي حاجة تأمرني بها يا صاحب رسول الله؟

تنبه أبو ذر له:

ـ لا حاجة لي عند عبد، حاجتي عند رب العباد.

رد ابن ملجم:

ـ أوَلا تعرفني يا أبا ذر؟

رد أبو ذر:

ـ وهل أنت معروف كي أعرفك؟

ـ أنا ابن ملجم، حافظ القرآن ومعلمه في مسجد الفسطاط وفي جيش ابن العاص.

رد أبو ذر:

ـ لقد تعلمت ما يكفيني يا هذا.

كانا معًا يحملان ما سقط من صندوق أبي ذر، ويجمعان ما تبعثر، بينما مر أحدهم في ذات المكان فسلم وشارك في جمع ما تفرق، هدوم بالية وشمع وجلد مخطوط وعظم مكتوب عليه بالقرآن ولفافة من كسرات خبز وقارورة صغيرة من زيت أصفر. التفت ابن ملجم مندهشًا:

ـ إلى أين أنت ذاهب يا أبا ذر؟

تجاهل أبو ذر السؤال حتى ركب حماره، وأشار إلى ابن ملجم:

ـ أحكم رباط هذه الحاجات على ظهر هذا الحمار جيدًا وقربها مني حتى لا تسقط ثالثة.

قال الرجل العابر:

ـ وهل سقطت مرة قبل هذه؟

رد أبو ذر:

ـ هل تفرغ أهل الفسطاط اليوم لمضايقتي؟!

أجاب ابن ملجم:

ـ بل نحن نعينك إن أردت، ونحمل عنك حاجاتك حتى بيتك.

صاح أبو ذر وهو يحاول أن يدور ببعيره مغربًا عنهم:

ـ أوَلم تلاحظ أيها الحافظ أنني أغادر بيتي وأغادر فسطاطكم؟!

اندهش الرجلان فسألا معًا:

ـ لماذا الرحيل عنا يا أبا ذر؟!

أجاب أبو ذر:

ـ لا عيش لي عندكم بأمر رسول الله.

قال العابر:

ـ وهل يأتيك وحي منه؟

نهره ابن ملجم، بينما رد عليه أبو ذر بجملته:

ـ ويحك يا خرف!

ثم أضاف وهو يمشي براحلته متمهلًا ومتعثرًا:

ـ بل لقد كنت في داري فسمعت عراكًا وصراخًا بين ابني شرحبيل في الدار المجاورة لي وهما يتشاجران على موضع جدار بينهما، ويتهم كلاهما الآخر أنه يبنيه على أرضه، فما كان مني إلا أن جمعت حاجاتي وها أنا أرحل عن مصركم.

كان يقول هذا وهو يمضي ببعيره مبتعدًا، بينما يجري خلفه ابن ملجم. ومل العابر من المشهد فوقف متعجبًا ومشى مبتعدًا وهو يتابع قارئ القرآن يلهث خلف أبي ذر، يجري ببعيره وهو يصيح بحكايته.

هتف به ابن ملجم:

ـ أوَلا تبلغ أصحابك؟

ويضيف:

ـ أوَلا تنبئ الأمير؟

يزعق ملحًّا:

ـ وهل يدفعك شجار أخوين على شبر أرض للرحيل؟!

تكلم أبو ذر دون أن يوقف حماره، بينما كان ابن ملجم قد وصل إلى جواره وجعل سرعته من سرعة البعير:

ـ لا أعرف، ولا أريد أن أعرف، أنا أنفذ أمر النبي، فقد قال لي: «إنكم ستفتحون أرضًا يذكر فيها القيراط فاستوصوا بأهلها خيرًا فإن لهم ذمة ورحمًا».

صرخ ابن ملجم:

-إنها مصر.

أضاف أبو ذر الغفاري:

-ثم قال لي النبي مواصلًا أوامره: «فإذا رأيت أخوين يقتتلان في موضع لبنة فاخرج منها».

أنهى الغفاري حديث نبيه واختفى في منحنى شارع، بينما وقف ابن ملجم لاهثًا قلقًا مرتبكًا. لقد جاء أبو ذر الغفاري مع اقتراب هزيمة الروم في الإسكندرية وقضى فترته في الفسطاط، لكنه لم يمكث فيها، حتى لبث وهرب منها مأمورًا بالنبي.

حاول ابن ملجم أن يتذكر أين هي دار أبناء شرحبيل؟ ومن هما؟ وهل علم شيئًا عن نزاعهما على الأرض المملوكة؟ ثم كيف سيصل أبو ذر إلى المدينة أو الشام وهو يركب ذلك البعير المتهالك؟ لكنه في تخبطه في الأزقة وجد نفسه أمام الدار البيضاء فدخلها.

٢٥

كان بخر الغليان هو ما تشمه وتلمسه في الغرفة التي دخلها ابن ملجم في الدار البيضاء، ولما فوجئ بأن خارجة يجلس بجوار ابن عديس أدرك أن الأمر جلل. لم يكن ابن عديس بالعادي منذ جاءوا مصر ومنذ قامت أعمدة الفسطاط، هو الصحابي الذي اعتبره المرادي وغيره من رجال قبائل اليمن أكثر الصحبة الثمانين الذين بنوا وابتنوا لهم في الفسطاط حياة قربًا منهم، لم يكن قريشيًّا، ولم يكن من هؤلاء الذين يمشون بقبائلهم وعائلاتهم في الحرب والضرب وتقسيم الخطط وتوزيع العطايا وتخصيص النسب والقسم. لم يشعر ابن ملجم أن ابن عديس بات يخصه بالصلة، لكنه أكثر من يعتبره واحدًا منهم. لا يزال يبصم على وجدانه أنه لم يأتِ مصر شاهرًا سيفه بل فاتحًا فمه، لم يكن محاربًا مجاهدًا بالرمح بل بالجوف والصوت، ولأنه لم يشهد على مدى عامي فتح هذا المصر حربًا ضروسًا ولا معارك طاحنة ولا مئات الشهداء يحفرون لهم قبورهم في أرض المعركة، فقد كان يشعر أن شيئًا مما يستحقه قارئ القرآن وحافظه وسط هؤلاء الأميين الذين لا يحفظون قرآن ربهم لم يحصل عليه بعد. ظلت تقاسيم القبائل والبطون وخطط أهل الراية وعائلات قريش هي التي تعلن عن نفسها

سواء في مسجد الفسطاط أو في بيوتها وشوارعها. لهذا كان ابن عديس الرجل الأهم عنده، فهو مبايع النبي تحت الشجرة الذي يضمهم جميعًا تحت أعمدة داره. لا ينسى أبدًا يوم انفجر في خناقه جميل بن معمر حين توزعت بينهما معاطف قبطية دفيئة الصوف وناعمة الفرو، فتدخل أحدهم منتصرًا لابن عديس فقال لجميل:

ـ إنه مبايع رسول الله عند الشجرة.

فرد جميل، وكانت سنه قد بلغت حافة من العمر قيل لهم إنها المائة لكن صوته على ذلك كان قويًّا باترًا:

ـ لكننا لم نبايع عبد الرحمن بن عديس ولا وقفنا عند شجرته.

حين سمعت جماعة من محيطي عبد الرحمن بن عديس بالمحبة هذا الاتهام، أوشكت الحناجر على نزع الخناجر من أجربتها، إلا أن ابن عديس ضحك قاطعًا الخناق بالعناق، وضم جميلًا إلى صدره قائلًا:

ـ ألا تعرفون من هو جميل يا إخوة، إنه الذي لا يكتم سرًّا أبدًا، وهو أنقل أهل مكة للحديث، فكان لا يستقر خبر في صدره لحظة من وقت، بل يلف شوارع وبيوت مكة ليذيع ما عرف، حتى إن عمر بن الخطاب حين قرر أن يدخل دين الإسلام مر على جميل فأخذه من يده ومشى به حتى بطن مكة فزعق في الناس أنه أسلم، فإذا بجميل يفعل ما أراده عمر تمامًا، فقد جرى من جواره هاتفًا في كل صوب وحدب وشارع ودرب وبيت ودار وحقل وسوق إن عمر قد صبأ.

ثم التفت إلى جميل الذي قابل كلماته بضحكة طالت ثم تقطعت إلى ابتسامات:

ـ هل أنت كما قيل لنا يا جميل تملك قلبين وعقلين؟

صرخ فيه يومها ابن ملجم:

ـ كيف تسأل هذا السؤال يا ابن عديس والله تعالى أنزل في قرآنه في سورة الأحزاب: «مَّا جَعَلَ ٱللَّهُ لِرَجُلٍ مِّن قَلْبَيْنِ فِى جَوْفِهِۦ»؟

كان انطلاق ضحكات ابن عديس وجميل ردًّا على ابن ملجم يضربه بالصدمة، فصمت متحيرًا حتى قطع دهشته ابن عديس:

ـ نعم، لقد نزلت الآية في جميل يا مرادي، فهو المقصود بها من فوق سبع سماوات.

واصلا الضحك، لكن ابن عديس علق في فاصل صمت:

ـ لو توقفت قليلًا عن حماسك يا حافظ القرآن.

ثم بنبرة أكثر نصحًا أضاف:

ـ كي تفهمه.

* * *

لم يكن جميل بن معمر موجودًا في الغرفة التي اتسعت لعدد من الوجوه التي لم تعن ابن ملجم في شيء إلا اهتمامه المستغرب بمشاركة خارجة، فهو الرجل الثاني في حكم مصر تقريبًا، وهو أمين سر وضابط شرطة ابن العاص، ثم بعد واقعة بنائه غرفة علوية فوق سطح بيته كانت العلاقات قد ساءت بينهما تمامًا، فقد اعتبر ابن ملجم أن خارجة يأخذه الكبر وقد رفع بيتًا له فوق عورات الناس، وله وعبيده أن يطلعوا على أسرار جيرانه من تلك النوافذ التي تعلو صحون بيوتهم، فما كان منه إلا أن شكاه لابن العاص الذي استغرب شكايته، خاصة أن داره تبعد عن دار خارجة، فما شأنك يا مرادي، صمم على أنه شأنه وتحدث بالأمر في المسجد وأثناء تحفيظ صبية الفسطاط القرآن بعد صلاة الظهر. فوصلت القصة للخليفة في المدينة، فأمر ابن العاص بهدم الغرفة على ما ومن فيها. من ساعتها غصة ما في جوف كليهما ضد كليهما، فتحاشى ابن ملجم وهو

يلقي السلام النظر في وجه خارجة، ووسط لغط يعلو ونقاشات ترتفع لم يهتم أحد فأخذ ركنًا بجوار كنانة الذي همس في أذنه أن أزمة كبرى وقعت بين الخليفة وابن العاص.

كان ابن ملجم يحفظ خطاب ابن الخطاب الذي أرسله إلى عمرو بن العاص يستبطئ فيه الأموال القادمة خراجًا من مصر، ويستقل غلة البلد عن حصيلة زروعه في عامه الفائت: «من عبد الله عمر أمير المؤمنين إلى عمرو بن العاص، سلام عليك، فإني أحمد إليك الله الذي لا إله إلا هو، أما بعد، فإني فكرت في أمرك والذي عليه، فإذا أرضك أرض واسعة عريضة رفيعة، قد أعطى الله أهلها عددًا وجلدًا وقوة في بر وبحر، وأنها قد عالجتها الفراعنة، وعملوا فيها عملًا محكمًا، مع شدة عتوهم، وكفرهم، فعجبت من ذلك وأعجبت مما عجبت أنها لا تؤدي نصف ما كانت تؤديه من الخراج قبل ذلك على غير قحوط ولا جدوب».

كانت عيون عمر بن الخطاب في مصر حول عمرو بن العاص، وكانت تفد له بيانات من هؤلاء عن كل ما يفعله ابن العاص ويُقدم عليه. وظل ابن عديس وجبلة يزعمان أن أبا أيوب الأنصاري والزبير وعبادة من هؤلاء الذين يراقبون تصرفات ابن العاص ويبعثون بتقديرهم لابن الخطاب في المدينة. وكان ابن العاص على اعتداده بعقله وعلى تمكنه ومكانته في مصر لا يستطيع التيقن من حقيقة اشتغال من حوله عيونًا رقيبة عليه لصالح الخليفة، فلم يكن سهلًا على ابن العاص أن يشعر أن شيئًا ينفلت من قبضة أصابعه في ملكه، خصوصًا بتلك التفاصيل التي يوردها عمر بن الخطاب عمدًا في رسائله ليظهر له أنه عليم بشأنه كأنه ساكن في بيته، فيقول في رسالته:

ـ ولقد أكثرت في مكانتك من أموال الخراج ولمن معك، وظننت أنك

سترسل لنا أخبار ذلك فاستأذن لتؤذن، ولقد رجوت أن تفيق فترفع إليَّ ذلك، فإذا أنت تأتيني بمعاريض وأسباب ملفقة، لا توافق الذي في نفسي، ولست قابلًا منك دون أو أقل من الخراج الذي كان يؤخذ من مصر قبل ذلك.

يرفض ابن الخطاب أن يقبل تبريرات ابن العاص وهي التي يتصورها عمرو حججًا ملجمة، فيلقيها ابن الخطاب طوح ذراعه ويصمه بالاقتراب من الوقوع في الكذب، فالمعاريض كأنها أنصاف الحقائق والالتفافات عن الخبر الحقيقي بحكايات تعرض للحقيقة لكن لا تقترب منها ولا تقولها. كان ابن ملجم يتوجع من أن هذه التهم تقع بين صحابة رسول الله، ويسأل نفسه ذلك السؤال الممض الذي يكسر عمود خيمته منذ حل مع معاذ من اليمن إلى المدينة: لماذا لا يكون الصحابة هذا الرجل الواحد الذي تغسله صحبته للنبي من الزلل؟ ولماذا كأنهم بشر هكذا؟ وكان هذا ما يقتله وجعًا.

كان عمر بن الخطاب كما أبان ابن عديس لرجاله يحدد لأمير مصر الحد الأدنى من الخراج الذي يريد حصيلته، خصوصًا وقد رفع عمرو بن العاص فعلًا من قيمة ما يتحصله من أهل مصر، بل وكان يستنكر ابن الخطاب رد ابن العاص الممتعض المنزعج، ويهجم عليه في خطاب أخير شديد كأنما صياح ابن الخطاب ينقض عليه من سطوره:

ـ وقد وافقت على أن أبتلي ذلك منك في العام الماضي رجاء أن تفيق ولكنك لم تفق، وقد علمت أنه لم يمنعك من ذلك إلا عمالك عمال السوء، وما توالس عليه وتلفف، اتخذوك كهفًا وعندي بإذن الله دواء فيه شفاء عما أسألك عنه، فلا تجزع أبا عبد الله أن يؤخذ منك الحق وتعطيه.

كان خارجة ساعتها واقفًا كأنه دليل اتهام ابن الخطاب الحي الناطق، يريد أن تحول نفسه إلى دليل براءة ابن العاص المظلوم المضطهد، فإن كان هناك من يقصده الخليفة بعمال السوء فلا إصبع في الفسطاط إلا وسوف يشير إلى خارجة ووردان ومعاوية بن حديج، فهكذا قذف الخليفة بنيرانه تلسع وتحرق هؤلاء الذين يتهمهم بأنهم استغلوا عمرًا كأنه كهف يستر نفوذهم ويجمع غنائمهم ويكنزون به وفيه ثرواتهم.

كان ابن عديس على سخطه على بعض ما يجري إلا أنه رأى في ابن الخطاب قساوة على ابن العاص، لم يرتح يومًا لبطانة تتشكل حول الرجل، لكن ذكاء ابن العاص كان يحميه من تكوين حصوات في عروق خصومه، حاول أن يوزع المال على من تتوزع عندهم القدرة على الشكوى إلى حد الرغبة في الإطاحة به، كان الآلاف الذين كانوا جيشًا قد تسلموا أراضي السكن ورفعوا البيوت وفرشوا الأسرة وانتشر منهم من سكن في الفيوم وفي الإسكندرية والجيزة وبلبيس وفي مصر الصعيدية، ومن ظل في الفسطاط يحيط بالمسجد، لكن لا شغل لأحد، ممنوع عليهم زراعة الأرض، ولا فلاحة الخصب الذي يجري بين بيوتهم، هم جنود تحت الاستدعاء. كان ابن ملجم في المسجد ينتظر ويتلو ويعطي دروسه ويتهجد ليله ويقيم صلاته، وكانوا هم يعيشون هذه الحياة التي أعطتهم نعمة رغد الانتظار حتى يأتي موعد غزو إن جاء، تدريبات عسكرية في الأفنية المحيطة بالمسجد، وجري بالخيل، وركض بالرماح في معسكرات الخلاء بصحراء جبل المقطم.

وكان يوم التدريب على النبال والسهام من أعلى الجبل هو اليوم الذي هبط فيه المدربون وجلين، حيث أخبروا ابن العاص أن هذا جبل يقدسه المصريون ويقولون عنه موطن ملائكة تحاسب وشياطين تعذب

وأن الصلاة فيه واجبة، ودوس الأقدام فيه يستوجب لعنة تقطع الأطراف وتذيب جلود الرجال. لم يألف عمرو بن العاص تلك الدعاوى التي انتشرت في الفسطاط حد اندلاع الفتنة بين من صدق من الرماة ومن نفر من هذه السير، ولكن هجر الجميع الجبل وتدريباته وسفحه، حتى فوجئ الكل ذات يوم بالنفخ في بوق التعبئة عند سفح الجبل، ثم طلب منهم خارجة أن يحفروا هنا قبور موتى المسلمين. شرح له صالح القبطي ما جرى ليلتها أمام منزله، فقد عرض المقوقس على ابن العاص تأجير هذا الجبل بسبعين ألف دينار، ما أثار شهية ابن العاص لمعرفة السبب، فقال له إن به أغراسًا للجنة، ومذكورة عندنا في كتبنا، فذهب ابن العاص بالأمر إلى الخليفة عمر حيث أرسل يطلب منه إذن الموافقة، فما كان من ابن الخطاب إلا أن قال له إننا لا نعرف جنة إلا للمؤمنين يا ابن العاص فاجعلها قبورًا للمسلمين. تساءل ساعتها ابن ملجم:

- هل في كتب النصارى شيء عن هذا الجبل يا صالح؟

فضحك صالح قائلًا:

- على حد علمي فلا شيء بها يزعم ذلك، وإن هي إلا رغبة من المقوقس لأي نصر يذيعه بين كارهيه الذين يعايرونه بأنه سلم مصر للعرب، فما كان منه إلا رغبة مهزوم في أن يسكن فوق جبل يطل من أعلى على بيوت غزاته.

* * *

كان طبيعيًّا أن يدرك عمر بن الخطاب إذن ما أدركه من سعة الحياة، فأراد أن يضيق على هؤلاء حتى يتنبهوا لآخرتهم بدلًا من أن ينتهبوا في دنياهم. لكن ابن ملجم وقد صدمته نقاشات الأموال والأنعام والنعم الدنيوية، أدرك أنهم ما عادوا مجاهدين في سبيل الله، بل جباة للضرائب

والخراج. الآن وخارجة يمد يده لحظتها له فيفاجئه بجلد ملفوف يفتحه ويطلب منه أن يقرأه بين الناس وهو يلف بعينيه في الوجوه وتستقر عند ابن ملجم:

ـ لم يكتب الأمير هذا الخطاب إلا بعد أن استشار، اقرأه يا هذا.

آلمته إشارة خارجة المهملة لاسمه، لكن ابن عديس طالبه بنظراته أن يتجاوز وأن يقرأ. عرف فيها منذ اللحظة الأولى لغة السياسة التي تخط حروف ابن العاص وألفاظه التي يعرف كيف يجري بخيول أخيلته بين المعاني ليهزها ويقلق ريحها، فقرأ ابن ملجم خطاب ابن العاص للخليفة على رؤوس المجتمعين في دار ابن عديس:

ـ إلى عبد الله عمر أمير المؤمنين من عمرو بن العاص، سلام عليك، فإني أحمد إليك الله الذي لا إله إلا هو، أما بعد، فقد بلغني كتاب أمير المؤمنين في الذي استبطأني فيه من الخراج، والذي ذكر فيه من عمل الفراعنة قبلي وإعجابه من خراجها على أيديهم، ونقص ذلك منها منذ كان الإسلام، وإنك تزعم أن الخراج للخراج يومئذ أوفر وأكثر، والأرض أعمر، لأنهم كانوا على كفرهم، وعدوهم أرغب عن عمارة أرضهم، فلا يبنون جسورًا ولا يشقون قنوات ولا يعمرون أراضي كما فعلنا منذ كان حكم الإسلام.

هنا أوقفته يد خارجة وهو ينظر إلى أبي أيوب الأنصاري وقد دخل توًّا إلى المكان فسمع:

ـ هل يريد الخليفة أن نوقف عمارة الأرض وبناء الجسور وحفر الري كي نتحصل خراجًا أكثر؟

ثم نظر إلى صالح القبطي الصامت الجالس في ركن وحده:

ـ كان الفراعنة من قبلنا يضيقون على الناس عيشتهم ويخنقونهم

بالضرائب فتزيد غلة الأموال، لكننا كما رأيتم نرفق بهم ونعينهم على العمل حتى تزيد خيرات البلد فتقع في حجرنا قطوفها دانية.

ثم وجه كلامه إلى صالح القبطي:

- ألم تعرف يا أخانا صالح (قال ابن ملجم في نفسه لماذا صالح «أخانا» وأنا «يا هذا»؟) أن صديقك أبا مريم قد جاء شاكرًا الأمير على عودة البطريرك بنيامين معززًا مكرمًا إلى كنيسته المطارد منها والمطرود من كرسيها منذ عشر سنين قبل قدومنا إلى هذا المصر؟

كان ابن ملجم قد لقي أبا مريم بعباءته السوداء، يحمل هدايا قادمًا بها إلى حيث دار الأمير، فجرى نحو ابن عديس يطلب منه ألا يدخل هذا القسيس أرض الفسطاط فهي للمسلمين لا للكفار، فشخط فيه ابن عديس:

- أتريد أن تمنع وفود السياسة عن دار الأمير يا أهوج؟ لقد كان الكفار يدخلون غرفة النبي ويخرجون منها دونما أن نسمع شطحًا من أمثالك!

- لكن النبي كان ساعتها في حاجة إلى وفود تسمع وتطلب، وكنا في ضعف، أما الآن فنحن ملوك هذا البلد!

- أتتكلم بلغة الملوك يا ابن ملجم؟!

- لا، بل أتكلم بلغة عبيد الله وعباده أمام كفار ومشركين لا بد أن يصيروا عبيدنا لا ضيوفنا!

- لو سمعك ابن العاص لحملك في جوال ورمى بك في النيل، ولأعطيته أنا حجارة تثقل الجوال لنتخلص منك!

حين جاء صالح من مهمة الترجمة بين أبي مريم ورجال ابن العاص حكى عن فرحة عارمة في صفوف القبط بعودة بطريركهم وديانتهم وخزي مرتديهم من أصحاب قيرس ومذهبه المالكاني، فأجابه ابن ملجم:

ـ كلهم كفرة، ولا يوجد دين يفتن بين معتنقيه ويرفع فيه مؤمن سلاحًا ضد مؤمن بنفس الدين، ما هذا الدين الذي يجعل مؤمنيه يقتلون بعضهم البعض؟!

رد صالح وهو يسمع من ابن عديس بقية ما قاله عبد الرحمن بن ملجم قبل مجيئه، وكيف يريد منع أبي مريم (أضاف ابن ملجم على جملة ابن عديس: بل القساوسة كلهم وليس أبي مريم فقط) من دخول الفسطاط مدينة المسلمين:

ـ ادع الله أن يدرأ عن دين الإسلام فتن مؤمنيه يا ابن ملجم! ألا تعلم أن فتنًا قادمة إلينا أو ذاهبون نحوها كقطع الليل المظلم؟

يواصل ابن ملجم قراءة رسالة ابن العاص على المجتمعين في دار ابن عديس:

ـ وذكرت أن النهر يُخرج الدر، وطلبت مني أن أحلبها فحلبتها حلبًا فقطع ذلك درها، وأكثرت في كتابك، وأنَّبت وعرَّضت وثربت، وعلمت أن ذلك عن شيء تخفيه ولا تصدق قولي وعملي.

أطرق ابن ملجم برهة حتى يبلع الناس اتهام ابن العاص للخليفة بأنه يخالف الحقيقة، ثم واصل القراءة بصوت يزداد تخاشنًا:

ـ فجئت لعمري بالمفظعات المقذعات.

هنا لم يتحمل ابن ملجم، فهتف:

ـ أيتهم ابن العاص خليفة رسول الله بأنه يفتري ويكذب ويتهم بفظائع على غير الحقيقة ويقذع في رجلكم؟! ما هذا يا هذا؟!

شعر أنه يرد الإهانة، لكن خارجة لم يعره اهتمامًا، بل نظر إلى أبي أيوب الأنصاري وجبلة وكنانة في نظرة واحدة، ثم استقر على عيني ابن عديس الذي يصلح عمامته فتدخل:

ـ اقرأ يا ابن ملجم دون أن تعطي لنفسك حقًّا ليس لك!

ـ وكيف أنه ليس حقي يا ابن عديس؟!

شخص ابن عديس في ابن ملجم وشخط:

ـ من يملك منا شيئًا بعد قراءة الكتاب ليقله!

زفر ابن ملجم ثم عاد فقرأ:

ـ وقد عملنا لرسول الله ولمن بعده، فكنا بحمد الله مؤدين لأماناتنا، حافظين لما عظم الله من حق أئمتنا، نرى غير ذلك قبيحًا، والعمل به سيِّئًا، فيعرف ذلك لنا ويصدق فيه قولنا. معاذ الله من تلك الطعم، ومن شر الشيم، والاجتراء على كل مأثم، فاقبض عملك، فإن الله قد نزهني عن تلك الطعم الدنية والرغبة فيها بعد كتابك الذي لم تستبقِ فيه عرضًا ولم تكرم فيه أخًا. والله يا ابن الخطاب، لأنا حين يراد ذلك مني أشد لنفسي غضبًا، ولها إنزاهًا وإكرامًا. وما عملت من عمل أرى عليَّ فيه متعلقًا، ولكني حفظت ما لم تحفظ، ولو كنت من يهود يثرب ما زدت. يغفر الله لك ولنا.

خرج ابن ملجم عن شعوره وهو يفلت لسانه:

ـ يا له من يوم مشؤوم! أيتجرأ عمرو بن العاص على خليفة رسول الله يقول إنه أتى بما يأتي به يهود يثرب من كذب وخداع وتضليل، ويحك يا خارجة!

ارتفعت الأصوات واختلطت، واشتد عنف خارجة على خروج ابن ملجم مغاضبًا مغادرًا الدار، بينما يشده جبلة كي يجلس، ويطلب منه صالح أن يعتذر وهو ينبهه لفهمه الخاطئ، فعمرو بن العاص يقول إن الخليفة تعامل معه كأنه من يهود يثرب. انشغلت الألسنة بكلماتها، فزاد اللغط وتشتت التنبه.

لكن حين دخل دحية بقامته الممشوقة ووجهه الرائق وسلامه الوادع، ران صمت، وخيم هدوء لف المكان بدفء حانٍ، ثم قال ابن عديس مهللًا:

ـ جاء جبريل.

* * *

ملامح وجه دحية هي ما تُبدل ابن ملجم تبديلًا حين يراه، بل هو يسعى أن يراه، يتابعه ويتبعه أحيانًا حتى يضج به دحية ويأمره بالانصراف عنه، وأحيانًا ما يناجيه ويُجلسه بجواره ويطلب منه أن يتلو له القرآن. كانت أعظم لحظات ابن ملجم قربًا إلى الله هي تلك السويعات التي يستشعر فيها وجود دحية منصتًا لصوته خاشعًا لتلاوته. كان دحية عاديًّا أمامه طيلة أيام المعسكرات والحصار والانتصارات، لكن حينما استقر في الفسطاط سمع ذات فجر في المسجد عبادة بن الصامت وهو يحاوره ويخاطبه بجبريل، ذهب له يسائله عن سر تسميته:

ـ وما الذي يجعل من دحية الكلبي جبريل؟

اندهش عبادة من غرابة السؤال، وقال:

ـ ألم يحكِ لك معاذ؟ ألم يقل لك أحد في سنواتك بالمدينة؟ ألم يروِ لك أبدًا ابن عديس هذه السيرة يا مرادي؟

زادت دهشته على شغفه، فلم يجب منتظرًا جواب عبادة الذي قال:

ـ إن جبريل عليه السلام ما كان يهبط للوحي على رسول الله إلا وقد تمثل جسد وصورة ووجه دحية بوسامته ووجاهته، إن دحية هو الذي إن مشى في شوارع المدينة ما كانت شابة ولا صبية إلا وخرجت من بيتها لتراه.

سكن المرادي، وهدأ الجمع في الدار البيضاء منذ قدوم دحية الكلبي الذي جمع طرفي قفطانه القبطي الذي أهداه النبي له، يرتديه عند الخروجات المهمات والساعات الرائقات، وسألهم:

ـ أوَعرفتم أن محمد بن مسلمة قد وصل؟

بهت الكل والتفتوا إلى خارجة.

صباح اليوم التالي كان مشهودًا ومشهورًا في الفسطاط، وقد غص الجامع بالناس حتى لم يجلس واحد منهم في بيته ولا غاب واحد منهم عن صلاته. لقد عرفت الفسطاط قدوم الصحابي الأنصاري محمد بن مسلمة، مندوب عمر في مراقبة ومحاسبة أمرائه على الأمصار، وصل مصر ليتقاسم مال عمرو بن العاص ويقتص من نصف ثروته. كان خارجة ليلة أمس في دار ابن عديس يعرف بخبر قدوم ابن مسلمة، فكان يهيئ الجو من البغضاء والشحناء ضد سياسة ابن العاص لو كانت قد أغضبت أحدًا من رؤوس الفسطاط حتى لا يصبح ابن العاص مضغة في فك أحد أو فريسة سهلة لمندوب عمر. كان محمد بن مسلمة محملًا برد ابن الخطاب على ما أرسله ابن العاص إليه (كان ابن ملجم قد قرأ نصه على القوم ليلتها بعدما كان ابن العاص قد أرسله منذ أيام إلى الخليفة)، وجاء رد عمر واضحًا في سوطه على ظهر الرجل فقد كتب له:

ـ من عمر بن الخطاب إلى عمرو بن العاص، سلام عليك، فإني أحمد إليك الله الذي لا إله إلا هو، أما بعد، فقد عجبت من كثرة كتبي إليك في إبطائك بالخراج وكتابك إليَّ بأنك تبني طرقًا، وقد علمت أني لست أرضى منك إلا بالحق المبين، ولم أقدمك إلى مصر أجعلها لك طعمة ولا لقومك، ولكني وجهتك لما رجوت من توفيرك الخراج، وحسن سياستك، فإذا أتاك كتابي هذا فاحمل الخراج، فإنما هو فيء المسلمين، وعندي من قد تعلم قوم محصورون. والسلام.

لكن في صحن المسجد لم يكن هذا هو الجواب الذي سمعه الناس، فقد جلس ابن مسلمة عند محراب الصلاة، وخطب في الجموع التي

كانت تتابع نظرات ابن العاص في فرش المسجد وفي منبر الخطبة وفي أسقف وثريات الجامع، بينما تتجاهل وجوه الناس والمكان الذي يقف فيه محمد بن مسلمة حيث يخطب. يقلب ابن العاص عصا في حصير الأرض، ويهز رأسه بميل من ظهره إلى صدره، بينما كل العيون تكاثفت وتكالبت على وقفة محمد بن مسلمة الذي أمسك جلود الرسائل بكفه ولوح بكفه الأخرى ناحية ابن العاص:

ـ يا أهل مصر، حين قدمت مكلفًا من أمير المؤمنين إلى هنا، لقيني ابن العاص فأحسن مقابلتي، وقد قرأت له كما أقرأ لكم خطاب عمر بن الخطاب الذي أرسلني به لأقيم الحق وأضبط الميزان وأنصف الدين من الدنيا وهذا نص الرسالة.

أفرد طي الصحيفة وقرأ بعلو الصوت الذي يرن صداه من أسقف المسجد وأركانه:

ـ أما بعد، فإنكم معشر العمال قعدتم على عيون المال فجبيتم الحرام وأكلتم الحرام وأورثتم الحرام، وقد بعثت إليك محمد بن مسلمة الأنصاري ليقاسمك مالك فأحضره مالك والسلام.

ضج الجامع بمن فيه صياحًا وصراخًا وهتافًا وحوقلة وهمهمة وتمتمة ونهنهة وتأوهًا وتأهبًا، ولكن ابن ملجم كان يتحسس شوكًا يخرق قلبه، كان هول الاتهام كارثيًّا على كتفيه حتى كاد يتداعى وهو يسمع تلك التهم وهذا القذع من محمد بن مسلمة لعمرو بن العاص، لكن أبا أيوب الأنصاري وقف وقال فصمت الكل منصتًا:

ـ إن كان هذا قرار أمير المؤمنين فالسمع والطاعة، لكننا ما نرى على ابن العاص نقيصة ولا اختلاسًا، ولا نظن أمر عمر بن الخطاب إلا درءًا لشبهات وضبطًا لمصروفات.

شكر عمرو بن العاص بنظراته التي رفعها لأول مرة إلى وجه من وجوه الناس ملتفتًا إلى أبي أيوب الأنصاري، لكن محمد بن مسلمة قال بحروف ضخمة:

ـ ولكن ابن العاص بمجرد قدومي أهدى لي هدية!

لم يتبين القوم كنه القصة، فزاد صمتهم، ولا شيء نطق إلا همسات أنفاسهم:

ـ ولقد رددت له هديته.

إذن، كان ابن مسلمة يتهم ابن العاص بمحاولة رشوته، هكذا فهم عموم المسجد المحتشد. وهنا هب ابن العاص واقفًا مستندًا على نجله عبد الله، وشب فوق الرؤوس رافعًا رأسه كأنها تعلو أكتاف الجميع:

ـ ولماذا رددت لي هديتي يا محمد وقد أهديت إلى رسول الله حين مقدمي من غزوة ذات السلاسل هدية فقبلها مني؟

رد ابن مسلمة:

ـ رسول الله كان يقبل بالوحي ما شاء ويمتنع عما يشاء، ثم لو كانت هدية الأخ إلى أخيه لكنت قبلتها يا عمرو، ولكنها هدية شر من أمير وقبولها أشر.

زاد الصخب، لكن صوت عمرو بن العاص بان واضحًا حانقًا:

ـ قبح الله يومًا صرتُ فيه لعمر بن الخطاب واليًا، فلقد رأيت والدي العاص بن وائل يلبس الديباج المزرر بالذهب، بينما والد عمر، الخطاب بن نفيل، ليحمل الحطب على حمار بمكة.

كان الصمت يقتل آذان الجميع حين صرخ محمد بن مسلمة في عمرو بن العاص:

ـ أبوك وأبوه في النار، وعمر خير منك.

سارع عمرو وقد هزته نفرة ابن مسلمة المتفلتة، فنهض واقترب من محمد بن مسلمة، ثم مسح رأسه بكفه، ثم قبَّله على رأسه واعتذر:

- إنها غضبة لنفسي لا لله، فاقبل اعتذاري.

ثم تجاوز عمرو هذه الخصومة التي تركت سخونتها في حلوق الناس، وأمعنت لهبًا في جوف كنانة الذي تبادل شرر النظر مع ابن ملجم، وقد بدت نقمته على ابن العاص عارمة، سمعا عمرو بن العاص يكمل، وقال:

- لقد كتبت لعمر بن الخطاب أقول له إنني يا صحبي وقومي لم أحجز مالًا، بل امتنعت عن جمع مال الأقباط قبل الحصاد حتى تزيد غلتهم وغلتنا، فالمسعى كان زيادة ومضاعفة المال، ثم إننا نوزع ذلك عليكم، فهل رأى منكم أحد منكرًا في قسمتنا ورواتبنا؟ ثم إن البلاد واسعة وفسيحة تحتاج احتجازًا لمال وفوائض للإنفاق، ثم إعداد الخيول والسلاح والحديد استعدادًا لمواصلة الجهاد في برقة وفي البحر، لكن أمير المؤمنين يريد مالًا كان محصولًا في عهد من سبقونا، وهم ظلمة تعسفوا مع أهل المصر حتى كرهوهم وأعانونا على قتالهم والروم لا تزال عند حد البحر، وهؤلاء المصريون أكثر منا عددًا وأدرى منا ببلدهم، فلو زدنا عليهم الضغوط وضربنا عليهم الضرائب ما ضمنا لهم عهدًا.

كانت كلمات الموافقة تربت من البعض على كلمات ابن العاص، لكن محمد بن مسلمة قطع القول بالفعل:

- ما هذا وقت المجادلة والمحاجة يا ابن العاص، اذهب إلى بيتك وأحضر مالك ها هنا أمام المسلمين فلنقسمه معك، فلن تهنأ به وعمر حي.

قرعت هذه الجملة (لن تهنأ به وعمر حي) أجراسها في مسامع الناس شهورًا طويلة، جاءهم فيها عبد الله بن سعد بن أبي سرح أميرًا للجباية

تحت يد ابن العاص، فنغص عليه إمارته، لكن احتملها عمرو وهو يعرف أنه لن يهنأ وعمر حي، كما صرخ بها ابن مسلمة في المسجد في أكثر أيام ابن العاص كآبة، حتى ضرب أذنيه هذا الصياح في شوارع الفسطاط، طل من نافذة داره فرأى جميل بن معمر يجري بما لا يتفق بالمائة عام التي يحملها على كتفيه ويذكر شيئًا عن عمر بن الخطاب، تذكر ابن العاص يوم سمع جميلًا نفسه في شوارع مكة ينبئ الناس بإسلام عمر، ما الذي يحكيه الآن عن ابن الخطاب في شوارع الفسطاط يا ترى؟ أطرق سمعه وانتبه لصياح الرجل صارخًا هائجًا يقف على باب جامعها أن عمر بن الخطاب قد قتل!

٢٦

كانت تعرف أنها سوف تأتي فلما أتت لم تعرفها. جلست حُبى وهي توسد أطراف جلبابها الرقيق على أريكتها، ترتكن عليها وتدلي ساقيها منها حين انتهت من لقاء أخير لطالبة الحكمة والخبرة والدربة في كيفية التصرف بين فخذيها. عجيب أمر نساء المدينة هذه الأيام، فقد غيرتهن الجواري الشقراوات والبيضاوات والحمراوات والخمريات والسوداوات والعجفاوات والممشوقات والبدينات والبضات والنحيفات المتغنجات المغنيات الراقصات المتلويات والشبقات والمتمرسات والمتلاعبات والخبيرات والمحنكات والزليخات والملتفات على أعناق الرجال. لم تعرف المدينة ما تعرفه حُبى تلك المرأة الجالسة على باب بيتها، تحت سقيفتها، تعبر النسوة والفتيات كل يوم عتبتها ليسألن ماذا يفعلن مع أزواجهن وقد صار للزوج بدلًا من الجارية عشر.

فعلها الخليفة عثمان بن عفان، فقد ترك للناس رحابة النعم، وأطلق لشهواتهم حلال النهم، لم تعد تلك البيوت كما كانت منذ سنوات عمر بن الخطاب، هكذا قالت حُبى وتقول سرًّا وجهرًا. حين تتحضر المرأة فتسأل، وحين ترحل تحمل إجابتها معها. انفتحت مغاليق الدنيا

أمام مسلمي المدينة، بيت المال سخاء رخاء، والرواتب زادت وتضاعفت وتدفقت، والجبايات تفد كل يوم فوق سنام الإبل القادمة من فجاج الأرض إلى حدود المدينة. يستقبل الناس هلة قافلة الخراج من مصر أو الكوفة أو البصرة أو من خزائن شام معاوية. قبل أن تستقر قوائم الإبل وترتاح صهوات الخيول يهب عثمان بن عفان المال ويوزع الهبات، حتى إن بيت المال يعج عجيج المتزاحمين المتكالبين من فرط الكرم، موسر الخليفة الجديد. صحيح أن عبيد بن الليثي زوجها ومعشوقها وقرة عينيها وأير حياتها لا يحب عثمان لأن كرمه يذهب إلى أقاربه، ويجني مروان ونسله من الخليفة ما يزيد القناطير قنطرة، وصحيح أن عبيد الذي يملك من قلبها حتى بظرها بين فخذيه كما تهوى أن تهمس له في الفراش، لا يطيق هذا الغنى الذي يسري في المدينة، والقصور التي ظهرت على أطرافها، وهؤلاء العمال القادمين من الأمصار للبناء والنجارة وصنع الأثاث ونقل الأحجار وفرش البسط وغزل السجاجيد والذين جعلوا المدينة وأطرافها تعج بالعلوج الغرباء، إلا أن عبيدًا شاب لا يدرك ما خبرته هي التي تكبره بعشرين عامًا؛ ما صرنا عليه بعد عجاف وكفاف ما كان أهل المدينة يدركونه، إذ لم يكونوا ليعرفوا غيره. لكن بعد مقتل عمر وقدوم عثمان، ومع كل شهر وسنة كان أهل المدينة يرون ما لم يكونوا يعرفون أنهم يريدونه بل وينتظرونه، القبائل ببطونها وقريش بعائلاتها حين سافرت وهاجرت ورأت، فعادت بالذهب والفضة والعباءات المقصبة والحرير والمنسوجات المصرية وفاكهة للزرع وعنبًا للتنوع وثمرات غريبة للغرس وأخرى تأتي في سلال وأسبتة ونسوة من كل صنف. لم يكن ما وصل يخص عشرًا أو عشرين من وجهاء قريش وبني أمية، بل طال ذوي الطول والقوة والأ[illegible]ل، وتوزع بعضه على مثل عبيد بن الليثي حبيبها:

ـ لكننا نحصل على رواتب بيت المال وهي قليلة.

ردت عليه:

ـ ما كنت تتحصل ربعها في أيام عمر.

ـ نعم يا امرأة، لكننا كنا جميعًا لا نتحصل ربعها، أما الآن فالقصور تملأ أطراف المدينة وباديتها، والحدائق تنتشر، والأراضي تحت أيدي كبار بني أمية وأبنائهم وأبناء بني معيط من أقارب الخليفة عثمان، بينما يملك هؤلاء النخل نملك نحن النوى.

لا تهتم حُبى بكلام عبيد كثيرًا، ولا تظن أن كلامه يهمها حتى قليلًا، هي تتعشق عرقه وعظمه، تذوب حين تلمس لحيته صدرها وتصعد حتى وجهها أو تهبط فيهزها شعره الخشن الأسود حين ينغرس في بطنها، هي حُبى التي تقف عند حدود الخمسين من عمرها، المرأة التي تسميها المدينة منذ زمن «حواء المدينة»، تعلم نساءها الغنج وملاعبة الزوج وأصول المضاجعة، تخفي الشريفات وراء البراقع الشفيفات وجوههن حتى لا يعرف أحد أنهن من تلك النسوة اللاتي يسعين لعلم وفنون حُبى في النكاح والملاطفة والملاعبة، وحين يرى زوج إحداهن زوجته، وقد أطلقت نفسها في فراشه بالنقع والنخر والحركة والغربلة والرهز يتأكد أنها زارت حُبى.

ـ إني أوصيك بوصية إن قبلتها سعدت ونعمت بذلك، انظري إن هو مد يده إليك فانخري وأظهري له استرخاءً وفتورًا، فإن قبض على شيء من بدنك أو جارحة من جوارحك فارفعي صوتك بالنخير مدًّا، وتنفسي الصعداء وبرقي حماليق أجفانك، فإن أولج عليك فأكثري اللفظ وغربي وأظهري غنجًا وحركة وعاطيه من تحته رهزًا موافقًا لرهزه، ثم خذي يده اليسرى وأدخلي حرفها عند إليتك ثم أعيدي النخير والشهيق وأظهري من الكلام الفاحش المهيج للباءة.

كن يستحين من السمع لكنهن ينصتن، وكن يسكتن عن الجدل لكن يستوعبن، وكن يرحلن خجلات لكن متحمسات متأهبات.

كانت طبيبة تداوي، وبئرًا تداري أسرارهن، وما لفظت يومًا بسر ولا هتكت عرضًا، فكان الرجال يأتمنونها على نسائهن، بل يدفعونهن للذهاب إلى حُبى دون أن يبدو الأمر أمرًا، وكانت أسيجة الحماية لسيرة وسقيفة حُبى مشيدة من كبار رجالات المدينة بل ومن خليفة المسلمين، فهي حواؤهم، وهي تلك الخبيرة التي يسعى لها شباب ورجال المدينة لتختار لهن الحسناوات للزيجات، يقدم عليها أبناء الصحابة الذين يفعوا في هذا العز الذي تشربته المدينة، والذين يعودون من جهاد في سبيل الله بين حرب وضرب ونصل وقتل وبذل ونزف فيريدون لأنفسهم راحة المحارب وهدية العائد. فتختار حُبى وترشح، فهي تعرف الصبايا منذ ولدتهن أمهاتهن وكبرن بلحم فوق العظام، وهي التي يفتح لها كل باب في المدينة وخيمة في صحرائها على أذنها بالخبايا والخفايا. لكن أحدًا في المدينة لم يكتم سرها لأنها هي التي فضت خاتمه، فهي التي كانت تبوح لكل رائح ورائحة عن حبها المتيم بهذا الشاب الذي باتت تتعقب خطواته ومساره ومرواحه وعودته، وتنتظر مروره، وتعترض عبوره، وتعلن هواها له. عبيد بن الليثي بن أم كلاب، القوي الفتي الجلد الحسن طويل الساعدين طويل العنق. سقطت في هواه هذا الذي لا يكد حين يعمل ولا يعمل حين يمتلئ جيبه مالًا، هذا الشاعر الطلق هو طلوقة كما تيقنت. لم تطق عليه صبرًا، فكانت تشتعل شهوتها بمرآه، وتنام ليلتها تلثم نسيم شبحه. دخلت عليه غرفته الصغيرة الوحيدة البعيدة، ألقت عباءتها فبدت غلالتها الشفيفة، برقت عيناه من هول المفاجأة لا من خصر أو نهد يغفي تحت غلالتها، قالت له بصوت مخبوز بحرارة شبقها:

ـ أعرف أنني أسن منك، ولست أجمل نساء المدينة، ولكنني سأجعل من شهوتك نارًا لا يطفئها إلا فرجي، وسأمنحك حين تلجني غنج ألف امرأة.

لم تكمل معلقة إغواءها، فقد تزوجها عصرًا فقررت أن تهديه ليلة زفافها تاريخًا يحسده عليه الرجال، ففعلت ما حكته بعدها على سبيل نقل الخبرة:

ـ واثبني فنخرت نخرة، فنفرت إبل عثمان بن عفان وكانت خمسمائة من إبل بيت المال وجرت حتى ما اجتمعت حتى الآن.

كن يضحكن عند سماع هذا الفخر بالنخر، لكن يا ترى ماذا ستفعل نائلة حين تسمع منها سيرتها ونصيحتها؟

كانت قد وصلت ووقفت أمامها تبتسم.

تأملتها حُبى، فرأت هذه الوقفة الواثقة والجمال المتعالي والحضور للفضول، وجلست وحُبى ترحب بها وتلف حولها تعاين الجسد الممشوق والقسمات المرسومة والتثنيات المنضبطة، وقالت:

ـ أنت إذن زوجة عثمان بن عفان الجديدة.

فأجابت:

ـ بل أنا زوجة الخليفة عثمان بن عفان.

٢٧

تمس الكوب بتعفف أقرب إلى التأفف، ترشف ببطء اللبن البارد الذي قدمته لها حُبى، تحدق فيها حُبى بعينين اعتادتا الجرأة حتى التجرؤ، لا شيء يمنع أحداقها عن مسح جسم النساء اللاتي يأتين إليها، تمتحن بعينيها قدراتهن، فتقدم لهن أقدارهن مع الرجال. لكن نائلة هذه ليست كمثلهن، هي تأتي لتكون سيدة بيت الخليفة لا سيدة في بيت الخليفة.

تعود نائلة بذاكرتها إلى تلك الصحراء في الكوفة، هي عندها النسب واللقب وتلك العائلة القابعة في تربة هذه الأرض تنبت عزًّا ومجدًا يتغذى على خيم البوادي وبيوت الحواضر. النسب واللقب اللذان كانا يرتديان دين العرب حيث لا دين بل وثنية بكبرياء جهول فخور، ثم النسب واللقب أنفسهما ارتديا مسوح الرهبان، فقد أعلنت قبيلتها الفرافصة تدينها بدين المسيح، فكان الكنيس والأيقونات ورسوم العذراء والصلبان وأناجيل الحواريين وقدوم رهبان بيت لحم والحج لكنيسة القيامة ومذهب المصريين يحارب مذهب القياصرة، والكواسرة يعلنون الحماية والولاية على مسيحية أرضها، ثم يأتي الإسلام حتى دروب عراقها، فيسلم له أهلها، يأتمنونه على النسب واللقب، يرتديان

عباءة الإسلام دثارًا أخيرًا. والدها متعلق بعز قديم وديانة شاب عليها، واغتنى مالًا وقدرًا، لا يترك المسيحية لكنه يترك أبناءه للإسلام، فهو المنتصر على المتنصرين، وهو الملك والمالك للأرض بعد الغزو والحرب. أما ضب ابنه وأخوها الكبير فلم يكابر، وانحنى للدين الجديد، فتحنن عليه سعيد بن العاص قريب عثمان ووالي الكوفة فتزوج أخته. كانت جميلة بهية أسلمت حين تزوجت. وعلى قدر فرحة والدهم بأن الفرافصة صاهروا الوالي الأمير، فقد كان حانقًا على بدو بادية أكلوا على مائدة عزه ثم حملوها معهم وتركوه أمام أسياخ شاه لا تخلو من حمى النار ولا تحمل إلا فتاتًا على ضلوع متروكة. لكن حين وصل الخبر إلى عثمان بن عفان وهو في مدينته على سرير خلافته بين نساء لا يحركن القلب، ولا يمتعن الروح المكدودة من تعب المسؤولية ونصب المهمة وتطلع عجوز مثقل بهموم أمة إلى ما يبعث البهجة والابتهاج: سعيد بن العاص القريب المقرب النسيب المحبب تزوج من ذات حسن من نساء العراق الملفوفات بالعراقة والأناقة. وذكر نسوة ورجال ممن قدموا إليه في مسجد الخلافة عِظم ما في امرأة سعيد من جمال، فأرسل إليه عثمان أني قد سمعت بأن لزوجتك أختًا فزوجنيها.

لم تكن نائلة إلا هذه الهدية التي يخبئها القدر لقدْر الرجل، هي التي أعلنت إسلامها حين عرفت أن أول بختها في الدين زواج من سيد أصحاب هذا الدين. خلعت تماثيل عذرائها من أعمدة بيتهم، فها هي تسلم روحها صافية لدين جديد مع حياة جديدة. تُزف إلى دين مع زفافها لخليفة. ترتدي ثوب عرس حين تخلع ثوب ماضيها. تودع صحراءها لتستقبل حلمها. قال لها أبوها لا ليثنيها بل لينصحها:

ـ إن عثمان شيخ كبير يفوقك سنًّا وعُمرًا، وبينه وبين رحابة حياتك

أسوار صحرائه، ثم إن له نساءه وزوجاته، فلا تظني نفسك ملكة لملك بل جارية لمنتصر.

ترفعت عن مجابهة والدها المكلوم بتاريخه. هي تذهب إلى رجل لا تعرف وجهه لكن تعرف وجهته، فهو الخليفة لا أقل منه لنائلة بنت الفرافصة، ثم هو زوج بنتي نبي الإسلام، ففراشها فراش بنتي نبي. هي مكرمة صادفت شابة كوفية أو عربية في صدر أنوثتها، تجهل هذا الدين ولا تفهم منه إلا تمتمات أخيها وركعاته وسجداته، لكنها صارت تحب هذا الدين وتريده، ليس لها أن تتعلمه من أحد إلا من يقف عند قامتها، الخليفة لن يمنحها دروسًا في الدين، فهي له للتسري والتسلية والعاطفة والفراش، سجادة الصلاة ستجدها هناك حتمًا في مكان ما عند شخصية ما.

* * *

كانت نائلة صريحة صراحة تليق بزوجة خليفة، وبأنها في بيت حُبى حواء هذه المدينة، وقالت لها عن تلك الليلة الأولى:

ـ دخل الخليفة إلى سريره فجلس، وكنت هناك في ركن على أريكة لا زلت أجمع شتات روحي وأنفض عني قديم حياتي، فقال لي هل آتي لك أم تأتين لي، قمت لحظتها بين الدلال والإقبال، وجلست عند حافة فراشه، فلامست أنفاسه بأنفاسي، وقلت له ليس مثلك من يذهب لمثلي بل لم آتِ إلا إليك، ولقد تركت بلادي حين دعوتني لك، فأتيتك إلى أرضك وإلى بلدك وإلى سريرك.

وقع شغفي في قلبه، فكأنما سقيت ظمأ جف معه جوف حياته، فمد يده على عمامته يخلعها فبانت صلعته كبيرة وعارية ومفاجئة، فأحس أنها خبت روحي، فقال لي: لا تنزعك صلعتي أيتها الحسناء. فقمت وأخذت رأسه في نحري وقبلتها.

ضحكت حُبى وعلقت:

ـ وماذا تريدين مني يا نائلة وقد ولدتك أمك أخبر من خبرة حُبى؟! هنا تأتيني الغريرات والمرتبكات والمأخوذات، أما أنت فزوجة تعرف طريقها!

بثقة لا تتنازل عنها لحساب فضولها:

ـ ولكنني أريد أن أكون زوجة تغنيه عن كل زوجاته.

ثم بثقة تفرط في صلابتها:

ـ وكل جواريه وإمائه.

أجابت حُبى وقد استعادت أستاذيتها:

ـ تكونين أَمة زوجك وزوجة خليفتك.

تخلت عن الثقة تمامًا:

ـ وأسعد به كما يسعد بي.

نكثت حُبى بغصن سجادة أرضها:

ـ إذن أنت في السقيفة التي تحتاجينها.

ثم أضافت:

ـ اشربي اللبن فأمامنا حوار طويل.

سمعت حُبى صوت عبيد زوجها يناديها، فقامت إليه مسرعة. غابت ولما عادت لتجلس أمام نائلة وهي تتنهد تنهيدة، ردت عليها نائلة بضحكة متعجبة، فأسرت لها حُبى:

ـ هذا عبيد، زوجي الشاب، يصغرني بمثل نصف عمري، لكن عمري كله له، هو ابن خالة عائشة أم المؤمنين، زوجة نبي الله محمد، هل التقيت بها؟

أطرقت نائلة:

ـ لا.

استغربت حُبى وقد كانت تسأل سؤالًا لا تنتظر منه إلا إجابة الإيجاب، فقالت:

ـ كيف وأنت زوجة الخليفة لا تذهبين لزيارة زوجة النبي؟ ثم إن عائشة هي السيدة التي لا شيء في المدينة إلا بها، دين هؤلاء القوم وسياستهم بل وقبر نبيهم وخليفته وخليفة خليفته تحت نومة هذه السيدة.

أطرقت نائلة متفكرة، ثم قالت وعيناها تلمعان لمع سيف في شمس نزال:

ـ إذن لتعلمني عائشة ديني الجديد، ومن غير زوجة نبي لتعلم زوجة خليفة؟

ابتسمت حُبى وهمست لنفسها: نائلة هذه ليست امرأة كمثل نساء هذه المدينة.

ثم أخذت كف نائلة في يدها تتأمل أصابعها اللينة الناعمة الملفوفة البضة النضرة ببياض ألق. قد عرفت أنها أنامل تطرق على باب إن انفتح لن ينغلق أبدًا.

٢٨

لم يكن ينقصه الغم حتى يغمه هذا الفتى. تحسس خاتمه ولف به حول إصبعه، إنه أكثر إحكامًا وأنسب حجمًا على هذه الإصبع، لكنه قبضة من حزن تقضم الإصبع والكف والروح. منذ تلك اللحظة التي انخلع فيها خاتم النبي من إصبعه وهو يهوي في قرارة قلقه، يطرد التطير، فقد نهاه عنه نبيه. لكن ماذا يفعل وهذا الغشاء الرقيق الذي يلف قلبه ينخدش كلما تذكر وقوع الخاتم من يده، تفلته واهتزازه في الهواء بعدما دار حول جلد إصبعه دورتين ثم الثالثة انسحب فيها من ربقة الإصبع وترنح في الهواء وتهاوى عند حافة البئر ثم سقط في جوف عميق في قرار عتمة، لم يسمع لسقوطه صوتًا ولا صدى، لا خبط في بطن جدار البئر، ولا علق ببروز من حجارته، ولا اصطدم بحافة سوره. لم يكن يوم تقلده في يده حين تقلد الخلافة كيوم قلده فيه ووضع نسخة شبيهة له في إصبعه، هو ذلك الخاتم الذي ارتداه محمد، كان خاتم النبوة والملوكية حيث ينغمس في شمع المراسلات للقبائل والأمراء وبلاد القياصرة والكياسرة، فكان خاتمه وختمه وعلمه وعلامته. حروفه المحمدية محفورة في مربع حديدي مغموس بالفضة، كيف حملته عائشة لأبيها حين صار خليفة النبي، وحين طلبه عمر بعد موت أبي بكر، فقد صار خاتم دولة

النبي بعدما كان خاتم النبي. يوم غسلوا عمر وكفنوه كان ابنه عبد الله يخلع الخاتم من إصبعه ويلفه في قطعة من القماش، لمحه عثمان وكان يعرف أنه سيصل إلى إصبعه، حتى جاءه به عبد الله بعدما بايعه المسلمون في جامع نبيهم. تقلد الخاتم كأنه تقلد سيف النبي، لم يحارب معه بالسيف ولا اشتهر بين يديه بالغزو والجهاد، لكنه كان دائمًا مجاهده بالحب والولاء، وبالرقة حين يحتد الناس، وبالوداعة حين يخشن القوم، وبالإيثار الممدود حين تقصر أيدي الصحب، وبالمال الممول والمعين والنصير.

كيف يجرؤ هذا الصبي أن يعايره على ضياع خاتم النبي من يده؟ كان قدرًا حين سقط منه في البئر. مكث أيامًا مع كل صبح يجمع خدمه وغلمانه وخلقًا كثيرًا ينبشون في التراب ويرفعون الصخور ويُقلبون الحفر، بعدها نزلوا البئر، وجففوا ماءها، وأخرجوا طميها، وكشطوا جدرانها، وساووا بروزاتها، ولم يجدوا الخاتم. كان غريبًا جدًّا أن يفقده، لكن الأغرب ألا يعثر عليه، فهو يعلم أين وقع! ولم يترك وقتًا ليضيع في البحث والتفتيش عنه، لم يسمح أن تمر لحظة كي يتمكن أحدهم من طمره أو من سرقته أو من إخفائه، فكيف ذهب بخرًا كأنه لم يكن؟! لم يقدر على ضياعه، ولم يطق أن يراه الناس بلا خاتم الحكم النبوي المتنقل بين صحابته، فإذا بهم يهمهمون ضده ويلِغون في ضلالة عن دلالة تضييع أثر النبي وخاتم شرعيته.

عمل بنصيحة كان يتوق لأن يسمعها، قالها مروان بن الحكم، ابن عمه ومشيره وأمين سره ومودع ثقته. لم يرحموا مروان من الطعن فيه والملاسنة ضده، وتصله غمغمة القوم حوله، لكنه لم يرَ فيه إلا مخلصًا قريبًا وقربى مخلصة. نصحه بأن يكلف صائغًا من الطائف بعمل خاتم بنفس مواصفات خاتم النبي، بذات الشكل والنقش والحفر والتفاف الحرف ورسم الكلمة ولون القشر، وكأن خاتمًا لم يضع، وسوف يألفه الناس فيتصورون أنه خاتم

النبي، حتى إن عثمان نفسه سوف يخيل إليه من فرط الدقة وسلامة النية وبركة الحب لنبيه أنه هو ذاته من نسخ النبي.

مكث عثمان زمنًا من الوقت متفرغًا للقاء الصائغ. جاءه على عجل وبات لياليه في المدينة، يدخل منزل عثمان حين ينفض الناس عن غشي المكان. كانت نائلة تسمعه وهو يصف صورة الخاتم للصائغ ويعرض له مكاتبات قديمة فيها شكل الختم، والصائغ يمسك بريشة يغمسها في شمع سائل أتى للخليفة مع حاجيات مستغربة من مصر، فيرسم ما يمليه عثمان وما يلاحظه على الجلد المختوم، فلا يرضى بالشكل عثمان، فيعيد الوصف، ثم يستدعي مروان ليراجع معه انحناءة في الخاتم أو شيئًا في ذيل حرف، ثم يدخل إلى نائلة فيستجوبها عن لون الخاتم وشكله ويراجع معها نقشه وسمته وصفته، ثم يعود ليروي مدققًا للصائغ الذي يستأذنه ليتم عمله. وقد اختار له مروان بيتًا نائيًا، وزوده فيه بكل أدواته التي جلبها من الطائف، ووضع خادمًا له وجارية للمعاش والطعام. وحين انتهى من الخاتم وجاء إلى عثمان باشًّا رده عثمان كسيفًا فلم يرضَ عنه مرة وثلاثًا، حتى اقتنع في مرة أخيرة بأنه خاتم النبي. وكان إذا ما دخل عليه أحدهم يبرز الخاتم ويقدمه لعين الزائر، وحين لا يحصل منه على لفتة أو لفظة يقتنع بأن سكوته علامة عدم استغرابه أو التقاطه لتغير أو تبدل. لكن المدينة كلها كانت تعرف ضياع الخاتم، وكان الصحب والجيرة يسألون الصائغ في الذهاب والعودة من بيت عثمان: هل أنهيت الخاتم يا رجل؟ فكان يتشكى من تردد عثمان ومفاصلته في دقة رسم الخاتم، بينما يزهو بكرم عثمان في الثمن الذي نفحه به مقابل صنعته.

لكن محمد بن أبي حذيفة يقف الآن قبالة عثمان ليجرؤ على قول هذه الجملة التي أثارت عثمان وأهاجت أعصابه وأفلتت حزنه من قلبه إلى كل خلايا جسمه:

ـ لقد أضعت سنة نبيك كما أضعت خاتمه.

تلكمه الكلمة، تلجمه الجملة. أمثله هو عثمان بن عفان من يُتهم بخيانة نبيه وإضاعة سيرته وهو زوج ابنتيه ورفيقه وصديقه وصاحبه وتلميذه وجنديه ومبعوثه وحبيبه وداعمه وسانده؟! ثم تأتي هذه التهمة ممن؟ من محمد بن أبي حذيفة!

مجروحًا لامته نائلة على ابتلاعه جملة ابنه:

ـ أليس ابنك؟ ألم تقل لي إنه ربيبك وأحد أولادك، مات أبوه وكان مؤمنًا عظيمًا في جيش محمد وأبي بكر، وكان صاحبًا ورفيقًا لك، أحببته وعطفت على ابنه الذي أنجبه وهو مهاجر في الحبشة وقد مات عنه في حرب اليمامة؟ ألست أنت من قلت لي وقال لي مروان كذلك إنك من أنفقت عليه كل درهم ودينار وأنشأته بين جدران بيتك؟ وها هو الآن صار شابًّا يافعًا متطاولًا بكلماته واتهاماته لك ولحكمك ولخلافتك، ويتقول مع هؤلاء الذين أتسمَّع عنهم فحيح التهجم على خليفتهم وأميرهم! فإن كانوا في الجحود قد وقعوا، فإن ابنك هذا يؤمهم في الجحود ويبزهم في النكران! لقد سمعته بأذنيَّ عند باب حُبى، حيث يجلس مع زوجها عبيد، وهو يوافق على كلام هذا الرجل ومعه نفر من أهل المدينة، فقد قال عبيد إنك تؤوي طرائد النبي محمد.

ـ وهل لي أن أفعل هذه الشائنة؟ من قصد الرجل؟

ـ قصد عمك الحكم بن أبي العاص والد مروان، وقال إنه كان جارًا لنبيكم في مكة، وكان أكثر الناس أذى وجلافة مع النبي، ويتعقبه ويمشي خلفه فيغمز ويشخر من فمه وأنفه، ويتجسس على محمد في مخدعه مع نسائه. ولما أسلم هذا الرجل لم يسكن له النبي ولم ينسَ

له وضاعة تصرفاته، فأمر ألا يساكنه لا هو ولا ولده، وطردهم خارج المدينة إلى الطائف، حتى إن أبا بكر رفض عودتهم بعد وفاة النبي، ثم إن عمر بن الخطاب أبى أن يقبل بعودتهم ومنعهم من دخول المدينة نفسها حتى لزيارتها. فلما حكمت أنت أعدتهم وأسكنتهم، بل وقد وليت ابنه مروان وزارتك، فأنت كما كان عبيد يصرخ آوي طرائد النبي وكاسر سنته. والغريب أن هذا الفتى ابن أبي حذيفة لم ينطق بكلمة تدافع عنك، بل هاجم فوق الهجوم حتى أوشك اللعين أن يلعن!

يمسح عثمان لحيته ويمسح صلعته ويفرد جلد مصحفه ويهم بالقراءة، فتندهش نائلة وتلح معاتبة:

ـ أكلما قلت لك شيئًا يا أمير المؤمنين ومليك قلبي، استدرت عن إجابتي بالانشغال في عبادتك؟!

ثم دنت فتدللت وتدللت وربتت على رأسه وهمست:

ـ ألا تسمع لزوجتك المحبة يا حبيب نبيك؟

يبتسم لها عثمان ويرق وتبرق عيناها بسعادة مستخلصة من عسل عاطفة هذه السيدة الشابة التي بثت في عظامه دفق الونس:

ـ لا تقسي عليه يا نائلة، محمد شاب يتيم، يدرك جيدًا ماذا فعلت له وكيف رفقت به، وهذا ما يجعله أحيانًا يصمم على إبراز استقلاله عني وإثبات عدم أسره بمآثري، وهذا ما أسعد به على عكس ما تعتقدين يا نائلة، فالإحسان إن قوبل بالإساءة يعلو جزاؤه عند الله، والولد لم يسئ، بل هو متجرئ جرأة سنه، ومتأثر بصخب بعض الحاسدين على بني أمية من أقاربي الذين أودعتهم ثقتي.

ـ أخشى عليك من طيبتك يا سلطان المسلمين!

ـ بل إنني أخشى على المسلمين من طيبة سلطانهم يا نائلة، فالناس

تحتاج عنيفًا في وقت الدعة، كما تحتاج وديعًا في زمن الشدة،
أما الوديع في الدعة فلندعُ الله أن يرفق به.

لكنها عرفت غضبة عثمان فعلًا وخبطة قلبه بالأسى حين دخل عليه محمد بن أبي حذيفة يومها، وقد جلس بجواره وانتظر انتهاءه من تلاوته، فلما سأله عثمان عن معنى كلمة في سورة أراد أن يمتحنه في فهمها، تجاهل الرد وتخاشن في اللهجة:

ـ أصدقني القول يا خليفة المسلمين.

اندهش عثمان وزار ملامحه الغضب المكتوم:

ـ ومتى لا أصدق في قولي يا ابن أبي حذيفة، لك أو لغيرك؟! ما عهدني أحد منذ لمست شفتاي شهادة أن لا إله إلا الله إلا صادقًا لم تمس كذبة طرف لساني يا فتى!

تجاهل ابن أبي حذيفة غضبة عثمان الملجومة، وقال:

ـ لماذا لا تضعني على إمارة ولاية من ولاياتك إذن؟

كان عثمان يعرف السؤال قبل أن يسأله، وكاد يجيب قبل أن يلقيه على أذنه:

ـ لكنك لست كفؤًا لها ولا تقدر عليها يا بني.

احمر وجه ابن أبي حذيفة واحتقنت ملامحه وبرزت عروقه وغطى صوت صرير أسنانه على حروف كلماته:

ـ أنا ابن أبي حذيفة القائد الشهيد، وربيب عثمان بن عفان، لست كفؤًا لها بينما مروان هذا ابن عمك، الطريد ابن الطريد يملك الأمر من تحتك، وأولاد عمومتك الذين ترزأ بهم الأمصار هم الأكفاء؟ تحرمني من الولاية وتمسحها غيري من أهلك، بل تعطيني راتب واحد من الرعية بينما تغدق على الحكم بن أبي العاص بثلاثمائة ألف دينار يوم أمس وصباح

اليوم تمنح ابنه الحارث ثلاثمائة ألف أخرى من غنائم المسلمين!

كان صوت نائلة هو ما انطلق من داخل غرفتها:

ـ ما بالك تسكت على طعان ربيبك يا خليفة المسلمين؟!

سمعها ابن أبي حذيفة فعاجلها:

ـ وما بال النصرانية بالخليفة وابنه؟!

انتفض عثمان غاضبًا، وقد قام وأمسك برداء ابن أبي حذيفة فأنهضه من جلسته:

ـ اسكت يا غلام، بل هي أكثر إسلامًا منك، وأعظم إخلاصًا لزوجها وخليفتها.

تهكم محمد بن أبي حذيفة:

ـ هل ستمنحها ولاية من ولايات المسلمين هي الأخرى يا أبي؟

كظم عثمان غيظه وأوقف غليان تلمظه، وقال هادئًا:

ـ لقد سئمت صبري عليك يا ولد!

هدأت حشرجة صدر ابن أبي حذيفة اللاهثة، وصمت برهة ثم قال:

ـ ائذن لي إذن بالجهاد في مصر.

حين انصرف ابن أبي حذيفة مأذونًا له من الخليفة نادى عثمان نائلة، فلما دخلت عليه فرآها متكدرة نكدة قام لها وعانقها ولثم خدها وربت على كتفها وأجلسها على حجره:

ـ لا تغضبي يا حبيبة من طيش شاب غضوب حقود، بل تأسفي على سكينة لن يحصل عليها أبدًا، ثم إنك عندي قرة عيني وحور عين دنياي وآخرتي.

ابتسمت ثم ضحكت راضية ناضرة:

ـ لن تنافسني في الحب يا خليفتي.

٢٩

استغرقت وقتًا حتى تعود لها عائشة التي افتقدتها. منذ دخلت نائلة إلى غرفة عائشة وهي تلمح ثم تبصر ثم تمسك بهذا الغضب النائح من تلك المعلمة التي اختارتها لتنال عبر صداقتها حُسن إسلامها، وتملك عبر تلك الجلسات والحوارات علمًا تنقله عن زوجة النبي الموقرة السيدة الأهم التي منذ جاءت نائلة من صحرائها وذلك الاسم العائشي هو الظل المؤنث المظلل للمدينة. لكنها في ذلك الضحى غير مساءاتها وصباحاتها التي جاءتها فيها زائرة طالبة علم وصلة وثقة. قالت لعثمان ذات يوم لما مدح قربها من عائشة وأثنى على الطريق الذي سلكته حتى أُذن عائشة، إنها أيضًا تصنع لعائشة ما تريده أن تكون زوجة الخليفة مقربة وحليفة، لم يملك عثمان إلا أن يضع فوق حب الشيخ الوله انبهار الخليفة المعجب:

ـ أنت أذكى من أن تكتفي بزوجة الخليفة يا نائلة، ماذا تفعلين بعدي يا خفق قلبي؟

ردت يومها حاسمة دون ذرة من تردد:

ـ لا بعدك يا حليفتي.

دخلت الجارية بكومة الأنسجة التي حملها غلمان الخليفة الذين

صاحبوا نائلة حتى باب عائشة، وضعتها على البسط بينهما. ردت الجارية على نظرة عائشة بنظرتها إلى نائلة التي قالت:

ـ هذه هدية من الخليفة، عباءات قبطية جاءته من مصر.

خمشت كلمة مصر صدر عائشة، أحست بها نائلة فقالت:

ـ ما بال أمنا؟

أشاحت بكفها وردت:

ـ لا شيء.

ـ ولكن ذكر مصر بعث في نفسك حزنًا!

أطرقت عائشة وهي تشير لجاريتين دخلتا بأقداح اللبن وحبات تمر مفروشة على صحن خزفي أن تنصرفا، ثم لحقت بمسامع إحداهما وهي تخرج:

ـ حين يأتي عبد الله لصلاة الظهر أخبريه بأنني أريده، وإن لم تجده إحداكما في المسجد فلتذهب لاستدعائه لي من حيث هو، أرضًا أو بيتًا أو سوقًا.

التفتت إلى نائلة وهي تقول:

ـ نعم مصر، منذ جاء الزبير بن العوام من مصر وأول ما فعله هو طلاق أختي.

أدركت عائشة أن نائلة لم تحفظ بعد أنساب العرب ولا قرابات المدينة ولا أفخاذ قريش فأوضحت:

ـ الزبير هو زوج أختي أسماء.. هل سمعت عن أسماء؟

ـ أليست تلك صاحبة النطاقين؟

ـ أحسنت يا نائلة. أنت تتعلمين بسرعة، هي أختي الكبرى التي جاهدت مع النبي في هجرته، وهي زوجة الزبير التي تحملته وشقيت معه حين كان الزبير مليطًا من المال، وكل ما يملكه فرس يتيم كانت أسماء تعلفه

وتسقيه حيث لا مال ولا مملوك للزبير، فتنقل هي النوى من الأرض التي أقطعها له النبي. وقد مر والدنا أبو بكر يومًا عليها وهي تقود فرس الزبير تحتش عليه وقد حملت ابنها عبد الله، فلما رأته استغاثت به فقالت أرسلني الزبير أحتش على فرسه، فلما تعبت وكففت جاءني فأخذني وضربني. فلم يرد عليها أبو بكر إلا بأن: يا بنية اصبري. وحكت لي أسماء كيف سمعت وهو يمضي منصرفًا عنها نشيج بكائه، هذه التي تعبت مع الزبير وشقيت به وعاشت لا تبوح بغيرته الحمقاء وشدته وقساوته حد الضرب والاعتداء. حين أسنت وحين عاد من مصر محملًا بالمال وقد اشترى قطع الأراضي وبنى القصور هنا وفي الطائف وفي البصرة وصار لديه من العبيد مئات، إذا به يضربها ضربًا مبرحًا، فتصرخ متألمة، فيحضر ابنها عبد الله حتى وصيد باب البيت، فصاحت به مستنجدة فمنعه الزبير من الدخول ليساندها ويخفف عنها ويحملها بين ضلوعه، وقال له: أمك طالق لو دخلت. فرد عليه الابن البار: أتجعل أمي عرضة ليمينك. فدخل فخلصها منه وأخذها في بيته.

لمحت نائلة دمع عائشة يكسو حروفها شجنًا:

ـ أهكذا يعامل الرجل امرأته؟

ـ بل هكذا يعامل الزبير أشرف النساء.

ران صمت حاولت نائلة أن تخفف ثقله، فقالت مبتسمة:

ـ أحمد الله إذن على رقة عثمان.

فأجابت عائشة:

ـ واحمديه على شبابك.

مدت نائلة يدها ففردت العباءة القبطية ووضعتها على حجر عائشة وهي تضحك:

- لكن ليس كل من يأتي من مصر زبيرًا يا أمنا. هذا ثوب لو كانت أسماء قد ارتدته ما طلقها الزبير.

حينها ضحكت عائشة وأمسكت بكف نائلة فوق الثوب وقالت مؤنبة:

- أين خضابك وحناؤك يا نائلة، لقد كان النبي يكره أن يرى المرأة ليس في يدها أثر حناء أو خضاب؟

اتسعت عينا نائلة مستزيدة:

- أومأت امرأة من وراء ستر بيدها بكتاب إلى رسول الله فقبض النبي يدها: فقال ما أدري أيد رجل أم يد امرأة. قالت المرأة: بل يد امرأة. قال: لو كنت امرأة لغيرت. أي لونت أظافرك بالحناء.

- إذن هي الحناء ما ينتظر عثمان مني أن يراه في كفي.

ثم أضافت:

- أخبريني يا أمنا، ماذا أفعل وأنا أغار على عثمان ممن حوله؟

ضحكت عائشة وردت:

- خرج النبي من عندي ليلًا فغرت عليه، حيث يذهب لغيري من زوجاته مهملًا لي تاركًا فراشي، فلم أطق ولم أتحمل، وكان وجهي وجسدي ونفسي يتميز غيرة، فإذا به يعود فرأى حالي، فقال: ما لك يا عائشة؟ أغرت؟ فقلت: وما لي لا يغار مثلي على مثلك؟ فقال: أقد جاءك شيطانك؟ فقلت: يا رسول الله أو معي شيطان؟ قال: نعم. قلت: ومع كل إنسان؟ قال: نعم. قلت: ومعك يا رسول الله؟ قال: نعم، ولكن ربي أعانني عليه حتى أسلم.

سكتت عائشة ونائلة مبهورة تحدق وتطرق، ربتت على كتفها عائشة:

- إذا لم يكن مثلك يغار على مثل عثمان فمن يغار الآن؟

- أهو شيطاني معي إذن يجيئني بتلك الغيرة؟ لكنها تغلبني حتى إنني

لا أجد نفسي إلا وقد غضبت منه حين يستدعي زوجته أو يذهب إليها أو حتى يزوره ابنه أبان قادمًا من مكة أو حين يبدو وقد استملح جارية أو استحسن واحدة، فلا أتركه حتى وأنا حائض فأخشى على نفسي وعليه من غضبة الله فأستحي أن أسأله وأضعف من أن أترك الفراش له فتدفئه جارية.

- لا عليك يا حديثة الإيمان، فقد كنت أنا ورسول الله نبيت في الشعار الواحد.

- هل الشعار هو الثوب الذي نرتديه على لحمنا لا يحول بينه وبين الجسد شيء من لبس أو قميص؟

- نعم. نبيت في الشعار الواحد وأنا طامث، فإن أصابه مني شيء غسل مكانه ولم يعده وصلى فيه ثم يعود فإن أصابه مني شيء فعل مثل ذلك ولم يعده وصلى فيه.

ابتسمت نائلة وهي تنصت لعائشة وهي ترق بصوتها وتربت على كتفها:

- كان يأمرني فأتزر فيباشرني وأنا حائض.

* * *

قطعت صيحات همهمة وغمغمة وجلجلة وقرقعة وحشرجة قادمة من المسجد عليهما هذه الضحكات الهانئة التي ملأت الغرفة، فهبت عليهما ريح صمت عاتية حين تكاثرت وتكاسرت الأصوات التي تجمعت قبيل الصلاة في المسجد الذي وسعه عثمان، لكن بقيت فيه غرفة عائشة القلب الداري لما يجري والكاشف لما يغمض. لم تتنبها إلا تلك اللحظة، خصوصًا حين كان صوت عثمان يصعد بين الأصوات المتكالبة، على مبعدة أمتار من غرفتها وتحت مبر لنبيها وزوجها الموارى بالثرى لصق قلبها. قامت نائلة نحو باب الغرفة فأزاحت

طرفًا من الستار المعلق، ونظرت شاخصة تبحث عن صوت زوجها لكنها التفتت إلى عائشة:

ـ من هذا الأسود النحيف الذي يبدو مخنوقًا بين كتفي غلامي الخليفة؟

دنت عائشة وقد خطف قلبها الوجل، فهي تعرف قبل أن تصل إلى ظهر نائلة وتنظر نظرتها الخاطفة:

ـ إنه عبد الله بن مسعود. عاش تحت قدمي النبي ها هنا حتى وارى الثرى نبيه ها هنا.

ندت منها تلك الآهة القلقة الصهدة، فقد أدركت ما الذي يجري، منذ جاءها محمد أخوها الغضوب على عثمان محمولًا بغضب أثقل، لما حكى لها عن فعلة عثمان مع ابن مسعود ما كادت تصدق، فهي تعرف تلك النقمة السارية في عيني أخيها على الخليفة، رغم صغر سنه وبعده عنها وقربه الأثير اللصيق بعلي بن أبي طالب إلا أنها تبصر في عين أخيها نسكه المدهوش من تصرفات صحب أبيه وصحابة نبيه، حياته في كنف علي جعلته ينظر للدنيا من مصراع باب علي.

ـ لقد قلت لك مرات عن أفاعيل خليفة لم يعد صدري يحتمل تحملها، ولا أسمع منك إلا تبريرًا ومن علي إلا تأويلًا، يوم وضع عثمان ابن عمه الوليد بن عقبة على ولاية الكوفة استقرض من بيت المال، أمير يذهب وأول ما يفعله هو الاقتراض من بيت مال المسلمين، ولا أعرف كيف طاوع عبد الله بن مسعود قلبه ليقرضه وهو خازن بيت المال، لكن العجيب أنه حين طالبه بعد فترة برد القرض أبى الوليد ورفض.

ـ يا حول الله.

ـ أصار بيت المال هبة لبني عمومة عثمان؟

- وماذا فعل ابن مسعود؟

- بل الذي فعل هو الوليد، فقد أرسل وفادة لعثمان شاكيًا ابن مسعود، ابن الطريد يشكو صحب الرسول وخادمه وأمينه وحافظ القرآن الأول بين ظهرانينا!

سألت عائشة يومها وهي واجفة عن رد عثمان الذي تتوقعه، فكان كما توقعته تمامًا:

- كتب إلى ابن مسعود يقول له إنما أنت خازن لنا، فلا تعرض للوليد فيما أخذ من المال.

هذه اللحظة إذن التي تدرك عائشة أنها حادثة.

أمسكت نائلة بكف عائشة كأنما تلتمس منها قوة صد الصدمة حين رأت عبد الله بن مسعود يقف ويزيح عن كتفه المنسحقة تحت مناكب حراس الخليفة، ويخرج من جيوبه مفاتيح، والناس بين الهمهمة والحوقلة والحملقة يتبعون أصابع ابن مسعود السوداء العجفاء المتعرقة وهي تلقي بالمفاتيح في الهواء ناحية منبر الخليفة فتسقط بين أكتاف ورؤوس، وهو يصيح صارخًا:

- كنت أظن أني خازن للمسلمين، فأما إذا كنت خازنًا لكم فلا حاجة لي في ذلك.

سمعت ساعتها كلام عثمان المتهكم المتهجم على ابن مسعود:

- لقد قدمت عليكم دويبة سوء تأكل القيء من الطعام.

أحس ابن مسعود نصل سباب عثمان، فأجاب وهو يسمع صخبًا يصدر من أرجاء وأركان الجامع يمنع علو صوته من وصوله إلى أسماع المصلين أو تبيان معنى حروفه وألفاظه، بدأ الحشد من رجالات عثمان يدك عظمه بغلظة كفوف وقبضات، ويدوس على كتفيه ويجذبه من ردائه ويشوش على

كلماته، أعاده ما يعيشه ساعتها إلى ما عاشه في ذلك اليوم البعيد الذي كان المشركون في مكة وفي صحن الكعبة يمنعونه من الصدح جهرًا بقرآن الله فيصفقون أمام وجهه ويضربون عظمه ويكتمون فمه ويصفرون عند أذنيه ويسحلونه عند الحجر الأسود، ذات فعال مشركي مكة يكررها ضده حراس ورجال عثمان الآن على مسافة أشبار من قبر الرسول. قام عبد الله بن مسعود بعزم ما فيه وقوة ما في حنجرته فصعد صوته فوق صخبهم:

ـ لست دابة ولا دويبة يا عثمان، بل أنا صاحب رسول الله يوم بدر ولم تكن، ويوم بيعة الرضوان ولم تكن.

فهم عثمان ومحيطوه أن ابن مسعود يطعن في غيبة عثمان عن غزوة بدر، فلا قاتل ولم يحارب لمرض أصاب زوجته، بنت الرسول، فلم يعرفوا عثمان مقاتلًا.

بلغ الحنق من عثمان حد الوصول إلى أنفه، فقال:

ـ أنت تمنعنا من مصحفك يا دويبة، وترفض أن تحرقه وتقول في الكوفة أن دم عثمان حلال.

ندت صرخة من عائشة وقد عبرت كلماتها فوق رأس نائلة لهبًا أشعلها خوفًا ورهقًا وقلقًا وذعرًا:

ـ ويحك يا عثمان! أتقول هذا لصاحب رسول الله؟!

سمعها عثمان حيث كان صمت المئات من المحتشدين مشمولًا بالرهبة حين جاءتهم كلمات عائشة من غرفتها، فأجابها عثمان:

ـ اصمتي يا عائشة ولا دخل لك في هذا.

استعاد الصياح الجماعي اختلاطه، بينما لم تستعد نائلة أعصابها.

وقف علي بن أبي طالب مدويًا بصوته القاطع:

ـ أتتهم ابن مسعود بشهادة من سكير مثل الوليد؟!

لم يكن علي في حاجة لأن يعرف ماذا فعلت جملته بعثمان، ففي هذا المسجد نفسه اعترف الوليد بأنه فعلها، كان أكثر وقاحة من أن يسلم نفسه للجلد والعقوبة، بل مانع وراوغ واستحلب عطف عثمان واتكأ على ضعف خليفته تجاه قرابته. هذا الوليد الذي صلى الصبح بأهل الكوفة في مسجد إمارته ولم يكن قد تخلص من آثار خمره طيلة ليله، فلما سلم بنهاية الصلاة بعد الركعة الثانية نظر إلى الناس بعينين طلاهما الاحمرار وقال مخمورًا: هل في هذا الكفاية أم أزيدكم إلى ركعات أربع؟ فلما جاء الشهود إلى المدينة يطلبون جلد الوليد، تراجع عثمان عن تطبيق الحد في المسجد. حينها طلب علي من ابنه الحسن أن يقوم ويجلد الوليد أمام الناس. فلما رأى عثمان رافضًا أمسك علي بنفسه السوط من يد ابنه وتوجه إلى الوليد الجالس جنب عثمان محتميًا متكورًا متكومًا بجسده متعاليًا بعينيه المتحديتين، فرفع علي السوط وهوى به على ظهر الوليد بجلدة أولى من أربعين جلدة، فلم يملك عثمان أن يمنعه ولا أن يوقفه، لكنه كذلك لم يمنع ابن عمه المجلود من الزعيق بصوت مبلول بالتنمر الموجوع يسب عليًّا ويشتم في صحابي رسول الله، والقوم في حيرة، وعثمان يخرج من المسجد كي لا يتابع المشهد ولا يرى عقاب ابن عمه وواليه ولا يسمع شتائمه لعلي، إذ لا يملك ردها ولا رفضها، بينما علي ساعتها يحاول ألا يثأر لشتائمه وهو يجلده. وقال الحسن وهو يتابع دهشة الناس من صمت علي أمام تهجمات الوليد إن عليًّا يطيق سباب الوليد حتى يطبق عقوبة رب الوليد.

ما كان من عثمان حين سمع قولة علي يدفع بها الآن عن ابن مسعود إلا أن خشي اتساع الاعتراض، وتُشجع كلمات عائشة ثم علي غيرهما أن يعصوه، فجمع أطراف عباءته وأمسك بعصاه ونزل من منبره وهو يأمر بصوت متهدج، كان نشيج لهثه يفسر حمرة وجهه وقطرات عرقه:

- احملوا هذه الدابة خارج المسجد واطردوه من أمام وجهي.

تدافع حرس عثمان مع تطوع رجال وحملوا ابن مسعود بجسده النحيل وعوده النحيف، فسقطت عنه عمامته وداستها الأقدام، وانكشفت ساقاه الدقيقتان المثيرتان للسخرية بين الصحابة، حتى إن النبي استنكر ذات طلعة لابن مسعود فوق نخلة تهكمهم على ساقيه، وقال إنهما أثقل عند الله من جبل أحد، لكن إذا بهما الآن تتدليان ملفوفتين بين ذراعي أموي من رجال عثمان جهم، ومكبوسة عظامهما بين كتفين كادتا أن تقضماهما.

حين وصل علي بن أبي طالب حتى باب المسجد كان رجال عثمان قد رموا ابن مسعود على الأرض، فسمع طقطقة عظامه، وانطراح جسده مصدومًا بالأرض، ملتوية ساقيه تحت ظهره. وكانت نائلة قد خرجت من غرفة عائشة دامعة، ثارت أمام عينيها غبرة مرمغة ابن مسعود في الأرض. وجرى ابن أبي طالب ليلحق بالنحيف المتوجع، لم تكن نائلة تتذكر هل ألقت السلام على عائشة أم لا، وهل كانت عائشة لتسمعه وترده لو كانت قد قالته وألقته فعلًا؟

٣٠

لم يكن أمامها إلا أن تجلس خلف باب غرفتها، وقد عفت الطعام ورفضت الكلام وصرفت الجواري ونهرت الغلمان عن سؤالهم الملحاح عن حالها وعن حاجاتها. لم تستطع نائلة أن تلتقي بعثمان منذ عادت من بيت عائشة، حيث رأت نقمته على هذا الرجل الأسود الذي دافعت عنه عائشة حتى أظلمت الدنيا في وجه نائلة التي ترى زوجها غاضبًا على غير ما عرفته ومغضوبًا عليه، بعيدًا عما يصلها من نثرات كلام وشظايا تهم وملاسنات زوج حُبى الحادة مع أصحابه المرسلة لها من تحت أعقاب الباب الذي ينغلق عليها مع زوجته. مكثت ساعات الليل كله تنتظر فراغ عثمان من اجتماعاته بمروان بن الحكم. لم ترتح يومًا لهذا الرجل ولا نصائحه لزوجها، تقيس درجة تأثيره على عثمان بدرجة غضب الناس على قرارات الخليفة. دخل بعض من أقارب عثمان إليه ودار الكلام كله عن جلسة المسجد اللاهبة، وسمعت قدْحًا في ابن مسعود من تلك الأفواه المتكالبة على سمع الخليفة، لكنه كان ساكتًا طيلة تلك الساعات يسمع ولا ينصت. هي تعرفه حين يذهب بعقله بعيدًا عن أذنه، حين يغفي بإطراقة رأسه منصرفًا عن محدثه حتى تكاد الكلمات تتساقط في الهواء

الفاصل بين فم المتكلم وأذن الخليفة. مضوا جميعًا معه للصلاة في المغرب والعشاء، صاحبوه ربما مخافة خناق آخر حول أو أمام الخليفة. لكن الصلاتين مرتا بهدوء شعرته مزعجًا، فالمختلفون مع وعلى الخليفة آثروا ابتلاع الحادثة دون مواجهة جديدة، فلم يصلوا خلفه وتأخروا عن الصلاة الجامعة معه، وبعضهم كما همس لها الغلمان المتسارعون لنقل الأخبار صلوا في صفوف متأخرة للجامع وانصرفوا دون أن يروا أو يلتقوا بالخليفة. الآن هو وحده في غرفته دون أن يستدعيها ولا أن يسأل عنها، لم يأكل إلا لقيمات يقمن صلب ليله ببضع تمرات بالعسل، ولم يقرب اللحم ولا الثريد، وقد عرضت الجارية صواني الطعام على نائلة بعد رفعها من أمام الخليفة حتى تُشهدها على لذة الطعام رغم صدة نفس عثمان. حيث كان الصمت يسود البيت والمدينة، وهي لم تبرح فراشها المنكمشة فيه طيلة الوقت، كان صوت عثمان يأتيها يتلو القرآن، كأنها تراه الآن في غرفته، يجلس متربعًا أمام مصحفه الكبير المفتوح فوق خشبتين تعلوان الأرض، يقرأ كلمات ربه على الجلد المفرود أمامه ثم يقلبها حين يصل لنهاية الصفحة، يرفع صوته ويرق، يتمهل ويتأمل، يكرر القراءة للآية ذاتها كأنه ينزل بئرها أو يحفر في طبقاتها. كثيرًا ما كان يلتفت لها فيسألها هل تعرفين معنى هذه الآية؟ فتجيب نافية، فيشرحها لها، ثم يفسر لها غاية الآية أو سببها. سألته ذات مرة:

- أسمع كثيرين ينقلون عن النبي كلمات وأحاديث، وأنت صاحبه وصهره وخليفته الثالث ولا أسمعك تنقل عنه أو تروي لنا أحاديثه؟

ابتسم يومها مربتًا على كتفها بكفه، ثم ذهب بنظراته إلى ناحية الباب كأنما ينتظر قدوم نبيه:

- لا يجرؤ على نقل حديث محمد إلا من حمل الجبال، كيف لي أن

أتحمل أمانة أرتج لها يا نائلة، هذه مسؤولية أن أقول ما قاله، فماذا لو نسيت أو سهوت أو حرفت أو نسخت أو أولت أو دسست أو اختلط عليَّ الأمر أو تشابهت عليَّ الأحاديث؟

ـ لكنك كنت في صحبته قريبًا دانيًا منصتًا واعيًا!

ـ لهذا كله أهيب أن أنقل عنه، ثم لقد كنت أسافر وأتاجر وأروح وأجيء وأغيب وأعود فكيف لي لو كان قد غير ما حفظته أو بدل ما سمعته أو أضاف أو حذف؟

ثم يمد يده للجلود المكتوب عليها القرآن في مصحفه:

ـ ثم حسبنا كتاب الله.

كانت نائلة موجودة لحظة قراره بتوحيد المصحف، مرت عليه أوقات تأخذه فيها الفكرة وتشقيه تمامًا مسؤوليتها، حتى كانت ترى عرق صلعته وحمرة وجهه ويمسك بلحيته، قلما سمعته متحيرًا ومترددًا مثلما كان عليه قبل اتخاذ هذا القرار، قال لها وقد استفهمت منه حاله:

ـ إنه قرار صعب يا حبيبة القلب، فأن أحرق كل مصاحف تخالف هذا المصحف (قالها وهو يحمل المصحف من فوق خشبتيه إلى حجره) ما يعني إقلاق قلقين وإزعاج منزعجين وإثارة مستثارين، لن يمر القرار إلا بقسوة في تطبيقه وحزم في تنفيذه وهو ما لن يجعله سهلًا.

فهمت أن ابن مسعود عندما كان يصرخ رافضًا مقالة عثمان في المسجد، كان يدافع عن مصحفه وقد أبى أن يسلمه لوالي الكوفة. واعتبر عثمان هذا التصرف عصيانًا لقراره بل يفسده. ابن مسعود من حفاظ القرآن ومعلميه الأوائل الذين عدهم عثمان على الأصابع، فإذا ظل ممتنعًا عن تسليم مصحفه يعني اختلاطًا بين الناس يمنع عنهم الإقرار بمصحف عثمان الذي عممه ووحده. كانت تحفظ القرآن عن عائشة في دروسها اليومية، ولم تفهم

سر تصميم عثمان على توحيد المصاحف، ثم عندما شرح لها نيته بحرق المصاحف المخالفة أفزعتها الفكرة مخافة تمرد يصيبه أو تهمة ينالها.

لكمها الحزن في قلبها بعنف حين سمعت عثمان ينتحب وهو يتلو القرآن فتبلل دموعه حروفه، ثم علا نشيجه فخرجت الكلمات من جوفه محتشدة بالبكاء، فتاهت الألفاظ في أنفاس الحزن الصهدة. اندفعت نائلة من جلستها قفزًا تمرق من فتحة الباب إلى حيث جلسة عثمان فتجثو على ركبتيها فتعانقه وتأخذه بين ذراعيها وتدس رأسه بين نهديها وتربت على ظهره وكتفه وتضمه وهي تبادله البكاء:

- لا عليك يا خليفتي وحبيبي.

تمسح دموعه السائلة على وجنتيه ولحيته بطرف طرحتها، وتمسك بكفيه تقبلهما بشفتيها المبللتين دمعًا، وتبتسم لشفتيه اللتين تنفرجان الآن عن بسمة حنونة وهو يهمس لها:

- كأنها المرة الأولى يا نائلتي التي تسمعين زوجك يبكي وهو يقرأ قرآن ربه؟

ردت فأدهش عينيه ردها:

- سمعت بكاءك كثيرًا يا خليفتي وأنت تقرأ القرآن، لكنه كان في كل مرة بكاء خاشع يدعو الله، الآن كان بكاء حزين يشكو لله.

قال عثمان:

- يا لفطنة قلبك يا نائلة، أشكوه ظلم عبيده لي.

- أأنت الحاكم تشكو الظلم والناس هي التي تشكو ظلم حكامها؟

- بل يظلمونني يا نائلة حتى ذوو المحبة والصحبة.

مسدت شعر لحيته وهي تلمس ملامح وجهه لتنبسط وتفارق تقطيبها المحزن.

قال عثمان وهو يرق بصوته ويمنحه حنانها هذا الدفء المطمئن:

ـ إنهم ينقمون عليَّ، يتنمرون ضدي ويتهمونني، حسنًا، لماذا؟ بأي حجة ولأي سبب؟ ألست أنا من فتح الله عليه بأصقاع وبلدان وأمصار دخلت الإسلام ودانت لدولته بسيف جيوشي وجنودي؟ لقد وصلت إلى ما لم يصل له ابن الخطاب وطبعًا أكثر مما فكر فيه أبو بكر، لا أتباهى عليهما فهما في مكانة أخويَّ ومقام سابقيَّ، لكنني تجاوزتهما في نصر الله في الفتح لأرض كسرى وقيصر، ورفعت رايات المسلمين في البحر والبر. ما الذي يريده هؤلاء الناقمون من صحبي على حكمي أكثر من هذا نصرًا مؤزرًا وفتحًا مبينًا؟ إن أقل عدد من شهداء المسلمين كان في سنوات حكمي لقوة ومكانة ومكنة الاستعداد وضبط القياد، ولم أترك أرملة ثكلى ولا طفلًا يتيمًا إلا ويصله مال وفير وخير نعم الله علينا وعليه. لا أسمع احتجاجًا من فقراء ولا معوزين في خلافتي، فلا محتاجين ولا معوزين في دولتي يا نائلة، بيت المال موفور وغني والكفاية لكل الرعية والرواتب والأنصبة والغنائم والفيء لعامة المسلمين يغنيهم عن مسألة أو مطلبة، ما الذي أخطأه عثمان في أن يكون الكل ميسورًا؟

كانت نائلة تطري على كلامه، وتومئ إيمانًا به، فهي لم ترَ فعلًا متسولًا في مدينتها، ولم تسمع عن فاقة فقير في أي شكوى أو لائمة على خليفتها.

حاول عثمان أن يعود إلى مصحفه، لكن وجعه ألزمه استكمال بوحه:

ـ هؤلاء يشكون عثمان وهم أغنياء القوم وأثرياؤه، كأنهم ينقمون علي حظًّا أقل من حظٍّ، كأني من المفروض أن أوزع الثروات بالقسمة المتساوية، وما شأني أنا بمن باع واشترى وربح أو خسر، أو اكتفى بعطايا مني ولم يسعَ لبناء دور أو تجارة سوق؟ حتى طلحة.

تنهد ثم أضاف:

- هل تعرفين طلحة يا نائلة؟

لم ينتظر جوابها:

- هذا صديقي وشريكي وصحب رسول الله معي يومًا بيوم، هو في ثرائي ومالي، وهو أشهد متصدق كريم متقرب لله بماله، كان ضمن الستة الذين عينهم عمر بن الخطاب لاختيار خليفة من بيننا، وقد كان غائبًا لسفر في تجارة فاختارني الناس منهم، فلما عاد امتنع عن بيعتي وتمنع عن أن يعطيني رضاه وهو الصديق الشريك، حتى إنني قلت له: يا طلحة والله لأرد البيعة للناس إن كنت رافضًا لها ونعود لنترك الأمر بيننا ليختاروا بينك وبيني. ساعتها ندت منه الجملة حارة ولهفانة: أوَتفعل؟ أجبته بالإيجاب صادقًا يومها، وإن كنت متعجبًا حتى يومنا، فأرضاه كلامي وبايعني لكن كأنني أخذتها منه، لم يكن هو منافسي بل علي بن أبي طالب، لكنه وضعني بينه وبين الخلافة، ولم أكن في لحظة منتقصًا منه ولا راغبًا عن شراكته. لقد اقترض مني خمسين ألفًا وعاد بعدها بوقت ليقول لي قد حضر مالك فأرسل من يقبضه، لم أفهم ولماذا لم يحضره معه، لكنني قلت له بل هو لك معونة على مروءتك.

قالت نائلة متعجبة:

- وتركت له الخمسين ألفًا؟!

رد عثمان:

- بل زدت، وأعطيته من بيت المال منحة بمائتي ألف.

لاحظ اندهاشها فشرح:

- وما الذي يمنعنا من أن نفتح على المسلمين وكبارهم بخير الله؟

أعرف أن طلحة بلغ ثروة تتجاوز الثلاثين ألف ألف، فأنا بعت له واشتريت منه وتجارتنا قائمة، لكنه رجل متصدق لا يترك في بيته مالًا إلا أنفقه على المسلمين عامتهم وعائلاتهم، فهو سبيل من سبل الله لرزق الناس، ورغم ذلك ففي نفسه حاجة وكأن عثمان يظلم الرعية بأن يغنيهم ويكفيهم فقرًا وعوزًا. لا أفهم غضبة الزبير مالك الأحد عشر بيتًا في المدينة فقط غير الدور والعمائر والأراضي والعبيد والجواري، أو خصام عبد الرحمن بن عوف لي ومقاطعته اجتماعي ولقائي. ما الذي أذنب فيه عثمان بانتصارات المسلمين وغناهم؟ أليس بناء الدور في الصحراء وإنارة الطرق بالمشاعل وإنبات الأرض عنبًا ونخلًا عمارة يحثنا عليها الله؟ فها قد فعلت في كل بقاع المسلمين. حتى أبو ذر الغفاري هذا الأشعث الذي يحبه نبي الله وأحبه لحبه، أعرف غرابته وغربته في حياة النبي كما الآن، متى كان أبو ذر راضيًا حتى يرضى عني؟ هو نافر من المال والثروة ويمشي في كل مكان يبشرنا بالنار تكوي وجوهنا، إنه يتأول آيات القرآن ليصب عذابها علينا لا على الكافرين، أوَنحن نكنز المال والفضة أو نوزعه منحًا نعمًا وكرمًا وتصدقًا ومروءة على كافة خلق الله بمن فيهم أبو ذر نفسه؟ وهل سأل نفسه من أين يأكل أبو ذر وعشرات الصحابة في المدينة إلا من رواتب بيت المال؟ ومن أين يأتون بالعبيد والجواري وينفقون على نسائهم وعيالهم؟ أليس من بيت المال وبإنفاق الخليفة عليهم؟ ليس من مالي لكن بحكمي وشأني وإذني. كون أن أبا ذر لا يحب المال وإذا وصله أنفقه أو بذره فما الذي يجعله ناقمًا على من يملك المال وينفقه لعمارة الأرض ورزق المسلمين؟ لو طاوعنا كلنا أبا ذر لأكلنا طوبًا وحصى. ثم

ما الذي يعرفه أبو ذر عن الحكم والخلافة وقد طلب الولاية من نبينا الكريم فرفض النبي إسنادها إليه وقال له أمامنا إن فيه ضعفًا؟ لا قائد هو فهل له أن يعيب قيادتنا؟

أدركت نائلة مدى انكسار قلبه على موقف أبي ذر، فالمدينة كلها شهدته وهو يغادرها منفيًّا بأوامر من عثمان:

ـ لا عليك، فالخلق يعرفون أبا ذر ويعرفون أنك تحبه.

ـ نعم أحبه. وكيف لا أحب من أحبه محمد؟! لكن قميصي الذي أرتديه (أمسك عثمان بطرف عباءته يحاول أن يشرح بحركته لنائلة أنه يعني الحكم حين يقول القميص) يحتم أن آخذ قرارات تصون استقرار مدينة الحكم، فكيف أدع أبا ذر يوقظ فتنة ويجتمع مع ذوي النفوس المتربصة ويجذبون عامة لا يفهمون ودخلاء جهلاء، فتثور مدينة بفتن صنعها رجل لم يعرف الاستقرار ولا القرار يومًا؟ فقد كان في شبابه قاطع طريق مع قبيلته، فلم يختبر يومًا أن يكون صاحب أرض أو تجارة، نفيته خارج المدينة حتى لا يجبرني على عقاب أشد، ومنعت عنه الناس حتى لا تشتط غرابته وقد تعلمه غربته.

قررت أن تسأله عن ابن مسعود وما جرى عصر يومهم:

ـ لكن ابن مسعود...

قاطعها:

ـ لقد أغضبته كما أغضبني، وكان لزامًا عليَّ أن أكظم غيظي، فهو ابن مسعود أخي ورفيقي وصحبي.

أطرق دامعًا:

ـ لقد أسأت إليه، لكنني لم أكذب يا نائلة، فهو ناقم منذ لم أقر مصحفه، وقد أعتز بقراءته وهي ليست القراءة التي توحدت عليها

الأمة، فلماذا تمسك بذاته أكثر من تمسكه بتماسك المسلمين وقد فتنهم اختلاف القراءات؟ كل واحد يقرأ بطريقة وبلهجة وبلحن غير الآخر حتى اشتدت الخناقات والخلافات وتضارب الناس وتشاجر المصلون في المساجد، فلا سكوت بعدها أبدًا حتى لو غضب ابن مسعود، فأخذ يعطل صرف المال ويوقف شؤون واليه ويتعنت مع أحكامي ومطالبي، ثم حين عزلته أكثر الكلام عن حل دمي، أوَيقتلني ابن مسعود بكلمته؟

- لكنني سمعت ابن أبي طالب يبرئه منها!

- آه، ابن أبي طالب، لن ينساها علي أبدًا، أنه الأحق كما تذهب بنو هاشم بخلافة النبي، ويرى نفسه أحق من أبي بكر وعمر، فما له لا يرى أنه أحق مني إذن، والله هو لها يا نائلة، لكنه قميص ألبسنيه الله ولم يرده له.

همست نائلة:

- لماذا لا تكلمه صراحة وحبًّا، فله كلمة، وهو رجل حكمة ورأي؟

أطرق عثمان:

- أحسنت النصيحة يا نائلة.

ضحكت:

- من أنا كي أنصح الخليفة؟

- أنت حبيبة الخليفة وقلبه الألق.

ضحكت:

- إذن، زد كرمك لي وصالح ابن مسعود، زره في بيته ليقولوا إن الخليفة عفو كريم لا ضغينة عنده لأصحابه.

ضحك عثمان قائلًا وهو يداعب خديها:

- كيف أترك نفسي لهذا الوزير الخائب مروان بن الحكم وفي بيتي امرأة بألف وزير بل بألف ألف مروان؟

حين كان عثمان يصب ماء ليغتسل وقد تبين الخيط الأبيض من الأسود تطهرًا لصلاة الصبح، كانت نائلة وهي تسحب غطاء على جسدها تشعر أن عثمان قد زرع بذرة في أحشائها هذه الليلة قبل أن يقوم. ابتسمت وهي تتحسس بطنها:

- سأسميها مريم.

كانت تشعر أنها ستكون أنثى، وأنثاها لا تكون إلا مريم.

٣١

كانا طفلين يتلهى بإشعال النار في صدريهما ضد عثمان. هكذا يخبر عمرو بن العاص نفسه عندما تسأله عن هذه الجلسة مع المحمدين، ابن أبي حذيفة وابن أبي بكر. هنا في بسطة الدار المطلة على طريق يؤدي في نهايته لمنزل الخليفة شخصيًّا يجلس ابن العاص ليلعب ألعابه النارية ضد خليفته، عندما سأله ابنه عبد الله هل يحب عثمان؟ رد عليه بابتسامة الرجل الذي يرد ببلاغة الصمت أكثر من فخامة اللفظ: كان على عبد الله أن يسأل نفسه ومتى كان أبوه يحب ويكره؟

عمرو بن العاص يدير مشاعره، ولا يفعلها أبدًا ويسمح لمشاعره أن تديره. رجع إلى المدينة، لكنه ظل في مصر وظلت معه هذه المصر تتلبس روحه. كانت مملكته، هو فاتحها وجاعلها أرضه التي شهدت حلم حياته، السلطة، لم يكن مغرورًا أبدًا فهو يستحقها تمامًا، لم يحصل عليها كما تمناها إلا هناك ولا يجدها إلا هناك، ليست الفكرة فقط أنها مصر التي لا يدرك بعضهم هنا في صحراء لا يرون أبعد من خيامهم وغنائمهم قدرها، بل لأنها كانت مصره، سلطة عمرو بن العاص التي تمكنت وأتاحت أخيرًا لهذا العقل الذي لا يجد حيز سطوة دهائه ولا عبقريته وسط هذه الصحراء

التي تتنازعها الأنساب أن يتعرش العرش الذي يليق به، حتى هذين الشابين على حنقهما على عثمان لا يدركان أنه يقلبهما وقود شواء لشاة لن يأكلوها أبدًا، بل لا يستسيغان مذاقها:

ـ عثمان يزعم أنني غاضب عليه يا إخوتي.

ثم ليكسب خسارة عثمان لهما أضاف:

ـ بل يا أبنائي، فأنتما أصغر من ولديَّ عبد الله ومحمد، ولكني لست غاضبًا عليه ولا منه، بل مشفق على المسلمين أن يحكمهم رجل لا يثق إلا في أهله ونسبه، ولا يمشي على درب خطَّه له والد هذا الرجل (وأشار إلى محمد بن أبي بكر فتلقى محمد الإشارة بإيماءة أقل مما كان ينتظرها ابن العاص) وابن الخطاب.

ثم نظر ليرى هل غلا قِدر هذين الغلامين.

منذ وقت عبر ومر مريرًا على عمرو بن العاص سمع صراخ عثمان في وجهه مستنكرًا مستنكفًا طلبه:

ـ أوَتطلب مني أن أعزل عبد الله بن أبي سرح وقد ولاه عمر بن الخطاب الصعيد وليس بينه وبينه حرمة ولا خاصة، ثم تطلب مني أن أعزله الآن وأنت تعلم يا ابن النابغة أنه أخي في الرضاعة، فكيف أعزله عما ولاه غيري؟

ملأت كلمات عثمان وجه ابن العاص بالخدوش، كان يريدها شافية له، مصر تلك التي أوجعه تعيين ابن سعد واليًا لصعيدها وجابيًا لخراجها. كان قرار ابن الخطاب أمض عنده من نصل سيف في عنقه، لكن ها هو عمر قد رحل، فما بال عثمان لا يكمل عليه دولته. تحسس لحيته وكظم غيظه وهو يكتم دهشته من تخلي عثمان الخليفة عن حلم عثمان القديم، الراضي بالصمت والقانع بالقبع خلف أبي بكر وعمر وعلي. غاب عنه

ما كان يجب أن ينتبه له، فقد جاء إلى عثمان متصورًا أن لينه سيجعله في حاجة إلى دهائه، وأنه التاجر الذي يدرك أنه في حاجة إلى صفقة مع سياسي داهية مثله يتمكن بها من درء خطر وتمكين إمارته وتحصين خلافته، لكن عثمان فاجأه بضيق صدر واستقواء بما يعرف عما يجهل، فأراد ابن العاص أن يمتحن قدرة احتمال عثمان على خسارته:

ـ اسمع يا ابن عفان، أنا لن أرجع مصر إلا واليًا على كل ترابها وأطرافها.

كسر عثمان آخر عمود يتسند عليه ابن العاص، فقد قام من جلسته منتفضًا حتى إنه خبط في آنية بينهما سكب لبنها وكسرت قدمه خزفها:

ـ إذن لن ترجع إلى مصر يا ابن النابغة.

ونادى مروان وهو يحدق واقفًا في ابن العاص الذي ظل جالسًا لم يرفع مقعدته عن الأرض ولا عينيه عن عثمان:

ـ لتكتب كتابًا بخاتمي إلى أخينا عبد الله بن أبي سرح لتعينه واليًا على مصر كلها.

وكأن عثمان أراد أن يحشو الجرح ملحًا، فقد وصل الكتاب إلى ابن أبي سرح، كما عرف عمرو بعدها، وابن أبي سرح في الفيوم بعيدًا عن الفسطاط حيث مقر بيت الحكم والحاكم، فلم يطق ابن أبي سرح أن يطوي ليله حاكمًا لمصر دون أن يعرف أهلها ويأمر في فسطاطها، فأغرى أهل الفيوم وكبارها بمنحة خمسة دنانير لكل فرد فيهم مدى حياته لو أوصلوه قبيل صلاة الصبح إلى الفسطاط بمراكبهم، فعلت الخمسة دنانير فعلها، وأطلق عثمان سهمًا بيد ابن أبي سرح في صدر عمرو حيث كان المؤذن قد أقام أذان صلاة الصبح، وبينما عبد الله بن عمرو بن العاص فلذة كبد أبيه وأنقى رقعة في نسيج عمرو قد تقدم لإمامة الصلاة ممسكًا بشمعته لتضيء طريقه للمحراب، إذا بابن أبي سرح وقد اندفع مع صحبه رافعين شموعهم

وقد احتشدوا فمنعوا عبد الله بن عمرو من الاقتراب من المحراب، وأعلنوا أن من يصلي بنا هو والينا وأمير مصر عبد الله بن أبي سرح.

بعدها، كان عمرو يأتمن من يقابلهم حين يأمن أنهم غاضبون على عثمان فيقول لهم:

ـ يا وجعي على ابني يومها وهو مكلوم مصدوم بهذا المرتد يقف مكان أبيه ليصلي ويحكم. فقال له: هذا بغيك ودسك يا ابن أبي سرح. فإذا بالوالي الجديد وقد رفعت الولاية عنقه في مواجهة آل العاص يرد: لم أفعلها ولم أطلبها، بل أبوك من حاول طردي وعزلي، فقد كنت أنت وأبوك تحسداني على الصعيد. ثم سمح لنفسه أن يتعالى هذا الفسل علينا فيقول لولدي كأنه أمير يمنح رعية تطلب: تعال يا ابن العاص حتى أوليك الصعيد وأولي أباك أسفل الأرض ولا أحسدكما عليه. أعمرو بن العاص من يحكم ريفًا وفلاحين ويرسل بأموالهم لأميره عبد الله بن أبي سرح، لشلت يدي ولا أفعلها أبدًا!

لا يزال قطر العرق على جبهة محمد بن أبي حذيفة وهو يجلس الآن أمام عمرو بن العاص يشكو من ظلم عثمان له، فلا هو منحه ولاية ولا قيادة ولا أقطع له أرضًا ولا وهبه مالًا، وكان عمرو يتلقى شكايته اللاهثة بالتأسي والمشاركة في التعجب، رغم أنه لا يطيق غباء هذا الشاب الذي لا يملك صياغة نقمته، فليس هكذا يكسب نصيرًا له ضد عثمان، فالمدينة كلها تعرف أن عثمان هو الذي ربى هذا الفتى وأنفق عليه وكبره وهو يعيش في كنفه ويرتزق من عطايا ورواتب عثمان وكرمه، لا أحد سيرى في ابن أبي حذيفة إلا عقوقه، ولن يرق له أحد، وهم يدركون غضبه من أن عثمان يفضل آخرين ممن ينفق عليهم ويوليهم نعمته عليه.

ـ انظر يا ابن أبي حذيفة، ووالدك كان صديقي وأخي (يوقن عمرو بن العاص

أن محمد بن أبي حذيفة الجالس أمامه يجهل تمامًا أن عمرًا لم يكن لا أخًا ولا صديقًا لوالده)، ليس هكذا يكون رفضنا لسياسة الخليفة، إن تحدثنا لقالوا إن عمرًا غاضب لأن الخليفة عزله عن مصر، وإن ابن أبي حذيفة ليس له أن يتمرد على أبيه ابن عفان ولي نعمته.

ثم استدار إلى محمد بن أبي بكر:

- وسيقولون إن ابن أبي بكر لا يراعي صداقة والده بعثمان ولا صحبتهما للنبي.

لم يستوعب كلاهما مقصد ابن العاص، فزاد تأففه من عقليهما اللذين لا يحملان ذرة من سياسة، لكنه أضاف:

- يجب أن يكون غضبنا كما هو فعلًا لله.

رد محمد بن أبي بكر مخلصًا:

- هو لله يا ابن العاص، وهل في ذلك شك؟

أجاب:

- ألف شك يا رجل. أولاد بني أمية وبني معيط من أقارب عثمان ومقربيه لن يتركوا ثقبًا في كلامنا إلا أوسعوه خرقًا، لذلك ليكن ما نقوله هو ما نعنيه حقًّا، أن يعود الرجل إلى سيرة سابقيه أبي بكر وعمر لأنه ينحرف عن سيرتهما بما يفعل الآن.

أجاب ابن أبي بكر ببراءة لم يحتملها ابن العاص:

- لكنه فعل ما فعله عمر وأقالك من مصر.

- عمر لم يفعلها، بل شاركني فيها بابن أبي سرح، ثم ماذا تقولان في عثمان نفسه حين عاد الروم وغزوا الإسكندرية، ولم يقدر على أن يترك ابن أبي سرح ليحارب الروم، ولم يأمن قيادته فأعادني إلى الإسكندرية واليًا عليها، وبينما ابن أبي سرح في بيته بالفسطاط

متكئًا على سرر من استبرق مصر هانئًا هادئًا كنت أقود جيشًا يصد الروم ويخزيهم ويردهم عن الإسكندرية، فما كان من عثمان إلا أن استدعاني ليثرب بعدها مثبتًا ابن أبي سرح على بلد فتحته وحكمته وحميته من غزو وخراب؟

لم يحك عمرو طبعًا للمحمدين، ولم يكن كلاهما يعرف أن ابن أبي سرح غزا جيشه بقعة من أفريقيا، ووصل إلى برقة وغرس فيها رايته ثم عاد إلى مصر بعدما سلمت له قبائلها بالخراج وأهلها بالدية، لكن ابن العاص لم يشأ أن يترك سطره الأخير دون أن يطليه بصبغة من دين، فقال لهما:

ـ لكن ما قطع قلبي أن هذا المرتد حطم مسجدي وهدم مصلاي وحوله من مسجد في الجبل الشرقي لوجهة جبل آخر يطلق عليه القبط الجبل المقدس.

* * *

كان محمد بن أبي بكر حادًّا وجادًّا يهمس لابن أبي حذيفة وقد انصرفا عن بيت ابن العاص:

ـ إنه يسب ابن أبي سرح ويصفه بالمرتد وكأن ابن العاص كان من المهاجرين الأوائل أو أصحاب العقبة!

رد ابن أبي حذيفة:

ـ لا أشغل بالي الآن بهذا الرجل فلم أرتح لشخصه، لكن طابت لي كراهيته لعثمان، ولا أحسب إلا أننا ولا بد أن نرحل عن المدينة إلى مصر.

ـ أوَنذهب لابن أبي سرح وقد سمعت ما سمعت؟

ـ لن أنال شيئًا هنا من عثمان، وقد أنال منه أو أناله عند ابن أبي سرح أخيه في الرضاعة، ولنشهد ماذا سيفعل ربيبه في أخيه؟

* * *

دخل ابن العاص إلى وصيد بابه وضحك حين رأى وردان في جلسته المنصتة المتنصتة على اجتماعه بالمحمدين، وسمع رد وردان بضحكة مستجيبة:

- هل هذان الغلامان يعتمد عليهما داهية العرب في القيام ضد عثمان؟

ربت عمرو على كتفه:

- لا تستخف بهما رغم خفتهما، إنهما جعبة سهام تحشوها وأنت مدرك أنها ستنطلق يومًا ضد عثمان، فإن لم تصبه فقد تصيب مروان أو ابن أبي سرح.

ثم ندت منه صيحة:

- أوَلم تجمع أشياءنا حتى الآن يا وردان فالرحيل بعد ساعة؟

- لكننا لم نأتِ للمدينة إلا منذ جمعة، فلمَ العجلة للرحيل وليس لنا مهمة لا هنا ولا هناك.

أكثر ما يؤلم ابن العاص أنه لا مهمة، فلا أهمية له هنا أو هناك، أوَمثله من يبعد عن كرسي الحكم والولاية؟ عمرو بن العاص بعد سنواته في حكم مصر يجلس في بيت لا بحرس ولا حراسة، ولا وفود تأتي ومفاوضات تجري وقرارات تؤخذ وخراج يوزع وتدابير تقرر واتفاقيات تنعقد ومندوبو ملوك تفد وكتب تحرر. ما معنى حياة ابن العاص دون ملك أو مملكة؟ بل ما معنى حياة ابن العاص بدون مصر؟

أجاب عمرو على نفسه حين أجاب على وردان:

- سنظل نرتحل في حياتنا حتى نستقر في مصر ثانية يا عزيزي.

- أهي مصر المشبوكة في عقلك؟ فماذا لو توليت العراق أو الشام؟

- أما العراق فلا حاجة لنا بها، فهي مصروفة للمنازعة، وأما الشام فلن يبرحها معاوية إلا إلى قبره، وأما مصر فهي لي!

٣٢

ـ كريم أنت في موتك يا ابن عوف.

كانت الغرفة موسعة في رحابتها ومؤثثة بفخيم الأثاث، سرير مرفوع فوق الأرض مصري الصنعة، وموائد قصيرة صغيرة دائرية الشكل موضوع فوقها سلال من الفاكهة الطازجة وأباريق خزفية مملوءة بالماء العذب واللبن وصحون التمر طرية الثمرة مسكرة المذاق، تتوزع في كل ركن أمام هؤلاء الرهط الذين يجلسون حول عبد الرحمن بن عوف وهو على فراش مرض طال واستطاب جسد الرجل فامتص قوته وسحب لون بشرته، وقد كبرت سنه وعجزت حركة يديه التي طالما مدت أصابعها وكفيها تمنح الناس العطايا والصدقات. كان كريمًا في موته كما همهم عمار بن ياسر وهو أشد الملتفين حوله شفقة على الرجل الذي ينظر إلى شباك مفتوح على بابه الخشبي المنقوش، ترفرف منه ستارة حرير بيضاء محملة بنسائم هواء، يستريح في الغرفة من قيظ حر الشارع.

ابن عوف بصوت تقوّى بالنسيم الرطب يعترف بصواب ما ذهب إليه عمار منذ سنين. كان علي جالسًا في هدوء مقلق فلم يتكلم معلقًا على

حكاية عمار، بينما الموافقات والتأكيدات والتأييدات تخرج من الزبير وطلحة تربت على حروف عمار الذي مضى يحكي:

- لم يكن هذا عثمان الذي كان يا ابن عوف، فقد بلغه موت أبي ذر فسمعته يقول رحمه الله. لم أطق ترحم الرجل الذي نفاه وغربه عن بيته وأرضه وأقصاه عن مدينة نبيه طاردًا لافظًا فظًّا، فقلت: نعم، فرحمه الله منك. فإذا به يصيح في وجهي كأنما يقلعني من ترقوتي: أتراني ندمت على تسييره. كانت كلماته مشبوبة بجمر القسوة تشيعها نظرته الحانقة الكارهة، فرجني ما قاله حتى إنني بهت، فإذا به يأمر رجاله ليدفعوا بي من أمامه وهو يصرخ في وجهي: الحق به. لم أكن أدري، أصدقٌ ما يعتزمه أو وعيدٌ ما يقوله، أألحق به منفيًّا في منفاه أو ميتًا مع موته. لكن رجاله ضيقوا عليَّ خناقي ودفعوني في قفاي وظهري ثم إذا بهم يصحبونني خارج داره، وفي الطريق لداري حتى أجمع أشيائي ويرفعوا معي حاجاتي ليطردوني من المدينة كما طردوا أبا ذر، فإذا بقوم بني مخزوم وقد عرفوا فعدوا عدوًا إلى علي (التفت عمار إلى علي بن أبي طالب ممتنًا الآن بعينيه اللتين تلهجان شكرًا) فأخذني إلى عثمان رغمًا عن حرسه من محاصريَّ ومانعيَّ عن الحركة ودخل عليه حانقًا قائلًا: يا عثمان اتق الله، فإنك سيرت رجلًا صالحًا من المسلمين فهلك ومات جراء نفيك وطردك عطشًا في صحراء نضبة، ثم أنت الآن تريد أن تنفي صاحبه وصديقه. كنت أرى عليًّا وقد كادت غضبته أن تعبر آخر حدود حلمه، لكن ما صدقت أن رد عثمان عليه فقد قال: أنت أحق بالنفي منه. ساعتها وجدت عليًّا وقد دنا من عثمان حتى تلامس خفقان القلبين حاسمًا في تحديه: افعلها لو شئت. عظم على الناس الذين تجمعوا (نظر عمار إلى طلحة

وخاطبه): ألم تكن موجودًا يا طلحة ولم أسمع صوتك لا سندًا لي ولا دعمًا لعلي؟

تجاهل طلحة الإجابة وقد رشف شيئًا من الماء تاركًا ابتسامته تطفئ لهب سؤال عمار الذي تذكر كيف أن المهاجرين اجتمعوا حول عثمان وهتفوا فيه بين ناصح ونائح وأكمل:

- ثم قالوا له مؤنبين: إن كنت كلما كلمك رجل سيرته ونفيته ما بقي من صحبة النبي أحد في المدينة.

تنهد عبد الرحمن بن عوف مكلومًا على جرحه، لا يزال يتذكر يده وهي تمسك بشريكه وصديقه وقريبه عثمان منذ عدة سنوات وترفعها أمام جموع المحتشدين في مسجد الرسول ويعلنه خليفة للمسلمين، انتصر يومها لعثمان في مواجهة علي، كان يعرف أنه سيختار عثمان فلا طاقة له بعلي ساعتها.

لا طاقة للمهاجرين جميعًا بعلي بعد سنوات عمر. كان ابن عوف المحكم في اختيار الخليفة بين المرشحين الخمسة، وقد نزع يده من الترشح الذي حدده عمر في سكرات موته. يا له من رجل هذا العمري، ينام عند عتبة الموت وذهنه متوقد باختيار هذه الأسماء الستة التي عينها ليختاروا من بينهم خليفته، لعله كان يفكر دائمًا في تلك اللحظة، فلما أدرك أن خنجر أبي لؤلؤة قاتله النجس قد نشب بظفر نصله فقطع آخر صفحة في حياته، أملى علينا هذه الأسماء. هم جلوس أمامه الآن، إلا سعد بن أبي وقاص الذي يلتزم الصمت دومًا حين يكون الكلام موجبًا. ها هو طلحة والزبير وعلي، ما كان له أن يختار عليًّا، فهم يعرفون أنه سوف يضيق عليهم اتساع الدنيا وسيلجم فرائس النعم القادمة من المغانم والغنائم وفتوح سواد الأرض زهدًا وتقشفًا. لهذا كان عثمان أليق المرشحين بمقعده، فخلفه

هذه السابقة في الدين والكرم السخي في تمويل المسلمين والمصاهرة للنبي ورقة الجانب التي ما كان واحد من القاعدين والقائمين في أجناب الأرض يحتفظ ضد عثمان بعتاب أو عتب أو ملاسنة أو مشاحنة أو مشادة أو حتى بخلاف في الرأي واختلاف في السبيل. بل هو الخالي مما يشوبه مع الناس، فضلًا عن العائلة الصنديدة التي تسانده وتحتضنه وترفعه فوق رؤوسها وتقدمه. وإن خاف ابن عوف وهو يسلمه الرئاسة من سطوة هذه العائلة على عثمان، فقد تحقق خوفه الذي لم ينصت له عثمان ولم يلح فيه ابن عوف، حتى مرت السنوات وهو يمشي بهرولة خطواته ناحية باب الآخرة ويسمع نشيج حكاية عمار فينظر إلى علي بن أبي طالب كأنما يعتذر، ويجيب على نظرات علي التي تقول له:

ـ إنه عملك يا ابن عوف.

خرجت مُرة ومتأسية، وأضاف ابن عوف بلهجة حاول أن يسترد فيها عافية السنين التي مضت ويخاطب عليًّا بصوت مبحوح ونفس متقطع:

ـ إذا شئت فخذ سيفك وآخذ سيفي، إنه قد خالف ما أعطاني من عهد وشرط.

ضربت الدهشة ملامح الزبير الذي تمعن في المسافة الفاصلة بين ابن عوف وطلحة، وحاول أن يستعين بنظرات طلحة لفهم رد فعل علي الذي قال:

ـ لست أنا من يفعلها يا ابن عوف أبدًا.

أراد الزبير أن يخفف من ثقل الكلمات فتدخل:

ـ أي سيف هذا الذي سيرفعه ابن عوف على علته ومرضه يا علي، بل هو الحنق على أفاعيل عثمان ما يجعل ابن عوف على صداقته له وتوليته إياه الحكم يشغله غضبه عن مرضه.

لكن ابن عوف آثر أن يؤكد أن موقفه يخلو من آثار مرضه وتأثير غضبه ويخفف من دعوة سيفه، فقال:

ـ عاجلوه قبل أن يتمادى في ملكه.

بعد ساعات عاد عمار وحده إلى عبد الرحمن بن عوف فاقتحم عليه نومته التعبة فأيقظه رغم رفض خدم ابن عوف وتحذيرهم.

فتح ابن عوف عينيه الهاملتين على عمار يخبره أن طلحة نقل كلامه إلى عثمان، فما كان من عثمان إلا أن منع ماشية ابن عوف، وكانت قد بلغت الألف من الماعز والجديان والخرفان من مسقاهم من بئر المدينة. وأضاف:

ـ ماذا تفعل يا ابن عوف؟

قال عبد الرحمن بوهن متوجع:

ـ اللهم اجعل ماءها غورًا.

في الأيام التالية كان عمار يذهب إلى البئر ليرقب ماءها، فقد كان على يقين أنه سيغور. ينحني متأملًا في الماء، يصرف باله عن هؤلاء المتطفلين من عيون الخليفة يتبعونه في مشيه ويتابعونه في جلسته. يرفع طرف عمامته ويتحسس أذنه المبتورة وقد طالها سيف مرتد يوم حرب اليمامة، يمسح عنها عرقًا يثير حكة يُذهبها بغمض عينيه واستدعاء وجه النبي وهو يسمح له بالدخول حين نادى يستأذنه من خارج غرفته: مرحبًا بالطيب المطيب، أنسيها عثمان حين أغضبه؟ كبرت يا عمار، لكن فعال الآخرين صغرت. لم يمر أسبوع إلا ولم يكن هناك قطرة ماء في البئر، فصح عند عمار ما كان يخشى عدم صحته، أخذ يسأل نفسه: هل يخبر عليًّا على الفور بأن ماء البئر قد جف وقد استجاب الله لدعاء ابن عوف الذي خاصم عثمان؟ هل هي نذير لابن عفان أم بشير لابن عوف؟ هل

تعظه أم تغيظه؟ أوَلم يسقط منه خاتم النبي في بئر مثل هذه فلم يعثر عليه أبدًا؟ هل يمضي ناحية المسجد وقد عزم أن ينصح عثمان بما رأى فهو أميره ولو نز، وهو أخوه ولو شذ؟ لكنه لم يفعل شيئًا مما فكر واعتزم، فقد سمع مناديًا ينادي أن عبد الرحمن بن عوف قد مات.

٣٣

كان لا بد وأن تحس نصرها فوق جسده، لم تسمح له أن يفوتها فيسحب روحها من بين فخذيها، هذا الشاب المليح، طريحة عشقه جريحة أيره، مدت يدها فتلقت صدره بقبضة مدهونة بزيت وحناء، ردها عنه بضرب ذراعه، لكنها تماسكت وأحكمت قبضتها تعصره، فأهوى بها على الفراش فكان لها ما خططت. جردته من ثيابه، واستحكمت فوقه، تراجع عن المقاومة أمام هذا العقد المتلألئ يتدلى بألوانه الفيروزية والحمراء على رجرجة ثدييها ويضرب لحيته. كانت حُبى تطبق دروسها التي تمنحها لنساء المدينة وبناتها منذ ثلاثين عامًا، كيف يثرن الزوج ويشبعن نهمه، هي تزيد لنفسها وفتاها الذي يطلق بفتوته فتنتها من معاقلها، تتحرر من تجاعيد الخمسين تحت العيون وعند العنق وأسفل البطن، وتتحول إلى هذه الغانية اللعوب المتفجرة بحمى نار الشبق، يشبعها شبع عبيد الليثي، تتلذذ بلذته، تصل ذروتها حين تقفز رغبته من عينيه ومن عصرها بين عضلات فخذيه. لن تصدقها نسوة المدينة أنها وهي المعلمة العالمة لا تأتيها شهوتها إلا من فرحه بها، ومن قبوله قبلاتها، ومن إدراكها هذا الدرك الذي بلغه معها من أسر حركاتها وغنجها ولعبها معه وبه.

لكنها لن تنسى ذلك اليوم أبدًا، هذا الحر القائظ كان يشعلها حزنًا وفرقًا

حتى كانت ترتعش كالمحمومة، ويذبل ثدياها ويتجلد خصرها، فقد خرج عبيد من بابها وقد رمى رمحًا في حشا قلبها، أخبرها نيته بالسفر إلى مصر مع ابن أبي حذيفة وابن أبي بكر. دمعت وبكت وناحت وصرخت، لكنه لم يعرها همًّا ولا اهتمامًا، بل طلب منها أن تجهز ثيابه وعدته حتى ينتهي مع المحمدين من تحديد موعد السفر. عاد بعد ساعات فكانت تنتظره بعريها وقد استعادت فنونها واستعدت لغزوه، أخرجت زيوتها وحريرها ومساحيقها وكحلها وعطورها وأطلقت الروائح وفرشت الألوان فوق الأبسطة. وما كاد يدخل حتى احتشدت كل أسلحتها حين سحبته إلى ميدانها فوق السرير الذي قتل رغبته للسفر إلى مصر حين أحيت جنون رغبته بسحرها الأنثوي الغامض. لم تكن حُبى وقد غرها مني زوجها السخين تعرف أن ما جرى في اجتماعه مع المحمدين، ابن أبي حذيفة وابن أبي بكر، هو ما عطل عزيمته عن السفر معهما لمصر ووعدهما باللحاق بهما قريبًا.

* * *

كان اللقاء في أطراف المدينة في الحرة، عند دار والدته أم كلاب، حيث عتبة البيت التي تؤدي إلى أحجار الزيت، تلك التي تفجرت بالزيت لما دعا النبي الله أن ينهمر مطره على جدب المدينة فنزل المطر مع تفجر الزيت من الحجر، هنا سكن سنين جنب أمه وعند الحجر الذي يصير في ساعات العصر تحت ظل شجر أم كلاب واحة لهدأة الروح وسر النجوى. وصل عبيد فوجد المحمدين ينتظرانه، وبينما انغمسوا في خطة خروجهم إذا بعبيد الله بن عمر بن الخطاب يهب فوق رؤوسهم، وقد بدا قادمًا جالبًا زوابع مروان بن الحكم معه. لأي سبب جاء ابن عمر؟ ومن الذي أخبره بقعدتهم في مكانهم هذا؟ لم يصدقوا طبعًا أنه جاء لأحجار

الزيت زائرًا، بل هي عسعسة مروان وراء ابن أبي حذيفة ما جلبته إلى هنا كما تيقن ثلاثتهم، خاصة وقد حمي سوط ابن أبي حذيفة بمجرد ما أحس سر الرجل فصرخ فيه:

- أجئت تتلصص علينا أيها القاتل الفار من حد الله؟

لم تكن المرة الأولى التي يسمع فيها عبيد الليثي هذا الوصف مقذوفًا في وجه ابن عمر، لكنها كانت المرة الأولى التي أدرك فيها أنه وصف ينتظر سيفًا، ولم تكن المرة الأولى التي يسمعه فيها عبيد الله بن عمر من ابن أبي حذيفة الناقم دومًا، لكنها اللحظة فاجأته حين صب محمد بن أبي بكر اللعنة فوق رأسه:

- يقتل المجوسي أباك فتترك شرع الله ورسالة نبيه وعدل خليفتك فوق فراش أبيك وتذهب مخمورًا بغضبك يا ابن الخطاب لتقتل مسلمًا وابنته وجارًا لهما، وينهاك الناس عن فعلتك وجريمتك ويلتفون حولك فتهددهم بالسيف وتصرخ فيهم بالوعيد أن تقتل من يقترب منك أو من يحمي هؤلاء الضعاف من خطلك.

صاح عبيد الله بن عمر بن الخطاب في محمد بن أبي بكر شاخصًا بعينيه شاخطًا بصوت غليظ:

- ومن أين عرفت بتلك القصص يا من كنت غلامًا وقتها تلعب بعرائس الطين؟

- ما لعبت بها يومًا يا قاتل، لكن اللعب بالطين لا يمثل مثقال ذرة من هوى كاللعب برقاب الناس، تهوي بسيفك على رجل تشك فيه، دونما بينة، ودونما حكم قاض من أمير المؤمنين.

شد ابن أبي حذيفة خنجرًا من غمده، فضرب عبيد ابن أم كلاب يده كأنما يوقظه، فسارع ابن عمر لسيفه قابضًا حانقًا:

ـ هل نسيت خمرًا يتدلى منك يا ابن أبي حذيفة، ولولا سيدك وأميرك عثمان لجلدناك؟

صرخ فيه ابن أبي بكر:

ـ أوَالحد تريد أن تطبق يا من لو طبقنا عليك حد الله، لقطعنا عنقك كما يتوعدك الإمام علي فلن يتركك طليقًا ساعة لو كان الحكم في حجره.

ـ أوَهذا ما تسعى له يا ابن أبي بكر، أن يلبس من رباك وأنفق عليك وأنشأك في بيته قميص الإمارة؟

ـ بل ما أسعى إليه أن يعود شرع الله إلى مدينة رسول الله، فنقتل القاتل ونرى عنقك الطائر يا ابن عمر.

حاول عبيد الليثي أن يطفىء شعلات النار المتطايرة، فقال:

ـ يا محمد أنت ابن خليفة رسول الله، ويا عبيد الله أنت ابن خليفة خليفة رسول الله، فما بالكما تقلبان قبري والديكما بالإحن؟

رد ابن أبي بكر:

ـ متى كان الحكم بما أنزل الله إحنًا يا رجل؟

علق ابن عمر:

ـ لكننا لم نفعل إلا تطبيق حكم الله، بينما أنتم لا تكفون عن الإيذاء والحقد، ألم يقل الأمير عثمان: من ولي الهرمزان؟ فأجاب الناس: أنت. فرد عليهم بأنه قد عفا عني ودفعت الدية، فما شرع الله هذا الذي لا يعجب عليًّا ولا ربيبه؟

ما كان من ابن أبي حذيفة إلا أن أطبق على عنق عبيد الله يريد الفتك به، بينما صاحباه يحجزانه ويجرانه عنه، فيفك قبضتيه عن جانبي رقبة ابن عمر ويرجره:

ـ لقد عطل عثمانك حدًّا من حدود الله لأجلك يا ملعون.

ضرب ابن عمر يدي ابن أبي حذيفة وهو يبعدهما عنه، وهندم ثوبه وأحكم طوق جلبابه ثم مضى وهو يصرخ فيهما، ثم يقف ليرفع صوته ثم يكمل مشيه فيوقفه غضبه فيعلو مصرخًا حتى انصرف:

ـ والله إن عثمان ليعرف عزمكما السفر لمصر للجهاد كما تزعمان أمامه، بينما أعرف أنكما تبغيان البغي هناك يا أصحاب الشغب، ولن يسكت عنكما عبد الله بن أبي سرح هناك أبدًا.

*   *   *

في طريق عودة عبيد إلى بيت حُبى يشق المسافة الفاصلة بين جدران البيت ومرعى إبل عثمان الممتد أمامه بحشائشه وشجيراته، وهذه المئات من الجمال القافزة والمسترخية والمتنخية. كان مرتاحًا لقراره الذي أبلغه للمحمدين، لقد أجل سفره معهما وأقنعهما بأن من الأفضل أن يظل في المدينة كي ينبئهما خبر عثمان. كانت حُبى تنتظره بهذا العري المتأجج، تملك هذه المرأة العاشقة كل فتائل شعلاته، ولا تبرح فراشها قبل أن تتخمه نكاحًا، لكنها يومها كانت تجاهد حبًا وشبقًا، فلما أدركت صعوده سدرتها تلوت وتغنجت وشهقت وزفرت وصرخت بشخرة نخرة شقت الهواء والفضاء، كأنها تصرخ شهوة لم تنلها أبدًا لأنها لم تحلم بها أبدًا. لكنهما من فرط البلوغ لم يشعرا إلا وقد وقف جمل خلف مؤخرة عبيد خمش الصمت رغاؤه وخفق خفه، تنبه عبيد فالتفت ذاهلًا. لكن حُبى وقد ذابت في وهن الصرخة لم تفق إلا عند قفز عبيد عنها، فرأت جملًا في غرفتها مبحلقًا في جسدها، ثم إذا بجمل آخر ثم ثالث، فلمت ثيابها على صدرها وهي بين الدهشة والبهجة. وقامت وراء عبيد الذي يطرد الجمال عاريًا من أبواب البيت، بينما نظرت حُبى للعشرات من الإبل نافرة وسائبة وهائمة حول البيت وقد كسرت أعشاب المرعى وتوزعت

في كل ركن، فلم تتمالك نفسها من الضحك فخرًا، ودارت بعيون من صنعت أسطورتها:

ـ والله ليتحدث العرب بنخرتي التي نفرت منها إبل عثمان بن عفان.

بعدها بأيام وقد كان صدى نخرتها يملأ المدينة، سألها:

ـ أين العقد الذي كنت تتحلين به على جيدك يا حُبى يوم نخرة النفرة؟

ضحكت وضاحكته وهمست:

ـ لقد أعدته إلى صاحبته.

ثم أضافت:

ـ إنه عقد نائلة، أهداه لها عثمان من حلي جاءت بيت المال من فتح من الفتوح، فوجده عزيزًا فخيمًا فمنحه إلى نائلة.

انتفض عبيد:

ـ أوَيهدي عثمان من أموال المسلمين حليًّا لزوجته؟!

٣٤

ضحكت نائلة تلك الضحكة التي تظن أنها لن تحزن بعدها أبدًا. كان ما تراه هو خليفة عاشق يتبتل في حبها، فقد وقف عثمان مبتسمًا، وأعاد عمامته الملفوفة إلى وسط رأسه، وفرد ذراعيه في مستوى كتفيه مرتديًا عباءتها القشيبة فوق جلبابه. هي العباءة التي اشتراها لها من تاجر يمني اشتهرت بضاعته في الطائف، فطلبه عثمان وابتاع أجمل عباءات بضاعته لها، كانت تضم في حضنها مريم التي كأنها بشهورها القليلة أحست دعابة أبيها فضحكت بضحك أمها.

قال عثمان:

ـ كنت أعرف سرورك لو لبستها لك.

أكملت ضحكتها:

ـ بل شرفي بارتدائك لها.

اقترب من سريرها وجلس على حافته ثم مال عليها فقبل جيدها:

ـ لا واحدة مثلك في هذه الدنيا يا نائلة.

انبثق نبع بهجة تحت صدرها، فحاولت أن تلحق ولاءها بدلالها فقالت:

ـ أقلت هذا الكلام لرقية وأم كلثوم؟

رق عثمان وهو يؤنبها:

- أمن ابنتي النبي تغارين يا نائلة؟

- بل من زوجتيك أغار، ثم إذا كانت زوجات النبي غرن فما لي أنا لا أغار؟

ضحك عثمان:

- أفرطت في مصاحبة عائشة يا زوجتي الغالية.

ردت بحسم:

- إنها معلمتي.

- في الدين.

- وفي الحياة.

خلع عثمان العباءة، ثم صعد إلى السرير وأخذ مريم منها ووضعها فوق صدره ثم استلقى على ظهره متنهدًا وقد أقام وجه طفلته أمام وجهه ولاعب بإصبعه شفتيها:

- لن أعيش لأرى صباك يا فتاة، لكن أمك ستحمل كل حبي لك.

أخذتها رجفة حزن أرعدتها، فندت منها صرخة مكتومة:

- يا خليفتي، بل العمر كله حتى تزفها لزوجها.

انطلقت ضحكة مقهقهة من عثمان:

- أعن نوح تحكين يا نائلة؟

- أنت في تمام صحتك وعافيتك يا خليفتي وزوجي.

سلمها مريم ورد:

- وما صلة الموت بالصحة والعافية يا نائلة؟

طرقة على باب الغرفة عرفت فيها فضول مروان وتطفله، نحنحة مروان ثم صوته يقبضان قلبها خصوصًا حين يأتي بعد عشاء الليل.

نطق بحاجته:

ـ نطلبك لأمر هام يا خليفة المسلمين.

همست نائلة:

ـ إنه مروان يأتي في مثل هذه الساعة ليوهمك بأهميته وليس سعيًا لأهمية ما يأتي بسببه.

أطرق عثمان وهو يجمع كلماتها ويحولها ربتة حنونة على كتفها:

ـ انتظر يا مروان.

حين قام قالت:

ـ لا أعرف كيف تأتمن هذا الرجل فتجعله وزيرًا لك دونًا عن أبنائك؟

وقف عثمان في مكانه لم يتحرك ولم يتقدم خطوة ناحية الباب ليفتحه، فظنت نائلة أنه غضب، وقبل أن تصلح من خطأ مقالتها وجدت عثمان يعود ليجلس جوارها حزينًا:

ـ أي أبناء من تتحدثين عنهم يا نائلة؟ كلهم بين صبا غرير أو شباب مغرور، بعد أن مات خالد وهو يركض فوق دابته لا أجد في ولدي من يهتم أو يغتم بالحكم والسياسة، ممتحن وصابر على قضاء الله في موت خالد ومن قبله عبد الله ولديَّ من رقية، نقره ديك في عينه فتورمت فمات، ثم ها هو عمرو لا يملك حفنة من رغبة ابن أبي حذيفة في الملك والحكم، بل لا يبالي بمن فعل وما فعل، وأبان شاب أبرص أحول فيه صمم، لا أدري أيخشى الناس أم أن الناس تخشاه، لا يبرأ مما أصاب قلبه حين أصيب جسده بعلل ثلاث لا واحدة، أما الوليد فنصحته أن يبتعد عن صحبة الندماء والشعراء لا لأنه ابن الخليفة بل لأنه ابن صاحب نبي الله.

أحست نائلة أن الجدران تضيق عليها حين ضاقت الدنيا حول عثمان

بخلائها من ولد يعتمد عليه ويستند إليه. هذا البيت الذي ابتناه عثمان وتوسع فيه وسوره وعدد غرفه وأثث باحاته وبسط ممراته وقال عنه الناس قصرًا، ليس فيه من أنفاس الأبناء اللاهجة ولا المؤنسة ولا الدافئة، لم ترهم يحفون حول أبيهم ولم تسمعه يذكرهم كثيرًا، ولا جمعتها مع ضرائرها حوارات عنهم. كأن مروان قد صار ابنه المقرب وعرف محمد بن أبي حذيفة ربيبه كيف يملأ فراغ أبناء عثمان حتى تكشفت أنياب عاطفته، لكنها لم تستسلم فأنامت مريم في فرشها وضمت ظهر عثمان لصدرها وهمست في أذنه:

- لكنك لم تستدع أحدهم لتقربه، نادِ الوليد لتعلمه من دينك وفقهك، أو تستمع إليه، فهو يجتمع بالقوم ويغشى أسواقهم فتعلم ماذا يقول ندماء المدينة عن خليفتها. أو هات أبان من مكة حيث والدته ليسمع منك وينقل عنك، بدلًا من أن يكون مروان وحده هو سمعك وبصرك وختم كتابك ومستشار قرارك.

وجدت في إنصاته فرصة مزدوجة لتؤخره عن الخروج لمروان ولتبعد مروان عن عقل الخليفة:

- ثم إنك استعنت بمروان وهو الذي لم يعش في المدينة أبدًا، فهو مشرك في قريش بمكة ثم مسلم بها مصاحبًا لأبيه الطريد من نبيك إلى الطائف، فأحضرته هنا وهو الذي لا يعرف من المدينة شوارعها ولا بيوتها ولا أهلها ولا صلة له بناسها وصحابتها وأبناء صحابتها وأنصارها وأبناء أنصارها ونسل نسائها، فإذ به قبلة من يحتاج منك القرار ومن ينتظر منك الأمر وهو يشعل جذوة الغضب المنطفئة ويطفئ سراج المودة المتقدة.

عادت طرقة مروان كأنما تسمع كلامها عبر الباب، وراد من حبطه ورفع من صوته يطلب الخليفة.

انتفضت يدا نائلة فوق سريرها سائلة:

ـ أهكذا يطلب كاتب الخليفة لقاء خليفته؟ بالصخب والإزعاج؟!

ربما أراد عثمان أن يوقف سهام كلماتها في صدر مروان فقام قائلًا:

ـ يبدو أنه أمر جلل.

مضى نحو الباب ففتحه فتلقاه مروان بكلمات حانقة خاطفة:

ـ قل لي ماذا أفعل في عمار بن ياسر؟

رد عثمان:

ـ أعمار مرة أخرى؟

ـ نعم، ومرة عاجلة، فهو يجتمع الآن مع جماعة من صحبه ويقول إن عثمان قد تجرأ على بيت المال واستل منه حليًّا لزوجته.

اضطرب قلب نائلة وهي تسمع خبر مروان الذي أراد بجهورية صوته أن تسمعه، وعصفت بذهنها فورًا صورة حُبى ترتدي قرطها وعقدها، فأسرعت وبحثت عنهما في حاجاتها، وحين عثرت عليهما بأصابعها المرتعشة كانت كف عثمان تمسك بها فيثبت رعشتها ويرفع أصابعها لفمه فيلثمها مهدئًا روعها:

ـ لم أهدك الحلي سرًّا أتخفى من إعلانه، ولا اعتديت على مال الله وقد أغناني، فلا تضطربي ولا تنزعجي مما يقول عمار ولا غيره.

استدارت وعانقته دامعة. ولما أدركت أنه ترك الباب مفتوحًا كأنما مروان لا يزال على وصيده، تراجعت ذراعاها عن كتفيه وقالت:

ـ لكنني لا أريد أن تواجهه أو تعاتبه يا خليفتي.

رد مستغربًا:

ـ أيصمت عثمان على قولة تعسة وتهمة خبيثة؟

ـ بل يعف عثمان عن قولة تافهة وتهمة فارغة.

سمعت همهمة مروان كأنه يلح في استعجاله:

ـ صلاة العشاء يا خليفة رسول الله.

رفعت صوتها:

ـ صلِّ يا خليفة رسول الله بالناس في صلاة جامعة، ولا تدع من يدفعك إلى تفرق أحدهم عن جماعتك.

خاطبه مروان من خارج الغرفة:

ـ العجلة يا خليفة المسلمين، فالنار تندلع من مستصغر الشرر، والسكوت على ابن مسعود أخرج لنا أبا ذر، والصمت على أبي ذر شجع علينا عمار.

ردت عليه نائلة وهي تمعن نظراتها في وجه زوجها:

ـ أما ابن مسعود فضربتموه، وأما أبو ذر فنفيتموه ومات، وكأن هذا ما شجَّع عمارًا!

ودعها عثمان بقبلة على وجنتها وأنفاسه في أذنها تنطق:

ـ لا واحدة مثلك في هذه الدنيا يا نائلة.

٣٥

اتسعت المدينة، لم تعد تلك التي تركها النبي مغادرًا لربه. تباعدت أطرافها عن المسجد، وزادت بيوت ضواحيها حتى تشابكت مع حدودها، ولم تعد تلك النائية المتطرفة، وارتفعت مع سنوات عثمان بيوت تقارب قصور الشام ومصر بطابقين ونوافذ مطلة وأسيجة وبوابات. السعة والدعة التي جاءت المدينة مع الغنائم والمغانم وقدمت مع الجواري الشقراوات والسمراوات والنحيفات والبدينات والمغنيات. وكثر في شوارعها العبيد القادمون مع حراب النصر أو المشترون من صرر الدراهم الموزعة على الصحابة وأبنائهم والمقاتلين والمحاربين في أرض السواد. تخلت المدينة عن تقشف عمر وجلده، وتنعمت بيسر عثمان ولينه. طقطقات النار في الحطب تلقي نور شعلاتها على مسارات الخطوات في الشوارع والأزقة، وأسرجة البيوت تنير بعضًا من جوانب الأركان والنواصي في الطرقات. لكن المسجد النبوي الذي أنفق عثمان على توسعته عشرة آلاف درهم كان هو قبلة النور الوضيء والبهيج من عشرات الأسرجة ذات النور المشتعل في صحون الزيت الموضوعة فوق الأبسطة والحصر وعند المنبر وأمام الشبابيك، رغم بناء مساجد في أطراف المدينة وفي أحياء

بعيدة عن المسجد النبوي إلا أن أبوابه ظلت تستقبل هذا الحشد في صلاة العشاء التي يؤمها الخليفة، رغم تراجع الإقبال وضعف التزاحم في توقيت صلاة الليل، حيث بات الكثيرون يؤدونها في المساجد القريبة خصوصًا مع ليالي البرد والقيظ.

لما رأى عثمان جموع المسجد عرف أن عمار ليس وحده من يلغ في قصة جواهر بيت المال وقرط وعقد نائلة، بل إن مروان خص عمارًا حتى يؤجج غضبه عليه. لم يسأل نائلة كيف عرف عمار أو غيره، فقد أدرك أنها فخورة بهديته فباحت بها لنسوة لا يحفظن سرًّا إلا ليبحن به. ثم إنه لم يخطئ، فكيف لهؤلاء أن يسمحوا بالتقول عليه. دخل المسجد فأفسح له الناس ومروان يلاحقه بحرسه وغضبه، أقاموا الصلاة فصلى بهم بقصار السور، وقبل أن يهم بالنافلة التفت إلى علي بن أبي طالب الذي يرقب وجهه، وأدار نظراته إلى عمار فوجده يحدق فيه ويهم بأن يخاطبه، فترك عثمان نظراته وصعد إلى منبره ممسكًا عصاه يتوكأ عليها، وقد بدأ يخطب فيهم وسط صمت يلف أعناق الجميع:

ـ أيها الناس، سمعت من ينكر علينا أننا أخذنا من بيت المال صندوق حلي كانت جباية جاءتنا من الأمصار، وهو فيء منَّ الله به على المسلمين وخليفتهم، وفيه حق له كما هو حق لكم.

سمع همهمة تعلو من العيون قبل الحناجر، فاهتزت العصا في يده يكظم بها غيظًا وينفث فيها نقمًا، ثم صاح في المسجد المترقب المتوتر:

ـ لنأخذن حاجتنا من هذا الفيء وإن رغمت أنوف أقوام.

أحس الجميع ضرب الكلام على الرؤوس وتحدي صيحة الخليفة للمخالفين، فإذا علي بن أبي طالب يرد بحسم قاطع وصوت غاضب:

ـ إذن نمنعك من ذلك ونحول بينك وبين بيت المال.

قبل أن يتلقى الناس رد فعل عثمان رأوا رد فعل عمار وهو يقوم ويفور تنوره:

ـ وأنا أشهد الله أن أنفي أول راغم من ذلك، وأول مانع لك يا عثمان.

استشاط الخليفة وقد نفر عرقه وضج ضجرًا من خشونة عمار فصرخ فيه:

ـ أعليَّ تجترئ يا ابن سمية؟

ثم أشاح بيده ناحية مروان ورجاله وصاح:

ـ خذوه.

حين انقض حرس الخليفة وأمسكوا بعمار كان يستعيد فتوة شبابه بغضب احتجاجه، وأخذ يضرب بكفيه وقبضتيه المضمومتين في صدورهم حتى يرجعوا عنه، بينما يقتحمه رجال الحرس وموالي الخليفة، ويتراجع المصلون من حوله وقد تعثروا وتساندوا وابتعدوا، وأحاط به رجال عثمان وقد أفسح المصلون الباب لهم، بينما سبقهم عثمان راحلًا ووقف علي يتجمع حوله متسائلون ومستنكرون ورافضون ومتعجبون ومتفرجون ومحايدون، لكن صوت عمرو بن العاص، وكان قد عاد للمدينة، قد طغى على الصخب المنسحب أمام كلماته:

ـ وهل نسكت على عثمان فيأخذ عمار اليوم من بيننا؟ ومن يكون غدًا بعد عمار؟

ظهر الزبير وطلحة عند أحد أبواب المسجد، وكأن أحدًا قد استدعاهما، فذهب نحوهما ابن العاص بينما كان عبيد الليثي زوج حُبى يهتف:

ـ والله لأذهب إلى بني مخزوم حلفاء عمار، فلن يسكتوا على ما يفعل عثمان في رجلهم.

سارع الزبير مع طلحة وابن العاص في الوثوب الأمتار الفاصلة إلى بيت عثمان، وقد دخلوا دون أن يمنعهم أحد من شدة الجلبة والفوضى.

كان عثمان قد انتهى من استدعاء رجاله بأن يأتوا بعمار إليه، فلما سحبوا جسد الرجل مرغمًا من باب جانبي جعله مروان ممرًّا إلى غرفة انتظار الخليفة، اندفع عثمان نحو عمار فضربه في صدره لكمة رجل تجاوز السبعين في صدر رجل تجاوز الثمانين، فآذت الضربة كليهما في عاطفته لا في بدنه:

ـ أوَتوبخني وتهددني وتخوفني؟!

ـ أخوفك بالله، وأحذرك أني أول من يثب ضدك لأني أنصحهم لك.

كأن عمارًا أراد أن يطعنه حتى مقبض خنجر، فأحس عثمان نصل تجرؤه فانفلت زمام غضبه:

ـ كذبت يا ابن سمية.

وخزت الجملة عمار حين باغتته فأجاب:

ـ أنا ابن سمية وابن ياسر، أمي أول شهيدة لدين الله فمن أمك يا عثمان؟!

لم يكن فم عثمان ينطق، بل كل جوارحه تكلمت غضبًا بلا لفظة واحدة مفهومة، ما فهم منه مروان أن عليه التصرف، فما كان من حرس الخليفة إلا أن امتدت أذرعهم وأقدامهم في جسد عمار فطالت إحداها فوق ما بين فخذيه، فتوجع عمار حتى أصابه فتق وأغشي عليه مرتميًا على الأرض، فانتهز ابن العاص صمت الذهول وهو على وصيد الباب يتابع ويتبع طلحة والزبير وصاح عاليًا:

ـ أقتلتم عمارًا؟

فقال مروان حازمًا:

ـ لتسكت يا عمرو وترحل فلا حاجة لنا بك، إن هي إلا غشية أصابته.

ثم التفت إلى رجاله فحملوا عمارًا وخرجوا به، بينما قال عثمان متكدرًا مكلومًا مكدودًا:

- انصرفوا عني.

لكن أحدًا لم ينصرف، فقد ملأ المكان ضجيج قوم بني مخزوم وهم يزومون في حرس عثمان، وانسل من بينهم هشام المخزومي، فوصل إلى الخليفة حيث بادره بالعتب الناشف:

- يا عثمان، تتجنب الرد على علي ولا تقدر على الغضب منه وتتركه دون رد ولا صد، وتتجرأ على عمار وقد قال ذات قوله وأنت تعلم أنه حليفنا، وتؤذيه وتضربه حتى التلف؟! والله لو مات لقتلت به واحدًا من أهلك!

صرخ فيه مروان:

- الزم حدودك يا هشام، فأنت تكلم الخليفة.

استعاد عثمان غضبه وقد أشعل المخزومي ناره كاملة:

- اخرج من هنا قبل أن آمر بجلدك أمام الناس.

تكاثر الحراس حول هشام فأخرجوه، بينما كان الزبير يتبادل نظراته مع طلحة الذي فهم أن خروجهما صار واجبًا. رآهما ابن العاص يمضيان فمشى خلفهما، لكن الجميع قد تثبت في مكانه حين كان صوت عبيد الليثي اللاهث يصيح أن عائشة تقف عند باب عثمان. لولا أن ابن العاص يعرف أن عبيد ابن خالة عائشة ما صدق صيحته. بينما كانت الأجساد تندفع لرؤية أم المؤمنين وزوج النبي، وبمَ ولمَ أقدمت لدار عثمان، فإن ابن العاص كان منشغلًا بوجه عثمان حين علم الخبر، وقد اشتدت حمرته وضاقت عيناه وارتجت كفه تدق عصاه.

كانت عائشة قد وصلها حادث عمار، فما كان منها إلا أن جمعت أشياء من غرفتها وخرجت ممسكة بها تتبعها خادمتها ويحيط بها أبناء وأحفاد إخوتها، فوقفت حيث أضواء الأسرجة والمشاعل ملأت المكان وأحالته

نور نهار، وقد رآها الجمع المزدحم المصطدم المتكالب المترقب المراقب المنتظر المتطفل المستغرب.

رفعت عائشة كفها وأفرجت عن قبضتها فظهر بين أصابعها خصال شعر، ثم أخرجت بيدها الأخرى من كيس تحمله نعلًا وثوبًا ولوحت بيديها في الهواء حتى أوشك خفق القلوب على الجمود وهي تعلن غضبها:

ـ ما أسرع ما تركتم سنة نبيكم، وهذا شعره وثوبه ونعله لم يبل بعد!

سمعتها نائلة ساعتها فأخذتها صاعقة من الحزن.

٣٦

رقدة عمار على الفرش أمامها أطلقت دموعها ومخاوفها، هي زوجة النبي، صحيح أنها ليست عائشة ولا يرتاد الناس بيتها طلبًا لعلم أو منحة مال أو حاجة لتوسط أو توددًا لتقرب أو قرابة من أقارب، إلا أنها وهي من أشارت على نبيها بنصيحة أنقذت أصحابه من فتنة وشيكة يوم الحديبية، حيث امتنع كبارهم عن العودة عن غزو مكة والقبول بصلح هدنة مع أعدائهم القريشيين استجابة لأمر نبيهم، حيث رأت ملامحه الغضبى وتكدر وجهه الوضيء وتوجعه من مغاضبة رجاله وممانعة صحبه عن القبول بما قبل والائتمار بما أمر، كأنها حالة عصيان تصدمه فيهم وتفاجئه بهم، حتى إنه أكثر الدعاء لله أن يرسل له جبريل يخبره بما يصنع ويلهمه بما يفعل. لكن في تلك اللحظات التي حمحمت فيها فتنة العصيان، جالسًا مكانه، لازمًا حشوته، مطرقًا رأسه، حن قلبها ورقت شغفًا واقتربت فدنت وجاورته الجلسة ومسدت رأسه وربتت على كتفه ولثمت جبينه وهمست في أذنه:

ـ قم يا رسول الله فتوضأ وارتدِ ثوب إحرامك، فإن رأوك عازمًا أمرك قاطعًا برأيك عرفوا أنك ستعتمر في مكة وأنك لن ترفع سيفًا ولن تطلق

رمحًا ولن تغزو أرضًا ولن تقتل مشركًا، فإنهم من فورهم سيحرمون ويطيعون، فإنهم صحبك وأنصارك.

تبسم لها النبي معجبًا وموافقًا ومستجيبًا فقام ففعل ففعلوا.

لم يأتِ جبريل.. لكن أم سلمة كانت حاضرة.

حين تستحضر هذه الحادثة في حنايا قلبها وخلايا مخها، تسمع معها تكبيرات المسلمين وصيحاتهم المنتصرة وفرحهم الفخور وحبورهم الصاخب، فإذا بها الآن ترى ضجة الغضب وجعجعة التصارع. ويثقل مشهد عمار الراقد قلبها، تنظر له من وراء ستار حيث جاريتها تمسح عرقه وتجفف جبينه وتربط على بطنه المجروح، وهو يتأوه متألمًا بآهات مكتومة وحروف مدمغة ويد تتحرك كليلة كأنها تهش عنه عدوانًا يشعر به ولا يراه، جاءوا به لدارها محمولًا على أكتاف الرجال محفوفًا بهمهمات وتذمرات وزومات وغمغمات طالت عثمان بما لا تحب أن تسمعه عنه. عثمان الرقيق الشفيف الحنون العطوف يتحول بألسنة الغضب رجلًا لا تكاد تبين منه ملامح من عرفته صديقًا رفيقًا لزوجها الذي لم ينمَّ حرف من بنات شفاهه يومًا عن شيء إلا الود والحب لهذا الصاحب، أهي فتنة كما يوم الحديبية؟ أهي لحظة تتجمع فيها عيدان الفرقة؟

خدشت الكلمات مسمعها:

- نريد أمنا أم سلمة.

لم يكن نداء، بل كان كأنه استدعاء، أضافوا له:

- والله لو مات عمار لأقتلن به رجلًا من بني أمية قرابة عثمان.

أهو القتل ما تسمع أم سلمة؟

كان بنو مخزوم قد احتشدوا في بهو دارها، بينما صوت عمرو بن العاص جريئًا على عثمان يقول:

ـ وهل نسكت على عثمان حتى يضرب فينا، بالأمس ابن مسعود واليوم عمار ومن غدًا؟ هل علي أم الزبير أم أنت يا طلحة؟

طلحة هنا إذن، فلماذا لا يُهدئ من روع القوم؟ ولماذا لا يدفع عن عثمان غلو الرجال وإيغالهم فيه؟ لكن هل هذا ما سمعته من رد كان لطلحة الذي قال:

ـ والله ما نسكت على هذا الرجل أبدًا.

ليس طلحة وإن صدقت أذنها صوته فهو صديق وشريك عثمان. هل تخرج لترد؟ هل تتحدث ليسكتوا؟

كانت الجارية قد أسرعت مقبلة نحوها وهي تخبرها إفاقة عمار، هللت حمدًا وشكرت ربها ممتنة، ووصلت إلى رقدة عمار عابرة الستار. وضعت الجارية فم الإبريق على شفتي عمار بعد أن مسحت بنسيج بقايا الدم المتخثر والعرق الملتصق، رفع عمار رأسه وقد بانت لحمة أذنه المبتورة، ومد شفتيه فبلع الماء ليرد به روحه التعبة، وتمتم وهو يستعيد ما جرى بأنفاسه اللاهثة:

ـ الحمد لله، ليس هذا أول يوم أوذينا فيه في الله.

استبان المكان الذي فيه حين سمع نشيج أم سلمة فاستحى من وجوده ومن بيتها ومن رقدته ومن انزعاجها ومن نومته ومن حزنها ومن إعيائه ومن روعها ومن موقفه ومن وقفتها:

ـ أعتذر منك يا زوجة نبينا، فما دريت ما جرى ومن جاء بي هنا؟

ـ مرحبًا بك يا عمار فهذه دار أختك.

ـ بل دار أمنا يا أم المؤمنين، هل عرفت بما فعل فيَّ عثمان؟

اندفع غلام من قرابة أم سلمة إلى مكانها، وقد أوقفته الجارية عن دوس عمار الراقد:

ـ ما بالك يا غلام؟

أجاب الولد على سؤال أم سلمة ملهوفًا:

ـ لقد أرسلني مروان بن الحكم برسالة من الخليفة عثمان.

تمتم عمار:

ـ مروان، ألا يكتفي مروان من إمهار رسائله باسم عثمان؟

أنصتت أم سلمة لتعليق عمار متأملة وآملة أن يخيب خوفها من شؤم الرسالة.

قطع الغلام صمته حين هزت الجارية كتفه ليقول ما جاء لنقله:

ـ يسأل عثمان ما هذا الجمع عندك؟

قال عمار:

ـ أي جمع؟ هل هي هذه الأصوات التي أسمعها تأتي من دارك يا أم سلمة؟

ردت:

ـ إنهم بنو مخزوم وصحب من الناس.

أومأ عمار:

ـ أوَتعرفين أن عثمان مر بقبر جديد في البقيع فسأل عنه فقالوا له إنه قبر عبد الله بن مسعود.

تدفقت دموع عمار فتشاركت مع نشيج أم سلمة:

ـ بكى عثمان صاحبنا، لكنه قبل أن يجف دمعه صاح غاضبًا في رجاله ولاعنًا عمارًا قائلًا: لقد فعلها عمار فهو من غسل ابن مسعود وكفنه وصلى عليه ودفنه دون أن يبلغني، فمنعني جنازة أخي وحرمني الصلاة عليه، أليس هذا ابن مسعود الذي ضربه رجاله أمامه وكسروا عظامه وسبه في مسجد رسول الله وأحرق مصحفه وعزله من ولايته؟

ردت أم سلمة:

ـ أفتمنعه من الصلاة عليه وجنازته يا عمار؟

ـ والله يا أم سلمة كانت وصية ابن مسعود ألَّا يصلي عليه عثمان ولا يمشي في جنازته مشيعًا، أأخون الوصية لأريح عثمان؟ ثم ها هو يفتق بطني ويسبني ويشتمني ويضربني على شيخوخته وشيخوختي لأنني أمانعه في الأخذ لنفسه من بيت المال.

ـ أوَعثمان يا عمار من يمد يده على مال المسلمين؟

ـ أوَعثمان يا أم سلمة من يمد يده على عمار؟

ملك الحزن أم سلمة حتى تملكها، جذبت الغلام عند وقفتها وقربته منها وقالت له:

ـ أنت حفيظ لما تسمع يا بني. أليس كذلك؟

ـ نعم يا أماه.

ـ إذن، اذهب حتى تدخل على الخليفة ولا تقل شيئًا لمروان، فإن منعوك عنه فاذهب إلى زوجة عثمان نائلة وقل لها رسالتي لزوجها، احفظ ما أقول الآن.

ـ نعم.

ـ دع هذا عنك يا عثمان ولا تحمل الناس على ما يكرهون.

حاول عمار أن يقوم حين فر الولد مسرعًا وهو يكرر كلمات أم سلمة، وقال:

ـ أتظنينه سامع النصيحة؟

قالت أم سلمة:

ـ إن لم يسمعها لصمم مروان فتسمعها نائلة، فهي أنصح لزوجها من ابن الطريد.

قال عمار:

ـ لقد فاتني الصبح إذن.

أضافت الجارية:

ـ والظهر.

تنهد عمار:

ـ والله كنت أتمنى أن أكون قد مت فصليتهما في الجنة.

ردت أم سلمة:

ـ لقد مد الله في عمرك حتى تصلي العصر مع ابن العاص وطلحة، فهما في الخارج.

قال عمار وهو يحاول النهوض:

ـ ابن العاص لا يجد نارًا إلا ألقى لها حطبًا، وطلحة لا يرى الآن إلا منبرًا إن لم يصعد له لأنزل صاحبه.

شعر عمار ألمًا في بطنه وتكسرًا في عظمه فعجز عن النهوض، وسارعت الجارية فأسندته وأفردت ظهره وأعادته إلى رقدته ثانية.

٣٧

صكت الكلمات أذنيها فهامت بصدمتها وغامت الوجوه أمام عينيها المحشوة دمعًا، تفجرت قطراته مع شوك الجملة التي سمعتها من عائشة.

وقفت فجلست ثم قامت ثم تصلبت في مكانها، هي نائلة زوجة الخليفة لا تنتظر، ولكن لأن عائشة زوجة النبي لا تُقاطع، أومأت للجارية أنها ستجلس تشرب ماء صافيًا من كوب خزف عرفت نائلة أن عثمان من أهداه لعائشة من مصنوعات مصرية جاءته مع وفد الخراج الأخير، خص عثمان بيته منها لكنه لم يضن بها على عائشة. حاولت أن تقنعه بإهداء بعض هذه الأكواب لأم سلمة وهي زوجة رسولك أيضًا يا خليفتي، لكنه ابتسم ولم يبدُ منه حماس كما لم تظهر عليه ممانعة، هذا هو زوجها حين يترك الحبل مرخيًّا لا هو شده ولا قطعه ولا لمه، لكن بمجرد ما لامست شفتاها حافة الكوب سمعت صوت عائشة يرتفع مغاضبًا، ما كانت نائلة لتتنصت لكن الكلمات وصلتها حتى أذنيها فخرقتها بحزن مكلوم، مصدومة تجمدت أطرافها ولفحتها ريح باردة كأنها جاءت من صحراء العراق تقطع في جلدها، كانت عائشة تقول:

ـ ما يفعله عثمان من تنفير صحابة نبيه والاستسلام لبني قرابته ما لا يجعله في عيوننا خليفة بل لا نراه إلا كنعثل اليهودي.

لم تفهم نائلة ماذا تعنيه عائشة بنعثل هذا اليهودي، لكن حيرتها تدحرجت إلى صدمتها حينما رد عليها صوت رجل أدركت أنه شقيقها عبد الرحمن فمن سيكون مع عائشة في حرمها إلاه:

ـ ما هكذا تتحدثين عن عثمان يا أختاه.

ـ أنا لا أتحدث عن عثمان صاحب زوجي النبي بل عن عثمان الخليفة.

ـ يا عائشة حنانيك، فهذا كلام طلحة والزبير وابنه غيَّر قلبك على عثمان.

ـ ما أنا من تغيره كلمات هذا أو ذاك يا عبد الرحمن.

ـ إذن ليس عثمان من نهجوه ونهجره ونشبهه بنعثل اليهودي.

ـ أنت تتعاطف مع الرجل لرقته وكرمه وشأنه مع النبي، لكنه لم يعد ما نعرف في حكمه وخلافته.

ـ هذا كلام أخيك محمد وها هو قد سافر لمصر وأحسب أنها سفرة من أجل أن يذيع رأيه وينشر طعنه في الرجل بين المصريين.

ـ ألم يسافر معه ربيب نعثل؟

ـ نعثل مرة أخرى يا أم المؤمنين.

لم تكمل نائلة الحوار فقد انصرفت غاضبة تضرب الأرض بعباءتها وتنفث لهبًا في هواء يضيق حولها حتى دخلت عتبة بيتها مختنقة. ضاقت عليها الحيطان، وأطبقت الأسقف على صدرها، أراحت عجيزتها على وسادة فوق أريكتها، واستدعت جاريتها لتنادي على حُبى من منزلها. حين وصلت حُبى كان حزن نائلة قد طلى جدران البيت كآبة، ونهرت كل جارية تفكر في الدخول عندها، وصاحت أن يبعدوا مريم بصراخها عنها، وألقت صينية مرق ودهن وخبز يمني في وجه خادم، وسألت غلام عثمان عن موعد خروجه ثم موعد مجيئه ثم عن مكان وجوده ثم عن مكان رواحه ثم عن وقت صلاته في المسجد ثم من التقى بهم بعد خروجها ثم عن مرافقة مروان له.

حين دخلت حُبى كانت نائلة قد صارت كتلة من حمى، فسارعت حُبى لتطمئن على صحتها ثم ترطب وجهها بالماء ثم تخلع عنها عباءتها وغطاء رأسها وخمارها، ثم خلعت عن أذنيها أقراطها وعن جيدها عقدها وعن معصميها أساورها وعن أصابعها خواتمها. أرقدتها على سريرها وأنامتها على وسائدها، ثم تمتمت بأدعية وهمهمت بتسابيح، ثم مسدت بكفها جبينها ووجهها ومسحت على صدرها وبطنها وفخذيها وساقيها فنامت نائلة، واتكأت حُبى على حافة السرير ترقب غفوتها وتنتظر إفاقتها وهي ترى وجهًا مكدودًا وجسدًا مشدودًا وعينين متورمتين.

همست حُبى لإحدى الجواري أن تأتي، فلما أقبلت سألتها:

ـ أين كانت زوجة خليفتك؟

عندما عرفت أنها قادمة من عند عائشة نهشت غربان المدينة في لحم قلبها، أهي غضبة عائشة على عثمان قد أحرقت جلد زوجته، آه على هذه الغريبة التي جاءت محملة بحمولة العز والحلم ودخلت سرير الملك والحكم واستحوذت على قلب الخليفة، وبانت عزائم سيدة تليق بنسبها ولو كانت في شام أو مصر لسكنت قصرًا ونوديت ملكة. لم يكن يمر يوم إلا ويأتيها عبيد زوجها الباسق الراشق بغضبه على عثمان متقدًا من لهب ما يسمعه من خالته أم المؤمنين. لا تعرف حُبى عن عائشة إلا قوتها وفقهها وكرمها، لكنها لا تفهم ما الذي يجعلها تطرق برأيها حديد الحكم والسياسة فترن خبطاتها في أسماع صم عن دهاليز الخليفة.

تنبهت حُبى لتنهيدة أفاقت متنهدتها، فُتحت عينا نائلة وهي تصحو بسؤالها:

ـ من هو نعثل اليهودي هذا يا حُبى؟

صفعها السؤال فتجاهلته:

ـ ما حالك الآن يا سيدة المدينة؟

احتدت نائلة:

ـ لا تراوغيني يا حُبى.

راوغتها رغم ذلك:

ـ وما قيمة أن تعرف سيدتي بما لا تضيف لها معرفته ولا يُنقصها الجهل به.

ـ هل هو يهودي هنا في المدينة؟

صمتت حُبى.

ـ هل هو حي؟

حين رأت حُبى لمع الدمع في عين نائلة أجابت فورًا:

ـ إنه لا أحد.

بكت نائلة:

ـ هذا ما يقطع قلبي أكثر. هل هان عثمان على عائشة وأصحابه حتى يصفوه بلا أحد؟

قالت حُبى:

ـ هذا وصف يقال في غرفهم لا تعرفه المدينة ولا أهلها ولا تفتحي بالسؤال آذان الناس على هجو أصحاب عثمان.

تنبهت نائلة فنبهت حُبى:

ـ إذا كان هذا الوصف سرًّا فكيف تعرفينه؟

ـ زوجي هذا الفارس الشاب قريب لعائشة ولما تقول.

خبطت نائلة على فخذها وقد قامت من نومتها تدور في الحجرة كفرسة محمومة:

ـ إذا كان زوجك يعرف فالمدينة كلها تعرف، ولعلهم يسخرون من

خليفتهم من وراء ظهره، من يجعل خليفته على اسم فسل يهودي إنما يهينه ويكسر هيبته ويريد للناس أن تتطاول عليه.

وقفت في منتصف دورتها وتوجهت لحُبى بالأمر:

ـ هيا بنا.

صاحت حُبى:

ـ إلى أين وفي مثل هذه الساعة؟

قالت نائلة وهي ترتدي ملابسها فوق قميصها الشفيف:

ـ أريد أن أرى نعثلًا هذا!

حاولت حُبى أن تجهض رغبتها:

ـ ومن قال لك إنه حي وإنه هنا؟

ـ عائشة.

ـ كيف؟

ـ لو كان ميتًا ما ذكرت به أحدًا ولا عايرت به خليفتها.

* * *

كان جواب نائلة يفحم حُبى التي هرولت معها وقد تسترتا بجلابيب سوداء وخمارين يغطيانهما تمامًا كأنهما تتنكران، وصاحبهما واحد من عبيد الخليفة حتى وصلا إلى ما كانت تعرف حُبى أنه مكان نعثل، استوحشت نائلة المنطقة وتراكم الغم في صوتها وهي تسأل:

ـ أهذه قبور؟

كانتا عند حافة قديمة للمدينة، كان قد توسع البلد وزادت ضواحيه، فلم تعد هذه المنطقة متطرفة بعيدة لكنها ظلت على ظلمتها وخوائها موحشة وملفوظة:

ـ إنها مقابر اليهود.

ردت نائلة:

ـ ألم يطردهم ابن الخطاب من المدينة؟

ـ نعم، لكن لم يهدم قبورهم.

ـ وأين نعثل هذا؟

ـ هو الحي الوحيد في هذه القبور.

ذهب العبد إلى حيث هذه الغرفة الحجرية الوحيدة بين شواهد قبور مسيجة بأعشاب ناشفة وتنبح فيها كلاب هزيلة تتجمع عند أعواد من حطب أشعل فيها حارس القبور النار، وصل الخادم حيث باب الغرفة فخرج له جسد رجل طويل عريض يكسوه ظل العتمة، لعل المفاجأة أذهلته فتصلب في وقفته حتى اقتربت منه السيدتان بعدما أشار لهما الخادم بالحضور. حين وصلت نائلة وجلة إلى حيث الرجل جفلت وارتعدت، فقد رأت عثمان بن عفان واقفًا أمامها بلحيته الكثة الطويلة وأنفه القوي وعينيه بذات المقلتين وحاجبيه الأسودين الثقيلين.

كانت حُبى تقيس حجم الصدمة عند نائلة حين رأت شبيه زوجها كأنما انشقا من حجر واحد. تحدثت حُبى حين طال صمت نائلة:

ـ هل أنت نعثل؟

ظهر اندهاشه، لكن لم يظهر فضوله، بدا أن الرجل وقد تبينوا عجز سنه وانحناءة ظهره وخشونة صوته لم يعد مباليًا أو مهتمًّا إلا بشواهد القبور:

ـ نعم أنا نعثل فلتأمرني السيدتان؟

ردت حُبى:

ـ أنت يهودي؟

ـ وهل يحرس مقابر اليهود غير يهودي يا سيدتي؟

ـ كيف نجوت إذن من طرد عمر لليهود يا هذا؟

أجاب وقد طرق السؤال خشب قلبه:

ـ نجوت من طرد عمر لليهود لأنني نجوت من ذبح محمد لليهود.

قررت حُبى ألا تترك نائلة لخطر هذه الوقفة في هذا المكان، فطلبت من نعثل أن يمشي مع الخادم أمامهما في الطريق للمدينة وأن يحكي قصته.

استجاب الرجل كأنما فرح بأن جديدًا ينشله من عالم الموتى:

ـ أنا نعثل القريظي من بني قريظة، ولدت هنا وعشت في حصون بني قريظة وشهدت مجيء نبيكم، كنت أعمل حدادًا في محل كعب القريظي صانع السيوف والرماح، لم أكن أكثر من شاب يهودي لاهٍ ليس لي في مشاغل قومي ولا غيري، نهم في الأكل وجهم في الصحبة وجهول في الدين وأمي في الكتابة ومبذر في المال، على عكس تقتير أهلي. وتزوجت فمات عيالي في الوباء، وجنت زوجتي، فزاد سقمي في الدنيا وتبذيري في كل شيء، المال والنساء والخمر. كنت أمهر من يحول الحديد رماحًا، فكانت اليهود تعتبرني كنزها، وتمسَّك بي كعب حداد يثرب في محله وأغدق عليَّ بالمال مخافة أن أستقل بصنعتي عنه. ولما بدأت الحرب بين محمد وقريش شهدت تجارتنا رواجًا وزادت صناعتنا اتساعًا، كنا نبيع لمحمد وأصحابه ولقريش أيضًا حين كانت ترسل مع قبائل أخرى تطلب السلاح. لكن قومي بدأوا في التذمر من الدين الجديد، وكنت أعلم غلهم ضده ورفضهم له ونقمتهم على رجلكم، لكنني لم أكن أعير رأي كائن على الأرض همًّا، لكن الهم وصل حتى عنقي، حين خان قومي العهد مع محمد في غزوة الخندق. كان القريشيون قد جمعوا أحزابًا من كل صوب لمحاربة محمد وغزو المدينة، واعتقد كبارنا أن الفرصة سانحة فراهنوا بكل ما يملكون على هزيمة محمد،

فنقضوا معه عهد عدم الاعتداء وانتهكوا آمنين وعودهم بألا يعاونوا قريشًا على غزو المدينة، عرف محمد خيانة أهلي فأرسل لهم ابن هذه المدينة وزعيمها سعد بن معاذ، لا زلت أذكر وجهه وهو كظيم مبهوت متحير مصدوم يوم جاء إلى الحصن يطلب من كعب أن ينصح أهله باحترام المعاهدة، فإذا بالصبية يشتمونه والرجال يسبون محمدًا والنساء يصحن بحقد السنين المحشور في الصدور ضد هذا السيد الجديد للمدينة، عند رحيل سعد فاقدًا الأمل فينا جرى ما أنقذني من مصير الذبح، جمعت رماحًا وسيوفًا من محل كعب وحملتها في كيس من جلد على ظهري، وتسلقت أسوار الحصن وذهبت إلى حيث سعد بن معاذ الذي كان ساعتها مع جمع من أهل المدينة عند محمد، فأخبروه وجودي فخرج لي مسرعًا مستغربًا، أعطيته حزم السلاح قائلًا: ستحتاجون لهذه السيوف والرماح يا سعد فخذوها. رد سعد: وهل يعرف قومك بما تفعل؟ قلت: لا، هذا سر بيننا، لكن احفظ لي هذا يا سيد قومك. وحين تركته مودعًا ناداني: لكن ليس معنا ما ندفعه لك مقابل هذا السلاح يا نعثل؟ قلت له: لا عليك، سيأتي يوم حساب.

كنت يومها يهوديًا مخلصًا للحذر، حسبتها لو انهزم محمد فإن أحدًا لن يذيع ما فعلت وسأسترد السلاح من غنائم وأسلاب المعركة، وإن انتصر محمد فربما ينجيني هذا من انتقام محتوم.

وقد كان. عاد محمد منتصرًا من حربه، فلم يخلع عن جسده ثياب الجبهة حتى حاصر حصوننا، الهلع والذعر والفزع في كل أزقة الحصن وبيوته، الموت يحلق مع الغربان ويحمله هبوب الريح لكل أنف، طلب كعب المأفون أن يُحكَّم سعد بن معاذ فينا متصورًا

أنه سيشفع لنا عند نبيه، نسي هذا الجاهل أن سعدًا كان مخذولًا من سفه قومنا لما زارهم ناصحًا ثم كان قد أصيب بجرح كاد أن يودي بحياته في ذات المعركة التي خانه فيها كعب القريظي. حكم علينا سعد بالذبح، حفر المسلمون خندقًا هائلًا عند بوابة الحصن واستعدوا فيه لقتل كل رجل يهودي بالغ وسبي النساء والأطفال.
كنا سبعمائة رجل نخرج في طابورين من بوابة الحصن، نرى قبرنا الجماعي المفتوح. وقفت مرتعدًا أبحث عن عيني سعد الغائب. بدأ القريشيون ينادون على أسمائنا فيقترب الواحد منا حيث يقف مشلولًا مبهوتًا أمام أحدهم الذي يرفع سيفه ويهوي به على عنق اليهودي فيطير رأسه بنزف الدم ونثر الجلد وتهاوي الجسد وطيران الرأس. كان الصراخ والصياح والعويل اليهودي ممزوجًا مع التكبيرات والتهليلات المسلمة حين قرروا أن ينفذوا ذبح اليهود معًا لا رجلًا وراء آخر، واقترب العشرات منهم نحونا يرفعون سيوفهم، وحين أوشك سيف أن يرمي رأسي في خثر الدم، وجدت من يجذبني من كتفي ويدفعني بعيدًا، ويقول لي: سعد يحفظها لك، لقد نجاك من الذبح.
جريت بعدها إلى أطلال حصن خيبر، حتى عدت يومًا للمدينة، فلم يغاضبني أحد، فلما قرر ابن الخطاب طرد اليهود جميعهم من مدينة الرسول وهدم حصونهم، أبقاني حيث أنا فما كان ليخلف وعد سعد، وها أنا وقد شاب القلب والجسد والعقل وحيدًا في مدينة حارسًا لقبور مهجورة.
ردت حُبى وقد أحست إعياء الحكاية لنائلة:
ـ ولماذا لم تسلم يا نعثل؟

ـ يا سيدتي، لم يبق من حياتي كلها إلا يهوديتي، فقد رحل العيال والزوجة والأهل والبيت والحصن والصحة والحرفة ولا يجمعني بنعثل الذي أعرفه إلا يهوديته.

حينما أشارت نائلة لخادمها بأن يأمر نعثلًا بالعودة إلى قبره سمعته يقول:

ـ لا شيء يجرح نعثل ويدمي قلبه هذه الأيام إلا هؤلاء الذين يتقولون على خليفة المسلمين ويسمونه بنعثل، هذا الرجل الصالح ما لاقاني يومًا إلا ولاطفني وداعبني بشبهه، وما تركني يومًا بدون معونة ورزق، ويصرف لي راتبًا من بيت المال ويرسل لي طعامًا وقمحًا ولحمًا أنا وفقراء المدينة مسلمين وأهل كتاب، ما كنا نعيش ونهنأ إلا بكرم وجود وعدل هذا الخليفة.

ارتجت نائلة وتجمدت حُبى، والرجل يتمتم لنفسه وهو يتركهما بناء على إشارة الخادم:

ـ ما كان يحق أبدًا لهؤلاء أن يجلبوني وسط رجالهم يتضاحكون ويتسامرون ويشيرون على لحيتي هازئين ويهتفون: ها هو الخليفة نعثل قد حضر.

٣٨

لا يعرف علي بن أبي طالب الأبسطة الممدودة ولا الأرائك المرفوعة ولا الأواني الفارسية ولا صواني الفاكهة والعنب ولا الستائر الشامية ولا العباءات المصرية، ولا كل هذا الذي يراه الآن في بيت عثمان بألوانه التي تكسو صفرة الصحراء ورمادية التراب بالأزرق الصافي وبحمرة شمس المغارب. علي كان يؤجر ساعديه ليرتزق ويعول. صحيح أن بيته الآن اتسع وأنه يعيش من رواتب بيت المال ومخصصات الخراج وأنصبة الغنائم والفيء حيث تأتيه أعطيته مع خازن عثمان كل جمعة فتوسر الحياة وتنعم خشونة الفقر التي عاشها، حتى ارتفعت رايات عمر وعثمان في مدن الفتح التي جلبت للمدينة ولصحابتها درر المال وصرر القصور وجواري الملوك وسبايا العوائل وأعطيات الخليفة، إلا أن عليًّا هذا الزاهد الذي توقف زنده عن رفع سيف الجهاد ظل هذا المجاهد في عين عثمان دومًا، فلم يشهده شهيًّا لعسل ولا عافًّا عن زيت.

لا شيء جعلهما في هذه الجلسة وحدهما قبلًا، عبرت على عثمان كل هذه السنين منذ رأى عليًّا طفلًا يجوب مع محمد مكة، ويصحبه في الروحة والغدوة وجلسة دار الأرقم بين الرجال الذين يكبرونه سنًّا. لم يكن هناك

هذا الحوار وتلك الجلسة التي تجمعهما وحدهما اليوم، ليس لها قديم فيتذكره ولا سابقة فيرجع لها، لعلها سنوات هجرة عثمان إلى الحبشة ما جعلته حين يعود يرى علي شابًّا وقد كبر، ويضع رأيه ضمن آراء الرجال ويسمع الجمع صوته فيصغون. ما تهب على عثمان الحبشة في هبوب الذكرى حتى تأتيه رقية، يخرجان معًا في عتمة الليل يضعها عثمان على جمله لا يعلم كيف سيتصرف فيه حين الوصول إلى البحر. يعرف عثمان شقوق الصحراء وشقاءها ودروبها ومضاربها، اعتاد عليها وتعلمها فهو التاجر النشط والقوافل حرفته، ثابر على ثبور السفرة في الأشتية والأصياف، لكنها كانت الأصعب. لا أصعب منها إلا رحلة العودة من الحبشة إلى مكة ثم هجرة المدينة، كانت رقية هي وديعة الله ونبيه عنده. رقتها وشفافتها وحنانها وولاؤها ووفاؤها واحتمالها الصبور، جعلت من عرق حر الرحلة وخوف وحشة الطريق ووحوشه وعطش الريق خفيفة على ثقلها، وعابرة رغم جثومها، ومحتملة رغم ضيقها، حتى فوق السفينة لأول مرة. ابنة نبي يهبط الوحي من السماء لغرفته ويمسك بكتفه ويهمس في أذنه ولا يملك أن يبقي فلذة كبده تحت سقف بيت مجاور، يمر عليها ليطمئن على ولدها وزوجها وتزوره في الصباحات لتسري إليه وتسريه. ابنة نبي تخرج مهاجرة مطرودة من صحن بيت أبيها ودار زوجها مضطهدة لأرض غريبة وبحر هائج مائج لا رأته قبلًا ولا شافته يومًا، فتضرب الأمواج لجج الحزن في القلب، لكنها تحتمل وهي محمولة على خشب يأخذها إلى أرض جبالها تعلو جبال مكة وعيون أبنائها وشواهق أشجارها واستغلاق لغتها وبشرة العبيد لأحرارها وغرابة عاداتها. كانت امتحانًا نجحت فيه رقية برقتها ورقيها، ملأت قلبه طمأنة فنزل من يومه التالي بوعثاء سفره ومشقة رحلته وقبل لقائه ملك البلاد كوفد لا يثني لملك عادل من جور جيران وبغي

قرابة، وبلغته العربية بلا ترجمان، وبدراهمه القليلة بلا عملة حبشية، ينزل السوق فيتاجر ويعود إلى رقيته بالمطعم وثمرة جوز الهند يكسراناها، وهما في ضحك المستغرب، ويستعذبان مذاقها في دهشة المستطعم. ويحاول أن ينسيها ما لا يمكن إلا أن يتذكراه. مضت الأيام ما كانت هناك صلاة مقررة ولا قرآن كثير إلا بعدة آيات حفظاها عن نبيهم لكن الإيمان العامر حافر بداخلهما نبعه وغامر بداخلهما بئره.

حين يجلس عثمان الآن مع علي بعد هذا العمر وقد مضت أكثر من ثلاثين عامًا على يوم كانا صهري رسول الله، لا يملك إلا أن تأتيه رقية ووجه أم كلثوم وطفله المستحيل من رحم بنتي النبي:

ـ ما أخبار الحسن والحسين يا علي؟

يرد علي مبتسمًا:

ـ بخير يا عثمان ونعمة من الله.

ـ لم أرَ النبي يحب مثلهما أبدًا يا أبا الحسن.

يطرق عثمان ويضيف:

ـ لا زلت أذكر يوم فرحك.

ثم ينطلق ضحك من جوفه خشنًا مع سعال ينقيه من حنجرته ويكمل ضحكته، فيدرك علي من عيني عثمان الضاحكتين سرهما، فيضم ضحكة صافية إلى قهقهة عثمان:

ـ قل لي كيف احتملت أن ترى إبلك مذبوحة أمامك؟

لم يحتمل علي بن أبي طالب يومها، لكنه انطلق إلى النبي يستغيث به فقد كانت اثنان من الإبل هما قسمته من غزوة بدر وقررهما لنفقات عرسه ومهره لفاطمة، واتفق مع تاجر ذهب ليقايضه على إبله بحلي لعروسه الفاطمية، راح لجلب الإبل حيث تركهما باركتين عند منزل

أحد الأنصار، فإذا به يراهما مرميتين على الأرض ببطون مبقورة وسنام مقطوعة وأكباد مقطوعة ودماء منزوفة. وكان صوت حمزة طليقًا مجلجلًا وصياحه المبتهج المهتاج يملأ بيت الأنصاري الذي وقف جيرانه مذهولين أمام صدمة علي بن أبي طالب، وأخبروه أن جارية في البيت أقرأت عمه حمزة شعرًا أثار حميته وإعجابه، فقرر أن يكافئها بتلك الإبل الواقفة على باب البيت، فخرج بسيفه فدنا من واحدة من الناقتين فطعنها في بطنها وأدار سيفه فبقره ونزع كبدها، وتوجه لأخرى وهو يمسك بكبد الأولى فضرب عنقها وقطع سنمها وأخرج لحمها، وهما ترفسان وتنطحان وتطيحان وتدوخان ورغاء الناقتين كالعويل المبحوح المجروح المشطور يتراجع أمام ضحك أصحاب حمزة وصراخ الجارية الفرحة النزقة.

يكمل عثمان:

- وحين ذهبت مع النبي إلى حيث سمر حمزة، فإذا بعيونه المحمرة الجاحظة وجهورية حنجرته المنفلتة.

ويبتسم علي ويضيف ليكمل تفاصيل الذكرى:

- وإذا به ينظر للنبي ولي، ويمعن التحديق في ركبتي النبي وقد تصلبت عندهما نظرته، ثم صعد بها إلى وجه النبي فأطال التأمل، ثم يصرخ فينا متعاليًا بالصوت والنظرة والإشاحة، ما أنتم إلا عبيد لأبي. فعرف النبي أن حمزة سكران مخمور لحظتها، فتركه دون تقريع ولا تفزيع ولا ملامة وخرجت أنا بائسًا على بؤسي، مكسور انكسار من فقد صداق عروسي.

كانت عينا عثمان قد امتلأتا بدموع ضحوكة بللت جفنيه فمسحها بكفه وهو يستدعي حمزة أمام عينيه:

ـ آه لو لحق حمزة بتحريم الخمر.

ثم ضحك وهو يسأل:

ـ هل يعلم الحسن والحسين بهذه الواقعة؟

ـ أظن أن أمهما قد حكت لهما مثل هذه، وبالتأكيد لم تنسَ حين عزمت بالزواج من ثانية فشكت لأبيها، فكانت المرة الأولى في حياتي مع النبي التي أتلقى فيها نظرات غضوبة لا لائمة ولا عاتبة بل قاصمة قاسية. فكيف لي أن أفكر في أن أغضب فاطمة حبيبة قلبه ومهجة روحه.

تنهد عثمان:

ـ رحمهن الله فاطمة ورقية وأم كلثوم. كان الله قد زادنا يا علي بهذه النعمات المطهرات المنزهات فوق فراشنا.

ثم أراح عثمان رأسه على كتفه:

ـ ألا يزال فراشك خشنًا يا أبا الحسن، تنعم، الدنيا نعمة نقبلها يا أبا الحسن ولا نفر ولا ننفر منها يا رجل.

* * *

كانت هي نائلة التي أيقظته من قيلولته بصوتها الحاني الناعم، وبللت وجهه بماء بارد، ودست بأصابعها اللينة اللبنية بحبات من تمر رطب منزوع النوى في فيه، وهمست بهمسات تعرف أنها ستشق طريقها من رضابها حتى رضابه:

ـ لماذا لا تدعو عليًّ بن أبي طالب فتحاوره وتسمع منه ويسمع لك، فليس فيهم مثل علي؟

ابتسم لها عثمان وهو يرد قانعًا بأن وجه نائلة هو ما يفضل أن يموت ناظرًا إليه:

ـ هذا عقلك أرجح من لحى تتزاحم حول أذني، نعم يا نائلة الحكيمة ليس فيهم مثل علي.

حين جلس في غرفة عائشة لم تكن نظرته مثبتة إلا على علي، فقد حدد عمر اسميهما من ضمن الستة الذين يجتمعون لاختيار خليفة من بينهم. لماذا لم يلق عمر الإمارة بين سكرات الموت على حجر علي وهو يعرف عزوة بني هاشم وطهر عترة النبي وانتظار علي لها. لا يمكن أن تكون هذه القائمة قد طلت على خاطر عمر وهو ينزف الدم من خنجر مسموم، لا بد أنها كانت ساكنة في ذهنه من زمن، أخرجها حين دخل إلى برزخه. كان عثمان يرقب وجه علي يومها وأيامها، هل ساء عليًّا أنه واحد من ستة وهو يوقن أنها له إن كانت قريش المهاجرة عادلة معه، لم يلمح في عيني ابن أبي طالب إلا هذا الرضا الذي كان يراه عندما يعبر أمامه وهو يقف أمام بئر المدينة يعين نسوتها وعجائزها على رفع قربة ماء من قاع البئر، مقابل فلسات يشتري بها زيتًا وكسر الخبز للغداء مع فاطمة وأولادهما، يجلس الآن في انتظار وضعه على كرسي الخليفة كما يجلس تمامًا على التراب قبالة البئر في انتظار عجوز تؤجر ساعديه. اجتماعات طالت وجلسات امتدت ومفاوضات زادت حتى صعدت روح عمر إلى بارئها، ولا ينسى كيف تقدم هو مدركًا أن ابن عوف لن يختار غيره خليفة ليؤم الصلاة فإذا بعلي يتقدمه للإمامة. أيقن عثمان ساعتها أن عليًّا يريدها، وأدرك علي لحظتها أنها ستذهب لعثمان المتقدم لصلاة ما كان ليؤمها لو لم يكن خليفة منتظرًا. لا أحس عثمان بلوم علي لتفكيره ولا استغرب علي بن أبي طالب عثمان لرغبته. حين وقف ابن عوف في مسجد النبي ليعلن تعيين عثمان خليفة طافت العيون كلها تبحث عن علي، وعن ردة فعلته وعن ملامح وجهه ورجفة رمشة وتمتمة شفتيه وتمام وقفته، وحده عثمان الذي رأى

أمامه عليًّا كأنه هو تمامًا حين يجلس أمام البئر ينتظر رزق ربه لا تعجله ولا استبطأه ولا شغل به أحدًا ولا انشغل به عن أحد، كأن العجوز لم تعبر لتطلب من علي أن يمد يده للبئر.

* * *

لكن الأيام مرت وها هما يجلسان وحدهما هذه المرة وهمهمات نقمة وغمغمات فتنة تتكاثر في بيوت أصحابهما ضده، وكما أوصته نائلة فليس هناك مثل علي ليصارحه ويواجه به ومعه هذه الحلقة الحديدية الصدئة من النوايا العكرة التي تضيق حول بيته.

تنهد عثمان وسأل عليًّا:

- هل هناك جائع في المدينة يا علي؟

أدهش السؤال عليًّا، لكنه فهم ما بعده فأجاب:

- الناس لا تشكو الجوع يا عثمان بل تشكو الظلم.

- وهل يظلم الناس من يطعمهم ويسقيهم ويكفيهم مؤونة الحياة وصعوبتها ويسد رمقهم ويغني بيوتهم ويرعى بهائمهم ويغذي إبلهم ويوفر لهم المرعى والسكنى؟

- ما لهذا ينصحك صحبك.

ابتسم عثمان متأسيًا:

- من هؤلاء الذين ينصحونني، الطامع لإمارة والطامح لولاية، أو الناقم لشيء لم يحصل عليه وحصل عليه غيره، أو الحانق لأننا نقرب إلينا ناسًا ونبعده عنا أو نعين من يعينونني لا من يعينون علينا؟ هل ترى يا علي إلا عدل نبي الله الذي نجريه على الكافة؟ وهل فعلنا ما لم يفعله ابن أبي قحافة وابن الخطاب حتى تتغير قلوب أصحابنا علينا ويكثر العيابون الطعانون فينا؟

قرر علي ألا يكون إلا عليًّا، فقال وقد أنصت لعثمان يدافع عن نفسه بدفع التهم إلى غيره:

- ما أقول لك وما أعرف شيئًا تجهله ولا أدلك على أمر لا تعرفه إنك لتعلم ما نعلم، ما سبقناك إلى شيء فنخبرك عنه، ولا خلونا بشيء فنبلغه لك، وما خصصنا بأمر دونك، وقد رأيت وسمعت وصحبت رسول الله ونلت صهره.

- إذا كان ذلك كذلك، وهو ما نرجوه من المولى عز وجل، فلماذا لا تكف لسان أصحابك عني؟

- هم أصحابك أنت يا عثمان، فهم الأقربون لك وشركاؤك وأصدقاؤك، وهم طول الوقت لحم لك وعظم لي.

- إذن أنا أشد الناس معرفة بهم وفهمًا لهم يا علي، فأنت رجل عادل وتقي نقي تبحث عن العدل فإن لم تجده أوجدته، أما هم فالمال والبنون والولاية والإمارة والمنافسة والمباغضة، أنت لا ترى فقراء ينقمون على عثمان ولا أهل حاجة ولا مسلمين ينشغلون في أعمالهم وصلاتهم، بل كل دخن يخرج من أفواه شبعة نهمة، وكل دخان ينفث من بيوت عز وقصور المدينة الجديدة، لا العبيد ولا الموالي ولا الفقراء ولا السابلة ولا العامة ولا الدهماء ضدي يا علي، بل سادة يصرعون الإنصاف يوم يعيبون فيَّ وحين يطعنون في شخصي وفي حكمي.

- ولكنهم كانوا معك دومًا، بل وهم ناصروك وبايعوك بالخلافة ومن قبلك ناصروا وبايعوا أبا بكر وعمر، وما ابن أبي قحافة بأولى بعمل الحق منك، ولا ابن الخطاب بأولى بشيء من الخير منك.

- صدقت يا صادق اللهجة والعبارة، فمن الذي تغير إذن، أنا أم هم؟

ـ الله الله في نفسك فإنك والله ما تبصر من عمى ولا تعلم من جهل، وهذا أهلك وأصحاب رسول الله وأصحابك وقد رأوا منك ما لم يروا من سابقيك.

زام عثمان وقام، ثم لما رأى حزم علي في نبرته وصدقه في عينيه هدأ وعاد فجلس ثم أطرق وتنفس بحنجرة مجروحة بالأسى:

ـ أنا أسمعك يا علي فأكمل.

لم يغير علي لهجته ولم يحرك عنه نظراته:

ـ إن الطريق لواضح بين، وإن أعلام الدين لقائمة.

ـ أما الطريق فلم تغمض عيناي عنه ولم ينغلق دوني، وأما أعلام الدين فقائمة في كل ركن فتحه الله لنا بنعمته وبجهاد المسلمين وخليفتهم يا علي.

تجاوز علي عن جملة عثمان الاعتراضية وواصل وهو يرى ملامح عثمان تتبدل ووجهه يكظم الغيظ ويمسك لحيته الكثيفة فيمسدها ويقبضها في كفه، يدير عصاه ويلفها، ويومئ برأسه ويربت بيده على مسند أريكته ويملأ عينيه بوجه علي الـ..ادر في عظته:

ـ تعلم يا عثمان أن أفضل عباد الله عند الله إمام عادل، هدى فأقام سنة معلومة وأمات بدعة متروكة. وإن شر الناس عند الله إمام جائر ضل وضُل به، فأمات سنة معلومة وأحيا بدعة متروكة. وإني سمعت رسول الله يقول: يؤتى يوم القيامة بالإمام الجائر وليس معه نصير ولا عاذر فيلقى في جهنم، فيدور في جهنم كما تدور الرحى ثم يرتطم في غمرة جهنم. وإني أحذرك الله وأحذرك سطوته ونقماته، فإن عذابه شديد أليم، وأحذرك أن تكون إمام هذه الأمة المقتول، فإنه يقال يقتل في هذه الأمة إمام فيفتح عليها القتل والقتال إلى يوم

القيامة، وتلبس أمورها عليها ويتركهم شيعًا فلا يبصرون الحق لعلو الباطل يموجون فيها موجًا ويمرجون فيها مرجًا.

انتفض عثمان ناهضًا:

- أما وعمر قد قتل يا علي ولست بأحسن منه ولا أبعد منه عن يد الغدر وغيلة القتل، وما كان عمر إلا فاروقًا، ثم وهل أبدعت أنا في الإسلام بدعة يا علي وأنت معي في كل صلاة وتقضي في كل أمر؟ وهل قررت في الفقه شيئًا لم تكن أنت فيه وتوافق عليه بل وتقضي به؟ وهل قلت في الإسلام قولًا لم تقله أنت ولم يقله قبلنا نبي الله؟ وهل خنت أمانة أو نكثت عهدًا أو حرمت حلالًا أو حللت حرامًا؟ هل تراني أطير رؤوسًا وأهتك أعراضًا لتذكرني بالأئمة الذين يلقون في جهنم يا رجل؟ إنك أنت لا أحد غيرك يا علي من جلد أمامي شارب الخمر من أهلي وصهري، أما والله لو كنت مكاني خليفة يحيطك أصحابك بالمعيبة والنقيصة ويبحثون لك عن زلل فلا يجدونه فيخترعونه لأنفسهم، وعن جرم فلا يعثرون عليه فيصنعونه على أعينهم، ما عنفتك ولا أسلمتك ولا عبت عليك ولا جئتك منكرًا عليك عملك!

قام علي إليه في غضبته فاقترب منه وأجلسه ومد يده بفخارية من لبن أمامه فوضعها في يدي عثمان التي بدأت أصابعها ترتجف مع شفتيه تصطبغان باللون الأزرق وقطرات العرق تغزر عند حافة عمامته:

- هدئ روعك يا عثمان، فلا شيء بيننا إلا صدق المودة ونصح الصادقين.

حاول عثمان أن يكمل لكن عليًّا دفع له بشربة اللبن حتى فيه، فسكبها عثمان سريعًا في جوفه ثم عاد وأكمل:

- لم أضع في ولاية إلا من كان عمر يوليه الولاية نفسها، أنشدك الله يا علي هل تعلم أن المغيرة بن شعبة قد ولاه عمر؟

قال علي:

- نعم.

رد عثمان:

- فلمَ تلومني أنت أو هم إن وليت ابن عامر في رحمه وقرابته؟

قال علي:

- لكن عمر بن الخطاب كان قويًّا على من ولى، فإنما يطأ على صماخه إن بلغه عنه حرف عن حق أو انحراف عن صدق ثم بلغ به أقصى العقوبة وأنت لا تفعل، ضعفت ورفقت على أقربائك.

قال عثمان:

- هم أقرباؤك أيضًا.

رد علي:

- لعمري إن رحمهم مني لقريبة، ولكن الفضل في غيرهم، وهناك من هم أحسن منهم للولاية وأكفأ منهم للإمارة والقيادة.

ضحك عثمان مستعجبًا:

- هل تعلم أن عمر ولى معاوية خلافته كلها فقد وليته؟

رد علي الضحكة المستغربة لعثمان بأشد منها:

- أنشدك الله، هل تعلم أن معاوية كان أخوف من عمر من خوف غلام عمر منه.

رد عثمان:

- صحيح.

فعاجله علي بالجملة يقطع بها حجته:

- فإن معاوية يقتطع الأمور دونك، ويأمر بما لا تعرف عنه ولا تدرك كنهه، فيقول للناس هذا أمر عثمان دون أن يتوانى أو يتردد، وعندما

تعلم ويبلغك رعيتك من المسلمين تجرؤ معاوية فلا تقرعه ولا تحذره ولا تغير على معاوية قرارًا مما اتخذ ولا أمرًا مما أمر.

قام عثمان من فوره وأمسك بعصاه كأن طاقته قد ضاقت على عنقه فخنقت احتماله:

ـ أهذا ما يقولون يا علي؟ أهذا ما يملكون من ذرائع لبخ سم في أمة محمد؟

ثم أمسك بذراع علي يحثه على النهوض:

ـ قم معي حالًا.

قام علي ولم يقاوم ومشى معه ولم يعاند، فخرج به من باب إلى باب ومن مساحة إلى باحة إلى ساحة إلى حيث جلسة معقودة في سقيفة بيت الزبير الذي يتصدر جلستها، بينما عمرو بن العاص وطلحة وعمار ووجوه من أبنائهم ورجالهم، فلما رأوا عثمان مقبلًا في صحبة علي تهيبوا وفوجئوا، أدرك علي أن عثمان يعرف بهذه الجلسة وإلا فكيف يتوجه لها هكذا وهو يدرك مقصده ويبصر مسعاه، وقد أحس علي أنها جلسة لا يحبها ولا يريد الوجود فيها، لكنه مع رفقة عثمان واهتياجه ما أراد أن يغاضبه، وفهم علي من ملامح المجتمعين أنهم كرهوا معرفة عثمان باجتماعهم، بل والأنكى مجيئه لهم وكأنه يُشهد عليًّا عليهم. ولما رأوا عثمان يدق بعصاه الأرض ويتأبط ذراع علي أفسحوا لهما مكانًا في احتفاء بدا مرتبكًا ومصطنعًا تمامًا، حيث أحسوا أن عثمان يتوعدهم بهرولته وقد تخلى عن ذراع علي ثم صعد سلم السقيفة مستندًا على عصاه التي كادت من قبضته أن ينخلع مقبضها ثم لم يتقدم خطوة من فوق السلم إلى داخل جلستهم وصاح بصوت مبحوح مشقوق من الانفعال الغضوب:

ـ اسمعوا فإن لكل شيء آفة، ولكل أمر عاهة، وإن آفة هذه الأمة

وعاهة هذه النعمة عيابون طعانون يُشهدون الناس ما يحبون ويسرون ما يكرهون، يتقولون للناس حتى يدفعوهم ليصبحوا نعامًا يتبعون أول ناعق، لا يشربون إلا نغضًا ولا يردون إلا عكرًا.

أخذت الجميع لهجة عثمان ضيقة الصدر نافدة الصبر فصفعتهم كلماته التالية:

ـ ألا فقد والله عبتم علي بما أقررتم لابن الخطاب بمثله ولكنه وطئكم برجله وضربكم بيده وقمعكم بلسانه فدنتم له على ما أحببتم أو كرهتم، لا ناقشتم ولا رفضتم ولا غضبتم ولا واجهتم ولا تلاسنتم ولا هجتم ولا أشعلتم فتنة الناس ضده. ولنت لكم وأوطأتكم كتفي وكففت يدي ولساني عنكم فاجترأتم عليَّ.

لم ينطق واحد فيهم مأخوذًا بعثمان الذي لا يعرفونه، فقد تخلى عن حلمه ولينه ورمي به في وجوههم:

ـ أما والله لأنا أعز نفرًا وأقرب ناصرًا وأكثر عددًا، وإن قلت هلم أُتي إليَّ. ولقد أعددت لكم أقرانكم وأفضلت عليكم فضولًا وكشرت لكم عن نابي وأخرجتم مني خلقًا لم أكن أحسنه ومنطقًا لم أنطق به، فكفوا عليكم ألسنتكم وطعنكم وعيبكم عليَّ، فإني قد كففت عنكم من لو كان هو الذي يكلمكم الآن لأنصتم وسكتم وأطعتم ولرضيتم منه ولا كان قد بذل لكم شرحًا لتفهموا ولا إنذارًا لتحذروا.

ثم التفت إلى علي وقد هدأت روحه واستكانت لهجته:

ـ ووالله يا علي ما قصرت في بلوغ ما كان يبلغ ابن أبي قحافة وابن حنتمة، ولا خالفت ولا أبدعت ولا تصرفت إلا كما تصرف من لم تكونوا تختلفون عليه.

ثم أشار إلى جلستهم:

ـ ولا واحد من هؤلاء يملك أن يحاججني في مسألة أو يعيب عليَّ في قرار اتخذته ولا مال أعطيته له ولا منعته عنه ولا أرضًا اقتطعتها له ولا نزعتها منه ولا بيتًا منحته له ولا بيتًا أخذته منه ولا إمارة كلفته بها أو أعفيته منها ولا أعرف ماذا يملكون ليقولوا وما يجرؤون ليعيبوا!

ثم نظر إلى عمار الذي كان عند نظرة علي الذي رجته منذ وصل الصمت والسكون:

ـ أما هذا الشيخ فقد آذيته فعلًا، وها أنا أمامك أعتذر له وأطلب منه أن يعفو ويصفح أو يقتص إن شاء مني.

لم يرد عمار غير أنه أطرق في الأرض متأثرًا، ثم أومأ برأسه كأنه قبل ما سمع، فتنهد عثمان راحة ونزل عن درجة سلم السقيفة ثم انتقل من نظرة إلى علي إلى إشاحة للزبير مع طلحة وعمرو بن العاص فقال:

ـ لكن أحدًا منهم ليس له عندي شيء يا ابن عم نبيي.

ثم مضى متوكئًا على عصاه وئيد الخطو متمهل المشي، كأنما أفرغ حممه في وجوههم:

ـ السلام عليكم يا أصحابي أصحاب رسول الله.

٣٩

ـ لقد حاصرونا إذن!

صرخ سودان ووجهه ملتهب بالحنق وقد وقف عند كوة السور يسترق النظر ثم يجري ناحية الداخل حيث باب داخلي يقود لباحة البيت وقد نادى ملهوفًا:

ـ هل كنت تعلم أنهم وراءك يا ابن ملجم؟

كان ابن ملجم المرادي محتضنًا للمصحف ويلفه داخل جسده يحيطه ليحميه، الجلود ثقيلة وعريضة وبنية وصفراء، والصحف مطوية وقد خاطها بحبل سميك مبروم، وابن ملجم يقطر عرقًا لا يزال يلهث ويتحول بياض مقلتيه احمرارًا، بينما ترتعش أطرافه ثم تتحول فتتخشب متصلبة متشبثة بالمصحف. وبدأ يروي حكايته ثانية وقد استبانت حروفه وألفاظه بعدما تاهت وشاهت في حكايته لها أول ما اندفع إلى البيت نائحًا صائحًا على سودان أن يخرج ليلقاه، فكأنه أيقظ من غابوا عن صلاة الفجر وصحا بصياحه أهل الفسطاط جميعًا، وعرفوا أن ابن ملجم حافظ القرآن ومحفظه ومعلم الجنود قد لجأ لبيت سودان فارًّا:

ـ لقد سمعتهم في المسجد فعدوت إلى داري وجمعت المصحف

لأخبئه عنهم، فإذا بأحدهم قد أبلغهم عن غيابي فجاءوني إلى منزلي مسرعين، فلما أحسست قدومهم سارعت بحمل المصحف والهروب منهم وبينما كنت أنوي الذهاب إلى ابن عديس فشعرت ملاحقتهم فاختصرت الطريق وقفزت على سور بيتك يا سودان.

عاد سودان إلى الباب وقد تسمع أصواتًا تتجمع حول أجسادها وينادونه باسمه:

ـ يا سودان، نريد الدخول عندك.

صرخ فيه عبد الرحمن بن ملجم:

ـ إنهم يريدون حرق مصحفي يا سودان.

لا يزال ابن ملجم في الفسطاط، رحل عنها من رحل وعاد للمدينة من عاد، وتفرق البعض للعراق وللشام، لكنه التصق بمصر حتى صارت له بلدًا. أكثر من مرة يدعوه عبد الرحمن بن عديس للحج لكنه يعود ويأبى أن يترك مهمته في تحفيظ القرآن للجنود المعسكرين في الفسطاط والذين ينتقلون إلى جنبات هذا المصر، وقد جاب معهم أراضي وبلدات البلد، كأنه مبتعث لقرآن الله لينشره بين عباده.

كانت أيام ارتباعه هي أيام جهاده، عمرو بن العاص أطلق هذه العادة قبل أن يطرده عثمان من مكانته ويحله من على المقعد الذي ظن أنه لن ينخلع عنه أبدًا. مرارة ابن العاص علقت بكل محيطيه يومها، لكنهم أطاعوا عثمان عشمًا في أن عمرًا سيقنعه بإعادته، لكن ابن أبي سرح ملأ مركزه وساد سادات الجيش وبنى علاقة وثيقة بمعاوية بن حديج ومسلمة بن مخلد أقرب رجالات ابن العاص وأعلى خيلًا ممن تبقى من غزاة مصر من الجيش الإسلامي. وبات ابن حديج الرجل الأهم في قصر الجن، حيث جعل أمير مصر قصره فخامة وضخامة مما يثير جنان الناس من بذخه وزخمه، فأطلق

عليه الناس قصر الجن، وقيل إن ابن أبي سرح هو من سماه بهذا الاسم كي ترهبه الناس ويهابه القبط والعرب. وكان معاوية بن حديج وراء كل قرار يخرج من قصر الجن، فإن كان جيشًا جهزه، وإن كان بناء مدن وضع قواعدها، وإن كانت رحلة رسم مساراتها، وإن كان خراجًا وزعه، وإن كان مالًا قسمه. لم يطق ابن ملجم أن يجلس على حكم البلد مرتد عن دين الله. كان يتلمظ بغيظه ضده ويلقي نار غله من جوفه، كلما عنت له سيرته رغم أن ابن أبي سرح أزاد أعطيته وزوده بأوراق مصرية لكتابة آيات الله لأطفال وصبية الفسطاط الذين تكاثر عددهم. تعاظم الحوار يومها في المسجد حين هاج ابن ملجم ومعه جبلة وسودان وأرادوا أن يقطعوا صلاة ابن أبي سرح وإمامته لهم، فنهرهم ابن حديج ولكز صدر جبلة وأمسك بذراع ابن ملجم واحتجز سودان واستدعى ابن عديس وهو ينهره:

ـ أنت كبيرهم، فأسكت ابن ملجم النكد عن ابن أبي سرح، وأفهم من يفهمنا القرآن أن ابن أبي سرح قد تاب وغفر له الله وعفا عنه نبيه وها هو يقود جيش المسلمين للحرب ضد كفاره.

تمكن ابن عديس من لجمهم، واجتمع بهم ليالي ليكفوا أذاهم عن ابن أبي سرح وقال لهم:

ـ أنا مثلكم لا أحبه ولا أقبله أميرًا علينا، لكن الرجل لم يفعل حتى الآن شيئًا يستوجب العصيان، فإن رأينا منه أمرًا والله لأرفع السيف عليه غير عابئ بغضب ابن حديج ولا أمر الخليفة.

فهموا أنها خطة ابن حديج حين قرر ابن أبي سرح قيادة الجيش للغزو. كان آلاف الجنود قد استطابوا الفسطاط وسكنوا الفيوم وبلبيس وخربتها ونعموا بالارتباع، كانوا يتدربون ويتحامون كل يوم لكن طال بهم وقت التدريب في الرخاء فتراخت السواعد والزنود، وبدأت الوجوه تطلب

الراحة وتتصارع على الأعطيات وتتوسع في بيوتها ومساكنها ويتزوجون ويتناسلون، فكان لا بد من الانشغال بالحرب وجلب موارد للمال وغنائم وأسلاب للاستزادة والإفاضة ثم لتمكين عبد الله بن سعد بن أبي سرح من إمارته بمصر وتعظيم مكانته في قلب الخليفة. ابن حديج خرج على رأس الجيش إلى أفريقيا حيث أراضٍ متسعة منبسطة بعد ساحل الإسكندرية فغزاها وفاز بها، بل وقتل ملكها الأسود وعاد وتاجه وعباءته وسيفه وذهبه معه.

ظن ابن أبي سرح حين عاد جيشه منتصرًا أنه قائد الإسلام وناشره ورافع رايته، لكنه لم يحظ من رجالات ابن عديس وجبلة وكنانة وعروة وسودان بمعجب أو إعجاب، إنهم جميعًا جماعة ابن ملجم التي يأوي إليها وتضمه إليها، وهي التي لم يمثل ابن أبي سرح ولا غزوته عندها إلا الثلاثة آلاف دينار التي كانت سهم ابن عديس ومثلها سهم كنانة، فقد كانا فارسين بينما ألف للباقين الراجلين. كان ابن عديس حين يسمع مدح ابن حديج في ولاية وقيادة أميره يرد عليه كاتمًا تهكمه في جديته:

ـ بل أنت قائدها يا ابن حديج، فلا تجعل الرجل يكبر ويتكبر بما ليس له.

حاول ابن أبي سرح أن يجزل العطايا ويخصهم بالمنح، لكنهم على قدر ما أخذوا لم يعطوا له هذا الاعتراف.

لكن ابن ملجم أبدًا لم يخرج في الجيش، لا طلبه ابن أبي سرح ولا استدعاه ابن حديج، لا فارسًا فهو ليس كذلك ولا راجلًا. فكان جهاده أن يوقظ النائمين في القيلولة ويقرئهم القرآن، حتى نفر منه ابن عديس ذات مرة وحرم عليه الاقتراب من بيته قبل صلاة العصر. أراد ابن ملجم أن يوقظ هذه القلوب الغافلة المرتعة في ترف العطايا ووارف الظل، فكانوا لا يقيمون لإلحاحه وزنًا فينخسهم وينغص عليهم كلما رآهم في تسلية أو

تسرية. ثم نشب خناقه مع صالح القبطي في المسجد حين كان ابن ملجم يقوم على تحفيظ الصبية القرآن، فإذا به وقد تتعتع صبي في الحفظ وغفل عن آية فما كان منه إلا أن قام فضربه بعصا غليظة على ظهره، تورم منها الصبي واختنق بالصراخ والدموع، فلامه صالح وأنبه وحذره من تكرار ما فعل، ثم إذا به يفعلها ثانية فيشكوه الصبية عند الأمير عبد الله بن أبي سرح الذي يعقد له جلسة محاسبة وتقريع، فلا يطيق المرادي تضييق ابن أبي سرح ويكتم حنقه حين يهدده بألا يسمح له بتحفيظ الصبية والغلمان وحرمانه من أعطيته ومن الارتباع في صيفه.

ظن المرادي أن صالح القبطي من أبلغ عنه ومن اشتكاه فاندفع إلى بيته مشتبكًا معنفًا، فصرفه صالح وعياله وصراخ بناته عليه، فاتسعت مسافة الشقة رغم محاولات عبد الرحمن بن عديس وكنانة لإصلاح ما عطب بينهما. لكن القطيعة الأخيرة بينهما كانت في سفرة صالح القبطي إلى الإسكندرية لحضور ترسيم بنيامين بطريرك مصر العائد إلى كرازته بعد نفي وهروب عشر سنين، سببًا لقطيعة قاطعة بينهما. فقد صمم ابن ملجم على السفر معه للإسكندرية، وعلى قدر مضض صالح من إلحاحه على السفرة ومن لجاجته في السبب، فقد وافق، وقد رافقهما كنانة أيضًا وعدد من الرجال الموفدين من قصر الجن مندوبين عن الأمير. وبينما كان المرادي يحشر دهشته من تلك المدينة السامقة التي تزينت وازدهت وازدهرت وابتهجت وتهيجت لقدوم بطريركها وظل خشنًا متخشبًا أمام القصور التي عبر عندها مبهور النفس مكتوم التعبير، فقال له كنانة إن بالمدينة أربعة آلاف قصر، فلم يقدر على الرد، وذهب بهما صالح القبطي إلى حمام من حماماتها ليغتسل وسط أبهة برك المياه وصنابير الغسل ونعومة الملاءات ولين المناشف ومهارة المدلكين ودفء الأبخرة ونقوش المغاطس، فأبى

المرادي أن يخلع عمامته على عرقه وحرارة الحمام. ولم يلبث أن نهر كنانة حين صمم على الحموم وصرخ فيه بألا يجب مخالطة عري الكفرة. أخرجهما صالح من الحمام خشية الفضيحة خصوصًا وأن عيون القبط المستغربة وجود صحراوي الفسطاط بينهم طاردت صالح وطردته بلباقة ضعف شعب محتل. كانت المصابيح والقناديل والمشاعل تحيط بطريق الكنيسة المهيبة، والرايات والأعلام تملأ الساحات والحدائق، والبحر اللجي يمتلئ بالمراكب والزوارق بالزينات الملونة، والأهازيج والطبول والمزامير تصدر من الملاهي المتجاورة في مواجهة البحر، والزحام على آخره بتدافع وتفاعل رجال ونساء وأطفال، يصعدون جريًا وقفزًا ومرحًا فوق عشرات السلالم الرخامية التي تقود لمدخل الأعمدة الشاهقة التي تحيط بباب الكنيسة العالي المنقوش بالرسومات والمحفوف بالتماثيل. شيء من هذا عاشه صالح حين زار قيرس لعقد اتفاق خيانة بنيامين وفتح أبواب الإسكندرية لابن العاص. لكن اليوم كان مختلفًا، حيث شعب القبط يشعر في عودة بنيامين أملًا في أن تكون مصر لشعبها، كأنهم نسوا حاكمًا مسلمًا يسكن في الفسطاط ويمتد في الصعيد والنهر والبحر، ويجبي الخراج والجزية في كل موسم حصاد. دخل ابن ملجم كآخر رجل في صف وفد المسلمين مستنكفًا ناقمًا حتى إن صالحًا سأله:

- لماذا أنت متأفف من وجودك هنا؟ لماذا جئت معنا تثقل الرحلة والقلب يا ابن ملجم؟

لعله لم يسمع حيث وشيش الزحام يملأ الآذان فلم يجب، لكن بينما الآلاف يعجون في المكان ويحتشدون في الكنيسة، ويدخل أبو مريم يتبادل مع صالح التحيه بالإيماء والإشارة والابتسامة ويقف مع الرهبان والقساوسة والكرادلة على منصة الكنيسة مع صدوح التراتيل والترانيم

وتمهيدًا لقدوم بنيامين، إذا بابن ملجم يتسلق درجًا ويصعد عند أحد الأعمدة وسط ذهول صالح ووفده ثم يقف واضعًا كفيه بين شفتيه ويرفع الأذان للصلاة. بهت الجميع حين استبانوا الصوت ثم حط صمت رهيب مصدوم ومفجوع في جنبات الكنيسة بينما كان ابن ملجم مندمجًا في أذانه.

خاصمه صالح من يومها فقد خرجا من الكنيسة بعدما اتفقت عيون أبي مريم وصالح على تجاهل الأمر، كأن مخبولًا فعلها، وكأن قبط الإسكندرية كلها حاولت أن تحذف هذا الموقف من ذاكرتها حتى لا يشوش لحظة التاريخ الماثلة أمامهم يومها، وكانوا قد انتهزوا أول برهة وقف فيها المؤذن ليلتقط فيها أنفاسه حتى عادوا لكلامهم ونقاشهم وتراتيلهم، فذهب الأذان مع الضجيج، رغم أن ابن ملجم كأنما جن فرفع صوته حتى كاد يفقده من الصراخ.

كاد صالح أن يطق غيظًا حين صرخ فيه بعدها:

- ألا تفهم أن ديننا يأمرك باحترام شعائرهم وكنائسهم ويقضي بأنهم أحرار في عبادتهم؟!

لم يرد فزاد صالح ردعًا:

- ألم تفهم أن بيننا وبينهم عهدًا أن نصون ونحترم ونحمي عبادتهم؟!

لم يرد فزاد صالح غضبًا:

- وما الذي تكسبه بهذه الفعلة إلا حنقهم وإحساسهم بأننا رجال لا نحترم عهودنا وأن ديننا لم يربنا فأحسن تربيتنا؟!

هنا رد:

- بل كان لا بد وأن يعرفوا أن كلمة الله هي العليا وأنه نصرنا عليهم حتى إننا نرفع أذاننا في كنيستهم العظيمة.

لم يحتمل صالح:

- ألم يحك لك أحد عن ابن الخطاب لما رفض الصلاة في كنيسة القيامة بأرميا حتى لا نتخذها مصلى، وأنه لم يرفع الأذان فيها وهو المنتصر الفاتح يومها يا هذا؟!

ثم صمت ينتظر رده فعاد لصمته فعاجله:

- ثم إنك تؤذن بالعربية يا رجل وهم لا يفهمون لغتنا!

ثم عاد إلى غضبه مبحوح الصوت محدق العينين:

- ثم أي صلاة تلك التي رفعت أذانها فما أدراك أن هذا وقت صلاة؟!

رد المرادي مقتضبًا:

- صلاة العصر.

- أي صلاة عصر هذه ونحن في غبش الليل؟!

* * *

الآن تشتد الجلبة، وقد زاد الصخب حتى ملأ المدينة الفسطاطية، بينما ظل ابن ملجم على تكوره محتضنًا مصحفه، لم تؤثر فيه الأصوات الغضوبة والإنذارات اللحوحة بالخروج من البيت وتسليم المصحف، لكن ما تيبست معه أطرافه وتخشبت ملامحه هو صراخ أطفال سودان الذين خرجوا من غرفتهم في صراخ رفيع وحاد وجماعي ممزوجًا بهمسات محفزات من زوجتي سودان وقد تخفتا وراء ستر الغرفة. بدأ سودان يضرب عياله على أفواههم لطمًا وصفعًا فيسكتون بعد نحيب مشقوق بالذعر، فخرجت أصوات الزوجتين محتجتين في دق ثنائي على رأس سودان الذي تبادل نظرات متحيرة مع ابن ملجم ثم نقل حيرة نظراته للأطفال وباب النساء وحصار الرجال.

لم يكن ابن ملجم ينوي التخلي عن مصحفه، فكيف له أن يسلم كتاب الله للحرق، هو كتاب الله لكن هذا مصحفه، ما ملكه وملك عليه نفسه،

صحيح أنه يحفظ كل حرف فيه وأنه قارئه حيث لا شبيه ولا مثيل له في هذا المصر كي يباريه أو يجاريه، لكن هذا هو مصحف كتبه بقراءة معاذ ولديه كثير سور من مصحف ابن مسعود الذي أبى أن يسلمه لعثمان، وقال للناس في الكوفة كما تسمع من أصحابه: كيف تأمرونني أن أقرأ على قراءة زيد بن ثابت وقد قرأت من فم النبي بضعًا وسبعين سورة وزيد وقتها غلام يلعب مع الغلمان؟ خط ابن ملجم مصحفه بيده وبنقشه وجمع حرفه وخاطه بنفسه. هو ثروته فليس لدى جماعة الصحابة هنا ولا الجنود في الفسطاط أو الفيوم أو الصعيد نسخة مثل مصحفه، لديهم قطع من القرآن، سور مكتوبة ومخطوطة ومجموعة ومطوية وملفوفة ومفرودة، لكنه صاحب مصحف كامل بحرف عن معاذ وعن ابن مسعود، غيره يقرأون على غير حرفه وبغير مصحفه، فكيف له أن يسلمهم ما ليس لهم؟ وهل يملك غيره؟ حتى جبلة الذي يجمع عنده مصحفًا لخمسين سورة فقط. ربما سودان أمام نظرة أولاده واستعطاف زوجاته يمكن أن يصارعه ويسلمهم مصحفه لكن مع جثته. ليس لديه ولد ولا غلام، لم يفكر يومًا في الزواج ولا حتى في إيلاج جارية منذ جاء مع جيش ابن العاص، هو مجاهد زاهد متجرد متعفف عن الدنيا، يريد حياته الأولى ضافية لآخرة صافية. لما رأى الفسطاطيين وقد ملأوا نواحي بيوتهم بالنساء والولد لم يحس إلا بأنهم باعوا آخرتهم بدنياهم، لكن الدنيا كانت تجهز له [illegible] لتختبره، فقد سافر للارتباع كما يفعل الجميع ليتنزهوا ويمرحوا في الحقول وبيوت الصيف الرطبة الشرحة البرحة، لكنه كان قد نجح في امتحانات لا تطوى أسئلتها أبدًا، فهو يذهب لينغص عليهم رفاهتهم، فما يصح للمسلم في بلد جهاد إلا أن يجاهد، فكان يجلس على رؤوسهم وسط مشارب العصائر والتنعم بهواء النيل فيلقي موعظة عن الموت أو يقرأ آيات عن عذاب جهنم. فما كان من

بعضهم إلا أن يزعم أنه يخشع ويخضع حتى يرتاح من صداع ابن ملجم، بينما آخرون يقومون عليه فيهمون بالفتك به. حتى اهتدى سودان وجبلة إلى حيلة قضت عليه وسلمته للصمت المطبق، بعد صلاة عصر كان يمشي بين حقول ترميه أعوادها بروائح أسرعت جريان دمه، فقد راحت مصريات ممن تلونت أثوابهن، وترفرفت أطرافها مع نسائم الريح الناعم، وتمايلت ضحكاتهن مع قدودهن، ثم انكتمن بظهوره أمامهن فانتحى طابور البنات وجلًا مبتعدًا، بينما تكدر مزاجه وساءت نفسه وضاقت أنفاسه وارتبكت خطاه حتى دلف إلى البيت الذي انصرف عنه سكانه القبط منذ جاء كما قضت عهود ابن العاص حيث يتشارك القبط مساكنهم شهور الارتباع مع الجنود وعائلاتهم يعيشون فيها مختلطين أو ينصرف من شاء من القبط ليترك للجند السكنى لحين انقضاء المدة. وبمجرد ما دخل وتحت قبة تعلو صحن البيت شعاع من الشمس يحمل ضوءه ودفئه على أريكة فسيحة مفروشة بالبياض رآها، جسدًا بضًّا وعودًا ثريًا وصدرًا مكتنزًا عاريًا وفخذين قذفا نارًا في جوفه، فصرخ فيها ملتاعًا:

ـ من أنت أيتها الزانية؟

كانت قسمات وجهها المخروطي بشفتيها الممتلئتين وعينيها الواسعتين وأنفها الرفيع المدبب قد استحالت زرقة بصفعات يديه الخشنتين تهوي عليها، فلما انفجر صراخها مع قرع صفعاته ظهر جبلة وسودان مندفعين من باب البيت ينقذانها منه، وبينما بهت هو وأغشي عليها هي، شرحت له كلمات جبلة الملولة منه:

ـ كف يدك يا أحمق، إنها جارية من جواري عبد الرحمن بن عديس، جئنا بها لك لتهدأ روحك وتلقي بنارك بين فخذيها، لعلك تريحنا منك وتدرك أن شهوتك يقظى وأيرك يصلح لغير التبول.

يومها رحلت الجارية، لكنه في غبشة الليل أحس المني ينزل في نومته فيوقظ شهية الشهوة، في الصبح يغتسل بماء النهر ويندفع صاعدًا تلة تقود إلى جبل يتكئ بصخوره على جانب النيل، فيدخل في مدق يؤدي إلى طريق يشق أعمدة معبد من معابد الفراعين التي كره سكوت عمرو بن العاص ثم ابن أبي سرح عليها، فكيف لا يهدم أصنامها ويدك عمدانها. يستل من تحت جلبابه عمودًا من سيخ الحديد ثم يهوي بذراعه القوية الحانقة الغاضبة ويضرب بقبضته المتشبثة المتحمسة وجه صنم وهو يلهث تاليًا بصوت عال: «إِذْ قَالَ لِأَبِيهِ وَقَوْمِهِۦ مَا هَٰذِهِ ٱلتَّمَاثِيلُ ٱلَّتِيٓ أَنتُمْ لَهَا عَٰكِفُونَ ﴿٥٢﴾ قَالُواْ وَجَدْنَآ ءَابَآءَنَا لَهَا عَٰبِدِينَ ﴿٥٣﴾ قَالَ لَقَدْ كُنتُمْ أَنتُمْ وَءَابَآؤُكُمْ فِي ضَلَٰلٍ مُّبِينٍ ﴿٥٤﴾ قَالُوٓاْ أَجِئْتَنَا بِٱلْحَقِّ أَمْ أَنتَ مِنَ ٱللَّٰعِبِينَ ﴿٥٥﴾ قَالَ بَل رَّبُّكُمْ رَبُّ ٱلسَّمَٰوَٰتِ وَٱلْأَرْضِ ٱلَّذِي فَطَرَهُنَّ وَأَنَا۠ عَلَىٰ ذَٰلِكُم مِّنَ ٱلشَّٰهِدِينَ ﴿٥٦﴾ وَتَٱللَّهِ لَأَكِيدَنَّ أَصْنَٰمَكُم بَعْدَ أَن تُوَلُّواْ مُدْبِرِينَ».

حين عاد كان قد شعر أن الله قد غفر له منيه وأخبر جبلة وسودان أنه لن يقرب فرجًا قط.

لم يلن لهم، ولم يخب أبدًا أمام دنيا الفسطاط، فكيف يمكن أن يقدم لهم الآن أغلى ما لديه، دينه بين دفتي مصحفه وبين دفتي ساعديه، هذا الوالي المرتد الذي خان كتابة الوحي يريد أن يحرق المصحف حتى لا يكون على الأرض إلا مصحف عثمان.

كانت الخناقة الأخيرة في المسجد هي التي ألهبت عبد الله بن أبي سرح على تنفيذ أوامر الخليفة عثمان، فعندما كان عروة يقرأ في صحن المسجد الآية: «إِنَّ ٱللَّهَ لَا يَظْلِمُ مِثْقَالَ ذَرَّةٍ وَإِن تَكُ حَسَنَةً يُضَٰعِفْهَا»، وقبل أن يكمل الآية صاح فيه جبلة:

ـ كفرت بالتي تقول.

فرد عروة صياحه له:

ـ أتكفر بآية الله؟

فاكتمل صراخهما حين قال جبلة:

ـ بل أكفر بآيتك، فقد قال الله عز وجل إن الله لا يظلم مثقال نملة.

هاج المسجد، وامتدت الأيدي في الصدور وتشابكت الأذرع مع الرؤوس، وصار ابن ملجم يصرخ:

ـ إنها مثقال نملة في مصحفي.

وبينما انتهت المعركة باقتراح عبد الرحمن بن عديس أن من يقرأ على مصحف ابن مسعود يذهب إلى يمين الجامع ليصلي ويتلو فيه، ومن يقرأ بمصحف زيد ليصلي في شماله، ومن يقرأ بأبي موسى فليذهب إلى زاوية الجامع عند الجبل.

حل عبد الرحمن بن عديس لم يجد رواجًا في اليوم التالي، فقد قرر عبد الله بن أبي سرح تطبيق قرار خليفته بأن لا مصحف إلا مصحفه الذي أرسله إلى الفسطاط فوضعه أيامًا وأسابيع في الجامع لينسخه الناس. فلما لم يفعلوا وقد رفض الحفاظ كجبلة وعروة وابن ملجم الاستجابة، أمر ابن أبي سرح بحرق أي مصحف يملكه أي من مسلمي مصر أيًا من كانوا أو فيما كانوا.

وصل معاوية بن حديج الآن عند باب سودان وقد جلجل صوته العريض البطيء:

ـ لو لم يخرج ابن ملجم بالمصحف الآن يا سودان من دارك فسأقتحمه بجنود الخليفة وسننزعه من بيتك ولن يتركك ابن أبي سرح بدون جلد أو سجن أو نفي.

احتار سودان فيما يفعل بينما صرخ ابن ملجم:

ـ سأقتل من ينزع مني مصحفي بسيفي.

غضب سودان أن تجاوزه ابن ملجم، فهو صاحب البيت ومجيره وأولى أن يترك له الرد، لكنه سمع ابن حديج ينادي سائلًا متهكمًا:

ـ ومنذ متى صار عندك سيف يا ابن ملجم؟!

ثم واصل:

ـ يا سودان، لن تجير من يعتدي على أمر الخليفة، فسلمه لنا وسنأخذ مصحفه ونتركه إلى حال سبيله يقرئنا القرآن ويعلمنا آياته.

صاحت امرأة من نساء سودان حانقة:

ـ فلتخرج من بيتنا يا هذا، فقد أرهقتنا وجزعتنا.

أصابت المفاجأة الرجلين بالحمى، فانطلق سودان نحو الغرفة يدوس بقدميه كل شيء أمامه، واقتحم لمة العائلة فهوى عليهن جميعًا بالضرب، بينما تشنجت ذراعا ابن ملجم وهما تشتدان ضغطًا على مصحفه، فإذا بتحطم باب البيت واندفاع جلبات وصرخات غضبى وعشرات الأيدي والأذرع والأقدام تشده وتجذبه تخلع ذراعيه من ضمتهما وتتطقطق عظامه وتنخلع كتفاه وهم ينزعون من صدره المصحف، بينما كان سودان يدفعهم بعيدًا عنه كانوا قد جرجروا ابن ملجم في الأرض حين تعلق بأرجلهم وقد حازوا المصحف وأخرجوه وجروا ناحية ابن حديج فسلموه له.

عندما حملوا ابن ملجم مضعضعًا لبيته مروا به على الجامع، حيث وقف قبالة بابه الأمير عبد الله بن أبي سرح وقد وضعوا حطبًا وخشبًا وعشبًا أشعلوا فيها النار، وأخذ ابن أبي سرح بيديه مصحف ابن ملجم وقذف به إلى النار بنفسه، فأحس ابن ملجم شواء لحم قلبه.

٤٠

لم يصدق أحد ما جرى لكنه جرى فعلًا.

كان عبد الرحمن بن عديس يجلس على سريره يهمهم متلعثم الكلمات، تتقطع حروفها بين أسنانه، تخرج متآكلة من حنق حلق مخنوق بالغضب:

ـ لو رأيت وجه ابن أبي سرح الآن لأقتلنه بيدي.

ثم اندلعت رعدة في جسده الضخم وانفجرت نبضات عروق رقبته منتفضة، ارتعش هذا البدن الجسيم الفارع الذي لم يظهر عليه عبور السنين ولا عبراته ولا رماحه ولا نصاله حتى اهتزت جنبات السرير، وتجمدت نظرات المحيطين به يملأون الغرفة حين رأوه يسقط بظهره على فراشه، ضربته الحمى ويتخبط فكاه وتشحب ملامحه ويبيض جلده. فسارع ابن ملجم ورمى فوقه بغطاء صوفي لفه ودثره، ثم أخذ كنانة يجمع لفائف البسط المفروشة ويلقيها على ابن عديس وهو يهرف:

ـ أيفعل هذا في مبايع النبي تحت الشجرة؟! أيفعل هذا في فاتح مصر؟!

أوجعهم ضعف عبد الرحمن بن عديس، فكاد جبلة أن ينفطر قلبه، فأمسك متخشبًا بسيفه حتى سمعوا طرقعة انكسار إبهامه. احمرت عينا كنانة ولم يكن يظهر من وجهه إلا هاتان العينان وقد أخفى ملامحه بطرف

عمامته ملثمًا، وقد أحكم ربطة العمامة فوق رأسه التي يضع خدها فوق صدر ابن عديس يحاول أن يدفئ برد رعدته.

حاروا جميعًا وهم يعودون بابن عديس من دار الشرطة، وقد فجعوا بما جرى في غيبتهم. كان عبد الرحمن بن عديس يمضي في شوارع الفسطاط بكبريائه وسيرته ببيعته النبي تحت الشجرة، فلم يشأ أن يستدعي قرابته ولا أصحابه حين استدعاه ابن أبي سرح في قصر الجن، ليس هو من يتردد في مواجهة أمير البلد الذي شارك بسيفه في غزوه وسبي رومياته، ما الذي يمكن أن يفعله هذا المرتد أمام زعيم قبيلة وقائد معركة ومبايع نبي؟ يعرف أن غضب ابن أبي سرح كان كبيرًا، لكنه يجب أن يصغر أمام حضور ابن عديس. صحبه هانئ بن عروة رئيس شرطة مصر وقد نقله ابن أبي سرح معه من المدينة. كان عمرو بن العاص قد وضع نظام الشرطة قبل رحيله وصار للفسطاط وللجامع ولرحلات ابن العاص ولقاءاته جند وحرس للحماية وللعسس في البلد من الجبل حتى الجامع، ومن بيوت أهل الراية حتى منطقة الحمراوات. وقف عمرو بن العاص على منبره وهو يخطب فيهم أن هذه الشرطة مطلوبة ومفروضة، فلا يمكن أن نأمن ونحن في بلد وضعنا سيوفنا في رقاب رجاله. همس يومها كنانة وقال لابن عديس:

ـ الروم الذين قتلناهم خرجوا من مصر ولم يبق إلا أهلها الذين فتحوا لنا بوابات حصونهم.

أضاف عمرو بن العاص:

ـ لا بد أن تكون لنا عيون في الفسطاط وخارجها وعسس تقعد للأمن وتتربص بالمنحرف.

التفت ابن عديس لكنانة:

ـ لا أمير بغير شرطة، ولا حكم بغير عيون يا كنانة.

لكن الشرطة لم تعد مخصصة للروم المغيرين وقد غبروا، أو لنوايا القبط وقساوستهم وقد سلموا وسالموا، بل صارت تنظم الصلاة في الجامع وتصف الصفوف وتسأل عابري الليل وتحرس الخراج وتجبي الجزية وتهدد بالحدود وترهب بالصيحات والهبات والاستيقافات للعابرين والمسافرين والعائدين. حين تسلم عبد الله بن أبي سرح الولاية زاد من شرطته واستعان بأهله وانغرست عيونه في العرب وتتبع العسس قوم الفسطاط وبيوتهم، وصار هانئ بن عروة بموافقة ورعاية من ابن حديج هو الممسك بأطراف قرارات أمن الأمير ومدبر شأنه ومتتبع خصومه، الذين كانوا يتكاثرون عليه كلما مرت مواسم توزيع الأعطيات وتحصيل الجزية وتوزيع رواتب الجند وحصص العباءات والقمح وثمار حدائق المصريين وزروعهم، وتحديد الهدايا للخليفة ونصيب الأمير من عوائد هدنات المعارك. ابن عديس لم يحب هانئ بن عروة أبدًا لأنه لم يحب ابن أبي سرح أبدًا. كان يرى في عمرو بن العاص قائدًا رغم أنه لم يكن يتحدث عنه في غيبته إلا بابن النابغة، مذكرًا بالرحم المأجور الذي جاء بعمرو إلى الدنيا، لكنه لا يرى في عبد الله بن أبي سرح إلا هذا القريب المدلل لعثمان بن عفان. صحيح أن من أرسله لمصر كان عمر بن الخطاب، لكنه كان خازنًا جابيًا، أما وإنه صار أميرًا عليها مكافأة على خشونته وحدته التي ضخم بها وأزاد من خراج مصر، بعد أن كسر أعناق القبط بالضرائب والمكوس والجزية ثم صار بطبع أخيه عثمان يوزع الهبات للأقارب والمقربين، ويبقي جنود مصر وعساكرها يتحصلون فتات المغانم. سافر معه ابن عديس للحرب ضد الأساود النوبيين وقد أغاروا وتمردوا وعصوا، فشاء ابن أبي سرح أن يجعل لنفسه سبقًا في فتح دنقلة والفوز بسواد أرض النوبة ورؤوس قطعانهم، كانت حربًا لم يتوقعها لا ابن أبي سرح

ولا ابن عديس، ضروسًا وطويلة، ظنها عبد الله بن أبي سرح قرطاجنة أخرى يحوزها من ملك آخر مثل جرجير الذي تمرد على هرقل وسطا على ملك قرطاجنة، فلم يلبث أن يقتله عبد الله بن الزبير ويسلم رأسه لابن أبي سرح الذي يرسل بسراياه في الأراضي المحيطة فيصيب غنائم كثيرة، يرتعد معها رؤساء أهل أفريقية حول قرطاجنة فيطلبون منه أن يأخذ أموالًا على أن يخرج من بلادهم فيقبل. ولم يفكر ابن أبي سرح حتى في أن يترك عليهم واليًا مسلمًا، ولم يفكر أن يعين لهم رجلًا يعلم فيهم حرفًا من قرآن بل الأموال والغنائم وصولجان أول من داس خيله أفريقية. لكن شيئًا من هذا لم يتكرر مع أساود النوبة، بل رأى ابن أبي سرح قتالًا فاجأه فأرهقه فحيره فأوقفه بعد أن فقد رجاله عيونهم برماة الأحداق من النوبيين، فقد تخصصوا في إصابة أملاق العيون فضاعت عيون كثيرة منزوفة الدم. وحين ضرب السهم حدق عين ابن حديج قرر ابن أبي سرح أن يعقد هدنة ألا يغزوهم وألا يغزو أهل النوبة المسلمين، وأن يؤدي المسلمون إليهم القمح والعدس كل سنة، وأن يؤدي أهل النوبة مقابل ذلك ثلاثمائة وستين رأس ماشية للمسلمين، ولابن أبي سرح وحده أربعون رأسًا. فلما عادوا من النوبة وجد عبد الرحمن بن عديس أن الأمير قد وزع رؤوس الماشية على أقارب له وأرسل مائتين منها للخليفة في المدينة بينما لم تدخل بهيمة واحدة حظيرة أو بيتًا لجندي ممن قاتلوا عدا معاوية بن حديج الذي حصل أمام عينه الضائعة عيون بقر زاحمت داره، وبسر بن أبي أرطأة الذي التصق بظهر ابن أبي سرح منذ جاء، فحصد منه الغنى والترف وقيادة جند كان هو واحدًا في صفوفهم الخلفية ونسيهم المخلف في مؤخرة الحرب منذ جاء ملحقًا على جيش ابن العاص.

يومها في المسجد كان ابن عديس يحدث نفسه: لم تعد الفسطاط

فسطاطك يا عبد الرحمن بن عديس، كبير الفسطاط وزعيم رجالها، هم أجناد مصر الذين غزوها وفتحوها وسكنوها وغنموا غنائمها وملأوا كأس الخليفة بلبنها، وهم الذين يهبون وراء ابن العاص أو ابن أبي سرح، فينفرون بنداء الغزو ويركبون ظهور خيلهم رافعين سيوفهم في حين يغمدها غيرهم في المدينة من أقارب عثمان. يهملك الأمير يا ابن عديس فيريك رجالك رايتهم التي تتهلهل وعمود خيمتهم الذي يترجرج، ها هم مترفو الفسطاط ينتفون خيرها ويتفون زبلها في وجهي ووجوه رجالي.

كان كنانة مهتاجًا حين تلصص على همس ابن عديس المتقرفص وحده في ركن الجامع، فهتف فيه متأثرًا ومتحمسًا:

ـ لنجمع رجال غافق وعك ولخم ونحيط بهؤلاء القريشيين ونهدم قصر الجن على بني أمية.

التفت له ابن عديس:

ـ هنا ذيلهم يا كنانة والذيل لا ينفع الصائد.

قال كنانة كأنما يفرج مكنونه:

ـ هو الرأس إذن.

* * *

حين وصل ابن عديس إلى دار الأمير وقد شعر شيئًا حين دخوله يحوم أمام عينيه وحول أذنيه، كانت الوجوه كلها التي تملأ ساحة قصر الجن حينها هي تلك الوافدة من بني أمية، من أقارب عثمان وأخيه ابن أبي سرح.

دخل ابن عديس وقد عرف فورًا خطأ مجيئه منفردًا، من يمكن الآن أن يبلغ رجاله، من يستدعي كنانة فيأتي بألف من قبائل اليمن مستدعين من الفيوم والإسكندرية وشبراخيت والمنيا والفسطاط، فيحطون على بيت الأمير ينقذونه من كمين دخله بغروره وسيخرج منه بما يستحق غروره،

هذا إن خرج، فهذه الوجوه كارهة كريهة، هذا بسر بن أبي أرطأة الذي لا يتورع عن شرب دم فرائسه، وكان دبيب تذمر يزن من فم ابن حديج الذي عصب عينه بعصابة وجلس بجوار ابن أبي سرح المتكئ على كرسي من خشب القبط المنقوش المطعم بالأصداف والفضة يرفع ساعديه كأنه هو هذا الرسم فوق جدران معابد فرعون موسى التي يصمم ابن ملجم على تحطيمها كلما مر عليها فيحجزه عنها ضعفه وانصراف الناس عن ثرثرته التي تمرضهم بالشقيقة. ازدحم المكان فجأة، وضاق خناق الأجساد حوله ثم خرج صوت هانئ فحيحًا:

ـ ما الذي تمشي تقوله بين الناس في الفسطاط يا ابن عديس؟

رد وهو يرسل شرر نظراته صوب ابن أبي سرح:

ـ ومنذ متى تسأل سحالي الصحراء أسودها عما تفعل وتقول يا ابن أبي سرح؟

شخط هانئ:

ـ كلمني أنا يا عبد الرحمن بن عديس فأنا محدثك.

ـ لكن سمعي يصم عن النهيق.

وقف ابن أبي أرطأة لاعنًا:

ـ ما الذي تنتظره يا أمير وهذا الرجل يغره قومه بالفتنة ويتقول عليكم بأنكم تأخذون من بيت المال ما لا يحق ومن الماشية ما لا يُستحق؟

زأر ابن عديس:

ـ أوَليس هذا صحيحًا يا ابن أبي سرح؟ ألست من تنزع من القبط أموالهم وماشيتهم وقمحهم وزروعهم وبدلًا من أن توزعها على جند مصر تذهب به لبيتك وترسلها إلى أخيك في المدينة؟ أي خيل هذا الذي تبعث به إلى القريشيين يا ابن أبي سرح وهم في حمى الكعبة وحول

مسجد الرسول لا يسلون سيفًا ولا يشهرون رمحًا ولا يركبون خيلًا لقتال؟! فماذا سيفعلون بخيل مصر إلا التنزه بين ضواحي المدينة وحدائقها التي امتلكها أقارب عثمان وأهل بيته؟!

قام ابن أبي سرح ملتاعًا:

ـ أوَتطعن في خليفة رسول الله يا هذا؟!

ـ رسول الله هو من بايعته تحت الشجرة، بينما كنت أنت مرتدًّا استحل النبي دمك لولا أخوك الذي تخدمه الآن.

* * *

لا ينسى ابن أبي سرح أبدًا ما حيا حين حبا خوفًا تحت أسوار بيوت مكة وجلًا مذعورًا مرعوبًا متخفيًا بجسده ملثم الوجه، كان قد بلغه الخبر كنصل سيف شق كبده، محمد أطلق كل أهل مكة، رغم ما فعلوه من شرك وشراك، ورغم ما ناصبوه من عداء وحرب وما خططوا له من مؤامرات وخيانات، حين دخل مكة منتصرًا رافعًا رايته محطمًا أصنام قومه المعبودة مرددًا أذان صلاته لأول مرة صادحًا حرًّا بلا حصار ولا منع ولا مطاردة في سماء مكة، سامحهم وعفا عنهم وطوقهم بفضله وحن عليهم بمعروفه إلا أنه أحل دم أربعة فقط استثناهم من الرحمة وأخرجهم من العفو وطلب دمهم، كان ابن أبي سرح واحدًا منهم، فشعر أنه يحمل رأسه على صدره، مبهوتًا ومصدومًا، يفر من بيت لآخر وقد سمع عن خيل خالد بن الوليد يضرب بحوافرها في دروب مكة بحثًا عنه. فكر أن يحتمي بالكعبة، فيلجأ لها حيث لا يمكن لأحد أن يفسد حرمتها بدم قتيل تحت أستارها، لكنه تذكر من أبلغه بخبره أن محمدًا أمر بقتله حتى لو احتمى ببيت الله الحرام. إلى هذا القدر كان جرمه؟ ما الذي جعله أخرق حتى إنه ادعى أنه كان يكتب الوحي على هواه وبكيفه؟ ماذا لو كان ارتد عن دين محمد وكفى؟ لماذا لم يكتفِ

وكفاه من تجربته مع محمد ودينه فقفول عودته لبلده وأهله؟ لماذا غالى في ردته وأمعن في عدائه؟ ها هو جاء اليوم الذي يجف فيه دمه من عروقه وتعمى عيناه عن رؤية طريقه، متخبطًا مترنحًا في شوارع مكة من سطح إلى سطح ومن سور إلى سور، ومتكورًا وراء باب، ومتكومًا تحت سقيفة. يحاول الهروب من أي طريق لخارج حدود هذا البلد الذي صار مقبرته، لكن كل الطرق مسدودة برجال محمد يحاصرون المدقات والممرات. برقت الفكرة في رأسه، كانت هدية الله له، إنه عثمان بن عفان أخوه في الرضاعة وابن عمه وصهر الرسول وصاحبه ورقيق القلب العطوف المعطاء واصل الرحم متجنب الدم، كيف يمكن أن يجده؟ من المؤكد أنه في صحبة محمد الآن، كيف يصل إليه؟ ساعتها أرسل الله هدية جديدة له، فكرة كان تنفيذها كفيلًا بإنقاذه، الوصول إلى بيت أبي سفيان حيث تركه محمد لمن يريد الأمان، يدخل فيه متخفيًا ثم يطلب من أبي سفيان أو ربما يجد معاوية ابنه هناك فيرسل إلى عثمان فيطلب منه الشفاعة والوساطة عند محمد. يعلم وقد اقترب ورأى حب محمد لعثمان ورقة قلبه تجاهه كم أن رجاء عثمان قد يفك رقبته. الآن صارت المهمة هي الوصول إلى بيت أبي سفيان. فرد طوله ومد عنقه وخرج من جحره ومشى في قلب الطريق يحاول أن يثبت رعشة ساقيه ويلجم دفق قلبه حتى لا تأخذ أي من رجال ابن الوليد ريبة أو شك فيه. كانت كل مطارق مكة تدق في رأسه، وكل قطرات عرق قيظ شوارعها تغرقه، وكل أثقال جبالها تحط فوقه، لكنه أخيرًا لمح الزحام أمام بيت أبي سفيان، ثم وسط مئات العيون المترقبة الراقبة رأى عيني معاوية، تنهد بعد أن انهدت أعصابه، هدأ وانسل بين الزحام إلى ذراعي معاوية.

لم يتردد عثمان لحظة واحدة أمام رجائه، بل دمعت عيناه وجفلت يداه، وقال له متحشرج الصوت بألم الخوف عليه:

ـ هل تبت ورجعت إلى الله وعدت إلى دين الإسلام يا أخي؟

ما الذي كان ينتظره عثمان، هذه رقبته، ثم هذا نصر دين محمد أمامه، ثم إنه كان يكذب فعلًا على النبي؟

ـ لقد تبت وعدت وأسلمت وآمنت يا أخي عثمان وصاحبي.

أخذه من يده وأركبه على خيله حتى يسرع فيذهب به إلى النبي. دخل ابن أبي سرح خلفه مهزومًا ومكسورًا وكسيفًا أسيفًا ميت الروح حي الجسد، حين تشفع له عثمان صمت النبي ولم ينظر ناحيته ولم يشر له، طال الصمت حتى قتله الانتظار. وكانت ابتسامة عثمان الحانية وعيناه المستعطفتان المعلقتان على وجه النبي هما ما يمنع ابن أبي سرح من الانهيار وقوعًا. أومأ النبي أخيرًا بالموافقة، فعادت روحه تدفئ برودة جسده المتيبس.

بعدها بقرابة أربعة عشر عامًا حين وقف عبد الله بن أبي سرح في مسجد النبي يصيح بعلو صوته وبكل قوة صوته على الصراخ أنه يبايع عثمان بن عفان خليفة للمسلمين حين طلب ابن عوف يومها البيعة لعثمان مستبعدًا علي بن أبي طالب، أدرك أنه أول من بايع رغم زحام المسجد الخانق ولهف الجمع الحاشد، إلا أنه رغم بعد مكانه في المسجد سمع ولبى وهتف ببيعة عثمان، ساعتها صرخ فيه عمار بن ياسر:

ـ أنت تبايع من أنقذك من حد سيف رسول الله يا ابن أبي سرح.

كانت حمى عمار الغضوبة قد ركمها صياح الناس بالبيعة لعثمان، فأيقن ابن أبي سرح أنه رد شيئًا من فضل عثمان عليه.

* * *

كان ابن عديس لا يزال على وقفته المتحدية لابن أبي سرح الذي هدهدت الذكريات التياعه، فأشار على هانئ بما فهمه فأزا موا صفًا من الحرس، فظهر اثنان من الرجال يدفعان كنانة المكلوم بجرح إهانته. رآه

ابن عديس فغامت روحه وغشيت عيناه وغمت نفسه. كان كنانة حليق الرأس واللحية، وبينما يتبادلان انكسار المأخوذين بالخديعة كان أربعة من الرجال يطبقون على ابن عديس ويقبضون على كتفيه ويلجمون يديه ويثبتون رأسه، واقترب رجل بموسي حادة عريضة، فاقترب من وجهه المهتز غضبًا يحاول الانفلات من خناقهم، خلعوا عنه عمامته وألقوها بالأرض، مد الرجل بموسيه ناحية رأس ابن عديس وبدأ يجز شعره.

لما وصل الرجل عند لحية ابن عديس يزيل شعرها كانت عينا ابن عديس قد حطتا فوق وجه ابن أبي سرح الذي كان تشفيه الذي يسيح من نظراته على خديه ولحيته هو آخر ما رآه ابن عديس قبل أن يغشى عليه محمومًا.

٤١

ـ يحبون ابن أبي بكر ويطيعون ابن أبي حذيفة. يصلون وراء ابن أبي بكر ويمشون وراء ابن أبي حذيفة.

تمتم عبد الرحمن بن عديس لنفسه وقد أحاطه كنانة وجبلة يدخلون معًا إلى عتبة المسجد بعدما بلغهم انتهاء عبد الله بن أبي سرح من تمام الصلاة. كانت الفسطاط قد تفسططت فعلًا بين الصلاتين، منذ جاء هذان المحمدان، وتغيرت أمور كثيرة، عرف ابن عديس أن هذا سوف يحدث لكنه حدث أسرع مما تخيل وأكثر مما تمنى، منذ رقدته العليلة بحمى الغضب المكتوم والحنق المكظوم وهو ينتظر هذه الساعة. قرر أن يصمت، تجاهل هذا الزحام اليومي حول سريره من معزين لكرامته ومن محمسين لثأره، طلب منهم أن يسكتوا خارج الدار قبل داخلها، ليس من صالحه أن تمزقه ألسنة الناس بقص ما جرى، كلما رواها واحد لآخر يدس الملح في الجرح، يدوس بالإهانة على الهامة. ينظر إلى كنانة يطلب منه أن يؤكد مؤكده، فيوافق الجمع أن يلتزموا الكتمان ويحفروا قبرًا للحادثة في صدورهم. كنانة الذي أوحشه ومرق لحم قلبه خروجه من خلف ظهور رجال ابن أبي سرح يومها حليقًا مضعضعًا يحاول أن يثور لكرامته

بجعجعة وتعتعة فتهزه صدمة الخدعة وعمق الشرك، فيلم صراخه في جوفه ويدخر كرهه ليوم يكرهه ابن أبي سرح، أنصت لابن عديس وهو يهمس موجوعًا لنفسه:

ـ ما الذي سيكسبه من إذاعة أن عبد الله بن أبي سرح قد خدعه وعاقبه بحلق لحيته وشعره مثل أي سارق عنزة في الفسطاط؟ هؤلاء المئات من موقريه، هؤلاء الذين يلثمون كفه التي عاهدت النبي وبايعته، وأولئك الذين يقلدونه زعامة قبائلهم كيف سيتحملون خبر العقوبة؟ ستضيع الهيبة وتنحني القامة.

لم يفهم ابن ملجم سبب كتمان السيرة، غبي كما عهده ابن عديس، لا يطيق صبرًا على إعلان جهله، يريد أن يثير غضب الناس على ابن أبي سرح.

قال له يومها:

ـ أنت لا تدركها يا قارئ القرآن، حتى لو ثار الناس من أجلي، من سينضم لنا بعدها؟ حاشية الأمير ونسب الخليفة وخزائن المال ستهزم ثورتنا، اليمنيون من أهلي ورحمي لن يتحملوا منافسة القريشيين وسلسال مكة، ثم إذا أزحنا هذا المرتد لن يسكت أخوه الخليفة، سيرسل لنا معاوية من الشام بجيشه، سنكون قومًا من العصاة.

ـ وما الحل؟

ـ أن يأتينا قريشي نقدمه علينا ونضعه في واجهتنا، نتمكن من هذا البلد فنركب خيلنا إلى حيث ننزل عثمان عن مركبه.

اشتدت حمرة عيني ابن ملجم حين يقسو غضبه على عقله وينكشف ضيقه من سعة الدنيا، يضرب العصا في الأرض وترتعش شعيرات لحيته على صدره وهو يلملم كلماته من تحت حوافر غيظه:

- وما لقريش من هذا كله؟ ألسنا كلنا مسلمين لا فرق بين عربي وعجمي إلا بالتقوى؟ ونحن أتقى من هؤلاء الذين يرفعون أنسابهم فوق عمائمهم. أنتم تقسمون الناس على غير ما علمنا نبينا.

نهره ابن عديس بنظراته ثم عف عن تقريعه فقال:

- هذا النبي هو ما جالسناه نحن يا مرادي لا أنت، نحن من صاحبناه لا أنت.

- وهل هذا يجعلك أقرب لله مني؟

- ولكنك أنت من قلت إنك أكثر تقوى منا.

- بل لم آت على سيرتك يا رجل.

- ومن هؤلاء الذين يرفعون أنسابهم فوق عمائمهم غيرنا يا مرادي؟

ثم نفض يديه منه فقام على عجل وجمع عباءته ومضى ثم تذكر أنه في بيته وأن ابن ملجم ضيف عنده، ولما لم يتحرك ابن ملجم من مجلسه عاد ابن عديس وقعد نافخًا هواءه الساخن في كلماته:

- لن ننتظر كثيرًا، فالأخبار تردنا عن مقدم شعلة نار نفخها ابن العاص في حطب ابن أبي سرح.

* * *

كان ابن عديس يقصد ساعتها هذين المحمدين، بلغته رسائل عمرو بن العاص القادمة على أجنحة جوارحه التي تنقر ستر الأمير وترسل أخبار مصر لابن العاص وتتلقى نصائحه الممهورة بدهاء الطامح ومرارة المعزول. وكان ابن أبي سرح قد وصلته ذات الأخبار، حاول أن يمنع قدوم محمد بن أبي بكر ومحمد بن أبي حذيفة فأوفد عاجلًا برسله إلى عثمان أن يأمرهما بالعوده أو بالذهاب إلى معاوية في الشام، لكن عثمان أبى أن يسمع وعزف عن أن يقتنع، حبه لابن أبي حذيفة ربيبه اللعين

وضعفه تجاه هذا الفتى غامض لا ينفك طلسمه أبدًا، غفر له عصيانه في المدينة وتعصيه على الانصياع، بل تركه يرتع في مخططه حين وافق بل شجع على سفره لمصر بل زوده بنفقات السفر مع ابن أبي بكر وأرسل إليه يأمره بحسن الوفادة وتعامل العم مع ابنه.

يا لهذا العثماني الطيب، يرى في الناس خيرًا لا يراه الناس في أنفسهم، ويكرم الخلق رغم شح الامتنان. حاول ابن أبي سرح أن يطبب الجراح مع ابن عديس قبل أن ينضم للمحمدين القادمين فتثقل الحمولة على عيشه وعرشه. كتم خبر التعرض لابن عديس وعقوبته، بل وانتدب مسلمة بن مخلد ليزوره في داره التي لم يخرج منها لصلاة ولا لجمع أو جماعة محتجًا بالمرض، فعاوده مسلمة بسمنته وبدانته التي تكدست بلحمها منذ تعطلت السيوف عن القطوف. يحب ابن عديس مسلمة منذ تجاهل سخرية عمرو بن العاص عن مؤخرته التي تقعده عن النزال في النوازل ثم أنقذ هو بنفسه وبسيفه عنق ابن العاص من ذبح عند سور الإسكندرية.
ذكر ابن عديس مسلمة بهذا المشهد وقال:

- أين كان إذن ابن أبي سرح وأنا وأنت نفتح هذا المصر بسيوفنا ونقف عند بوابات حصن بابليون وأمام أسوار الإسكندرية حتى يأتي اليوم فيهين كرامًا ويعاقب كبارًا؟

يطيب مسلمة خاطره وهو يؤنبه:

- لكنك لا تمنع هذا اللسان عن قطع الرقاب وتطيير الرؤوس يا ابن عديس وهو أميرك.

- ولماذا لا تكون أنت الأمير يا ابن مخلد وأنت من أنت؟

- ليست نزاعًا هي على الإمارة يا ابن عديس.

- بل تنازع على العدل.

- أي عدل لديك ليس لدى ابن أبي سرح؟

صمت ابن عديس فهو يعرف عمق الصلة بين مسلمة وابن أبي سرح، وكيف تجسرت الجسور بالراحة والنعمة والضياع والصواع. لكن مسلمة تلقى دلالة الصمت بنباهة الحدس فقال:

- اسمع يا ابن عديس، لا شك أن الأمير قد أخطأ بما فعل، ولعل ما بلغه عنك كان أشد من تحمل الرجل واحتمال طاقته، وهو يطلب منك الصفح الجميل، فاصفح حتى تكون من عرفنا ويكون لك الأمير ما لا تعرف.

هو الخوف إذن يا ابن أبي سرح، مسلمة الفاتح القائد يغريه برضا الأمير الوجل من مقدم المحمدين، وقد جاءا.

* * *

وصل ابن عديس عتبة المسجد فوجد ما توقعه كما كل يوم منذ حضر المحمدان، ينتهي ابن أبي سرح من إمامة الصلاة، يلتفت بالسلام عليكم ورحمة الله وبركاته، يتحرك الحراس خلفه بصليل النصال، بينما ينهض المئات من المصلين وراءه في صفوف متتالية، فينهضون تباعًا من يتحلق حوله ومن يقترب منه ومن يرقبه ومن يتبع حركته ومن يهم بصلاة النفل، فإذا بصوت جبلة رائقًا يصدح بصدعه يؤذن لإقامة الصلاة نفسها، فإذا بمحمد بن أبي حذيفة يمسك بيد محمد بن أبي بكر يدخلان من باب المسجد خلفهما وفود مئات، يتقدم ابن أبي بكر إلى المحراب ويقف خلفه مصلون منتصبين مصفوفين صفوفًا كأنها في ساحة حرب لا باحة جامع، ثم يبدأ ابن أبي بكر الصلاة فيطيل فيها والقوم يقدمون وراءه صفوفًا خلف صفوف، بينما ابن أبي سرح يبتعد في مضيه ناحيه باب الخروج يحاول أن يبدو متماسكًا، فتنفك نظرات القلق من قبضات عينيه، معاوية بن حديج

ومسلمة وابن أبي أرطأة ينفرون من فراره من المواجهة وينقمون على هانئ رجل الشرطة سلبيته التي تسلب منهم ومن الأمير قوة البطش.

لا يبدأ ابن عديس الصلاة إلا عندما يرمي ابن أبي سرح بشرر شزر النظر، يتأكد من رعشة فكي الأمير المضطرب ومن حيرة رجاله يكبلهم تردده عن الإتيان بفعل يعلن الضعف حين يريد به القوة ويُغضب الخليفة حين يظن أنه يرضيه. يرفع ابن عديس كفيه بالصلاة، هل يسهو في صلاته؟ ومن هذا الذي لم يسهُ منذ جاء المحمدان؟ كان سعيدًا بالقبائل التي تترى صناديد سندًا لابن أبي حذيفة، إذ يقف يخطب فيهم ويمشي معهم في الأسواق ويسافر معهم للارتباع ويصحبهم في دورهم ومعسكراتهم، يتحدى حرس ابن أبي سرح، ويبث ابن أبي حذيفة فيهم كلامًا لم يسمعوه بهذا الاندفاع وذلك الإصرار:

ـ لقد خرج عثمان عن خط والد هذا الرجل.

ويشير إلى محمد بن أبي بكر، لا يخطب ولا يصيح فيهم، لكنه يتكلم بحدة ابن أبي حذيفة وبصدق ابن الصديق، ماذا يملك الناس أن يكذبوه وها هو ابن الخليفة الأول يكره الخليفة الثالث ويوافق على صياح ينبذه وعلى صراخ يهدده وعلى دعاء عليه، ودعوة ضده تنطلق من جوف ابن أبي حذيفة الذي هو ربيب عثمان وابنه المربى في الكنف وتحت الكتف.

* * *

لما عرف ابن أبي حذيفة بأن الزبير ترك في داره السلم الذي صعد عليه فوق سور حصن بابليون يوم فتحه جيش المسلمين، راح إلى الدار الفارغة إلا من بعض غلمان يخدمون سقيها وريها ونظافتها ورعايتها لصالح مالكها الزبير فقد يعود يومًا، جمع عددًا من أهل اليمن وسألهم أمام الدار:

ـ أهي سلم صنعها الزبير وحده؟

أجابوا أن لا.

ـ أهي سلم دفع مالها الزبير؟

أجابوا أن لا.

ـ أهي ملكه يوم تسلقها أم هي ملك جيش المسلمين؟

أجابوا أنها ليست ملكه ومثلها كخيل الجيش لا كسيف الجندي، فقام ابن أبي حذيفة إلى الباب الخشبي فطرقه دقًّا عنيفًا، فلما رآه الخدم وقد فتحوا الباب فزعوا للجلبة وللكثرة فلم يستأذنهم بل دخل وحمل ومعه العشرات سلم الزبير، خرجوا به مهللين كأنه سلبهم في حرب ومغنمهم في معركة، ثم احتار ابن أبي حذيفة ماذا يفعل به.

حينها سألهم وهو التائه في دروب الفسطاط لا يعرفها:

ـ أين البيت الذي أخذه لنفسه ابن أبي بكر؟

فأشاروا له على الطريق فاتبعه وهم وراءه، لم يكن البيت إلا منحة من الأمير ابن أبي سرح لابن الخليفة الأول، ورغم ذلك صار هذا البيت كأنه دار الأرقم لدعوة سرية جهرت في أسابيع بالعصيان على والي عثمان، فكان ابن أبي حذيفة يلف نواحي الفسطاط ليلف عقول أهلها، يحاصر بهم ابن أبي سرح:

ـ هذا الظلم الذي رأيناه في المدينة على يد عثمان الذي يوزع مال المسلمين للأصهار والأقارب ويتاجر ببيت المال، وهو المؤتمن الخازن الذي يخون أمانته حين يرمي بدراهمنا تحت أقدام ابن أبي سرح المرتد الذي يأكل لحم القبط ويلقي لكم جلده، ومروان الطريد الذي يلبس خاتم الخلافة حلية في يده، وطلحة الشريك، والزبير الثري الذي يجعل من ثرانا ثريده، جعلنا لنأتي أنا وأخي الصديق ابن الصديق، متعبد المدينة وراهبها، لنجاهد في سبيل الله، ليس ضد عدو كافر مشرك فقط، بل وضد عدو بيننا فينا، لا يقيم

العدل ويبخس في ميزان الحق ويبخس الجنود حقوقهم. أليس هذا الذي تتحصلون منه بعد غزو وحرب ونصر وفتح ثلاثمائة دينار، بينما يكنز هو ثلاثمائة ألف؟ اسألوه ألم يمنحه عثمان خُمس ما فزتم به من غزو أفريقية في طنجة وقرطاجنة؟

من أين عرف ابن أبي حذيفة بهذه الأنباء؟ إنه ابن عديس الذي وجده فارسًا على جواد فرمى له رمحًا وراء رمح، وجده يطعن في ابن أبي سرح فزوده بخنجر الأخبار المسمومة. كان الجنود على رضا ما يعيشونه في بيوت أصغر وأبعد، وبأموال أقل وأشح من رؤوس أقوامهم وقامات قياداتهم، إلا أنهم ما ابتأسوا ولا تأسوا إلا عندما جاءهم ابن أبي حذيفة بالخطب الموقظة فأحيا غلًّا نائمًا وكرهًا ناعسًا.

كان ابن أبي بكر يتكلم عن الدين ويذكر والده، ثم يحكي عن علي بن أبي طالب الذي رباه وعلمه وأحسن تفقيهه، وينقل حكايات النبي عنه فترق القلوب وتدمع العيون. ويطلب من ابن ملجم أن يتلو القرآن بآيات من سورة ثم يصدق عليها ويحسن استحسان قراءة المرادي ثم يبدأ في تفسيرها فيقول عن النبي إنه قال وعن أبي بكر إنه حكى وعن علي بن أبي طالب إنه أول وفسر، فيرى الجنود فيه كل هؤلاء، ويشمون في كلامه عطر بيت لم يزوروه، ويلينون في حضرة الرجل. حتى يبدأ ابن أبي حذيفة، فينقلهم إلى عالم بلا عسف، وعن قسمة بلا ضيزى، وعن حاكم فرع من شجرة الدين الحق لا من فرخ بني أمية.

كان ابن ملجم أكثر من تبلعه كلمات ابن أبي حذيفة، وكان ابن عديس أكثر من يفطم ابن أبي حذيفة بها.

* * *

ـ من أين جئت بكل هذا الكره لعثمان يا ابن عثمان وربيبه؟

سأله ابن عديس مستغربًا هذه النقمة التي ينمو شوكها على جسد الشاب، فأجاب:

ـ ليس لعثمان طاعة حين يعصى الله ورسوله.

أطرق ابن عديس مستفهمًا:

ـ وبدلًا من أن تنصح أباك تنقلب عليه وتفتن الناس ضده؟!

في دهشة رد:

ـ ما لك يا ابن عديس؟! ألست معي ضد الخليفة وواليه؟!

لم يكن ابن عديس ليخشى دهشة غر يشوي الحقد قلبه فأجاب:

ـ نعم، ولكن أإلى الدين تسعى أم إلى الولاية والإمارة وسلطان ابن الحكم وحكم ابن أبي سرح؟

ـ لو كنت أبحث عن الولاية كما تقول وعن المال كما تسأل لكنت اليوم في حجر عثمان لا في بلد لا أعرف فيه الطريق إلى بيتي.

ـ ولكن عثمان تأخر كثيرًا أن يمنحها لك يا ابن أبي حذيفة، بل أظن أنك تظن أنه لن يمنحها لك أبدًا، ثم إن البلد الذي لا تعرف فيه طريقك إلى بيتك يبدو أنك تعرف فيه طريقك إلى قصر إمارته!

تجول ابن أبي حذيفة في جنينة دار ابن عديس، الشجر المورق والثمار الناضجة المتدلية والجواري اللاتي يقدمن لهم السقاية ويرفعن من أمامهم الصحون والصواني:

ـ إذن وما الذي يجعلك ناقمًا على عثمان يا ابن عديس، وأنت مبايع النبي تحت الشجرة الذي صرت تسكن في بيت الأشجار هذا تسقيك جوارٍ حوريات من شراب السكر واللوز؟

ورفع الكوب الذي في يده عاليًا حتى وجهه مبتسمًا.

أجاب ابن عديس:

- لأنني أرفض الظلم، ولا أطيق أن يحكم المسلمين من يضل سبيلًا ويتبع هواه.

- ولماذا لا تنصحه يا صاحب البيعة؟

- أريد فعلًا أن أنصحه، لكنه لن يسمع النصيحة إلا لو رأى سيفًا في يدي.

تلعثم الفهم في رأس ابن أبي حذيفة فاستفهم:

- كيف لسيف أن ينصح؟ السيوف للقتل يا رجل!

- بل هي للردع يا أخي، إن عثمان في حكمه لا تهزه همهمات بعضنا ولا كما يصلني تذمرات صحب الرسول الميامين، تغره غطرسة ابن الحكم وعلو معاوية وصلف ابن أبي سرح وسيل المال المنهمر من جزية قبط وخراج مصر وشام وعراق، إننا وهو نحتاج نصلًا لامعًا في ليلنا يضيء فيَرشد.

* * *

كانت الجموع تحتشد وراء ابن أبي حذيفة حاملين السلم من بيت الزبير، يمرون من زقاق لشارع، فإذا بهانئ صاحب الشرطة وقد حجز بصف من جنده عبور الطريق وسد شارعًا وأغلق آخر فحاصرهم في مشيتهم فوقفوا، وانتظر ابن ملجم ما الذي سيفعله ابن أبي حذيفة أمام هذا التحدي، تشاكل البعض وتشابكوا دون تصميم كبير، ثم صمتوا حين رأوا ابن أبي حذيفة وقد أوقف السلم على سور بيت ثم أسرع وتسلقه وسط ترقب مدهوش، ثم لما وصل أعلى درجات السلم فبدا كأنه يطل من السماء فخطب وقال:

- والله يا هانئ إن لم تتركنا بسلمنا هذا حتى بيت ابن الصديق لارتقيناه فوق قصر إمارتكم كما ارتقاه فرسان الله فوق حصن أعداء الله ورسوله.

صاح الناس وتناجوا ثم هاجوا وماجوا، ولكن أصحاب ابن أبي حذيفة

أمسكوا بالسلم وهو فوقه لا يزال واندفعوا به وسط حرس هانئ الذي شله الهجوم فاستسلم لمرورهم إذ مرقوا بين جنوده وابن أبي حذيفة يصرخ فوقهم:

- والله إني أرى نصر الله على الظالمين من علياء رب العالمين.

بعدها بساعات كان ابن أبي بكر وابن أبي حذيفة وابن عديس وكنانة وابن ملجم يبتسمون ويضحكون ملء أشداقهم، وجبلة وسودان يتنافسان ويتزاحمان في صعود السلم المنصوب فوق سور بيت محمد بن أبي بكر يتنافسان على من يرى فيهما جبل الأقباط المقدس من أعلى درجة للسلم.

٤٢

رعدة قفزت بقلبه نحو جوفه، أعادته إلى مكانه نظرات المحيطين المخطوفة بالرضا، هذه اللحظة التي انتظروها قادمة على حصانها الأشهب.

تابع ابن ملجم وجه ابن أبي حذيفة الباش وهو يقوم من فوره فاتحًا ذراعيه مرحبًا، بينما اتسعت ابتسامة ابن عديس. ولم يبرح ابن أبي بكر مكانه إلا بأفكاره التي كانت هناك في مكان آخر. أما جبلة وكنانة وسودان فقد تحلقوا حول ابن أبي حذيفة وهو يحتضن رجلين مرهقين نزلا عن خيلهما ودخلا في أعناق منتظريهما بغبار السفر وعفرة رمالها في وجوههم.

قال أحدهما بلهفة المبلغ عن رسالة تكاد لا تملك شفاهه لها حبسًا:

- لقد وصل الرجال هليوبوليس قادمين من الفرما وعسكروا هناك، لما لاقوه من مشقة سفر وخوفًا من الدخول للفسطاط وحدهم فتقابلهم شرطة عبد الله بن أبي سرح فيرميهم هانئ في قبو أو سرداب فيموت ما جاءوا ليحيوه.

التفت ابن أبي حذيفة للجمع وهو يربت على كتف صاحب الرسالة:

- ألم أقل لكم ولسائركم إنه البلاغ وقد جاء وأذن بالتلبية؟!

التفت عبد الرحمن بن عديس وقد بانت ملامحه المثقلة بسنه إلى

محمد بن أبي بكر بوجهه الشاب وسكوته المنصت ونظرته المثبتة على ظهور الخيل:

- هل نرسل معكم جندًا وحراسًا من رجالنا حتى تتجنبوا مواجهة رجال هانئ؟

لم يجب محمد بن أبي بكر الصديق بل محمد بن أبي حذيفة فسحب العيون كلها له:

- لا، بل يأتي معنا من عوام الناس وأهل مصر ومن تبقى من صحبة رسول الله في ذلك البلد حتى يستقبلوا رسلًا كرامًا من عند أمهات المؤمنين زوجات رسول الله.

أطرق ابن أبي بكر موافقًا:

- نعم الرأي.

قام ابن عديس من مقعدته ونظر إلى باحة داره التي يجلسون على وصيد جنينتها وهمس:

- بل نعم الحيلة يا ابن أبي حذيفة، فليرهم الناس قادمين بلواح الشمس ووعثاء السفر وتعب البدن فتطمئن قلوبهم للرحلة والراحلة.

نظر إلى جبلة وسودان وكنانة:

- لنفعلها يا كنانة.

ثم لابن ملجم:

- وأنت يا ابن ملجم المرادي لتخبر تلاميذك في المسجد، فمن أراد السفر بعد صلاة الظهر للقاء الرسل في هليوبوليس والعودة بهم معنا للفسطاط فأهلًا وسهلًا.

لم يعرف ابن ملجم هل يمكنه فعلها، فهو لا يجمع حوار بينه وبين القوم في المسجد إلا بآيات الله البينات، يتلوها عليهم ويعلمهم نطقها ولفظها،

منذ وضع ابن أبي سرح وهانئه مراقبين على قارئي المساجد حتى لا يخرجوا عن قراءة مصحفه وهو يكتم ما فيه داخل فيه، لا يستبين مَن مِن المقرفصين حوله عين مفتوحة لابن أبي سرح أو قلب مفتوح للتلاوة، لم يصلِّ منذ جاء ابن أبي بكر إلا خلفه، لكنه بعد صلاة الظهر سيفعلها، سيصلي وراء ابن أبي سرح ثم يتسلل للناس بالخبر فمن شاء جاء، ولكن ما الذي يضمن له ألا يذيعوا النبأ ويجهض حرس هانئ هناء الناس برسل زوجات النبي.

قال بصوت عالٍ:

ـ لا يا ابن عديس.

استغربوا رده، لكنهم لم يستغربوا لهجته الحادة وعينيه المحتدتين:

ـ ما هي لا هذه يا مرادي ولمن يا رجل؟!

همهم وتمتم وتنحنح وكح، فلم يفهموا هل يتكلم أم يبرطم.

ـ أأنت أجبت أم صم الجمع فجأة.

قالها كنانة ينهره فأجاب بفصاحة:

ـ لو نبهنا الناس وجمعناهم للقاء رسل زوجات النبي لتسرب النبأ ووجدنا ابن أبي سرح وشرطة هانئ وابن حديج ومسلمة فوق رؤوسنا.

قال ابن أبي حذيفة:

ـ حسنًا فلنختر الخاصة ممن يصلون وراءنا، فهؤلاء من نقصد لا شيعة عثمان وحاشية ابن أبي سرح، ونسبق الآن قبل أن تغرب الشمس فنلحق بإخوتنا القادمين من المدينة قبل أن يصل خبرهم ابن أبي سرح.

فرح ابن ملجم، وكيف لا يفرح وهناك وفد من ناس يثرب قد جاء حاملًا توصية أمهات المؤمنين، ها هن عائشة وأم سلمة وحفصة لا يسكتن على ظلم خليفة يضرب في أعمدة الدين ويجمع حوله الخاصة والأصهار والأقارب ينفق

عليهم مال المسلمين ويحرق مصاحف الصحابة الأبرار. سينكشف عثمان أمام أهل مصر حين يسمعون بأنفسهم ويرون بعيونهم، لكن ماذا سنفعل بعد ذلك؟ ليس مهمًّا، فابن أبي حذيفة يعرف، وابن أبي بكر يقر ما يعرفه ابن أبي حذيفة، وكذلك ابن عديس وهو الصحابي المبايع والفاتح الصالح يوافق على ما يقره ابن أبي بكر لما يعرفه ابن أبي حذيفة، ليس له الآن إلا التصميم على الانتصار للمصحف الذي أحرق، ومال المسلمين الذي أغدق، وشريعة الله التي تمزقت، وسنة النبي والخليفتين التي تكسرت. انضم للركب الذي جمع من الفسطاط قرابة الثلاثين رجلًا وشقوا طريقهم، أخيلة تلوح فوق خيول على أديم الأرض تثير ظلالهم الشك مع الريح. وصلوا بعد صلاة الظهر وكان النهار قاسيًا في حرارته والشمس لا تبدو وكأنها تنتوي الاختباء وراء غيم السماء هذه الظهيرة، لكن إعياءهم تبدد حين رأوا ستًّا من الرجال فوق سبعة من الأحصنة الضامرة من رواحل قافلة متعبة مربوطة في أعمدة معبد من معابد الفراعين بعيدة عن السكنى ومرتفعة فوق ربوة من رمال ناعمة صفراء تعكس ضوء الشمس وحرق قيظها. كان ابن أبي حذيفة أول من وصل فصافح وعانق وربت وطبطب، ثم تكاثر الجمع حول الوفد الذين بدت عليهم حمرة الشمس السافحة وجوههم، تلوحهم تلويحة المسافر العجول.

أنطقته اللهفة فقال ابن ملجم:

ـ ماذا قالت أمهات المؤمنين يا نعم الرسل؟

ابتسموا وهم يتبادلون النظرات مع ابن أبي حذيفة، وقال واحد منهم:

ـ ليس عندنا خبر، الخبر في الكتب.

ـ وما الذي في الكتب؟

يسأل متلهف آخر، إنه جبله الذي لا يطيق صمت الرجال نيعيد السؤال فيعيدون الإجابة ثم ينطق أحدهم:

- لا خبر عندنا، عليكم بالمسجد، لنذهب له فنقرأ رسالات مختومة من زوجات الخاتم.

كانت العودة أشد مشقة وأشق شوقًا، وكلما دخلت رواحلهم حدود الفسطاط كان الناس يتجمعون فيسألون عن الموكب فيصرخ فيهم سودان:

- إنهم رسل جاءوا من عند مسجد النبي برسالات من أمهات المؤمنين لرجال مصر وناسها.

فتعلو الحناجر بالأسئلة اللهفى يجرون وراء فرائص الأفراس كفرائس يصيدها الفضول، كانوا يقتربون من المسجد وقد زاد العدد واتسع الجمع وثقل الخطو ورانت الدهشة على الشوارع والبيوت ولم يتمكن حرس الشرطة من وقف سيل الرؤوس والأقدام والأصوات التي تهتف:

- عليكم بالمسجد.

كان المسجد حين وصلوه غاصًّا بالناس ومزدحمًا بالخلق، ويتوسطهم محمد بن أبي بكر يقف خلفه ابن عديس ينقلان النظرات الهانئة على الجموع الوافدة، نزل رسل أمهات المؤمنين من فوق خيلهم تنقلهم أذرع وأكف إلى المنبر الذي اعتلاه أولهم، فسكن الناس كأن صور القيامة قد نفخ، فض الرجل ختم الرسالة وأفرد صفحة الكتاب ونادى بالكلمات شواظًا من نار:

- من أمكم عائشة وزوجة نبيكم، وأمكم أم سلمة وزوجة نبيكم، إلى المصريين في فسطاط مصر، إنا نشكو إلى الله وإليكم ما عمل عثمان بن عفان في الإسلام وما صنع في الإسلام.

لم يكن وحده إذن ابن ملجم حين انهمرت دموعه سخينة وارتفع نحيبه حارًّا، فقد سمع صهيل نحيب في المسجد، كان قارئ الكتاب فوق المنبر يبكي والناس حوله تبكي ثم يتحول البكاء حممًا من الصيحات ثم لهبًا من الغضبات وابن أبي بكر يتلقى نداءات الناس:

ـ هل سمعت أختك يا ابن أبي بكر تستغيث بالمسلمين لإنقاذ الإسلام؟

يصعد ابن أبي حذيفة على المنبر الذي لولا نجاره القبطي الماهر وخشبه السكندري المتين لترنح تحت عنف خطوته، واهتزاز جسده وهو يمسك بيد رسول عائشة وأم سلمة، وفي يده الأخرى كتابهما فيلوح به فوق المنبر صارخًا:

ـ والله لهو نداء الحق من أمهاتكم، فلنرد عثمان عن طعن الإسلام وحرف الدين، ليخلعن عثمان قميصه أو لنخلعنه عنه.

كان الصياح هائجًا مائجًا، بينما حوافر خيل الشرطة قد ضربت الأرض خارج المسجد، وبدا أن أسواطًا ترمي ظهور الناس، فزاد الهرج واختلط الصراخ مع الصياح والنواح وداست الأقدام رؤوسًا، وكان ابن أبي حذيفة قد اختفى من فوق المنبر.

في غبشة الفجر وعند نيل حصن بابليون كان ابن أبي حذيفة يضع صرر الدراهم في أيدي وفد المدينة، ويهمون بركوب خيلهم وهو يهمس لهم آمرًا:

ـ لو عرف أي من الناس أنكم لا رحتم المدينة ولا شفتم عائشة ولا أم سلمة وأن هذا كتاب كتبناه معًا في هليوبوليس ما تركت واحدًا فيكم حيًّا! اكتموا السر واحفظوا العهد وابقوا في الفرما حيث أنتم لعلي أحتاج لكم ثانية!

ركبوا خيلهم وانطلقوا، فاقترب حصان ابن عديس جارًّا حصانًا خالي الظهر وراءه، وقف أمام ابن أبي حذيفة الذي قفز وركب واستدارا معًا ناحية الفسطاط بينما ابن عديس يقول:

ـ أفلحت خطتك يا ابن أبي حذيفة، لكنها والله خطيرة لو كشفها الناس لضعنا.

رد ابن أبي حذيفة:

ـ لا أحد يعرف سواك يا ابن عديس.

- بل ابن أبي بكر يعرف.

- بل يحدس، ولكنه حين يلتقي بأخته سوف يعرف.

- وحتى ذلك الحين؟

- ذلك الحين سيأتي متأخرًا جدًّا يا ابن عديس فسوف يسبقه حين آخر، حيننا نحن يا رجل.

٤٣

ـ هل تفعلها عائشة يا أمير مصر؟

كان مسلمة يذكر ابن أبي سرح بأنه لا يزال أميرًا لمصر بجاهها وملكها وخيرها وخراجها فلعله نسي وإلا ما هذا الموقف الصموت من أفاعيل ابن أبي حذيفة، ثم رمى بذور الشك في قلب ابن أبي سرح الجدب حين ضغط على حروف اسم عائشة.

التفت له أمير مصر يجول بعينيه الفاحصتين بين قلق مسلمة ونظرة ابن حديج العوراء وهي تستفهم بنار الغضب عن إجابته عن السؤال، أعاده ابن أبي سرح بحروفه كاملة:

ـ هل تفعلها عائشة يا أمير مصر؟

ثم قرر أن يجيب:

ـ أما عائشة فهي لا تخفي حنقها على الخليفة عثمان، فهل صبه أخوها في جوفها أو رأت بني أمية يسيجون بيت عثمان بآصرة الدم فانزعجت وأزعجت. لكن أن ترسل خطابًا لأهل مصر ولو كان بينهم أخوها فهو أمر لا يستقيم مع ما نعرفه من ذكائها وفطنتها، ثم من كتب لها هذا الخطاب وهي التي لا تخط ولا تكتب، هل أخوها عبد الرحمن؟

لا أظن، فهو رجل لا ينزع الشوك من بطن كفه. هل يثربي من أعداء الخليفة؟ لكان مروان قد عرفه من عيونه وبصاصيه. ثم لو كانت عائشة قد أطلقت قوس غضبها فما الذي يجعل أم سلمة تمشي وراء سهمها؟!

أطرق وقال نافثًا قلقه يقشره عن جلده:

ـ الأمر مريب.

رد ابن حديج:

ـ أغلب الظن أنه كذلك، لكن ليس نحن من نشك ونتحير بل لا بد من أن نعرف ونتيقن، فضلًا عن أن ابن أبي حذيفة ألقى عصاه في الفسطاط وعلينا أن نلقفها وإلا غلب سحره عقول الناس.

ـ وماذا تقترح؟

قال ابن حديج من فوره:

ـ أن ترسل هانئ إلى الخليفة فيردم البئر أو يسممه، إما أن نكشف كذب ابن أبي حذيفة لنا وللناس ونفضحه عند الخليفة فها هو ربيبه يخدع ويخون، وإما نتأكد من أن عائشة فعلتها ولنعرف من وراءها فنخبر الخليفة الخبر.

* * *

أرائك الديوان ووسائد المساند وملامس الحرير وزجاج الأسرجة المضيئة وفتحات الجدران المعشقة بالخشب والمرايات ووجوه الحرس البعيدة عن بهو القصر، ونسائم الليل المصري الناعس وورق المصريين الملفوف أمامه يحمل أرقام الجباية وحصاد الخراج وقناطير الذهب وكشوف الأعطيات والرواتب التي ختمها بختمه لصرفها على آلاف من

جند مصر وساكنيها من أبناء العمومة وقسمة النطفة، ثم هيبته التي تذوي أمام رجاله، هاتفته تلك المناظر والمشاعر بأن يخفي عن ابن حديج ومسلمة هذه الصرة المختومة بختم الخليفة الموضوعة تحت كرسيه مكدسة ومربوطة ومعروقة بعرق رحلة المدينة، التفت لهم وقال:

ـ وماذا أيضًا يا مسلمة؟

ثم أضاف ابن أبي سرح قائلًا بمقدمة جسده ناحية مسلمة بن مخلد:

ـ أنت فاتح هذا المصر ورافع هذا السيف في وجوه الروم ولم تبرح فسطاط هذا البلد منذ جئت، فلك فيه أكثر مما لنا.

رد مسلمة:

ـ العفو يا والي مصر، فأنت أمينها وخازنها وأميرها بابن الخطاب وابن عفان.

تلقى ابن أبي سرح المدح بابتسامة الرضا ثم أوسع استفهام عيونه لابن مخلد.

فأجابها مسلمة:

ـ هي الحرب.

ـ أي حرب؟

ـ حرب لله ورسوله ورفعة كلمة دينه.

قال ابن حديج متداخلًا في حروف مسلمة:

ـ لا أفهم مقصدك، وعسى أن يكون الأمير قد فهمه، هل تريدنا أن نحارب ابن أبي حذيفة؟ وهل لا يملك جيشًا ولا جندًا ولا أرضًا لنوافع الحوافر بالسنابك؟

قال ابن أبي سرح:

ـ ليس هذا ما قصده مسلمة.

ـ صحيح يا أمير مصر، بل قصدت أن نكمل ما شرعنا فيه ولم نكمل، نجمع سفنًا ونخوض حرب البحر.

رد ابن حديج مسرعًا خطوات كلماته:

ـ هذا ما رفضه ابن الخطاب من سنين بعيدة، فما لنا نحن والحروب في البحار يا مسلمة؟

قال ابن أبي سرح:

ـ وإلى متى لا نقدر عليها يا معاوية بن حديج، إن الروم يحدقون بنا كل حين، وتأتينا العيون بتأهبهم لهذه اللحظة، ولا تنسَ قدومهم للإسكندرية وكيف ملكوها منا حتى استعادها جند الله.

تجاهل ابن حديج ومسلمة تجاهل ابن أبي سرح لاستدعاء عمرو بن العاص لرد الروم، واعتبروا أن الرجل لا يريد أن يتذكر أنه ظل في الفسطاط أميرًا بينما كان ابن العاص يسترد له إمارته. عاد مسلمة وقال:

ـ لقد سمعت أن معاوية بن أبي سفيان يريد أن يكون أول من يخوض موج بحرها، فلمَ لا نسرع بها؟

ـ وهل لنا في ركوب البحر وبناء الفلك ورمي السهام فوق الأمواج وإشعال النار فوق الأشرعة؟

كان هذا سؤال ابن حديج لمسلمة، لكن ابن أبي سرح من أجاب:

ـ بل لدينا الأقباط، وهم بناءون للسفن ومقاتلون في النهر والبحر وتحت ولاياتنا ورهن أمرنا.

قال ابن حديج متعجبًا:

- وهل يحارب القبط مع المسلمين كفارًا مثلهم؟

رد مسلمة:

- لقد حاربوا معنا ضد الروم وهم يرونهم كفارًا أكثر مما يروننا نحن كذلك.

صاح هانئ وقد دخل مستمعًا بعدما استأذن براحة يده أميره فأذن له:

- أيرموننا بالكفر؟ وهل يجرؤ هؤلاء على قولها عنا؟

رد مسلمة مبتسمًا ملتفتًا لهانئ:

- لن يقولوها أمام صاحب شرطة الفسطاط لكن في كنائسهم، ليس لديهم غيرها وإلا لكانوا يصلون معنا في الجامع يا هانئ.

ثم رجع بحديثه إلى ابن أبي سرح:

- سيحاربون معنا ولنا ولهم الأجر والراتب، فنحن لن نذهب لمزارع في الفيوم ولا فلاح في خربتها لنقول له حارب معنا، بل سنذهب إلى محاربيهم وبحارتهم وأصحاب السفن ونجاري المراكب وهذه شغلتهم ورزقهم.

قال ابن أبي سرح:

- من الغد خذ معك صالح القبطي ومن يريد من القوم معه للقاء هؤلاء في بابليون والفيوم والإسكندرية وجهزوا لأول معركة بحرية يخوضها المسلمون.

أضاف هانئ مندهشًا:

- والنصارى.

لم يتوقف ابن أبي سرح عند إضافة هانئ بل قال له:

- وأنا أريدك في مهمة عاجلة الآن.

أضيف على دهشة هانئ تعجب ابن حديج ومسلمة:

ـ ما الذي تريده مني وقد أوشكت الفسطاط على اضطجاع الأجناب على سرر الليل؟

قالها ابن أبي سرح بهدوء يفجر الصخب:

ـ رح إلى ابن أبي حذيفة وقل له إنني أريده الآن في صحن داري.

تدحرجت ردود الأفعال بينهم فإذا بابن حديج يسأل:

ـ ما سر العجلة؟

بينما مسلمة يقول:

ـ هل تدعوه لجيش لم نعده، في غزوة لم نجهزها، لوقت لا نعلمه؟!

رد ابن أبي سرح وهو يداري سريرته في سره ويكشف عما هو متكشف:

ـ ألم يأتِ إلى مصر كما زعم لخليفة المسلمين سعيًا وراء الجهاد في سبيل الله ونصرة دينه والانضمام هو ورفيقه الغض ابن أبي بكر للحرب ضد أعداء الإسلام؟ فبمَ يرد ساعتها حين ندعوه للجهاد؟ هل يفر يوم الزحف ويخشى الحرب؟ إن جاءنا وشارك فقد شغلناه وتشاغل عنا وصنع لنفسه بطولته وتحصل على غنائمه وعطيته، وإن تهرب وفر فقد تعرى أمام الخليفة وخذل نفسه أمام الناس ورأوا صنديدهم رعديدًا.

ـ لكن لماذا الآن؟

سأل ابن حديج، لكن هانئ لم يدع ابن أبي سرح يجيب فقد رفع عقيرته بصوت تائه يبحث عن أذن:

ـ يا أمير مصر، لن يأتيك هنا ابن أبي حذيفة لا الآن ولا بعد الآن!

استغرب مسلمة الجواب الذي جثم فوق سؤاله وقال:

ـ أيأبى أمر الأمير؟

قال هانئ حاسمًا:

ـ نعم سيأبى ويرفض ولن يجيء إلا دفعًا أو قبضًا عليه مجبرًا مضطرًّا، فهو لم ينسَ ولا نسوا جميعًا ما جرى لابن عديس حين دخل هنا آمنًا وخرج حليقًا مهانًا يلحق بكنانة الذي عانى الوجيعة ذاتها، فلن يسعنا إلا أن نجره إلى هنا إن أردت، ولكن ساعتها لن نضمن الرجال المحيطين به والذين يجدون البريد يأتيه من زوجات نبيهم يخصه بأن يحرض الناس على الخليفة.

أطرق عبد الله بن أبي سرح وقد لجمه المنطق وانتظروا منه الأمر، وبعد برهة أمر:

ـ إذن اذهب له وأخبره أنني قادم لزيارته غدًا في سكنه.

رفض ثلاثتهم الأمر بأصوات نحنحنة ومضمضة وهمهمة دون ألفاظ تتلفظ، فقطع عليهم أصواتهم وهو يخبط بكعب قدمه الصرة المخبوءة تحت مقعده:

ـ أنا في هذا مأمور يا رجال لا أمير.

ثم مرق بين صمتهم خارجًا.

٤٤

ها هو أمير مصر يحمل صرة المال كالخدم ويخفيها مثل السراق يا عثمان. كان عبد الله بن أبي سرح يقولها نافثًا همه متكئًا على سريره بعدما شعر ثقل الإهانة فرماها عند حافة سريره، نظرت بسيسة له ولها وهي مستعجبة:

ـ ما هذا يا أميري؟ أهدية لي؟

أخرجه الدلال المرسوم فوق الحروف من غمه، فأجاب مستطيبًا خروج سره على صدر زوجته:

ـ وهل يبخل ابن أبي سرح بالهدايا على هدية عمره؟

ضحكت فبان وجهها الصابح ونظرتها التي قضت مضجعه في مكة، سياط التهم التي كانت تلهب ظهره منذ اللحظة التي نجا فيها من حكم الموت الذي أصدره عليه النبي، مضت، نسيتها مكة وربما لم تنسها يثرب، في كل خطوة يخطوها فيها وفي كل مناقشة أو منافسة أو منابذة أو ملاسنة يوقظ العيابون القصة القديمة عن ردته عن الإسلام. في كل هذه السنوات لا يجدون أمام نجاحه سيفًا يرفعونه ويقطعونه إلا تقليب العصا في الجمر المنطفئ، لو رآها في المدينة، لو كانت في أرض الأنصار وعند المهاجرين

الذين يضمرون النقمة القديمة على خيانته النزقة، لكاد يضيع منه عطر بسيسة بسبب ردة غفرها له نبيه إيذانًا بغفران رب نبيه. لكنها كانت هناك في مكة حيث يتقلب جسده مرتاحًا بين سفرة وأخرى، مهمة وهمة في سبيل الإسلام حيث حرب وغزو وجباية وجزية حيث يبعثه عمر لمصر. يجهز جهازته، لكن هوى بسيسة هوى به إلى جب غرام، كلما وقعت عيناه على بسيسة وقع قلبه ذعرًا من فقدها، شوقه لمحياها ولهفته عليها ورغبته فيها حين رآها في زقاقات مكة وأسواقها، نسي زيجاته وزوجاته، هجرهن بقلبه حين هاجر لبسيسة، دفعته حمى راعدة مفاجئة بانجذاب مكين متين للمثول أمام والدها حمزة. لا يزال يذكر ظهره المتكئ على نخلة بيته وساقه التي انفردت بعد سؤاله الزواج من ابنته بسيسة، هو يعلم نسب الرجل وعراقة نطفته، ولكنه يجهل قدرته على النجاة من سبة الردة القديمة. لقد توفي رسول الله راضيًا عنه، لكن العرب لا تملك ما ملكه محمد من الرحابة الحنانة، لم يكن لديه إلا الحقيقة ليقدمها بدلًا من ابنته:

- والله يا عبد الله ما كنت لأعزها عنك ولا أمنعك عنها إلا أنها مخطوبة، فقد خطبها علقمة بن يزيد وقد وافقت، وهي لك إن تركها علقمة وما أظنه يترك ابنتي.

قالها فخمًا متفاخرًا، ولم يجد ابن أبي سرح سببًا للرجل في أن يتواضع وبسيسة ابنته.

مد يده وطوق خصر بسيسة وجرها نحوه ضاحكًا لاصقًا فمه في أذنها تحرك كلماته الخفيضة المدغومة قرطها الذهبي المصري بشخللة ترن ليله:

- ما كنت أسمح لعلقمة أن يحجب عني شمسك الدافئة يا بسيسة.

خرج من دار والدها لا يلوي أمامه على شيء بل يمم وجهه شطر بيت علقمة سابحًا في روحه وسخيًّا في توتره، لا سمع من سلم عليه ولا أحس

من صافحه ولا لمس أرضًا ولا شاف سماء. بل كان كل ما يقطم رأسه هو لقاء علقمة، حتى لقيه جالسًا على وصيد بابه ينتظر استدعاء لحرب جديدة في شامها أو عراقها، يدق سنان سيفه ويجلوه ويطليه زيتًا تسقط عليه أشعة الشمس فتضويه. جلس بجانبه بعدما ألقى السلام، ثم هده الصمت فجأة، علقمة من تكلم:

-إن كنت تريد أن تشكر لي ما قلته أمس في السقيفة، فأنا لم أقل إلا حقًّا ولا أظن أن الحق يُشكر صاحبه.

-بل يُشكر يا علقمة.

وزاد صمته، فخطيب حبيبته قد نهر بعضهم أمس حين لوثوا حديثهم بالدوس في قصة ردته القديمة لما عرفوا أن ابن أبي سرح ذاهب للمدينة وقد استدعاه ابن الخطاب لجلل من عمل، لكن وجه بسيسة لم يترك له خيارًا فاختار المواجهة:

-لكنني سأقدم أكثر من الشكر يا علقمة لو وافقت وتركت خطبة بسيسة.

توقفت يدا علقمة عن العمل في سيفه، ارتكز على مقبضه بساعديه، التفت هادئًا إلى ابن أبي سرح فوجد كبرياءه ملقاة بجانبه على العتبة وفوران روحه ينتظر إشارة هدأة منه، هي عند علقمة ليست كغيرها عنده، أرادها وخطبها ولم يتعجل الزيجة، لكنه الآن لا يستطيع أن يخيب رجاء عاشق، ما كان لامرأة أن تمنع عنه كرمه لرجل، ابتسم وأطرق:

-أتحبها يا كاتب الوحي؟

شيء في جملته ربت على كتف ابن أبي سرح فاستعاد نفسه:

-لعله أكثر من الحب يا علقمة.

قهقه علقمة وخبط ظهر عبد الله بن أبي سرح وأعاد إليه قلبه إلى صدره:

-سأخبر والدها حمزة الليلة أني تركت خطبتها يا أخي.

قال لها وهو يشير لصرة المال:

ـ هذه هدية، لكنها لا مني ولا لي ولا لك.

قالت وهي تحاول رفعها بقبضتيها:

ـ ولِمَ هي هنا تلك الثقيلة إذا لم تكن تخص هذا البيت؟

ـ هي هدية من عثمان بن عفان، خليفتنا.

ـ لمن؟

تنهد وقد نام بظهره على السرير:

ـ لآخر من يستحق هديته.

ـ لمن؟ قل يا عبد الله.

ـ لمحمد بن أبي حذيفة.

صكت صدرها دهشة:

ـ لهذا العاق الذي خان تربيته ويعيث في السوق والمسجد والمعسكر طعنًا في أبيه عثمان.

ـ نعم.

فهمت ما يجب أن تفهمه:

ـ إذن هي رشوة وليست هدية!

قام فجلس وضمها له وقال:

ـ الغريب أن عثمان لا يرسلها رشوة أبدًا، ولا فكر في كونها رشوة، بل بما أعرفه عنه هو يظنها لتهدئة خاطر ابن أبي حذيفة وإظهار حب ورحمة عثمان به، هي طريقة الخليفة في التعبير عن الرضا أو الإرضاء، أن يوسر للرجال وأن يعطيهم ويمنحهم، وكأنه بذلك يخبرهم محبته ويربطهم إلى قلبه ويرى خير أمته وغرسا فيهم، لكنه لا يفهم ابنه هذا أبدًا ولا كأنه نام تحت قدميه سنين في بيته يا بسيسة.

- لماذا؟

- ليس المال ما يريده ابن أبي حذيفة.

أمعنت النظر فيه ثم أطرقت وتساءلت:

- ماذا يريد ابن أبي حذيفة فعلًا؟ هذا الشاب الغضوب العاصي والعصي، لماذا يبدو عدوًّا لعثمان أكثر من ألد خصومه؟ ولماذا يتجرأ عليه هنا كما نرى ونسمع وهناك في المدينة ما تحكي؟ ماذا يريد فعلًا؟ إذا كان المال فها هو قد جاءه.

- وهل كان بعيدًا عنه؟ أبدًا، لو كان قد طلب من عثمان ما انتظر ساعة حتى تفيض جيوبه من ذهب وفضة، لقد كان يعيش في بيوت عثمان وجنائنه ويتمتع بماله وحمايته وقرابته، ولكن هذا ما لا ينظر له ويشتهيه محمد بن أبي حذيفة، بل إنه يريد ما بيد بني أمية، ما أعطاهم إياه عثمان، الحكم، لا هم لابن أبي حذيفة إلا الإمارة والولاية والجلوس جلسة الحاكم المتحكم في كرسي عالٍ ينظر للناس من فوقه لمن تحته.

ردت بسيسة كأنها وجدت عند زوجها فك العقدة:

- إذن، قل لعثمان ليضعه في ولاية أو جباية.

صاح ابن أبي سرح:

- لن يحدث أبدًا، فإن عثمان لا يرى فيه إلا ضعفه، ولا يأتمنه بسبب طمعه، وعلى حب عثمان له فهو لا يبغي أن يظلم الناس به.

ثم أغلق عينيه كأنها الغفوة:

- أو أن عثمان أصلًا لا يراه إلا هذا الصبي الشقي المتبنى.

ثم أضاف:

- أو أن مروان يحول دون أن يفكر الخليفة في ابن أبي حذيفة واليًا مسؤولًا أبدًا.

قالت بسيسة وهي تجهز الفراش للافتراش:

- ولماذا لم تستدعه في قصرك لتعطيه مال عثمان؟

- آه، هذه قصة تستحق أن أنام قبل أن أحكيها لك.

ثم نهض فجأة كمن لدغته فكرة فأمسك بكتفيها:

- استعدي لتركبي معي أول سفينة يخوض بها المسلمون حربًا في البحر يا بسيسة.

- أوَتريد قتلي يا أميري؟

ضحك وهو يجذبها إليه:

- بل أنا قتيلك يا بسيسة بنت حمزة.

٤٥

كان الحارس مدهوشًا بما يفعل أمير مصر عبد الله بن أبي سرح، أمامه فجأة وقبل أذان الفجر وحيث يمشي الحرس متباطئين أمام قصره ليوقظوا أنفسهم من نعسة أو غفوة، أصوات دبيب أقدامهم على الأرض الرملية المرشوشة بالماء، وشعلات النور من أسرجة معلقة فوق عمدان البوابة تتمايل مع نسيم الفجر المقبل. كان ذلك الرجل واقفًا بينهم يرتدي تلك العباءة ذات غطاء الرأس الواسع الذي يلم الوجه بين طرفيها لا يكاد يبين صاحبه، لمحة محملة بالخبرة اكتشفوا أنه الأمير من وجود خادمه الضخم لصيقًا به يحمل صرة على ظهره ويمضي خلفه، أسرع كبيرهم إلى ابن أبي سرح الذي التفت له قلقًا من سهولة انفضاح حيلته وقال:

ـ ليصحبني أحدكم فقط، فلا حاجة لي في هذا الليل لمن يسترعيه سعيي في الزقاقات.

استغرب الرجل قولة أميره، فهو قد أبكر فعلًا في الخروج لصلاة الفجر في الجامع الكبير، لكن هذا لا يمنع إحاطته بالحرس وسيره وسطهم على حصانه حتى الاقتراب من مدخل الجامع فينزل عن سرج خيله ويمضي بينهم يدخل

محرابه من الباب الكبير. كانت الإجراءات تزداد دقة بناء على تعليمات هانئ صاحب الشرطة بعد دوائر من القلق اتسعت بمجيء المحمدين ابن أبي بكر وابن أبي حذيفة، لكن خفاء مطلوبًا لهذا الفجر يزداد غموضه، حيث يتوجه الأمير إلى غير اتجاهه إلى الجامع فهو يشد خطواته اللاهثة ناحية الأرض الحمراء. وجد نفسه ملزمًا بتصحيح الوجهة للأمير، وقد قرر أن يصحبه هو وليدع غيره من الحرس لا يزالون في انتظار عادة خروج أميرهم للصلاة:

- سيدي الأمير، ليس هذا طريقنا للجامع!

فاجأه بأنه لم يخطئ الوجهة:

- أعرف.

ألح:

- سيدي هذا طريق يؤدي إلى الأرض الحمراء حيث بيوتات الروم وقد تركوها منذ زمن.

معجبًا بحرص حرسه وضيقًا بإلحاحه قال:

- أنا أعيش في هذه المدينة من قبل أن تبلغ حلمك أيها الشاب!

كتم خادم ابن أبي سرح ضحكته وقد لمس بكفه كتف الحارس حتى يكف عن إرباك سيده، لكن الحارس صمم:

- صحيح يا سيدي الأمير، ولكنها تغيرت وكبرت وامتدت وتعقدت طرقها عما كنت تعرفه من قبل.

وقف ابن أبي سرح وأمعن في وجه الحارس الذي لم يعر التعرف عليه أي أهمية منذ صاحبه:

- هل تقصد أنني لم أعد أعرف المدينة التي أحكمها أيها الشاب؟

رد مرتبكًا:

- عفوًا.

واصل ابن أبي سرح مشيه:

- إن كانت قد كبرت الفسطاط فكبرت بي، وإن اتسعت فبسببي، وتعقدت خططها فبخطتي.

لكنه عاد ووقف فوقف مرافقاه:

-لكن يبدو فعلًا أنني تهت، فهل تعرف الدار التي يبيت فيها ابن أبي حذيفة الليلة؟

أجاب الحارس وقد تضاعف ارتباكه:

- لا يا سيدي.

ضحك ابن أبي سرح حتى رنت ضحكته في صمت الشوارع وسكون ليل البيوت:

- ولكنني أعرف، هي فرصة لتقول لأصحابك إن أمير مصر يعرف كل شيء فيها.

ومضى يتحسس الطريق الذي شرحه له بسر بن أبي أرطأة، وكان قد استدعاه سرًّا ليدله عن آخر أفاعيل ابن أبي حذيفة وعن مكان منامته، وقد كان يغيره عددًا من الليالي فلا يلبث في واحد منه إلا قليلًا. كان هانئ قد أبلغ ابن أبي حذيفة بالزيارة، لكن موعدها ومكانها كانا مفاجأة ابن أبي سرح يهديها مع هدية عثمان. حين الوصول للدار المعلومة سمح لخادمه وحارسه بطرق الباب الذي لم ينفتح إلا بعد أن تسرب القلق من دقة ابن أبي أرطأة ومعلوماته إلى قلب الأمير، لكن صرير الباب كشف صواب ابن أبي أرطأة، فقد ظهر نعاس ابن أبي حذيفة على وجهه المخطوف بالصدمة فعاجله ابن أبي سرح:

- وتفتح الباب بنفسك؟ ما كل هذه الشجاعة؟

نفض ابن أبي حذيفة النوم عن وجهه ورماه في وجه ابن أبي سرح:

ـ وممن أخاف؟ هل تظنك تخيف يا عبد الله؟
عبر ابن أبي سرح الباب وقد أزاحه بجانب ذراعه:
ـ لنر إذن!
منع ابن أبي حذيفة الحارس من اللحاق بأميره داخل البيت، فوافق ابن أبي سرح بإيماءة من رأسه، فالتقط الحارس الأمر فتراجع، بينما قال وهو يشير لخادمه:
ـ أما حامل الصرة فمن صالحك أن تجعله يدخل يا ابن أبي حذيفة!
فدخل الخادم دون أن يعترضه ابن أبي حذيفة.
وجد ابن أبي سرح البيت متقشفًا وعاريًا من فرش أو أثاث:
ـ أهذا بيت مهجور تلجأ له يا ابن أبي حذيفة إذن، وأين صنوك وشريكك ابن الخليفة الأول، أوَتحتملان الافتراق؟!
خشن صوت ابن أبي حذيفة متنحنحًا كأنما يهم بالبصق وهو يجلس على مسند من قماش، بينما ترك خادم ابن أبي سرح يبحث عن مقعد في أروقة البيت ليجلس عليه سيده، لما وجد كان ابن أبي حذيفة يفسد يوم ابن أبي سرح قبل أن يؤذن فجره:
ـ لا تظن نفسك أميرًا عليَّ يا مرتد، إنما أنت ظلوم كخليفتك، لا تخيفني بل خافني.
رد ابن أبي سرح مستخفًّا:
ـ والله إنك فسل لا تشغل بالي بأكثر مما يشغل بالي ذكر بعوض في هدأة نومي يا صبي الخليفة التعس! وهل تظن أنك تستطيع أن تخدعني كما تخدع قومًا غفلًا وصبيًّا غريرًا مثل ابن أبي بكر يتبع هواه حين يتبع هواك؟!
ـ أي هوى هذا الذي تتحدثون عنه يا أمراء الأهواء؟

ـ هذه الأهواء هي ما تملأ بطنك بطعام وشراب وتنفق منها عطيتك وتسرف فيها على خيالاتك وأطماعك، هذه الأهواء التي فتحت ذلك البلد الذي جئتنا فيه لتفتن أهله علينا، الأهواء التي ملكنا بها أفريقية، وحاربنا بها أعداء الله وانتصرنا بها على الكفار، هذه هي الأهواء التي جعلتكم يا عصبة العرب تملكون الأمصار وتضربون في رقاب الفرس والروم بسيوفكم، أي أهواء هذه أحب إلى الله ورسوله مما تنتصر لدينهما وتعلي راياتهما؟

ضحك ابن أبي حذيفة ساخرًا، ووضع كل قوته في تهكمه وهو يفرد ظهره على الهواء متكئًا ممددًا ساقيه أمامه:

ـ أوَتصدق نفسك أيها الهارب من مواجهة الروم حين جاءوا للإسكندرية وقد احتلوها في ساعتين، بينما أنت تنخر على سريرك في الفسطاط متوهمًا أنك الأمير المقدام، ولذت بعجزك في عاصمتك حتى جاءك عمرو بن العاص الذي رفعك أخوك عثمان على كتفيه فجمع جندك من بين ذراعيك، وقاد جيشك وأنت تعبئ معدتك بعسل القبط، فأخرج الروم وقهرهم وأعاد لك مصرك بعد أن أضعتها فتنسب لنفسك فتحًا لم تفتحه وغزوًا لم تغزه وحربًا لم تحاربها، غر غيري ببطولاتك الزائفة يا ابن أبي سرح.

لملم ابن أبي سرح شتات غضبه في قبضته وقال:

ـ أهذا ما باله عمرو بن العاص في رأسك يا صبي عثمان؟ أنت الذي لم ترفع سيفًا ولم تقاتل كافرًا لحظة ولو بسيف من قش، تأتينا في البلد الذي ندر منه جزية تكدس بيت المال بالذهب والدراهم، مدعيًا رغبتك في الجهاد وهذا الإمام الرحيم الشفوق يصدق ألاعيبك.

ـ تكدس بيت المال بكسر ظهور القبط ونزع جلودهم مع أموالهم وقهر العجوز والشيخ حتى يجف ضرع مصر وتجدب أرضها ويغور ماؤها ليسعد عثمان بما جلبه له أخو الرضاعة والمشفع له من ذبحة كان يستحقها على أستار الكعبة.

ـ إنها سموم عمرو بن العاص التي تتجرعها يا هذا وتقيء بها على صدورنا، إنما يتخذك لعبة أنت وهذا الذي يحمل اسم أبيه أبي بكر، بينما هو طفل تربى في حجر علي بن أبي طالب، إن عمرو بن العاص لا يريد إلا الدنيا ولا يريد من هذه الدنيا إلا عرش مصر.

ـ وهل أنت تريد إلا دنيا ابن العاص يا هذا، وكأنك ترى أبواب الجنة حين تغفو وحين تصحو، بل هو المال والحكم والتسلط على رقاب الناس!

ضج ابن أبي سرح حتى إنه رمى بالمقعد وقد وقف منتصبًا بظهر مشدود:

ـ مواعظك عن الآخرة تهلكني من الضحك يا شارب الخمر. أوَنسيت نفسك يا ابن أبي حذيفة وجهلت أنني كنت أراك طفلًا ترتع في دار عثمان وتأكل من صحنه ويعطف عليك ويغفر لك احتساءك الخمر بدلًا من أن يجلدك على ظهرك حتى تفيق من السكرة والمعصية؟

انتفض ابن أبي حذيفة وقد بدا أنه أمسك بنفسه قبل أن يشب على عنق الرجل:

ـ تخرصاتك أنت وكارهي كلمة الحق.

ـ بل كذبك أنت وكارهي حق الخليفة.

صرخ ابن أبي سرح في الخادم فحضر من خلفه، مد يده ففهم الخادم

الأمر فناوله صرة المال الثقيلة، أمسكها ثم ألقى بها على الأرض عند قدمي ابن أبي حذيفة الدهش:

-هذه ثلاثون ألف درهم أرسلها لك الخليفة عثمان، وأمرني أن أسلمها بنفسي لك داعيًا لك بالهداية ومرسلًا لك سلامه.

مع صمت ابن أبي حذيفة ارتفع صوت ابن أبي سرح:

-هذا مال لا تستحقه، وعطية فضل من عثمان تغفر خستك ونذالتك معه، وقد أرسلت له بكل ما تفعل وبكذب ما تزعم، لكنه عثمان، أب وأنت عاق، هو طيب وأنت شرير، هو صاف وأنت عكر، هو حكيم وأنت نزق، هو مؤمن وأنت عاص، هو خليفة وأنت أسوأ الرعية. وقد نصحته أن أرد له المال وأن أمنعه عنك، لكنه يرى ما لا أراه، وليس لي إلا طاعته، وقد أمرني بأن أحمله في السر وأسلمه في السر وأن لا أسألك عليه شيئًا.

اتجه ابن أبي سرح ناحية الباب خارجًا، لكنه التفت إلى ابن أبي حذيفة الذي تصلبت نظراته على الصرة الملقاة لم يمد لها يدًا ولم يتحرك تجاهها شبرًا فقال حاسمًا:

-كي تطمئن على أننا قادة حرب وأبطال نصر، وكي تعمل بما تدعيه من نية الجهاد، فنحن نستدعيك للجيش حيث نركب أول سفن للإسلام نحارب بها أعداء الله في البحر، ولا تنسَ أن تخبر الفارس المغوار ابن أبي بكر بأن موعد فطامكما قد حان.

وخرج.

٤٦

ـ هي أرضك إذن يا عمرو بن العاص.

قالها سعد بن أبي وقاص وهو يريح تعبه بالنظر إلى هذا البحر اللجي. وقفت قافلته الصغيرة عند جبل يطل على بحر مصر من فوق صحراء كلم الله فيها موسى وكلم فيها عمرو بن العاص طموح نفسه، أن يضع اسمه على بلد يغزوه، عندما قيل له إن ابن العاص فض في هذه البقعة خطاب ابن الخطاب الذي بعث به مستدركًا إذنه له بفتح مصر، آمرًا إياه بالعودة عن هذه المغامرة العجولة إن لم يكن قد دخل حدودها، حين أنصت عمر بن الخطاب لمن حذره اندفاع ابن العاص وراء حلمه، وخوف الناصحين من عدم اختبار عمرو بن العاص في قيادة الحروب واختماره في خوض غمار المعارك. لكن لما اطمأن ابن العاص أنه في جنح مصر فتح الخطاب حيث وصل إلى فتحه المؤمل، هو هكذا دهاء الداهية الذي يريد أن يسمع عن علو نفسه من جوف غيره، الاعتراف بما يملك أهم مما يملك. هذا ابن العاص، لم يكن يومًا بطلًا في معركة ولا محاربًا في نصال قتال، هو طيلة عمره في مكة وسنوات الإقامة في المدينة، وفي رحلته معه في صحبة جهاد الحروب في العراق والشام ليس إلا عمرو بن العاص نفسه، ذلك

الفتى المولع بإمارة لم تأتِ والباحث عن سلطة لم تتح. لهذا كان يعرف جرحه من عثمان بن عفان حين نحاه عن مصره وصار عمرو بن العاص الأمير بلا إمارة والفارس دون سرج والحاكم دون حكم.

سأل سعد بن أبي وقاص نفسه: هل أصابع ابن العاص هي التي تقلب الجمر تحت مقعد والي عثمان في مصر عبد الله بن أبي سرح؟ لقد جاء إلى هنا ليطبب جرحًا انفتح ونزفًا سال ويوئد فتنة ويطفئ نارًا، هكذا طلب منه الخليفة عثمان فأثقل ظهره. لا يجد في نفسه الهمة للوقوف حائطًا يصد السهام بين الرماة، ولا يجد عزيمة أن يعلن خطأ أحد أو يتحمل نقمة واحد عليه لموقف اتخذه، يتجنب هجير المواجهة. وها هي مصر تسحبه من مضجعه استجابة لإلحاح عثمان الذي لم يرد سعد أن يلبي رغبته بقدر ما أراد أن يدرأ عتابه.

مدد سعد بن أبي وقاص ساقيه راضيًا على تعبه. هذه المرة يخرج من المدينة لا ليحكم ولا ليحارب بل ليصالح ويصلح، ليس هدنة بين غاز ومغزو أو منتصر ومستسلم، ليست نصوص جزية ولا بنود عهد تلك التي سيصوغها أو يدقق غاياتها، بل إنقاذ مصر من صراع بين أخ عثمان بالرضاعة وابن عثمان بالتربية، اثنتا عشرة ليلة فوق سرج فرس وسط عشرة من رجال المدينة الذين أوفدهم عثمان معه كي يصلح بين ابن أبي سرح وابن أبي بكر وابن أبي حذيفة.

سأل سعد عثمان:

- أليس محمد بن أبي حذيفة هو ابن خالة معاوية بن أبي سفيان؟

رد أن نعم، فأضاف سعد:

- وأليس هو ربيبك منذ مات أبوه في الحرب؟

رد أن نعم، فأضاف سعد:

ـ أعانك الله يا عثمان.

أجاب عثمان بقلبه على لسانه:

ـ بك يا سعد.

* * *

أشفق سعد على هدأة عثمان في خلافته وقد تقلقلت، منذ كانا معًا مرشحين على خلافة عمر ولم يرَ عثمان هكذا، منذ خلع عبد الرحمن بن عوف نفسه من المنافسة على الإمارة وبات في يده اختيار الخليفة وقد سكن الاطمئنان نفس عثمان، عرف أنه سيكونها، لا يزال يذكر علي بن أبي طالب وهو ينتظره عند خروجه من لقائه بابن عوف منفردًا في غرفة منغلقة عليهما وهو يقول له بصوت مؤنب متوجس:

ـ «وَٱتَّقُواْ ٱللَّهَ ٱلَّذِى تَسَآءَلُونَ بِهِۦ وَٱلْأَرْحَامَ إِنَّ ٱللَّهَ كَانَ عَلَيْكُمْ رَقِيبًا».. يا سعد، أسألك برحم ابني هذا (وأشار للحسن وكان معه) من رسول الله وبرحم عمي حمزة منك ألا تكون مع عبد الرحمن لعثمان ظهيرًا عليَّ.

كان سعد قد فعلها، فعندما قال له عبد الرحمن بن عوف:

ـ اجعل نصيبك لي ومن أختار تختاره أنت يا سعد.

رد عليه سعد:

ـ إن اخترت نفسك فإني موافق ومعك، أما لو اخترت عثمان فإن عليًّا أحب لي، أيها الرجل بايع لنفسك وأرحنا وارفع رؤوسنا.

لم يختر عثمان بل عليًّا من أراده، ولكن عثمان صار خليفته الذي أعاده إلى ولاية الكوفة، وكان قد غادرها بأمر من عمر، آه إنه عمر الذي أرسل إليه محمد بن مسلمه كي يحرق الباب الذي ونصبه على داره في الكوفة منعًا لتدافع أهلها على مسألته ومشغلته، لم يكن يعرف عمر ولا مندوبه

المخلص من هم أهل الكوفة. ها هي الآن تكشف عن نابها لعثمان وواليه. كان يعرف يوم عاد عثمان وعزله من ولاية الكوفة أنها حية من يظنها عصاه. لم يغضب حين عزله عمر بسبب باب، ولكنه كمد حين عزله عثمان. انتصر لعبد الله بن مسعود عليه، وتمر الأيام وينتهي الأمر بأن كسر غلمان عثمان ساقي ابن مسعود وضربوه وطردوه من المسجد. حمأة ابن مسعود كانت بسبب هؤلاء الكوفيين الذين التفوا حوله وساندوا ظهره وزرعوا فتنتهم ضد واليهم سعد بن أبي وقاص الذي رفع السيف ففتح به بلدانًا لهم وانتصر في الغزوات فأدخل بيوتهم السبايا والغنائم والجزية والخراج ما فاضت به جيوبهم، لكنهم أشعلوا نار الرجل الطيب حين نزغ الشيطان أول ما نزغ هناك في الكوفة. فحين دخل عليه ابن مسعود بجمع من الكوفيين ساخني الرؤوس وحمر الأحداق من الغضب وقال له:

ـ رد المال الذي اقترضته من بيت المال الآن يا سعد.

استوحش سعد القول ومنظر القائل وتلك الوجوه المصاحبة القوالة، فأجاب نافرًا:

ـ قلت لك أمهلني وقتًا يا ابن مسعود، ولا تنسَ أنه كما أنك خازن بيت المال في الكوفة، فإني أميرها.

ظهر حراسه وجاء ناسه وتجمع نصرته من الكوفيين متطوعين لنزال الأنوف بينه وبين ابن مسعود، فزأر حنق ابن مسعود وبان استنفار من معه بزيادة عددهم وتدافعهم داخل بيته حتى كادوا يحيطون به وأصحابه فوجد نفسه مهددًا فقضى ذلك على تماسك هدوئه:

ـ ما أراك إلا ستلقى شرًّا، فهل أنت إلا ابن مسعود عبد من هذيل.

نعم تجاوزت المسبة لسانه منفلتة من عقالها، لكن حمي ابن مسعود يومها ورد:

ـ أجل والله إني ابن مسعود وإنك لابن حمنة.

إنها الأم إذن يا ابن مسعود، كأن جرح سعد لا يريد أن يلتئم أبدًا، أمه حمنة بنت أبي سفيان، تطارده تلك العجوز التي أبت أن تسلم نفسها للإسلام وظلت على عنادها الكفور، بصوتها القاسي أقسمت عليه لا يظلني معك سقف من بيت وأن الشراب والطعام عليَّ حرام حتى تكفر بمحمد. هي التي تخيط اسمها في ذيل حياته، ما ذهب إلا بها ولا حط إلا معها، كبر سنًّا واسمًا، وهي تعيده إلى نطفتها في كل خطب يستعر فيه الغضب مع عربي من قريش، حمنة، أمه المطعون في شرفها، المشكوك في نسبه، المطارد بمقالات الناس عنه وله: لست ابن مالك بل ابن بني عذرة حيث رجل منهم كان عشيق أمك. ما صدق وما اطمأن إلا عندما سأل الموحى إليه، سأل نبيه من أنا يا رسول الله، فأجابه أنت سعد بن مالك بن وهيب، من قال غير ذلك فعليه لعنة الله، فأمك بريئة. لكن هذه البراءة لم ترقد في قلوب الناس، حتى إن ابن مسعود يعايره يومها بأمه فيقطع خيط الطمأنينة بلسان أحد عليه من سن رمح. أهذا ما جعل سعدًا يكاد لا يسمع رجلًا حاول أن يلقي ماء على نارهما وقال:

ـ وما أنتما إلا صاحبا رسول الله.

لكن سعدًا ألقى عصا في يده تجاه ابن مسعود فتحطمت من ضربة القبضة نحو الأرض ورفع يديه وقال:

ـ اللهم رب السماوات والأرض.

حينها صاح ابن مسعود:

ـ ويلك يا سعد قل خيرًا ولا تلعن.

خشي ابن مسعود مرتعبًا من دعوة سعد عليه فتستجاب، فقال سعد كأنما ليطمئن نفسه بعدم استغلال دعاء النبي له بأن يستجيب الله دعوته:

ـ والله لولا اتقاء الله لدعوت عليك دعوة لا تخطئك أبدًا.

ولى ابن مسعود خارجًا بكوفييه الملتمين حوله من قراء وحفاظ لفوا رؤوسهم بعمامته، لكن عثمان أبقاه في مهمته، بينما نزع عن سعد ولاية الكوفة، فيما جلس في المسجد ورأى عثمان يأمر رجاله بضرب ابن مسعود، فطفرت الدمعة من عينه صامتة وسط صخب لم يبق للدمع صوتًا.

* * *

لا ابن مسعود ولا هو، بل هي الكوفة التي تسن سنانها عليك الآن يا عثمان، عندما بلغ سعدًا أن عشرة من الكوفيين يوقدون قلوب الناس نارًا على الخليفة منذ شهور. وأخبره عثمان بأسمائهم، عرف جلستهم ذاتها في قصر سعيد بن العاص والي الكوفة الذي بالتأكيد امتلأ بالأبواب الحاجزة والأسوار الحامية ولم يحرقها عليه عمر، فلا عمر الآن بل عثمان الذي يهتم بأبواب القلوب لا أبواب القصور. تباهى سعيد بن العاص على جمع أتاه متعصيًا على أمور حكم بها في الكوفة وقال:

ـ إنما هذا السواد من الأرض طيًّا وطينًا وتربة ورملًا بستان لقريش.

وجه مالك الأشتر غاضبًا في وجهه زاعقًا في واليه المترفع المتأفف:

ـ أتزعم أن هذه الأرض التي أفاءها الله علينا بأسيافنا بستانًا لك ولقومك؟! والله ما يزيد نصيبكم فيها عنا شبرًا ولا ذراعًا وإلا قمنا عليك فلم نبق لك ولأقاربك بستانًا ولا خرابًا.

غلا دم صاحب شرطة الأمير فصرخ فيه:

ـ أترد على الأمير يا مارق؟ والله لنكسرن ضلعك.

سمعها منه مالك فضجت عروقه بالنفور والفوران، فنظر إلى رجاله الكوفيين القادمين معه:

ـ لا تتركوا هذا المخلول وعلموه مع من يتكلم.

وثب عليه اثنان منهم ثم اتجه له ثالث في الوقت الذي قفزت البقية على حرس الأمير، منعوهم من الحركة حتى فرغ زملاؤهم الثلاثة من تكسير عظم صاحب الشرطة الذي انكتم صراخه الملتاع الملدوغ بالمفاجأة بعد لكمتين مغشيًّا عليه حتى ظنوا أنه مات.

عرف سعد أن الكوفة اشتعلت بغضب مالك الأشتر ورجاله، وأنهم صعدوا للمساجد والأسواق والدور وفوق النوق يشتمون سعيدًا وعثمان، خافهم الأمير المرتجف فأرسل للخليفة الذي شكا لسعد بن أبي وقاص الذي قال له:

- إن أهل الكوفة مفتنون فتانون متقلبون قلابون متقاتلون يوغلون في اللغو ويلغون في البغي، تكره أن يحبوك وتقلق أن يكرهوك.

لكن عثمان اعتقد أن معاوية سيستطيع ترويضهم، فطلب من أمير الكوفة أن يرسل مالك الأشتر ومن معه إلى الشام ليرتاح من فتنتهم التي علت حتى أخفض الأمير لها رأسه، ولكي يجرب معاوية فيهم أحابيل دهائه. لم يشك سعد أن عصا معاوية لن تسحر عيون الكوفيين، لكنه حمد الله أن عثمان لم يطلب منه التدخل بينهم، ثم باغته بطلبه أن يذهب لمصر فيجلس مع أميرها عبد الله بن أبي سرح ويجالس محمد بن أبي حذيفة ومحمد بن أبي بكر وينشر فيهم سلامًا وبينهم هدنة.

* * *

انتهى أمير مصر عبد الله بن أبي سرح من صلاته بالناس، كان متعبًا فقصرت منه السور، وكان متلهفًا على تحسس ردة فعل ابن أبي حذيفة في أول اختبار صباحي بعد أقل من ساعة من تدفئة صدره باحتضان ثلاثين ألف درهم مرسلة محتومة بحتم عثمان ومحبته. التفت في المسجد يبحث عن ذات المشهد اليومي الذي ضاق به بعدما ضيق قبضته على عنقه،

حين يفرغ من صلاته إمامًا إذا بمحمد بن أبي بكر وحائطه الساند ابن أبي حذيفة يدخلان للجامع يحيط بهما رجال ابن عديس وأهله فيؤذنون لإقامة الصلاة ويصلون تحديًا جهورًا فخورًا بقدرتهم على شل قدرته، لو فعلها ابن أبي حذيفة اليوم والدراهم العثمانية تحشو بطنه فلن يسكت عليه ولن يصبر على حلم عثمان به، فإما هو أو ابن أبي حذيفة في هذا المصر.

لحظات عبرت حتى دخل ابن أبي بكر المسجد وحده بعدد أقل ومصاحبين فرادى. شعر في قلبه راحة وفي باله هدوءًا. قام من قرفصته وقد وقف بجواره هانئ وحرسه ونهض في صحبته معاوية بن حديج ومسلمة بن مخلد راحلين معًا يستعجلان من كآبة المنظر اليومي. لم يحدث شيء في صلاة الصبح البكرية، بل لم يظهر ابن أبي حذيفة، فهل تعقل؟ هدوء فرش رداءه على المكان والمدينة وزقاقاتها وشوارعها وبيوتها حتى جاءت صلاة الظهر. ذهب فأم فصلى وتكرر الغياب بعد انتهاء صلاته، هم أن ينهض ويرحل وقد بدأ رجاله يكررون مشهد صلاة الصبح إذ ينصرفون راحلين إلى أشغالهم ومشاغلهم، لكن شيئًا أجلسه وأوقفهم، ثبته وجمدهم.

كان ابن أبي حذيفة داخلًا وسط حشد محشود لا يعرف كيف جاء به كأنه نفير حرب، ظلوا يتوافدون حتى ملأوا المسجد، فتقدم هانئ ورجاله يحيطون بالأمير ابن أبي سرح في جلسته يدفعون عنه الأقدام والسيقان خشية أن يطأوه، جذبوه من إبطيه وقادوه لباب جانبي، لكنه عاد فقاوم مشيتهم ونظر لهم كأنه يذكرهم بأنه أمير مصر وأنهم شرطته التي تبدو فزعة من تكالب وجزعة من زحام. كان فحيح نار يرتع في جوفه فقد لمحها على كتفه، تلك الصرة بذات اللون والاستدارة والنتوءات هناك على ظهر ابن أبي حذيفة، الذي اندفع بين الصفوف يمشي عند كتفه اليمنى كنانة وسودان ومع كتفه اليسرى ابن ملجم وجبلة، ثم يصل برشاقة إلى المنبر

يثب فوق درجاته في حركة فاجأت ابن أبي بكر الذي يهم بالوقوف إمامًا لصلاة الظهر، لم يلتفت أحد كي يؤذن لإقامتها فقد كانت العيون شاخصة محدقة في ابن أبي حذيفة الذي رفع الصرة بين يديه ثم أمام صدره ثم أعلى رأسه وهو يصيح في الناس:

- يا أهل الفسطاط، يا فاتحي مصر، يا صحابة رسول الله، يا شيوخ الإسلام.

ملك الرجل بنداءاته اهتمام الحشد المشتعل فضولًا، بينما كان عبد الرحمن بن ملجم عند ساقي ابن أبي حذيفة مبهور الأنفاس يتلقف كلماته كثمرات شجرة، وينظر إلى جبلة كأنما حانت اللحظة.

أدرك ابن أبي حذيفة أن آذان الناس صارت ملصوقة بشفتيه، رمى شرر نظرته هناك حيث وقفة مختفية لعبد الله بن أبي سرح يرى وجهه بين أكتاف وأعناق حراسه، قال:

- هذا خليفتكم عثمان بن عفان يخادعني عن ديني ويرشوني عليه، ويرسل لي ثلاثين ألف درهم من بيت مال المسلمين، من مال الفقراء والمساكين، من مال الجند في الثغور، ليردني عن وقفة الجهاد ضد تحرفه عن دين نبينا المصطفى.

كانت الأصوات تتصاعد بالكلمات المتداخلة المتدافعة المتشابكة المتخالطة، زن ودوي وطنين انفجر حين صرخ ابن أبي حذيفة:

- هذا خليفتكم الراشي شاري ذمم أقاربه وأصهاره، يريد أن أسكت عن حقكم وعن حق المسلمين وأسلم نفسي له ولطغمته الفاسدة، وها أنا أبلغها له الآن حالًا.

فك ابن أبي حذيفة الصرة ثم أخذ يقذف بالدراهم من جوفها على رؤوس الناس تخبط وترن وتحاول الأيدي الإمساك بها وتنحني

الظهور بحثًا عنها وتتخبط الأكتاف التقاطًا لها، وتتعالى الصيحات والآهات المعجبة المتعجبة المهللة لشجاعة ابن أبي حذيفة اللاعنة عثمان ورشوته.

كان ابن ملجم ثابتًا في وقفته يتابع اندفاع الناس على الدراهم، بينما ينظر معتزًّا متباهيًا بهذا الفتى الذي عرى هذا الخليفة من ستره. كان ابن ملجم محتقرًا للمال وللساعين له والراشين به، مستعدًّا وجاهزًا الآن كي يمشي وراء ابن أبي حذيفة وابن أبي بكر إلى الطريق الذي يختارانه له، فهو طريق الجنة ولا شك.

انصرف مسرعًا وقلقًا عبد الله بن أبي سرح وهو يغلي حنقًا.

* * *

لم تكن استجابة عثمان لنداء ابن أبي سرح بالتدخل إلا إيفاد ابن أبي وقاص بسرعة. ها هو الآن يقطع قطعًا من خبز فوق صحنه تحت عمود خيمة نصبها له وفد رجاله الذين توزعت خيامهم في درب العريش راحة من رحلة واستجماعًا لهمة وانتظارًا لمندوب من أمير مصر يفد إليهم ليصحبهم مع حرس وجند إلى الفسطاط. لكن شيئًا ما صفع أنف سعد بن وقاص، وصخبًا صك سمعه، جعلاه يتوقف عن مضغ لقمته ويدفع كتف غلامه كي يعرف ماذا يجري خارج الخيمة. لكن المفاجأة أخذتهما معًا في خبطة واحدة، فقد ارتمت جذوة نار مشتعلة في جانب الخيمة لتشعل حريقًا أثار فزعًا وهرجًا. وحين خرج سعد بن أبي وقاص متحيرًا ومستغربًا رأى ما لا كان يظن أنه سيراه أبدًا، حوالي مائة رجل يحيطون بخيام وفده، يقيدون حرسه ويضعون سيوفهم مهددة رؤوسًا وصدورًا، يدورون حوله بخيولهم، يضربون بحوافرها في الأرض ويثيرون في وجهه الغبار والتراب.

وقف سعد يستعيد نفسه من توهان أداخ رأسه، صاح فيهم:

ـ من أنتم؟

رفع أحدهم لثامًا عن وجهه وقال:

ـ لا شأن لك بأسمائنا يا سعد بن مالك، اجمع أشياءك وارحل عن هذا البلد ودعنا وشأننا.

ـ بل لن أترك مكاني حتى يأتيني مندوب أمير مصر!

زعق فيه رجل:

ـ لقد جئت كما قال لنا محمد بن أبي حذيفة فعلًا، تقل جماعتنا وتشتت كلمتنا، أرسلك الكذاب لتوقع التخاذل فينا.

استفهم سعد مستنكرًا:

ـ من هذا الكذاب؟

ـ عثمان.

هم سعد أن يرد، فلا ملك أن يتكلم ولا أن يصمت.

اندفع الرجال بخيولهم نحو ابن أبي وقاص. تراجع فسقط فقلبوا عليه خيمته المشتعلة وضربه حافر حصان فشج رأسه ونزف دمه وداسوا على كفيه وملأ التراب فمه وأحس هوانًا وإهانة.

صرخوا فيه:

ـ قم الآن وارحل عنا!

لملم سعد بن أبي وقاص كبرياءه يطبب جرح جبهته مدهوشًا ومذهولًا. سارع وقد سانده أحد حرسه ليركب مع وفده خيولهم تاركين الخيام المحترقة والوجوه القائظة.

عندما وصلوا إلى ابن أبي حذيفة حيث انتظرهم في دار ابن عديس أبلغوه بلحاقهم ابن أبي وقاص قبل وصول مندوب أمير الفسطاط ورجاله،

وطمأنوه على تركه أرض مصر دون أن يلتقي أحدًا من لدن الأمير، ثم حكوا جملته التي تركها في طبل أذنهم وهو يغادر كسيفًا مكتئبًا.

سمعها ابن أبي بكر فنظر إلى ابن أبي حذيفة، بينما ضربت صدر ابن عديس. قال سعد:

ـ ضربكم الله بالذل والفرقة وشتت أمركم وجعل بأسكم بينكم.

ثم نهض ابن أبي بكر يكاد لا يريد أن يكمل ما يسمع:

ـ وأرضاكم بأمير ولا أرضاه عنكم.

ابتسم ابن أبي حذيفة ثم ضحك ثم نهض واقفًا:

ـ والله لو أمير كالمرتد ابن أبي سرح فلا نرضاه ولا يرضانا.

ثم التفت إلى عبد الرحمن بن ملجم وقد جاء منذ حين، دخل الدار فسمع ما دار، فأجاب:

ـ نعم ما قلت يا ابن أبي حذيفة.

ـ ضربكم الله بالذل والفرقة.

رددها عبد الرحمن بن عديس مهموسة بين شفتيه، ثم أضاف:

ـ لكن سعد بن مالك مستجاب الدعوة.

وصمت مغمومًا.

٤٧

أدرك معاوية بن حديج أن هذه الحرب هي حرب عبد الله بن أبي سرح.

أيقن ذلك ليس من هذا النصب والتعب الذي غلف عينيه، ولا من الأيام التي أقامها مرتبكًا متوترًا، ولا من هذه الاجتماعات التي طالت مع صالح القبطي، ولا من هذه السفرة التي فعلها ابن أبي سرح للمرة الأولى لكنيسة البطريرك في الإسكندرية وصعوده سلالمها بعد لأيٍ ونأيٍ مترددًا متراجعًا، ولم يتمَّ لقاءه إلا حين همس في مسامعه مسلمة بن مخلد أن عمرو بن العاص لو هنا لفعلها راضيًا. فهم ابن أبي سرح المقصد وفعلها ليكمل مهمة لم تكن أهميتها لتسمح لغير الأمير بتمامها، وافق البطريرك على التحاق الأقباط بجيش المسلمين لملاقاة الروم في البحر، فكانت موافقته في حضور أمير مصر أمرًا ممهورًا بالتمام.

ها هو يأتي ببسيسة في السفينة التي تحمله في معركته مع ابن هرقل.

زوجته الأثيرة في هذه الغرفة الخشبية في السفينة مع جاريتها وحارسها، بينما ابن أبي سرح مع قادته ورجاله. ضحك ابن حديج حتى ثمل منه مزاجه، بينما مسلمة بن مخلد ببدنه المكتنز الذي تضغط الأحزمة على خصره وجنبه وصدره يشير له على علقمة الجالس أمام ابن أبي سرح ملتفتًا

لوجهي معاوية ومسلمة الضاحكين على غير ما تقتضيه رهبة الحال وجلال الموقف. عندما جاءا في غزو مصر لم تحمل جمالهم هوادج نسائهم، بقين في المدينة واليمن، وفي الشام حيث ترك معظم الجند المصاحب لابن العاص أهليهم في القرى المفتوحة ليركبوا خيل طموح الرجل إلى مصر، حتى ابن العاص نفسه لم يأت برائطة زوجته لمصر في أول الغزو. استغرق الأمر شهورًا حتى وفدت الزوجات والجواري، حين اطمأنوا إلى أن البيوت بنيت، والأرض اتسعت وامتُلكت، والحصون فُتحت، والبلد لان تحت سنابك الجيش، واستوحش الرجال من جمال القبطيات وبياض الروميات جلود نسائهم.

لا يعرف مسلمة لِمَ أحجم جيش ابن العاص عن هذا الأمر المجبول عليه العرب في النزال، زوجات يركبن مؤخرات الجيش ليتحمس الجند في الحرب فيسعون للانتصار وإلا لحق العار بصدور نسائهم يسلمن للغالب. في الدخول لمصر كانت الحرب بلا نساء، ثم لما بان أنها ليست تلك الحرب التي ظنوها بل هي خطة ابن العاص التي عرف خطوطها، فتح معاهدات لا حرب شهداء، جاءت النسوة نعيمات بحلاوة مصر وطيبها. كانت الجزية عباءة من نسيج القبط وعمامة من قماشات المصريين، وأن يوفر المصري لباس جندي من المسلمين فضلًا عن مقدار من القمح وقدر من الدراهم، الآن ابن أبي سرح زاد من الخراج والجزية وزاد من القسوة مع القبط وزاد من النساء.

قال ابن حديج:

ـ قلب ابن أبي سرح معلق ببسيسة رغم مصيره المعلق في صاري هذه السفينة.

قال مسلمة بعدما نفض ضحكته عن شفتيه:

- دعك من هذا الهزر يا ابن حديج وانتبه للأمير فها هو يوافق على اقتراح بسر بن أبي أرطأة.

كان علقمة يصرخ حينها:

- كيف نترك نصف جيشنا في البر ونذهب بالنصف المتبقي لحرب في بحر لا نعرفها ولا نعرفه؟!

كان كل شيء في هذا اليوم خطرًا، فالخطر وحده هو ما أوصلهم إلى هنا، شاطئ بحر بمائتي سفينة لمعركة لم يخضها واحد منهم من قبل.

أهناك أخطر على ابن أبي سرح من أن جيشه البحري الأول يضم مئات من القبط، ثم الأغرب أنه يضم أعداءه في قلب سفنه، ابن أبي حذيفة وابن أبي بكر ومعهما ابن عديس ورجاله، قالها له هانئ مستريحًا لسلامة مقصد سؤاله:

- أتقتل نفسك بهم إذن يا أمير؟

وهل كان ينفع أن يتركهم؟ وهل كان ممكنًا أن يمتنعوا؟

* * *

كان عبد الله بن أبي سرح قد ضج بمسالمة عثمان لربيبه العاق الذي أزهق كرامته مرتين حين رمى المال تحت أقدام الناس، وحين شج سعد بن أبي وقاص صاحب رسول الله وداس رجاله عمامته وطردوه من مصر. بينما ابن أبي سرح غافل كما يرى نفسه، مغفل كما يراه خصومه، سكت عن تكاثر المتمردين في شوارع الفسطاط والناقمين الخارجين عن إمامته في جامعها، كان معاوية بن حديج بعينه العوراء بصيرًا حين أنقذه من عماه. فقد قام بين جماعة من الفسطاطيين وخطب فيهم أن ابن أبي حذيفة كذاب أشر، فالمال ليس هدية ولا رشوة، بل خصه به الخليفة عثمان بن عفان لأرض كان قد اقتطعها له في المدينة كرامة

وكرمًا، فلما بيعت أرسل له ثمنها في مصر لعله يقيم بها أمرًا أو يتصدق بها على المسلمين كما تصدق عليه عثمان، فانتهزها العاق العاص فرصة فتقول على عثمان وادعى أنها رشوة، ولماذا يرشو الخليفة ربيبه وفردًا من رعيته وجندًا من جنوده؟ وممَّ يخافه ليرشوه؟ ومتى كان كرم الخليفة رشوة؟

لم تؤثر خطبة ابن حديج في رجال ابن أبي حذيفة وابن أبي بكر، لكنها أثرت كثيرًا في القوم جميعًا. شقت بطولة ابن أبي حذيفة المنتفخة، وشككت في ذمته وضميره، وجعلت لخصوم ابن أبي حذيفة حجة يرددونها وكلامًا يردون به على غيرهم. لكن واقعة سعد بن أبي وقاص كانت قد ضربت موجعًا في الخليفة وأميره، وكانت نذير خطر محدق يوشك أن يحط عليهما لو تركاها تعبر دون مغبة. أنكر ابن أبي بكر معرفته بالحدث، ونفى ابن أبي حذيفة صلته بها جهارًا نهارًا، فما كان من معاوية بن حديج إلا أن اقترح على أمير مصر أن يقبض على الرؤوس التي يشك في اشتراكها في الجريمة ويسجنهم حتى لو لم يمتلك دليلًا، فيكفي هذا لردع ابن أبي حذيفة، فضلًا عن أنه يعري قدرته على حماية مناصريه وشركائه أمام رجاله ثلة العصاة والخارجين. وافق ابن أبي سرح على الاقتراح فورًا، لكنه زاد عليه أن وقف في منبر الجمعة خطيبًا في الناس:

- وإني لخائض معكم حروبًا ضروسًا ضد ابن هرقل الذي يتربص بمصر ويهم بغزو ثالث للإسكندرية، وسنخرج لملاقاته في جزيرته ولن ننتظره عند ساحل نجده قافزًا فيه بدسائس رومه وعيون جواسيسه، سنجاهد في سبيل الله في ظلمات البحر وأمواجه المتلاطمة، وسنرفع رايات الدين فوق سفن أعدائه، ولن أترك

واحدًا منكم يتقاعس عن الحرب أو يقعد عن القتال، ومن يعتذر لن نعذره، ومن يتردد لن نتركه.

ثم ذهب بنظراته متحدية نحو صفوف خلفية من متسمعي عبد الرحمن بن عديس:

- وأقول لمن يشق صفوفنا في الفسطاط الواحد، نحن سنقاتل عدوًّا لنا وللإسلام، وليس منا من يشتت الجمع ويمزق الصف في هذه المعركة، ولن نترك بيوتنا لمن يخون أمانتنا ويركب ظهر دعة خليفتنا.

في الصبح التالي رأى الناس في بيوتهم صفوف الجند يخرجون من معسكر التدريب المجاور للمسجد ويمرون بخيولهم وأسلحتهم من دروع ورماح وسيوف وسهام وأقواس، يجلجل صليل حديدها، وتضرب حوافر الأفراس الأرض فترجها، وترتفع الرايات مرفرفة فوق الصاريات، وتخرج الرؤوس من الشرفات والأبواب تطل مبهورة على الآلاف الذين أقبلوا تباعًا في خطوط منتظمة وصفوف متراصة، وتحرك العابرون فالتصقوا بالأسوار والحوائط للنجاة من هرولة الخيل. وفي منتصف الموكب كان عبد الله بن أبي سرح أميرًا يركب أعلى الخيول فوق سرج منتفخ تبرز رأسه بين الرماح وتتحرك بيارقه أمامه وحوله السيوف. كانت فكرة ابن حديج الذي أخبره بعدها راضيًا وسعيدًا أنه مدين له، كانت رسالة أمض قسوة من سابقتها، فلا تزال الفسطاط فسطاطي ومصر مصري والجند جندي والحرب حربي يا محمدي يثرب الغريرين.

* * *

في دار ابن عديس كانت الإجابة على وعيد الأمير.

لم يكن غيرهما مع عبد الرحمن بن عديس، المحمدان اللذان بدوا

أمام ابن عديس أصغر من أن يطيعهما وأكبر من أن يتحداهما، هو فاتح مصر برجاله وأهله فلا يمكن أن يقعد عن نفير حرب:

- هل تظنّاني جبانًا عن خوض حرب سفن كي أقول لعبد الله بن أبي سرح اعذرني في شيبة ومرض فلن أحارب في سبيل الله؟

رد ابن أبي حذيفة:

- وهل هي حرب في سبيل الله؟ بل في سبيل حكم عثمان وشغل الناس بأنه يحارب للدين، هي خدعة!

أجاب ابن عديس:

- لن تكرهوا يا صغاري هذا الرجل أكثر مني، فهو من حرمني عطيتي في معركة الأساود، وجعل معاوية بن حديج من فوقي، وهو من تطاول على صحبتي لرسول الله وبيعتي له تحت الشجرة فآذاني وأهانني وحلق لحيتي وشعر رأسي، لكنني أظنه صادقًا في حربه للروم.

تنهد وتمهل:

- اسمعني يا ابن أبي حذيفة، الروم خطر على مصر، فإذا كنت تظن أنه يخدعنا بحرب لا أهمية لها فأنت تترك عاطفتك تسطو على عقلك.

تدخل ابن أبي بكر:

- فليكن، هي حرب في سبيل الله، ونحن كذلك في حربنا ضد عثمان نمضي في سبيل الله، أليس هو حارق المصاحف وكاسر سنة نبيه؟

نفض عبد الرحمن بن عديس يديه وقال:

- سنكون مجانين لو امتنعنا عن هذه الحرب، كيف سنشرح عجزنا عن المشاركة للناس؟ ماذا سنقول لهم؟ هذا الأمير الطاغية المدلل من الخليفة الظالم يذهب لقتال المشركين ونحن قاعدون في صحون

بيوتنا نسمع ابن ملجم المرادي يتلو علينا من المصحف آيات الجهاد في سبيل الله!

ضربهم الصمت ولم يسمعوا إلا أنفاسهم في تلك الغرفة التي أحكموا غلق منافذها وتكتموا فيها أمر اجتماعهم. حرك ابن عديس جسده في مقعده ثم هم بالوقوف وهو يتحدث هادئًا:

ـ سيقول هانئ وشرطته في نواحي مصر إن ابن أبي حذيفة الذي جاء إلى مصر زعمًا بالرغبة في الجهاد تقاعس يوم النفير، وأنه الفتى الذي لم يحارب أبدًا فكيف ينابذ الفاتحين المحاربين، وهذا ابن الخليفة أبي بكر الصديق يأنس للعبادة ويكره المجاهدة وهو الذي جاءنا طالبًا من خليفته عثمان أن يلتحق بجيش على الثغور.

كان قد مد يديه ففتح نافذة بضلفتيها ثم انتقل إلى ستار يزيحه عن كوة في جدار ومنها لباب الغرفة يفتحه:

ـ سأبلغ الرجال بأننا مجاهدون في سبيل الله، نركب البحر لسفن الروم كما ركبنا ظهور الخيول لحصون الروم.

خرج، بينما ظل ابن أبي حذيفة جالسًا مطرقًا رأسه في حجره. وبينما محمد بن أبي بكر يشرع في المغادرة، نطق ابن أبي حذيفة هادئًا:

ـ ستكون آخر حرب يجلس فيها ابن أبي سرح موضع الأمير.

التفت له محمد بن أبي بكر:

ـ فلتكن آخر غزوة تصل مغانمها لعثمان.

حين تحدثا مع كنانة وسودان وابن ملجم وجبلة وعروة وعرفوا أنهم موافقون على نداء ابن عديس بالمشاركة في الغزوة، قال ابن ملجم ردًا على وعد المحمدين بأنها آخر غزوات لابن أبي سرح وخليفته:

ـ ومن قال لكما إنها لن تكون آخر غزوة لنا، فقد نقتل من الروم؟

همس كنانة:

- بل قد نُقتل من رجال ابن أبي سرح.

صفعت الجملة وجه ابن أبي حذيفة.

ثم شخط ابن ملجم صارخًا:

- إذا كان يحارب في سبيل الله فلماذا نحاربه؟ وإذا كان يحارب في سبيل عثمان فلماذا نمضي في النفاق معه؟ أخبروني يا صحابة النبي وأبناء صحابته، يا من نمتم في حجر أبي بكر وعلي!

لم يجب ابن أبي بكر ولا ابن أبي حذيفة، لكن ابن عديس أشار بنظرة آمرة إلى جبلة الذي انبرى من زاوية المكان ينهر المرادي منهمرًا باللعنات:

- لا تشغلنا بضيق رأسك يا قارئ القرآن وانصرف إلى حلقة درسك، فلم نرك فارسًا نفتقده ولا محاربًا ننتظره ولا قائدًا ننصت له!

قام ابن ملجم كأنه يهم بالقبض على عنقه، فمنعته يد ابن عديس تدفع صدره وهو يصده بالكلمات القاطعة:

- كن معنا يا مرادي، أو كن مع ابن أبي سرح.

تحير ابن ملجم من وضوح العرض فانهد حيله وانكسرت لهجته في حروف سؤاله:

- وهل أخوض حربًا معكم وبيننا قبط كفرة يرفعون نفس سيوفنا بل ويقودون سفنًا نجهل بحرها ومخرها؟

* * *

وقف ابن أبي سرح فوق سطح السفينة ينظر إلى هذا الموج الهائج وذلك البحر الممتد يغرس شوك الشك جنبيه. لم يكن مطمئنًا وهذا الزحام من الرجال يحيطه وتلك الرؤوس التي تشاركه الإطلالة على سفح البحر يضربه ذات القلق. ما الذي جعله يندفع للموافقة على خوض أول حرب

للمسلمين في البحر؟ لماذا لم يتركها لمعاوية بن أبي سفيان فهو الوحيد القادر على إقناع عثمان بأن هزيمته نصر وخسارته فوز؟

كانت السفن متراصة، تتحرك مهتزة، وتتداخل أخشابها مع أسوارها، وصواريها تشق طريقها في السماء، وجلبة المشهد الجلل لا تدع صوتًا واضحًا تحت هدير الموج، لم يكن يحب الإسكندرية، قصره فيها منيف مهيب، لو كان ابن أبي سفيان قد رآه ما تركه ولا ترك هذه المدينة، لكنها استعصت على قلبه، انتصر فيها ابن العاص مرتين وباتت أمام قومه مدينة لا يقدر عليها ابن أبي سرح، بروجها وحصونها ورومها وقبطها ورملها وعماراتها وبحرها وسفنها وبحارتها وكنائسها وقساوستها وأعمدتها وحدائقها ومصابيحها ومطرها ونواتها أقوى من أن يقدر على حكمها. يدخلها زائرًا كالضيف وهو أميرها، ويخرج منها ملهوفًا على مغادرتها. عندما جاءها منذ شهور مع صالح القبطي كان مرغمًا، بذخ القصر ورحب البحر وغناء الشجر وحلاوة الفاكهة لم تغره كي يستعذبها، بل كان مدفوعًا بالحقائق التي رماها أمامه صالح وقد هزمت شيخوخته ملامح وجهه:

- أنت تعرف أن الروم لو جاءوها هذه المرة لن تكون سهلة علينا أبدًا. ثم أنت تريد أن نذهب لهم لغزوهم في بحرهم وجيشك كله بل جيش العرب بأسره لا يعرف العوم ولا قيادة السفن، بل لا يعرف السفن لا تصنيعًا وتركيبًا ولا تسييرًا وإبحارًا. ثم أنت لا تملك ولا قادتك معاوية بن حديج أو مسلمة أو بسر بن أبي أرطأة خبرة بقيادة حرب من فوق الماء، وقيل لك ولي وللجميع إن البحر يقلب بطون الرجال وقد يقضي الجندي يومه في قيء معدته، فما الذي تملكه إلا ما أعرضه عليك؟

كان هذا في الفسطاط حيث الجمع من رؤوس بطانته ورجال إمارته يتابعون صالح القبطي، مستشار ابن العاص وشريك الفتح ومترجم الجيش

وقريب مارية، وقد زادت تجاعيد وجهه وامتلك الشيب شعره ولحيته، لا يصبغه كما لا يصبغ رأيه بما يهدئ من روع ابن أبي سرح:

ـ إذن افعلها أنت وأبلغهم أمري.

ـ أي أمر يا أمير؟ هؤلاء قبط مصر ليس بينك وبينهم إلا عهد الذمة، يدفعون خراجًا وجزية وأنت تحميهم من العدو وتدفع عنهم خطر الحرب، فكيف تأمرهم بأن يقاتلوا معك ضد الروم؟

ـ سبحان الله يا شيخ، أليس هذا ما تدعونني إليه؟

ـ أدعوك لأن تنتصر في حرب ليس لها قبل؟

ـ النصر من عند الله.

ـ نعم، لكن بأن نعد له ما استطعنا من قوة ومن رباط الخيل.

ابتسم مسلمة:

ـ هذه أول معركة بلا خيل.

قفز صالح فوق كلام مسلمة:

ـ نعم أول معركة بلا خيل، معركة بأشرعة السفن وبجسوم الخشب في موج أزرق ظليم، ليس أمامنا إلا أن نطلب من القبط أن يكونوا معنا.

ـ كيف؟

كان هذا سؤال ابن حديج بكلمة واحدة صمت بعدها فلم يملك غيرها.

رد صالح وهو ينظر إلى عبد الله بن أبي سرح:

ـ أما السفن فنشتريها من الأقباط من بحارة الإسكندرية، أو نؤجرها، ونطلب من نجاريها أن يصنعوا لنا غيرها زيادة على وجه السرعة كما فعلوها مع ابن العاص من قبل.

ضرب المثل رأس ابن أبي سرح وأحس الجميع الضربة، فلامت العيون صالح الذي لم ينتبه فمضى في رأيه:

- ونزيد من أجورهم حتى نتمكن من توفير السفن في أقرب وقت، فإذا امتلكنا السفن يبقى أننا لا نستطيع التعامل معها فلا بد لنا من الاستعانة بقباطنة الأقباط وبحارتها وعامليها، وهؤلاء سيخوضون الحرب معنا فلا بد من أعطيات لهم.

علق هانئ مبتسرًا:

- بل يكفي إعفاؤهم من جزية العام.

رد صالح وهو يلمح موافقة في عيون الجميع:

- ليكن، بل نطلب كذلك من عوام القبط ممن يملكون خبرة البحر ودربة البحارة أن ينضموا بأجر معلوم.

قام ابن أبي سرح ومشى ناحية صالح ثم جلس بجانبه:

- ولكن ماذا سيقول الخليفة عنا، وأهل المدينة بمهاجريها وأنصارها، والمتربصون بنا في الفسطاط وفي مسجد الرسول، حاربوا بالكفرة؟!

أجاب مسلمة:

- بل حاربوا الكفرة.

وأضاف ابن حديج:

- إن انتصرنا لن يقولوا إلا أنه انتصر ابن أبي سرح في أول معركة بحرية في الإسلام.

همس ابن أبي سرح لنفسه وسمعوه:

- وإن انهزمنا؟

قال مسلمة:

- نكون ساعتها شهداء أحياء عند ربنا، لا ننتظر ماذا قال الحضرمي أو العدناني!

قام ابن أبي سرح حتى عاد ناحية مقعده:

- إذن موافق.

عاد صالح وقطع عليه أمانه:

- ليست موافقتك هي المهمة.

اندهش الجميع، لكن ابن أبي سرح اغتاظ غيظًا سمره في وقفته وكان قد هم بالجلوس:

- أتقصد انتظار موافقة الخليفة عثمان؟

رد صالح قاطعًا:

- لا.

- ومن هو الذي تكون موافقته أهم من موافقتي وخليفتي؟

- البطريرك بنيامين.

ثم أضاف:

- وهل تظن أن واحدًا من القبط سوف يقبل منك أن يدق مسمارًا في خشب سفينة بدون مباركة بنيامين؟

كان هذا آخر حدود ابن أبي سرح على الاحتمال، فانفجر رفضًا همهم وغمغم وتمتم واستغفر وحوقل، فلما هدأ وكان الجميع قد صمت، نظر إلى صالح الذي لم يعر رد فعله اهتمامًا بل أوغل كلامه في صدر الأمير:

- لنسافر إليه في الإسكندرية ونعرض عليه الأمر.

* * *

في الإسكندرية كان بنيامين جالسًا مسترخيًا هادئًا وادعًا، تهبط كلماته من شفتيه على لحيته فتصل ناعمة رفيعة إلى مسامع أمير مصر. كان صالح يخشى ردة فعل البطريرك، فابن أبي سرح ليس الأمير المفضل لديه، مقارنته بابن العاص تصعب على ابن أبي سرح عيشه. أبو مريم هو الذي تكلف مهمة مصارحة ابن أبي سرح قبل لقائه البطريرك، اعتمد على صداقته

بصالح وعلى فطنة صالح في الترجمة المتلاطفة مهما خشنت الألفاظ فوضع ما في عبه وفي جوفه في أذن الأمير:

- لقد كلفت القبط أكثر مما يطيقون، وضيقت عليهم رزقهم، واستنزفت مالهم بضرائبك ومكوسك ومضاعفة خراجك وجزيتك، ولم تترك قبطيًّا يهنأ بزرعته ولا بيعته، ونحر النهر بصيده، ونحل العجل بلحمه، وجدبت الأرض وشح الخير وصودرت الثروات، ولم تشق ترعًا جديدة، ولم تعوض زراعات من غرق الفيضان، ولم تصبر علينا حتى نستعيد خصب الأرض ومورد الحصاد، وأوردت فقراءنا إلى العوز وأغنياءنا إلى الفلس والآن تطلب منا أن نعينك!

كان صالح يترجم وهو يكتم بسمته تحت لحيته، فابن أبي سرح الذي تباهى منذ أيام عمر بكثرة خراجه وضرع البقرة الحلوب التي يمصها حتى العجف كان صبورًا على المواجهة رغم ضيق صدره، وكانت نظراته المغتاظة يداريها في الأرض أو في وجه صالح، ورد ردودًا مقتضبة ودفاعات واهنة بذل صالح جهدًا في الترجمة لتحسين مستواها في الترجمة وتخفيف خشونتها. كان يعلم أن أبا مريم ينفث عن نفسه وعن بطريركه المحب لسياسة ابن العاص وذكائه عن اندفاع ابن أبي سرح وغشمه، كان ابن العاص ينظر للقبط كثروة وكان ابن أبي سرح ينظر لهم كغنيمة، وكان بنيامين ينظر لابن العاص كسياسي ولابن أبي سرح كجابٍ.

لما دخلا إلى معزل البطريرك غمرتهم رائحة البخور، وعرف صالح القبطي من بسمة بنيامين أنه سيوافق، فلا يزال الروم أعدى للقبط من محتلين عرب لا يعرفون العوم.

٤٨

كان كل شيء يهتز ويرتج، معركة فوق ظهر حوت إذن، يميد به سطح السفينة، يميل عبد الله بن أبي سرح وسط رجاله، رياح عاصفة باردة وأمطار كثيفة ثقيلة تنثر ثلجًا كالعقارب الطائرة تلدغ الجلد وتشق الثياب. ماذا تفعل يده القابضة على مقبض السيف؟ فماذا يفعل السيف بحده ونصله هنا في يد الأمير وهو يحاول تثبيت قدميه في زلق خشب السفينة؟ الأشرعة تطلق صفعاتها المدوية ترفرف بعنف وقسوة. الرماة يتمترسون فوق سطح غرفة السفينة، لكن أياديهم ترتجف من الهواء الهائل، لا دقة منتظرة للتصويب ولا تدقيق متوقع في المصوب إليه، بل يجدون أنفسهم مرميين على الأرض مكورين تحت أقدام زملائهم، والأجساد مبلولة تقطر الأيدي بالماء معصورًا بالقلق من أطراف الأكمام ومن ذيول القمصان. صرخ ابن أبي سرح في نفسه:

ـ ما الذي نفعله هنا؟

كأن ابن حديج قد سمعه حيث لا شيء مسموع إلا الريح المبلول:

ـ ما هي خطتنا يا أمير مصر؟

لا ينصت له ابن أبي سرح، بل يمعن النظر يحاول من خلف حجب

الماء والضباب والرياح أن يرى باب غرفة بسيسة في قلب السفينة، وأقدام الرجال وصك الريح ودفقات المطر تضربه بقسوة لا شك أنها تهز قلب من يحتمي وراءه.

اقترب منه صالح القبطي وقد تحول إلى كومة من القماش المتطاير الذي يغطي رأسه ووجهه ويعوق حركته وتدوس قدماه على أطرافه، فتشتد درجة انزلاقه على الخشب، فصاح بصوت مشروخ:

ـ إن البحارة يقولون إن سفن ابن هرقل قد لاحت.

يبدو أن صالحًا قد مكث طويلًا يغالب متاعب السير فوق السفينة حتى يأتي إلى حيث مكان الأمير، ففي هذه اللحظة انطلق شرر نظر ابن أبي سرح ناحيته وقال:

ـ بل لقد جاءت بعدما كانت قد لاحت يا صالح، ها هي سفن ابن هرقل.

كانت السماء تنغلق الآن كستار يحركه أحدهم فوق نافذة الدنيا، مئات الأشرعة الحمراوات تندفع تشق الموج العالي فترتفع معه ليراها ابن أبي سرح وحشًا يفتح فكيه يهم بنهم إلى فريسته المنتظرة.

منذ نهار مضى، كان عبد الله بن أبي سرح على رمل الساحل بعد، لم يأمر بتحرك ولم يستقر على حركة، حائرًا بين نصيحة بسر وبين أسئلة جنوده، بسر قالها بوضوح صارم:

ـ لا يمكن أن نترك الإسكندرية بلا جيش يدافع عنها يا أمير مصر، ستخرج بسفنك وجندك وبحارتك القبط وعصاة ابن أبي حذيفة إلى البحر لملاقاة ابن هرقل، فماذا لو لا قدر الله وانهزمتم وانكسرتم؟ ألا يعني هذا أن ابن هرقل قد انفتحت له الإسكندرية بل الفسطاط أمام جيشه الغازي؟ فلا أحد يحمي مصر إلا حامية صغيرة حين تقود أنت الجيش كله للمعركة في قلب الموج. بل

ماذا لو كان ابن هرقل يراوغنا ببعض سفنه التي قيل لك من عيون الأخبار أنها ألف مركب، فيدفع لنا ببعضها لتحاربنا بينما بقيتها تحمل جنوده يلتفون في بحر لا نجيد ركوبه ولا نفهم موجه فيأتينا من قبلة أخرى فيطبق على الإسكندرية ومصر كلها ونحن مشغولون بمائنا عن برنا؟

كانت كلماته كالمطارق فوق رأس ابن أبي سرح الذي ترك لمعاوية بن حديج مهمة الاستفسار:

- وما الذي تريده من أميرك يا بسر؟

قال بسر بمنتهى ما يملك من قدرة على عدم مصادمة أميره:

- أن يذهب الأمير بنصف جيشه في المائتي سفينة، بينما يبقى نصف الجيش الآخر هنا رابضًا مرابطًا فنأمن المفاجأة ونتجهز للمباغتة ونحتال على المخادعة.

لم يكن أمام ابن أبي سرح إلا أن يوافق، خصوصًا مع رضا مسلمة بن مخلد تمام الرضا عن المنطق، لكنه عاد وتوجه إلى عبد الرحمن بن عديس الذي كمن بعيدًا فناداه فجاء وئيدًا في خطوه فوق الرمل يمشي خلفه كنانة، فخاطبه وسط الناس:

- يا ابن عديس، ماذا تقول في قرارنا بالرحيل للمعركة بنصف تعبئة الجيش؟

سكت عبد الرحمن بن عديس فعاجله هانئ بالتدخل السريع:

- لا وقت للتمهل يا ابن عديس فاعجل برأيك.

التفت له ابن عديس حانقًا متحسسًا لحيته كأنما يتذكر خسة هانئ معه:

- في هذه مخاطرة كبيرة.

ثم أضاف بعد برهة:

- ولكن ليس أمامنا غيرها، فأن ننتظر جيش ابن هرقل في البر يعني نزوله فوق رؤوسنا، وأن نذهب له بكل جيشنا يعني أننا بلا ظهر والبلد بلا صدر.

أومأ ابن أبي سرح:

- وفي أي النصفين ستكون يا ابن عديس وصحبك؟

أدرك ابن عديس فورًا خشية ابن أبي سرح من أن يتركه خلفه، لكن قراره كان حاسمًا من قبل سؤال الأمير المستنفر، نحى استفزاز الاستفهام جانبًا وقال:

- في النصف المبحر نحو الريح لا النصف المنتظر ريحها يا ابن أبي سرح.

تحسس ابن أبي سرح الطمأنينة فوق حروف الرجل:

- إذن على بركة الله، لنصعد إلى السفن.

حين مضى معه مسلمة وابن حديج تهامسوا فنادوا هانئ بن عروة الذي تلقى أوامرهم المهموسة، ثم تركهم مصحوبًا بعشرة من الجنود وتوجه ناحية صف ابن عديس، لكنه تجاوزه حتى وصل إلى المحمدين ابن أبي بكر وابن أبي حذيفة وقد تلاصقا بعباءات الحرب.

* * *

بقي بسر إذن في البر وتركه فوق الموج، مع فرسان بلا أسرجة أحصنة، مع مشاة لا أرض ليمشوا فوقها، أصحاب النبال والسهام لا يجيدون الإطلاق مع حركة مرتجة وسطح مهتز وبلل الكف والقوس وريح تلاعب السهم المنطلق فتطير به كيفما أرادت لا حسبما صوب، ثم ها هي الوجوه القبطية تحيطه فتمسك بدفات سفنه التي صنعوها ليركبها جنده نحو حتف أوشك بهم تحت كل هذه الصواري العالية

المتشابكة المتمايلة ذات الأشرعة الطائرة الصاخبة، كان يقاوم تقلب معدته حين وقف عند تبة خشبية في مقدمة سفينته وقد ازدادت قتامة السماء بحمرة الأشرعة الهرقلية:

ـ ها هو ابن هرقل قد أقبل إليكم في ألف مركب فأشيروا عليَّ.

هل ذهب صوته أدراج الرياح؟ هل ذابت حروفه بين حبات المطر؟ لا رد، ولا كلمة، ولا صوت. هو الصمت المعبأ بصخب الريح وهياج الموج، مال مع الأرض الزلقة واستند عند سور السفينة لعل راحته تريح أفئدة رجاله. استقرت نظراته عند باب بسيسة المتزلزل بالريح والمخبوط بالرذاذ، ثم تمهل وقام لذات الوقفة مستندًا على كتف هانئ وكرر:

ـ يا جند الله، أشيروا عليَّ، ماذا نفعل وقد اقترب العدو راكبًا بحره؟

لا شيء نافس صمت هذه اللحظات سوى صمت اللحظات الفائتة، شعر حيرته ودهشته وصدمة الناس مما رأوا ومن عجزهم عن الإتيان بأي فعل في ساحة غريبة عليهم حيث لا شيء مما عرفوه وألفوه في صحراوات القتال وساحات النصال. حين لمح عبد الله بن أبي سرح باب بسيسة ينفتح وتخرج منه مطلة برأسها ثم واقفة بعودها ثم مستندة بميلها وترنحها على عمود الصاري ترقب قدوم سفن ابن هرقل متتابعة محيطة وضخمة ومطبقة، صاح ابن أبي سرح:

ـ يا جند الله، أشيروا عليَّ فإنه لا يبقى شيء.

فجأة وجد هذا الصوت الجهوري مدويًا يخرق اللحظة الفارقة:

ـ يا أيها الأمير إن الله جل ثناؤه يقول: «كَم مِّن فِئَةٍ قَلِيلَةٍ غَلَبَتْ فِئَةً كَثِيرَةً بِإِذْنِ ٱللَّهِ وَٱللَّهُ مَعَ ٱلصَّٰبِرِينَ».

كان هذا هو علقمة بن يزيد الذي لم يزد واحدًا منهم معلومة جديدة عما

يعرف، لكن جرأته وجهوريته دفعا دمًا متدفقًا في قلوب الجميع، فكأنهم أفاقوا من غشية أصابتهم، فتحركت الأقدام واندفعت الأذرع وارتفعت الأعناق وشبت الرؤوس.

وبينما عادت الدماء تغمر عروق ابن أبي سرح اليابسة التفت على صراخ بسيسة الفزعة وصيحات الجند الجزعة، أدار رأسه ناحية الصراخ، فهاله منظر هذه السلسلة الطويلة الثقيلة الكئيبة الطائرة فوق السفينة قادمة من سفينة هرقلية، تُحطم صاري السفينة وتضرب سورها وترمي في جوفها بمخالب ثلاثية من حديد تنشب في بطن السفينة وتغرس أسنانها في سورها وتجر سفينة ابن أبي سرح ناحيتها فتهتز وترتج وتميل وتتطوح ويتساقط من فوقها الرجال وتنخلع من أيديهم النبل والرماح والسهام. اتجه ابن أبي سرح نحو بسيسة التي تخشبت يداها في جارية تمسك مذعورة بقطعة من الصاري الممزق لا زالت مثبتة في أرض السفينة. كان صالح القبطي يسند ابن أبي سرح منقذًا إياه من السقوط وهو يقول صارخًا:

ـ البحارة يحاولون المناورة عن سفن الروم التي تجذب سفينتنا، فتمسك بسورها يا أمير حتى نتمكن من الابتعاد، فالروم تحاول جرنا نحو جيشهم ويبعدوننا عن سفننا.

في تلك اللحظة كان ابن أبي سرح يحدق في هذا الجسد الطائر الذي تكور وقفز وارتفع عن أرض السفينة ناطرًا جسده في الهواء ملوحًا بسيف في قبضته، ثم هبط بعزم ما فيه وقوة غضبه المتفجر فضرب حلقة السلسلة المشبوكة في سور السفينة فدوت فرقعة وقرقعة كأنها رعد السماء، وهبط هو على الأرض متزحلقًا كاد يهوي ناحية السور في الجهة العكسية، لكنه تقلب بظهره وتكور ثانية وثبت قدميه في فجوات الخشب المتقشر فوق

الأرضية، ولما نجح في تثبيت جسده بينما السفينة كلها مجرورة مدفوعة تجاه سفينة الروم نهض منفضًا عنه الريح المطيرة والبلل المعطل، وقفز من وقفته ملتفًّا في الهواء وعاد بذراعه المفرودة وصرخ بتكبيرته:

ـ الله أكبر.

ثم خبط السلسلة بسيفه الذي انكسر وطارت قطعة نصله في الهواء تدور حول نفسها دائرة مع الريح. لكن الغريب أنها قطعت السلسلة معها فانفكت وتجرجرت على الأرض زاعقة مصلصلة، بينما استقامت السفينة واعتدلت عن ميلتها وتخلصت من جرتها المشبوكة بسفينة الروم. ووسط صياح الجند المكبرين المهللين بالنجاة من أسر السفينة من العدو، انزاحت عمامة الفارس فرآه ابن أبي سرح، لقد كان علقمة بن يزيد.

٤٩

وضع وجه ابن أبي حذيفة الملتهب المرتعد في صدره، وحاول أن يبث فيه طمأنينة متلعثمًا بالحروف القلقة:

ـ كن قويًّا فإن الله لن يتركنا يا أخي.

كان دعاءً يتمنى أن يكون خبرًا ينبئ به صاحبه، فقد كان كل ما حوله يبدو غريبًا موحشًا، الوجوه والبحر والريح والجو والأجواء، لا شيء مما يعرفه ولا أحد ممن يعرفهم، ضم رأس ابن أبي حذيفة المحموم في صدره، وتأمل اندفاع وتدافع الجميع حولهما.

منذ اللحظة التي اقترب منهما هانئ وقد عرف محمد بن أبي بكر أن شيئًا مخططًا ومعدًّا لهما، وأنه ليس شيئًا طيبًا بالتأكيد. لم يكن ابن أبي حذيفة بأقل ذكاء كي لا يلتقط وسط اصطفاف الصفوف وتكاتف الأكتاف والحركة المنتظمة التي يمضي بها جنود الجيش نحو السفن أن هانئ بن عروة رئيس شرطة عبد الله بن أبي سرح قد ترك كل تلك المهام الخطرة في التوقيت الجلل كي يخصهما بالقدوم والانفراد بهما جانبًا. فلما كانت كتفاه بين أكتافهما عرفا السر، بصوت ينافس ملامحه في الجهامة قال هانئ منتهزًا فرصة أنهما الآن جنديان في حرب تحت إمرة أميره:

ـ تعاليا معي فقد خصص لكما الأمير مكانًا معينًا في سفينة مخصصة للمقاتلين الأشداء.

تشمما عطانة رائحة السخرية في جملته، لكنهما قد وعدا عبد الرحمن بن عديس بالانضباط وتفويت فرصة اتهامهما بالعصيان في جهاد في سبيل الله، فابتلع كلاهما الجملة بسلها دون تذمر. كانت الخطة قتالًا في معركة وطاعة في حرب تؤدي إلى كسب قلوب من تعصى عليهم جذبهم وتجنيدهم للتمرد على ابن أبي سرح وعثمانه. التزما السير وراء هانئ بينما يقسم ابن أبي حذيفة على أن يمنح هذا الهانئ كمدًا يليق به.

تابعهما جبلة وسودان ولمحهما ابن عديس وكنانة ونظرات العيون تشي بالرضا على انصياعهما رغم التوجس من تخصيص جل هذا الاهتمام في هذا التوقيت وهذا المكان لهما. استغرق هانئ في مهمته المكلف بها تمامًا. التف حولهما عدد من جند حرسه ومضوا بهما ناحية ممر ضيق خرج بهم عن مسار صفوف الجيش، ووصلوا إلى ممشى يستمر لأمتار طويلة قادتهم إلى خمس من السفن ترسو بعيدة عن تجمع بقية المائتي سفينة على الساحل. ظهر شخص من البحارة الأقباط قافزًا بحماس أمامهم أومأ لهانئ متفهمًا شيئًا بينهما. قال هانئ لهما فاردًا ذراعه ناحية البحر:

ـ تفضلا إلى سفينتكما.

أخذتهما الدهشة إلى درجة الصمت المطبق وقد رحل عنهما هانئ ورجاله بعد أن انفض منهما. لم يكن وسط كل هذه الظروف قادرًا على كتمان فرح معلن في عينيه وهو يطلق أنفاس الشماتة من زفرته في أنفهما عمدًا. مضى كلاهما وقد ارتفعت درجة القلق فأحنت ظهريهما وأدارت رأسيهما حول المكان يستنطقان المنظر الأبكم الملغز. مشيا خلف البحار القبطي، نحيف وخمري وحاد القسمات وبائن عظم الكف ومتسربل بلباس

واسع عند الحجر وملفوف عند نهاية الساقين، همهمات قبطية لا يفهمان لها معنى ولا مقصدًا. اعتمدا على إشاراته الموحية ومن معه وهما يتوجسان فخًّا يخنقهما كمدًا، فلا وجه ممن يعرفونه يزاحمهم في الطريق، ولا وجه من الفسطاط أصلًا يشاهدانه في سيرهما. ركبا زورقًا صغيرًا حملهما مع مرافقيهم من جنود قبط يتبادلون كلامًا بلغتهم المستغلقة. مكثا في الفسطاط ردحًا من الزمن، لكنهما لم يعرفا القبط ولا لغتهم فلم يلتقطا منهم لفظًا أو كلمة ولم يبذلا جهدًا في فك حروفها من شفاههم. توقف الزورق تحت سفينة ضخمة كأنها جبل ينظران إليه من سفح مائه، أشار لهما البحار القبطي بالصعود إلى سلم متدلٍّ من سور السفينة، لم يجدا مفرًّا من تلبية الإشارة.

فوق سطح السفينة لم يجدا عربيًّا واحدًا. كان هذا عقاب ابن أبي سرح المهين والممعن في الإذلال لهما، وضعهما في سفينة من بحارة وجنود القبط ضمن السفن التي احتوت الأقباط فقط. توزع بحارة الأقباط وقباطنتهم في كل سفن المسلمين يقودون المراكب ويسيرون الأشرعة ويقفون على الأبراج ويوجهون الملاحة ويضبطون حركة السفن ويشاركون في الحرب بالنبال والسهام، وكان من بين السفن التي حملت نصف الجيش وبقي نصفه الآخر على الشاطئ خمس سفن ضمت الأقباط وحدهم، وفوق إحداها كان عربيان مسلمان وحيدين هما المحمدان، لا يعرفان حرفًا من لغة القبط، ولا يجيد قبط سفينتهم كلمة من لغة العرب.

حين ضربت الرياح السفينة وارتفع الموج بها قلب ابن أبي حذيفة ما في معدته تقيؤًا ومادت به الأرض وتهاوى من إعياء أصابه. كان ابن أبي بكر يعاني من الدوار والغثيان، لكنه كان متمسكًا بتماسكه عن صديقه وحاول

أن يساعده. جاءهما قبطيان يبتسم أحدهما شفقة أو تهكمًا بينما يمسك الآخر بجسد ابن أبي حذيفة ويحاول أن يقيم ظهره، تحدثا بكلماتهما غير المفهومة، فلما ارتبك ابن أبي بكر كان قد ذهب ابن أبي حذيفة في الغشيان بعيدًا. جرى على السفينة قبطي استدعاه بحار بدا أنه قائدهم يحمل زجاجة من سائل بني اللون حاول أن يسقيه لابن أبي حذيفة فقاومته يداه سائبة القوة. خشي ابن أبي بكر ما خشيه ابن أبي حذيفة أن يكون سمًّا مرسلًا من ابن أبي سرح للخلاص منهما، فهم القبطي قلقهما فبادر وشرب منه ليطمئنهما، لكن قبضة ابن أبي حذيفة أمسكت بيد الرجل وأبعدتها عنه. يئس القبطي منهما فمشى مع بحارته. قبع المحمدان في زاوية تحت سور السفينة، لكن هبة الريح العاصفة مع الماء الذي ارتفع موجه ورمى بلله على الرجلين تركا أثرهما في ابن أبي حذيفة الذي احمر وجهه وزاد عرقه على بلله وارتعشت أطرافه وغزته الحمى فتضاءل جسده وتكورت أعضاؤه. جاء البحار القبطي ثانية وقد حمل غطاء من صوف لف به ابن أبي حذيفة ثم نادى على زملائه فحملوه من الأرض المبللة الزلقة يرتجف من الحمى إلى غرفة التحكم في السفينة، صغيرة وضيقة وواطئة، لكنهم أرقدوه على أرضيتها، تتبعهم أبصار الجند وتعجباتهم وسخريات الكلمات ليست في حاجة إلى ترجمة. بالإشارات فهم ابن أبي بكر أن القبطي يسأله هل سيمكث مع صاحبه أم يصعد معهم للحرب التي توشك على البداية؟ صعد خلفهم فإذا بالسماء قد امتلأت بالأشرعة، وقد انطلقت الأقدام مندفعة والصفوف متراصة والصيحات والأوامر والسواتر وصفارات أبواق.

التفت ابن أبي بكر فرأى سفن الروم كأنها غيلان ووحوش تقترب، بينما سفن العرب تتجمع أمامها بدت كأنها أصغر حجمًا وأقل عددًا. دارت سفن الروم تحاول أن تحاصر العرب، وساعتها كانت السماء قد تحولت إلى مطر

من السهام التي تطايرت من الجانبين، تدوي كفحيح ريح تزوم وتعصف، تحت زخات السهام كان الكل يتفادى ويناور ويختبئ ويكمن ويرد ويرمي. اشتد النزال وامتد حتى فرغت السهام من جعبة الكثيرين، لم يكن محمد بن أبي بكر حامل نبل ولا راميًا من الرماة، فلم يكن يملك ساعتها إلا القبض بيد مشدودة على سيفه منتظرًا مترقبًا، وقد رأى الروم يحاولون جر سفينة، فهم من متابعة محمومة من القبط لما يجري أنها سفينة الأمير، فلما نجت صخب القبط مهللين وشاركهم ابن أبي بكر الفرح بالتكبير وقد تبادلوا معه ابتسامات وتحيات ومصافحات بعدما سمعوا حماسه في ندائه. لكن فجأة كانت أمطار سفن الروم تقذف بالحجارة والصخور، ولما رمى بنفسه بعيدًا عن حجر كاد أن يُطير رأسه أدرك أن النزال انتهى إلى مبارزة بقذف الحجارة. وسارع بحارة القبط بتجهيز منجنيق صغير الحجم طويل العنق، وبدأوا في تعبئته بسرعة ودقة وهمة، وبدأ جنديهم المتخصص في إطلاق حجارته وسط الصيحات والصرخات المحفزة والمهللة ردًا ودفاعًا عن سفينتهم. كانت قذائف الحجارة بين السفن تمرق فتكسر أضلعًا وتسيل دماء وتحطم خشبًا وتمزق أشرعة وتبقر أرضيات وتخلع أعمدة وتسقط صواري. ولما اندفع حجر صخري ضخم مقذوف بغل عدو لف في السماء دورات دائرية سريعة حتى بدا في دورانه شبحًا في هواء ثم توجه فوق سفينتهم، فأصاب غرفة تحكم السفينة فحطمها، صرخ ابن أبي بكر وركض لاهثًا حتى انزلق بركبتيه على أرض السفينة فزحف عليهما عند الغرفة ليطل على ابن أبي حذيفة الذي بدا ساعتها هامدًا تمامًا وفي حضنه حجر الروم المقذوف.

٥٠

كأنما يزيح عن عينيه غطاء من حديد فتح محمد بن أبي حذيفة مقلتين مجهدتين محمرتين ذابلتين مشوشتين على مشهد بدا له نشورًا بعد موت، وجوه ابن أبي بكر وابن عديس وكنانة طولية ممطوطة وأجسادهم رفيعة نحيفة زادت ارتفاعًا حتى كأنها تضرب برؤوسهم سقف الغرفة، وما هي هذه الغرفة أصلًا؟ حجرية وبيضاء شائهة وواسعة فارغة. حاول أن ينطق لكن شيئًا ثقيلًا هائلًا جذبه ليغطس مغمورًا مرة أخرى في ظلام معتم يخنق عنقه.

قال كنانة:

ـ أهذا هو الموت يا ابن عديس؟

ضحك ابن عديس دونًا عن رغبته:

ـ أوَلم تره من قبل هذا الموت يا كنانة فتعرفه حين تراه؟ إنها غشية جديدة ألمت بصاحبنا.

قالها والتفت إلى محمد بن أبي بكر الذي تراخت ملامحه وأمسك بلحيته يمسحها ويضمها بقبضته.

لم يصدق أنه نجا ولا يزال لا يصدق أن ابن أبي حذيفة حي، بل إنهم قد

انتصروا في المعركة وفازوها. كانت مقدمة السفينة تصعد مع الموج الهائج، ويسقط كل شيء منها إلى أسفل السفينة، بشرًا وناسًا وسيوفًا انخلعت من مقابضها ونبالًا تدحرجت من مواقعها، ثم تستقيم السفينة ثم يلطمها الماء الهادر لتطير معه للسماء. وجد ثلاثة من القبط يتصايحون فيندفعون نحو سور السفينة فيفك أحدهم دائرة من الحبال ويلفها حول خصر أحدهم الذي يقف فوق السور بوثبة سريعة، ومن علوها الذي بدا شاهقًا لمحمد بن أبي بكر يقفز في الماء وسط التلاطم الأسود للموج وقد أوشكت الشمس على أن تغيب تحت سحب المساء القادمة. كانت السفن رامية مرمية بالحجارة، والبحارة بدأوا يتوارون بعد فراغهم من حمولتهم من العدة، وكانت سفن الروم التي تبعد ثم تدنو، تقترب ثم تبتعد، توشك أن تدهم بعددها المتكاثر أسطح السفن المصرية التي رغم ما بهرت به قلب ابن أبي بكر كانت أصغر حجمًا وأبطأ حركة من سفن الروم. تابع ابن أبي بكر البحار القبطي يسبح تحت الماء غواصًا ثم فوق سطحه عوامًا حتى وصل إلى سفينة عبد الله بن أبي سرح، وعلى قدر ما وسعت عيناه المشهد فقد رأى غير هذا البحار يصعدون من ذات الجهة للسفينة تلقتهم أيدي زملائهم القبط. بعدها وبينما الضرب الرومي يشتد في دفعاته وقساوته حجارة وكرات من نار، وقف البحارة على أسوار سفينة ابن أبي سرح وعند برجها وفوق صاري شراعها يلوحون برايات سوداء، ساعتها لن ينسى ابن أبي بكر هذا القبطي الشجاع الذي صرخ بلغته في جنوده وكأنه تلقى إشارة مما شاهده فالتموا حوله وتشكلت منهم دائرة ملتفة تتوجه وجوههم ناحية جهات السفينة الأربع تنشد غناء قبطيًا حارًا وحماسيًا بأصوات عميقة شرخها الانفعال والغضب. لفت السفينة بدفة قبطانها واقتربت حتى كادت تلتصق بسفينة للروم. تابع الجند خبطة الخشب في الخشب وهزة السفينة بالاحتكاك،

داروا بقرع الكعوب على سطح السفينة دورة كاملة ثم صاح القبطان صيحة قصيرة فهبت الأجسام كلها مستعدة للقفزة، ثم اندفعت الأقدام كقوائم الخيول تجري بدوي الريح حين صاح القبطان بصوت أعلى وجملة أقصر. التزم الجند وقفات جماعية ممشوقة على سور السفينة، رافعين السيوف وشاهرين الخناجر، ثم وثبات جماعية متتالية عابرين في الهواء الفاصل بين السفينتين كأحصنة تقفز حواجز فيرمون بأنفسهم داخل سفينة الروم، يقعون على أقدامهم منحنين برؤوسهم يثنون ظهورهم في بطونهم، ثم بمجرد ملامستهم الأرض يفردون الظهر ويقيمون الرأس ويرفعون الذراع ويصارعون الروم، وتدور المبارزة كأنها معركة على أرض الصحراء أو فوق سفوح جبال.

محمد بن أبي بكر وحده وقد تركوه وحيدًا مع جسد ابن أبي حذيفة المدمى وقائدي دفة السفينة وأصحاب شراعها، جرى ابن أبي بكر إلى آخر السفينة ثم صعد سورها المهتز المرتج، أخرج سيفه من غمده وشهره في السماء ثم رفع جسده عن السور وهو يصيح:

ـ الله أكبر.

ثم رمى نفسه في قلب سفينة الروم يطلب من الله الشهادة.

ـ إنها ذات الصواري.

قالها ابن عديس وهو يقدم شراب الدواء لابن أبي حذيفة حين أفاق:

ـ كان الروم على وشك الفوز علينا، لكن الله قيض لابن أبي سرح المشورة الناصحة، فقد أجمع البحارة القبط على أننا لو اعتمدنا على النبال والحجارة فسوف يكسبنا الروم، فلا طاقة لعدتنا مع عدتهم وكثرتهم مع قلتنا، والخوف أن تشتعل كرات النار في السفن فتقضي علينا وساعتها لن ينجو جند العرب فهم لا يعرفون السباحة فمن

يسقط منا لن يجد إلا حيتان الماء تلتهم لحمه بعظامه. فلما تحير ابن أبي سرح من التخويف، ورأى أن القبط يثيرون فزع رجاله، واجهوه بالحجة البائنة، هم معه في ذات السفن في وجه ذات العدو والمصير واحد مشترك، ومصر لو احتلها ابن هرقل لقتل قبطها وذبحهم على امتداد شوارعها انتقامًا منهم لتحالفهم مع عدوه، فليس أمامنا إلا الفوز في هذه المعركة التي ترمي أمواجها نثر الدماء في وجوهنا.

لما قال أحدهم إنكم تنتصرون على البر ونحن في بحر لا بر لنا فيه، خفق قلب مسلمة بن مخلد وهو يصيح في صالح القبطي طالبًا منه الترجمة: هل تستطيعون الاقتراب بسفننا حتى سفن الروم؟ كانت الإجابة نعم.

لم يفهم ابن أبي سرح مغزى السؤال إلا حين أضاف مسلمة: وهل نقدر على إبلاغ كل سفننا بأمر واحد ليلتزموه فورًا؟ كانت الإجابة عن إشارة موحدة بين البحارة لكل أمر وقرار مطلوب.

فما كان من مسلمة إلا أن قال لأميره: ليس أمامنا إلا أن نحاربهم على طريقتنا، وقد هموا أن يركبونا على طريقتهم يا أمير مصر.

فهم معاوية بن حديج خطة مسلمة: أتريد بنا أن نقفز لسفنهم فنجعل من أرضها بر الحرب في قلب البحر؟

صاح مسلمة: بارك الله فيك يا ابن حديج، هي حربنا للنصر أو الشهادة، نثخن فيهم الجروح ونغرس في سفنهم راية الله ورسوله. لم ينتظروا قرار ابن أبي سرح، فقد كان واضحًا أنه لا قرار غيره، فصرخ علقمة ملوحًا بسيفه: الله أكبر، إلى الجهاد.

حين جاءت الإشارة بالراية السوداء نزل المسلمون أرض السفن

الرومية وطالت المعركة ساعات من سفينة إلى أخرى، تطير رؤوس وأذرع وتسقط أعناق وتطعن صدور وتبقر بطون وصار الموج أحمر قانيًا، فما كان من الروم إلا أن أطلقوا صفارات طويلة نائحة كانت أمرًا بالانسحاب، فابتعدت السفن واحدة وراء أخرى مهزومة تلج جبال الموج في قلب البحر حتى اختفت عن الأنظار يتبعها صياح الناس وتهليل وتكبير مسلمين وترنيم قبط، وعادت الصواري إلى ساحلنا وقد انتصرت برحيل العدو مدحورًا.

جاء سؤال ابن أبي حذيفة مفاجئًا حتى صمت بعده الجميع عن النطق:

ـ هل كانت هناك غنائم وسبايا للمسلمين؟

تفاجأ ابن أبي حذيفة بتفاجئهم، فما الذي يجعل عيونهم مستنكفة الرد قبل ألسنتهم، قال:

ـ أليس في كل معركة حصص وأقطعيات؟ أليس لكل نصر مغانمه، دراهم تسد الجروح المفتوحة وتجفف عرق الحرب المصبوب؟

ضحك ابن عديس:

ـ أرجل رمى ثلاثين ألف درهم تحت أقدام عامة المسلمين ودهماء الفسطاط يسأل عن أجر حربه؟!

كأن وجع ابن أبي حذيفة لم يكن واستعاد صحته من علته مع صحوته من نومته ورد منبهًا:

ـ بل أسأل عن عثمان وفعلته مع جنوده في البحر، هل أعطاهم أم منعهم؟

ـ وما الذي يعطيه يا محمد؟

هكذا سأل ابن أبي بكر ثم أضاف:

ـ جيش الروم كان في البحر وكنا معه، لا أرضًا كسبنا ولا غنائم تحصلنا فقد انسحب المهزوم بسفنه حتى عندما اقتحمنا بعضها لم يكن فيها

- مال مكتنز ولا ذهب محتجز، وثقب البحر خشب المراكب فلا حاجة بها إلا سقط متاع.

- إذن هو مال بيت المال حق لنا.

- وهو ما يصرفه ابن أبي سرح لأعطيات الجنود؟

- وما الذي يصرفه لكم؟

ضج كنانة بما يسمع، واعتبر أن ابن أبي حذيفة يهرف من دوامة بحر، بينما تلغز على ابن أبي بكر فهم ما يقول، فأمعن كنانة في رد السؤال المعلق:

- هي أعطيات مصروفة حاربنا أم لم نحارب، لعل غشية المرض قد أنستك؟

لكن ابن عديس أدرك غرض المستيقظ على روائح كراهية عثمان فقال:

- لا أعرف رجلًا استفاق من غشية موت أول ما يسأل هو المال وأول ما يعزم هي الفتنة!

كانت كلمات عبد الرحمن بن عديس عجينًا من الإعجاب والاستنفار، وهو يسأل نفسه كيف رعت الغشية كل هذه الكراهية في قلب ابن أبي حذيفة، أو لعله ضعفه في الحرب وغيبة سيفه ما أحضرت نقمته.

نفض ابن أبي حذيفة عن نفسه ذبابة حامت أمام وجهه:

- أين نحن؟

ذهب عبد الرحمن بن عديس بحركة بطيئة وقورة أبوية إلى نافذة مغلقة فأزاح مزلاجها وفتح ضلفتيها فدخلت شمس وطل بحر وطالهم رذاذ موج وملأهم نهار شمس غامرة:

- لا زلنا في إسكندريتهم يا رجل!

وهن صوت ابن أبي حذيفة وهو يردد:

- في طريق عودتنا إلى الفسطاط لنحيل نصر المرتد ابن أبي سرح في

هذه التي تسميها ذات الصواري إلى هزيمته الأكيدة، فلا يجب أن يحصد زرعها ولا أن يجني ثمرها.

انتبهت الآذان ترهف الأسماع تحت صوت هدير البحر:

ـ كيف؟

ـ لنجعل فرح الجند بنصرهم همًّا وغمًّا بغياب مكافأتهم، ثم إن عثمان سوف يساعدنا كثيرًا في طريقنا للفسطاط.

قاطعه كنانة صائحًا:

ـ ما الذي تقوله يا ابن أبي حذيفة؟

أجاب ابن أبي بكر:

ـ يقول إن عثمان فرحًا بنصر جيشه سوف يكافئ ابن أبي سرح بعشرات الآلاف من دراهمه التي ستكون آخر ما يعطي بإذن الله.

٥١

ـ هذه هدية الله لنا في مصر.

قالها عبد الرحمن بن عديس وهو يشير إلى هذا الوجه العريض الأبيض اللحية بحنائها المحمر وأسمر الوجه بقسماته الحادة، لا تخبئ عينه غليلها، بل لعلها تتباهى بين وجوه المصلين في جامع الفسطاط بتلك الكراهية المعلنة لعثمان بن عفان. لم يرَ ابن عديس كارهًا للخليفة يسبق ابن أبي حذيفة قدر عمرو بن الحمق. جاء محملًا بالبغض أو محمولًا عليه من الكوفة. عندما عادوا من الإسكندرية وجدوه يؤم صلاة من تبقى من رجال ابن عديس ويصدح بقرآن ربه وسط جموع الليل المستكينة للانتظار. كان قارئ القرآن القادم من الكوفة هو الصحابي المنتظر عند ابن ملجم، فالتصق به حتى كاد أن يكون ذيل عباءته. بسرعة جلس فوق رؤوس حفاظ قرآن مصر وتوارى ابن ملجم وجبلة تحت ذراعيه، فمن منهما كان صحابيًّا لنبيهم أسلم له في صلح الحديبية ثم صار هذا الحافظ القارئ المؤتمن؟ هو تلقى من النبي أما هما وغيرهما ممن جاء في جيش ابن العاص فعنعنة لم تشنف آذانهما الآيات مغمورة بالنور من فم محمد بن عبد الله الخاتم.

شيء ما كبر في قلب ابن عديس لما عرف قدومه، ثم أفلق جدران

قلبه سعادة عندما اجتمع معه وفهم سر وفادته لمصر. لقد سمع عن تكور قبضات الفسطاطيين ضد ابن أبي سرح فأتى، ضج بجعجعة الكوفة الغاضبة من عثمان دون طحن، وركب رحله لمصر لعل طحينها يخبز. في داره حيث بسطت فرش الأطعمة وتكدس الصحب تحت سقف ما عاد يستر كثيرًا أبخرة الغضب الصاعدة من قِدر يتسع، أسر ابن عديس لعمرو بن الحمق وهما يدخلان على الرجال معًا:

ـ أعرف أنهما في سن ولدينا يا ابن الحمق الخزاعي، لكن لهما في قلوب الناس هنا منزلًا ومنزلة. لا بلوي ولا خزاعي يطيقان حرب قريش وخليفة بني أمية، فلا بد لنا من بسط اليد وتواضع الأنف وإخلاء الصف لشابين مثل ابن أبي حذيفة وابن أبي بكر، أحدهما ابن عثمان وربيبه والثاني ابن الخليفة الأول، إذا كنت تريد لثورتك هنا أن تقوم فعلى أكتاف هذين الغلامين يا رجل.

حين قبل عمرو بن الحمق رأس محمد بن أبي بكر وقال له يا ابن خليفتنا وابن أخينا، عرف ابن عديس أن عمرو أنف أن يسلم لربيب عثمان المقدمة، ففضل البكري مع ابتسامات وتحيات ودودة لا يمكن أن تخرج من ابن الحمق الحانق دومًا إلا ضاغطًا على نواجذه.

كانت الفسطاط كلها تتكلم عن ثلاثمائة ألف درهم جائزة عبد الله بن أبي سرح على فوز ذات الصواري. لم يكن بأعرف من ابن أبي حذيفة بعثمان أحد في تلك المدينة، لقد جاء تنبؤه بتصرف الخليفة صائبًا واستعد له متهيئًا بإحماء النار في قلوب الرجال الذين لم يجدوا من ذات الصواري إلا قيء البحر وصحبة الموج وقذف الأحجار وطعم الملح وفوزًا منسوبًا لرجل عثمان. قال ابن الحمق:

ـ لقد كفر.

صفع الصمت الجميع. كانت الوجوه تحت ضوء الأسرجة النحيلة ظلالًا جامدة تشبه جُسوم معابد الفراعين المنصوبة في صحراء المصر، هسيس شعلات النار وطقطقة أفرع الشجر المكسورة تحت حوافر حيوانات الليل، حشرجات الأنفاس ونقرات الأصابع فقط هي التي ردت على جملة عمرو بن الحمق التي بقيت وحدها معلقة في الهواء تنتظر من ينزلها. لم تكن المرة الأولى التي يقولها أحدهم عن عثمان، بل كان ابن أبي حذيفة يحشو بها لجاجته اللحوحة على أسماعهم غير مرة، وكان ابن ملجم يقولها كأنها تسبيحة مفاجئة وسط حواراتهم الغضبى ولعانهم فعال الخليفة وأميره، لكن هذه النطقة من ابن الحمق كانت مختلفة، كل من نطقها قبله كان يمررها ليقنع بها نفسه فتخرج مترددة وذات حروف خجلة، أو ينطقها من سطح جوفه، أو يرددها ليردها له أحدهم فكأنما يقاسمه حملها وحمولتها، لكن عمرو بن الحمق قالها كأنه يقرأ قرآن ربه، واثقًا وثابتًا وحارًّا وصادقًا ومبشرًا ونذيرًا كأنه يبلغهم وحيًا.

* * *

كان عمرو بن الحمق يلهج في نومه إن نام؛ فالقلق يأكل روحه وفي صحوه إن صحا، فقد اختلطت عليه أضغاث أحلامه بأحلام أضغاثه، عمت العتمة فغطت روحه. منذ هذا الامتحان الذي تعرض له يومها وصار هو محنته التي لا تضع حملها عن قلبه أبدًا، لا لن تنطفئ حمأة ناره ولن يستر سوأة عقله التي فضحته أمام نفسه، حسابه مع عثمان بن عفان شخصيًّا، لا ليس مع الوليد بن عقبة ولا سعيد بن العاص، من هما ليقفا أمام دينه وإيمانه؟ هو الذي صافحت عيناه وجه نبيه، وتنسم نطق شفاهه في أذنيه، وأملاه قرآن ربه، وكتب وحيه، وقرأ عليه سوره وآياته، وتبارى أمام صحبه بما حفظه في حجر النبي، هو الحافظ القارئ الذي ما برح

عمر بن الخطاب يطمئن عليهم كل صلاة لينجي الله بهم المسلمين بعد زهق روح كثير منهم في حرب ردة البحرين. إنه إن تكلم أنصت الناس فهو قلب القرآن وصوته، وترتيل الملائكة يسري نديًّا من جوفه الطاهر، لم ينطق منذ حفظ القرآن كله بكلمة سوء، ولا اغتاب أحدًا، ولا نقل فتنة ولا مشى في وشاية، بل لم يحدث كافرًا بحرف، ولم يتصل مع مشرك بلفظ، فكيف ينقم على والي الكوفة أو أمير في العراق بل خصومته مع عثمان نفسه؟ هو من خذله وخذل ربه يومها، في هذا الضحى العراقي تحديدًا، هو الذي وضع هذا الفسل في تلك الولاية، فلعنه الله على خضوعه لهذا الأمير بهذا البلاء الذي فشل في اتقائه وسقط في غوايته. لقد صدق ومن لحظتها لم يغفر لنفسه، بل لم يعرف نفسه ليغفر لها، اغتسل وتوضأ وتصدق وصام وتهجد وقام الليالي واعتمر وحج وعارض عثمان وواجهه وحم غضبه على مسلك الخليفة وعاب فيه وكاشف الناس بسريرته ولكنه لم يرتح أبدًا، لم يرجع لما قبل هذا الضحى أبدًا، آه ما الذي يطلبه منه الرحمن كفارة لكفره. نعم كفر لحظتها، حين دخل هذا الوليد بن عقبة أمير عثمان على الكوفة قبيل صلاة الظهر بساعة وهو منتعش السريرة ومتقد الحماس ضاحك متهيج. لم يحتمل عمرو بن الحمق ما يرى، فالأمير يجر خلفه بطانته وحاشية سكارى ليل قصره وسماره في زق الخمر الكوفي من علوج ويهود ومخنثين، أيدخل الجامع بهذا الجمع؟!

لكن المسجد الذي بدا أنه يكبر ويتسع يعج بالناس في الكوفة وليس فيها من لم يحضر، كأنهم مستدعون، لم يقم عمرو بن الحمق من جلسته وظل منكبًّا على مصحفه إلا عندما صعد الوليد درج منبره وأفسح الناس فراغًا حول المنبر حتى تشكل حلقة دائرية أجبر القوم عمرو بن الحمق معها على القيام من قعدته حتى لا تأخذه الأجساد في حركتها ولا تدوسه الأقدام

في تراجعها. ظهر وسط هذه المساحة الدائرية الفارغة أمام المنبر شخص نحيل يتحرك داخل عباءته، كث اللحية ملفوف الرأس بعمامة صفراء، رمى على الناس نظراته حين همهم بعضهم باسمه ينادونه همسًا ووجلًا:

ـ زرارة.

رد عليهم بابتسامة كأنها نصل سكين، حينها خاطبه الوليد مهتاجًا ملهوفًا:

ـ أرِهم ما أريتني.

ثم رفع رأسه في القوم يأمرهم بالتنبه.

تثبت زرارة في الأرض لحظة ثم رفع يده عند كتفه، فإذا به يرتفع عن الأرض فوق رؤوس الناس، ثم هبط بيده فإذا بحصان أشهب يقف تحته فينزل زرارة من فوق سرجه وسط شهقات وصرخات وآهات وتأوهات الناس. قبل أن ينطق أحد أو يتحرك شخص، أمسك زرارة بكتف رجل من جماعة سمار الوليد فأخذت الرجل رهبة ورجفة، وحاول التفلت من قبضة زرارة الذي لم يبذل جهدًا في إنهاء مقاومته، فقد سلم الرجل جسده له سائب الإرادة تمامًا، ولما أوقف زرارة الرجل أمام الوليد على مبعدة شبر منه، أخرج زرارة من تحت عباءته خنجرًا مقوسًا لامعًا وشق عنق الرجل حتى فصله عن جسده. الشلل الذي أصاب عمرو بن الحمق لم يكن إلا مقدمة كفره، فبينما الناس بين رعش ورجف وصدمة وبهوت، أشار الوليد لزرارة بيده، فتقدم زرارة للذبيح وأمسك برأسه فوضعه على عنقه مثبتًا له بضغطة من يده ثم خرج من جوفه صوت ريح فحيح أطلقه في وجه المذبوح، فانتفض جسده ونهض عوده واشرأبت عنقه ودار برأسه وصاح مذهولًا من الفرح المهووس بعودته للحياة بعد ذبحه. كاد عمرو بن الحمق أن يصدق ما رأى، بل كفر وصدق ما رأى، فقط عندما

انشقت صفوف الناس عن صاحبه جندب قادمًا من خلف الأكتاف شاهرًا سيفه مندفعًا ناحية زرارة، وقد أزاح الناس على الجانبين ودفع المتفرجين تحت قدميه ووصل إلى زرارة صارخًا بزئير جهير:

ـ لنر إذن هل ستنفع نفسك أيها اليهودي الساحر؟

ثم حرك سيفه بعرض الهواء وعلى طول الذراع وشق بالسيف عنق زرارة، فطار هذا الرأس بعينين محدقتين ونظرات مصدومة وببسمة مشقوقة في سماء المسجد، ثم هوى رأسه وسقط عند قدمي الوليد المذعور المرجوف المرشوش على صدره ووجهه وذيل عباءته بدم الساحر الذبيح.

اتكأ جندب بسن السيف على جسد الساحر المفرفر المتشنج مفصول الرأس مبخوخ الدم من عنق مبتور:

ـ أرنا كيف ستعيد رأسك لعنقك يا كافر؟

الوليد بعدما أفاق من هول ذهوله، من تجرؤ جندب على قتل زرارة أمامه، أمر الحرس بجر جندب إلى السجن مقررًا قتله بدم الساحر، وانفض الناس وخرجوا بين مبهوت وذاهل ومرتجف ومرجوف ومحوقل ومحلق ومشتت وزائغ ومتعجب ومستغرب ومصدق ومكذب ومتثبت ومتحير، بينما عاد بعض من حرس الوليد مأمورين بجمع جثة الساحر الذبيح وغسل دمه المسكوب على بسط الجامع، وغفل الجميع عن عمرو بن الحمق يقرفص وحده في ركن بعيد منزوٍ، محموم البدن دامع العينين مبتلًا من عرق يجتاح أطرافه. لم يغفر لنفسه من ساعتها، فقد سحره زرارة وخيل إليه. نجا جندب ولم ينجُ ابن الحمق من الامتحان. رأب صدعه لكنه لم يطق ضعفه المتعري أمام ساحر كفور. رمم كسور روحه لكنه لم يقدر على نسيان ندبة هذا الضحى. بحث في أغواره عن مبرر يبرئه فيبرأ معه، فلم يجد إلا الكائن القاطن هناك في يثرب، أطلق واليه فأطلق ساحره

فأطبق إبليس على عمرو فانتصر على قارئ القرآن، ومن حينها اعتبر عثمان المسؤول الوحيد عن زلته أمام الساحر.

لم يحكِ عن هذه الواقعة أبدًا، ولا يقول إنه كان موجودًا في الجامع حين يحكي الناس عنها، لكنها ختمت على قلبه بوسم من ألم ووشم من حقد.

* * *

لم يترك ابن الحمق دارًا في الفسطاط إلا ودخلها مع ابن أبي بكر مرة ومع ابن أبي حذيفة مرات، ودون أن يشعروا يجدون عبد الرحمن بن ملجم المرادي معهم من بيت إلى بيت ومن سقيفة إلى باحة ومن بهو إلى قبو، كأنه متكور تحت لحاهم أينما كانوا. كان يرقب حماس ابن الحمق وهو يحكي مفخم العبارة يثير الرهبة ودامع العينين يثير العطف، يستنصرهم لمواجهة فعال الخليفة الكافر، كان القوم يخشون عنف كلماته لكن يأسرهم صدقها. وفي عشاء في دار كنانة، بينما ينخرط ابن الحمق في خطبته المحرضة انتفض سودان كأنما صرعة انتابته وقال متحشرج الصوت مخنوق النبرة:

- ثم ماذا بعد يا ابن الحمق؟

أشفق ابن عديس عليه فعلًا، فهؤلاء الذين يجمعهم فيجالسهم ابن أبي بكر ويديرهم ابن أبي حذيفة وينفخهم بالغضب ابن الحمق ما عادوا يعرفون نهاية هذا الدرب.

- هل سنقضيها داخل جدران بيوت صماء نغلي كرهًا ونثور رفضًا لعثمان وأهله بينما يأخذنا الليل للنهار والصبح للمساء دون أن نرد الخليفة الظالم عن ظلمه ونلزمه حده؟

كان كنانة هو من أضاف، فرد ابن الحمق وهو يدق طبول قلوبهم:

- بل نذهب حتى قصره ونخلعه.

قام سودان وكنانة، واندفع وقوفًا معهما ابن ملجم وجبلة:

ـ إذن لنفعلها الآن فبيننا وبين قصره شبر وذراع!
رد ابن الحمق مندهشًا:
ـ أي قصر هذا؟
أجابوا:
ـ قصر الجن، قصر ابن أبي سرح.
ضحك ابن الحمق حتى احمرت عيناه وسعل وتنحنح:
ـ أنا أقصد قصر عثمان بن عفان!
لم يكن فيهم أحد ما، لم تبهته الجملة.

٥٢

- أكان جندب أتقى منه؟ أكان كعب خيرًا منه؟

حين يصحو من نومه كأنما لكزه الندم فأوقظه، يسمع السؤال من عقله فيبقر قلبه، تذكر عمرو بن الحمق جندب وهو يصلي خلفه في مصلى فرشوه عند خيمة في أطراف صحراء الكوفة حين تجمعوا ليكتبوا خطابهم إلى عثمان. كان هذا المقام الذي يعلوه جندب فلا يراه إلا عمرو بن الحمق. نجا جندب من تخييل السحر الذي سقط فيه ابن الحمق، ثم نجا جندب من سيف الوليد بن عقبة الذي حبسه معاقبًا متربصًا لقتله، أنقذه مالك الأشتر وحرقوص بن زهير وصعصعة بن صوحان الذين تكاثروا بقومهم، وشاركهم ابن الحمق، يرفعون أصواتهم ويصيحون فوق صوت الوليد رافضين أن يقتل أمير الكوفة جندب المسلم التقي الذي غضب لله فقتل ساحرًا كافرًا اعتدى معه على بيت الله وعرض فيه كفره وأفسد على الكوفيين عقولهم ودينهم.

قال يومها حرقوص بعزمه الغضوب ونصال كلماته حادة مسنونة تقطع في جلد الوليد:

- أتقتل مسلمًا بكافر؟ والله لا نتركك بعدها أبدًا!

تراجع الوليد ورجع القوم وارتضوا حبس جندب حتى يمثل أمام قاضي الكوفة، ويأتي أهل الساحر فيتحصلون دية ويتسلمون ذبيحهم. لكن الوليد أمر حارسه بتحين الفرصة عند غبش الفجر والإتيان بجندب لذبحه في باحة قصر الإمارة. في الزنزانة كان جندب يصلي ويقوم الليل ويتلو القرآن ويلهج بالدعاء لربه، فلما وجد الحارس دين جندب وخشوعه، قرر أن يطلق سراحه، فتح له باب الحبس وأعانه على المروق من الحراس والجنود الموزعين على أسوار المكان، وأنفذه من بوابة الليل الغاطش، وأركبه فرسًا من خيول الأمير، ثم عاد فوقف أمام الزنزانة كأن الرجل نافس ساحر الكوفة القتيل فطار وتبخر. لكن الوليد حين نادى على سجينه اكتشف هروبه وفهم تواطؤ حارسه، فما كان منه الغاطس في خمره والهائج في ليله إلا أن قتل الحارس وعلق جثته في عمود القصر تنزف أمامه على بلاط القاعة حتى طلوع الشمس.

غار الوليد وغادر بعدها مدحورًا من الكوفة، لكن عثمان أرسل لهم سعيد بن العاص. ما كان الخلف بأفضل من السلف، فها هو في قيظ يوم يجلس أمامهم بعد أن صلى العصر معهم متباسطًا بعد عودة من غارة على حدود العراق فيسأل:

ـ الآن وقد منَّ الله علينا بالنصر في المعركة، فأمامنا أن نملك ما أفاء الله من مغانم العدو وأملاكه الأرض السوداء حيث الزراعة والحدائق، وأرض الجبل والنخل.

رد صعصعة:

ـ نحن نريد السواد حيث أرض الزرع والثمر.

تدخل صاحب شرطة سعيد حاسمًا:

ـ ولكن كنا نود هذا السواد للأمير ابن العاص ولكم الجبل.

رد الأشتر قاطعًا:

ـ تمنَّ للأمير أفضل منه ولا تتمنَّ له أموالنا.

تحامق صاحب الشرطة وحنق على الأشتر:

ـ والله لو شاء الأمير فهو له.

رد الأشتر صافعًا وجه صاحب الشرطة بكلماته وضاربًا عمامة سعيد بن العاص بعينيه الغضوبتين:

ـ والله لو أراده ما قدر عليه.

انفعل سعيد وهاج:

ـ إنما الأرض كلها بستان قريش.

قام الأشتر يطيح بيديه في الهواء وفي وجه ابن العاص يضرب بسوط صوته:

ـ أتجعل مراكز رماحنا وما أفاء الله علينا بستانًا لك ولقومك؟ والله لو حاول أحدكم أن يسطو عليه لضربته بسيفي.

هم أن يدهم سعيد بن العاص في جلسته، فاندفع أمامه صاحب الشرطة حاول أن يلقي بنفسه على الأشتر، فنهض الجمع كلهم وانقضوا على الحارس وأسقطوه ومنعوه عنه وسط سباب وشتم له ولابن العاص، تاركين المكان مقلبين بأقدامهم أوانيه ورامين وسائده وعابثين بسجاجيده.

* * *

حين كان يحكي في الفسطاط واقعة ما جرى كان ابن أبي حذيفة يبسط أمامه تعداد أراضي ابن أبي سرح في مصر وأملاكه وأمواله ومنح عثمان له من مال المسلمين ثم يعقب ويسأله:

ـ وهل حصل سعيد بن العاص على أرض السواد؟

كان ابن عديس يبتسم من بنود ثروة ابن أبي سرح المحفوظة على

فم ابن أبي حذيفة، وبينما يهم بالثناء على حفاظه على دقة ما يذكر، كان عمرو بن الحمق يكمل ما جرى:

- أرسل سعيد إلى عثمان كتابًا عرفنا نصه قال فيه: إني لا أملك في الكوفة شيئًا مع الأشتر وأصحابه الذين يدعون القراء وهم السفهاء.

صرخ ابن ملجم كأنما يخاطب سعيدًا في كوفته:

- أوَيجرؤ هذا العاصي أن يصف قرَّاء قرآن ربه بالسفهاء ابن السفيه؟!

واصل ابن الحمق:

- وأرسل بعدها عثمان برسالة إلى الأشتر يقول له فيها إني لأراك تضمر شيئًا، لو أظهرته لحل دمك وما أظنك منتهيًا حتى تصيبك قارعة لا بقيا بعدها، وأمره بالسير إلى الشام حيث معاوية.

يستعيد عمرو بن الحمق جلسته في الكوفة مع جندب والقراء الذين غضبوا لطرد الأشتر إلى الشام، وحيث خطابهم إلى عثمان لم يوقعوه بحروف أسمائهم بل سلموه إلى أبي ربيعة دون أن يرفقوا به أسماءهم. هل كان خوفًا وخشية، أم كان تحسبًا وتحوطًا، أم كان إيهامًا له بعدد أكبر وسخط أوسع؟ لكن كعبًا بحماس شبابه كان أقوى منه ومنهم، غلب جندب هذه المرة، فقد خط نفس الخطاب بذات الحروف ثم وقع بنفسه عليه، فذهب الخطابان إلى عثمان في المدينة على يد أبي ربيعة، خطاب المجهولين وخطاب كعب.

قرأ عمرو بن الحمق نصه كثيرًا في كل دار في الفسطاط لإلهاب القلوب وتحمية الضمائر:

- إن سعيدًا كثر على قوم من أهل الورع والفضل والعفاف، فحملك على أمرهم على ما لا يحل في دين ولا يحسن في سماع، وإنا نذكرك الله في أمة محمد، فقد خفنا أن يكون فساد أمرهم على يديك، لأنك

حملت بني أبيك على رقابهم. واعلم أن لك ناصرًا ظالمًا وناقمًا عليك مظلومًا، فمتى نصرك الظالم ونقم عليك الناقم تباين الفريقان واختلفت الكلمة، ونحن نشهد عليك الله وكفى به شهيدًا، فإنك أميرنا ما أطعت الله واستقمت ولن تجد دون الله ملتحدًا ولا عنه منتفذًا.

يتيه ابن ملجم هيامًا حين يسمع دقات كلمات الخطاب تطرب روحه بحنجرة ابن الحمق:

- الله الله يا قرَّاء القرآن وحفظة كلمة الله.

كان في كل مرة بعد قراءة نص الخطاب يقف ابن الحمق منتصبًا بين الناس صائحًا:

- ماذا فعل عثمان عندما سمع كلامنا صادق اللهجة صادق الوعد يا إخوتي؟

تنتظر الجموع إجابته عن سؤاله فيجيب:

- ها هو الخليفة يقرأ خطابنا فإذا به يسأل أبا ربيعة عن أسمائنا فلا يجيب الرجل ولا يفتن، فيأمر الخليفة بضربه وحبسه، ثم يرسل إلى سعيد أن يبعث له بكعب وهو الرجل صاحب التوقيع الوحيد على خطابه المنفرد، فيأتي به أمامه في المدينة، فيشخط في كعب وهو النحيل النحيف صغير السن، ويوبخه قائلًا: أأنت تعلمني الحق وقد قرأت كتاب الله وأنت في صلب رجل مشرك؟ فيرد كعب التقي: إن إمارة المؤمنين إنما كانت لك بما أوجبته الشورى حين عاهدت الله على نفسك لتسيرن سيرة نبيه لا تقصر عنها، وإن يشاورونا فيك ثانية نزعناها عنك.

يصيح مستمعو عمرو بن الحمق في تكبير جماعي:

- الله ورب محمد نزعناها عنه.

تتهلل وجوه ابن أبي بكر وابن أبي حذيفة وابن عديس فرحًا وهي

تتبادل النظرات، لكن رأس ابن عديس يومئ لهما بالمزيد القادم مشيرًا ناحية ابن الحمق الذي يكمل:

- فإذا بعثمان يسأل كعبًا: والله ما أظنك تدري أين ربك؟ فيرد كعب هو بالمرصاد.

يصرخ الجمع تأثرًا، مختلطة التكبيرات بالتهليلات بآهات الإعجاب.

يواصل ابن الحمق:

- فإذا بمروان بن الحكم الطريد ابن الطريد يقول لسيده: إنما حلمك أغرى مثل هذا - يقصد كعبًا - بك وجرأه عليك. فيأمر عثمان بكعب، فُجرد وتعرى وضُرب أمامه عشرين سوطًا.

حين يجمع الناس ثيابهم من تحت قعداتهم ويمضون خارجين من جلسة عمرو بن الحمق، يفرغ المكان ممن فيه ويمضي ابن أبي بكر مع ابن الحمق خارج الدار، فيهمس ابن أبي بكر في أذنه:

- لكنني سمعت أن عثمان قد أعاد كعبًا إليه في قصره ووقف أمامه وعلي وطلحة وجماعة من الصحابة شهود عليه، حيث اعتذر لكعب باكيًا، وخلع الخليفة عن نفسه قميصه ومد مقبض السوط إلى كعب وقال له ملحًا، اقتص مني يا كعب.

غمغم ابن الحمق واستغرب:

- من أين عرفت بهذا؟

- ممن سمع ونقل.

صمت ابن الحمق برهة ثم قال:

- نعم فعل عثمان هذا، لكن كعبًا أبى أن يقتص منه وعفا عن عثمان.

- فلماذا لم تقل للناس بقية حكايتك؟

- ولماذا لم تكمل أنت بقية الحكاية حين أنهيتها يا ابن أبي بكر؟

٥٣

ـ أين أهازيج النصر؟ لا رايات ولا احتفالات ولا حفاوات ولا تبريكات ولا شيء يعلن لي أنه نصري. أعرف أن المسلمين سيحكون عن معركتي «ذات الصواري» حتى نفخ الصور، لكنهم هنا الآن في مصر، في الفسطاط، لا شيء يوحي أنني فعلتها، وفزت بها. ركبت البحر وحزت النصر وهزمت هرقل وأرسلت خشب سفنه وعلم صاريه الممزق حتى قدمي الخليفة في مسجده في المدينة، لكن محمد بن أبي حذيفة الذي شغله قيئه عن الجهاد في سبيل الله يفسد عليَّ إمارتي!

كان ابن أبي سرح على ذلك المقعد الحجري المنبسط المفروش ببسط نسيج قبطي ملون يهش على وجهه غبار حزنه وهو يضطجع متأملًا من فوق الجبل المقدس بيوت الفسطاط ومعسكر الخيل والمسجد الجامع، ونهر النيل بزرقة ساطعة، تحفه أشجار نخل باسقة، تتدلى منها قطوف بلح أحمر وتنفرش فوق صفحته ورود النيل الخضراء السابحة حول مراكب بأشرعة بيضاء، أمر هانئ صاحب الشرطة بمحو صلبانها ورسومها المنسوجة منذ تشاجر معه قراء المسجد من طينة

ابن ملجم المرادي وجبلة ممن ينعقون في سرب غربان محمد بن أبي بكر وابن أبي حذيفة.

التفت ابن أبي سرح وقال لمسلمة بن مخلد الذي كان رافضًا الصعود معه للجبل متمسكًا بحجة سمنته الثقيلة التي تتعبه عن تسلق مدقات جبل. كان ابن أبي سرح يعرف رهبة مسلمة من هذا الجبل، ما كان يحبه ولا يتحمله ولا يريده، بل كان أكثر فاتحي هذا المصر رفضًا لنقل المسجد من مكانه الذي اختاره ابن العاص إلى هذا القرب من الجبل المقدس. تشاكل معه، وحث صحبة الغزو أن يتكتلوا ضد قراره بنقل المسجد ناحية هذا الجبل الذي يسمونه المقطم، فالقبط يقدسونه وكانوا يريدون تأجيره من عمرو بن العاص والاستقلال بطلعته وربوته. رفض يومها عمر بن الخطاب أن يترك للقبط جبلهم، بينما كان ابن العاص لا يرى بأسًا في همله وتركه. ابن أبي سرح كان فخورًا بأنه من تحمس ألا يركب القبط فوق المسلمين جبلًا، رغم إغراء الجباية وتكدس الآلاف من وراء هذا التمكين القبطي للجبل، إلا أنه يوم كان صاحب الخراج أبى إلا تنفيذ قرار ابن الخطاب حين حاول عمرو أن يتحايل عليه بالحوار والمناورة. اليوم هو الأمير، أول من صعد الجبل المقدس محمولًا على محفات صنعها له نجارو القبط وشيدوا له هذا الركن الركين المكين في قمة الجبل لتكون جلسته تحت سماء مصر وفوق رقاب أهل ذمتها. ممرات في حضن الجبل مسدتها عقول ذكية ويد ماهرة وأخفتها عقود طويلة وأحابيل مكيرة، لكنها كلها استسلمت لأمير البلاد، وتسلم مقعده من السلطة بالتسلطن هنا أعلى مصر وقرب سحابها الحاني. أخذ اليوم معه مسلمة ومعاوية بن حديج بين نمارق العصائر وحلوى العصائد ومآدب الموائد، جلسوا يطلون معًا على ما يطلبونه معًا.

ـ هذا النهر لي يا مسلمة.

قالها وهو يشير لنيل مصر السارح البعيد. لم يجب مسلمة بل أجاب ابن حديج:

ـ هذا النهر يردمه الكره يا أمير.

قال ابن أبي سرح:

ـ لقد جئت بكما هنا لنرى ماذا نفعل وقد زاد ضغط هانئ حتى بدا حنقه يسمم رأسي يا مسلمة، يريد البطش بابن أبي بكر وابن أبي حذيفة، يجيئني كل ليل بسيرة حركة الفتنة في أزقة الفسطاط، بل وعند بيوت الفيوم وهناك في بحر الإسكندرية، وما زاد التنور فورانًا هذا العمرو بن الحمق الذي ظهر فجأة من وراء ظهرانينا وهو كأنه قطعة خشب نار في زرع حنطة، يتجرأ على الخليفة ويحقر من سيادته ويهين سلطتي مع رفاقه.

رد مسلمة:

ـ نعلم هذا وأكثر، وأشر، لكن ما خطة هانئ لوأد الفتنة في مضجعها؟

علق معاوية بن حديج:

ـ أي مضطجع هذا يا مسلمة؟ لقد غادرت الفتنة المضطجع والمهجع وتقف عند ناصية البيوت وناحية الدور.

قال ابن أبي سرح:

ـ هذا والله ما يقوله هانئ، لكنني لا أقدر على أن أطيح بهم أو أطير رؤوس الفتنة بغير إذن صاحبكم يا أصحاب رسول الله، فتلك الرؤوس هي من صحابتكم وصحابة رسول الله أيضًا، وقد عرفتم ماذا فعلت بعبد الرحمن بن عديس وكنانة وهما من هما في أهلهما، وابن عديس من أصحاب بيعة النبي ورغم ذلك لم يرتدع

ولا يتعظ، فهل المطلوب مني أن أحبس أصحاب النبي وسادة قبائلهم وابن خليفتهم الأول؟

ـ وإن لزم الأمر واحتجت هذا يا أمير؟

سأل ابن حديج.

ـ أفعلها دون تردد، لكن لا أفعلها دون أمر.

أجاب ابن أبي سرح فعقب ابن حديج:

ـ والخوف أن يسبقونا بعمل ما نستطيع رده.

قال ابن أبي سرح:

ـ لا، لا تكن مثل هانئ، تبالغ من قوتهم أو من قدرتهم فهم متكلمون لا متنفذون.

ـ والله إنني لأخشى كلامهم لا من سيوفهم يا أمير.

قالها معاوية بن حديج ثم أضاف:

ـ خصوصًا هذا العمرو بن الحمق.

علق مسلمة:

ـ وكيف لم يتمكن معاوية بن أبي سفيان من لجم ابن الحمق في الشام؟ ألم ينفه سعيد بن العاص أمير الكوفة مع من نُفي إلى الشام؟

رد ابن أبي سرح:

ـ أنت تحتاج أن تسمع من هانئ الرواية كاملة فقد أعيا هؤلاء القراء الذين أمر الخليفة بنفيهم إلى الشام معاوية، فحاول على لينه ومداهنته أن يروضهم، فأزعجوه وأزهقوا حلمه حتى ضج بهم وخشي أن يؤججوا عليه الناس هناك، فطلب من الخليفة أن يريحه منهم، فأمر عثمان أن يذهبوا إلى عبد الرحمن بن خالد بن الوليد في فلسطين فخاشنهم وسب لهم وطردهم، لكن عمرو بن الحمق لسبب ما مع

غيره من القراء لم يذهبوا معهم، بل جاء هنا إلى مصر خيبه الله ليزيد شقوتنا من ابن أبي بكر وابن أبي حذيفة!

* * *

فاجأهم هرج أصوات حجاب الأمير، وصيحات غلمان الروم والقبط، فلما نظروا منتبهين رأوا هانئ بن عروة مرفوعًا فوق هودج ومحمولًا من ممر الجبل واصلًا نحو ركنهم بعدد من رجال شرطته، فأحس ابن أبي سرح جللًا من أن يغادر هانئ الفسطاط ويصعد له الجبل فما طاق الانتظار إذن.

وصل عندهم هانئ وسلم، ثم قال مبلغًا للأمير شفاهة ما قدمه له في لفافة رسالة مختومة بختم الخليفة:

ـ الخليفة عثمان يستدعيك إلى السفر للمدينة بمجرد قراءة رسالته.

قال ابن أبي سرح مستغربًا:

ـ أتعرف رسالة الخليفة قبل أن أفض ختمها يا هانئ؟

ـ العذر يا أميرنا، لكن رسول الخليفة أبلغني ما فيها فجئتك على عجل، فيبدو أن الأمر عظيم.

ـ ما الذي يفعلونه إذن؟

سألهم وقد اكتملت الدائرة حوله، فقال مسلمة:

ـ لا شيء إلا أن ننتظر اجتماعك بالخليفة.

أضاف هانئ:

ـ هو اجتماع بكل أمراء وولاة الأمصار، فقد عرفت أن الرسالة نفسها قد ذهبت الشام والكوفة والبصرة.

ـ إذن فإن عثمان قد قرر.

قال مسلمة.

علق ابن أبي سرح:

- أوَيطلب قرارنا؟

رد ابن حديج:

- وماذا تشير على الخليفة أن يفعل يا أمير؟

تدخل هانئ:

- لا يهمني الآن ماذا سيفعل الخليفة وما الذي ستشيره عليه، بل يهمني ماذا نفعل نحن في غيابك مع هؤلاء العصاة؟ أخشى ما قد يفعلون إن غبت.

- وهل يجرؤون؟

- نعم.

- إذن هل يقدرون؟

- أنا مستعد لهم وأجهز رجالي في كل مكان، لكن المشكلة في أن يثيروا العامة والطماع، فشغب هؤلاء ما أخشى.

- وماذا ترى؟

- أن أقبض على رؤوسهم جميعًا وقبل أن تخرج في قافلة الغد للمدينة.

- وهل أسافر الغد؟

- بل في غبشة الفجر، فلا أريد أن يعلموا بسفرك إلا بعد أن نتأهب.

مضى ابن أبي سرح نازلًا في موكبه من الجبل المقدس يمعن في الصخور والمغارات والنتوءات والتبات والمنحنيات والفجوات والنقرات والنقوش التي رسمتها الرياح والأمطار عبر الزمن، وهبت في روحه كآبة من صلادة جثوم الجبل، وحاول أن يستحضر وجه بسيسة ليرسمه على الجدران الحافات من حول الموكب حتى يطمئن قلبه، فتذكر أنه سيفارقها للسفر فحطت الكآبة وبركت أكثر فوق قلبه.

* * *

حين وصل قصر الجن، تلقت بسيسة نبأ سفره العاجل بدهشة مستسلمة، وراحت تأمر بإعداد حاجاته للسفر، لكنه أمهلها قليلًا حتى يتجالسا:

ـ دعي هذا للجواري وتعالي هنا بجواري.

لم يفسح لها على أريكته حتى تجلس ملتصقة به في المساحة الضيقة بينه وبين مسند الأريكة، فضحكت وهي تداعب صدره:

ـ ما لك يا ابن أبي سرح؟ أراك قلقًا فهل هناك ما يقلق؟

ـ أن أتركك يا بسيسة، فهذا ما لم أفعله وأنا أحارب فوق سفينة ومع ذلك أتركك للسفر للخليفة!

ـ ولكنها سفرة تنتهي وتعود.

أطرق:

ـ صحيح.

ـ إذا كنت ستظل قلقًا هكذا فلأسافر معك.

ضحك وعانقها:

ـ هي مشقة لك يا أميرتي، خصوصًا أنني لن أمكث في المدينة بعد اجتماع الخليفة إلا ساعات وأعود.

ـ ولماذا لا أذهب معك ونمكث في زيارة مسجد الرسول، بل ونظل حتى نحج فالحج قريب؟

تأوه وتحرك بجسده فأفسح لها أن تعتدل في جلستها على الأريكة وقال:

ـ لا أظن أنني يمكن أن أغيب عن مصر كل هذا الوقت.

نفض عن نفسه قلقه، ونظر إليها متأملًا هذا الوجه الذي خطف قلبه منذ سنين ولم يرده أبدًا، وقال:

ـ إذن ونحن فوق سطح سفينة نحارب فوق موج متلاطم وتحت عصف ريح وحجارة وكرات نار فكيف كان قلبك ساعتها؟

كأنها تستعيد الساعات الشدائد فتحول وجهها كأنها تنظر للقتال والنصال والرماح ومطر الماء والنار:

ـ كنت أدعو لك بالنصر لا بالسلامة.

صاح ابن أبي سرح معجبًا:

ـ الله يا بنت حمزة وزوجة أمير ذات الصواري.

ربت على وجنتها وأضاف:

ـ ومن رأيت أشد قتالًا يومها؟

أجابت بسرعة وبثقة:

ـ علقمة صاحب السلسلة.

صمت ابن أبي سرح وأمعن في ملامحها الجادة الصادقة وبدا تعسًا، لكنها وقد أدركت ما أدرك ضحكت مستنكرة فانفجر بالضحك مقهقهًا.

قالت بدلال:

ـ أيها الغيور.

قام وأقامها وضمها وقبلها:

ـ إذا لم أغر عليك فعلى من أغار؟ وإذا لم أغر من خطيبك الأول فممن أغار؟

ـ ما هذا ابن علقمة إلا جندي تحت إمرتك!

٥٤

ها هو ابن ملجم هنا منذ سنين عدت وعبرت من لحظة ما قدم على خيمة عمرو بن العاص مبعوثًا من ابن الخطاب على رأس حفاظ وقراء جيشه. تغيرت الوجوه التي عبرت أمام عينيه، وسافر وغادر البعض وعاد وآب البعض من ذلك البعض، ووفد آخرون متأخرون عن فتح مصر لكنهم كعبد الله بن أبي سرح ركبوا الحكم كما ركب متأخرون آخرون منابذة الحكم. هو هنا جالس في المسجد الجامع وحده وقد كبر غلمان مصر وأولاد الجند وأبناء الرفقاء وظلت نطفته مهملة ومتروكة في صلبه. كل ما يشغله هو هذا القرآن الذي لا يفارق شفتيه وحنجرته وشغاف قلبه، يردد ويتلو ويرتل. جبلة قارئ مثله وسودان معه كذلك، لكنهم ملكوا حيوات وعائلات وبيوتات، ورفعوا سيوفًا ورموا رماحًا، لكن سيفه منذ حصار الإسكندرية الأول في غمده لم تطهره بقعة دم ولم تشرفه لحظة إزهاق روح. لم يشارك في معارك ابن أبي سرح، لا هو يقدر على الحرب والضرب ولا هو يقدر على طواعيته لأمير مرتد. كان يتهامس بهذا لنفسه ولعبد الرحمن بن عديس الذي ضمه تحت جناحه وهدأ روعه ومنحه مالًا على أعطيته من بيت المال، ابن عديس بنظرته المتعالية المغلفة بالنصيحة

ورغم ضمه لجماعة قومه وبين أهله بينما هو الغريب عن النسل والأصل، ابن عديس يرد على همسه بلمسة على كتفه مربتًا:

- ابن أبي سرح اختاره ابن الخطاب أمير خزانة وأمينها، فهل ابن الخطاب يختار مرتدًا يا رجل؟

- إذا كان هذا كذلك فلم تكرهه يا ابن عديس؟!

- أنا لا أكرهه لدينه يا ابن ملجم، بل لإمارته.

لكن ابن عديس يسكت عندما يلوك الناس في دين ابن أبي سرح، بل هو الذي يهاجم ويهجم على سيرة عثمان بالتكفير رادعًا من يدافع عنه ويدفع التهمة. هل هذه سريرة ابن عديس أم علانيته فقط؟ لا يدرك ابن ملجم ماذا يصدق ومن؟ لكنه يهفو لابن الصديق، هو رائحة النطفة الصادقة، فهل يمكن لابن صديق النبي أن يكون إلا ما يظنه؟ إنه العابد الصادق الأواب الأواه. نعم يأسر محمد بن أبي حذيفة روحه حين يراه قويًا قاطعًا حادًا خشنًا متصديًا لابن أبي سرح وعثمان، لكن شيئًا من ابن عديس فيه، هو خناق الإمارة لا الدين:

- نعم الدين، بعضكم يا كنانة (كان يخاطب كنانة يومها) يحارب حربه ضد عثمان لأنه وضع بني أمية فوق أعناق الناس، ولأنه أسرف في مال الدعة والسعة لأبناء عمومته ورجال قرابته، ولأنه لم يسلم إلا لهذا البطن من قريش مفاتيح حكم بلدان مفتوحة بسيوف ليست قريشية تامة، لكنني أكره تجرأه على الله، على الإسلام، على محمد، على سلفيه، على القرآن حين أحرقه، على خمر أمرائه وغلمان وجواري وإماء مترفيها فيها.

يرد كنانة ضاحكًا مستخفًا:

- أنت محشور هنا في الفسطاط، بل في الجامع، بل في المصحف

طيلة سنواتك، ولا تعرف عن الدنيا إلا دنياك، ومع ذلك فأنت تكره عثمان وهذا يكفينا لكنه لا يكفيك أنت، فماذا تريد غير ما نفعل؟ نحاول أن نتدبر القوم حتى نقوم ضده. أما القرآن والصوم والصلاة فلسنا من نزكي أنفسنا فيها على عثمان يا رجل.

ـ اللهم احشرني في المصحف ومع المصحف إلى يوم مبعثي بين يديك.

كأنما تأثر به كنانة ووافقه فقال:

ـ صدقت يا صاحب المصحف، فإن لم يكن عثمان قد جفا دينه، فعلى ماذا نعاديه؟

كان ابن ملجم يرد في نفسه على نفسه اللوامة التي تؤنبه على أن هؤلاء ليسوا كمثله، ورغم ذلك هو تابعهم في المصعد والمدق والمنبسط والصعب والمنشط والمكره. لا يعنيه سوى أنهم على هدفه أو أنه على هدفهم، هو بينهم لكن ليس فيهم، لا قبيلة تسير وراءه ولا نسب يسير أمامه ولا نسل يسوقه، ثم لم يعد حامل المصحف في صدره وقارئه شيئًا في سني الفتح والغزو والمغانم والغنائم والغلمان والإماء والجواري الحسان وسواد الأرض وأعطيات الجند.

كان معاذ بن جبل يعرفه أكثر مما عرف أنه يعرف نفسه، حين كان صغير السن يجلس تحت قدميه لينصت ويحفظ القرآن لم يفكر معاذ أن يسأله أبدًا أين سيفك؟ هل تجيد النبال والسهام؟ هل أنت شجاع مقدام في ساحات الوغى؟ هل تعطش لدم الكفار؟ كان معاذ هاديًا لا فارسًا، فلم يتشرب منه إلا العلم، ولم يتجرع من العلم إلا القرآن، ولم ينهل من القرآن إلا حفظه، حتى إنه يتعثر في معانٍ وألفاظ حين يسأله عنها هؤلاء الصبية من حوله في حلقة يستمعون فيها لتلاوته في المسجد ويحفظهم سور المصحف، ينهرهم ويشخط فيهم ويستغرب استفهامهم، ويسأل نفسه

حين تعجز دماغه عن فهم آية أو لفظة: ولماذا يريدون أن يفهموا تأويله فعليهم أن يصدقوه ويرتلوه ترتيلًا لا تفسيرًا؟ لم يسأل معاذ بن جبل كثيرًا، بل لعله لم يسأله أبدًا، بل يتلقى ويحفظ ويردد.

لكن بريقًا يسطع من بصيص نور في قلب ابن ملجم كلما جلس مع عمرو بن الحمق وجالس ابن أبي بكر وابن أبي حذيفة، بشرى الخروج عن حاكم بحكم الأهل إلى حكم بالمؤهل، إذا عصوا الخليفة وأقالوه بمقعدته من فوق مقعده، أيعود الدين إلى الدنيا ويقوم الحق فوق الحكم ويفوز أصحاب القرآن بالسلطة والسلطان؟

* * *

شعر انعتاق الدم من عروقه، حين أوقفه غلام من أبناء العرب الذين يعلمهم القرآن، وأسر له في أذنه بالخبر. تسمر في وقفته ثم انسحب عنه التردد، فقرر الانصراف متعجلًا نحو دار ابن عديس، حين دخلها كان ابن عديس مجتمعًا بالمحمدين، فأجلوا دخوله عبر الخادم الذي أبلغه الانتظار حتى ينتهي ثلاثتهم مما بدأوا فيه، لكنه بعرقه المتصبب ورجفة شفتيه المتوترتين ونظرته الغضوبة النكدة اقتحم عليهم الجلسة صائحًا:

ـ لقد سافر ابن أبي سرح على عجل فجر اليوم إلى عثمان، وقد استدعاه مع كل ولاة أمصاره لاجتماع جلل.

انتقل الثلاثة من حالة النقمة على ابن ملجم المزعج المنزعج إلى حالة الصدمة من الخبر، إذ باغتهم وأفقدهم الثقة في عيونهم المبثوثة في أركان الفسطاط.

استعاد ابن عديس بسرعة رأيه المتعالي في ابن ملجم فشك في مقولته وقال:

ـ من أين عرفت يا قارئ القرآن ما لم يعرفه بصاصونا؟

رد ابن ملجم لاجمًا تهكم ابن عديس ومخاطبًا ابن أبي بكر الذي رأى في عينيه عطف المساندة:

ـ من ابن أحد حراس هانئ أعلمه كتابة المصحف كل نهار.

سارع ابن أبي حذيفة بالرد:

ـ إن كان الخبر صدقًا، فهي الفرصة السانحة لنا.

لكن عمرو بن الحمق مرق كشبح من الباب مقتحمًا الرأي بعدما سمع ما سبقه من بهجة لهجة ابن أبي حذيفة:

ـ أو هي الضربة القاصمة علينا.

التفتوا له ولم يردوا على سلام لم يسلمه، بل هالهم هديره وهو يكمل:

ـ لن نجلس هنا كالنساء ننتظر البلاء القادم إلينا مع عودة ابن أبي سرح مأمورًا بالنيل من الثائرين على عسف خليفته ولا بد من المبادأة.

جلس وطلب من ابن عديس أن يستدعي كافة من يعرف فيه رجاحة الرأي مؤتمنًا غير مخون.

لم يصلِّ أحد منهم الظهر في الجامع، فقد تكاثر عدد المجتمعين في دار ابن عديس، وظلت الأحاديث ترعى في حشيش الوقت.

كان الرأي عند ابن الحمق أن عبد الله بن أبي سرح غادر مصر لخطة توضع في المدينة، وقد علم أنه سافر في ركب السرعة الذي يزيد فيه عدد الخيول وتخف فيه الأحمال وتتبدل فيه الأحصنة في واحات راحات في الطريق، حتى يحافظ الركب على العجلة المطلوبة بلا توقف وللوصول في موعد محدد، وهذا ما جرى مع بقية الأمراء من معاوية لسعيد الكوفة وأيضًا لابن عامر البصرة، وإن اجتماع الأمراء سينتهي بحملة تأديب وتغريب بالضرورة على خصوم عثمان وخصوصًا في مصر.

فكان رأي ابن عديس:

ـ لنذهب إلى المدينة بعدد من رجالنا فنواجه جمعهم ونتصدى لعثمان وأمرائه، لسنا وحدنا الغاضبين على سياسة عثمان، والمدينة تمتلئ بالأنصار الذين لم يضعهم عثمان يومًا في إمارة جيش أو ولاية مصر من الأمصار، ولم يقربهم إلى حكمه، فليس فيهم من ينصره علينا بل يدفعون عنا ويوالون ما نرى. أما صحابة رسول الله من القريشيين والهاشميين فهم مثلنا كأصحابه في الفسطاط وبلبيس والإسكندرية، فلا نرى منهم ومنا إلا نقمة على أفعاله ورغبة في تقويمه.

أضاف ابن أبي حذيفة:

ـ ولا تنسَ أن زوجة رسول الله وأخت هذا العابد القانت (وأشار إلى ابن أبي بكر) بعثت لنا بالرسائل، تشكو عثمان وجوره على الحق وظلمه للعباد، وتستحث المسلمين للخروج عليه.

لم ينفِ ابن أبي بكر خبر رسائل أخته، فهو موقن من غضبها على عثمان، لكنه مدرك أنها لم ترسل رسائل بل هي خدعة ابن أبي حذيفة، لكن لا بأس بها إن استنفرت الناس، فشفاهة عائشة قالتها كمثل كتابة لم تكتبها.

قال كنانة:

ـ ولكن ماذا عن أهلنا ودورنا ومالنا في مصر وسوف نتركهم غير آمنين عليهم من شر شرطة هانئ ومكر معاوية بن حديج؟

هب ابن أبي حذيفة:

ـ ومن قال إننا سنترك الفسطاط أبدًا؟

لم يفهم الحضور كلام ابن أبي حذيفة الملتبس، ففك الرجل التباسه:

ـ كم عددنا؟

ـ كثر.

رد كنانة وهمهم سودان، بينما تعلق نظر ابن الحمق على مقلتي ابن عديس سائلًا مستفهمًا:

ـ كم يا ابن عديس؟

أجاب:

ـ لعل رجالي فضلًا عمن قدرنا على أن يشاركنا الغضب على عثمان وابن أبي سرح قرابة الألف في الفسطاط، غير من نقدر على أن يأتوا معنا من بلبيس والإسكندرية والفيوم وهم في ظني قرابة المائتين ممن أعلم وممن جند ابن أبي حذيفة مع ابن الخليفة الأول.

قال ابن أبي حذيفة:

ـ هذا غير من ينتظر رجحان الكفة فينضم ويضم.

قال ابن الحمق:

ـ وماذا بعدما علمت العدد يا ابن أبي حذيفة؟ كيف بك لن تغادر الفسطاط كما تقول؟

أنصتوا أخيرًا جميعًا لابن أبي حذيفة، وهو يبدو آمرًا بما وصلوا إليه من مشورة تضاربت فيها الآراء وعلت فيها الأصوات وانشقت فيها الحناجر غضبًا وارتفعت فيها النبرات استنفارًا:

ـ هذا إذن هو ما سنفعله، ليسافر قرابة الخمسمائة منا إلى المدينة ليواجهوا عثمان ويجمعوا الغاضبين والناقمين عليه والمقتصين منه، فهناك من ضربه الرجل ومن حبسه ومن منح غيره ما يفوق حقه.

قال ابن الحمق:

ـ زد على هذا من سيأتينا من الكوفة والبصرة، فسوف أرسل إليهم أنبئهم بموعد سفرنا.

أضاف ابن أبي حذيفة:

ـ خمسمائتنا يسافرون كأنهم ذاهبون للحج وقد اقترب أو للاعتمار حتى يستكين هانئ وشرطته.

أضاف ابن عديس:

ـ ولنخرج في جماعات على كل جماعة أمير.

رد ابن أبي بكر:

ـ أنت أمير الجميع يا عبد الرحمن بن عديس.

أجاب بعدما صاح المجتمعون صياح التأمين والموافقة:

ـ فليكن، ويبقى على كل جماعة رأس.

قال ابن أبي حذيفة:

ـ عمرو بن الحمق.

وقال كنانة:

ـ وأنا على واحدة.

قال ابن عديس:

ـ وعروة قادم من بلبيس والليثي من الإسكندرية.

قال ابن أبي حذيفة:

ـ ولتسبقهم اليوم جميعًا يا أخي محمد بن أبي بكر فتلحق بابن أبي سرح سراعًا كما ذهب، وتعلم باجتماع أمراء عثمان وحاله ومآله، ولعلك تفسد عليهم خطتهم، ولما يصل إليك قومنا تكون قد وقفت على حقيقة ما يجري وتضع خطة ما يتم بهم.

تعلقت نظرات ابن ملجم بابن أبي بكر كأنه يطلب منه الرفقة والصحبة، فلما انشغل عنه ابن الصديق زحف المرادي بإليته على حصير الحجرة حتى دنا من جلسته وأمسك بذيل عباءته وطلب منه بعينيه وإيماءة رأسه طلبه. لا يعرف لماذا قفزت الفكرة في عقله أن يكون في قافلة ابن أبي بكر،

ولا يعرف هل ما رآه في عين ابن أبي بكر ومن حركة إيماءته ترحيب أم تأجيل. كان لحظتها ابن عديس يسأل:

- وماذا عنك يا ابن أبي حذيفة؟

- سأبقى هنا في الفسطاط مع من تبقى من رجالنا، أضع سيفي على كرسي عبد الله بن أبي سرح، فوالله لن يرجع لها أبدًا.

صمت الجمع، وعاد ابن أبي حذيفة بعد وقت فقال:

- لو لم يكن خروجكم ناجحًا، ولو لم يستجب عثمان لكم، ولو لم تتمكنوا من إقالته، فمصر لنا، شاء عثمان أو أبى.

- وماذا ستفعل مع ابن حديج؟

سأل كنانة.

ثم أضافت حناجر أخرى:

- ومسلمة؟

- وبسر؟

- وعلقمة؟

- وشرطة هانئ؟

- في الليلة التالية لالتئام جمعكم في العريش وخروجكم إلى طريق المدينة لن يكون واحد منهم في منزله، سأسجنهم ليلًا جميعًا!

كانت هذه إجابة محمد بن أبي حذيفة.

٥٥

تشم حُبى رائحة في المدينة، ليست تلك التي عرفتها منها طيلة السنوات الطويلة التي مدت في عمر توق وشوق حُبى، وأبقت جسدها فائرًا طالبًا عصيًّا على الرضا. هذا الأنف الذي اختبر رائحة التراب والغبار وقيظ الحر ورذاذ البرد وتوابل القوافل وروث الإبل وقوارير العطور ودخان البخور ولهف الشبق وزفرات الانتشاء، شمت به رائحة كراهية تمشي في أزقة المدينة وتنسل إلى نوافذ دورها وبسط سقائفها. كانت حُبى وحدها في المنزل لا ترهق نفسها بأعمال الخدم، بل تجهز نفسها لزوجها الفارس الشاب. ربما لم تره فارسًا يحارب ويقاتل، بل هو في كنف فخذيها وعلى وسادة صدرها يقفز، أو في شوارع المدينة وبيوتها يحيك ثياب النقمة من عثمان وعليه، ما باله يسلم أذنيه للفتنة ويمشي وراء غضبة أصحاب عثمان على خليفتهم. صاحت فيه يومًا بعدما عادت من زيارة نائلة زوجة الخليفة:

ـ أصحاب عثمان غضبى من أقارب عثمان، ولا أنت من أصحابه ولا كنت من أقاربه. فما دخلنا ونحن نعيش رغد البال وراحة المال؟

عبيد الليثي معشوقها الأخير، تخشى عليه، فلا وقت لديها لتعشق

غيره، لن يجود الزمان عليها بعمر تعتمر فيه بطواف الشوق لملاحة رجل. تشفق عليه من الانجرار وراء الرائحة الغريبة. هي التي عاشت تبدل المدينة وتوسعها وسعتها، لم تشم في ريح هذا البلد الهادئ الطيب لا أجد ولا أغرب مما يشمه أنفها الآن. في كل الحروب التي فتحت على المسلمين أراضين مضمومة وأموالًا مجموعة وغنائم من قطوف وصنوف وركائب وزكائب، دفعت هذه المدينة لتكون مرتع خير العرب، حيث ظلت لا ترى شر الحرب بل ترى خيرها، لا تستقبل جثامين الشهداء بل جوائز الانتصار. فها هن الجواري يقدمن على البيوتات سبايا انكسار الفرس والروم والقبط، فتدخل الحمراوات والشقراوات والخمريات والنحاسيات والسمراوات والحلبيات والصفراوات فرشات الرجال تتقلبن ويقلبن، السامقات والنحيفات والممتلئات والمكتنزات والملفوفات والبضات والناعمات يأسرن قلوب الرجال ويجذبن عقولهم وينصبن أيرهم. فكيف تنشب هذه الكراهية في دروب المدينة المحمولة فوق أجساد الجواري مشبعة وراضية. هي حُبى التي تستطيع أن تحكم، وتقدر أن تُنبئ بأن جواري الفتوحات زهزهن أرواح الرجال في المدينة شبابًا وكهولًا، فليس هناك بيت في المدينة إلا واستضاف ما أضاف للسرير حسنًا وتحسنًا، شبعًا ونهمًا، بل توالدت في السنين الماضية في غرف المدينة ولدان جمعوا بين نطاف العرب وأرحام العلوجات، فصارت ألوان الجلود تتغير وسواد العيون يتحول زرقة وخضارًا وعسلًا. هي حُبى التي تستطيع أن تحكي، وتقدر أن تخبر وهي التي تدخل كل البيوت وتعطي دروسها لكل البنات وتنصح كل النساء وتشرب من خبرات الحمراوات والنحاسيات، وتعلمهن كيف ينمن تحت العربي، وتتعلم منهن كيف تبعث في خشونة العربي رقة وتلف إيلاج البداوة الغليظ حنانًا وتدليلًا. ثم ها هو صوت طويس المطرب

مذيب القلوب ومدور العقول يخرج من ركن الدار إلى أسطح البيوت، لم يعد صوته مخنوقًا في حنجرته بل صار سلوى ومسرى لأهل كثر في المدينة. رحبوا برحابة يثرب بهذا المخنث المولود في بيت أم الخليفة عثمان، الُمربى عبدًا بينهم موضع التهكم والهذر والتراخي السمح عن كحل عينيه ونعومة جلده ومرادة وجهه وتثنيات عوده وتشببه المقموع. كانت حُبى تظن أن صوت طويس يهدئ الروع، ويكمل نعم الله على أهل هذه المدينة التي غمرها عثمان بالدعة والغنى.

منعها عبيد من لقاء طويس في أول زواجهما، لكنه بالوقت عرف أن طويس المخنث ليس خطرًا على زوجته المعلمة الخبيرة بفتوة الرجال. لم تكن لتحب إلا أن تسمع طويس وهو يغني، آه من حنجرة جمعت أطراف المدينة حول حبالها، رأته يكبر في السن وفي الشهرة، وينتقل من بيت لبيت ومن ساحة إلى باحة، يرفع حنجرته بالشعر المغنى المصفى الرائق الذي يضرب بأصابعه الطويلة الرفيعة قارعًا على الدف، فتدمع النساء فرحًا وهن يسمعنه في صحن دورهن بلا حاجز ولا حاجب، فلا خوف من طويس الرجل فاتنًا أو مفتونًا، بل الحذر من طويس سالبًا القلب بالصوت الشجي. كانت حُبى تحب أن يصحبها في تزيين النساء في أعراسهن أو في صحن دارها حيث يطرب الأفئدة. كان عبيد يكره أن يراه مخضبًا كفيه حتى مرفقيه وصابغًا وجهه، فيطلب منها أن يرحل عن داره. لكن في يوم دخل فرآه مودعًا جمعًا من نساء حول زوجته، فبادله عبيد السلام ودعاه للمكوث للطعام، فاستغرب طويس لكنه أومأ شاكرًا ووضع دفه تحت إبطه ومضى، فسألته حُبى مستعجبة وقد غادرت النساء الدار بعدما أمرتهن نظرات حُبى، فهي تسكب شهوتها في عينيها بمجرد أن تهفو لعبيد وفتوته:

ـ ماذا أمرك وطويس اليوم يا فارسي وأسدي؟

لا يمل عبيد من زوجته المدلهة، فهو يشعر أنه يشبع كل نسائها معها، فمن فخره بين فحول المدينة أن يكون الرجل الذي أرضى سيدة الشبق. رد:

ـ قابلته ليل أمس عند الوليد بن عثمان.

ـ ابن الخليفة.

ـ لماذا لم أره في بيت أبيه ولا أسمع عنهما معًا منذ مدة.

ـ نعم، هو بعيد.

صمت برهة محلقًا، فابتسمت حُبى منتظرة فواصل عبيد:

ـ بدا الوليد بن عثمان مغمورًا بالإعجاب بصوت طويس وغنائه، فلما أنكرت عليه رقته وقلت له أيكون ابن الخليفة بين رقاق المدينة ومحتفيًا بالصابغين المخنثين؟ فالتفت ابن عثمان لطويس: قد زعموا أنك كافر. فقال طويس: جعلت فداءك! والله إني لأشهد أن لا إله إلا الله وأن محمدًا رسول الله، وأصلي الخمس، وأصوم شهر رمضان، وأحج البيت.

قالت حُبى:

ـ وكأنك لا تعرف طويسًا.

غاب عبيد ولما عاد عرفت حُبى أن رائحة المدينة المستجدة قد تلبست زوجها، كان نافرًا غاضبًا حانقًا، حاولت أن تضمه لصدرها، أن تداعب وجهه، أن تلاعب صدره، أن تعري رداءه، أن تفحش القول في مسمعه، لكن كل حيلها استغلقت مع حمرة غيظه:

ـ ما بالك يا حبيب حُبى؟

رد:

ـ هو نعثل.

انتفضت حُبى وقد ألقت رغبتها تحت قدميها:

ـ ألم أقل إنني أكره أن تنادي الخليفة بهذا الاسم يا عبيد؟

ـ وما لك تدافعين عنه؟ أتخافين غضب نائلة؟

ـ بل أخاف غضب الله.

ـ وهل تزعمين أنني لا أخافه؟

كانت نظراته شواظًا من نار ألهبت وجهها حمرة خوفًا من تقلب مزاجه عليها، فتراجعت بترقيق صوتها:

ـ حاشا لله يا حبيبي.

استمر في ناريته:

ـ بل عثمان هو من لا يخشى الله، فقد جاءه أمراء أمصاره في اجتماع يخططون فيه شرًّا بمعارضيه وخصومه.

خافت حُبى:

ـ وما علاقتك أنت بمعارضيه وخصومه؟

قام منتفضًا:

ـ وما أنتِ أصلًا وهذا الشأن؟ فلا حاجة بك إلا في النخر والشخر والمهبل والإست.

* * *

حين خرجت من صحن دارها إلى الخارج حيث السقيفة كان الجو حارًّا والقيظ ثقيلًا والريح ساخنة، لكنها وجدت أمامها طويسًا جالسًا على درج سلمها على غير موعد وبغير استئذان، نظر لها لامسًا بنظراته غلاف قلبها:

ـ ما لك يا حُبى؟

لم ترد ولم يكرر السؤال، بل دق على دفه وبدأ يغني، صوته السحري لفها بنسيم طراوة ورفع عن ظهرها قسوة عبيد الفظة. زاد صوت طويس

ترققًا وتنغمًا وبدا يغني لها وحدها مانحًا لها ما لم يمنحه لغيرها بعد أن علت شهرته وذاع صيته، فكأنما يهديها هدية رفقها به كل هذه السنين. دمعت عيناها وهي تراه منسدل الجفون مندمجًا في الغناء وهمست لنفسها:

- هل يبدد غناء طويس تلك الرائحة التي تغزو المدينة؟

كان عبيد قد خرج من الدار وبعدت خطواته، يمضي وسط الحر لا يعيرها ولا طويس وغناءه اهتمامًا.

٥٦

ـ ما كان يمكن لهذا أن يستمر!

قلب نائلة المأخوذ بما حدث لم يترك لسخونة جبهة مريم أن تسحبها نحو تجاهل ألسنة الناس. ضمت ابنتها لصدرها فشعرت حرارتها السخينة على صدرها، نادت على جاريتها ومضت معها تحمل طفلتها خارج الغرفة. ومرت على هذه الوجوه التي تتجمع داخلة على الخليفة قاعة قصره الفسيحة. ها هم قد جاءوا جميعًا، يشرف مروان كالعادة على استقبالهم ومجالستهم وتقديم الفاكهة والعسل واللبن، ويوزع حراسهم في باحة الدار وسقيفتها ثم على أسوار القصر وعند بابه الخشبي الكبير. تعبرهم نائلة القلقة على الابنة وقد اقترحت عليها الجارية أن تذهب بها وحدها أو تستدعي الأنصارية الداوية بأعشابها لعلاج مريم. لكن نائلة قطعت اقتراحاتها بسكين الأمر باصطحابها إلى بئر رومة، سنحمم مريم التي احمر وجهها وذبلت جفونها بالماء البارد حتى تهبط سخونتها ثم لنر أعشاب الأنصارية ماذا تفعل. كانت تريد أن تخرج من الدار ساعة هذا الاجتماع. ما عادت تطيق أن يسوق مروان عواطف زوجها ضد الناس. تعرف زوجها الحنون الطيب، وتعرف خليفتها الرفيق الشفيق رغم سورة

غضب أو فورة حنق. لكنه لم يكن أبدًا ولن يكون هذا الذي يستحق ما فعله ابن الساعدي فيه. استغل مروان هذا الحدث لإقناعه باستدعاء أمراء الأنصار، طلبت من عثمان أن يدعو ابن الساعدي وقرابته من الأنصار فيواجههم ويثنيهم عن غضبتهم ويحتوي تجرؤهم عليه بحلمه، لكن الإهانة لوثت عقل مروان فحفز الخليفة على إظهار الحزم وتخويف القوم. هي تعرف عثمان فقد امتلكه الحزن وأخذه الأسى حتى بات ليلته مكدودًا. ناداها وهو يقرأ في مصحفه فأجلسها بجواره، لم يقل لها شيئًا عما حدث فقد عرف أنها عرفت، لكنه سأل عن مريم فأخبرته مرضها، فأطرق أسفًا، كأنه لم يرد أن يزيد قلقها أرقًا، فابتسم وأخذ يحكي لها عن أول يوم جاء يثرب فترك رقية وذهب إلى السوق، حيث كان أصغر مما هو عليه الآن ولم تكن قد زادت بضائعه ولا اتسعت مساحته ولا كثرت تجارته، وجد عبد الرحمن بن عوف قد سبقه فباع واشترى ومضى، وجاءه طلحة فشاركه في تثمين بضاعة وتسويق تجارة.

إنه السوق إذن ما بقي في باله من واقعة ابن الساعدي الأنصاري ذلك النهار.

كان مروان قد ألح على الخليفة ألا يخرج وحده ماشيًا بين الناس في المدينة، لا بد وأن يحيطه جند مروان ورجاله، لكن عثمان الذي لم يرَ أبا بكر وعمر يفعلانها لن يفعلها أبدًا، هو هذا المهاجر المؤمن الآمن الذي يمشي في مدينة الرسول منذ خمسة وعشرين عامًا وحده أو مع صحبه، لا بين حرس يحجزون عليه أو حجاب يمنعونه الناس. هل ندم عثمان على عدم أخذه برأي مروان حين خرج وحده إلا من عصاه هذا النهار، أم سأل نفسه لماذا جرى ما جرى؟ لماذا فعلها ابن الساعدي؟ هل تغير هو أم تغيرت المدينة؟

كان ابن الساعدي يجلس في سقيفة بيته مع جماعة من جيرانه يتناقشون

أو يتسامرون أو أيًا ما كانوا يفعلون. يلمح ابن الساعدي عثمان قادمًا من ناصية الشارع مارًّا ببيته، فإذا به يدع ما فيه ويقفز من أمام باب داره ويندفع هائجًا كناقة أفلتت من مربطها وهو يصرخ:

ـ يا نعثل.

لم يلتفت عثمان، بل ظل في مشيته الوئيدة المستأمنة المتأملة، لعل هذا الاطمئنان الواثق هو ما تشظت له أعصاب ابن الساعدي، أن عثمان لا يلوي على شيء ولا يحس قلقًا من شيء ولا يأبه من شيء، كأنما لم يفعل ما فعل، وكأنه لا يحتاج حرسًا ولا جندًا ولا عضدًا ولا صحبة ولا ثلة ولا حتى غلمانًا يؤمنونه أو يؤنسونه، كأنما عدل فأمن فمشى وحده، بل وئيدًا متمهلًا يتوكأ على عصا النبي، يسير بها حيثما ذهب ويتساند عليها متى وقف.

وصل ابن الساعدي بهرولته المنفعلة حتى ظهر عثمان فأمسك كتفه فأوقف مشيته، بوغت عثمان بابن الساعدي يصرخ في وجهه متخشب الملامح متحشرج الصوت يدمدم بغليان حروفه:

ـ يا نعثل، والله لأقتلنك ولأحملنك على جمل أجرب ولأخرجنك إلى حرة النار.

رد عثمان بنظرة تكظم غيظه ودهشته وغضبه وذهوله، ثم صمتت نظرته عن قول أي شيء، امتلكه هدوء حماه بردًا وسلامًا عن تلك النار الغضوبة التي تتميز في وجه ابن الساعدي وتلك الوجوه التي تحلقت حولهما فملأت الشارع وسدته ترقب وتراقب وتتمتع ولا تمنع ولا تدفع ولا تدافع. لم يفعل عثمان شيئًا، لا تكلم ولا تحرك، فتحرك وتكلم ابن الساعدي مأخوذًا بصمت الخليفة وبلهفة المحلقين الذين أحاطوا بهما، المحدقون إليهما يقلع الفضول حبات عيونهم:

- والله لأغرسها في عنقك إن لم تترك بطانتك هذه، أطعمت الحارث بن الحكم قريبك وابن عمومتك السوق، وجعلته أميرًا عليها بحرس وشرطة، فيشتري لنفسه ويبيع ويسوم الناس العسف ويجبي منهم ظلمًا ويساومهم على مقاعدهم في السوق ويربح من مال الناس ويثرى، وسألناك طرده فأبيت، وقلنا لك إنه غير أمين ولا مؤتمن فأبقيته، والله لا أتركك أبدًا.

سمع ابن الساعدي حنجرة تلومه، وقد تأثر صاحبها بحال الخليفة بلا موكب ولا علو ولا عتو، بل صموت إلا من أنفاس الشيخ الهرم المرتفعة ترتاح من المشية بالوقفة:

- دع الخليفة ينصرف يا رجل، فما هكذا نقول لصاحب رسول الله.

رد ابن الساعدي غليظًا:

- ونحن أصحاب رسول الله وأنصاره، ووالله لا ألقى الله غدًا فأقول إنا أطعنا سادتنا وكبراءنا فأضلونا السبيل.

لم يعقب عثمان، بل حينها التفت وأعطى ابن الساعدي والناس ظهره ومشى متوكئًا على عصاه، مبتعدًا لم يجرؤ أحد منهم أن يمنعه أو يتبعه، مضى إلى سبيله وحيدًا كما جاء، تركهم على غضب الغاضب وحياد المحايد وفوران الفائر وجدل المتجادلين.

* * *

كانت الجلسة قد اكتملت والحضور بين متكئ ومتحفز ومقرفص ومتربع على الأرائك والمساند الشامية واليمنية، وقد وزع مروان صحاف الثريد بينهم، لكن أحدًا لم يمد لها يدًا، ولم يضمم حول لحم أصابع. أصحاب شرطتهم يتجولون في الخارج، لكن بعضهم يتلصصون بالرؤوس من نافذة مطلة على الباحة. معاوية مكتنز ومهندم ومنزوٍ في

ركن كأن الأمر لا يعنيه. عبد الله بن عامر يقترب في كل لحظة خطوة من الخليفة كأنه يريد الالتصاق به. عمرو بن العاص الذي جاء على رغم مروان الرافض لدعوة عثمان له لا يرفع عينيه عن المسافة الفاصلة بين عيون عثمان ومعاوية. عبد الله بن أبي سرح قلق ومقلق في الجلسة والحركة والجملة. سعيد بن العاص تنطق عيناه بتوتر لا تقوله جلسته الثابتة. أما الوليد بن عقبة فتتعلق ابتسامة على شفتيه يبدو مخمورًا باللامبالاة.

قال عثمان:

ـ وهل يفعل الحارث بن الحكم في السوق ما يقوله الناس في المدينة؟

كان السؤال لهم جميعًا، لكن مروان تصدى للإجابة وهو الواقف الوحيد على أظافر أصابعه:

ـ ليس الناس من تقول يا خليفة المسلمين، بل ابن الساعدي الأحمق، فهل نسميه ناسًا الآن وهو وحده؟

ضرب عثمان بيده طرف عباءته وحرك عصاه فوق الأرض:

ـ هذا عمن يقول يا مروان ولكن ماذا عن صحة ما قال؟

تدخل معاوية زاجرًا بنظراته مروان الذي هم بأن ينفعل:

ـ إن بيت المال، كما عرفت منك يا خليفة المسلمين، يعمر كل ليلة بمكوس السوق والتجار يزيدون والبضائع تترى، وهذا نتاج الحارث وعمله.

دق عثمان بعصاه الأرض مغاضبًا:

ـ إن كان هذا يا معاوية فما هذا الذي يسري في الأمصار من الغضبة والنفرة وسوء الكلام وفتنة الناس؟ ويحكم! ما هذه الشكاية إذن وما هذه الإذاعة؟

ثم أكمل قبل أن تكتمل همهمات تنبئ بالرد من مروان وعامر:

- إني والله لخائف أن تكونوا كما يقول الناس، وإنهم صادقون فيما زعموا وأنا مخدوع فيكم، وما يعصف هذا إلا بي!

رد مروان سريعًا مسارعًا:

- ألم تبعث مبعوثين في الأمصار لتختبر صدقنا وصدق رجالك، فسألوا في مصر والبصرة والشام والكوفة؟ ألم يرجع إليك الخبر عن القوم من خلصائك؟ ألم يرجعوا ولم يشافههم أحد بشيء من حجة أو دليل؟ لا والله ما صدق هؤلاء المفتنون ولا أنصف هؤلاء المتخرصون، ولا نعلم لهذا الأمر أصلًا، وما كنت لتأخذ بمزاعمهم أحدًا، وما هي إلا إذاعة شر وفتنة وضلال لا يحل الأخذ بها ولا الانتهاء إليها.

ارتاح عثمان من حسم ما قيل ومن تلك الرؤوس التي أومأت بالتأمين على ما قال. صحيح أن عمرو بن العاص بدا كدرًا ولم يظهر رضًا ولا إقرارًا، لكنه ابن العاص الوحيد الذي نحاه من ولايته وهو لا يطيق وجود ابن أبي سرح، ولا يظن أحد أنه سيوافق على ما يوافق عليه ابن أبي سرح أبدًا ولو شروق الشمس وغروبها.

قال عثمان متنهدًا كأنما غلبته الحيرة بين ما يصل له من الناس وما يسمع من ناسه:

- أشيروا عليَّ.

قالها صادق اللهجة المتعبة.

استجاب سعيد بن العاص وهو يمر بنظراته على رفقائه:

- هذا أمر مصنوع يصنع في السر بين قوم نعلمهم، منهم الحاسد ومنهم الناقم الحاقد ومنهم الطامع النهم ومنهم الغرير المغرور، ويستخدمون

ألسنة أصحابك وصمت أصحابك وغيرة أصحابك، فيلقون بكلامهم في أسماع الغفل والجهال والعوام الذين ينقلونه في البيوت والدور والمساجد والمجالس، فأصبح الهمس وشيشًا والتناجي ضجيجًا.

كأنما وافقه عثمان فسأل:

ـ فما دواء ذلك؟

قال سعيد وهو يصب نظراته في عيني مروان:

ـ أمر سهل يسير، استدعِ هؤلاء القوم واحبسهم، ثم اقتل الذين يخرج هذا العصيان من عندهم يحيكونه ويحكونه.

انتفض عثمان وهو يلوح بعصاه في وجوههم صائحًا صارخًا:

ـ ما هذا الذي تنطق به؟ أهذه نصيحتك، أن أقتل الناس؟ أهذا دواؤك أن أقتل المسلمين؟

تمتم سعيد مدافعًا عن نفسه:

ـ بل تقتل العصاة قاسمي الأمة فاتني الناس.

تدخل عبد الله بن أبي سرح وهو يشير لسعيد أن يهدأ:

ـ دعك من القتل والدم، وعليك بالمال يا خليفة المسلمين، ستأخذ من الناس الرضا والقبول والطاعة وترك الفتن إذا أعطيتهم وأغدقت عليهم، فالود بالدنانير والراحة بالدراهم.

هب فيه مروان بن الحكم:

ـ وإذا كان الأمر أمر صرر يا ابن أبي سرح، فلماذا لم تشترِ الثلاثون ألف درهم صخب ابن أبي حذيفة في مصر؟ ولماذا لم تغدق مالك على رأس ابن عديس بدلًا من أن تضرب رأسه وتحلق لحيته؟

شعر عبد الله بن أبي سرح بغدر مروان وببصاصيه المصريين، فتمتم وقد دفنوا نصيحته في رحمها، فأجاب ناقمًا:

ـ لأنه غاضب من عطية الثلاثمائة ألف التي منحك إياها الخليفة وما اقتطعك إياه من مغنم لم يكن لك يا مروان.

طقت نظرات مروان شررًا ورفع صوتًا متهكمًا حانقًا:

ـ أم هي ثلاثمائة ألفك أنت مكافأة ذات الصواري؟

أكمل وهو يضغط على حروفه كأنما يلجم فرسًا عن الانفلات:

ـ أوَتذيع تخرصات ابن أبي حذيفة وابن أبي بكر؟

ـ بل أقول ما نسمع وتسمع.

حاول ابن عامر أن يخفف من ثقل الاتهامات الطائرة:

ـ أهذا ما استدعانا له الخليفة من بيوت الحكم وأسرة الولاية، نتلاسن أمامه ونتشاكل؟!

أهمل عثمان نقاشهم وأشار لمعاوية:

ـ ماذا ترى يا معاوية؟

رمى معاوية بصوت ساكن الهدوء على المكان، وكأنما يغرس سن خنجر في خصور الجالسين:

ـ الرأي أن تأمر أمراء أجنادك فيكفيك كل رجل منهم ما يحكم، وقد وليتني الشام فحكمت قومًا بما لا يأتيك عنهم إلا الخير، والرجلان سعيد وابن أبي سرح أعلم بما يحكمان فيفعلان.

مروان كأنما ليضع على الجرح ملحه الخاص:

ـ لا مشكلة إذن، والأمر كله ضعف سعيد وفشل ابن أبي سرح.

زام الرجلان ومعهما ابن عامر تضامنًا، لكن معاوية تدخل محذرًا مروان من خطئه الأخير:

ـ لا شأن لي بسعد أو سعيد، إنما قلت عن شامي وشهبائي وهي نعم المصر ونعم الرعية ونعيم الخليفة.

التفت عثمان لكل واحد منهم، فاستقر بنظراته على ملامح معاوية، وردد بتؤدة وتمهل كلماته كأنما يدمغهم بالحجة مرة أخرى:

- إن لكل امرئ وزراء ونصحاء، وإنكم وزرائي ونصحائي وأهل ثقتي، وقد صنع الناس ما قد رأيتم، وطلبوا إليَّ أن أعزل عمالي، وهذا إذن رأيكم ومشورتكم.

نطق عبد الله بن عامر وقد صمت الآخرون:

- رأيي لك أن تأمرهم بجهاد يشغلهم عنك، وأن تجمرهم في المغازي، فلا يكون همة أحدهم إلا نفسه.

أطرق عثمان ثم رفع ذقنه ناحية عمرو بن العاص:

- حسنًا، هذا رأي ابن عامر الجهاد للإشغال، وابن أبي سرح المال للإغراء، وسعيد القتل للإنهاء، ومعاوية لتصرف كل أمير في إمارته، فما ترى يا عمرو؟

قال عمرو بن العاص وهو ينقر بأصابعه على مقعده وقد عاد بظهره ورفع رأسه:

- أرى أنك قد لنت لولاتك وأمرائك وتراخيت عنهم وزدتهم غنى في المال وراحة من السؤال وترك الحبل على الغارب، وتوسعت فيما ضيقه عمر، وصنعت لهم على غير ما كان يصنع عمر. فأرى أن تلزم طريقة صاحبك فتشتد في موضع الشدة وتلين في موضع اللين وقد فرشتهما جميعًا باللين.

مقارنة عمرو عثمان بعمر بن الخطاب أشعلت غضب مروان حتى افترس عمرو بن العاص بنظراته وزام ودمدم، لكن عثمان كتم ثائرة مروان حين رد بصوت متعجب ونبرة متأسية ولهجة غضوبة:

- يا ابن النابغة ما أسرع ما قمل جربان جبتك، إنما هو عهدك

دائمًا، إذا وليتك كنت الخليفة العادل، وإن نحيتك فأنا اللين مع أمرائي، إنما يبلغني ما تطعن عليَّ وتأتيني هنا بوجه الناصح المصارح وتذهب عني بآخر. والله لولا أكلة مصر التي لفظتها ما فعلت ذلك.

تراجع عمرو بن العاص بتقدم بجسده على حافة مقعده وغلف كلماته بوداعة:

ـ إن كثيرًا مما يقول الناس وينقلون إلى ولاتهم باطل، فاتق الله يا أمير المؤمنين في رعيتك.

ضاق عثمان بمداورة ابن العاص ومداراته فقال حادًّا:

ـ والله لقد استعملتك رغم تجاوز حدك وعلى ظلعك حيث عرج حكمك بين الظلم والعدل وكثرة القالة فيك.

لم يكن لدى ابن العاص إلا التحدي فتحدى:

ـ قد كنت عاملًا لعمر بن الخطاب ففارقني وهو عني راضٍ.

فقال عثمان مرتاحًا للمقارنة ومستعدًّا لها تمامًا ومبتسمًا، كأنما وقع ابن العاص في شرك نفسه:

ـ نعم، هذا حق، وأنا والله لو آخذتك بما آخذك به عمر لاستقمت، ولكني لنت عليك فاجترأت عليَّ، أما والله لأنا أعز منك نفرًا في الجاهلية وقبل أن ألي هذا السلطان.

كان صهد الغضب قد صهر المكان والكلام.

رد عمرو:

ـ دع عنك هذا فالحمد لله الذي أكرمنا بمحمد صلى الله عليه وسلم وهدانا به، قد رأيت العاص بن وائل ورأيت أباك عفان، فوالله للعاص كان أشرف من أبيك.

أوقف عثمان كلمات ابن العاص بكفه التي رفعها وثبتها في الهواء الفاصل بينه وبين الجمع وقد ران السكوت، ثم همس متوجعًا وحزينًا:

ـ ما لنا ولذكر الجاهلية؟!

فك غضب مروان حديد قفصه، وصاح ووجهه شطر عمرو بن العاص يشطره قسوة:

ـ يا أمير المؤمنين وقد بلغت مبلغًا يذكر عمرو بن العاص أباك.

نهره عثمان وأوقف غضبه عند حده:

ـ دع هذا عنك، فمن ذكر آباء الرجال ذكروا أباه.

ثم قام من مقعده ومتوكئًا على عصاه فنهض الجمع تباعًا:

ـ لنحمد الله ونشكره ونستغفره، كل ما أشرتم به عليَّ قد سمعته، ولكل أمر باب يؤتى منه، إن هذا الخطر على هذه الأمة كائن، وإن بابه مفتوح، فإن سددناه وأقفلناه فرفق ورحمة من الله وفوز، ووالله لئن فتحتم باب الفتنة فليس لأحد منكم ولا منهم حجة حق عليَّ وقد علم الله أني لم أمنع الناس خيرًا.

ثم تحرك ناحية باب الخروج مستندًا على عصاه واضعًا كفه على خادمه وقد أسرع لمصاحبته، ثم وقف عثمان عند وصيد الباب والتفت لهم ورفع صوته نحوهم:

ـ ووالله إن رحى الفتنة لدائرة، فطوبى لعثمان إن مات ولم يحركها.

٥٧

ـ أخيرًا تنازلت نائلة وتسألني رأيي؟

قالها مروان وهو لا يخفي سعادة حروفه إذ ينطقها بجزالة.

أرسلت نائلة إليه خادم عثمان كي يلتقي بها في باحة الدار أمام غرفة الخليفة فجاء مهرولًا مستغربًا، وقد غادر قاعة بيت المال حيث البناء البعيد القصير المشيد في ساحة القصر، حيث يرتب الأموال التي أحضرها الولاة المستدعون، كانت شحيحة وحين أزعجه عدها رد ابن أبي سرح بأن الاجتماع لم يكن في موعد جباية وأن العجلة أعاقت القدرة على التحصيل، بينما لم يعتن معاوية بالرد وكأنه لم يسمع لوم مروان وليس له أن يسمعه. فلما جاءه غلام عثمان يخبره بأن زوجة الخليفة تطلبه، ترك ما فيه ومن فيه، فالقلق يفور داخله هذه الأيام والشك ينهب أعصابه، فالخليفة الذي يفاجئه بالمشي وحيدًا وبالصدر ضيقًا وبالسماع إلى مشورات غيره بل وطلب المشورة من أعدائه ليس بعيدًا أن يقرر شيئًا من خلف ظهره أو يسمع لزوجته المحبوبة حين تقرر أنها سائسة تسوس المسوس. وجدها مستنفرة وقد داهمته بالسؤال:

ـ هل هذا ما أغنيتم به الخليفة يا مروان، اجتمع ولاة أمصاره من بقاع

الأرض وجاءوه حتى وصيد بابه، فإذا بهم ينصرفون دون أن نعرف لهم موقفًا ولا يبتون قرارًا أمام ما يحيق بخليفتهم؟

رد عليها بتعليقه المندهش:

ـ أخيرًا تنازلت نائلة وتسألني رأيي؟

أشاحت بنظرها وقالت:

ـ لا أسألك رأيك يا مروان، فمنذ متى أرى صوابًا لرأيك حتى أطلبه، بل أقول رأيي لكم وقل هذا لمعاوية!

تراجع مروان عندما سمع سهمها موجهًا ضد معاوية وأكمل صمته فقالت:

ـ ألم ينبئك رجالك بالحادي الذي غنى بالأمس لما رأى معاوية، أن الأمير بعد عثمان عليٌّ.. وفي الزبير خلف رضي.. فصاح به حادٍ آخر: كذبت فصاحب الشهباء بعده؟

انتفض مروان:

ـ من هذا الحادي؟! أهو طويس؟

ـ لا يا مروان، بل طويس من أخبر حُبى التي أخبرتني، فها هم المغنون في المدينة يطربون الناس بنبوءات الخلافة بعد خليفتكم.

ـ سأجلدهم جميعًا.

ـ لا تجلد أحدًا منهم، فسوف تتحول جلداتك غناء وحداء في المدينة وصحرائها، بل واجه معاوية الذي نادى الحادي المغني فسأله عن الذي غناه، فقال الحادي نعم أنت الأمير بعده فلا رده ولا غاضبه، وأظنها وقعت في نفسه.

انصرف مستأذنًا مكلومًا بالمفاجأتين: أن شيئًا حدث دون أن يعرف، وأن معاوية أبدى ما هو يخفيه كما يوقن مروان.

سمعها توقفه وتقول:

ـ تخوفونه من الناس ووالله إنكم لخاذلوه.

وقف متشنجًا وعاد برأسه ثم كتم غيظه ورجع خارجًا وهو يتمتم في صدره: كفي عنا يا بنت الفرافصة ولا تشغلي نفسك بغير فراش الخليفة.

* * *

حين عاد مروان وجد طلحة قادمًا من باب الدار، وقد أفسح له الحرس طريقه نحو الخليفة. يعرف مروان أن جلود طلحة والزبير وعمار الملتهبة قد رطبتها أخبار انفضاض الاجتماع على اللا شيء. إنه فعل عمرو بن العاص بما بخه في الجامع وفي جوامع الناس عن خشونته مع الخليفة وعن ملاسنته الحادة. وقد رواها ابن العاص مدهونة بدهائه حتى يبدو بطلًا ويصغر مقام خليفتهم في عيونهم، وقد سمح بما قيل وضعف عن رد الصاع في وجوه الجميع، ثم إن عمرو بن العاص يردد ما قاله عبد الله بن أبي سرح وبطلان قوله في عين الخليفة، وما ردده ابن عامر وتهافت رأيه عند الخليفة ولامبالاة معاوية ولامبالاة الخليفة بلامبالاة معاوية. إنه سوس ابن العاص يأكل منسأة عثمان؛ ووراءه مطامع طلحة، ونقمة الزبير، وترفع علي، وغليان عمار، ومغاضبة عائشة، وفتنة العامة وتطاول الحفاظ، وإحساس الأنصار بالغبن، وتحاسد الرفقاء على مصارف المال. كلها نواهش تجعل من هذه الدار هدفًا إن لم يحمها مروان، لا معاوية يريد ولا الآخرون يقدرون. ليس كما تظن نائلة أن معاوية يطمح لمسجد الرسول منبرًا فليس هو رجل المنابر ولا صارت المدينة له مقصدًا أبدًا ولا أحبها يومًا ولا ظنها دار حكم ولا مقام إقامة، هو يسبر غور معاوية، إنه يهنأ بشامه ولا يساوم عليها أبدًا، مثل ابن العاص الذي باتت مصر وشمًا على صدره، مجروحًا مقروحًا من عثمان منذ أبعده عنها، هي عنقود العنب الذي لا يطوله الرجل ويمكن أن يحطم الكرمة كلها ليناله.

أشار مروان لمعاوية المتأهب لتوديع مستعجل لقوم ما يطيق دوامًا معهم. تابع معاوية نظرات مروان التي تصاحب الهواء المتابع لطلحة. كان معاوية بزيه الحربي متمنطقًا سيفه ولابسًا درعه، أهي الفخامة أم هو التباهي أم هو إرجاف المرتجفين؟ انتحى به جانبًا وهما يهمان بملاحقة طلحة. همس مروان:

ـ ليس في المدينة أحد إلا وعرف أن الخليفة لم يقر قرارًا، فصار من معه تائهًا ومن عليه ثابتًا يا معاوية.

ـ أنت تعرف خليفتك، فهو الذي يأبى تأديب هذه الحفنة وأمركم ألا تزهقوا دمًا على بساطه.

ضحك مروان رغمًا عما هو فيه، ثم قال وقد أوشكا على الوصول إلى عتبة الخليفة:

ـ ومنذ متى نسمع ونطيع هذا الشيخ يا أخي؟

عندما ولجا غرفة الخليفة، فوجئا بأن وصول طلحة كان متأخرًا عن زملائه المنتظرين المحيطين بالخليفة، كان علي والزبير وسعد قد جلسوا وعصا عثمان مسترخية مستندة على حجره مطرقًا برأسه في الأرض يسمع كلامًا من الزبير، لم يتبين معاوية من الكلام إلا ثقله على مسامعه، فشخص فيهم وقاطع حبل كلامهم:

ـ الحمد لله أنكم هنا قبل أن نودع خليفتنا لنسمعكم ونشهد عليكم، فأنتم أصحاب رسول الله صلى الله عليه وسلم وخيرته في الأرض وولاة أمر هذه الأمة، ولا يطمع في مقعد هذا الرجل ولا في قميص هذا الخليفة أحد غيركم، فأنتم أصحابه ونظراؤه ومنافسوه في حزمة عينها ابن الخطاب، وقد اخترتم صاحبكم عن غير غلبة ولا طمع وقد كبرت سنه وولى عمره ولو انتظرتم به الهرم كان قريبًا.

لمح مروان تقطيبة عثمان التي ظهرت تعتب أو تغضب عند منحنى الحديث عن سنه. لم يهتم معاوية بعثمان ورد فعله، بل كان موجهًا نصاله لهم، كما أنه لم يكن مهتمًّا بغضب عثمان إن غضب فهو يجيد تهدئته دومًا. أكمل معاوية وسط صمت المستمعين وإطراقة علي، كأنه لا يسمع أحدًا لأن أحدًا لا يتكلم:

ـ وقد فشت مقالة في الأمصار وعند شراذم من عصاة القوم جهلاء إن علموا، أن أصحاب عثمان ينابذونه، وقد خفتها عليكم. فما أنتم الذين تشيعون على صاحبكم بهذه المطاعن، وأنا أعرف أنكم أبرياء منها، وإن هي إلا تقولات وتخرصات من ألسنة حداد لا تريد للمسلمين رضا ربهم وخير أميرهم، وها أنتم سادة القوم وكبراؤهم فلا تطمعوا الناس في أمركم، فوالله لئن طمعوا في ذلك القميص (وأشار على عثمان) لا رأيتم أبدًا إلا فتنة وهزيمة وخرابًا.

انتفض طلحة ناقمًا على لهجة معاوية التي تصاعدت نبراتها من الرقة إلى الحدة ومن الرجاء إلى التهديد:

ـ وما لك وذلك كله لا أم لك؟

رد معاوية بهدوء اللسان والعيون:

ـ دع أمي مكانها، ليست بشر أمهاتكم، قد أسلمت وبايعت النبي صلى الله عليه وسلم، وأجبني فيما أقول لك.

نهض سعد متجهًا ناحية عثمان:

ـ كيف يدخل علينا هذا وهو ممتشق سيفه؟ أيرعب صحابة رسول الله؟

رد معاوية:

ـ بل أرعب أعداء رسول الله، وأعداء خليفة رسول الله.

رد طلحة:

ـ أعداؤه من يبعدونه عن أصحابه ويسلمونه لبني أمية.

- بنو أمية هم من أولاهم صاحبكم عمر وهم من غزوا الدنيا ليرفعوا راية الدين.

سكت الكل، ثم قام علي ملقيًا السلام على عثمان:

- السلام عليك يا أخي.

رد عثمان بينما كل منهم يلم بردته ويجمع عباءته ويقومون للخروج خلف علي:

- وعليك السلام يا ابن عم رسول الله.

رمى معاوية مقولته وراءهم:

- لم أسمع منكم ما تقولون فيما قلت.

التفت معاوية لعثمان وقد وجد مروان لصقه يبادله النظرات:

- إنهم يكسرون عصا طاعتك يا أمير المؤمنين.

احمرت عينا عثمان ونفض يده في وجه مروان:

- دع أصحابي يا مروان، فلم تكن احتلمت يوم كنا نجاهد معًا حول رسول الله.

- لن أنصحك فيهم، بل هذا هو أميرك الأمين معاوية فليقل لك.

كان معاوية قد جلس مضطجعًا على أريكة في مقابلة عثمان وأطرق برأسه قائلًا:

- يا أمير المؤمنين، انطلق معي إلى الشام قبل أن يهجم عليك من لا قبل لك به، فإن أهل الشام على الأمر لم يزالوا.

رد عثمان شاخطًا شاخصًا فيه:

- أنا لا أبيع جوار رسول الله صلى الله عليه وسلم بشيء وإن كان فيه قطع خيط عنقي.

قال معاوية:

- ليس هذا ما علمنا رسول الله، لكنك أدرى بما علمه مني، فالحيطة والحذر والتدبير والخدعة لوازم قوة الأمير.

- إذا كان وجودي هنا خطرًا، فأنا لن أفر من قدر الله.

قال مروان:

- لا يا معاوية، لن يخرج الخليفة من مدينته، فهو ليس الضعيف الواجف، بل ترسل له جندًا وحرسًا.

سارع معاوية فخاطب الخليفة بكلماته المدهونة بالهدوء ونظراته الواثقة الواعدة وميل جسده يؤكد قربًا وقرابة:

- إذن أبعث إليك جندًا منهم، يقيم بين ظهراني أهل المدينة لنائبة إن نابت المدينة.

دق عثمان بعصاه:

- أنا أُضيق على جيران رسول الله الأرزاق بجند تساكنهم!

وقف معاوية ضاجًّا:

- والله يا أمير المؤمنين ليغتالونك أو يغزونك.

رد مروان:

- وهل تتركه هكذا وحده يا معاوية؟

- أنا مأمور بأمر الخليفة يا مروان، ثم ألست رافضًا أن يرحل معي للشام؟

انفعل مروان، لكنه حبس جملته داخله وسمعها هو وحده ترن في أذنيه: أنت تريده في الشام منقطع الصلة عنا جميعًا، ليصبح في كنفك وتصير أنت الخليفة من تحت ردائه يا داهية.

سمعا عثمان يتمتم:

- حسبي الله ونعم الوكيل.

وقف معاوية عند الباب زاعقًا بزهقه وسط دهشة السامع والرائي:

ـ يا أيسار الجزور.. أين أيسار الجزور؟

ساد صمت قطعه صوت رفيع من خلف الباب:

ـ ماذا تعني يا معاوية؟

رد معاوية متوجسًا وقد هدأ سريعًا:

ـ ألا تعرفون لغة قريش؟!

ثم أكمل شارحًا:

ـ أعني أنكم تسوقون خليفتنا للذبح كالرجال الذين يسيرون الإبل للذبح.

خرجت نائلة بوجهها من وراء صوتها:

ـ والله لقد عرفت من هم أيسار الجزور إذن يا معاوية!

ثم مضت واختفت ومضى ورحل.

٥٨

كل هذه السنوات صاحب فيها كل هؤلاء الرجال، ولم يرَ أحدهم يذرف دمعة، ليس فيهم من بكى وليس هو من انتظر من أحدهم بكاء. منذ دخل على عمرو بن العاص خيمته وحتى وقفته الآن في هذا الزقاق الضيق أمام دار صالح القبطي ينتظر جثته، ظل ابن ملجم المرادي يظن أن المسلم لا يبكي وأن المؤمن لا يدمع اللهم إلا في سجدات الصلاة، هو ناشف من بلل الدمع، حتى حين يتضرع لله لا يجد في المآقي شيئًا يعينه على تقوى مقطرة دمعًا. لكنه اليوم مأخوذ كأنما القبضة التي ضمت بين أصابعها روح صالح القبطي مسته أو لامسته. ثم إنهم يمشون الآن في تؤدة ومهل وإطراق وألم وراء ميتهم يرفعونه فوق لوح من خشب ويلفونه بقماش من خيش أوصى صالح أن يكون كفنه. تتأرجح الأكتاف حاملة الرجل الذي شملهم جميعًا برعايته وعنايته وترجم لهم مستغلقات مصر منذ دخلوها. كبر صالح في السن وشاخ في الجسد، وظل السنة الأخيرة بين سرير يفترشه للمرض وبين قطعة من عباءة النبي يرتديها للصلاة، حتى إنه في حرب ذات الصواري أجرى المفاوضات بين فترتي مرض ألم به فأوجع عظمه، لكنه كان يتماسك كأنه هذا الرجل العفي قرين عمرو بن العاص في التخطيط والتدبير والتفاوض والعهود والبنود.

لا ينسى ابن ملجم صدقه ورقته حيث صحبه دون أصحابه ونقل له من سيرة المصطفى وأوامر المقتفى. ورغم ضيق صدره بما كان ينطق به ابن ملجم ويكاد لم يكلمه منذ فعلته التي أطاحت أعصاب صالح يوم رفع الأذان في كنيسة الإسكندرية إلا أنه كان رفيقًا به. رغم اضطراب مشاعر ابن ملجم تجاهه وانقلابات رأيه فيه بين ساعة وأخرى، إلا أنه لا ينسى شهور الغزو الأولى وكيف رافقه مترفقًا. وظل سنواته معه فلا رأى منه خشونة الزبير يوم سبه محتقرًا، ولا تجاهل ابن العاص حتى يكاد لا يراه. يحب ابن عديس في تقريعه وتقريظه ويمشي خلفه ويمسك بيده التي بايعت النبي تحت الشجرة. لكن شيئًا حنونًا لم يحسه ابن ملجم إلا اليوم في صالح القبطي وهو يودعه. وجد نفسه على غير ما يرضاه عقله حزينًا، وبرغم فرحته التي مرحت في صدره حيث اكتملت خطة السفر إلى المدينة ومجابهة عثمان، ودعهم محمد بن أبي بكر وسبقهم حتى يلحق باجتماع ابن أبي سرح وولاة عثمان في المدينة، كان ابن ملجم يريد أن يصحبه لكن ابن عديس أبى وأخبره أنه ليس لديهم إلا أنت يا مرادي وجبلة من قراء القرآن وحافظي المصحف فلتسافرا معنا.

كانت الليلة موعد الوفد الأول للسفر، لكن وفاة صالح القبطي أجلت الرحيل، عندما جاءهم الخبر تركوا اجتماعهم في دار ابن عديس وجروا دون أن يتباحثوا عما يفعلونه في مواعيد السفر وقسمة الوفود وقبلة الخروج.

لقد مات صالح القبطي أحد رجالات غزو مصر وعمود الفسطاط الثابت، الرجل الذي لم يغادر مصر منذ دخلها في جيش ابن العاص، والذي كان موضع ثقة الخصمين اللذين حكماها، وهو نفسه الذي لم يظنه ابن عديس أبدًا مواليًا للأمير عبد الله بن أبي سرح، ولا ظنه ابن أبي سرح

متحالفًا مع ابن عديس والمحمدين ابن أبي بكر وابن أبي حذيفة. حين حرق أمير الفسطاط المصاحف وذهب إليه ابن ملجم ليستنفره رد عليه صالح:

- حسبي ما لديَّ من القرآن في صدري، لا أنت ابن مسعود حتى تغضب، ولا المقداد حتى تنقم يا مرادي.

وحين انقسم الناس للصلاة خلف ابن أبي بكر كارهين ظهر ابن أبي سرح ليركعوا وراء تكبيره، كان صالح يصلي خلف من يؤم. إن دخل فرآه الأمير صلى، وإن رآه ابن أبي بكر صلى، وإن ظل في المسجد بعد صلاة الأمير فحضرته صلاة ابن أبي بكر قام وصلى ثانية خلفه، فنهره المرادي يومًا وكان بعد حادثة أذان الكنيسة وصرخ فيه:

- إنه النفاق يا صالح.

رد وادعًا:

- بل هي الفلاح فكلما نادى المؤذن لحي على الفلاح أحيينا بها يا مرادي.

كان محايدًا، وبينما كره ابن ملجم هذا فيه واعتبره حرصًا على الدنيا وتعكرت عواطفه تجاهه أيامها وشحت لقاءاتهما وبخل في زيارته، ولم يذهب لعيادته مريضًا إلا بصحبة ابن عديس وكنانة وسودان، لا جماعة ابن عديس تخلت عن حبه يومًا ولا الأمير وخصومه أنزلوه من قلوبهم أبدًا.

تكالب المشيعون نحو المسجد حتى ملأوه صفوفًا، وقد تجاوز حملة النعش الرقاب والظهور حتى وضعوا صالح القبطي عند المنبر. انزاح الكفن عن جسده فبان عوده وقد نحف، وجلده وقد نحل، ووجهه شاحبًا مغمض العينين متهدل اللحية. طفرت هذه الدمعات اللهيبة من عين عبد الرحمن بن عديس فخبأها تحت كفه.

تقدم مسلمة بن مخلد للإمامة، والتفت للمصلين كي يصطفوا،

لكن ابن أبي حذيفة تعصب وتنمر فتقدم لمحاذاة مسلمة ووقف في موضع الإمام، وهو يزيح بكف عصبية مرتجفة خشنة سريعة وخاطفة مسلمة للابتعاد. تسمر مسلمة لهذا التجرؤ، حتى إنه تحرك مبتعدًا عدة أشبار، ثم كمن استعاد نفسه من دهشتها استدار بجسده ناحية ابن عديس وقد زادت همهمات الصفوف الأولى تحيرًا من هذا وتحيزًا إلى ذلك، صاح مسلمة:

ـ من هذا الغلام يا ابن عديس ليؤمنا في الصلاة على أخينا؟

ثم بحدة وجدة:

ـ استحِ يا ابن عديس وقل له أن يكف وأن يرجع.

نظر ابن أبي حذيفة متحديًا وثابتًا، وهم بأن يرفع يده للتكبير، فإذا بابن عديس يقترب منه ويأخذه من كتفه بدعة ورقة ويهمس في أذنه:

ـ دعها هذه المرة يا ابن أبي حذيفة.

تذمر ابن أبي حذيفة لكن ابن عديس صمم:

ـ إنها صلاة جنازة ودعنا نودع أخانا معًا.

استجاب ابن أبي حذيفة وترك مكان الإمام، لكنه لم يصل خلف مسلمة، بل لم يصل أصلًا وسبقهم للخروج.

يسيرون الآن نحو جبل المقطم حيث القبور، ثم يصلون إلى حدود جدرانها، والجبل يرمي ظله الجهم والشمس تغيب في عجل واللحادون يفتحون حفرتهم. صاحب الشرطة هانئ وفي كتفه ابن عديس، ما فرقهما كل شيء جمعهما جثمان صالح القبطي. كنانة وسودان بين كتفي معاوية بن حديج ومسلمة بن مخلد، ما بينهما من نار تلهب الأفئدة غضبًا، يطفئها ساعة من زمن دمع على الصاحب والرفيق والشريك. علقمة بن يزيد الذي لا يطيق جبلة يحتضنان الآن من شدة الفقد، حيث

ارتفعت الجثة من فوق المناكب نحو العين المفتوحة. عمرو بن الحمق وابن أبي حذيفة ليسا ممن جاءوا مع جيش ابن العاص، ولا ممن لحقوا بأي من حصارات القلاع والحصون، ولا ممن دخلوا الإسكندرية بالرايات المنتصرة، ولا عاشوا مخادعة صالح للروم، ولا ترجمات ولا جواسيس وعيون صالح، ولا قساوسة ورهبان جلبهم صالح لابن العاص للتوقيع على مواثيق أو القبول بشروط في عهود، ولا سهروا مع صالح على نيل، ولا جالسوه أمام بحر، فلم يفهما كيف كانت أصوات المصلين عالية ضارعة في الدعاء ساعة صلاة الجنازة، وكيف تزاحم رجال ابن عديس وهؤلاء المتأهبون للسفر للمدينة مع رجال شرطة ابن هانئ في التكبير الشجي الشجن، وكيف كان المكلفون من ابن أبي حذيفة بالقفز على حكم الأمير يعزون بتلك الحرارة البريئة مسلمة ومعاوية في وفاة صالح.

كانت حشرجات الرجال كأنهم نسوة ثكلى يصحن لما امتدت الأذرع والأيادي تواري جثة صالح القبطي الثرى وتهيل عليه التراب وتردم عليه الهوة. كيف كان كل هؤلاء المسنون سيوفهم لظهور بعضهم يلقون بأنفسهم إلى الحزن جماعة. قال ابن ملجم لنفسه بهمسه: لماذا لا يتصارحون أنهم خصوم بخناجر مسمومة خلف الظهور، إنهم يكذبون ضعفًا أم فصامًا؟

كان يريد أن يواجههم، أن يقول لهم، لكن وما أدراه عن هذا الشأن وعبد الرحمن بن عديس يخبره أنه جهول لا يعرف أن يفكر بعقله إن كان له عقل، وأن يخفق قلبه إن كان له قلب.

ثم يعاود ابن ملجم سؤال نفسه: أكان وداعًا لما كان ولن يكون ما كانه أبدًا؟

تكثر الأسئلة في رأسه حتى يريد أن يكاشف بها غيره: أكان اعتذارًا عما في الصدور والعقول؟ أكان تنازع الدين والدنيا في قلوب الرجال

أم هو عند بعضهم ليس سعيًا لله ولا لكلمة الحق ولا لحق الكلمة بل نزاع الحكم والسطوة والصولة على بلد فتحوه معًا ولم يحكموه معًا؟

ثم يحسم ابن ملجم إجابته لنفسه: لكن ما لي بهم، ليس لي إلا ما أومن به حقًّا وصدقًا ويقينًا أن دولة ظلم عثمان بحكامه وأمرائه آن لها أن تنتهي بأمر الله على ألسنتنا ولو بسيوفنا. رحم الله صالح القبطي لكنه عاش ملاينًا رغم سيفه المسلول، ومات محايدًا رغم أن الحق لا يحايده أحد إلا حاد عنه.

* * *

بدأوا في الانسلال فجرًا. عرفت الفسطاط كلها، وعرف هانئ قبل الفسطاط كلها، أن جماعة ابن عديس تسافر للحج، لكن شيئًا مما يرشح منه لا يقول إنه الحج ما يسعون له.

ـ للحج مواعيد للسفر وهي ليست تلك!

هكذا قال علقمة بن يزيد لهانئ وأضاف:

ـ ثم لماذا يسافر في قوافل حج غير معلومة نفر كلهم من أنصار المحمدين، وكلهم من رجالات ابن عديس؟ أليس في هذا ما يثير الريبة؟

أطرق هانئ:

ـ نعم، فيه ما يثير أكثر من الريبة.

ـ ولمَاذا تصمت عليهم يا صاحب الشرطة؟

نادى هانئ بسر بن أبي أرطأة فجاء فأجاب أمامه عن سؤال علقمة:

ـ اسمعوا رأيي في الأمر كله، لنبدأ بما لديَّ من أخبار.

ـ إذن لا تكمل قبل حضور ابن حديج ومسلمة، فإنهما على بابك الآن فيما أظن وقد جاءا ليفهما حقيقة ما وصل إليهما من نبأ سفر عصاة الأمير.

بمجرد أن أتم ابن أبي أرطأة جملته كان كلاهما قد ألقيا السلام. كان قلق يعتري ابن حديج حتى إن عينه العوراء لم تكف عن رعشة الرموش.

قال هانئ:

ـ هم ستمائة رجل لم يصحب أحد منهم زوجه ولا أهله، كلهم كما كان يقول علقمة من رجالات ابن عديس، جاء بعضهم من الفيوم ومن بلبيس ومن الإسكندرية فضلًا عمن هم في الفسطاط.

سأله مسلمة:

ـ وأين كنت لما صار لابن عديس ستمائة رجل يحجون خلفه؟

دافع هانئ عن نفسه أمام نصل السؤال المتشكك:

ـ أعرفهم بالاسم وبالعنوان، لكن أميركم رفض أن أتخذ تجاههم شيئًا، لا تهديد ولا ترويع، ولتنظر يا مسلمة إلى ما كانوا يفعلونه تحت عين ابن أبي سرح ولم يأمر فيهم بشيء: صلاة منفردة في الجامع، اجتماعات وملاعنات، هجوم وتسفيه لفعال الخليفة، تأليب الناس ضد عثمان وابن أبي سرح. لكننا لم نقصر في معرفة كل ما يقولونه ويعملونه، لكنني مأمور بأمر الأمير المأمور بأمر الخليفة.

سأل ابن حديج:

ـ وهل ذاهبون للحج فعلًا؟

ـ أما الحج فلا، أما لماذا تحديدًا فلا أعرف.

صاح فيه بسر بن أبي أرطأة:

ـ لقد ملأ تباهيك أسماعنا كأنك هدهد سليمان، وحين السؤال الأهم كانت إجابتك نهيق بعير.

رد هانئ محتدًّا:

ـ أعرف ما يقولون إنهم سيفعلونه، لكن هل تصدقه حين تسمعه؟

صمتوا متشوقين لأن يكمل كلامه فأكمل مستخفًّا:

ـ ستمائة رجل يقولون إنهم مسافرون لخلع عثمان من الحكم وهو الخليفة بين أصحابه وحراسه وأهله وحوله أمراء جيوش، إن استدعى من فيالقه حملة الرايات فقط لقضوا عليهم في ساعة، فهل تصدق إذن؟

أجاب مسلمة:

ـ نعم أصدق.

بهت هانئ، فسأل بنظراته، فأجاب مسلمة بكلماته:

ـ هم قلة، لكن من قال إنهم وحدهم، هناك من دعاهم وحرضهم واستدعاهم وحفزهم من قلب المدينة ممن حول عثمان، ألم يصلك ما قيل عن رسائل عائشة؟ وهناك من المهاجرين والأنصار من لا يحب بني أمية الذين يحيطون بعثمان إحاطة السوار بالرسغ، ثم هناك كذلك الكوفة والبصرة وهما إمارتان متآمرتان ولا يعلم المرء كم حاجًّا سيخرج منهما كحجاج ابن عديس.

دارت الرؤوس بخفق الحيرة، لكن علقمة قال:

ـ ما يزيدك يا هانئ خيبة هو أن ابن أبي بكر سبقهم لعثمان عقب سفر أميرك، ثم إننا لم نسمع أن ابن أبي حذيفة من بين وفد الحجيج، فلماذا لم يحج؟ فهل هو الوحيد الذي لم يستطع إليه سبيلًا؟

أضاف بسر:

ـ لقد تركتهم يسافرون اعتقادًا أنهم يرفعون حملًا عن كاهلك وترتاح مصر منهم، وليتصرف معهم عثمان حين يصلونه، لكن شقاءك فيمن بقي منهم في زمامك يا هانئ.

سكتوا طويلًا حتى تكلم ابن حديج:

ـ إذا كان ستمائة منهم يعتقدون أنهم سيخلعون خليفة، فيمكن لمائة منهم أن يعتقدوا أنهم سيخلعون أميرًا.

رد علقمة:

ـ وأين هو الأمير أصلًا؟ إنه عند خليفته أو ربما في طريقه إلينا.

التفت لهانئ:

ـ هل تعرف متى يصل ابن أبي سرح؟

ـ لا.

ـ إذن لتحاول أن تعرف شيئًا قبل أن نكتشف جميعًا جهلك وجهلنا.

عندما خرجوا من دار هانئ انطلق علقمة إلى قصر الجن ووقف عند حجابه وأرسل أحدهم يطلب بسيسة زوجة الأمير لمقابلته في التو.

٥٩

هذه إذن الفرما. لم يتعرف عليها ابن ملجم رغم أنه جاءها حين قدم على مصر ليلتحق بجيش ابن العاص، لكن في ذاكرته كل الأماكن متشابهة وكل الصحراء واحدة، لم يخطف قلبه ذكر حدث ولا ذكرى مكان، لا حزن على ما فات ولا فرح بما أتى، هو يعيش في القرآن، بين دفتي مصحف. كان صالح القبطي يتغنى بصفحة النيل وطلع النخيل فيوافقه ابن عديس مبتهجًا وناقمًا على ابن ملجم الذي يسأله عن معنى هذا الذي يحكيان عنه. تسمَّع سؤال ابن عديس إلى جبلة يجلس معهم متقلقلًا متكدرًا ففاجأه بالاستفهام:

ـ من تحب يا جبلة؟

سأل ابن عديس بنصف ابتسامة يتبادلها بين وجهي جبلة وابن ملجم، وكان السؤال استنكارًا لا استفسارًا، لكن جبلة كان يلهج بالصدق حين أجاب:

ـ أحب الله.

ابتسم ابن عديس أكثر، وهدأ وقد أدرك أنه أمام شبيهين، جبلة الذي يمعن في تصخير قلبه عن الناس وتصحر روحه من البشر، وابن ملجم العنود على أن يتغير والذي يزداد كل يوم حفرًا لخندق داخل روحه:

ـ وبعد الله؟

ـ لا بعد الله ولا قبل.

فتشاغب عليه ابن عديس:

ـ ألا تحب رسول الله؟

ـ نعم أحبه.

ـ كيف تحبه؟

ـ وهل للحب كيف؟

ـ الحب شعور والكيف فعل.

ـ هل جاء هذا في كتاب الله؟

ـ أنت الذي تحفظه وتقرأه فقل لي.

ـ «وَمِنَ ٱلنَّاسِ مَن يَتَّخِذُ مِن دُونِ ٱللَّهِ أَندَادًا يُحِبُّونَهُمْ كَحُبِّ ٱللَّهِ».

ـ وأنا أسألك عن حبك لله وليس للأنداد معاذ الله.

ـ حب الله طاعته.

ـ إذن الحب عندك هو الطاعة.

ـ لله.

هل فرغ ابن عديس يومها من حواره أم ملَّ منهما؟ لكنه اليوم يروح ويجيء بينهما، كأنه يستنجد بخشى قلبيهما عن رقيق حشاه. يجلس الآن فوق صخرة يطل على مائة من جماعتهم التي وصلت إلى الفرما تنتظر قدوم بقيتهم، وقد توجع ابن عديس لفراق أهله:

ـ كبرت في السن يا ابن ملجم ولم يعد لعظمي أن يضربه برد الصحارى، ولولا كراهة عثمان ما تركت من أحب، داري في الفسطاط وأهلي على فراش بيتي.

رد ابن ملجم:

ـ أنت صاحب رسول الله يا رجل وبايعته تحت الشجرة، فهل تتأسى من فراق زوج وأنت تجاهد في سبيل الله؟!

تأفف ابن عديس من جفاء هذا الجاف وقال:

ـ لقد بكى رسول الله مكة حين أخرجوه منها يا قارئ القرآن.

ثم أشاح له بيده كأنه يطلب أن يريحه من وجهه.

سمع صوت ابن عديس وهو ينهر رجلًا قام ليبني خيمته:

ـ يا هذا، لن نمكث هنا إلا سويعات ليل، وسوف يلحق بنا أصحابنا فننطلق جميعًا ونعبر مصر إلى المدينة، فلا تستعجل المعسكر.

* * *

كانت خطتهم قد نجحت حد أن قلقوا، فليس هناك مَن شعر ولا مَن مانع ولا مَن منع ولا مَن حال ولا مَن حجز أحدًا منهم من الخروج السهل من الفسطاط، هل ينجح بقيتهم في القدوم عليهم سريعًا، أم أن شيئًا من أفعال هانئ ورجالات ابن أبي سرح سيعطلهم؟ طلب ابن عديس من عروة بن شييم أن يجمع الرجال ويعدهم. كان ابن عديس هو القائد العام كما اختاروه، ولعل أحدًا لم يفكر في غيره، فابن عديس هو من اختارهم تقريبًا وتجمعوا معه وحوله على مواجهة عثمان وأميره في مصر. فمن ذا الذي يزكي نفسه عليهم في كراهية عثمان وفي حب رسول الله؟ حتى ابن أبي بكر قبل أن يمضي كان معترفًا بقيادة ابن عديس، أما ابن أبي حذيفة فلعله لم يأتِ معهم حتى يظل في الفسطاط قائد نفسه وقائدًا وحده على من تبقى من الرجال، قرر أن يبقيهم لخطته المغامرة. أما العدد فقد وصل عروة إلى رقم المائتين والسبعين هم الرجال الذين جاءوا مع ابن عديس ومع عروة الذي جاء بعده بمائة من الرجال، ووصل قبل الجميع إلى مكان ابن عديس. الآن هم في انتظار الثلاثمائة والثلاثين الآخرين حيث يأتي

فوج تحت إمرة كنانة وآخر تحت عمرو بن الحمق وثالث مع سودان.
كانت تلك القسمة لتوفير عنصر الأمان ولعدم استثارة شرطة هانئ، ولكي لا ينفضح أمر رحيلهم عند عثمان فيستعد لهم ويتهيأ لمحاربتهم في الطريق من مصر إلى المدينة.

- من سينفق على سفرنا يا ابن أبي حذيفة؟
- أنتم مسافرون للجهاد.
- ومن ينفق على جهادنا يا رجل؟

سأل سودان وأجاب ابن أبي حذيفة، فعاد سودان للسؤال، فلما لم يجب ابن أبي حذيفة واصل الرجل سؤاله:

- نحن نخرج للجهاد في سبيل الله وملاقاة أعدائه فيجهزنا أمراؤنا بالسلاح والأعطيات، وننتصر في جهادنا فينفق لنا أمراؤنا الأعطيات ويوزعون علينا المغانم، ألسنا نحارب عثمان وابن أبي سرح لأنهم يحصدون منا زرع جهادنا ويأكلون سحتًا مغانمنا؟

نظر ابن عديس إلى ابن أبي حذيفة لكي يرد فأجاب:

- والله لجهادكم ضد عثمان خير وأتقى وأبقى ثوابًا، وحين ينهزم ونخلعه ستكون أموالنا لنا وبيت مال المسلمين للمسلمين وعطاياكم في جيوبكم لا في جيوب بني معيط من أقارب عثمان وعمومته.

رد كنانة:

- ولكننا نترك بيوتنا ولا نعرف هل سنرجع أم لا، فهل لنا أن نبسط لهم أيدينا حتى لا يطمع فيهم ابن أبي سرح ورجاله؟
- لن يكون هناك ابن أبي سرح ورجاله عندما تخرجون لعثمان فتخرجون عليه، بل سنملك نحن مصر وفسطاطنا وسيكون الخير كله في انتظاركم.

قال جبلة مغاضبًا نافرًا:

- إذن يبقى من يعوز المال مع ابن أبي حذيفة، ولنر عزكم في بيت مال الفسطاط، أما من يسير معنا فهو يطلب من الله النصر في الآخرة لا الأجر في الدنيا.

علق ابن عديس:

- بل وأجرًا في الدنيا يا جبلة، فالرجال على حق أنهم يخرجون للجهاد فيكسبون ويتكسبون، ولا حاجة لأحدكم في دفع كلفة ولا تحمل نفقة، فسفركم وطعامكم ورحالكم وإقامتكم نفقة مني، ولا أطلب منكم إلا سيوفكم في خصوركم، تلك التي حاربتم بها أعداء الله فننشبها في قطاع طرق لو خرجوا علينا في طريقنا أو في لصوص برزوا لنا في رحلتنا أو ندافع بها عن أنفسنا لو أراد عثمان ومن معه أن يطولوا رقابنا.

لم يملك ابن أبي حذيفة إلا الانبهار الممنون لابن عديس، لكن حين ذهب القوم للتجهز قال له ابن عديس:

- لقد كفلت الناس لك فاكفلني حين أعود.

- كيف؟

- وهل تسألني عن كيف نسدد الحقوق يا ابن أبي حذيفة؟ هل تظن أن عثمان إن لم نخلعه سيترك لنا مصر إلا لو أخذناها منه غلبًا، سأعود من عند عثمان مكفنًا أو مكفولًا، مكفنًا لو قتلوني ومكفولًا بالمال والقسمة إذا تمكنت أنت من ولاية مصر.

اطمأن ابن عديس لجرأة ابن أبي حذيفة حين عرض عليه مؤامرته بمجرد أن يطمئن على خروج ستمائتهم من مصر. كان ابن أبي حذيفة قد أفرد أمامه ورق البردي المصري مرسومًا عليه ممرات وحارات وأزقة

وخطط الفسطاط بالقصر وأسواره والجامع وأبوابه، ورأى ابن عديس رسم بيته الدار البيضاء فضحك وقال:

ـ من أين جئت به يا ابن أبي حذيفة؟

ـ من الجن يا ابن عديس.

اتسعت وتضخمت ضحكة ابن عديس:

ـ أهذا الجن نفسه الذي سمى ابن أبي سرح قصره به؟

ـ نعم، ألم يسمِّ قصره قصر الجن، فلا يلومن إلا جنه.

وظل ابن أبي حذيفة يشير على كل مدخل وعند كل منحنى، حتى طوى ابن عديس الورق أمامه وقال متعجبًا:

ـ كيف لربيب عثمان أن يكون عدوه هكذا، لقد أكلت من طبقه وشربت من شرابه وكنت تحت ذراعه كعبد الله ابنه؟!

ـ أنا عاق لعثمان لأنني أطيع الله.

تنهد ابن عديس:

ـ لو كنت عثمان لقتلتك يا ابن أبي حذيفة.

رد ابن أبي حذيفة:

ـ ولو كنتُ عثمان لقتلتك يا ابن عديس.

* * *

أخيرًا اكتمل عددهم، وتعانق الجمع لما اجتمعوا، بهجة مهللة وصياح أفراح وتكبير وحمد وشكر وحماسة وفخر، لم يكن شيء واضحًا قدر كراهيتهم، ولم يكن شيء غامضًا إلا كيف سيعلنون هذه الكراهية. نادى فيهم ابن عديس بالخروج من مصر في ذات الطريق التي دخلوها منها. بعض الأدلاء الذين استعان بهم ابن عديس لإرشادهم في دروب الصحراء لم يفهموا إلا متأخرًا أن هذه ليست وفودًا للحج ولا طريق الحج ما يبغون.

لم ينشغل ابن عديس بهم كثيرًا، لكن عمرو بن الحمق كان كثير الكلام والنقاش معهم حول عثمان وأهله، كان يدعوهم لأن ينضموا لهم ويمضوا معهم للمدينة، فلما سأله أحدهم:

ـ وماذا ستفعلون هناك لعثمان وسط أهله، ولو جلب لكم جيشه لتهدمت فوق رؤوسكم سقوف المدينة؟

رد ابن الحمق وقد كره السؤال وصاحبه:

ـ لن يجرؤ عثمان على فعلها.

فعلق الرجل متحديًا بسذاجة سؤاله:

ـ ولماذا لا يجرؤ؟

ـ هو ضعيف.

ـ ألم تقل لنا طيلة رحلتنا إنه ضعيف تجاه قرابته، وأنتم لستم قرابته؟

تدخل كنانة وقد انزعج من لجاجة الرجل:

ـ لن نكون وحدنا يا هذا، ثم ما دخلك أنت في شؤون ساداتك؟

ـ ومن ساداتي؟ أنتم أم خليفة المسلمين وولاته؟

قطع ابن عديس الحوار وقال من فوق فرسه:

ـ هل أزيدك يا هذا خمسين درهمًا شرط أن تخرس حتى نصل؟

وافق الرجل فورًا، بينما تفاقم غيظ عمرو بن الحمق، فاشتد في لعن عثمان بين المأكل والمشرب والوضوء والصلاة. يصحب ابن عديس كثيرًا من يمنه وأهله الذين انضموا معه لجيش ابن العاص، ولكن هذه المرة في طريق عكسي إلى المدينة، لا لحصار حصن بابليون، بل كي يحاصر، إن وصل القوس مداه، عثمان نفسه. لا يجادله كثير منهم بل هي الطاعة، يلتفون حوله بعد الصلاة في عصر أو مغرب وهم يسألونه أن يحكي لهم من سيرة المصطفى. بذهاب محمد بن أبي بكر قبلهم

وببقاء ابن أبي حذيفة في الفسطاط عاد ابن عديس وحده في الأمر والنهي والريادة والقيادة، وصار يسير بأهله وقبيلته أكثر مما يقود أصحابًا ورفاقًا، فتفككت الخطوات المنتظمة والمجموعات المنضبطة، ولم يبدُ بعد ثلاث ليالٍ أنهم مهتمون بمهمتهم بل بطاعة ابن عديس حتى إنه لو شاء بهم العودة لعادوا. كان ابن الحمق أكثر من أقلقه هذا، وراح به إلى جبلة الذي تحمس فذهب إلى ابن عديس مقترحًا في حدة ابتسم لها ابن عديس:

- لتأمر الناس بالصيام يا ابن عديس.
- وهل للصيام في غير رمضان أمر يا حامل المصحف؟
- بل نحن في جهاد لنصرة دين الله، ولا بد لنا من عزيمة الإيمان وأن ننسى نعم الدنيا ونتجهز للآخرة ولنصرنا الله في صيامنا كما نصر نبيه في بدر.

ضحك ابن عديس:

- أما بدر فقد كنا فيها وخيرنا النبي فيها أن نفطر، ثم إننا على سفر وقد رخص الله لنا الإفطار على سفر يا حامل المصحف.

ثم أطرق برأسه وأضاف:

- لكن الصوم سيوفر لنا في طعامنا ومائنا وسوف يجعلنا نتعجل المسير.

ثم التفت ونادى عليهم:

- الغد صيام يا قوم.

صاموا بقية الرحلة وأكثروا في وقفاتهم من الصلاة الجامعة، وكان عمرو بن الحمق ينافس جبلة وابن ملجم في أنه ما إن ينتهي إمامهم ابن عديس من الصلاة حتى يسارع ليجلس بينهم فيتلو القرآن بصوت خاشع متبتل مبلل بالدموع.

على غير ما يواجه ابن ملجم فإن الكثيرين يوجهون لعمرو بن الحمق أسئلتهم عن تأويل بعض الآيات أو معنى بعض ألفاظ القرآن الكريم. يكره جبلة كما ابن ملجم هؤلاء الذين يستفسرون ويسألون، إنهم لا يريدون العلم بل يريدون التأول، فيصرخان فيهم بالصمت، ثم يشتد على رؤوسهم ابن ملجم بالكلمات المؤنبات:

ـ ألا تسمعون فتنصتون وتخشون وتطيعون؟

ثم يتناول جبلة من حروف ابن ملجم فيضيف:

ـ كلام الله لا يسأل فيه ولا عنه بل يتلقاه المؤمن بإيمانه، آيات بينات، فما الذي لا يبين لهم هؤلاء المبتدعون، لا تكونوا مثل عثمان حين يبتدع ويأتي بما لم يفعله النبي ولا صاحباه أبو بكر وعمر، إن عثمان يسمع كلام بني معيط لا كلام الله.

جلس ابن عديس بينهم وقد انتهى ابن الحمق من تلاوته فتنهد وأغمض عينيه ثم أطرق برأسه ومال بجذعه على ركبتيه المقرفصتين وقال:

ـ سمعت رسول الله يقول: تخرج ناس من الدين كما يمرق السهم من الرمية، يقتلهم الله في جبل لبنان والجليل.

أخذت ابن ملجم رعدة وجلجل صوت بصدق رسول الله واشتدت أنفاس الناس التهابًا وتصايحوا بالحوقلة والاستعاذة وزاد هسيسهم الذي صعد فوقه صوت عمرو بن الحمق:

ـ ومن هم غير بني أمية يا ابن عديس؟ أليست شامهم وأليس جبلهم؟ وهل ما نرى من عثمان إلا مروق سهم دينه؟

علق عليه كنانة:

ـ ولكننا نذهب لعثمان المدينة وليس جبل لبنان يا ابن الحمق.

تدخل سودان:

ـ ألم يقل لك النبي من هؤلاء يا ابن عديس؟

ـ لا ولكن ما نسيتها أبدًا.

حاول ابن ملجم أن يهدئ من روع نفسه:

ـ وكيف لم تروه لنا في الفسطاط يا ابن عديس؟

استغرب ابن عديس السؤال:

ـ بل رويته كثيرًا يا ابن ملجم، لكن إما أنك لم تكن موجودًا أو لم تكن منصتًا.

ثم أضاف:

ـ ولكن ما الذي كان مختلفًا لو رويته لك في الفسطاط؟

رد بحسم:

ـ كنت سأذهب إلى الجليل وجبل لبنان فأرى مروقهم وأقتلهم جميعًا يا رجل.

اندهش ابن عديس وقال:

ـ هذه أول مرة أسمعك قاتلًا يا ابن ملجم.

ثم قام وصاح عليهم:

ـ هيا بنا فقد طال المقام.

أخذ كنانة يجري هنا وهناك يتخبط بجواره وعند جنبه يبحث عن صاحب هذا الصوت الذي قال هامسًا:

ـ لعلنا نحن من نمرق من الدين كالسهم.

ارتعد ثم تجمد عندما ظن أن الكلمات خرجت من رأسه هو إلى أذنه، انتفض جسده ومضى مسرعًا ليلحق بالركب.

حين نادى المنادي أنهم اقتربوا ليلة من ذي خشب، تلك الضاحية على أطراف الجبل المؤدي للمدينة، دعاهم ابن عديس:

- هل اكتفيت بما أرسلت لأصحابك في الكوفة والبصرة أم جددت لهم رسالتك؟

- ليس بعد.

- فاكتب لهم إذن هذه الليلة، وفي الصبح سأختص رجلين منا بالسفر برسائلك إلى العراق وعسى أن يحمس وصولنا غيرنا هناك بالحذو والاقتداء.

- حين يعلم عثمان أننا لسنا وحدنا فسيزداد قلقه.

- وسيزداد غضبه.

- لكن لا تنتظر أن يأتينا من الكوفة والبصرة مثل عددنا من مصر، فأنا أعرفهم سيختلفون ويتقاعسون ولن يكونوا على قلب واحد أبدًا.

التفت ابن عديس لكنانة:

- هل نحن مستعدون لدخول المدينة على حين غرة أم نتمهل في ذي خشب قليلًا ونرسل وفودًا منا لأصحابنا هناك؟

- ومن أصحابنا تقصد؟

- علي والزبير وطلحة وعمار بل وسعد بن أبي وقاص.

- أتظن الأخير معنا بعد ما فعله ابن أبي حذيفة فيه؟

- لن يكون معنا، لكنه لن يكون ضدنا، ولا بد أن نبدي للجميع مودة وقربى.

- لو مكثنا في ذي خشب فسيعرف عثمان بعد ساعة من ليل أو نهار بنبأ وصولنا.

- أي أنك تريد أن تدخل المدينة لنفاجئهم.

- ولكن ما الذي يدرينا ما حال المدينة وماذا أعد لنا عثمان؟

تدخل ابن ملجم:

- وهل جئنا حتى هنا ولا نعرف ما حال المدينة وماذا أعد عثمان؟

رد ابن عديس:

- حال المدينة مثل حالنا فلا أصحاب عثمان ينصرونه ولا الأنصار بها أصحابه.

سأله سودان:

- وماذا لو خلعنا الغد عثمان فمن نبايعه؟

أجاب ابن عديس حاسمًا:

- عليًّا يا رجل، وهل هناك غيره؟

رد ابن الحمق:

- جماعة الكوفة سيقولون الزبير وجماعة البصرة سيقولون طلحة.

رد ابن عديس قاطعًا:

- ولن نقول إلا عليًّا، فمن ذا الذي ينطق بلا لابن عم النبي وزوج فاطمة ووالد الحسن والحسين؟!

رد عمرو بن الحمق:

- سينطقها من قالها قبلًا يا ابن عديس، فلن تكون أول لا، يسمعها علي وهو ابن عم النبي وزوج فاطمة ووالد الحسن والحسين.

ثم أضاف:

- إذن نستقر برحالنا في ذي خشب ثم آخذ بعضكم لمقابلة علي.

- لمبايعته.

- بل لخلع عثمان.

٦٠

كمن محمد بن أبي حذيفة تحت حائط الدار المواجهة لقصر الجن، قصر إمارة عبد الله بن سعد الغائب، يتلفت ويومئ في غبشة الفجر برأسه للرؤوس المتربصة المحيطة به والملتفة حول مكانه. لا صوت يصدر إلا أنفاس يكتمونها ولهاث الصدور تحت الجلابيب والقبضات الضاغطات على مقابض السيوف المخفية تحت العباءات، إشارة منه وينطلقون. كان ينتظر هذه اللحظة التي يسترخي فيها الحرس ويستعدون لتسليم أماكنهم لزملائهم العائدين من شعائر صلاة الفجر في الجامع.

لم يغير هانئ شيئًا من أوامره، ولم يتجهز بعدد أكبر من حراسه، غياب الأمير بسفره خارج مصر ثم رحيل ابن عديس وأغلب رجاله إلى مكة حيث يظن، واستخفافه ببقاء ابن أبي حذيفة وحده، كل هذا جعله آمنًا مطمئنًا، وتلك هي الساعات التي أرادها ابن أبي حذيفة. لحظات ويغير شكل مصر بل مصير المسلمين، لحظات وينهي عثمان بن عفان في مصر، لا أحد معه. ترك له ابن عديس عددًا من الرجال لا أسماء لهم، لا أحد يعرفهم ولا يعيرهم هانئ ولا شرطته أمرًا، هم مصلون في جامع وجنود ينتظرون الأعطيات والأوامر. لكن هذا ما أراده محمد بن أبي حذيفة

تمامًا، يريد من يسمع ويطيع ومن لا ينافس برأي أو بزعامة، وليس هؤلاء من وضع ابن أبي حذيفة عليهم رهانه، فهو يقرع سهمه على غيرهم. نعم هو الذي لم يشهد في مصر إلا صيام رمضان واحد، وحوله طويلو الأمد وفاتحو البلد إلا أنهم مطلبه وغايته، هؤلاء الذين نقموا على فحش ثراء ابن أبي سرح والغنى المتطاول لرجال عثمان وأعطيات الموالين المقربين ومغانم ودور وحدائق وجوارٍ وغرف علوية في أبنية المرابع والمصايف، بينما ظل هؤلاء العاربة برواتب الجند المحدودة والمحددة بالحروب التي تراجعت. لن يطلب منهم إلا أن ينحازوا للغالب، ينحازوا لمن يعدهم بالمال مقسومًا بالقسطاس وبالعدل موزعًا عليهم دون تمييز الصهر ولا ذي القرابة والنسب، ولا بالقبيلة والعائلة.

انخرط الحرس في لامبالاتهم، وتخبطت تحركاتهم بين ذاهب للوضوء أو لقضاء حاجة، وبين مزود لخشب النار للتدفئة، وبين تارك بوابة القصر مفتوحة. قبل أن يلوح ابن أبي حذيفة بيده سأل نفسه من أين واتته هذه الشجاعة؟ أهي الشجاعة أم الدهاء؟ أيرفع يده الآن ليبدأ عصر جديد للمسلمين مدفوعًا بكراهية عثمان ناسيًا تربيته على كتفه صغيرًا، ومد كفه بلقيمات اللحم، واصطحابه للمسجد، وهداياه في العيد بالحلوى والقماش القبطي والنسيج اليمني، وعناقهما الفرح حين خطب له عثمان بنت عم ودفع له مهرها ومنحه أحد بيوته الصغيرة في المدينة، وتلك الصرة من الدنانير التي كان يخرجها من جيبه ليضيفها لأعطيته من بيت المال كل هلال شهر، ويوم عاتبه حين عرف بشربه الخمر وحاول أن يفتح له مخرجًا حين سأله أشربته دون أن تعرف أنه مقطر، فإذا به يصرخ في وجهه أن ابنك الوليد قد شرب معي، فلمح هذه الدمعة التي تقفز من عين عثمان إلى خده كأنه يطعنه مرتين بأن شرب وبأن أشرب ابنه معه؟ لكن

قلب ابن أبي حذيفة يطرد هذه المشاهد كلها من قلبه، لا يضع أمام عينيه إلا وجه مروان بن الحكم لصيقًا بعثمان محتقرًا لابن أبي حذيفة مستبعدًا له، مستخفًّا به، محرضًا عليه، طاردًا له. عثمان يشفق على ربيبه الذي أخذه لحمًا بعد وفاة أبيه لكنه لا يحبه ولا يحترمه ولا يراه رجلًا قديرًا، بل عليلًا، يدًا سفلى لا تعرف إلا أن تمد بطن كفها لعثمان لتأخذ، الآن هو يأخذ بإرادته وغصبًا عن مربيه ما يستحق أن يأخذه، إمارة مصر التي تمنح حكم عثمان أكثر من نصف بيت ماله:

- ضرعها لي وقرنها لي وحرثها لي، كيف وأنا بلا ناصر أو نصير، وليس معي إلا هوام العوام، إذن لتسمع يا عثمان من مروان ماذا فعلت لتعرف من الذي أهملت وأضعت؟

كان ابن أبي حذيفة قد سمع الصوت الذي ينتظره، الإشارة التي اتفق عليها مع الرجال الذين كلفهم بحصار بيت هانئ صاحب الشرطة، يتسللون لحارسين يقفان عند بابه فيضربانهما غيلة، ثم يدخل خمسة منهم للقبض على هانئ، بينما يبقى ثلاثة خارج البيت منعًا لمجيء نصرة لو صاح هانئ أو قاوم، وبمجرد نجاح الخطة يصدر أحدهم هذا الصوت العميق الطويل الذي يشبه عواء ذئب. حين وصل إلى مسامعه ابتهج واهتاج، فأشار لرجاله بالحركة وانقضوا على الحرس اللاهي المتفاجئ المذهول فجردوهم من أسلحتهم بسرعة، واخترق ابن أبي حذيفة البوابة ودخل إلى باحة القصر، ففتح أبوابه، فإذا بهذه القاعات الواسعة الفخيمة وتلك الغرف الوثيرة بلا أحد، لا جواري ولا عبيد ولا حرس. فتح باب حجرة المخدع الأميري فلم يجد إلا سريرًا مرتبًا وقوارير زينة وصناديق ألبسة فارغة، لقد هربت بسيسة زوجة عبد الله بن أبي سرح إذن!

فاجأه الفراغ، لكنه أكمل خطته بسرعة، فأطلق رجاله الذين زاد عددهم

بنجاح ما فعلوه، فأمر بعضهم بالذهاب فورًا إلى بيت المال، وتقدمهم وهو يأمر آخرين بالسيطرة على مضمار الخيل ومعسكر تدريب الجند حين يُعلمون جنوده وحراسه بأن قصر الإمارة قد سقط وأن ابن أبي حذيفة أميركم الجديد، وقبل أن ينصرفوا كان قد فتح خزائن بيت المال الذي تركه حراسه القليلون حين أدركوا سقوط قصرهم. فتشت عيونه عن أكياس الأموال وصرر الرواتب وقطع الذهب، فارتاح لمرآها، ثم أمسك ببعض الصرر فرماها في أيدي بعضهم وهو يأمرهم بمنحها لمن يطيع من جند معسكر التدريب ولأي ممن يتمنع أو يتلكع أو يتلكأ كذلك.

حين خرج من القصر كان حوله مئات من أهل الفسطاط، وصل بهم إلى الجامع، أحس نصره رغم برودة ملأت جلده تحت بردته وألوان متماهية متمايلة أمامه يحسبها هدوم الناس وعمائمهم، يراها سائلة من فرط زيغ بصره، تصطك أسنانه وهو قابض على سيفه، يجزع من يد ممتدة يظنها خنجرًا أو من دفعة من خلفه يتصورها اعتداء، لكنه يتكسب قوة تبدد البرودة وتجمد الرعشة حين التفت المصلون حوله تاركين ركوعهم وقد تعطلت الآيات بين شفاههم، وصمت الجامع صمت الرهبة والصدمة.

صعد ابن أبي حذيفة بخطوات جذلة متعجلة متقافزة درجات المنبر وحمد الله وأثنى عليه، فامتلأ صدره بثقة وقوة منحتاه صوتًا جهوريًّا حين قال:

ـ اليوم انتصر الحق على الباطل وصار أخوكم محمد بن أبي حذيفة أمير مصر.

ثم تعالت أصوات من حناجر رجاله:

ـ بايعوا الرجل.

ثم صرخوا بمبايعته.

* * *

كان مسلمة متأخرًا في صلاة الصبح، وحين أوشك على الوصول إلى الجامع وجد معاوية بن حديج يعدو ناحيته ويدفعه للرحيل بسرعة وهو يلهج متوترًا ومأخوذًا:

ـ لقد فعلها ابن أبي حذيفة وانتزى علينا؟

جسد مسلمة الضخم الثقيل تصلب ولم يطع دفعة قبضة ابن حديج الملحاحة ونطق مذهولًا:

ـ وأين هانئ وشرطته؟

ثم مرددًا الكلمات مندفعة:

ـ لا أصدق يا ابن حديج، الشرطة والجند والقصر والجنود والناس، وفي سويعات ليل، وفي غبشة صبح، هذا الصبي النكرة؟! هذا النزق العاق؟! أين الرجال؟ وأين الجيش؟ وأين نحن؟ وماذا يقول الخليفة عنا؟ وكيف يعود ابن أبي سرح إذن؟ كيف يفعلها هذا الفسل ونحن نيام؟!

ـ امض معي يا مسلمة لنأخذ خيولنا ونخرج فورًا بأهلنا من الفسطاط، لو بقينا لقتلنا هذا الصبي!

شخط مسلمة في ابن حديج:

ـ ارجع يا رجل، فلن نرحل عن بيوتنا وتعال لنردع هذا الصبي عن إجرامه، ونعيد العقل للناس وقد باغتهم في ليل.

رد ابن حديج مستسلمًا:

ـ لم يعد ممكنًا الآن يا مسلمة.

وقد رفع رأسه وتجول بعينيه، فقد امتلأ المكان برجال ابن أبي حذيفة يرفعون شعلات النار والسيوف يحيطون بهما.

* * *

وقف علقمة بن يزيد خلف الستار وقال هامسًا:

ـ هل أنت يقظة يا بسيسة؟

جاءه الرد بصوت ناعم هادئ:

ـ الحمد لله على تنفسنا هواء الصبح يا علقمة.

ـ هل أحضرت لك الخادمة طعامك وشرابك؟

تحركت أقدامها، وسمع مع صوتها حفيف ملابسها، وتجاهلت الإجابة عن سؤاله وسألته:

ـ هل جرى ما ظننته واقعًا يا علقمة؟

كان علقمة قد فاجأها حين وصل ليلًا إلى القصر وطلب لقاءها في هذا التوقيت العجيب وفي غياب زوجها الأمير، لكنها استوحشت رفض لقائه وهو خطيبها السابق وبطل ذات الصواري وصاحب زوجها المخلص، فخرجت إلى مقابلته، فاعتذر لها بكلمات سريعة مقتضبة عن حضوره الغليظ، وطلب منها أن تجهز نفسها على عجل للرحيل معه، وأن تدع جواريها يرحلن ولا يعرفن بخروجها معه. أذهلها الطلب الذي بدا أمرًا، لكنها لم تجادله كثيرًا فقط سألته:

ـ أوَحدث شيء للأمير؟

ـ عفا الله ابن أبي سرح من كل شر يا زوجة الأمير، لكنني أخشى أن شرًّا يحيق بك وبالقصر في غيبة الأمير، ولا بد من الفرار بسرعة إلى مكان آمن.

ـ أي مكان في الفسطاط أأمن من قصر الجن؟

ـ بل هو اليوم أقل أماكن الفسطاط أمنًا، ثم إننا سنخرج للبحيرة حيث بيوتنا هناك، حتى يأتي الأمير فيجدك معززة مكرمة لم يمسك سوء ولا شر.

ـ ولماذا لا تبقى في القصر حارسًا له ومدبرًا أمره، وتستدعي هانئ فتخبره شكك وتحكي له خبرك؟

ـ أخشى أنه لا وقت لدينا يا بسيسة، وثقي في أن علقمة أحرص خلق الأرض على سلامتك وأمنك.

صمتت ثم تنهدت ثم قالت بصوت مشحون صرعت فيه ثقتها قلقها:

ـ أما هذه فلا أشك فيها أبدًا.

الآن وقد أدرك أنه كان على صواب، تنهد وخبطت ذراعه في جانبي فخذيه:

ـ نعم، فعلها ابن أبي حذيفة غدرًا ودخل برجاله القصر واستولى على بيت المال ومضمار الخيل ومعسكر الجند ونادى نفسه أميرًا لمصر.

ضربتها الأخبار بسهام من نار في صدرها فندت منها صيحة جزع:

ـ وماذا عن الأمير يا علقمة؟

٦١

نظرات الحسن قالت له: لا.

رد عليه علي بنظرات تقول: وهل أملك أن أمنع نفسي عن الناس؟!

ثم التفت علي بن أبي طالب إلى عمرو بن الحمق وسأله:

ـ ولماذا لم يأتِ إلينا عبد الرحمن بن عديس؟

رد:

ـ إنه يتحرك برجاله وليس وحده، وخشي أن يدهم المدينة بجمع يثير ذعرًا قبل أن يحتكم إليك.

كان ابن الحمق قد دخل المدينة وهي ملفوفة في خيوط الليل السوداء، واعتبر نفسه الخيط الأبيض الذي يأتيها بالفجر. قال هذا لمحمد بن أبي بكر حين طرق خشب باب بيته فتنبه له ابن أبي بكر وصحا فصاحبه إلى الجامع لصلاة الفجر وقد تلثما معًا، وحينها أخبره بأنه خيط الفجر الأبيض الذي جاء للمدينة، فندت ضحكة من وراء لثام ابن أبي بكر فسمعها ابن الحمق استخفافًا، فخبط على كتفي ابن أبي بكر وقد رفع حرفًا من اللثام ليوضح حروف سؤاله:

ـ وهل تزوجت امرأة الزبير يا ابن الخليفة؟

التفت له محمد منزعجًا وقد رفع هو الآخر لثامه كاملًا:

- ومن أخبرك الخبر يا رجل؟
- أليس صحيحًا؟
- هي ليست امرأة الزبير، بل هي طليقته، ثم لم أدخل بها بعد فلا تزال في شهور عدتها، ثم من أخبرك يا ابن الحمق؟

كانا قد توقفا عن المشي بينما صمت المدينة لا يقطعه سوى أصوات سعال يخرج من وراء أبواب، ورغاءات الإبل تأتيهم مع وقع أقدام الذاهبين للجامع. خبط عمرو بن الحمق كتف رفيقه برفق وأعاد لثامه وجذبه لاستئناف سيرهما:

- إن عاتكة بنت زيد كانت زوجًا لأخيك عبد الله بن أبي بكر وقد مات شهيدًا، فتزوجها عمر بن الخطاب، وكانت تحضر الصلاة في المسجد على غيرة ابن الخطاب ورفضه، فلما قتل تزوجها الزبير، فشرطت عليه ألا يمنعها من المسجد ولا يضربها فوافق على مضض. فأنت تعلم أنه يمنع نساءه ويضرب حريمه، حتى أسماء أختك، فلما عيل صبره من خروجها، قعد لها في الطريق كما فعل مع زوجاته اللاتي صممن على الصلاة في الجامع، فلما مرت ضربها على عجيزتها فنفرت من ذلك ولم تخرج بعد.
- وكيف عرفت؟
- كلنا نعرف، فأنت شاب لم تلحق بهذه الليالي يا ابن الخليفة الأول.

ثم ضحك:

- ثم إنني كنت مع الزبير حين كمن لزوجته أو لزوجتك المزمعة.

أطرق ابن أبي بكر وهما يتقدمان إلى الجامع:

- سنصلي ثم نذهب مع علي بن أبي طالب لبيته.
- بل نتركه يذهب لبيته مع حسنه وحسينه ونلتحق بهما بعدها، فلا نريد لأحد أن يعرف بمقدمي إلى المدينة وإلى ابن أبي طالب تحديدًا.

- المدينة كلها تعرف أنكم موجودون على أطرافها في أرض ذي خشب.
- لكنهم لا يعرفون ماذا سنفعل، وأنت تعرف وأنا أعرف، وأنا هنا الآن.

كانا قد خلعا نعْليهما ودخلا المسجد، فهمس ابن أبي بكر:

- أنت هنا لتفعل ما اتفقنا عليه لا ما تريد أن تفعله يا ابن الحمق.

رفع ابن الحمق نظراته ناحية عثمان بن عفان وقد دخل المسجد وهو يتوكأ على عصاه ويضع ذراعه فوق كتف مولاه ويتحرك وئيدًا بطيئًا:

- لنر ماذا سيقول علي في هذا الرجل إذن؟

* * *

دخل الحسين يحمل سراجًا فأضاء الغرفة الشحيحة من البسط والفرش والأرائك، أضاء وجه علي يبتسم لولده ثم يخاطبه:

- لترحب بضيوفنا يا حسين.

تداخلت كلمات الحسن:

- وهل محمد بن أبي بكر بضيف، هو ابنك كما الحسن والحسين، لكن أهلًا بصاحبه ورفيقه.

كان ابن الحمق ينتظر أن تغمره روائح هؤلاء الثلاثة، فتتخدر هذه العروق النافرة بالغضب وتشعر بالراحة، لكن تلك الشعلة المتقدة بالحقد التي حملها في قلبه من الكوفة إلى الفسطاط لم تهزها نسائم لا يرى لها شباكًا، حياه الحسين وخرج، أما الحسن فقد لامت كل ملامحه وأنفاسه وإيماءاته ابن أبي بكر لمجيئه بهذا العمرو إليهم. حين خرج الرجلان قالها الحسن لأبيه وهو يستدعي بنظراته الحسين من مكانه:

- ما حاجتنا بهؤلاء الغضبى على عثمان، فلسنا لهم ظهرًا ولا ظهيرًا ولا نعرف منهم إلا أخانا ابن أبي بكر وهو قانت عابد لكن غرير؟

رد علي:

- وماذا ترى يا حسين؟

- وهل تملك إذا طلب الناس منك أن تنصر مظلومًا أو ترد ظالمًا إلا أن تفعل؟

تداخل الحسن:

- والظالم مظلوم في الآن ذاته.

قام علي قائلًا:

- ليقض الله ما هو قاضٍ.

قال الحسن:

- إذن لنترك قضاء الله لله، ولندع هؤلاء المتخاصمين ليحتكما لغيرنا، فإنك إن ذهبت كما أراد ابن عديس والمصريون إلى عثمان، دس له مروان ما يدسه هو وأبناء عمومته عن نصرك لمخاصميه وعصاته، وإن حكمت فطلبت من المصريين شيئًا فهل يسمعون ويطيعون أم أنهم استمرأوا التعصي؟

قال علي:

- أنا ذاهب لأخي.

رد الحسن:

- أنت ذاهب لأخيك ولمروان معه.

كان عمرو بن الحمق قد قالها عارية من ألبسة الحجج والبراهين، إما أن يقبل أن يخلع عثمان رجاله أو يخلع نفسه. اللهجة المبخوخة كرهًا والحروف المسنونة للكلمات ارتمت في حجر علي بن أبي طالب فأقلقته. مد ابن الحمق يده في جيب سرواله وأخرج ورقًا مصريًّا ملفوفًا، وضعه بين يدي علي وهو يبلغه:

- هذه رسالة من محمد بن أبي حذيفة حملتها لك من مصر.

رفعها علي بأطراف أصابعه عن حجره ونحاها جانبًا فتدحرجت حتى جوف نعله:

ـ أليس فيها إلا ما قلت؟

لاحظ ابن الحمق ازدراء علي من الرسالة الشفوية والمكتوبة لما جرت عيناه عليها، فصمت مستكشفًا تضاريس وجه ابن أبي بكر، هل جزعة أم هادئة، قلقة أم رائقة، فلم يرَ الآن ابن أبي بكر الفسطاطي حيث النفرة والغضبة، بل رأى هذا الابن الملفوف في سبت تحت قدمي أبيه، فاستسلم عمرو بن الحمق لما رأى فتور علي وبنيه حتى يسلم لابن عديس مفتاح الأمر حين يعود إليه. قبل أن يرحل قال له علي:

ـ لتبلغ صاحب الشجرة ابن عديس السلام، وقل له إن اليد التي صافحت النبي تبايعه ليس لها أن تمتد لتهدد مدينة النبي بالفزع، أمهلوني وقتًا كي أرى ما أنا فاعل بينكم وبين عثمان، قل له أن تتمهلوا وألا تخطو قدم منكم على أرض المدينة قبل اتضاح صبح هذه الحلكة.

* * *

حين خرج ابن أبي بكر وعمرو بن الحمق من بيت علي كان النهار قد رمى نوره على دروب المدينة، وأخرج ناسها من أبوابها للرعي وللزراعة وللتجارة وللحياة. أحكم ابن الحمق لثامه على وجهه ولم يقدر على منع دهشته:

ـ كبرت المدينة وازدحمت يا محمد!

ثم التفت كثيرًا ولف حول نفسه ودار بعينيه في الزوايا:

ـ يا لتبدل الحال! فقد غبت عنها سنوات في الجهاد حتى كدت لا أعرف الآن بشرها وبيوتها.

ثم بعد مرور وعبور:

- وما هذه الحدائق وذلك النخل؟! وما كل هذه الإبل والخيل والجواري المارات والعبيد المزاحمين الممرات؟! لقد ودعتم الفاقة في المدينة إذن.

رد محمد بن أبي بكر:

- لكن الناس تشكو ظلم عثمان في القسمة والمناب.

استعاد ابن الحمق كرهه فورًا:

- كل هذا لبني أمية وبني معيط، وستجد أنصار المدينة ومهاجريها على أعطياتهم من الفتات، بينما تكتنز دور أقارب عثمان وأهله.

ثم توقف فجأة:

- إلى أين نذهب يا محمد؟ ألا تخشى عيون مروان؟ ماذا لو كشفني هؤلاء الناس؟

أمسك ابن أبي بكر بيده وقال له مرتاحًا لقراره:

- ستمكث معي حتى طي الليل.

- وهل منزلك آمن من مروان ورجاله؟

- لن نذهب إلى منزلي، لقد وصلنا إلى منزل حُبى.

ضحك ابن الحمق بصوت عالٍ تفلتت نبراته من إرادة التخفي لديه:

- حُبى، ألا تزال حية هذه المرأة؟

وفي خبث تلاطف ابن الحمق:

- هل تتعلم منها كيف تعامل عاتكة يا محمد؟

تجاهل ابن أبي بكر غمزه ولكزه للدخول.

* * *

- كم مرت السنون يا علي منذ زرتك في هذه الدار!

قالها عثمان واقفًا على وصيد الباب.

كان خلفه الحسين مبتسمًا بشوشًا وقد ترك عثمان كتف غلامه واستند على الحسين وهو يتمتم:

ـ كيف أنت يا حبيب حبيبي رسول الله؟

وادعًا وديعًا قالها الحسين:

ـ بخير والحمد لله على نعمه يا خليفة المسلمين.

سارع الحسن إلى عثمان مقبلًا عليه ومقبِّلًا لحيته ومعانقًا، فرفع عثمان ذراعيه واحدة منهما ممسكة لا تزال بعصاه وضم ظهر الحسن إليه، ويربت عليه دافئًا مبتهجًا يقول:

ـ ليس في هذه المدينة من أصفى قلبًا من قلب هذا الفتى يا علي.

كان علي قد اقترب منه مصافحًا مبتسمًا وباشًّا وهاشًّا، فاجأه حضوره لكنه أبهجه، أمسك بمرفق عثمان يقوده إلى مسند مرتفع عن الأرض مكون من قش مغطى بخيش ذبلت فتائله وانفرطت، فأمسك بأطراف خيوطها عثمان وهو يجلس بصعوبة متوجعة ويقول:

ـ هذا أنت يا ابن عمي، تمتلئ بيوت المدينة بالحرير والديباج والوسائد والمساند وأنت لا تعرف إلا الحصير والخيش!

رد علي ضاحكًا:

ـ لقد كنا ننام على التراب يا أخي، فالحمد لله على نعمة الخيش.

ـ آه يا أبا تراب، سأسبقك إلى هذا التراب يا ابن عمي.

ـ أمد الله في عمرك يا عثمان فلا زلت شابًّا.

ضحك عثمان مقهقهًا:

ـ أنت لم تكذب أبدًا يا علي، فلا تجعلني أصدق أن شيبتي شباب.

لم ينتظر الحسن والحسين حتى إيماءة والدهما للخروج فاستأذنا، بينما أحكم خادم عثمان العباءة على كتفيه وبحث الخادم الثاني عن شيء

يضعه تحت قدمي عثمان ليرفع به جلسته، فأشار له عثمان أن يتوقف ثم التفت لهما:

ـ هل تريان يا غلاميَّ بيت أخي؟

لم يكن العبدان في حاجة للرد، فمنذ دخلا من باب الدار ولا شيء فيها إلا الفقر، فصحح عثمان ما بدا واضحًا في نظراتهم الخجلة داخل الغرفة الضيقة والعارية والفارغة:

ـ هذا ليس فقرًا يا ولديَّ بل زهد، فمهما دخل هذا البيت من دراهم وفضة فإنها لا تبيت فيه.

ثم أشار لهما بالانصراف وإغلاق الستار.

ثم نادى موجهًا وجهه لباب الغرفة:

ـ يا حسن، لا تذهب إلى دارك لتأتي لنا بلبن أو عسل، فلا ترهق نفسك.

وحدهما الآن، والصمت طال حتى كأنهما أحبا أن يطول.

ثم تنهد عثمان وقال:

ـ عرفت أن محمد بن أبي بكر وأحد المصريين قد زاراك.

ـ نعم، ولعله الصدق الوحيد الذي أبلغك به مروان بن الحكم.

ابتسم عثمان:

ـ إنه يخشى هؤلاء السوقة العصاة وما جاءوا له من مصر.

قال علي بهدوء:

ـ إنهم رعيتك يا خليفة المسلمين.

ـ ولأنهم كذلك، فلماذا يعصون أميرهم ابن أبي سرح في مصر؟

ـ لأنه يعصى أوامرك يا عثمان فلا يقضي بينهم بالقسط.

ـ أهكذا أبلغوك.

بدت ملامح علي متألمة:

ـ بل أبلغوا ما هو أشد وأنكى.

ـ يا ابن عم، إنه ليس لي مثلك، وإن قرابتي قريبة ولي حق عظيم عليك، وقد جاء ما ترى وما سمعت من هؤلاء القوم، وهم يعتزمون المجيء صبحًا أو ليلًا حتى باب داري، وأنا أعلم أن لك عند الناس قدرًا، وأنهم يسمعون منك، فأنا أحب أن تركب إليهم حيث معسكرهم فتردهم عني فإني لا أحب أن يدخلوا عليَّ، فإن ذلك جرأة منهم عليَّ، وليسمع بذلك غيرهم فيصبح بيت الخليفة مباحًا، والذي يبيح بيته يبيح دمه، وأخشى أن يندفع الناس حولي للمدافعة عني أو أن تأخذ ولاتي الحمية فيرسلوا لهم من يواجههم فتنفتق المدينة بالفتنة.

أومأ علي وهو ينصت لحيرة عثمان ورجائه فيه، فقال:

ـ هؤلاء قوم غاضبون جاءوا من أقصى الأرض تفزعهم تصرفات وتثيرهم أمور، فليس الأمر أن أخاطبهم وأخطب فيهم فيهدأ روعهم ويمضوا عنك وعنا، لا بد أن نقدم لهم شيئًا حتى نردهم، فعلامَ أردهم يا خليفة المسلمين؟

كانت نقرات عصا عثمان فوق التراب مكتومة:

ـ حسنًا يا ابن عم، تردهم بأن تعدهم أن الخليفة سوف يصير في جل قراراته إلى ما تشيرني به أنت وتنصحني إياه، وما تراه لي فأنا سأنفذه وأفعله ولست أخرج من يديك.

بان التردد على وجه علي، فلم تكن ثقته في قدرة عثمان على مقاومة مروان بنفس ثقته في صدق نيته فقال:

ـ إني قد كنت كلمتك مرة بعد مرة وتوافقني وتعدني وتلتزم بما ألزمك به ثم أخرج من عندك مطمئنًا إلى عزيمتك على الرجوع عن أمور يغريك بها مروان، ولا تمر ساعات حتى أجدك تفعل غير ما اتفقنا عليه

وما توصلنا له، فأقول أنا وتقول أنت، وأخرج لأخبر الناس بما قلنا ثم تخرج أنت فتقول غيره، ونقول معًا فتقول وحدك، وذلك كله فعل تأثير مروان بن الحكم وسعيد بن العاص وابن عامر ومعاوية، في كل أزمة وفي كل مرة وفي كل غضبة وفي كل وقفة أطعتهم وعصيتني.

لم يستطع عثمان أن يحاجج عليًّا فتنهد حزينًا أسفًا، وسكت مطرقًا ومتأملًا عيني علي بن أبي طالب المستفهمتين عن رده. دق العصا ثلاث مرات ثم توقف وأطرق برأسه ومسح لحيته وقال حازمًا وهو يضع عينيه في نظرات علي:

- فإني هذه المرة أعصيهم وأطيعك.

عاد علي برأسه للوراء مثبتًا نظراته فوق وجه عثمان الذي حاول أن يتجنب تلك النظرات، ثم استسلم لها وهو يقول:

- هذه المرة ليست كأي مرة يا علي، ولا أريد لمدينة رفعنا فيها راية الحق وصحبنا فيها نبي الحق أن تشهد نزاعًا أو خلافًا، فوالله إن انكسر هذا الباب لن ينغلق أبدًا.

رد علي بصوت قلق:

- والله لا أخشى عليك إلا ممن تحب لا ممن تكره يا عثمان.

رد عثمان بصوت حزين:

- لكن من أحبوني أحبهم يا علي.

- وهؤلاء القوم يكرهونك لأنهم لم يروا حبك يا عثمان.

قام عثمان متوجعًا كما جلس:

- لكنهم رأوا الخير والمال والأعطيات والدور والقصور والحدائق والسبايا والجواري والعبيد وأرض السواد والفتوحات والغزوات ونصر الله ونعم الله.

كان قد تمكن من الوقوف مستندًا على عصاه وواصل:

ـ لكن كرههم يعمي قلوبهم يا ابن عم عن حبي وعن حقي، ولعل الله يبصرهم بك الحق.

وقف علي له مودعًا فربت عثمان على كتفه:

ـ هذه المرة أطيعك يا علي وأعصى مروان وغيره.

وهو يمضي خارجًا التفت إليه مجددًا وقال:

ـ هل ستخرج لهم اليوم يا علي؟

رد علي مطمئنًا:

ـ لو أردتها اليوم يا خليفة المسلمين فلتكن اليوم.

ابتسم عثمان شاكرًا، وأمسك بيد علي ثم باغته بالطلب الصدمة:

ـ إذن لتأخذ معك مروان!

٦٢

خفق قلب ابن ملجم لما رأى عليَّ بن أبي طالب مقبلًا فوق فرسه، لم يكن يعرف ملامحه لكنه عرفه. كيف لم يره قبلًا خلال صحبته معاذ بن جبل، في مكة لم يكن حينها بين ظهرانيها، وفي المدينة لم يمكث إلا قليلًا وقد كان ابن أبي طالب خارجها. لكنه منذ جاء مع ابن عديس وهو يوقن اللقيا، هل كان على شوق وعلى وجد وجود علي؟ كان علي حاضرًا في مصر معه بالقص وبالنص، بسيرة تعطرها حكايات ابن عديس بالورع والتقى، ويزودها ابن أبي بكر وابن أبي حذيفة بالبطولة والنجدة. لا شيء في علي إلا نقيًّا كما سمع، ولا شيء إلا طاهرًا كما حفظ قرآن ربه. كانت كوامن ابن ملجم قبل عينيه تبحث عن هذا الرجل الذي أذهب الله عنه الرجس وطهره تطهيرًا. منذ خروجهم من الفسطاط والكثرة الغالبة من الآمال المحمولة والموضوعة هي على علي بن أبي طالب، حيث الإنصاف من جور عثمان، حيث مجابهة عثمان، حيث خلع عثمان. لا يزال يذكر غضبة ابن عديس فوق رأسه حين سأله:

ـ وكيف يسكت علي بن أبي طالب على ظلم خليفة تعسف وحاكم وتجبر؟ أضعف أم تواطؤ؟

عصف به ابن عديس احتقارًا، لم يبذل جهدًا في أن يجيب، بل كان مجتهدًا في أن يسفه هذا الحافظ للقرآن حين ينطق بجهله، هكذا أشاح برأسه وهو يشير لعمرو بن الحمق الذي انبرى فرد عليه موجعًا عظامه بالنظرات المقرعات:

ـ ليس عليًّا من يتواطأ ولا من يضعف، لكنه الذي كان أحق بالخلافة وأولى بها لقرابته من محمد بن عبد الله ولولايته لنبي الله. لكن تجاوزه أبو بكر وعمر، وحين رفع ابن عوف يد عثمان ليركب قريبه وشريكه رقاب الناس لم يشأ علي حتى أن يشق الناس فرضي بشقائه، فهو لا يصمت بل يصبر، وهو لا يسكت بل يردع. ولكن لن يدع عثمان وقرابته يقولون أبدًا إن في نفسه منها، كما لن يكف عن إغماد الحجة في وجه عثمان ووجوههم ليحتج أمام الله بأنه لم يقنع بالصمت أمام الطمع.

كان ابن الحمق زاعقًا، كلما مط في كلامه تمطت نظراته لتلطم ابن ملجم ما دامت يداه لا تفعلان.

حين وصل محمد بن أبي بكر للمعسكر مع عمرو بن الحمق قادمين من المدينة وبشراهم بأن عليًّا في الطريق إليهم بعد اجتماعه مع عثمان، والقلوب مشرئبة وحواصل الأكباد تتلظى بالشوق.

بحث عبد الرحمن بن ملجم المرادي حثيثًا ليرى سيف علي الملقب بذي الفقار على خاصرته حين وصل. هل وراء حزامه؟ هل بين طيات ردائه؟ لم يتمكن من رؤية جرابه ولا مقبضه ولا نتوئه أو بروزه. أين ذو الفقار علي؟ لكن نظراته مجذوبة الآن إلى وجه علي كما جذب المئات الملتفين المنتظرين المترقبين المحيطين الملهوفين المنشرحين المتزاحمين الحافين من حول كوكبة الخيول التي وصلت فوقفت، ونزلت أقدام وسيقان للأرض كاد الناس أن يحملوا عليًّا عنها.

لم يفحص ابن ملجم الوجوه التي صاحبت عليًّا في الحضور، عرف أنهم ثلاثون من الصحابة أتوا مع علي، لكنه تعرف فقط على محمد بن مسلمة من بينهم، فهو يتذكره ببصمة حادثته في الفسطاط على قلبه، يوم جاء ليحاكم ابن العاص ويقتسم ثروته بأوامر من ابن الخطاب. لكن عليًّا وحده من كان يملأ مدى نظره. حاول أن يلتقي بعينيه مع نظراته فلم يكن، بذل دفعًا باليد وبالكتف ليزيح حواجز البشر عنه ليقتحم الحيز المحيط به لكنه لم يقدر. اكتفى بهذا الكمون في زاوية من دائرة واسعة التفت حوله تسمع ما جاء به، هل فوجئ علي بهذا الوجود الكثيف؟ بمعسكر من الخيام والرواحل، بالملامح العازمة والأحزمة الملفوفة حول الخصور بالسيوف؟ قفز ابن ملجم على كعبيه واستند على أكتافٍ أمامه ومال على أعناقٍ حوله حتى يرى ذا الفقار، فلما أعياه الفشل سأل جبلة بصوت عالٍ عصبي:

- لماذا لا أرى ذا الفقار علي؟

جاءت الإجابة:

- لعله لم يأتِ به يا مرادي، فلماذا يحمل علي بن أبي طالب سيفًا، فلا هذا مضمار قتال ولا أرض نزال؟!

دق قلب ابن ملجم لحظتها، ليس بسيفه فهل سيهزم عثمان بكلمته؟ كان علي صامتًا مطرقًا حين سأل محمد بن مسلمة الجموع وهو يلف عليهم بصفحة وجهه التي تستقر عند ابن عديس:

- ماذا تريدون من الخليفة يا إخوة الإسلام؟

صاح جبلة:

- ليس خليفتنا ولن يكون.

تصايح ابن ملجم مع المئات مهللين مؤيدين.

رد محمد بن مسلمة محتجًّا:

ـ بل هو خليفتنا بايعناه وبايعتموه جميعًا!

رد كنانة بعلو الصوت:

ـ واليوم نخلعه.

دوى عمرو بن الحمق بالغضب:

ـ وإن لم يخلع نقتله.

جفل ابن مسلمة ونظر إلى علي ليغيثه.

عاد ابن مسلمة وقال:

ـ وهل تعتقدون أن خمسمائة رجل منكم قادرون على خلع خليفتكم؟

رد ابن الحمق:

ـ بل وعلى قتله.

شخط فيه ابن مسلمة:

ـ أنت صحابي من صحابة رسول الله تهدد بقتل صحابي هو صهر النبي وخليفة خلفائه!

أجاب ابن الحمق راشقًا سيفه في ثرى الأرض:

ـ بل نقتل عاصيًا خرج عن الإسلام.

زعق حسان بن ثابت:

ـ خسئت يا رجل!

احمر وجه ابن الحمق واشتعلت كلماته:

ـ اسكت أنت، فلماذا أتيت ولم تقعد مع النساء كما تركت النبي في أحد؟

صرخ ابن عديس في ابن الحمق:

ـ فلتصمت يا ابن الحمق وتدعنا نخبر إخوتنا بما جئنا له.

* * *

ساعتها كان ابن مسلمة يحمد الله أن عمارًا رفض أن يأتي، ألح عليه سعد أن يصحبهم مع علي إلى المصريين فتحسس لحمة الأذن المبتورة ثم نفض يده وخنقته العبرات:

- أوَيذهب علي ليدفع عن عثمان غضب الناس؟

رد سعد بأن نعم، وأراد أن يخفف عنه غلواء غليانه فذكره باللقب الذي يحبه:

- يا أبا اليقظان ألسنا رحماء بيننا؟

ندت من عمار ندهة الأسى فتأسى:

- وأي رحمة لدى عثمان حين فتق بطني وشج رأسي وكسر عظمي؟

رق له سعد:

- ألا تعفو يا أبا اليقظان عن صاحبك زوج بنتي النبي؟

أجاب عمار سريعًا وحازمًا:

- أعفو عن أخي عثمان زوج أم كلثوم ورقية، لكنني لا أعفو عن عثمان ابن عم مروان.

ثم قام:

- أما الأخ فلا حاجة لي بقصاص منه، أما الخليفة فللمسلمين حاجة وأنا معهم.

حار سعد ماذا يقول له بعد أن سد طرقه إلى قلبه؟ لكنه حاول ثانية:

- ولكن ابن عديس ورجاله من مصر يحبونك ويقدرونك، فلو قلت لهم كلمة يرقون معها لعثمان وتخفف من غلو غضبهم.

رد عمار وهو يفاجئ سعدًا بحركة مباغتة يرفع فيها سيفه ويتجه به ناحيته مندفعًا، يبتعد سعد برأسه مندهشًا بينما يمرق سيف عمار ويلج في ثقب بجدار بيته:

ـ والله لو ذهبت معكم لحرضتهم على المضي معًا في مضاء وجلاء على خلع عثمان.

كان يتحدث وهو يمعن النظر في الثقب والتفت له:

ـ ألم تشعر بعين تتلصص علينا يا سعد؟

قبل أن يجيب سعد كان عمار قد فتح باب داره، ولف يمينًا ناحية جداره وسعد يمضي خلفه، فإذا بأحدهم قد بوغت بمطاردة عمار، فترك الثقب الذي كان قد دس أذنه فيه، وتراجع فسقط متعثرًا فانكشف لثامه، فأخذ يعدو بينما يصرخ عليه عمار:

ـ لقد عرفتك، ووالله لكان حقًّا عليَّ أن أخزق عينك بسيفي حتى تذهب بها إلى مروان.

التفت إلى سعد وهو يلهث من فورة نقمته:

ـ أرأيت من تدعونني إلى درء خطر الثائرين عليه، يرسل من يتنصت علينا ويتسمع؟! بمَ سأرد على دعوتك يا سعد؟

نفض يديه لامباليًا:

ـ فليقل له ماذا أجبت عليك.

ثم واصل عمار وهو يعود إلى عتبة داره يشيح بظهر كفه لسعد:

ـ بل لتقل له أنت يا سعد، إن عمارًا لن يسانده ولن يحميه، بل يحرض عليه، ليس لأنه اعتدى على عمار بل لأنه اعتدى على مال الله وحرم الله وحكم الله.

* * *

عندما عاد سعد وحكى لهم ما جرى، خاف ابن مسلمة أن يؤثر رفض عمار على قبول علي بالوفود معهم للمصريين، لكن عليًّا حزم أمره، وها هو قد جاء، خصوصًا لما تراجع عثمان سريعًا وبنظرة رفض لوامة منه عن طلب مصاحبة

مروان معهم. لم يتكلم حتى الآن، لكن ربما لكي يفرغ الناس من ثائرتهم فتهدأ النفوس وتنطفئ جذوة النار في الصدور فيخطب علي ويخاطبهم ويقنعهم بما جاءوا له. لكن عبد الرحمن بن ملجم كان أكثر المحيطين حيطة من صمت علي. همس في كنانة الذي ضاق من مقاطعته للاستغراق في محاورات الناس:

- لو كان علي يريدنا أن نذهب لعثمان ونخلعه لفعل ما فعله عمار وما حضر إلينا.

لم يعره كنانة اهتمامًا.

صمتوا حين علا صوت ابن عديس وهو يوجه كلامه إلى علي:

- لقد زارك عثمان وكلمك يا أبا الحسن وكلمته، ونريد أن تشير علينا بعد ما وجدته منه.

كأن الجميع قد اكتشفوا أن هذا هو السؤال الذي كان يجب أن يسألوه من اللحظة الأولى، فصمتوا مسترقين الهمس منتظرين الجواب.

كانت الخيام قد زادت، والخيول والإبل تمضي في المضارب بسائسيها، وقِرب الماء في أيدي سقاة جاءوا من أطراف المدينة للسقاية، ورعاة لجأوا بأغنامهم على حواف المكان تجري نعاجهم في فراغات بين الخيام، وتحرك نسائم الهواء العشب الجاف وزروع الشوك في تلك الرقعة التي طرقت بحديد أخبارها رؤوس الناس في المدينة.

دار بخلد محمد بن أبي بكر الآن مدى غياب عثمان أو تغييبه عن حقيقة ثورتهم عليه حين طلب اصطحاب مروان مع علي إلى هنا. كم سيفًا كان سينشب في عنق مروان لو رأوه؟ وكم تحديًا كان يعصف بمهمة ابن أبي طالب الصعبة في لجم هذا الحنق الهائج؟ كيف كان يفكر عثمان؟ حين بدأ علي كلامه عرف ابن أبي بكر الإجابة عن سؤاله، عثمان فكر في هذا العلي ووثوقه أنه سيدفع سن الرمح عن عنقه إن غضب الناس عليه، قال علي:

- إن الخليفة قد قبل منكم كل ما تطلبونه.

هب كنانة:

- إذن خلع نفسه.

جاء صوت آخر تصحبه موجات من النداءات:

- بل خلعناه نحن.

وتشابكت التكبيرات مع التهليلات.

لم يشاركهم ابن ملجم التصديق، والتفت لكنانة القافز فرحًا، يضرب على كتف كنانة كي يخبره رأيه لكن كنانة تجاهله، فقال ابن ملجم لنفسه رافعًا صوته لعل كنانة يهتم بأن ينصت له:

- ليس في وجه علي ما تسمعونه.

صوت علي بن أبي طالب بدا واضحًا بين الأصوات المتداخلة التي انفضت عن تشابكها لتسترق همسات صوته وحده:

- لقد وافق الخليفة على أن يخلع كل ولاته الذين ترفضون، وأن تختاروا أنتم ولاتكم الذين تريدون، وأن يعود عن أي فعل استنكرتموه، وأن يفتح للناس بابه، وأن يقتص لمن ظلم.

ران صمت وخيبة أمل، وسكنت الحركة، وتكلمت الريح، وانتظر البعض بعضه أن يتكلم، فلما كسر ابن مسلمة صمتهم بأن قالْ:

- الحمد لله الذي هدى أمير المؤمنين وأطفأ نار الفتنة.

إذا بالصفوف تتحرك وتتماس وتقترب، وحمى الأنفاس اللاهبة تحرق كلمات الرجل وقد خرجت من الحناجر حبال من غيظ:

- ومن قال إنه سيصدق؟

- لن نقبل.

- إنه يراوغ ويتفلت.

ـ لن يرضى عمار بهذا يا أبا الحسن.

ـ وماذا عن مروان؟ أيزيحه من فوق كاهله؟

ـ ومعاوية هل سيخلعه من شامه؟

ـ ومتى سينفذ كلامه؟

التقط ابن مسلمة السؤال الأخير، فأجاب وهو يعلو بصوته فوق الأصوات كلها:

ـ يقول لكم أمهلوه ثلاثة أيام.

عادوا بعد كل هذا الصخب فصمتوا حيرة أو تعبًا، فتكلم ابن عديس:

ـ ومن يضمن لنا أن عثمان سيفي بوعده يا أبا الحسن؟

وسط صمت أطبق على الحلوق نطقها ابن أبي طالب قاطعة:

ـ أنا.

استمر الصمت حتى سمع الناس للصمت صوتًا.

ثم أكمل علي:

ـ لقد قال كلمته لي، ووعد ألا يخذلني أبدًا، بل لقد زاد بألا يقطع أمرًا دون أن أوافق عليه.

ساعتها توجه محمد بن مسلمة ناحية ابن عديس واقترب منه حتى واجهه:

ـ ما الذي يمكن أن تقوله إذن يا عبد الرحمن يا صاحب رسول الله إلا الشكر لله كثيرًا والحمد لله بكرة وأصيلًا، فلم يعد لك حجة على عثمان لتقابل بها الله يوم العرض عليه؟

ابتسم ابن عديس يبتلع غصة في جوفه، واستقبل عناق ابن مسلمة بحرارة يستوجبها حماس معانقه، بينما تفكك الزحام وتفرق الجميع وانفتحت الحلقة حلقات، واقترب ابن ملجم متوجهًا قبالة علي لعله يرى ذا الفقار، لكن توقف يائسًا، فلم يكن تحت عباءة علي ولا معلقًا في خصره.

٦٣

ثلاثة أيام لم يظهر فيها عثمان من بيته، لا صلى في الجامع، ولا صلى بالناس، ولا طل من نافذته، ولا مر أمام باب قصره، ولا سمع له أحد صوتًا، ولا استدعى واحدًا للقائه. لا شيء ولا أحد يخرج من قصر عثمان سواء من هذا الجانب الملتصق بالدور الخلفية، ولا ذلك المفتوح على باحة تنتهي بباب على الشارع المؤدي للمسجد. تقف حُبى عنده الآن تبحث في الوجوه المتزاحمة والجباه المتراصة والأكتاف المتكالبة والظهور المتزاحمة والسيقان المفرودة والأبدان المضمومة، فلم ترَ مقصد عينيها. هي تقدر على أن تشم رائحة عبيد الليثي فارسها وزوجها تزكم أنفها بالشوق والشبق حتى لو وسط مئات من الروائح بعرق الحر وزحام الزقاق، ولهذا فهو ليس هنا.

كان جسدها الملفوف في عباءتها يرى نسوة من المدينة قدمن كما قدمت ويلتفتن في الأنحاء، ومنهن من بركت مع صويحباتها في جانب أو ارتكنت في ركن أو تحلق حولها صبية وأطفال ينشغلون بالألعاب في الحجارة والتراب. هل جئن لأجل أزواجهن الغائبين كزوجها، أم للاحتفال الهائج بالفرح الذي تستغربه حُبى منذ عودة علي من ذي خشب؟ حبور

الحضور المزدحم حول قصر عثمان يشغلون الطرق المؤدية إليه ويعطلون الدواب والرواحل من المرور وسط الانشغال المترع بالحاجات، ينتظرون خروج عثمان.

ثلاثة أيام لم يظهر فيها عثمان ولم يرجع فيها عبيد إلى سريره، حين وصل لها لاهثًا من ذي خشب حيث تسمع حديث المصريين مع علي، وعاد مسرعًا إليها وقد قرر أن يزفها الخبر: لقد أعلن علي أن عثمان سيخلع كل أمرائه وسيمضي بما يقره له علي بن أبي طالب. كان عبيد مغموسًا في هذا الهرج ضد عثمان، وكان فخورًا بالمرج الذي يدور فيه. يوم دخل عليها بعمرو بن الحمق يخبئه ابن أبي بكر في بيتها ساعات النهار، كانت تعرف أن عبيدًا صار شريكهم في إعلان العصيان على الخليفة، ربما عائشة وما بثته فيه من غضبها على أفعال عثمان زادته نقمة. قالت له حُبى:

- إن عثمان لم يظلمنا ولم يضرنا ولم يؤذنا مثقال حبة من خردل لتكرهه!

رد عليها:

- ولكنه آذى المسلمين.

فصكت صدرها وقالت:

- أنا لا أرى جائعًا في المدينة، ولم أعد أعرف فيها فقيرًا، وقد فار التنور بروائح السمن في بيوتها، ولبست النسوة حرير الشام ونسيج القبط لأير أزواجهن، من خير يمطر على صحراء يثرب من غزوات جند عثمان، فأين هذا الأذى؟

شخط فيها:

- أنت امرأة لا تصلحين إلا مركوبة، لا تعرفين من الدنيا إلا الجماع والطعام.

رمته بنظرتها الإغوائية المذيبة وهي ترد:

ـ وما الذي تريدونه بعد الصلاة والحرب إلا الطعام والجماع يا رجلي؟ هل أعد لك عدد جواري وملك يمين كل رجل في هذه المدينة؟ هل تعرف أن بعضًا ممن يشعلون جذوات الثورة على عثمان يملك الرجل فيهم لنفسه مائة جارية لا يتذكر أيهن اعتلاها أمس؟ ثم ولماذا ألف بك على عورات البيوت البعيدة أوَليس العابد القانت ابن أبي بكر وهو يقودك للعصيان على عثمان يخطب عاتكة؟ هذه المكينة سوف تسلب من صاحبك الشاب ركبتيه.

رماها عبيد ناحية السرير، فتهيأت له وتلوت وهو يصيح فيها:

ـ لن تصمتي عني إلا بصفع فخذيك يا امرأة.

ولكن ها هو عبيد غائب لا يظهر، فيزيد من شوقها ومن قلقها وتوجع فخذيها، لافتقادها دفء جانبه من سريرهما. ما الذي يجعله مبتعدًا وقد هدأت خواطره وفازت جماعته على عثمان فسلم لها؟ لم يحكِ لها ما جرى، لكن سوق المدينة ونسوتها وزائراتها لا تهدأ أفواههن وألسنتهن منذ ثلاثة أيام عن سرد خطبة عثمان حتى وكأنهن حفظنها.

* * *

زارها طويس مخضب اليدين ومكحل العينين يريها ثيابًا من سندس حملها له تاجر من اليمن، فتعجلت انصرافه لأنها ذاهبة لبيت عثمان، حيث يتجمع الناس، بحثًا عن زوجها الغائب، فتحسر طويس على حال المدينة:

ـ لما سألت الوليد بن عثمان لماذا تعج الدروب والشوارع عند قصر أبيه، قال لي إن عرفت فلتعرفني.

ـ وأين رأيت ابن عثمان؟

ـ كان معنا ليل أمس في جلسة غناء.

شهقت حُبى مصدومة وهي تمشي تاركة طويس يطوي ثيابه اليمنية بين ذراعيه وهي تقول:

- يبدو أن ولد عثمان اطمأن على أبيه من ثورة المصريين حتى إنه وجد وقتًا لغنائك يا طويس.

صاح خلفها طويس:

- لو سمع هؤلاء المصريون غنائي ما ثاروا يا حُبى.

وقفت حُبى عند نهاية جملته والتفتت له مؤنبة:

- ها هم الأنصار والأعراب والمهاجرون قد سمعوا في المدينة غناءك، فماذا فعلوا إلا الزحام عند عثمان يطلبون أعطيات منحها لبني أمية وأراضي قطعها لبني معيط؟!

وعادت لمشيتها وهي تردد لطويس جملتها الأخيرة:

- قل لابن عثمان إنك عرفت لماذا يذهب الناس إلى دار أبيه، لعله يزوره بنفسه ليتأكد وليسأله كذلك ماذا قال له علي.

* * *

استغرب علي بن أبي طالب هذا الهدوء في دار عثمان. لما دخل عنده لما يجد مروان كعادة مثوله خلف أذني الخليفة، لم يشهد حتى سعيد بن العاص الذي أقعده عثمان عن العودة إلى العراق. ليس في غرفة عثمان حين صافحه وعانق الزند الكتف إلا عبداه اللذان حضرا مع عثمان لزيارته في بيته صباح أمس. رحب عثمان بعلي وهو يبتسم له مرتاحًا وراضيًا، أشار إلى عبديه أن يقدما اللبن لضيفه ثم سأله:

- أين الحسن؟ ألم يأتِ معك؟

نظر علي إلى باب الغرفة حيث لحق به محمد بن مسلمة وسعد بن أبي وقاص فقال:

- صاحباك معي، وهما كما تعرف من كانا معي وآخرون من المهاجرين والأنصار نلتقي ابن عديس والمصريين في ذي خشب.

تبادل عثمان مع صاحبيه التحيات والسلامات، ودق بعصاه الأرض وهو يتأملها ويفحصها كأنها مرته الأولى معه ثم نظر إلى علي:

- هي عصا نبيك يا علي، أتذكرها؟

علق ابن مسلمة:

- ومن الذي لا يذكرها يا خليفة؟

أطرق حزينًا:

- منذ أضعت خاتمه وأنا أخشى ضياع عصاه.

ثم أضاف بعد برهة طالت على زواره:

- لقد بلغني أنك نجحت في تهدئة خواطر المصريين يا علي وعادوا إلى فسطاطهم.

قاطعه سعد:

- تركناهم يجهزون رواحلهم للسفر، حتى إن عليًّا رفض طلب بعضهم أن يصلوا في مسجد النبي وقال لهم ليأتوا في موعد آخر.

- بل ونصحناهم أن يمتنع من أراد منهم الحج، وقد أزف موعده، أن يؤجل حجته هذا العام كي لا يتشابه على الناس بقاؤهم.

قال هذه الجملة ابن مسلمة وذهب بنظراته إلى علي الذي قال ما بدا عازمًا على قوله منذ جاء:

- تكلم يا عثمان كلامًا يسمعه الناس منك ويشهدون عليه ويشهد الله على ما في قلبك من النزوع والإنابة.

هز عثمان رأسه ومسح لحيته ورفع عينيه إلى وجه علي، مستسلمًا لاتهام علي له بالظلم حتى إنه يطالبه بأن ينزع عنه وبالعسف حتى إنه يطالبه

بأن ينوب ويتوب إلى الله، هذا إذن رأيك يا علي، وضع عثمان لحيته في صدره صامتًا متلقيًا كلمات علي في جنبيه.

أضاف علي:

ـ إن البلاد قد تمخضت عليك، فلا آمن ركبًا آخرين يقدمون من الكوفة يطلبون ويشترطون وينقمون عليك ويثورون لخلعك فتقول يا علي اركب إليهم، ولا أقدر أن أركب إليهم في كل مرة، فماذا أقول لهم من بعد ما قلت ووعدت المصريين؟ وقد يقدم ركب آخرون من البصرة يقولون نفس كلام الكوفيين والمصريين ويغضبون ويحنقون فتقول يا علي اركب إليهم، وكأن كل مرة نرد الناس دون أن يروا منك شيئًا أو يسمعوا منك قبولًا ولا يرون إلى مطالبهم نزولًا، وإذا جاء اليوم الذي لا أجيبك ولا أخرج إليهم ولم أفعل ما تريده مني رأيتني قد قطعت رحمك واستخففت بحقك.

ندت من عثمان نظرات قلق:

ـ أوَتفعل؟

رد علي:

ـ لا أفعل إن فعلت؟ إذا خذلتني هذه المرة فكيف أفعلها مرة أخرى يا عثمان؟

أومأ عثمان:

ـ لا، بل أسمع لك وأطيعك.

ثم توقف بنظراته عند عيني علي:

ـ وهل هناك ركب آخر من الكوفة وركبان آخرون من البصرة؟

قال سعد:

ـ هذا ما لا نريده، وإن سمعنا أن المصريين قد دعوا الناس في الكوفة

والبصرة للحاق بهم لما جاءوا إلى ذي خشب لكن لم يصلنا للآن عنهم خبر.

علق ابن مسلمة:

ـ لا أظن أنهم قادمون إلينا بعدما تبلغهم موافقة الخليفة على الاستجابة لمطالب المسلمين.

أطرق عثمان بين الشك والسؤال:

ـ أهي مطالب المسلمين أم مطالب هؤلاء الناقمين يا علي؟

أجاب ابن مسلمة قبل علي:

ـ أيًا ما تكون، فقد وافقت عليها، وهي خير للمسلمين جميعًا لتهدأ الخواطر وتنكسر الفتنة.

صمت عثمان وصمت الآخرون حتى سمعوا تنهيدته:

ـ فماذا تريد أن أفعل يا علي؟

قال علي محددًا وواضحًا:

ـ تخطب في الناس في جامعهم وتخبرهم أنك تبت عن أهلك وقومك ونزلت على رغبة كل مظلوم ومشتكٍ.

أطرق عثمان:

ـ سأفعل بإذن الله.

رد علي:

ـ متى؟

ـ ألم تقل إن ابن عديس وصحبه قد رحلوا؟

ـ نعم.

ـ إذن لا بأس فلأفعلها في الجمعة.

ـ بل في الصلاة الآن يا عثمان.

ـ هل ترى ذلك؟

التفت علي باحثًا عن اقتحام مروان للمكان، وفهم ابن مسلمة أن عليًّا لا يريد أن يترك عثمان ليتفلت من وعده ويفلت من إعلانه للناس انتظارًا لرأي مروان وأمره في شأنه.

مد عثمان نظراته إلى سعد:

- هل الآن يا سعد؟

أومأ سعد، بينما قالها ابن مسلمة:

- الآن يا خليفة المسلمين.

مضوا معًا وقد استند عثمان في قيامه على عبديه اللذين سارعا لمساعدته، بينما شعر أصحابه أن الأزمة أسنت عثمان وعرت ضعف بدنه.

تساءل عثمان حين استقبله حر النهار:

- أهي القيلولة؟

رد أحد عبديه بإيماءة هامسة:

- موعد العصر بعد قليل.

- هذا نجيح.

وأشار عثمان إلى أحد العبدين الذي فوجئ بتعريف سيده له أمام أصحابه.

ثم نظر إلى الآخر وهو يمسك بيده:

- وهذا صبيح.

كان صبيح متفانيًا فيما يفعله في عون الخليفة حتى ربما لم يسمع اسمه على شفتيه.

قبل أن يدرك ثلاثتهم مغزى ما فعله عثمان وهم يخرجون من داره، قال لابن مسلمة هامسًا:

- عبدان لم يشتكيا مني ولم أشتكِ منهما أبدًا.

علق سعد:

- بارك الله فيهما يا خليفة.

يتجول عثمان بعينيه على ثرى الأرض، ويتحير من هذه الساعة التي يقيل فيها مروان ورجاله، قد طالت، وقد غابوا، لكنه مرتاح لقراره ومصحوب بأصحابه فلا بأس ولا أسى.

* * *

كانت العيون تحدق منجذبة إلى هذا الركب الماشي إلى المسجد يضم الخليفة دون رجاله ومع علي وابن مسلمة وسعد، هؤلاء القادمين من لقاء المصريين إلى بيت الخليفة إلى ناحية المسجد النبوي. عشرات العيون المتابعة المتلهفة المتسائلة المتجمعة من كل صوب والداعية لغيرها بالقدوم والاكتشاف، جعلت من المسجد حين دخل عثمان مكتظًّا بالناس حتى لا موضع لمن معه من أصحابه للجلوس، فآثروا الوقوف في نهاية الصفوف، مكتفين بعثمان يستند على عصاه وصبيح ونجيح، متجهًا متكئًا عليهم إلى المنبر. نظر عثمان في الوجوه المشرئبة فعرف حاجة الزحام من الناس كي يطمئنوا. رأى هؤلاء الذين قدَّم لهم ما يحبون فسمع منهم ما يكره، شهدوا معه الشهد فأنكروه، فتح لهم الدنيا فسدوها في وجهه، أكرمهم بالمال فبخلوا عليه بالطاعة. عرف أنهم قد تشوشوا بالمشائين بين الناس والهمازين الذين أفسدوهم عليه، لكنهم وهم كثير وجميع، يجعلون قلبه وحيدًا، حزينًا بهم، وحزينًا عليهم، ولكنهم يؤرقون ضميره، لعله أخطأ فعلًا على غير ما يعتقد، ولعله ظلم فعلًا على غير ما يؤمن، فما ضره في أن يتوب إلى الله أمامهم كما قال له علي، كلنا خطاءون وهو بشر لا عصمة لديه ولا قداسة. وهؤلاء أصحاب محمد كما أنه صاحبه، وهؤلاء المهاجرون كما هاجر وهؤلاء أنصاره. آه، أين تلك الأيام التي

لم تكن فيها يا عثمان مسؤولًا أمام ربك إلا عن صلاتك وقيامك وما تنفقه في سبيل الله.

كان العصر قد ارتفع أذانه وصلى بالناس، ولم تجلب الصلاة مروان ولا حرسه ولا جنده، بل كثيف البشر كأنها صلاة العيد، فلتكن عيدًا لهم إذن. توكأ على العصا إلى المنبر وصعده وهو يبحث عن علي في المسجد فوجده بعيدًا، عرفه من محياه، بينما ظل اختفاء مروان حاضرًا في فراغ وجوده. صمت الناس عن الهمس والإيماءة والإشارة والنفس حين هم عثمان بالكلام:

ـ أيها الناس، إن الله عز وجل إنما أعطاكم الدنيا لتطلبوا بها الآخرة، ولم يعطها لكم لتركنوا إليها، إن الدنيا تفنى والآخرة تبقى.

لفظ فم أحدهم همسًا محبوسًا في صدره:

ـ أيعظنا أم يعظ نفسه؟

دار عثمان بعينيه وعصاه عليهم:

ـ فلا تبطرنكم الفانية ولا تشغلنكم عن الباقية، فآثروا ما يبقى على ما يفنى، فإن الدنيا منقطعة، وإن المصير إلى الله، أما بعد.

صمت عثمان ليلتقط أنفاسه، وصمتت أنفاسهم لتلتقط كل حرف ولفظ ونقطة في صوته بعد جملته أما بعد.

قال عثمان وقد رفع صوته وجهر بصدق حار:

ـ فوالله ما عاب من عاب منكم شيئًا عليَّ أجهله، وما جئت شيئًا إلا وأنا أعرفه.

تنفست الصدور تنهيدات راحة جماعية وهمهمات تصديق ورضا ورقة ملأت فضاء المسجد.

أكمل عثمان:

ـ ولكني منتني نفسي وكذبتني وضل عني رشدي.

ماج المسجد بالحدث الجلل، وارتج الناس بمفاجأة اعتراف عثمان الصائح تواضعًا، ولم يمهلهم عثمان كي يستوعبوا المفاجأة الأولى حتى عاجلهم بالثانية:

- ولقد سمعت رسول الله صلى الله عليه وآله وسلم يقول: من زل فليتب ومن أخطأ فليتب ولا يتمادى في الهلكة، إن من تمادى في الجور كان أبعد من الطريق.

ندت مئات من الصلوات على محمد وتصديقًا على ما قاله عثمان عنه، وتعالت الهمهمات تلفظ الهموم عن القلوب وتنشرح بحروف كلمات عثمان التي كأنها المفاتيح تفتح قلوبهم وتمضي فيها بردًا وسلامًا.

ثم علا صوت عثمان فوق كل صوت:

- فأنا أول من اتعظ، أستغفر الله مما فعلت وأتوب إليه فمثلي نزع وتاب.

تزلزل الجامع بالتكبير لله والإكبار لعثمان، وبدت الدموع المنسالة على الخدود تتحول نهنهات بكاءات ونشيجات أفراح، ووقف بعضهم فقام الآخرون فوقفوا، وهتف بعضهم وتهاتف آخرون يكررون دعاء عثمان.

تخضلت لحية عثمان بالدموع منسابة منهالة، وتدفق جسده رعشة حتى إن العصا اهتزت في يده، خشي صبيح ونجيح أن يترنح من فرط انفعاله من فوق المنبر فالتصقا به وهو يرتجف في حمى وصال الاعتراف والتوبة. وكانت كفاه المرتجتان تمسحان دموعه التي تحجب الرؤية عن عينيه، وتنحشر حباتها في حروف كلماته فتلعثمها، فنفضها من أسنانه ومسحها عن شفتيه وقال والدموع تخضب كل كلمة منه:

- فإذا نزلت فليأتني أشرافكم فليروني رأيهم، وليأتني منكم ليطلب مطلبته، ولئن أبت يميني لتتابعني شمالي، فوالله لئن جعلني الحق عبدًا لأستن بسنة العبد ولأذلن ذل العبد، ولأكونن كالمرقوق إن ملك صبر وإن عتق شكر، وما عن الله مذهب إلا إليه.

لا صوت إلا البكاء يجلجل ويملأ المسجد صدحًا.

ثم اختلطت الدموع بالتمتمات والهمهمات.

ثم تراجعت الدموع والتمتمات والهمهمات أمام الصيحات والتكبيرات.

لم يكن واحد من حضور المسجد إلا وقد حلق في صفاء اللحظة، وانتشله كلام عثمان من غي الحيرة. وكان المحتشدون خارج المسجد يتلقون تلخيصات وتكرارات كلمات عثمان بالتفاجؤ المبتهج:

- عثمان تاب، عثمان يوزع المال، عثمان يفتح أبواب داره وبيت المال للناس، عثمان يرفع يده عن ولاته، عثمان يتخلى عن أقاربه، عثمان يسير سيرة ابن الخطاب.

بلغ التعب بعثمان مبلغًا أعيا ظهره، فانحنى ونزل عن المنبر وئيدًا مجهدًا بين زحام فرح دهش مهتاج مهلل مكبر دامع وباكٍ ومتقافز وصائح وفائز، يقبلون عثمان ويربتون على كل موضع في جسده ويدوسون على عباءته من شدة التدافع نحوه ويحيونه باسمه وينادونه بخلافته ويقبلون عمامته ويتشابكون مع أصابعه القابضة على عصاه، ويسأل بعضهم عثمان، فلما لم يجب سألوا صبيح ونجيح متى يأتون له داره لينعموا بيمينه وشماله، حينها ظهر حرس عثمان فجأة، فشقوا طريقهم وسط المتكالبين ومدوا أذرعهم ينقذون عثمان من زحام المحتفلين.

٦٤

ـ نائم، لم يتقلب على فراشه منذ عاد.

همست نائلة بالقرب من أنفاس عثمان اللاهجة ذات النشيج. كانت تضع ذراعها على ظهره ثم كتفه ثم صدره تتحسس أنفاسه، وتصعد يدها وتهبط مع تنهدات رئته، وتمسد لحيته، بينما مريم تركب على ظهرها ثم تنزلق من ظهر أمها إلى حضن أبيها. انتقلت في الشهور الأخيرة من الحبو إلى المشي إلى النطق العابث والمرح داخل جنبات البيت. كانت نائلة تحكي لمريم المستغلق عليها فهم حزن أمها، وكأنها تفسر لنفسها لا لطفلتها سر نومة أبيها الطويلة، تتمتم:

ـ لم يكن مرتاحًا بعد أن رمى عبئًا أثقل ظهره، ولكنه أيضًا لم يكن منزعجًا، دخل إلى فراشه ولم يخلع حتى ثيابه عنه، بل وقد أرخى عينيه ونام على جنبه، منذ دخلت عليه كانت ملامح أبيك تتوجع، يا قلبي عليه، بات مهمومًا مكدودًا حتى وهو داخل نومته.

اقتربت مريم من لحية أبيها فداعبتها، وجففت بكفها الصغيرة بلل لحيته المتعرقة، ودغدغت كلماتها المدغمة شعيرات لحية عثمان وهي تقول:

ـ أبي، أبي، أنا مريم.

التفتت نائلة إلى صبيح ونجيح الواقفين عند عتبة الباب مرابطين بالحنان والانحناء لسيدهما الذي صحا مع أذان المغرب، توضأ في إناء وضعه نجيح على سريره، ثم هبط عثمان متعبًا وثقيلًا حتى الأرض ففرش فصلى الفريضة ثم رفعاه وعاد لنومته. لا ذهب إلى المسجد ولا طلب منهما أن يبلغا غيابه. جاءهما مروان منذ العصر لكن كانا يردانه بنوم الخليفة، فلما جاءت نائلة تصحب مريم دخلتا في فراش عثمان ترقبان يقظته.

عرفت نائلة من همس الجواري ومن عيون نجيح وصبيح أن الناس قد فرحوا بخطبة عثمان، ثم دبت في قلبها دبيب دبة من إلحاح مروان على مقابلة عثمان منذ عاد. الآن يظهر عند عتبة الباب فيعود ضاجًّا مسموع النعيق حين يخبره صبيح أن السيدة نائلة معه وأنه لا يزال نائمًا.

حين سمعت أذان العشاء رأت تقلب بدن عثمان ثم جفنيه يطلقان سراح عينيه. مريم تملأ وجهه بوجودها، مسد على رأسها وابتسم لها ولنائلة ثم تمتم بإعياء:

ـ ليأت نجيح بآنيته.

سمع صبيح همسه فحث نجيح على الإسراع بالآنية. توضأ عثمان وهو يحمل مريم فوق فخذيه، ثم أزاحها برفق وصلى جالسًا على الفراش، ثم نظر إلى زوجته حانيًا طالبًا بعينيه أن تحمل مريم عن الفراش، نفذت طلبه وهي تضمها وتسأله ودودة ملهوفة:

ـ سلم الله الخليفة، هل تشكو من وجع؟

تمدد عثمان على السرير ووضع رأسه على وسادته اللينة:

ـ أنا بخير والحمد لله، سأقوم الليل حتى مطلع الفجر فلا تقلقي ونامي أنت يا نائلة.

حين ذهب إلى النوم سريعًا وعميقًا صاحت نائلة هامسة في الخادمين:

ـ أين كان مروان حين كان الخليفة في المسجد يخطب في الناس؟

لم ينطق كلاهما، فلما أوشكت أن تقوم وتشدهما للإجابة قسرًا، قال نجيح:

ـ لا نعلم أين ذهب، ولكننا نعلم متى عاد.

همست في صدرها وهي تنظر إلى عثمان وتضم مريم التي أغمضت ونعست:

ـ والله إن مروان يخبئ نائبة عن الخليفة.

في غبش الليل أحست نائلة كف عثمان تلمس خدها، فأفاقت عليه وقد صحا وهو يقول لها:

ـ ما لك جالسة في مطرحك يا نائلة؟ لماذا لم تنامي يا حبة القلب في فراشك؟

قامت فاحتضنته وضمته إلى صدرها ملهوفة ويسري في قلبها رجف أحسه عثمان فسألها:

ـ أقلقة مما كان أم مما يكون؟

ـ بل قلقي عليك يا زوجي وحبيبي.

ربت عليها:

ـ قومي لتأخذي مريم إلى غرفتكما، وقولي لصبيح ونجيح أن يأتيا الآن.

أخلعته عباءته ورفعت عنه عمامته وشذبت لحيته وجففت صلعته وهي تقول:

ـ بل سأظل أنا في خدمتك حتى الصبح، أقعد بجوارك وأنت تصلي وتتلو القرآن.

شدت المصحف بجلده الثقيل وأسندته على ذراعيها ثم وضعته عند السجادة فوق مسنده الخشبي بالقرب من الجدار ليتكئ عثمان على أريكته وهو يقرأه، ثم خرجت وعادت تحمل صينية فوقها صحون من

طعام حرصت على أن يكون ساخنًا على عجل، أخذت تختار لقيمات تدسها في فمه المتعصي على الفتح والبلع متحججًا بصدة نفسه، لكنها كانت تداعبه مصممة وتصمم جادة على أن يضع شيئًا في جوفه بعد صوم طويل لا تحتمله سنه. صبت من آنية الماء لتغسل يديه ومسحت بكفها على شفتيه، ثم صبت له من دورقها الصغير من الماء يقطر على يديه ليتوضأ وعثمان مبتسم مرحب، تسر أساريره وتبتهج عيناه وينفض عن كتفيه غمه.

عندما أذن لصلاة الفجر تيقنت أنه لا يريد الخروج لإمامة الناس للصلاة، وقد سمعت نجيح خارج الباب ينقل له سؤال السائلين عن وصوله للمسجد فأخبره أنه لن يخرج. زادت حلقات القلق خناقًا على قلب نائلة: فما الذي يفعله الخليفة؟ ولماذا بعد توبته عن أمور أغضبت بعضهم، يعود ويجلس في الدار ويمنع نفسه عن مواجهتهم؟

كانت في سهرها تقوم وتطل من حافة كوة في سور الدار على الشارع وراء باحة القصر الأمامية فترى عددًا من الناس ينضم للجالسين المنتظرين، تعرف منذ عصر الأمس أن أهل المدينة يفدون على الدار ينتظرون شيئًا غامضًا من عثمان. فلم تفهم منذ شاهدت وشهدت ما حاجة هؤلاء الناس بالضبط. أما المصريون فقد كروا إلى مصر بعد توثقهم من وعد عثمان بلسان علي، وأما أهل المدينة فقد سمعوا عودة عثمان عما كانوا يعترضون عليه، فلمَ هم هنا؟ ولمَ يتكاثرون؟ طلبًا للمال؟ ما أكثر ما منح عثمان! هل ردًّا للحقوق؟ وأي حقوق تلك التي حجزها عنهم خليفتهم؟

* * *

مع مطلع نور النهار كان مروان يطرق الباب ودون أن ينشغل برد عثمان أو نائلة وبمحاولة الخادمين اليائسة عن منعه دخل منفعلًا مكبوتًا بكظم الغيظ طيلة ساعات يوم بليلته، ولعله زاد حنقًا بزيادة

المتجمعين أمام الدار من بعد صلاة الصبح. كان وجه مروان يشي بأنه لم ينم، وأنه لا يحتمل ما حمل من ضغوط بني أمية عليه يلومونه فيما فعل عثمان. كأنه لم يرَ نائلة، جلس على أريكة في مواجهة عثمان دون أن يحييها وقال:

ـ السلام عليك يا خليفة المسلمين وأمير المؤمنين.

رد عثمان وهو يوقن أنه رغم نومه، فالمدينة تغلي بمراجل فرحة مما قال، وأن بني أمية تشتعل نقمة مما قيل:

ـ وعليك السلام يا مروان.

كانت نائلة ترى وهي الجالسة المتأملة المنهكة بقلقها، شواظًا من نار ترميها عينا مروان، وبخر غليان يملأ عباءته الملفوفة على صدره. نظر ناحيتها شزرًا بشيء من التعالي والغطرسة وقال:

ـ يا أمير المؤمنين أتكلم أم أصمت؟

أدركت نائلة أن مروان سوف يقضي على ما فعله عثمان، وسيرمي شعلة لهب على الحطب المنطفئ، فصاحت:

ـ لا، بل اصمت.

مع برهة صمت المفاجأة التي ألجمت مروان وأدهشت عثمان، قررت نائلة أن تحمي زوجها من نفسه المتوكئة على مروان وأهله، فأكملت بصياح تحول نشيجًا صارخًا:

ـ إن الناس قد جمعوا للخليفة وهم والله قاتلوه ومؤثموه، أفلا نترك له فرصة ولا نمكنهم منه أبدًا؟ وها هو أمير المؤمنين أمس وأمام الناس وعلى رؤوس القوم قد قال مقالة لا ينبغي له أن ينزع عنها أبدًا، ولا أن يتراجع عن أي حرف فيها، هي التوبة عن فعال كرهوها، وهي الرجعة عن أمور قررها، ثم هو التخلي عن ولاته وأمرائه.

قام مروان كالثور الثائر والجمل الشارخ صارخًا لا يطيق تدخلها ولا منطقها، واقتحم بكلامه وجهها وجلستها:

ـ ما أنت وذاك يا امرأة، فوالله لقد أسلم أبوك سعيًا لمال الخليفة، بينما ما أحسن حتى مات الوضوء!

قامت نائلة مستنفرة ومتحدية ترد الإهانة، فضربته بكلامها سياطًا:

ـ مهلًا يا مروان عن ذكر الآباء، تتكلم عن أبي وهو غائب وتكذب عليه وتحكم عليه، بينما أبوك الطريد إن جئت بسيرته التي يعرفها عوام المسلمين لن تستطيع ولا غيرك أن تدفع عنه، أما والله لولا أنه عمه (وأشارت إلى عثمان وخانتها أصابعها فارتجفت مرتعشة)، وأن كلامي عن أبيك سوف يؤذي مشاعره وينال منه لأخبرتك عنه ما لن أكذب عليه كما كذبت على أبي!

كانت قد أفرغت همها مع قلقها مع ضيقها من مروان، فهدأت أنفاسها وعادت إلى جلستها وهي تجمع شتات غضبها وتلم عباءتها عليها، بينما تضاءلت كتفا مروان وتهدلت سحنته وخمشت نائلة كبرياءه أمام عثمان الذي صمت عن الشجار، فلا قاطعه ولا أنبها ولا أسكته ولا منعها ولا رده، لكن حزنًا يطفو على كل ملامحه الآن ويهبط من عينيه حتى عصاه التي ارتخت قبضته الممسكة بها.

تماسك مروان وتغاضى عن سكين نائلة الحادة، والتفت إلى عثمان يكمل مهمته معه، قال بصوت أهدأ وأداء أرق:

ـ يا أمير المؤمنين أتكلم أم أصمت؟

رد عثمان وهو ينظر إلى مروان، ويوجه نظرته المستئذنة ناحية نائلة التي تلقتها في كرم شديد، قال:

ـ بل تكلم.

فقال مروان:

ـ بأبي أنت وأمي يا أمير المؤمنين.

قالها بعاطفة بدت صادقة مهدت المسافة إلى قلب عثمان وأسكنت ذعر نائلة، ثم أكمل:

ـ والله لوددت أن مقالتك وخطبتك في المسجد هذه كانت كما قلت بالضبط، ولكن وأنت ممتنع منيع، ساعتها كنت أول من رضي بها وأعان عليها وساعدتك على تنفيذ كل ما فيها وتطبيق ما وعدته بالحرف واللفظ، ولكنك قلت ما قلت حين بلغ الحزام ليخنق الحلق، ووصل السيل الزبى، فكأنما ضغطوا علينا وابتزوك يا أمير المؤمنين، وكأنما بدا أنك ضعيف بلا حول ولا قوة ولا قدرة ولا منعة، فاستضعفونا هكذا، وسنصبح مطية لكل راكب. ووالله هؤلاء لا يقولون إلا أن أعطى الخطة الذليلة عثمان الذليل، ووالله لإقامة على خطيئة تستغفر الله منها أجمل من توبة مضغوط عليها ومجبور عليها وتُنتزع منك في غير ما أردت، فأنت تواب لله دون أن يشد أحد قيدًا على عنقك، ولا يدفعك أحد إلى إعلانها أمام الملأ، بل هي في حضن مصحفك وفي سجودك لربك. وإنك إن شئت تقربت بالتوبة كما تريد وتشاء، فكلنا توابون إلى الله، ولكنك أقررت بالخطيئة وأنت لم تخطئ.

ثم توجه مروان حاميًا وطيسه إلى النافذة المفتوحة على سور القصر وهو يهز خشبها ويحرك ستارها:

ـ وما كانت النتيجة؟ أهل المدينة استضعفونا، وها هم المصريون يتفاخرون بأنهم أجبرونا، وها هم في الكوفة والبصرة يعزمون شد الرحال لنا ويشترطون علينا كما اشترط المصريون، وكأنك لم تعد

الخليفة، بل مأمور من كل ناقم عابر. وها هو قد اجتمع إليك على الباب مثل الجبال من الناس، من يطلب مالًا ومن ينتظر ولاية ومن يقتطع أرضًا ومن يريد أن يقتص منك.

اقترب بصوته من نائلة يخاطبها:

ـ قال لهم أميرك من له فيَّ حاجة يقتص مني، فجاء بعضهم يريدون القصاص منه، هل يرضيك أن يصفع أحدهم عثمان بن عفان صاحب الرسول وخليفة المسلمين لصفعة صفعها له حارس أو دفعها له الخليفة مؤدبًا أو يلكزه في جنبه لكزة كانت تقريعًا وتهذيبًا؟

كانت نائلة تدمع دموعًا سخينة، فقد عرفت أن مروان قد ملك عقل زوجها وأقنعه، وأن عثمان أسقط كل ما قاله على الأرض تحت حجج مروان. إنه يوقظ الحاكم فيه، ويخاطب صاحب السلطة، بينما هي تدق على حلمه وعفوه وشخصيته اللينة وروحه الكريمة. لكن مروان برقت عيناه بالسعادة الغامرة حين قال له عثمان بصوت حاسم على وهنه:

ـ اخرج إليهم فكلمهم، فإني أستحي أن أكلمهم أنني نكصت وعدي لهم ونكثت عهدي بينهم.

عندما صعدت نهنهات نائلة باكية، كان مروان يندفع خارجًا من الحجرة ويهبط إلى باحة القصر فيصعد سوره ويعتلي حافته ويندفع بشواظ من نار عينيه شاخصًا في الناس، والناس تركب بعضهم بعضًا لترى وقفته وترقب خطبته، فقد انطلق مروان بصوت جهوري شاخطًا فيهم:

ـ ما شأنكم قد اجتمعتم كأنكم قد جئتم لنهب؟! ماذا تريدون منا بتكالبكم علينا كأننا فرائس تنهشون لحمها وتمصمصون عظامها؟! شاهت تلك الوجوه التي أراها! كل إنسان فيكم آخذ بأذن صاحبه يثرثر له عن عثمان ويلغو فيه عن وعد أمير المؤمنين وتوبته وخطيئته

التي يتراجع عنها، إنكم تنتزعون من الرجل ما ليس لكم ولا حق لديكم عنده إلا أن تسمعوا وتطيعوا!

ثم مجلجلًا بأجراس حنجرته، وملوحًا بسيف في يده، ومحركًا الحراس وراءه وحوله، وزاعقًا بعزم ما فيه حتى اهتز سور القصر تحته وبعثرت كلماته زحام الناس أمامه:

ـ جئتم تريدون أن تنتزعوا ملكنا من أيدينا، وكأننا الضعاف المأكولون، اخرجوا عنا وابعدوا عن دار الخليفة وإياكم وما تزعمونه وما تطلبونه، وإلا والله لئن استمررتم في هرجكم وشغبكم وتقولكم على أميركم لنمرن عليكم بسنابك الخيل وسنون الرماح، ومنا أمر لا يسركم ولا تحمدوا، وراجعوا رأيكم وارجعوا إلى منازلكم.

ثم ليغرس رمحه في أكبادهم:

ـ إنا والله ما نحن مغلوبين على ما في أيدينا أبدًا.

كانت وجوه الناس تتبدل وتتغير وتتحير وتستفهم وتستغرب وتستنكر وتندهش وتنذهل وتصدم وتخاف وتفزع وتغتاظ وترفض وتأبى وتألم وتحمر وتشحب وتنتفض وتتخشب، وكانت الحناجر تهمس وتهمهم وتتمتم وتصيح وتصرخ وتتحشرج وتعصى وتتوعد وترغي وتزبد.

ثم أشار مروان لحراسه أن يرفعوا سيوفهم معه فرفعوها، بينما الناس يتفرق جمعهم، فبعضهم يجري وبعضهم يتردد وبعضهم يتفرق وبعضهم يعند، وجميعهم يصيح:

ـ لنذهب إلى علي.

حين دخل مروان على عثمان الذي كان قد سمع، وكانت نائلة قد اختفت، فقال مبهور الأنفاس:

ـ لقد أرسلت إلى معاوية أن يجلب لنا جيشًا في المدينة.

٦٥

بدا عثمان مستعيدًا استقواءه بإخلاصه، ليس هذا المتوكئ على عصاه بين علي وأصحابه منذ ثلاثة أيام، بل هو الآن بين عشرة من حرسه وخدامه وجند مروان ثم مروان نفسه يتقدم موكبه في اتجاه المسجد. يبدو عثمان للمتفحص أصلب قوة وأسرع خطوًا، لكن وجهه لا يحمل بين ثنيات العمامة على الخدين وعند الجبهة وفوق اللحية إلا ذلك الحزن المسلم شجنه لله. في هذا النهار حيث قيظ الهواء معبأ بغيظ المدينة، يخرج لأول مرة وقد تنادى رجاله بأن الخليفة يصلي ويخطب اليوم الجمعة في الناس.

حين وقف مروان صارخًا شاخطًا أخاف الكثير من فقراء المدينة الملتاعين بخيبة الأمل في عطايا ومنح عثمان التي قطع أملها مروان بحدة غطرسته. وتحير البدو الرحل والأعراب الذين جاءوا يحملون أطماعهم على أكتافهم منتظرين بابًا من بيت المال يُفتح فيملأون الجرابات ويمضون إلى نعاجهم الشاردة في حشائش الرعي. لكن الأنصار وهؤلاء الناقمين على عثمان لم يبرحوا مكانهم، منهم من لجأ إلى علي يستغيث به خذلان عثمان رعيته وتراجعًا مخزيًا عن وعده، ومنهم من يظن أن

عثمان لا يمكن أن يفعلها هكذا ويفر من عهده لهم وأن في الأمر خدعة من مروان لن يكشفها أو يجهضها إلا عثمان إن خرج، فألحوا عليه خروجه بالنداءات والصيحات والاستدعاءات. فلما استمروا في هذا يومًا بليلة عاد الناس إلى أملهم وإلى مكانهم يرقبون خروج عثمان ليبدد فحيح مروان، فلما تيقن عثمان من أن القوم لن يرحلوا إلا حين يسمعون منه، نزل على رغبة مروان وقرر الخروج إليهم في المسجد:

- سيرهب الناس وجودك ونحن معك نحيط بك ونمنعك عنهم، فإن رأوا جمعنا وقوتنا ولُحمتنا سترتجف الركب، وقد عرفوا أن المصريين قد رحلوا وقد نشرنا بينهم أن قوات معاوية قادمة من الشام، فإنك في مأمن حين تقف على منبر النبي فتلوح عصاك في وجه العاصين فينفضون خازين.

حين خرج عثمان محاطًا بمروان ورجاله، كان قلب نائلة يقرع دفوف صدرها بصخور من جمر، وقد أمر مروان جواريها بسحبها بعيدًا عن مسار الخليفة، ونبه محذرًا متوعدًا:

- ولو أرادت أن تصرخ أو تنادي على الخليفة أو حتى تنطق، عليكم بكتم حلقها.

حين همت أن تناديه كانت أكف تدس حريرها في وجهها، تجذبها مبتعدة وسط كلمات ترطب خشونة القرار باعتذار المغلوبين على أمرهم. ضربت على صدرها نائلة وهوت على أريكة غرفتها وحملت مريم من الأرض إلى الحضن وهي تهمس في أذنيها دامعة:

- والله قتل مروان أباك!

حين وصل عثمان إلى المسجد كان الزحام الرهيب المهيب ينفرج بين كتله وتكتلاته فاتحًا الطريق ومفسحًا المسافة لدخول الخليفة، وحلقة

حرسه تزداد ضغطًا على أكتافه وأضلعه تحميه أو تحجز الزحام عنه حتى أوصلوه إلى المنبر فصعد وجلس. لم يكن أحد من الناس جالسًا، بل من يشب على كعبيه ومن يتقافز ومن يستند على صاحبه ومن يركب فوق كتف الجالس أمامه، والكل متربص مترصد الحرف من جوف عثمان قبل اللفظ من لسانه. بحث عثمان في الوجوه عن علي بن أبي طالب فلم يره: هل هي البصائر الكليلة بسنها وبحزنها أم أنه غائب؟ ثم أين من أعرفهم ويعرفونني ومن أحبهم ويحبونني؟ ما لهذه الأنفاس تلهج كرهًا؟ ومتى غاب عن صلاة الجمعة أصحاب محمد؟

حرك عثمان عصاه ثم ضغط عليها بثقل جسمه ووقف، ولما أمعن في الجمع صمت عن السلام الذي أعده وسكت عن المفتتح الذي طار من فوق طرف لسانه، وفي طرفة عين من الصمت رأى عثمان هذا الشخص الذي يقوم واقفًا فيبدو طويلًا عريضًا كث الشعر يلقي رذاذًا فوق حروف صرخته:

ـ أقم كتاب الله يا عثمان.

صكت الجملة الصارخة ذات النصيحة الوقحة التي جردت عثمان من صفته ونزعت عنه هيبته وجه مروان، فاربد وتلون وزمجر ورمى شواظًا من شذرات على الحرس الذين خيبوا ظنه في تمكنهم من العامة، لكن عثمان لم يحتملها، فقد رمت الجملة سهمها السام فمزق حلمه، فأشار بالعصا ناحية الرجل وقال ساخطًا شاخطًا:

ـ اجلس.

كانت الرؤوس متجمدة من فرط المشهد العاصف، فسكتوا بلا زفرة ولا شهقة، وقد استكان الرجل فنزل من وقفته وجلس في أرض المسجد مختفيًا بين الأجساد الجالسة والواقفة والمشرئبة، ثم نطق عثمان بعدما بلع ريقًا وتنهد تنهيدة:

ـ الحمد لله ربي وأستغفره.

لكن صوتًا قام مع جسد صاحبه يشقان الجموع وهو يردد ذات الجملة:

ـ أقم شرع الله يا عثمان.

انفلتت من عثمان صرخة ألم من ضربة الجملة، فقال:

ـ اجلس يا هذا.

لكن ثالثًا عاجله بوقفة نافرة غليظة الصيحة فظة النبرة تتهجم وتتهكم:

ـ أقم شرع الله يا عثمان.

ضج عثمان بهم وبالجملة ومن حفَّظها لهم، فصرخ في المسجد:

ـ اجلس.

فلما قام واحد فثانٍ فثالث وتوزع الواقفون تحديًا سافرًا ومصرًّا، كان عثمان يردد بلعثمة وتردد:

ـ اجلس، اجلس، اجلس.

وبينما ارتبك مروان من ارتباك رجاله، كأنهم لن يتحركوا إلا بأمر يصرخ به فيهم وسط هرج ومرج أشله فشلهم، كان هذا الشخص الطويل العريض الصارخ الهائج ينطلق مصوبًا قدميه في ظهور المصلين الذين يتعجبون من هرولته ويصيحون فيه:

ـ ماذا تفعل يا جهجاه؟

لكن جهجاه كان كأنه الرمح المطلوق يصرخ وهو يقفز فوق الأكتاف والظهور ناحية المنبر:

ـ انزل يا نعثل عن المنبر.

وقبل أن يكمل عثمان رده: لست نعثلًا بل أنا عثمان الخليفة.

إذا بجهجاه المتجهم المنتفض غضبًا والمتقد ثورة يجذب عصا عثمان من قبضته، وبينما يهوي عثمان على الأرض مترنحًا مغشيًا عليه كان جهجاه

يمسك العصا من طرفيها بقبضتيه ويكسرها على فخذه وهو يلهث ويلهج ويدمدم ويصرخ. وكان الدم قد انبثق من فخذه من أثر الخبطة فتلونت تمزقات جلبابه بالحمرة تفترش في ساقه وعلى حصير المسجد، بينما جرى حرس عثمان مندفعين مع عشرات الأيدي والأذرع الممتدة ترفع عثمان من رقدته وتحرك جسده من عثرته على المنبر ويحملونه فوق الأكتاف يشقون ممرًّا يتساقط حوله الجمع بين ساخط وناقم وحانق ومفاجأ وعاطف وشارد.

* * *

استقبلتهم نائلة بنحيب مفجوع مكتوم النبرة ومشروخ البحة، تندفع على جسد عثمان الممدود المرتخي وأطرافه السائبة. مسح نجيح وجهه بالماء، ودلك صبيح قدميه بنسيج مبلول، وشممت نائلة أنفه بعطر فائح الرائحة، فتنبه وفتح عينيه ضعيفتين جدًّا وواهنتين، لكنه أمسك بيدها كأنه يعتذر، فضمته إلى صدرها.

التفتت ملتاعة إلى تلك الوجوه المتنكدة المتزاحمة يتصدرها وجه مروان المتجهم بحمرة غضب تتقد في عينيه وترتعش بها كفاه، وصاحت فيهم:

ـ اتركوا أميركم ليرتاح وابعدوا عنا هذه الساعة!

كان مروان أول من خرج، فقد خشي انفجاره في نائلة والرجل نائم بين يديها.

كان وشيش الزحام الملتف حول الدار كطنين النحل يزن في مغيب اليوم حين وجدت عثمان قائمًا من سريره يسألها:

ـ هل أكمل الناس صلاة الجمعة؟

تعجبت نائلة أن يكون هذا أول سؤال له بعد إفاقته من رهقه، واحتارت كيف تجيبه، فهي لا تعرف ماذا جرى فعلًا، فضحكت له:

ـ وما يجدي صلاة القوم بعدما أغضبوا خليفتهم وأثقلوا عليه؟

تنهد عثمان وهو يبحث عن عصاه:

ـ أين العصا؟

ثم واصل دون أن يتوقف عن البحث بعينيه وكفه عنها:

ـ كنا في مرض رسول الله نتحير من الذي يصلي بنا، وكانت عيون الناس تذهب إلى أبي بكر، وبنو هاشم والأنصار إلى علي، وما كان أحدهم لينظر إليَّ إمامًا لصلاتهم، وما كنت أريدها أبدًا يا نائلة، وما كنت لأغضب لو لم يضعني عمر في الستة الذين عينهم ليكون أحدهم خليفته، لكنه حين فعلها رضيت، وحين اختارني لها عبد الرحمن بن عوف بمشورة القوم سعدت.

ظل عثمان يبحث عن العصا حتى تحرك ثقيل الخطوة إلى ركن خلف السرير يفتش عنها، ووراء الباب، ويتلمسها عند زاوية الحائط خلف ستار النافذة، تتابعه نائلة دامعة العينين لاهثة الصدر وهو يبحث ويكمل كلامه بين التنهدات والوقفات والزفرات:

ـ ولماذا لا أسعد وعثمان الذي نصر نبيه وأعان أصحابه وخدم دينه وأطاع ربه وأنفق على جيوش المسلمين وابتاع بماله قوتَهم من زرع وحب، وقوَّتهم من درع ورمح، ها هو يقدمه المهاجرون لقيادتهم وهو الذي لم يقدهم في غزوة أبدًا؟

توقف عثمان فجأة متنبهًا فتصلب مبهوتًا، فتقدمت نائلة نحوه وقد فهمت أنه تذكر ماذا حدث لعصاه. تساند على كتف نائلة وعاد جالسًا إلى الفراش وهو يتمتم غير مصدق:

ـ لقد خطف مني عصاي، عصا النبي، لقد كسرها على فخذه، إني أتذكر قش خشبها يتطاير، ينثر بقع دم من موضع كسرتها!

ثم نفض يده في طرف عباءته حتى يزيل أثر الدم المنثور عليها، وللغرابة

التي أكلت قلب نائلة بأنياب حزن أنها رأت بقعًا صغيرة مثل نمش دم، فأسرعت وأحلت العباءة عن كتفيه ومرفقيه وكورتها في حضنها وهي تبكي، فتقطع بكاءها بشهيق عميق، وتمسح بعباءته دموعها، وتجلس على ركبتيها فتضع رأسها عند صدره الجالس فوق الفراش:

ـ أتكلم أو أسكت؟

ابتسم عثمان لسؤالها ومسح وجهها بكفيه وربت على رأسها بلطف أخرجه من كمده:

ـ تكلمي.

قالت وهي ترمي ترددها من بين حروفها:

ـ قد سمعت قول علي ونصحه لك بأن تخلع ولاتك وتستغني عن مروان، فيهدأ الناس ويعودوا إلى أشغالهم، وهو جدير بأن يطمئنهم على صدق خليفتهم وإخلاصه لله.

ثم أكملت بسرعة وتدفق لا تريد أن يقطعها ترددها ولا ردة فعله:

ـ وقد أطعت مروان وهو يقودك حيث شاء، فيودي بك وبنا إلى رزية وراء رزية.

لم يناكفها في رأيها في مروان فسرَّها ذلك، وزاد تفاؤلها حين سألها:

ـ فما أصنع يا نائلة؟

قالت:

ـ تتبع سنة صاحبيك من قبلك وتطيع نصيحة علي بن أبي طالب، فإنك متى أطعت مروان قتلك، ومروان ليس له عند الناس قدر ولا هيبة ولا محبة، وإنما تركك الناس وانفضوا عنك وغضبوا عليك بسبب مروان. فاذهب إلى علي وصالحه وطيب خاطره واطلب منه أن يجمع الناس وأن يسمعوا منك قرارك فإن له قرابة منك، وهو لا يعصى رغم خذلانك له، فلن يرضى بأن يقول الناس تخلى علي عنك لحاجة في نفسه فيها.

- وما هي تلك؟

رفعت نائلة كتفيها وقالت خافتة الصوت واثقة اللهجة:

- إن الأنصار يقولون اسمه كلما قيل من يخلفك.

أطرق عثمان ثم نادى:

- صبيح، نجيح.

دخلا معًا فأمرهما:

- استعدا وتجهزا للذهاب إلى علي.

حين كانت نائلة تهندم العباءة الجديدة على ظهر عثمان، اقتحم مروان الغرفة متهيج الأعصاب، فلما وجدها تمالك زمامه وقال:

- هل أمرت بالذهاب إلى علي حقًّا؟

رد عثمان:

- نعم.

صمت مروان مصدومًا ثم قال مترددًا:

- أتكلم أو أسكت؟

التفت عثمان لنائلة ثم له وقال:

- تكلم.

صاح مروان:

- إن بنت الفرافصة...

قاطعه عثمان صارخًا فيه:

- لا تذكرنها بحرف فأُسوِّئ لك وجهك، فهي والله أنصح لي منك!

فاجأته غضبة عثمان وإهانته له أمامها، فكتم الصوت والنفس وتحير: هل يخرج معلنًا هزيمته، أم يبقى متجاوزًا الإهانة حتى لا يبتعد عنه؟

فحسمها بالبقاء والقول:

- إذا كنت مصممًا فلتذهب بالجند والحرس، فنحن لا نأمن وثوب الناس ولا شغبهم.

ثم أخرج مروان من جنبه عصاة أكبر حجمًا وأعلى طولًا وتغطت قبضتها بالفضة وبدت أثمن خشبًا من عصا عثمان التي تكسرت في الجامع من المدعو جهجاه، وحملها ناحية يد عثمان فوضعها بين أصابع كفيه. فما كان من عثمان إلا أن دفعها بيده وأزاحها عن أصابعه ورماها على الأرض، فكتمت نائلة ضحكتها التي ملأتها إشراقًا.

٦٦

وقف مروان أمام دار علي ضجرًا لا يطيق نسيج جلبابه على عنقه. نفث حمأته في وجه سعيد بن العاص رغم أنه لا يطيقه، بل هو شؤمه التعس، ولا يراه أهلًا لأن يضع عنده سره فقد يذيعه بنظرة متوجسة من عثمان يوجهها له، لكن مروان قالها حرة من التحسب:

- ألن يخرج عثمان من هذه الحلقة التي تضيق عليه؛ هو يذهب ليستمع لعلي فلا ينتصح بما يقول ثم يذهب علي إليه ليسمعه نصيحته ويمليه أمره ثم لا يسمع النصيحة ولا يعمل بالأمر، ثم يذهب علي مغاضبًا ثم يعود له عثمان أسفًا؟!

رد سعيد:

- لكن خيط خناق عثمان في يد ابن أبي طالب الآن، فإن شاء شده على عنق ابن عمنا فأفسد عليه الناس الذين ينتظرون من علي أن يخذل الخليفة أو أن ينصرهم عليه.

دار مروان برأسه والتفت بمقلتيه تاركًا شيئًا مما يكنه ينفلت من فمه عسيرًا لأذن سعيد:

- لو صبر عثمان أيامه معي لترك حاجته لعلي أو لغيره، فرسالة إلى ابن أبي سرح وأخرى لمعاوية تقتل بمدادها مدد هؤلاء بعليهم.

لم يفهم سعيد شيئًا من كلام مروان الملغز، لكنه أحس أن الليلة ستطول. تسلخ نظرات مروان جلده، يمعن في شرها وشررها رغم عتمة الليل وأشعة السراج الخافت على صفحات الوجوه. يرميه مروان بالضعف منذ عاد مخذولًا من الكوفة، هذه المدينة التي صبت لعنتها عليه، خرج لها محملًا بقرار عثمان أن يستمر في ولايتها وأن يقسو على عصاتها وأن يمضي في حكمها مأمورًا بأوامر الخليفة، لا يعتبر لهؤلاء الذين تجمعوا ضده وأجمعوا على التمرد عليه ومنعوه صلاة في مسجدها الكبير. سافر إليها مع حرسه وحجابه بعد اجتماعه مع عثمان وولاته في كل الأمصار التي شد فيه عصبه وتقوى به ضعفه وتثبت فيها اهتزازه. ها هم كل أمراء عثمان يتوحدون ويتحدون بعرض العراق ومصر، لكنه حين وصل إلى تلك الواحة التي يسكن فيها المسافرون للكوفة قبل دخول بوابتها، إذا به يدرك أن هذا الضباب الكثيف الذي يراه فجأة أسود وقاتمًا ومتحركًا ومندفعًا نحوه، إنما هو مجموعة من مئات الفرسان يقودهم واحد من أتباع مالك الأشتر المتمرد العاصي، حاصروه برجاله واقتحموا عليه خيمته التي لم يتمم نصب عمودها فأسقطوه وأسقطوها وفرقوا حرسه وأوقعوا حجابه ولامست رؤوس خيولهم وجهه، واحتكت بطون دوابهم بظهور رجاله، وانتثر غبار ترابهم من دورانات حوافر أحصنتهم في عينيه، فلما عرف الإهانة منكسرًا وقد داسوا كرامته متعمدين إذلاله أمام رجاله، صرخ فيه قائدهم ابن كعب قرين الأشتر ورفيقه وكف ذراعه:

- لا والله لا تشرب من ماء الفرات قطرة.

لن ينسى هذه اللحظة التي حملوه على فرسه ودفعوها بسيوفهم لتنطلق مذعورة بذعر راكبها، ويحاصرونه بخيولهم الهائجة وصراخهم الحانق، ويجري الحرس والحجاب يفرون منهم فيضحكون ساخرين على قوة

رجالك يا سعيد ومروءتهم معك، حين أدركوا استسلامه رمى ابن كعب في حجره بكتاب ملفوف وهو يصيح عليه:

ـ سلمه لعثمان عندما تلقاه.

في طريق العودة وحين بدا أن الصبح طل، لم يطق سعيد الكتاب الملفوف المدسوس في حزامه فأخرجه وقرأه وكانت كل كلمة فيه شوكة تنغرس في جلده:

ـ من مالك بن الحارث الأشتر إلى الخليفة المبتلى الخاطئ الحائد عن سنة نبيه النابذ لحكم القرآن وراء ظهره، أما بعد، فانهَ نفسك وعمالك عن الظلم والعدوان ونفي الصالحين نسمح لك بطاعتنا، وكنت قد زعمت أننا ظلمنا أنفسنا وذلك ظنك الذي أرادك فأراك الجور عدلًا والباطل حقًّا، وأما محبتنا إن أردتها فأن تنزع وتتوب وتستغفر الله من تجنيك على خيارنا وتسييرك صلحاءنا وإخراجك إيانا من ديارنا وتوليتك لأحداث وغلمان أمراء علينا، ولقد أجمع الكوفيون على أن تعين أميرًا علينا إما أبو موسى الأشعري أو حذيفة بن اليمان فقد رضيناهما، واحبس عنا وليدك وسعيدك ومن يدعوك إليه الهوى من أهل بيتك والسلام.

حفظه من كثرة ما قرأه وردده في طريق عودته، كأنما يطعن خزيه بكلماتهم، وليدك وسعيدك، وليد بن العاص وسعيد بن العاص صارا عندك يا أشتر أحداثًا وغلمانًا. كان الغيظ يقتله، وكان رد عثمان على هذا الخطاب يطحن عظامه انتظارًا، وحيدًا مكسور الروح والخاطر وصل إلى المدينة، وإذا به في هذا الحشد من بني أمية حول عثمان الغائب عن الوعي والمغشي عليه من عوام المدينة ودهمائها. لما انتحى به مروان جانبًا وعرف ما وراءه، كان يتمنى أن يلطمه على وجهه. أحس النظرة الحادة الكارهة الحاقدة الحانقة فكأنه شعر بأثر أصابع كفه بلطمته على خده فردها كلمات تدافع عن نفسه:

ـ وما الذي كنت لأفعله، لا رجال ولا مدد وهم كثرة غالبة وأحقاد متقدة؟!

تجاهله مروان حتى عندما سأله عثمان حين خرج في صحبته إلى دار ابن أبي طالب مستغربًا قلقًا جهمًا:

ـ ماذا أعادك هكذا سريعًا يا سعيد؟ ما وراءك؟

رد عليه سعيد معتذرًا:

ـ ورائي الشر.

عندما هم عثمان بالدخول إلى دار علي، باغتته الدهشة مرة أخرى من وجود سعيد، وقد لكمه رجوعه الخائب، فسارع مروان وهمس في أذنه ليشعل نارًا خشي أن عليًّا سيطفئها:

ـ هذا كله عمل أصحابك علي والزبير وطلحة.

سمعها عثمان ودخل.

* * *

كانت هذه المرة غير سابقتها، فعثمان يزور عليًّا في داره فعلًا لكن بالليل وسط عتمة المدينة، وليس في وضح نهارها كما زيارته الماضية، وبين حرس يقفون عند الباب وحول الأسوار، وليس بنجيح وصبيح وحدهما في رفقة عثمان، حتى الحسن والحسين خرجا من الدار ووقفا عند وصيده يتركان الصاحبين لتحاورهما. لكن بعد فوات وقت كان الجميع يسمع ما يدور بين الخليفة وصاحبه، فقد ارتفع الصوتان، وبينما كانا يهدآن قليلًا كان مروان يذهب ليسترق السمع وهو يضرب قبضته في سطح فخذه، وكان الحسن يتابعه بعينيه دون أن يرده.

كان عثمان جالسًا على ذلك المقعد الوحيد وعلي يجلس على حصيره:

ـ يتجرأون عليَّ في مسجد النبي وأنا خليفتهم؟!

ـ إنهم يطلبون العدل.

ـ بأن يظلموني؟

ـ لا يظلمنك من يردك عن خطئك.

ـ أي خطأ وقد قلت لهم بأني سأفعل ما يريده علي وهو لي ضمين؟

ـ علي، أبعد هذا كله تقول عليًّا؟ أما رضيت من مروان ولا رضي منك إلا بتحرفك عن دينك وعن عقلك مثل جمل الظعينة يقاد حيث يسار به؟

ـ هل عثمان بن عفان جمل الظعينة يا ابن عمي؟

ـ بل هو الأخ والصاحب وابن العم وذو النورين.

ـ وخليفة المسلمين.

ـ وماذا فعلت يا خليفة المسلمين حين جاءوك لتعدل فيهم؟

ـ إن الذين تجرأوا عليَّ وكسروا عصاتي وأفسدوا خطبتي وسبوني ليسوا المصريين الذين جاءوك وتفاوضت معهم باسمي.

ـ وهذه مصيبة والله أعظم، أي أن أهل المدينة هم عاصوك وغاضبوك وليسوا المصريين الذين قلت إن ابن أبي بكر وابن أبي حذيفة من ألبهم عليك، فمن هم إذن الذين ألبوا عليك المدينة؟

ـ أنت والزبير وطلحة وعمار وعائشة.

ـ أهذا ما تقوله؟

ـ بل هذا ما يقوله الناس.

ـ بل يقوله لك مروان وتنصت له وتصدقه، والله ما مروان بذي رأي في دينه ولا نفسه، وأيم الله إني لأراه سيوردك ثم لا يصدرك.

ـ بل إن أسامة بن زيد وابن مسلمة وعبد الله بن عمر هم من يدرأون عني التهم، بينما أنت وأصحابك مثل عمار وغيره من تثيرون القوم ضدي.

- والله ما منعت عنك النصيحة أبدًا، وما دعوتهم ضدك أبدًا، ولكنك تسلم نفسك ودينك لمروان وشره. ألم يطلب الناس منك إقالته؟ فما الذي يجعلك باقيًا عليه؟ ألم تعدني أنك ستصرفه عن شؤونك وشؤون حكمك مع كل ولاة الأمصار؟ فماذا فعلت يا عثمان كي تطلب مني أن أذود عنك نقمة الناس؟

- لكنني قلت أمهلني ثلاثة أيام.

- ومرت، وسافر المصريون وتبت وقلت للناس في مسجد النبي إنك تعود وترجع عن كل ما نقموه عليك، ودعوتهم لدارك لتعطي كل صاحب حق حقه، فخرج عليهم مروانك يسبهم ويلعنهم ويطردهم ويهددهم.

- وها أنا جئت إليك لأجدد الأمر وأطلب منك ألا تقطع رحمي ولا تخذلني.

قام علي من جلسته مشيحًا بيده:

- ما أنا بعائد بعد مقامي هذا لمعاتبتك، فقد أذهبت شرفك وغُلبت على أمرك.

وخرج من الغرفة.

ظل عثمان جالسًا صامتًا وقد هده التعب وتحشرجت أنفاسه، بينما تربع علي في ركن مفروش بالتراب فجلس ومدد قدميه وظل ينكش بعود خشبي التراب في دوائر، قطع عثمان الصمت ونادى:

- يا حسن.

أسرع الحسن وخلفه الحسين إلى الداخل، فرأيا والدهما منزويًا في ركن وعثمان جالسًا في الغرفة يحاول النهوض قائمًا، فتوجه ناحيته الحسن ليعاونه على الوقوف بينما ظل الحسين مثبت النظرة إلى علي ثم يحركها

إلى عثمان الذي وصل للباب مستندًا على الحسن حتى دخل إليه نجيح وصبيح فأخذاه للخارج وهو يقول:

ـ السلام عليك يا أبا الحسن.

رفع علي رأسه ناحية ظهر عثمان:

ـ وعليك السلام يا ذا النورين.

٦٧

هو أول من لمحهما فجرى دهشًا وفرحًا ليستقبل خيلهما، شيء ما أخبره أنه لن يكمل سفرته إلى مصر. كان عبد الرحمن بن ملجم مترددًا بعدما هب فيهم عمرو بن الحمق بالخناق والزعيق، منذ رحلوا من ذي خشب بعدما غادرهم علي بن أبي طالب وقد ودعوه مطمئنين لتوبة عثمان وأوبته وهو يسمع هذا الصياح من ابن الحمق. تفرد به وبكنانة، وكال لهما تهم الجبن والخضوع، ثم ذهب إلى جبلة وسودان فأعاد عليهما تهكمه واتهامه. هو الصحابي الذي يحني له هؤلاء عقولهم، وهو الطارئ عليهم في الفسطاط، فليس له ما لعبد الرحمن بن عديس من ولايته عليهم. كانت قد مضت ثلاثة أيام إلا قليلًا والقافلة ترحل متمهلة كأن الإبل تشارك عقولهم التلكؤ، يستريحون أكثر مما يسيرون، والصلاة قائمة وابن ملجم يتلو القرآن وجبلة يؤذن وابن عديس يؤم الصلاة، ولكن صمتًا ثقيلًا يرخي ظله على قلوبهم. بدأها ابن الحمق مترددًا كأنه يخاطب نفسه، ثم علا صوته عندما أُعجبت نفسه بما خاطبها به، ثم بدأ صياحه في ابن ملجم وكنانة وسودان حتى سخنت آذانهم. تجنبوه، لكنه نجح في إرعاش يقينهم بنجاحهم في مواجهة عثمان ورده عن ظلمه، فظل يلهج ملحًّا حتى حين يتلو ابن ملجم

القرآن يتحدث له دون أن ينصت لآيات ربه ولا يعير انهماك ابن ملجم في التلاوة شأنًا، وحين ينهي الصلاة مع ابن عديس فيسلم على يساره ثم يواصل الكلام كأنه يكمل تشهده:

ـ ما الذي كسبناه من سفرنا ومجيئنا المدينة فوقفنا عند حدودها وحصلنا على وعد عثمان على لسان علي؟ ما الذي ينبئنا صدق عثمان ونحن نعرف سلامة قصد ابن أبي طالب ونقاء سريرته وعطفه على ابن عمه وصحبه؟

ثم زاد ابن الحمق أن بدأ صيامًا وأقسم ألا يفطر إلا حين يعود إلى المدينة فيتأكد من خلع عثمان لمروان وولاته. انحاز كنانة لتساؤلات عمرو بن الحمق وتحير ابن ملجم بينما ذهب جبلة وسودان إلى ابن عديس يلحان عليه جواب كلام ابن الحمق، فهو يثير في قلوب العشرات بينهم الشك ويبث فيهم التوجس.

حين أنهى ابن عديس صلاته وقف على مرتفع من جبل صخر اختاروه حيث مفصل الطريق، وكاشف للمسافرين في الدروب، واختار بعضهم أن يكون لهم مرصدًا وعينًا. نظر في تلك الوجوه التعبة القلقة ليس في ملامحها ما يخبر عن فوز وفرح بما حققوه، وكأن السفرة عادت بخيبة لا بهدف تحقق ومنجز أراح. في هذا العصر شديد القيظ وتحت هذه السماء التي تخلو من الغمام وبين هذه الأبدان المستظلة ببطون الخيول والإبل من شمس صحراء لا تأتنس بالمسافرين خطب:

ـ أيها المؤمنون القانتون العابدون، يا من انتصرتم لدينكم وجاهدتم في غزواتكم بالسيف فحزتم بلدانًا، وفتحتم للإسلام أراضين، وأسقطتم لأعداء الدين حصونًا، ما لكم لا تفرحون وأنتم في طريقكم لدوركم وأهليكم تحملون لهم بشرى رد عثمان عن طغيانه وإجبار الخليفة على الذل للمسلمين، وكسرتم شوكة ولاته العصاة، وأعدتم سيرة

النبي وصاحبيه في حكم الموحدين التقاة؟ ليس هذا وقت حيرة لنحتارها يا ابن الحمق.

هنا استنفر النداء ابن الحمق، فقام بين ظهور الناس وصعد إلى مرتفع الصخر بجانب ابن عديس ليرد عليه حجته في خطبته:

ـ يعلم الله محبتي لأخي عبد الرحمن بن عديس، ويعلم الله منزلة هذا النقي التقي المطهر علي بن أبي طالب في قلب كل مؤمن، وقد أطعنا عليًّا في تصديقه لعثمان، لكن من قال إن عثمان حين نرجع ونعود إلى مصر سوف ينفذ وعده ويفي لابن أبي طالب بما سلم له، وأنا أعرف مروان بن الطريد حين تصفو له عكارة البئر وينفك عنه حد القيد، وعثمان في يد مروان وبني أمية كالخاتم في يد الرجل يحركه ويخلعه ويلبسه كما شاء.

علق ابن عديس وقد شاب صوته أثر التردد:

ـ ماذا تقصد يا ابن الحمق؟ أفصح.

رد ابن الحمق وقد نجح أن ينسي الناس الحر بنار الشك وحرارة التردد:

ـ يا أصحاب رسول الله، ويا أتباع أصحاب رسول الله، ويا فرسان دين الله، ما حاجتنا لوعود عثمان وقد جئنا لخلعه؟ وما الذي حزناه حين رضينا بخلق ابن أبي طالب في تصديق بني أمية وقد خدعوه من قبل ويخدعونه الآن؟ وماذا سيفعل ابن أبي سرح حين يصل إلى مصر ولعله على وصيدها الآن؟ وهل يتلقى معونة معاوية فيغير على مصر بأصحابنا ويكسر فسطاطها إن كان ابن أبي حذيفة قد نجح فيما خطط له حين تركناه؟ وها هم بدو الجزيرة يخبروننا في رحالنا أن مالك الأشتر طرد سعيد بن العاص من الكوفة، فهل سيسكت عثمان على طرد أقاربه؟ وهل ترتدع بنو معيط من أنسابه وأصهاره وبنو عمومته؟

فما الذي سيفعله لنا عثمان ونحن قد فزنا بأمصارنا رغمًا عنه؟ وهو لن يسكت وشامه ومعاويته عنا، فليس لنا أن نمضي لبيوتنا ونتركه دون أن نخلعه ونبايع خليفة نرضاه.

حاول ابن عديس أن يرد، لكن أصواتًا تكاثرت بين الاثنين، فمن يهلل لابن الحمق ومن يشيح عنه ومن يسأله ويجيب على نفسه، ومن يتعجل العودة ومن ينادي باستكمال السفر لمصر ومن يرى أن الحق ما قال ابن الحمق. نزل ابن عديس من موقعه دون أن يقول حسمًا أو يحسم قولًا، وحين سأله كنانة:

- ماذا ترى يا ابن عديس؟

ظل صمته وحده مجيبًا حتى انصرف كل واحد إلى شأنه، فمن جلس ومن قام ثم قعد ومن مشى على غير هدى ومن ركب فوق حصانه ومن أناخ جمله ومن نام على جنبه ومن حوقل ومن تمتم ومن تقول ومن تقيل ومن تعس ومن عبس. ومضت ساعة لا يدرك الناس هل يمضون عائدين إلى المدينة وقد ابتعدوا عنها قرابة الأيام الثلاثة أم يكملون رحيلهم إلى مصر وقد بقيت لهم عشرة أيام ليروا البحر ويصلوا القلزم؟ كان الطعام قد توزع بينهم وقراب الماء قد مست شفاههم، وكان سودان هو الوحيد الذي لم يخفِ تذمره من عودتهم دون أن يحصلوا على مال أو أعطيات.

قال لابن ملجم:

- لا هي غزوة نتقاضى منها العطية ولا هي نصرة نتحصل منها على منحة، رحنا وعدنا بلا قطعة فضة ولا درهم ولا غلة ولا جارية ولا سبية.

ثم التفت إلى ابن الحمق:

ـ أنت محق يا ابن الحمق، فإن كنا قد فزنا على عثمان، فكيف لم نأخذ من بيت المال عون الرحلة ومكافأة الفوز؟

لم يجب أحَد، فقد كان سؤال آخر يغذي أسئلة ابن الحمق بثريد الشك.

ولما حل المغيب نادى ابن عديس على ابن ملجم وجبلة:

ـ أعلنا للناس أننا سنبيت ليلتنا في هذا المكان.

عرف المرادي أن ابن عديس يشق عليه قراره، فاستقر على البقاء ليفكر للناس ومع الناس أعودة لعثمان أم رحيل عنه؟

* * *

ظلت الليلة في سكون ريحها وصمت خيامها التي توزع فيها وحولها ستمائة من الرجال ما تخلف منهم واحد في المدينة، لكنهم عادوا بما لم يأتوا به من مصر، عادوا بوهن ضبابية موقفهم الذي جاءوا به ناصعًا. لذلك حين ظهر محمد بن أبي بكر مصاحبًا عبيد الليثي على خيلهما قادمين من جهة المدينة، وقر في قلب ابن ملجم أن الحسم جاء فهرع لهما بشوقه وقلقه.

هي الدائرة التي توسطها ابن أبي بكر ورفيقه وقد جلس قبالته ابن عديس وابن الحمق، بينما تحلقت الوجوه حولهم مقتربة ومتلهفة، فشخط فيهم ابن عديس أن ينصرف بعضهم للحراسة ومراقبة الطريق وأن ينشغل آخرون مع الدلاء بالدواب وسقايتها ورعايتها، فانفض جمع منهم مأمورًا بعين ابن عديس، وبإشاحة يد لجبلة ليقود بعضهم، ولسودان ليمر مع غيرهم. قال ابن أبي بكر:

ـ لم يعد أمام عثمان إلا أن يقبل، لكن لكاعة بني أمية وانسياقه لهم أخرته، حتى إن الناس استثقلوا غيابه عن إعلان أوامره التي وعدنا بها، وما زاد الطين بلة أن مروان خرج لينهر الناس ويسبهم ويطردهم عن دار عثمان التي تجمعوا عندها.

استغرب ابن عديس سائلًا:

ـ أي أناس يا محمد، فنحن كلنا هنا حيث ترى، من هم؟ ومن أين أتوا؟

انشرح ابن أبي بكر وهو يشرح مسرورًا:

ـ هذا ما جئت لألحق بكم لأجله يا ابن عديس، فلسنا وحدنا من نقم على عثمان سياسته ومن رغب خلعه، فأول ما أعلن عثمان توبته ورجوعه للحق كما زعم ودعا الناس للاقتصاص منه بحقوقهم تجمع عنده المئات من أهل المدينة ومن أنصارها وأعرابها وبدوها وفقراء البلد وجوانبه، وهو ما يقول للكافة إن المدينة غضبى عليه ولسنا نحن عصبة قلة.

أطرق ابن عديس:

ـ صحيح، لكن لا تنسَ هذا الكتاب يا محمد.

أخرج ابن عديس من حزامه كتابًا مكتوبًا على جلد ملفوف، ففرده أمامهم، فأمعنوا فيه متأملين مستغرقين في حروفه.

قال ابن عديس:

ـ هذا الكتاب الممهور بتوقيع عثمان وخاتمه.

رفع صفحة الكتاب ووجهه لوجوههم ليتأكدوا:

ـ رأيتم ختمه.

وأخذ يقرأه وهو يمده ناحية ابن ملجم ليقرأه معه:

ـ هذا كتاب من عبد الله عثمان بن عفان أمير المؤمنين لمن نقم عليه من المؤمنين والمسلمين، إن لكم أن أعمل فيكم بكتاب الله وسنة نبيه، يُعطى المحروم ويُؤمن الخائف ويُرد المنفي ولا تُجمر البعوث ويُوفر الفيء وعلي بن أبي طالب ضمين للمؤمنين والمسلمين على عثمان بالوفاء بما في هذا الكتاب.

ضم الكتاب ثم وقف فيهم:

ـ وكأنكم لا تعرفون هذا الكتاب قبلًا؟

رد محمد بن أبي بكر:

- نعم، أعرف وجوده وكنت معك حين قدمه لك محمد بن مسلمة مؤكدًا به وعد عثمان.

نظر ابن عديس لابن الحمق:

- يا ابن الحمق لعل بعضًا من رجالنا لا يعرفون بهذا الكتاب، ولكنك تعرفه واطلعت عليه ولا زلت تدعو الناس للشك، أوَلست مطمئنًا بهذا الوعد المختوم والمضمون؟

صاح فيهم ابن الحمق:

- هذا كتاب يسكب عليه مروان زيتًا فتسيل حروفه ويزول أثره. يا ابن عديس لا بد أن نعود إلى عثمان فقد نكص وعده.

وأشار مستخفًّا مستهترًا:

- وبتلك الخرقة التي تمسكها هانئًا يا رجل وقد صارت المدينة كلها ضده فنتقوى بهم ويستقوون بنا وننهي سلطان هذا الرجل.

استفهم ابن عديس:

- أوَهذا ما تطلبه يا ابن أبي بكر؟

نظر عبيد الليثي لابن أبي بكر منتظرًا أن ينهي حيرته في الطريق عن سبب مجيئه وسر التحاقه بهم، فقال ابن أبي بكر:

- بل جئتكم لتتمهلوا حتى نرى، فإن استجاب ونفذ سرنا معًا إلى مصر، وإن أخلف ونكث نعود إليه لننظر في أمره.

فهم ابن عديس كما أدرك ابن الحمق أن ابن أبي بكر لا يريد عودتهم لمصر بغيره حتى لا يقروا ابن أبي حذيفة أميرًا عليها، فهو يريدها لنفسه. كما لا يريد التعجل خوفًا من أن يرتد عليهم عثمان.

* * *

سرت بينهم جميعًا رعدة من صرخة سودان القادمة من وراء الطريق، التفتوا وقد تسمر ابن الحمق وشخص ابن عديس وجرى كنانة نحو مصدر الصرخة، حتى ظهر سودان ومعه جبلة يصحبان حشدًا من الناس يمسكون بخطام جمل يترنح فوقه فتى غريب مذعور من تدافعهم نحوه وصراخهم عليه، حين لمح عبيد الليثي الجمل صاح فيهم:

ـ هذا الجمل من إبل عثمان.

التفتوا إليه فاغرين الفكوك. اندفع كنانة وابن ملجم حين سمعا اسم عثمان ملصوقًا برؤية جمله، فأناخا الجمل الذي سقط راكبه متعثرًا بين أرجل الرجال. حاول ابن عديس تهدئة الغضب المندفع وسأل جبلة صائحًا:

ـ ماذا وراءك يا جبلة؟ ومن هذا الفتى التعس؟

رد جبلة مع صحبته من الرجال يكملون بعض كلماته ويكررون بعض ألفاظه:

ـ كنا نرقب الطريق حين ظهر هذا الفتى على جمله، فلما رآنا على مبعدة منه فجأة وقف وتجمد في سيره ثم حاول أن يقفل عائدًا ثم تردد فسار مبتعدًا في زاوية عكس ما كان ذاهبًا إليها، فارتبنا فيه وجرينا نحوه وحاصرناه وسألناه عن كنهه، فقال إنه مسافر لمصر ثم تلجلج وقال بل إلى الشام.

كان الشاب مفزوعًا من حصاره، يتابع العيون المحدقة والمدققة ومئات الوجوه التي تخنق بشوك شك أنفاسه، ويسمع رواية جبلة مرتعش البصر والشفاه مصطك الأسنان شاحب الوجه مسحوب الدم من كل عروقه.

صاح عبيد مؤكدًا:

ـ هذا الفتى بريد عثمان ويركب جملًا من إبل الصدقة التي يخصصها

عثمان لعماله وبريده. نعم هي، فأنا أعرفها بسنامها ووبرها وحمرتها وقواطع أسنانها.

دنا ابن عديس من الرجل المرتعش:

ـ من أنت أيها الفتى؟

ظل على ارتجافه، فربت عليه ابن عديس، وقد رفع يده في الجميع أن يسكتوا عن هذا الضجيج:

ـ قل ولا تخف يا بني، فأنت بسكوتك وخوفك تزيدنا ريبة، ونحن قوم نسالمك ولا نؤذيك بل نمضي في حال سبيلنا لنرحل إلى بلادنا.

هدأ الشاب قليلًا وقد ظهرت نحافته وسمرته غارقة في ماء عرقه.

كرر ابن عديس:

ـ من أنت؟

عندما رد الشاب ارتج المئات بالصياح والصراخ، حتى عجز ابن ملجم أن يتبين الإجابة فوخز كنانة بمرفقه متلهفًا وعصبيًّا، سأله:

ـ ماذا قال؟

لكن ابن عديس أوقفهم عن الكلام بإشاحة يد أكثر غضبًا وقال:

ـ كرر إجابتك يا فتى.

ـ أنا غلام أمير المؤمنين.

ساد الصمت ولم تسمع الصحراء إلا رغاء جمل بريد عثمان:

ـ وإلى أين وجهتك؟

جال الفتى في الوجوه وقال خافت الصوت:

ـ إلى مصر.

ـ وماذا تحمل معك؟

أجاب محاولًا التماسك:

ـ لا شيء.

شخط فيه ابن الحمق:

ـ تسافر إلى مصر لتحمل معك اللاشيء من عثمان إلى مصر؟!

اندفع كنانة كالمحموم نحو الشاب فنزع عنه جواله، ونزع سودان عن الجمل حمولته، ودهست الأقدام والأيدي حاجيات الشاب وجمله، يلقون بها تحت الأقدام على قلتها وفراغتها من زاد وجراب مائه ودراهم معدودة، ملوا من العبث بأشيائه وصدموا بعدم العثور على شيء، وابن الحمق يقول:

ـ أقسم أن عثمان قد خان.

نهره ابن عديس وهو ينظر إلى محمد بن أبي بكر:

ـ وما بعدك يا ابن الحمق، ها أنتم قد فتشتم الفتى وهو لا يحمل إلا زاده.

ثم أشار للفتى أن يلم حاجاته متحيرًا ماذا يفعل به، فلا اليقين ثبت ولا الشك زال.

كان الجمع يتراجع عددًا وغضبًا، وبدأ الشاب يجمع أشياءه وشتات نفسه ويتجه ناحية جمله النائخ، فإذا بكنانة ينطلق فيخطف منه جراب الماء، بينما انفجر فزع الشاب في عينيه. لفت الموقف انتباه الناس فعادوا وتكاثروا حولهما، فتح كنانة ربطة جراب الماء وهو يضرب الشاب بسوط اتهامه، ينظر في جوف الجراب ثم بيد مستكشفة ومتلهفة ومتسرعة تمتد داخل الماء ليخرج بأنبوب قصير من الرصاص، أمسك به ورمى الجراب جانبًا، ثم فك غطاء الأنبوب وألقاه ونظر في الأنبوب فوجد خطابًا ملفوفًا داخله، نزعه بدقة من الأنبوب أمام الناس المبهوتة فأفرده أمامه وقدمه إلى ابن عديس المأخوذ بالمفاجأة، فقرأه بصوت عالٍ متكسر بالحنق والغيظ والغضب:

ـ من أمير المؤمنين عثمان بن عفان إلى عبد الله بن سعد بن أبي سرح أمير مصر، أما بعد، فإذا قدم عليك عمرو بن الحمق فاضرب عنقه واقطع يدي عبد الرحمن بن عديس وكنانة وعروة وجبلة ثم دعهم يتشحطون في دمائهم حتى يموتوا ثم أوثقهم على جذوع النخل.

٦٨

كأنه الحشر، وقد جُمع الناس ضحى. انخلع قلب نائلة وهي ترى هذا التدافع الهائج المائج من الوجوه والعمائم والمناكب تتكالب، فتكاد تخلع باب القصر الذي التصق عنده حارساه اليتيمان اللذان وضعهما مروان لدرء هبوب صياح الغوغاء، فجاءته العاصفة الهوجاء بالمصريين مستحلفين وغاضبين.

ـ ما لهم كثروا إلى هذا الحد؟

قالوا لها ستمائة، لكنهم الآن كأنهم يملأون الأرض والسماء أمام البيت وفيه وحوله، ويسدون الممرات والحارات ويصعدون الأسطح ويتسلقون الأسوار. ليس المصريون وحدهم، بل ها هي ترى ملامح هذه الوجوه اليثربية وقسمات المهاجرين التي تعرفها وأنصارًا تستبين ملامحهم وعفر الوجوه من بدو وأعراب كانت تتجنبهم وهوام المدينة وعوامها، هي طعنة مروان قبل أن يكون نصل أصحاب عثمان.

كانت تنتفض في حضن حُبى التي تتمتم لها وتغني أهازيجها تهدئ روعها، تمسد رأسها، تمسح دمعها. ملتاعة حُبى تخشى على نائلة من غمة تنهش قلبها، أمسكت بكفها تقبض أصابعها البيضاء الرفيعة اللينة الرطبة في

يدها تُهدئ روعها. ماذا لو عرفت أن زوجها عبيد وفارسها المليح من بين هؤلاء الجوارح الذين قدموا على البيت اقتحامًا بزئير الكره ونعيق الشؤم؟ كانت حُبى قد رأته بينهم بعد غيابه تلك الأيام، لكمها وجهه وهو يرتدي ذات الحنق المرسوم على وجوه المصريين، فعلها فيه محمد بن أبي بكر وختمت نقمة عائشة على عثمان تنقده وتهاجمه على عقل ابن خالتها زوجها عبيد. تطبطب على ظهر نائلة التي تقوم لتذهب إلى عثمان ملهوفة، فتناديها حُبى وتجذبها من ذراعها:

ـ تماسكي يا سيدة هذا القصر، لا تنسي أن عثمان يبقيك جواره وتنامين على سريره وتشيرين عليه ويسمع، بينما زوجاته الأخريات مبعدات بعيدات، فكيف تخرج زوج الخليفة على الناس؟ وماذا تفعلين وسط هذا الشغب والغضب؟ اهدئي يا حب عثمان وقرة عينه فسوف يجلوها الله وحده.

كانت نائلة قد استكانت لكلمات حُبى المحذرة، ثم بدأت تنسال في كلمات مشبوكة في جمل متفرقة تجمعها حُبى لتفهم معناها:

ـ مروان إذن سيقتله! أين مريم؟ لم يبرحوا المدينة أم عادوا مستدعين معتدين؟ لا أرى أحدًا من بني أمية! هل تبخروا؟ نذهب إلى عائشة. نجيح وصبيح لن يتمكنا من منعهم عن خليفتهم. رأيته حين رجع من عند علي فكان أحزن الناس عينًا، لا ولد لعثمان جانبه! قال لي أن أرتاح هذه الليلة وأنه يريد مريم صبحًا.

دموعها فوق خديها وشفتيها، واحمرار الأنف وارتعاش الوجنات واهتزاز الأصابع، ثم تجري مرة أخرى ناحية الباب تلحق بها حُبى ونائلة تعوي:

ـ سيقتلونه فهو وحده!

ـ لا تقلقي يا حبيبة الخليفة، فمروان ورجاله موزعون في باحة القصر وعند سقيفته.

تجذب الباب نحوها فلا ينفتح فتصرخ:

ـ إنه مغلق يا حُبى.

تعانقها حُبى وقد شق الحزن صدرها:

ـ لقد طلبت من خادماتك يا سيدتي أن يغلقنه خشية عليك من لوعك ومن روعهن.

عادت بها إلى سريرها وأصوات الخبط والرزع والضرب والصدم والزعيق والنعيق في الخارج تملأ الطرقات وخلف مزاليج الأبواب. جرت حُبى ناحية كوة السور تطل على الأصوات التي ارتفعت تنادي وقد دل صوت عبيد عليه، ونظرت فوجدته يبشر المصريين:

ـ لقد جاء علي.

رجعت إلى نائلة مسرعة وهي تضمها فرحة:

ـ اطمئني يا سيدتي، الحمد لله، سلم الله الخليفة فقد جاء علي.

* * *

طرق علي باب القصر ونادى باسمه ففتحه حارسا عثمان، فلما حاول الناس الدخول مندفعين في صحبة علي بن أبي طالب ردتهم يده، لكنهم تجاوزوه فدخل كثير منهم متفرقين في فناء البيت، فوقف علي عن الولوج للبيت وهم أن يعود ليخرج، فجاءه عبد الرحمن بن عديس وسط الخلق يزيحهم عنه، فقال له ابن أبي طالب شيئًا أقنعه أو أمره، فصاح فيهم ابن عديس أن ابتعدوا وسوف ندخل جماعة مع الإمام علي ونخبركم بالشأن وختامه. تفرق بعضهم مضضًا، وتلكأ بعضهم حتى دفعته يدا ابن عديس وذراعا محمد بن أبي بكر، ثم دلف

علي ومعه ثلة، وحال الآخرون دون تدفق الباقين بإشارة حاجزة من ابن عديس.

ذهبت حُبى ومشت وراءها نائلة حتى الباب، ثم طرقت طرقتين ففتحت يد خادمة جانبًا من الباب لتطل منه حُبى تتسمع وترى قدوم ابن أبي طالب إلى غرفة عثمان البعيدة، فرأت مروان ومعه سعيد بن العاص وقليلًا من بني أمية متكدسين خارج غرفة الخليفة، فلما رأوا عليًّا قادمًا خلفه المصريون صاح أحدهم:

- يا علي، أفسدت علينا أمرنا ودسست وألبت، أهلكتنا وصنعت هذا الصنيع بأمير المؤمنين، أما والله لئن بلغت الذي تريد لتمرن عليك الدنيا بمرارتها.

سمع علي الصوت المدسوس بين وجوه بني أمية الواقفين فتجاهلهم، لكن المحيطين به أوشكوا على الانقضاض على جدار بني أمية البشري فمنعتهم نظرات علي لمحمد بن أبي بكر وابن عديس، فأخذ الأخير بكتف ابن الحمق نحوه يبعده عن مواجهته وجه مروان. كانت خشخشة الصدور بالثورة تسمعها الآذان الصماء، وتتبارز النظرات الحادة الكارهة المتربصة حتى تكاد تسيل الدماء من حراب الكره المشرعة، لكن سال تجمد اللحظة لما رأوا باب الغرفة ينفتح وإذا بعثمان واقفًا أمامهم محني الظهر من الحزن وهو ينادي:

- مرحبًا بابن عمي وأصحابه.

لكن ابن عديس رد مقاطعًا:

- لسنا أصحاب علي، بل أصحاب رسول الله، يوم بايعناه بيعة الرضوان وغبت أنت فلم تبايع.

أشار عثمان إلى علي أن يدخل وهو يرد:

ـ أنت يا ابن عديس من ينسيك الشيطان أن النبي قد بعثني رسولًا له حينها إلى مكة وفي البيعة وبينكم وأمامكم صفق عني بيده.

خبط عثمان يده اليمنى مصافحًا اليسرى مقلدًا ما فعله النبي وهو يكمل:

ـ وشمال رسول الله خير من يميني.

ثم واصل:

ـ احك له وأخبره يا أبا الحسن فقد كبر ابن عديس ونسي.

دخل علي وجلس أمام عثمان نافثًا همه وعازمًا على مختصر الكلام، بينما تجاور ابن عديس وابن الحمق ملتصقين ليتركا مكانًا لمحمد بن مسلمة والزبير وطلحة وقد جاءوا يشقون طريقهم متأخرين بين الناس حتى دلفوا المكان، وقد أفسح لهم بنو أمية حتى امتلأت الغرفة والباحة أمامها بالناس، وظل الباب مفتوحًا ليتابع من تبع. كان نجيح وصبيح قد رفعا الأقداح ليملآها باللبن، فأشار لهما مشيحًا ممانعًا ابن الحمق بأن يكفا.

كانت حُبى قد رأت عبيدًا جالسًا متربعًا بجوار أحدهم في الركن خارج الغرفة، فسلطت عليه نظرتها الكسيفة تريد أن تكسر غضبه بدلال نظرتها وأن ترقق قلبه بمرآها بعد أيام أوحشها فيها غيابه، فرماها بشرر اللامبالاة وأشاح عنها. جذبت حُبى خائبة كتف نائلة كي تدخل وتغلق الباب عليهما، بينما كان صوت طويس كأنه يغني أغنيته الحزينة عند سقيفة بيتها يرن في أذنيها.

تنحنح ابن عديس وهو يحاول أن يضبط انفعاله، فقال ببطء النطق ووضوح اللفظ وقد ران الصمت عليهم جميعًا ما عدا حركات الأصابع ورجرجة الأرجل:

ـ يا عثمان.

ارتج مروان من الغضب ونهر ابن عديس ملوحًا:

ـ أتناديه باسمه وهو خليفتك والله ما يكون أبدًا؟!

قام ابن الحمق حانقًا:

ـ ما جئنا إلا لنخلعه ونعيده عثمان لا خليفة.

أشار طلحة لابن الحمق أن يهدأ ويجلس، فنظر إلى علي فوجد عينيه على ذات الرغبة فجلس، فرد عثمان هادئًا:

ـ أكمل يا ابن عديس.

في إلحاح الغضوب قال ابن عديس:

ـ يا عثمان، لقد جئنا من مصر وقد تركنا فيها أميرك ابن سعد بن أبي سرح الحائد عن كتاب الله.

صاح سودان من بعيد:

ـ المرتد.

أكمل ابن عديس:

ـ المتحامل على المسلمين، العابث ببيت المال، الظالم لأهل الذمة، الذي تركت له الأرض مرتعًا ومغنمًا، وهذا حال ولاتك من أقربائك وأهلك الذين وضعتهم على أعناقنا، فمللنا الوطء ونفرنا من الظلم. وقد أعنته ووليته ونصرته وقسمت مالنا على ذوي رحمك، فلما جاءنا أصحابك عند ذي خشب حيث حللنا على حدود المدينة، وقال لنا أبو الحسن وابن مسلمة إنك رجعت وتبت وأنبت وأوثقت لنا موثقًا مختومًا بأنك ستقيل هذا المروان الواقف خلفك وولاة الشر من ذرية بني معيط...

صرخ مروان:

ـ دعني أرد على هذا الرجل العاق العاص يا خليفة المسلمين!

اشتعل شرر الغضب في عيني ابن عديس، بينما تحركت أقدام وأجساد تهم بالوثوب على مروان بالكلمات الحداد أو بالعصي وسنون الخناجر، فزعق عثمان عاليًا حتى بحة صوته منعت عنه استكمال جملته واحتلها سعال عريض وهو يشيح له طاردًا:

ـ اذهب عني فُضِ فوك، اخرج ودعني مع أصحابي فلا كلام لك هنا!

جمع مروان أطراف عباءته وإهانته وخرج مغاضبًا مبرطمًا يسحب معه اثنين من رجاله مشفوعًا بهمهمات راضية على طردته، وأخرى تستبقيه لحساب قادم كأن عثمان ينجيه منهم قبل المواجهة.

عاد عبد الرحمن بن عديس ليكمل بعد نظرة من عثمان يستدعي كلامه:

ـ فإذا بك لا تفعل، وقد هممنا بالرحيل بينما أنت تسوف وتؤجل!

قاطعه عثمان:

ـ ولكنني وضعت حذيفة بن اليمان وأبا موسى الأشعري على البصرة والكوفة كما أراد مسلموها؟

رد محمد بن أبي بكر:

ـ بعد أن طردوا هم ابن عمك.

وأشار إلى سعيد بن العاص المبتل بخجله لحظتها، والمرتبك النظرات يهم بالخروج، لكنه تسمر ثم تسمع صوت جبلة يأتيه من خلفه يقول:

ـ ليس بإرادتك يا عثمان بل الناس من فعلوا.

تمتم ابن مسلمة لنفسه وقد آذاه تصميمهم على نزع الخلافة منه حين ينادونه، وحين رفع علي رأسه نحوه همس له ابن مسلمة:

ـ إنه الشر بعينه.

ثم ناطح عمرو بن الحمق الجميع صوتًا:

ـ لكن هذا ليس وحده سوءة ما فعلت يا عثمان.

تحدث سعيد بن العاص متزلزلًا من الانفعال والتأثر:

ـ قل خليفة المسلمين يا رجل.

رد ابن الحمق:

ـ ومن أنت أيها المخمور لتأمر صاحب رسول الله هكذا؟

ثم انتفض كنانة رافعًا صوته فوق صوت ابن الحمق:

ـ خليفتك هذا فرار يوم الزحف، ألست من فررت من غزوة أحد وتركت بخوفك وخذلانك رسول الله وحيدًا يا صاحب رسول الله؟

أدرك علي بن أبي طالب أن طاقة عثمان على التحمل قد لا تكفيه اليوم، لكن عثمان نظر إليه مليًّا ومهمومًا وهادئًا، كأنه يعاتبه أن ترك هؤلاء ليتجرأوا عليه ويلقوا جيف اتهاماتهم على صدره.

كانت نظرات عثمان تخاطب عليًّا تقولها له: ألم أرسل لك مع الحسن أقول مكررًا أن لي قرابة ورحمًا لك، ولو كنت في هذه الحلقة لحللتها عنك، فكلمهم عني فإنهم يسمعون منك.

وكانت نظرات علي كأنها تكرر عليه رده: والله ما أنا بفاعل، بل أدخلهم حتى تعتذر لهم.

التفت عثمان إلى رامي الجيفة:

ـ أتحدثني بعد أكثر من ثلاثين ع ـي واقعة عفا الله عنها، وكنا قد خدعتنا قريش بأن محمدًا قد قُتل وانهزمنا، فانتحينا لا فررنا وغفر الله لنا وعفا عنا نبينا؟!

ثم تنهد وأضاف:

ـ ثم أليس عمر بن الخطاب كان معي ومثلي وممن تركوا الحرب

والضرب ومضوا يبكون هزيمتهم؟ وقد عفا الله عنه كما عفا عني، وجاء عمر لإمارتكم فلم يقل له أحدكم يومًا ما يقوله الآن لي!

خشي عمرو بن الحمق من تأثر صحبه بكلام عثمان فصاح:

- لكن عمر لم يحرق كتاب الله؟

دار عثمان برأسه له ورفع كفه ناحيته:

- أنت يا ابن الحمق الذي تقول ذلك وأنت القارئ الحافظ لكتابه؟! ألم ترَ وتسمع اختلاف الناس في القراءة، فقال هذا قرآني خير من قرآنك، وقال هذا قرآني خير من قرآنك، وكان حذيفة أول من أنكر ذلك وأنهاه لي، فجمعت الناس على القراءة التي كتبت بين يدي رسول الله، فأردت أن أحرق كل ما لم يكن على هذه القراءة وثبت في الصحف التي كانت عند حفصة، ثم تأتي لتتهمني كما غوغاؤكم؟!

رد ابن عديس:

- غوغاؤنا؟! يا عثمان، لقد نفيت خيارنا وضربت أطيبنا ووليت سفهاء أهل بيتك وغلمانهم علينا!

تدخل سودان:

- فليس لنا إلا أن نقتص منك ويضربك من ضربته.

ضحك عثمان ممرورًا وقد ثبت نظراته المتأملة في وجوههم ودار بها عليهم:

- كان عمر يضرب بدرته ويؤدب بعصاه أمراء ودهماء، فكان الكل يتلقى الضربة صاغرًا، واليوم تطلبون ضرب الخليفة بضربته لعاصٍ أو تأديبه لمتجرئ؟!

ثم تنهد وقد شعر كراهيتهم التي تطفح فوق حروفهم ونظراتهم، فقال بعينيه لعلي: أما لهذا من نهاية؟

رأى ابن عديس نظرة عثمان إلى علي، فأدرك أن مواجهة قد حانت، فأخرج من حزامه خطاب عثمان ورفعه أمام وجهه وهو يقول:

ـ دعك من ظلمك ومن جورك وحرفك عن كتاب الله، ودعك من وعدك الذي نكثته وعهدك الذي خرقته، وقل لي ما هذا.

رد عثمان مستخفًّا:

ـ ما هذا؟

ـ ألا تعرفه؟

ـ لا أعرفه.

كان ابن ملجم منزويًا في ركن مطل على خلجات وقسمات وتنفسات وإيماءات وتلفتات علي بن أبي طالب، حيث لم يرَ من الزحام غيره، ولم يرقب من الجمع أحدًا إلاه، وتتبع وجهه حين يتوجع وينفر ويتعفف ويضيق ويحتق وينقم ويضجر ويألم ويأمل. لكن عليًّا كان حزنان في جلسته على مجالسيه، التفت ابن عديس للزبير وطلحة ثم استقر على ابن مسلمة:

ـ أتشهد يا ابن مسلمة بأن عثمان وعدنا وعاهدنا على نزع أمرائه وخلف مروانه وأنه ختم لنا هذا العهد موثقًا؟

قال ابن مسلمة:

ـ أشهد.

ارتفع صوت ابن عديس مهتاجًا:

ـ فلتشهد إذن على هذا الكتاب الذي عثرنا عليه مع خادم عثمان موجهًا منه إلى عبد الله بن أبي سرح أميره على مصر.

رد عثمان فورًا وقاطعًا:

ـ لم أكتب ولم أرسل لعبد الله بن أبي سرح خطًّا ولا حرفًا!

قام ابن عديس وسط صراخ وصياح الجميع حانقين ناقمين ساخطين هائجين زاعقين قائمين قاعدين، فأوقفهم ابن مسلمة بكفيه وقد وقف ينهرهم عن التصايح:

ـ فلتصمتوا وتنصتوا الخليفتكم وقد نفى والحمد لله أن الخطاب خطابه.

صرخوا فيه:

ـ بل خطابه وأمره.

صاح ابن عديس:

ـ اصمتوا كما قال لكم ابن مسلمة.

قالها آمرًا وقد فهموا نيته. تحرك ابن عديس ناحية عثمان الذي نفر من اقترابه وعاد برأسه للخلف، فأفرد ابن عديس الخطاب وقربه من وجه عثمان حتى كاد أن يلصقه في أنفه:

ـ أليس هذا خطك؟ أليس هذا ختمك؟

لم يفهم عمرو بن الحمق كيف كان ابن عديس واثقًا من أنه خط عثمان وختمه، فلو لم يكونا كذلك لانهزموا هزيمة ساحقة، ولهذا انتظر كما الآخرين المترقبين الفائرين توترًا والمنفجرين قلقًا إجابة عثمان الذي أمعن النظر في الخطاب وأمسك بطرفه، بينما ابن عديس مصمم على الإمساك هو أيضًا بأطرافه.

عاد عثمان برأسه للوراء ورفع نظراته فوق الخطاب إلى ابن عديس:

ـ نعم.

صرخوا وصاحوا وناحوا وأشاحوا وساحوا في المكان حتى غطت أجسامهم على الوجوه الجالسة، وخشي علي بن أبي طالب أن يدهسوا

عثمان، فقام يهم بالانصراف، لكن عثمان تحدث بقوة صوت ووضوح وعلو نبرة فسكتوا ثابتين في أماكنهم منصتين:

ـ الخط الممهور باسمي هو خطي، والختم خاتمي، لكنني لم أكتب ولم أقم بإملاء أحد ولا أمرت أحدًا بأن يكتب هذا الكلام أبدًا!

صاح ابن عديس:

ـ تأمر بقتلنا وصلبنا وقطع أيادينا من بعد سجننا وتقول إنك لم تفعل؟ وها هو ختمك، فماذا تقول فيه إذن؟

رد عثمان بحسم:

ـ لم أفعل، ولم أختم، والختم ليس معي، وإنما مع حمران وقد ذهب للكوفة.

قال محمد بن مسلمة:

ـ ولمن سلمه؟

ـ لا أعرف.

صرخ فيه ابن الحمق:

ـ لا تعرف، وما الذي تعرفه، تبرئ نفسك من قرار قتلنا بأن أحدًا خدعك وزور باسمك وكتب بخطك وختم بختمك، والله إن هذا وحده يثبت أنهم يتلاعبون بك وأننا لا بد وأن نخلعك.

صرخ فيه كنانة:

ـ أفيجترئ عليك أحد فيبعث غلامك وجملًا من إبلك وينقش بخاتمك ويكتب إلى عاملك بهذه الأمور العظام وأنت لا تعلم؟!

رد عثمان:

ـ نعم.

صاح كنانة:

ـ إنه مروان يا رجل، فسلمه لنا تسلم.

ـ والله لا أسلم أحدًا بريبة.

قام كنانة وسودان فكادا يطبقان مكان عثمان، وكلاهما يقاطع جملة صاحبه بصراخ يؤكده:

ـ ليس مثلك من يلي خلافة المسلمين.

أضاف ابن عديس:

ـ والله لنخلعك ولن تجلس في خلافة المسلمين بعد هذا أبدًا.

نظر له عثمان وللزبير وطلحة ثم بحث عن علي فتزاحمت أمامه الوجوه، فقال بهدوء منزوع من بين كل هذا اللغط والسخط وبنظراته المطمئنة ونبرته الواثقة المتحدية:

ـ والله لا أخلع قميصًا ألبسنيه الله.

صرخ فيه ابن الحمق:

ـ بل نمزقه على جسدك.

ساعتها رأى الجميع عليًّا يخرج دون سلام، فقام خلفه الزبير وطلحة وانصرفا. فجذب ابن مسلمة كتف ابن عديس ليخرج معهم، فوافقه وهو متعرق محمر العينين تحركت عمامته عن مقدمة رأسه. شد يد ابن الحمق ليخرج معه فقاومه غارسًا قدميه في الأرض مطلقًا نظراته الحارقة على عثمان الذي استرخى جسده في مقعده، وحرك ساقيه للأمام يريحهما، وبحثت يده عن حاجة خلف أريكته حتى وجدها. كانت تلك العصا التي قدمها له مروان فرماها جانبًا لم تبرح مكانها حتى تلك اللحظة التي عثر عليها عثمان، وقد تذكر أنه يحتاج إلى عصا الآن ليتوكأ عليها. كانت حمم الكراهية تتلاشى من فضاء الدار بمغادرة ابن الحمق ومعه ابن ملجم وآخر رجالهم، فظهر المكان فارغًا إلا من نجيح وصبيح وقد

رآهما عثمان واقفين قد نهبت عيونهما شدة الألم الشفيق على خليفتهما المهدور في أفواه الناس، فأطرق حزينًا. لكن فجأة انفتح باب غرفة نائلة وكانت تجري ناحيته مندفعة، وقد تحرر شعرها من غطائه فانطلق على كتفيها بينما وجهها الأبيض الرائق متأجج بحمرة البكاء، لكنها تحاول أن تبدد دمعاتها بأناملها وتتسع ابتسامتها وهي تقترب تلثم شفتاها وجنتي عثمان ولحيته وتضم رأسه إلى صدرها، ولحظتها اهتز وجه عثمان المندس في حضنها بالبكاء.

٦٩

فوجئ محمد بن أبي بكر الصديق، فقد كانت ضربة رمح مغروسة في جنبهم جميعًا حين قال له مالك الأشتر:

ـ لن أجلس على باب عثمان معكم برجالنا يا ابن أبي بكر.

رد دون أن يستوعب جملة الأشتر الباردة:

ـ وأين ستمضون لياليكم يا أشتر إذن؟ أتتسع المدينة لمائتي رجل كوفي يبيتون في دورها أم تظنهم أنصارك سيقسمون معكم البيت والزوج؟

نظر مالك بقامته الطويلة ولحيته الكثة وصدره العريض إلى هذا الفتى النحيل الغرير المستقوي بأبوة أبيه وربابة علي بن أبي طالب له، وقرر ألا يتواضع بالإجابة، لكنه سارع فنظر إلى هذا الشاب المتهيب الواقف ممسكًا جمل ابن أبي بكر حيث كان ممعنًا في إنصاتٍ منتظرٍ لإجابته وسأله في تجاهل لسؤال ابن أبي بكر:

ـ ما اسمك يا هذا؟

رد عبيد بثقة فخورة بأنه موضع سؤال:

ـ عبيد الليثي بن أم كلاب.

انطلق مالك في ضحكة مجلجلة زادت من خشونته في عيني ابن أبي بكر، بينما خشي عبيد ما وراءها، فصدقت خشيته حين ألحق الأشتر ضحكته بكلماته:

ـ إذن زوج حُبى معلمة النساء الحب.

بينما ابتسم ابن أبي بكر فقد اضطرب عبيد وأضاف الأشتر يهدئ روع زوج حُبى:

ـ لا بد وأنك فارس تستحقها، فلماذا تسوس إبل أخينا كأنك غلامه؟!

عرف ابن أبي بكر وهو يلم شفاهه على ابتسامته فيغلقها أن الأشتر ينكر على ابن أبي بكر القيادة، فقال:

ـ بل نحن إخوة في الله يا مالك، ودعك من صاحبي ومن جملي، وقل لي لماذا لا تريد الانضمام لنا في حصار عثمان وقد جئت من الكوفة مع جماعتك وقد أسعرت عليه الأرض وطير السماء لخلع هذا الرجل ثم لا تريد المكوث نحيط بنعثل تحت حائط بيته؟

هذا فتى ينافسه إذن في كراهة عثمان أم في كراهة خلافته، شيء ما أثار إعجابه ثم عجبه من حماسة محمد بن أبي بكر ومن حثه له على عثمان، لكن ألا يكفيه مصريوه الذين أسخن عروقهم على خليفته هو وابن أبي حذيفة. صمت الأشتر والتفت إلى ابن أبي بكر وقد أراد له أن يعرف أنه يعرفه:

ـ وهل دخلت على زوجتك عاتكة يا ابن أخينا أم أنها تنتظر خلاصك من عثمان عرسًا بها؟

لانت ملامح ابن أبي بكر بينما أجاب عنه عبيد:

ـ ستنتهي عدتها من الزبير مع هلال الشهر.

كان الأشتر قد وصل إلى أطراف المدينة من رحلة الكوفة، فآثر أن يرتاح مرافقوه حتى يذهب هو إلى علي وطلحة والزبير فيرى ما جرى مع عثمان،

ترك حرقوص على رأس المائتين الذين جاءوا على قلب رجل واحد كي يقيلوا الإسلام من عثرة خلافة عثمان بخلعه. كانوا على طبعهم منذ رحلوا من الكوفة، يصلون ويتلون القرآن ويعكفون على المصحف ويتدربون بالسيوف والرماح ويتسابقون في مطاردة ذئاب الصحراء بالسهام أيهم يقتلها قبل أخيه. فلما بلغ الأشتر المسجد النبوي رأى زحامًا عجبًا حيث المصريين قد خنقوا الحارات والممرات والطرقات حول قصر عثمان، وما كانوا وحدهم، بل تكاثرت وجوه يعرف قسماتها وجوع عيونها الأشتر منذ صباه، إنهم من بدو وأعراب وسوقة وصبية، فتكدست الأمكنة حول المسجد حتى أسوار عثمان التي بدت خامدة الحركة ومقفولة الأبواب بينما ضجيج وصخب من أفواه ودبيب أقدام حولها. سأل الأشتر أحد الراقدين في عرض الطريق عن ابن عديس فأشار له ناحية المسجد.

* * *

منذ خرج آخر واحد منهم من غرفة عثمان وهم لا يعرفون ماذا يفعلون، ومتى يفعلونه. كان غضبهم قد بلغ ذروة المنتهى، لكنهم لم يفعلوا شيئًا إلا الجلوس أمام قصر عثمان. أغلقوا الممر إليه بحشدهم، وامتلأت الأمتار بعدها بالعشرات الذين وفدوا حتى يضع أحدهم ساقه على ظهر أخيه. حين رُفع الأذان رأى بعضهم عثمان ينزل من خلف بابه مع بضعة من بني أمية ليخرجوا للصلاة، فتجمهر جمهور منهم وزاموا وتشاغبوا على الباب ووقفوا متصدين لهم يمنعون خروجهم وهم يصرخون:

ـ لن تقف بنا إمامًا، لن تصلي بنا أبدًا يا حائد عن شرع الله.

بوغت عثمان وقد تعثرت حركته خلف ظهور رجاله ويبدو أنه قال لأحدهم شيئًا فرفع هذا صوته عاليًا حتى يسمعه الناس ويفسحوا له:

- إن الخليفة يقول لكم إنه لن يؤم بكم الصلاة بل اتركوه ليصلي في مسجد نبيه ونبيكم.

كان تنازلًا وضعفًا لعله ينبت في قواحل صدورهم زرعًا، لهذا حل صمت كأنما يستوعبون اقتراحه، ثم هاج عمرو بن الحمق يدفعهم للإطباق على الباب:

- والله لن تخرج من هذه الدار لمسجد أو لسوق إلا وقد خلعت نفسك.

عاد عثمان مع هذا العدد الضئيل من أهله وعبيده، بينما أدرك الناس هدفهم، حصار عثمان.

انصرف علي ولم يره أحدهم من ساعتها، فلم يحضر للمسجد ولم يمر في الطرقات ولم يستدعِ أحدًا ولم يجتمع بأحد، ولم يأتِ ابن عديس على ذكره. الزبير كان يظهر ويختفي. أما طلحة فقد غاب وقتًا ثم ظهرت يده الشلاء تربت على أكتاف القوم مشجعًا حفيًّا بهم وقد حضر فلم يغب أبدًا. أما عمار فكان يحضر سعيدًا ألقًا يخطب فيهم بصوت لم تصبه سنوات عمره التي شارفت على التسعين بوهن ولا بحة، وكان حريصًا على أن يقترب من سور قصر عثمان حتى يسمع وعيده وتهليل الناس له. لم يعرف الناس من يقدمونه لإمامتهم في الصلاة، ولما اعتزم ابن عديس الوصول إلى المحراب كان الزبير وابنه قد وسعا لهما طريقًا إليه. والتفت الزبير للجموع وطلب منهم تقوى الله والخشوع في الصلاة، وكانت تكبيرته عالية جهورية منتصرة كأنها إيذان منه بخلع عثمان عن إمامة المسلمين. بدا للناس أن الزبير يعلن نفسه خليفة لعثمان، فتذمر بعضهم بعدها وقد سلط ابن عديس عديدًا منهم ليبثوا بثهم. ثم تخلى الزبير عن المجيء للصلاة في المسجد، فقد خاف ابنه أن يؤلب هذا عثمان وشيعته عليه كأنه يحرض الناس ليتبوأها هو. ثم ذهب عبد الله بن الزبير لدار عثمان يدخل إليها ويخرج منها. واستمر طلحة في الإلحاح في الظهور والبروز

طول الوقت يحوم في الطرقات ومع الجموع وينفرد كثيرًا بابن عديس وينتحي بابن الحمق وينادي على ابن أبي بكر ثم يقول قولته ويسر سره لهم ويؤم الصلاة حينًا بأكف تدفعه للتقدم لها. لكنه لم يستمرئ وحدته في المسجد دون صحابة المدينة الذين اختفوا في دورهم وبيوتهم وهجروا منطقة قصر عثمان فصلى بهم ابن عديس، لكن كثيرًا منهم كفوا عن غشيان المسجد، وباتوا يصلون أمام دار عثمان وحولها ويتلو عليهم ابن ملجم وجبلة وابن الحمق في حلقات في الطرقات وتحت الأسوار سور القرآن، فيجلبون عامة من أهل المدينة الذين ينقلون عن محاصري عثمان تقواهم، لكن بقي عثمان دون رد ولا جواب عليهم.

* * *

وجد الأشتر أخيرًا ابن عديس عند حائط في مسجد النبي فذهب إليه. هب ابن عديس لمرآه فرحًا دهشًا فتعانقا ودعاه:

- تعال لأبشر أصحابنا بك.

لكن الأشتر تمهَّله بعينيه ويديه وجذبه ليقترب، ثم انتحيا جانبًا بعيدًا عن هذه الثلة التي أحاطت ابن عديس إحاطة السوار بالمعصم. لم يكن كنانة مهمومًا باعتزالهما الزحام، لكن محمد بن أبي بكر كان فضوليًّا كشفه كنانة فعلق قائلًا:

- دعهما يا ابن أبي بكر، فوالله إنها أيام خلافة عثمان قد زالت سواء تهامس ابن عديس والأشتر أو تجاهرا.

أنهى ابن ملجم صلاة طويلة أطال فيها السجود حتى ظن كنانة أنه مات في سجوده الأخير، ثم استفسر عن اسم هذا الرجل الذي يلفت أنظارهم جميعًا، فأخبره كنانة بأنه مالك الأشتر قدم وجماعته من الكوفة، فقام ابن ملجم صائحًا مهللًا مكبرًا:

ـ الله أكبر، جاء إخوتنا ومددنا من العراق.

سمع الجمهور المنثور داخل الجامع وعلى بابه الصياح فنهضوا وتساءلوا وصاحوا وبحثوا وتجاذبوا للولوج ناحية ابن ملجم للاستزادة بتفاصيل النبأ، فجذب ابن عديس كتف الأشتر مسرعًا به خارجًا بين الأكتاف والأجناب ليكملا حديثهما مبتعدين عن صخب هؤلاء، وهتافهم لعثمان بأننا قد جئناك من مصر والعراق بالخلع يا نعثل.

خرجا من الطريق إلى فضاء خلف المسجد، وكان الأشتر يكمل أسئلته:

ـ قلت لي إنهم ستمائة من معك؟

ـ نعم.

ـ وهل يبيتون هنا؟

ـ منذ واجهنا عثمان بغدره وتوعدناه بخلعه.

ـ في الطرقات وعلى العتبات؟

ـ نعم.

ـ وأنت؟

ـ أحب أن أكون بينهم فلا أضمن انفلاتهم على عثمان، فأكون في المسجد أو في بيت عمار بن ياسر.

ـ هل هو معكم؟

ـ هو أولنا.

ـ وما حال علي؟

ـ مل من عثمان ومنا، يعيب على عثمان لكن لا يدفعنا ولا يردنا.

ـ هو يخشى أن نبايعه إن خلعنا عثمان، فيقول الناس إنه من حض عليه وحرض على خلعه.

- أظن أنها نصيحة الحسن له، وما أرى الحسن إلا عطوفًا على عثمان مثبطًا لأبيه عن نصرتنا وعداوة عثمان.
- وما الذي تفعلونه لتخلعوا الرجل الآن؟

تنهد ابن عديس وكان السؤال قد أعياه:

- نصبر يا أشتر، لعله يرجع عن ظلمه لنا ولنفسه فيخلع قميص الحكم.

أطرق الأشتر:

- وهل تنتظر منه أوبة أو رجعة؟

عاد ابن عديس وهو يتعطش لرية رأي من مالك الأشتر:

- بل أنتظر من الله الفرج للكرب، فهذا عثمان من نحاصره وليس عييًّا من بني أمية.

وافقه مالك الأشتر:

- بل عثمان صاحب النبي وصاحب اليد والفضل.

صمتا وأكملا معًا كأنهما يعيدان على أنفسهما ما يحكيانه للخلق ويشكوانه للخالق:

- لكنه حاد عن الحق.
- وعن كتاب الله.
- وعن سنة صاحبيه سابقيه.
- وهل سيسكت معاوية عنا وعن صاحبه؟
- لنعجل نحن أو يعجل هو.

كانا قد عادا إلى الزحام مرة أخرى وحر النهار يلتهم هواء الطرقات والبيوت، وبينما يجيب ابن عديس عن سؤال أحدهم اقتحمه بالكلام، تعثر الأشتر في ساق ممدودة، فتمالك نفسه قبل أن يسقط وتسند على ابن عديس وسائله، ثم أمعن النظر فرأى قيحًا يملأ الساق المفرودة تشتد زرقة رقعات في جلدها وتدكن، بينما يجأر الرجل بالصراخ ناحية قصر عثمان:

- لعنة الله عليك يا نعثل، والله لو بقيت لك من عمرك صلاة عصر، فلن نتركك تصلُها فتصليها.

قال الأشتر:

- من صاحب الساق المتقيحة الذي سيمنع عثمان من آخر صلاة عصر له؟

رد ابن عديس:

- إنه جهجاه، انتزع عصا عثمان من قبضته في المسجد وكسرها على فخذه فانجرحت الفخذ وأدميت ولم يبرأ من ساعتها حتى صارت ساقه كما ترى!

- أهذا من مصرك؟

- لا.

- ألهذا الحد نفر أهل المدينة من خليفتهم؟

- انتظر لترى عمير بن ضابئ.

- وما هذا؟

- هذا ما سأتركك لتعرفه بنفسك.

- ومن أين تطعم هؤلاء يا ابن عديس؟

قهقه ابن عديس بضحكة قصيرة، وقال:

- كما تنفق أنت على رجالك وسفر قافلتك.

ثم أضاف:

- ينفق طلحة سرًّا على مطعم ومأكل.

ثم عاد لضحكته لكنها طالت هذه المرة:

- ومن أعطيات الرجال من بيت المال يصرفها لهم عثمان.

وقف الأشتر وقال لابن عديس:

- تحاصرونه ويصرف لكم أموالكم؟!

رد ابن عديس:

- هو حق الناس.

- بل كرم عثمان، ولا أظن أن مروان سيصمت طويلًا وأنتم تحاصرون الرجل؟

رد ابن عديس نافيًا بحدة:

- نحن لا نحاصره، فالناس تدخل عنده وتخرج كما تشاء.

قال مالك وهو يرفع صوته كي يعلو فوق صخب المصريين وقد علا وتداخلت الصيحات:

- هذا إلى حين قصيرة يا ابن عديس، فهؤلاء الذين نراهم تحت حائط بيته لن يصبروا كثيرًا مهما كنت حليمًا وحكيمًا معهم يا ابن عديس.

- إذن، ولماذا لا تأتي فتكون معي عليهم؟

- اسمع يا ابن عديس، لن تستطيع أن تقيد الحرون إن حرن، لكنني والحال كذلك وجمعك يكفي ولا دور لنا لنضيفه سأنتظر البصريين فهم قادمون بعد ساعة أو يوم، ومعنا إخوتنا من قراء الكوفة وحفظة القرآن الذين أحل فيهم عثمان وأميره ما لا يحل في دين ولا يحسن في سماع، نتجمع ونتفق ثم ننزل إليكم.

- ومنذ متى ترى في هؤلاء القراء جماعتك يا مالك؟

- بل هم من جمعهم كره عثمان حولي.

التفت ابن عديس إلى محمد بن أبي بكر وناداه ثم طلب منه أن يعود مع مالك الأشتر حيث العراقيين ليرحب بهم وينقل لهم عزم المصريين ويدعوهم إلى دار عثمان، رحب ابن أبي بكر بينما استخف الأشتر، فلما ذهب محمد ليعد عدته همس الأشتر لابن عديس:

- أهذا الفتى سفيرك يا ابن عديس؟

- إنه عابد المدينة وراهبها، لكن نقمته على عثمان لا ينافسها إلا ثورة عمرو بن الحمق.

- أين هو؟ أريد أن أراه فقد كان نعم الصاحب والصديق، إنه قارئ القراء الذي كان متأججًا ضد عثمان وفعاله وهو في العراق، فما بالك وهو عند حائط بيت عثمان نفسه؟ هل لا يزال يحتفظ بمصحفه؟

تخطى ابن الحمق رؤوس الناس وهو يندفع تجاه مالك الأشتر ويناديه:

- جئت يا أشتر، يا سيف الحق وعز المسلمين وداعي الخير وقاصم أقارب عثمان في العراق.

احتضنا طويلًا، ثم خاطبه ابن عديس:

- يسأل عن مصحفك يا ابن الحمق؟

انفجر ابن الحمق حنقًا:

- حرمني منه ابن عفان وأحرقوه بين يدي، والله خططته بيدي سبعين ليلة. أرأيت يا أشتر جموع المؤمنين، وقد استنفرهم ظلم عثمان وعسفه واجتراؤه على الحكم بغير كتاب الله؟

حين حاور ابن أبي بكر مالك الأشتر واستفهم منه مستنكرًا عدم القدوم العجل من الكوفيين لدار عثمان مع المصريين، تجاهل الأشتر الإجابة ثانية وباغته بسؤال:

- هل عرفت ماذا فعل صاحبك ابن أبي حذيفة مع عبد الله بن أبي سرح حين عاد من اجتماع عثمان إلى مصر؟

نظر ابن أبي بكر إلى عبيد وهو يتأكد من وجه عبيد أنه سمع ما سمعه من الأشتر، فلا يكاد يطيق أنه يجهل ما يعرفه غيره عن مصر، ثم التفت عائدًا بنظراته الحائرة إلى الأشتر وصاح من فوره ملهوفًا:

- هل لديك نبأهم هناك؟

تبسم الأشتر ورق له ضاحكًا، ثم قال:

- هل تدلوني على دار عمار، فلعلي أجد السر الذي حاشه عني حذيفة في العراق؟

نطق عبيد دهشًا:

- أي سر؟

رد الأشتر محتارًا:

- سر الثلاثة عشر!

٧٠

كان ثلاثتهم على موعد مع البئر. توقفت قافلة عمرو بن العاص الصغيرة حتى يسقي الأعراب الذين يقودون الإبل الماء، بينما ترجل ابن العاص وجلس في ظل نخلة يقضم بلحًا مع ابنه عبد الله، ومر عليهما مالك الأشتر، فنزل الأشتر والتحق به محمد بن أبي بكر، وقد ربطوا دوابهم عند النخلة التي رأوا عندها عمرو بن العاص، وصاح فيه محمد بن أبي بكر مندفعًا:

ـ أراحل أنت يا ابن العاص في هذه الأيام السخينة؟

تصافحوا وتعانقوا، وإن بدا الأشتر جافًّا في التحية والسلام. تأملا بعضهما كثيرًا حين كان حوار ابن أبي بكر وعبد الله بن عمرو يمر بين وجهيهما. قال عبد الله:

ـ أريدها اعتزالًا ولكن أبي لا يعتزل أبدًا.

علق ابن أبي بكر:

ـ لقد سقى أبوك كراهية عثمان وفعاله في جوفنا وها هو يمضي عنا.

تداخل الأشتر:

ـ أبعد أن أشعلت النار تنصرف دون أن ترى الحطب المحروق يا ابن العاص؟

ابتسم ابن العاص ولف وجوههم بنظرة غير مبالية، وقال:

ـ متى جئت من الكوفة يا أشتر؟

تهكم الأشتر:

ـ هل إن جئت أنا ترحل أنت؟!

عقب عمرو:

ـ كأن الثورة على عثمان لا تسعنا معًا يا رجل.

نهض من جلسته المرتكنة مستندًا على ابنه وهو يقول:

ـ ابن أبي بكر وابن عديس وها أنت وعراقيوك يا أشتر فيكم الخير والكفاية في المدينة، أما أنا فخارج منها لأشعل غيرها وبالًا على عثمان، فلم تعد المدينة في حاجة لي لتكره هذا الرجل وتخلعه، لكن الشام وفلسطين والأمصار تحتاج كلام ابن العاص لتعرف أفعال ابن عفان.

داست كلمات الأشتر على ضلوع ابن أبي بكر حين قال لعمرو:

ـ أوَلن تذهب إلى مصر بعد أن أقالك عنها عثمان؟

أجاب ابن العاص وقد تهيأ لركوب جمله الذي برك ينتظر وثبته:

ـ لقد عمل فيها ابن أبي بكر وابن أبي حذيفة بوصاياي ونبغا، لكن زرع مصر سنحصده في المدينة يا أشتر.

نظر مالك الأشتر إلى عمرو ثم إلى ابنه الذي يعين والده على ركوبته:

ـ أتعرف يا ابن العاص أن ابنك عبد الله خير منك؟

وأكمل وهو يربت على كتف عبد الله:

ـ سبقك إلى الإسلام وفاز عليك في محبة النبي.

ضحك ابن العاص راضيًا متلقيًا تساخف الأشتر بسعة عقل لا صدر، بينما عبد الله انزعج من خشونة الأشتر الذي قال لأبيه وقد زاد:

- وأخشى على زهد الابن من طمع الأب.

نهره عبد الله رقيقًا، بينما استغرقت المواجهة جل تنبه ابن أبي بكر:

- ما الذي تقوله يا أخي الأشتر؟

أوقف الأشتر غضب عبد الله بابتسامة واضحة وأضاف:

- لقد عايشت والدك في حروب العراق والشام، فدعني أقل لك إنه يخرج من المدينة الآن تحسبًا للحساب، فإن فاز عثمان فقد كان مباعدًا ولو فاز مغالبوه فقد كان مؤلبًا.

ضحك عمرو بن العاص وهو يرتفع فوق سنام جمله متعاليًا بصعوده وبكلماته عن اتهام الأشتر، وقد طل بنظرات فوقية حادة عليه وعلى ابن أبي بكر وقال:

- والله لن أترك دابة ضالة في صحراء الجزيرة إلا وأؤلبها على عثمان، وها أنا أترك لكم طرقات المدينة لتنابذوا بها الرجل.

اقترب الأشتر من عبد الله بن عمرو بن العاص:

- إذن اسأل أباك وماذا سيفعل مع معاوية: هل سيقنعه بطغيان عثمان، أم يضمه إلينا في طرقات المدينة، أم يا ترى سيعود معه لغزو المدينة يهد ديارها فوق رؤوس عصاة عثمان؟

رد عبد الله:

- اتق الله يا أخي.

رد الأشتر متنهدًا:

- آه لو اتقاه أبوك يا عبد الله!

عاد عبيد بجمل الأشتر وقد تتبع بعضًا من كلامهم وسمع ابن أبي بكر يرد السلام على عبد الله مودعًا:

- وعليكم السلام ورحمة الله وبركاته.

أمسك الأشتر بلجام جمله وهو يرمي ابن العاص بنظراته:

- كم منهم سيخرجون من المدينة هذه الأيام حتى لا يلغ في إناء يجهل سمه؟!

لم يفهم عبيد شيئًا كثيرًا من القليل الذي سمعه، لكنه أدرك أن مالك الأشتر أكثر دهاء من هذا العابد الغاضب الذي يسير بجانبه، وقد أفاق فجأة ليسأل السؤال الذي يغلي دم عروقه بالفضول:

- وما النبأ الذي وصلك عما جرى في مصر يا مالك؟

* * *

حين وصل عبد الله بن أبي سرح إلى القلزم حيث بوابة مصر، أغلقها الليل عليه حيث هبط الظلام بغتة مما جعله يوافق خمسًا من الرجال رافقوه مع أدلاء الصحراء وحادي الإبل على المكوث الليلة للراحة ولقضاء العتمة والمواصلة في صبح الغد الطريق إلى الفسطاط. كان قد سبقه أحد رجاله رسولًا إلى قصر الجن حيث مقر حكمه ليبشر هانئ صاحب الشرطة بعودة أميرهم من المدينة عقب اجتماعه المتعجل مع الخليفة عثمان.

اعتاد ابن أبي سرح على أن يصل القلزم نهارًا حيث ينتظره حرسه وقافلة الإمارة وبعض من صحبه فيرافقونه إلى الفسطاط في موكب السلطة المهيب يتخلل طرق الصحراء وسهول القرى فيرحب به عوامها، ويخرج له أهلها للتحية وطلب الحاجات ونيل بعض المكافآت. لكنه هذه المرة وحتى يطبق النكد على الأجزاء التي لم يصلها في جوانب قلبه فقد نزل القلزم ليلًا. لم يقدر على نوم فاستغرق ساعات الليل في الصلاة واستدعاء ما جرى في لقاء عثمان. أخذه القلق للأرق، فلم ينتهِ جدالهم في غرفة الخليفة لشيء مفهوم وقاطع. طيلة أيام رحلة عودته وهو يسأل نفسه: لماذا لم يطلب منه عثمان شيئًا محددًا ليفعله مع هؤلاء

العصاة ومع هذه الفوضى السارحة في الفسطاط ضدهما؟ هل ابن أبي بكر وابن أبي حذيفة وقبلهما ابن عديس يضجون بالثورة على عثمان أم عليه هو نفسه؟ لم يكن في حاجة إلى أن يمكث وقتًا أطول أمام عيون مروان ومعاوية حتى يعرف أنهما يحملانه مسؤولية هذه الشوكة التي تطعنهم من مصر. أحقًّا كان هو ابن أبي سرح الذي فجر غضب هذين أم أنهما جاءا محملين بالكراهية ضد عثمان فينفثانها في الفسطاط؟ أليس المحمدان واردين من المدينة؟ وأليس عمرو بن الحمق قادمًا من الكوفة؟ لكن ابن عديس وكنانة وسودان وجبلة وكل هؤلاء زرع الفتنة المصرية. قال لمروان وهو لا يثبت فيه النظرة:

ـ لقد ذهبت بعدهم إلى هذا المصر وكلهم من جيش عمرو بن العاص الذين فتحوا هذا البلد، بل وبنوا هذه الفسطاط قبلي، فما الذي كنت لأفعله معهم؟ أأنفيهم من الأرض التي فتحوها وأطردهم من الفسطاط التي بنوها؟ ثم إن عديدًا منهم يقطنون بلبيس والفيوم والصعيد أفأطاردهم في كل بلد؟

كان ابن أبي سرح قد ذهب في غفوة فرأى فيها وجه بسيسة، وعلى قدر ما يطري وجهها جلمود روحه على قدر ما استيقظ فزعًا كأنما أحس قلبه مخلوعًا. سأل خادمه:

ـ أوصلك شيء من أعراب الصحراء عن المصريين ممن سمعنا أنهم سافروا للمدينة؟

أجاب الخادم بالنفي، فزاد ابن أبي سرح شؤمًا، فغفا غفوة على كآبته، فلم يشعر بنفسه إلا وأيادي حرسه ومرافقيه تنغزه ليصحو، فانتبه على وجوه رجاله وقد جذبوه ليخرج من خيمته الصغيرة المنصوبة تحت جدار تل، فأدرك أن شيئًا يثير فيهم فزعًا فانفزع:

ـ ماذا يجري؟

وسعوا حلقتهم حوله، فانكشف ما وراءهم وقد كان ندى الفجر يهبط على ثرى الصحراء وكائنات كأنها أشباح بعيدة تتحرك وتقترب، وقفوا متنبهين لها صامتين ومستغرقين في قتامة الترقب، والكائنات تدنو أكثر فتظهر أكبر، وتتحرك تجاههم فيظهر اندفاعها، ثم لا يعرف ابن أبي سرح هل هو نور الصبح أم ضوء الحقيقة الذي كشف له عن تلك الأجساد فوق الخيول مشهرين السيوف ومقدمين الرماح ورافعين أقواس السهام وصارخين بالصراخ العالي العاتي:

ـ إنه موتك يا ابن أبي سرح.

حاصروهم، وكانت مجموعة ابن أبي سرح بينهم ضئيلة قليلة ذليلة لم تفكر حتى في قبض أياديها على سلاحها، إنهم مئات من الرجال الذين استبان ملامحهم وعرف فيها وجوهًا من الفسطاط ومن بلبيس، إنهم مناصرو ابن عديس وقبيلته وحلفاؤه والمصلون خلف ابن أبي بكر في الجامع. لم يكن في حاجة إلى أن يصرح أحدهم بما هم قادمون له فقد فهم. نزل قائدهم عن حصانه وقد أشار إلى تابعيه فسبقوه وجردوا رجال ابن أبي سرح من أسلحتهم، وبينما يحطم آخرون بسنابك خيولهم الخيام الصغيرة القليلة ويكسرون ويدلقون ويريقون زاد القافلة وشرابها، قال له قائدهم بلهجة آمرة متعالية:

ـ لن تدخل يا رجل مصر إلا لو أردت أن تدفن فيها.

رد ابن أبي سرح:

ـ ومن أنت لتأمر أمير مصر بمثل هذا الأمر؟!

ـ أما أنت فلست أمير مصر، بل عبد من عبيدها لو عدت لها، وأما أنا فرسول أمير مصر محمد بن أبي حذيفة لك.

شعر ابن أبي سرح بكلمات الرجل تحطم ضلوعه، وكان يبحث في قلبه عن بسيسة والرجل يكمل:

ـ لقد سجنا أصحابك وطردنا رجالك وحبسنا شرطتك، وبايعت مصر ابن أبي حذيفة، ودان له عربها وقبطها، وهو يعرض عليك أن ترحل سالمًا عنها أو أن تدخل لها فيطبق عليك الحد.

ـ أي حد؟

ـ حد الردة، فقد خنت الله ورسوله والمسلمين.

أطرق ابن أبي سرح مذهولًا وقد يتمتم: إنه ابن أبي حذيفة المجنون.

ثم تساءل بحروف مهزوزة مهزومة:

ـ هل هذا حكم القاضي أم حكم ابن أبي حذيفة؟

رد الرجل مستخفًّا:

ـ هذا حكم الله.

تقوى ابن أبي سرح وتهكم:

ـ وهل يوحي الله لابن أبي حذيفة هذه الأيام؟!

ـ كما كان يوحي لك أيها المرتد.

أخذها ابن أبي سرح طعنة في قلبه وقد غامت الدنيا أمامه، فقد كانت الصاعقة تتجلى له مع كل نظرة ولفظة ولفتة من هؤلاء الناس: هل ضاع حكم مصر؟ وهل جرؤوا أن يفعلوها؟ وهل هي نهايته الآن؟ وماذا سيفعل؟ وكيف فعلوها فوق رؤوس هانئ وابن حديج وابن مخلد وبسر؟ هل استسلموا لشرك مؤامرتهم أم قتلوهم؟

اضطرب حين غمرته للحظة فكرة قتل أصحاب رسول الله وفاتحي مصر. التفت إلى الرجل وسأله واهنًا:

ـ لتسمحوا لي بالدخول إلى مصر والمكوث في قصري.

ـ لن تدخل، ولم يعد قصرك.

ـ ولكن، لن أترك أهلي وحدهم.

ـ لقد دخلنا قصرك ولم نجد لك فيه أهلًا.

اشتعل في قلبه السؤال: ماذا فعلوا في بسيسة، أم أنها هربت قبل أن يقتحموا القصر؟

كان ابن أبي سرح فوق جمله يهتز ويرتج وقد ساقوه وحده بين العشرات منهم يقودونه إلى حدود فلسطين، يطردونه من مصر بلا خدم ولا حرس ولا مطعم ولا مشرب ولا راحة ولا استراحة في طريق طويل طالما جاءه قائدًا وأميرًا ورجع منه وحيدًا مطرودًا. كان أمله يكبر داخله كلما قصرت مسافة وصوله إلى فلسطين، كلما تذكر معاوية بن أبي سفيان، وأنه سوف ينصره على ابن أبي حذيفة ولن يسكت على انكسار عثمان في مصر أبدًا. وعندما تهفو إليه عينا بسيسة، كان يوقن أن علقمة بن زيد لن يسمح لهم أبدًا أن يمسوها بأذى.

حين تركوه ومضوا قافلين مكررين تحذيرهم له بقطع عنقه لو فكر في العودة إلى مصر، كان لا يفكر إلا في نوع هذا السيف الذي سيقطع به عنقي المحمدين: ابن أبي حذيفة، وابن أبي بكر.

٧١

حين عرف عمار طلب منهم أن يكتموا خبر ابن أبي حذيفة في مصر عن المزدحمين حول بيت عثمان:

ـ لا تخبروا أحدًا منهم أبدًا إلا ابن عديس وهو لن يذيع السر.

ابتسم مالك الأشتر وهو ينقر على أرض سقيفة دار عمار بن ياسر بسن سيفه ويلف بها حلقات لا تنتهي، وقال:

ـ أتخشى يا أبا اليقظان من انفضاض المصريين عن عثمان حين يعلمون بأن صاحبهم انتزى على ابن أبي سرح وقد تأمر على مصر؟

ارتعش خدا ابن أبي بكر حين سمع موقع ابن أبي حذيفة في الفسطاط، وعلم أنه ركب قصر الجن وهم هنا في المدينة يواجهون عثمان. أكان على قدر فرحه بطرد ابن أبي سرح، حزينًا على أنه لم يكن هو من يؤم صلاة الفسطاط كأميرها، وترك محرابها لابن أبي حذيفة؟ علق قائلًا:

ـ لكن فوز ابن أبي حذيفة بمصر رهن بأن نخلع عثمان، فلا استقرار له هناك بغير رحيل عثمان.

قال عمار متحمسًا، بينما يصب عبيد اللبن في أكوابهم:

ـ صحيح، لهذا لا ندعهم يفرحون بالغنائم وينسون الحرب على هذا الرجل، وقد كدنا نأخذ منه قميص حكمه.

قال الأشتر:

ـ ولكنني سمعت أنه ردع من سأله قاطعًا بأنه لن يخلع قميصًا ألبسه له الله.

رد عمار:

ـ بل ألبسه له عبد الرحمن بن عوف وقد خاصمه قبل موته وقد ندم، حتى إنه لما اشتكى رجلان له من ظلم قسمة المال عليهما بعد غزوة وأن مروان بن الحكم نال حظهما، ذهب ابن عوف معهما إلى بيت المال في ركن دار عثمان فدخل مطيحًا بمن يحرسها، واقتسم لهما من المال دون أن يستأذن عثمان.

أضاف عبيد:

ـ كما أن عثمان لم يعاتبه.

ـ بل لم يقدر أن يواجهه، فكلاهما لا ينسيان حين صفقا أيديهما معًا بالمبايعة وإعلان عثمان خليفة متصدين يومها لأبي تراب.

قاطعهم عبيد بصوت عالٍ كأنه الصراخ:

ـ لكن ما سر الثلاثة عشر هذا يا أبا اليقظان، ما سمعناك أبدًا تتحدث عن ثلاثة عشر أو أربعة أو خمسة عشر؟

أُخذ الأشتر تمامًا باندفاعة السؤال، وأطرق عمار صامتًا يبتلع المفاجأة، بينما قفزت عينا محمد بن أبي بكر من محجريهما تستنطقان عمارًا سر شيء لا يدرك كنهه وما الذي جعله سرًّا. حدق عمار في الأشتر الذي قال شاعرًا بالذنب معتذرًا:

ـ إن كنت لا تريد أن تتحدث أمام هذين الحدثين فهذا شأنك يا عمار.

استاء محمد وعبيد من استخفاف الأشتر حتى إنهما همَّا بالاحتجاج بالإشاحة، وقبل أن ينطقا رماهما الأشتر بنظرات كطقطقة شر مطلوقة في وجهيهما.

تحسس عمار أذنه المقطوعة تحت عمامته بسبابته وإبهامه، وران عليه صمت قلق خرج منه سريعًا حين وجه كلامه لمحمد وعبيد:

ـ اذهبا الآن لابن عديس وأبلغاه بنبأ مصر.

ثم التفت إلى الأشتر:

ـ ألم تكن مع ابن عديس عند دار عثمان؟ فلماذا لم تخبره بنفسك ساعتها؟

لم ينتظر جوابه، بل واصل توجيهاته إلى الآخرين:

ـ وقولا له أن يأتي عندي سريعًا فيبيت عندي الليلة كليالٍ ماضية.

لما رأى تلكعهما، أشاح فيهما بقسوة:

ـ هيا قوما.

فقاما.

* * *

حين انصرفا، أمسك عمار بيد الأشتر وبدت قبضة فتية على رجل في سنه، حتى إنه أوجع فارسًا كالأشتر:

ـ هل باح لك حذيفة بشيء في البصرة؟

عاد الأشتر برأسه للوراء مستغربًا:

ـ لا، بل جئتك لأنك تعرف.

شخط فيه عمار:

ـ ومن قال لك إنني أعرفهم يا أشتر، ليتني عرفتهم، بل إن النبي لم يقل السر إلا لحذيفة وحده.

ـ رغم أنك وحذيفة كنتما معه.

أغمض عمار عينيه وقال:

ـ نعم، لكن حذيفة هو صاحب السر.

ثم كأنما أغشي عليه بدأ يتلو:

- «يَحْلِفُونَ بِٱللَّهِ مَا قَالُواْ وَلَقَدْ قَالُواْ كَلِمَةَ ٱلْكُفْرِ وَكَفَرُواْ بَعْدَ إِسْلَٰمِهِمْ وَهَمُّواْ بِمَا لَمْ يَنَالُواْ وَمَا نَقَمُوٓاْ إِلَّآ أَنْ أَغْنَىٰهُمُ ٱللَّهُ وَرَسُولُهُۥ مِن فَضْلِهِۦ».

أكمل الأشتر التلاوة فتشارك صوتاهما معًا:

- «فَإِن يَتُوبُواْ يَكُ خَيْرًا لَّهُمْ وَإِن يَتَوَلَّوْاْ يُعَذِّبْهُمُ ٱللَّهُ عَذَابًا أَلِيمًا فِى ٱلدُّنْيَا وَٱلْءَاخِرَةِ وَمَا لَهُمْ فِى ٱلْأَرْضِ مِن وَلِىٍّ وَلَا نَصِيرٍ».

همس عمار:

- إنني أحكي القصة لنفسي كل يوم مائة مرة لعلي أتعرف على السر يا أشتر فلا أصل إليه أبدًا.

وبدأ يحكي:

- كأني الآن هناك فوق هذا الممر من الجبل أمسك بذلك الحبل المربوط بعنق ناقة النبي وقد عدنا من تبوك، وكان النبي قد قرر أن يختصر الطريق فصعد إلى العقبة العالية، بينما قال للجيش أن يأخذ بطن الوادي فإنه أوسع لهم حيث آلاف الجند في طوابير وصفوف. صعدنا العقبة حيث الجبل، وأخذ الناس بطن الوادي، وقد أمرني النبي أن أمسك بزمام الناقة، وأمر حذيفة بن اليمان أن يسوقها ويدفعها من الخلف يحثها كي تتمهل أو تسرع، فبينما نحن نسير في غمرة الليل الذي يضيئه وجه النبي إذا بصخب وقرع وخبط خيول مندفعة تأتي من الخلف كأنها تغشانا بكتل من العتمة. تنبهت فالتفت فوجدتها آتية تطبق علينا، وإذا بالنبي غضوبًا صائحًا قبل أن تصل إلينا سنابكها يأمر حذيفة بصوت جلل مجلجل أن يردهم. وأدرك حذيفة غضب رسول الله، فجرى نحوهم وهم مقبلون مسرعين وهو يرفع عصا طويلة غليظة لها رأس معقوف، فأخذ يلوح بها ويضرب بها رؤوس

الخيل وأعناق رواحلهم، يحجزهم ويعطلهم ويعوقهم. تتأذى الخيل وتصهل وتتراجع وتنحرف، وحذيفة يجري بجوارها وأمامها ووراءها يضربها ضربًا بالعصا ونحن نسمع قرقعة الصوت، وقد أدهش حذيفة أن الوجوه كلها ملثمة، ولم يكن أحد من فرساننا ورجالنا متلثمين أبدًا. فوقر شك محموم في قلب حذيفة وفي صدري عندما أدركت خطر هذا وغرابة ذلك وارتبنا، فليس اللثام شأن مسافر أو محارب عائد من نصره. صاح بي النبي: قُد يا عمار، أسرع.

فأخذت الناقة بعنف وجريت بها بقوة وأسرعت بها كأنها الريح تبدو، وأتلفت خلفي لأرى حذيفة وقد ارتبكت الخيل أمام وقفته وضرباته للعصا وسيره بينهم بالخبط والرزع، فتسمرت مبهوتة وقد رعبها الله عز وجل وأرعب خياليها حين أبصروا حذيفة، وظنوا أن مكرهم قد ظهر عليه وأنه قد تعرف عليهم رغم اللثام والليل، فأسرعوا عائدين. وأقبل حذيفة يعدو لاهثًا وراءنا، وقد تمهلت مبطئًا سير الناقة حتى أدركنا فقال النبي: اضرب الراحلة يا حذيفة، وامش أنت يا عمار. حتى عبرنا ممر الجبل ونزلنا العقبة ووقفنا ننتظر قدوم الناس. فقال نبي الله لحذيفة: هل عرفت من هؤلاء الرهط أو الركب، أو أحدًا منهم؟ قال حذيفة شيئًا للنبي لم أستبنه، لكنني أدركت أن حذيفة عرف خيل اثنين منهم. فقال النبي: هل علمتما ما كان شأن الركب وما أرادوا؟ قلت: لا والله يا رسول الله. قال: فإنهم مكروا ليسيروا معي حتى إذا أظلمت في العقبة طرحوني منها. فزعنا وغضبنا وثرنا وهرعنا وصحنا: أفلا تأمر بهم يا رسول الله إذا جاءك الناس فتضرب أعناقهم؟ قال: أكره أن يتحدث الناس ويقولوا إن محمدًا يقتل أصحابه.

نطق الأشتر أخيرًا:

ـ وهل كانوا من أصحاب النبي؟

رد عمار:

ـ نعم، فقد أسر النبي لحذيفة بأسمائهم.

ـ كانوا ثلاثة عشر؟

ـ نعم، وعشت أحاول أن أعرفهم من حذيفة فما قال أبدًا ولا أذاع سرًّا، حتى إن عمر بن الخطاب كان ينتظر كلما مات واحد من بيننا، فلا يصلي عليه حتى يعرف أن حذيفة سوف يصلي عليه ليتأكد أنه ليس من الثلاثة عشر، وكان يسأله عن الأمراء الذين عينهم عمر في الأمصار: أفيهم منهم؟ وقد قال له حذيفة فيهم واحد منهم.

ـ لهذا لم يبح حذيفة لي باسم ولا حرف.

ـ ولن يبوح حتى يموت.

صمت مالك الأشتر قليلًا ثم سأل عمار:

ـ أيكون منهم بعض ممن يحاصرون دار عثمان؟

رد عمار:

ـ أو ممن يحيطون عثمان نفسه.

تجمد الأشتر:

ـ أوَيعرف عثمان؟

صرخ فيه عمار:

ـ لا، لم يبح حذيفة لعثمان ولا لعلي بأسمائهم كما لم يبح لنا، فإن حذيفة حامل سر النبي.

ـ أي أنكم وعثمان لا تعرفون هل الذين خططوا لقتل النبي لا يزالون بينكم ومعكم حتى الآن يقولون ويسلكون ويتصرفون ويغزون ويغتنمون ويصلون ويتأمرون.

ـ لكن حذيفة يعرف.

كان محمد بن أبي بكر وعبيد متسمرين، فلم يذهبا لابن عديس، بل وضعا آذانهما وراء جدار سقيفة بيت عمار يتسمعان حوار عمار والأشتر، وقد همس عبيد سائلًا ابن أبي بكر:

ـ هل تظن أن الثلاثة عشر معنا أم ضدنا؟

وكان ابن أبي بكر صامتًا يسمع زلزلات قلبه.

٧٢

نادى مروان صائحًا في رجاله:

ـ كيف تتركون هذه الكوة وقد تقورت في الحائط، سدوها حالًا!

كان الضجيج لا ينقطع من زحام هؤلاء المتمردين أمام دار عثمان، خناق وصخب وشتائم وبذاءات ووعيد مهرطق وكره متألق لا يتوقف طنينه منذ اثنين وعشرين يومًا. زهق مروان وضاق صدره وضج بالنقمة على معاوية. لا يرى الآن خطرًا عليه وعلى خليفته أكثر من مصريي ابن عديس وغوغاء المدينة إلا بطء معاوية أو تباطؤه أو تواطؤه. أيكون هكذا حقًّا وعمدًا؟ طرد الخاطر الملح الذي لا يُطرد ببساطة، وتفقد عدة رجال استنفرهم صياحه يسدون الكوة التي فتحتها أيدي وأظافر العصاة في الخارج تنقر وتحفر. تجول بعينيه من باب الدار الخشبي الجهم إلى الباحة التي كان مخنوقًا ومحبوسًا داخل فضائها، ثم يبصر أسيفًا هذا الممر إلى السقيفة المؤدية إلى الباب المفتوح على صحن الدار، تظهر على جوانبها أبواب غرفة عثمان الكبيرة وغرف حريمه لم يبق منهن إلا ما اختارها، نائلة التي يدفع مروان ثمن حب عثمان لها غاليًا وثمينًا. توقف عند تلك النوافذ فنادى رجلين حيث لا يملك الكثير من الرجال حتى يأمر وينهى فيهم.

طلب منهما أن يدقا مزيدًا من الخشب وراء النوافذ منعًا لأن يصل عثمان أكثر مما يصل إليه من لعنات وترهات أو ربما حجارة أو طين من هؤلاء الوقحين أو لا قدر الله قفز واقتحام. وقف مروان قبل أن يدلف إلى داخل الدار ليطمئن على أمان بيت المال، تلك الغرفة المبنية في نهاية الباحة وعند حائطها وقد خلت من الحرس أو القائمين عليها الذين انضموا إلى أولئك الواقفين عند الباب الكبير أو تحت السقيفة ينتظرون ما لا يجيء، قدوم معاوية أو رجوع المصريين.

رفع عثمان وجهه من المصحف وقد بدت سمرته أشد احمرارًا ولكنه أكثر هدوءًا، وسأله:

ـ أليس لديك ما تفعله يا مروان بدلًا من أن تدخل عندي في اليوم عشرين مرة؟

رد مروان:

ـ أنت ما لديَّ يا خليفة المسلمين.

أطرق عثمان مبتسمًا وعاد يتلو القرآن، فأشار مروان لصبيح ونجيح الواقفين في ركني الغرفة بأن يخرجا فخرجا، وقد لاحظ عثمان حركتهما فعرف أن مروان يريد أن يسر له بشيء، فردد:

ـ صدق الله العظيم. ما حاجتك يا مروان؟

جلس مروان على ركبتيه أمام عثمان المقرفص وراء المصحف المفرود على مسنده الخشبي:

ـ لا يجب أن نبقى على هذه الحال يا أمير المؤمنين، ننتظر ونسكت وقد حاصرنا القوم ومنعونا من الخروج والدخول.

انتبه عثمان مأخوذًا:

ـ أوَحدث ذلك؟

اندهش مروان لاندهاش عثمان، وقال مترددًا يخفي تهكمًا تحت نبرته النكداء:

- أوَتقدر على أن تخرج لتصلي يا خليفة المسلمين في المسجد؟ أوَتستطيع نساؤك الحضور لك أو الخروج من دارك؟ وهل يمكنني أن أستدعي أحدًا أو يزورني قريب أو نصير؟

كأنها المرة الأولى التي يسمع عثمان فيها بحصاره فنقم وغضب:

- وكيف هذا يا مروان ونحن مغلوبون عليه؟

لم يجد مروان ما يقوله شرحًا لما هو مشروح تمامًا فسكت، لكن عثمان تكلم وواصل:

- كنت أظنها لي وحدي، ولمنعي من الصلاة، ما كنت أعرف أنها تعممت عليكم وحوصرتم في حصاري.

قام مروان مصدومًا بصدمة عثمان، فاندفع ناحية النافذة وحاول فتحها، فوجد الرجلين يعملان خلفها فنهرهما وأبعدهما، ثم فرج فيها فرجة فزاد ضجيج الزحام، وزاد صوت اللعنات المقذوفة على عثمان وضوحًا من الحناجر التي لا تهدأ، ونظر مروان للخارج ثم لعثمان في الداخل وهو يقول:

- هذا صديقك وصاحبك وشريكك طلحة يأتيهم منذ أيام فينتحي بابن عديس جانبًا، ويسأله ماذا تنتظرون بالرجل.

تمتم عثمان مهمومًا:

- أتعني؟

- لقد سمع الناس منه الكلمة لكنه أسر لابن عديس بعدها ما أسره، فعاد ابن عديس ليأمر رجاله وغوغاءه بالاحتشاد عند الباب ومنع دخولنا أو خروجنا بل ومنع أي زائر أو سائل.

عقب عثمان:

ـ طلحة!

علق مروان:

ـ والأدهى أن ابنه محمد واقف معنا كي يحرسك ممن يقلبهم أبوه على هواه ويحرضهم عليك.

يكاد عثمان لا يصدق ويتمتم:

ـ بارك الله في محمد بن طلحة، يبر أباه حين يبرني.

حنق مروان تصاعد بسرعة:

ـ بل هي مكيدة أن يؤلب طلحة ويحنو محمد بن طلحة.

ـ لا تقل هذا.

ـ بل أقوله وأؤكده، أليس علي بن أبي طالب صاحبك وصديقك عاكفًا معتزلًا عند حجر الزيت دون أن يردع هؤلاء المتقوين به والمستقوين بسكوته؟ هل رأيته ينهرهم أو يمنعهم أو يردهم؟ ثم إذا بابنيه الحسن والحسين هنا على مبعدة أشبار منك ليمنعوا عنك من لو أراد أبوهم لصرفهم من حصارك بين صلاة مغرب وأذان عشاء.

قاطعه عثمان:

ـ هو يريد الخلافة وهو أحق الناس بها لو صبر.

ـ يبدو أنه قد صبر طويلًا منذ أخذها أبو بكر منه ولم يردها عمر إليه.

ـ لكنه أبدًا لا يؤلب على أخيه ولا ينصر باطلًا على حق.

تفلتت مشاعر مروان مع كلماته وراء نبراته:

ـ بل هو يظنك الباطل يا أمير المؤمنين.

صمت عثمان وهمد غضب مروان، وحاول عثمان أن يعود إلى المصحف، فأمسك بطرف طية فيه ليفتح غيرها فقاطعه مروان:

ـ والزبير الذي ترك المدينة وهفت روحه لقصره في واحته، وتركنا لابنه عبد الله يشارك أبناء خصومك وقفتهم عند سقيفتك يزعمون حمايتك.

همَّ مروان أن يكمل، فإذا بنائلة تدخل وقد حملت الحزن فوق كتفيها، فتكلمت كليلة وقد فزع عثمان لدموعها المحبوسة في عينيها:

ـ خليفتي.

قالتها وتفجرت دموعها:

ـ مريم عطشى.

ثم لم تتمالك نفسها وهي تتهاوى على السرير، وقد غالب عثمان وهنه فتساند على مروان وهو يتجه إليها، وقد فهم مروان ما وراءها فأشفق على عثمان مما كان يخفيه عنه.

ـ ما لك يا حبيبة القلب؟

سألها عثمان قلقًا وقد جمع كتفها في صدره.

ـ مريم عطشى.

طرقت الكلمات رأس عثمان فأطرق متأملًا معنى الخبر:

ـ ولماذا لا تسقيها الماء؟

قالت نائلة وهي لا تحتمل سؤالها:

ـ وأين الماء؟

التفت عثمان إلى مروان شاخصًا نحوه شاخطًا فيه:

ـ وأين أنت يا مروان حين خلت الدار من الماء؟

رد مروان:

ـ أنا موجود يا أمير المؤمنين، لكن ماذا أفعل؟ لقد منعوا دخول السقائين علينا، ومنعونا من الخروج من الدار، وقد نضب ما لدينا من الماء،

وآخر رشفات منه كانت في إبريق زوجتك، فالرجال لا يجدون الماء وأنت صائم.

كأن عثمان الدهش وجد حلًّا، فاندفع بقوة فوق قدرة سنه وصحته ناحية إبريق الماء الخزفي خلف مصحفه ليمسك به وهو يعود إلى نائلة قائلًا:

ـ خذيه فورًا إلى مريم.

مد مروان يده إلى الإبريق متحسرًا، قلب فمه نحو الأرض فلم تنزل منه قطرة ماء واحدة:

ـ إن الله من يبل ريقك هنا يا أمير المؤمنين.

* * *

كان صياح قد زاد وعلا وغطى على الغرفة كلها من الخارج، فلم يحس أحد بعثمان وهو يفتح النافذة ثم يقف على عتبتها فيطل برأسه من فوق حافة حائط الدار، فيرى تكالب الزحام وعجيج وضجيج الناس فيصيح بأعلى صوته:

ـ أين طلحة؟

لم يتبين القوم صيحة عثمان، لكن من تنبه منهم أمسك بأذرع مجاوريه وشد أكتاف من حوله وأسكت ألسنة من خلفه، ثم بان صوت عثمان جليًّا بسؤاله:

ـ أين طلحة؟

كان الحسن والحسين مع عبد الله بن الزبير ومحمد بن طلحة وسعيد بن العاص والجمع الصغير المحدود من بني أمية المحتشدين عند سقيفة القصر قد أخذهم الصوت وتسمروا تحت النافذة يسمعون عثمان يكرر:

ـ أين طلحة؟

ساد الصمت ولم يرد أحد.

ـ أليس فيكم طلحة؟ أليس بينكم صاحبي وأخي وابن عمومتي وشريكي في تجارتي ومن أسلم معي أمام نبينا في ساعة واحدة في يوم واحد؟

تكاثف الصمت فوق الشفاه وتجمدت الحركة بين الصفوف، ثم سمعوا نحنحة تعلو ثم وجه طلحة يظهر من وراء أظهر الناس ويرد مترددًا:

ـ أنا هنا يا عثمان.

سكت عثمان لحظة، ثم صاح حزينًا كأنما حروف كلماته مخبوزة بالأسى:

ـ أوَتنكر نفسك مني يا طلحة فأناديك فلا تجب؟!

وبينما ينتظر الناس أن يكمل عثمان أو يرد طلحة، إذا بعثمان يرجع عن النافذة ويغلق ضلفتها ويتركهم وسط صمت لا يقطعه إلا خطوات طلحة تمشي وهي تبحث لها عن ممر وراء الناس للرحيل عن وجوههم ونظراتهم المشفقة واللائمة والسائلة والمتسائلة والمشجعة والمحرضة والمحفزة والمتهكمة والمبالية واللاهية والمعجبة والمتعجبة.

ولكن صدرًا عظيمًا يتلقى مشية طلحة المطرقة في الأرض ويسد عليه خطواته، فيرفع رأسه ليرى من منعه من المروق، فإذا بعلي بن أبي طالب وقد شق الصفوف مقبلًا كالرمح اللاهب وهو يعيد طلحة إلى طريقه، فيتثبت ليرى ما يفعله علي الذي يتقدم ناحية باب دار عثمان وهو يصيح في الناس:

ـ ويحكم يا غلاظ القلوب! ما رأينا هذا في جاهلية ولا إسلام!

تفرق الناس أمامه وتفاجأ الرجال من حدة غضبه وصياح لومه:

ـ أتمنعون صاحب رسول الله وصهره من شربة الماء؟!

تنبه الناس لأول مرة بأن عليًّا يحمل في يده قربة من الماء ويلوح بها:

ـ والله إن فارس والروم لا يفعلون كفعلكم هذا بهذا الرجل! والله إنهم ليأسرون فيطعمون ويسقون!

ثم وصل إلى باب القصر وهو يأمرهم:

ـ تنحوا عن الباب حتى أدخل لصاحبي بالماء.

كان علي يمضي وسط أجساد هؤلاء المتصلبين أمام الباب حشدًا من الوجوه النفرة والصدور المستنفرة دون أن يرف له جفن، فهو متيقن أنهم

سيزيحون جسومهم المتحجرة من أمامه، لكنه بوغت حين وجد تصلبهم وجمودهم، ثم صدهم له بصدورهم، ثم نظراتهم المتحدية المتبجحة، ثم صيحاتهم الغليظة المتوقحة:

ـ ابتعد يا إمام، فلن يدخل أحد لهذا الرجل.

لم يصدق علي نفسه، فحشر يده ثم كتفيه في لحمهم الصدئ وقد ظن أن أحدًا سيحترم نفسه أو يرق قلبه أو يفهم مع من يتكلم ومن يمنع عن من، لكن شيئًا لم يتغير، فشادهم علي بنبرة مهددة مؤنبة متوعدة:

ـ ويحكم، أتدركون ماذا تفعلون؟

وجه أحدهم كان لصيقًا بوجه علي وبخ سمًّا له صوت:

ـ نعم ندرك ماذا نفعل. نمنع عن عدو الله الماء حتى يتوب ويرجع ويخلع نفسه.

ثم جاءت المفاجأة الطامة، فقد طوحت سواعد ممتدة بالقربة من يد علي بن أبي طالب، ثم خطفتها أكف فقبض عليها أحدهم وفك حبلها وقلبها فدلق ماءها على الأرض، يضرب رذاذها جلابيب الخلق، ويشرب قطراتها ثرى الأرض. عاد علي وقد شدته يد ابن عديس، وقد انشقت الأرض عنه مع عمرو بن الحمق يجذبان عليًّا للوراء برفق ينسلانه من حمى انتابت المحاصرين صائحين باللعنات على عثمان، وقد تفجرت تهديداتهم بعدما فهموا أن عليًّا بنفسه لم يعد يقدر عليهم ولا يملك لعثمان شيئًا، لكن صخبهم تآكل وصمتهم ارتفع حين رأوا عليًّا يفلت ذراعيه من أكف من حوله ويمسك بعمامته فيخلعها عن رأسه ثم يرفعها عاليًا بذراعه ثم يرميها بأقوى ما يملك من عزيمة فوق سور دار عثمان وهو يناديه:

ـ يا عثمان، اشهد أنني جئت وحاولت وأنني بريء منهم.

كان عثمان يسمعه في الداخل وهو يبكي، ومروان يشكك بلسانه

وبإيماءاته وبإشاحاته فيما فعله علي وقاله، بينما نائلة مبهوتة وقد رأت النهاية تبدأ حين كرر علي صيحته المستبرئة:

ـ يا عثمان، أنا بريء منهم.

* * *

لحظات ووقف الحسن على باب غرفة عثمان لاهثًا وهو يرفع يده بقربة ماء صغيرة برق قلب نائلة لمرآها ورفع له عثمان نظرة محبة عطوفة، بينما رمقه مروان متسائلًا.

قال الحسن:

ـ لقد قفزت على حائط جاركم فطلبت منهم قربة ماء فأعطتها لي جارية وهي ترجوني أن أكتم عن سيدها الأمر.

تلقفت نائلة قربة الماء، فأخذتها وجرت إلى مريم الظامئة التعبة، لكنها عادت قبل أن تتم خروجها فصبت منها قدرًا في إبريق عثمان، الذي طفرت عيناه دمعًا يملأ أباريق الدنيا مما فعلته زوجته التي اندفعت بما تبقى من الماء إلى مريم، بينما كانت عمامة علي التي قذفها في فناء الدار ملفوفة وملمومة في يد الحسن الذي لهج لعثمان قائلًا:

ـ هؤلاء لا دينهم ديني ولا أنا منهم.

ثم مضى آسيًا مهمومًا.

وضع عثمان وجهه في المصحف المفتوح على المسند الخشبي، ونقرات قطرات الدمع مكتومة تنزل من عينيه إلى خشب المصحف. حينها أخرج مروان من جراب عباءته كتابًا ملفوفًا فأفرد طياته ثم وضعه على المسند فوق صفحة المصحف أمام عثمان:

ـ هذا ما كتبته إلى معاوية وقد ختمته بخاتمك.

قرأ عثمان متمهلًا وهو يجفف عينيه من بللها:

- بسم الله الرحمن الرحيم، أما بعد، فإن أهل المدينة قد كفروا وأخلفوا الطاعة ونكثوا البيعة فابعث إليَّ من قبلك من مقاتلة أهل الشام على كل صعب وذلول.

تحدث عثمان أسفًا:

- إنه الختم دائمًا معك.

فهم مروان ما توحي به كلمات الخليفة فتجاهل الإيحاء وصارحه:

- ليست المرة الأولى للخاتم، وليست الرسالة الأولى لمعاوية، إنها الثالثة ولم أسمع منه أو عنه.

أطرق عثمان ثم استفهم:

- وكيف ستبعث بهذه ونحن محاصرون؟

- لقد بعثت بها فعلًا مع ذات الجارية التي قدمت قربة الماء للحسن.

- ولماذا لم تأخذ منها قرب الماء ما دمت تطمئن إلى أنها ترسل لك برسائلك إلى معاوية؟!

- وماذا تظن يا أمير المؤمنين؟ إننا فعلًا نشرب منذ أسبوع من قرب هذه الجارية!

٧٣

- إنها السيدة أم سلمة.

أخذت ابن ملجم المفاجأة، أأم المؤمنين السيدة أم سلمة قادمة للانضمام إلى هذا الحصار لدار عثمان؟!

كان قد فات يوم على هذا المشهد الذي رآه فهزه هزًّا، علي بن أبي طالب وهو الذي لجأوا إليه ليأخذهم من بطش عثمان وليقوم اعوجاج الخليفة عن دين الله وشرعه، يحاول أن يسقيه ماءً لينقذه من عطشه، أليس هذا عقابًا يستحقه من حاد عن دين الله؟ فلماذا يغيثه علي؟ وكان قد قال لابن أبي بكر:

- أتقولون لنا إن عليًّا يدعمنا وينصرنا أمام هذا الخليفة المتعدي على حدود الله ثم إذا به ينجده حين تعز النجاة؟

رد ابن أبي بكر:

- إنه صاحبه.

استنكر ابن ملجم الإجابة فجاوب عليها:

- ليس للكافر صاحب.

ثم صمت ابن أبي بكر وكان قد زام يريد قول كلمات فخرجت منه صفيرًا مدمغ الحروف، فواصل ابن ملجم:

- يحق على علي أن ينصر دين الله لا أن ينصر صديقه.

نهره ابن أبي بكر:

- أوَترى بني أمية وهم يشنون على الرجل غارة، متهمينه بأنه من يؤلبنا ويحرضنا على عثمان؟

- أتريد أن تقول إنه يخشى كلام بني أمية ولا يخشى الله إن ناصر ظالمًا؟

ضج منه ابن أبي بكر ساعتها ومضى عنه، لكن ابن ملجم لم ينكر أنه تحير وأحس صدمة حين رأى تجرؤ الأيدي على يد ابن أبي طالب الحاملة قربة الماء لعثمان. تثبتت نظراته على طوح الأكف بالقربة من يدي علي ودلقها على الأرض ماء مسكوبًا، كما سكب الحدث كله على صدر ابن ملجم زيت نار، فهذا هو علي الإمام المنتصر لكتاب الله وولي نبيه، لا يقف موقف الناصر للثائرين على العتو العثماني، كما أن هؤلاء الثائرين لا ينظرون له نظرة المطيع التابع بل يمنعونه ولا يستجيبون لغايته.

- الآن تأتي زوج رسول الله لتفعل ماذا؟

سأل عبيد الليثي الذي كان لا يزال يجذب طرف ذراع جلبابه لمتابعة تلك السيدة الراكبة بغلة يقودها عبد أسود.

- لقد انتصرت ذات يوم لعمار بن ياسر حين كسر عثمان ضلوعه وآوته في بيتها وتجمع فيه الخلق الكثير يطلبون مدافعة عثمان، فربما تأتي الآن لتنصحه بأن يخلع نفسه أو ربما لتشد عزمنا.

لم يكمل عبيد، فقد رأى أم سلمة وهي تقترب فتفزع من التزاحم والتكالب والأجساد التي تتخبط فتخبط في بغلتها والأصوات التي علت وتعالت واختلطت، فأمرت عبدها فالتف ببغلتها قافلًا ومتخذًا اتجاهًا آخر تبتعد فيه عن جموع دار عثمان في دروبها ومسالكها، فتبعها عبيد واستسلم

ابن ملجم للسير خلفه مشدوهًا لمآل رحلة زوجة الرسول، فلما خطت في طريق قاد إلى المسجد صاح عبيد فيه:

ـ إنها ذاهبة إلى عائشة.

ـ أمن دار عثمان إلى غرفة عائشة؟

ـ لا تنسَ أن عائشة معنا.

ـ مع من؟

ـ أقصد ضد عثمان.

كانت السيدة عائشة قد ضجت من إلحاح أخيها فقالت له مؤنبة:

ـ لن أبقى يا ابن الخثعمية.

ابتسم أخوها عبد الرحمن لها وله حين سمعها تقول لمحمد هكذا. رد له محمد بن أبي بكر الابتسامة وهما يجلسان أمامها، ثم التفت إلى عائشة قائلًا:

ـ هكذا أنت يا أختي كلما قلت شيئًا لا يعجبك ناديتني بأمي لا بأبينا.

نظرت له تلك النظرة الحانية، فهو صغيرها الذي تربى في كنف علي، فكان له أقرب ولها أصعب، التفتت إلى عبد الرحمن:

ـ قل له يا عبد الرحمن أن يأتي معي.

لم ينتظر محمد إجابة أخيه الأكبر:

ـ كيف أترك هؤلاء الذين جئت بهم من الفسطاط غضبى ضد عثمان يجبرونه على أن يخلع نفسه ثم أدعهم لأصحبك إلى الحج؟ بل كيف ترحلين يا أخت وأنت من عرف الكل نقمتك على عثمان؟

نهرته عائشة:

ـ أنا لا أنقم على الرجل، بل على سياسته.

ـ بل أمرت به حين قلت اقتلوا نعثلًا فقد كفر.

طلبت عائشة من عبد الرحمن أن يسكت أخاه العصي، وهي تشيح عنه بيدها وتعلن غضبها في حرارة جملتها:

- ومن قال لك إنني قلتها يا ابن الخثعمية وأنت هناك في مصر لا تدري ولا تعرف ويكتب صاحبك ابن أبي حذيفة الكتب باسمي وأنت لا ترده عن تزويره عليَّ؟!

رد محمد دون أن ينتظر مداخلة أخيه:

- لقد كنت غاضبة على عثمان فعلًا.

- ولا زلت، لكن ما تفعلونه الآن من حصار له وتضييق عليه وصخب في المدينة وقلب لأحوالها لن يمر بسلام ولن يسكت عليه بنو أمية.

ثم صمتت برهة وعادت بصوت حنون لتخاطب عيني أخيها قبل أذنيه:

- دعهم يا محمد وشأنهم مع الرجل ليفعلوا به أو يفعل بهم ما يشاء الله، وهلم معي لمكة نحج بيت الله ونبتعد عن هذا التعب والشغب فلا يزجوا بنا فيما لا ندري أشر هو أم خير.

علق عبد الرحمن:

- بل شر أشر يا أختاه.

قام محمد مغاضبًا:

- فلتذهبي أنتِ، أما أنا فباقٍ هنا لعثمان وأهله، ولنر أي الفريقين أعز نفرًا.

نظرت عائشة إلى عبد الرحمن تشهده فجاوبها:

- أنا ذاهب معك، وسأعد العدة للسفر غدًا.

قالت عائشة وهي حازمة:

- بل اليوم، ألم تسمع ما فعلوا بعلي حين ذهب ليسقي المحصور ماء!

حينها دخلت جارية تخبر عائشة أن السيدة أم سلمة على الباب فهبت عائشة مرحبة مهللة وهي تودع أخويها بيديها وتقول:

ـ أهلًا بالحبيبة الغالية.

* * *

دخلت أم سلمة وكانت مكدودة، قرأت عائشة ملامحها الحزينة فاضطربت:

ـ ماذا يا أختاه؟

ردت أم سلمة وهي تجلس بجوارها وتجمع أنفاسها القلقة:

ـ كنا من أعلناها غضبًا على عثمان حين تطاول قومه على عمار وأبي ذر وعبد الله بن مسعود، وحين كنا نراه يضع غلمان بني معيط من بني عمومته على رقاب المسلمين في الأمصار، أليس كذلك؟

ردت عائشة:

ـ أي نعم.

استطردت أم سلمة حازمة:

ـ لكننا والله لا نسكت على ما يحدث لعثمان يا عائشة، ولا يجب أن نسكت.

تنهدت عائشة:

ـ إنهم غوغاء المدينة وعصاة مصر.

ـ فليس لنا أن نتركهم يحاصرون صاحب رسول الله ونحن نبهت دهشين ونعجز متفرجين.

ـ وماذا تفعل النساء وقد عجز الرجال؟

ـ نحن نساء النبي وأمهات المؤمنين.

ثم بدأت أم سلمة تكرر قصتها الأثيرة وفخرها الأبدي:

ـ حين كان صحب رسول الله يظهرون التعصي والتمنع عن قرار نبيهم بقبول صلح الحديبية مع قريش، عمل الرسول بنصيحتي حين رجوته أن يحلق ويحرم فإن وجدوه قد فعل عادوا فقبلوا وسمعوا وأطاعوا، والآن فتنة أشد وأنكى.

أطرقت عائشة:

ـ نعم يا أختاه.

ثم أضافت:

ـ هل ننادي حفصة لتشاركنا الرأي؟

كانت حفصة هي الصديقة اللصيقة لعائشة، وكانت أم سلمة تعرف أنها تتبع عائشة في أي رأي أو أمر، ولا ترى في استدعائها ما يغير رأي عائشة أبدًا، بل سينصر رأيها ما كان وما كانت، لكنها تحب حفصة كعائشة فقالت:

ـ ليكن، فهي نعم الأخت الرؤوم.

كانت أم سلمة قد عزمت أمرها، وتلمح في عائشة عزمًا ستسمعه عند مجيء حفصة التي أرسلت جاريتها لاستدعائها. قالت أم سلمة لنفسها: زوجات النبي اللاتي يحيين بعد كل هذه السنوات ويشاهدن فتنة كتلك ويشهدن على حدث عصيب بين صحابة الرسول كهذا، لا يمكن أن يسكتن. لكن هل تكون قولتهن واحدة ورأيهن واحدًا؟ كانت وهي الخبيرة بالخبر توقن أن الإجابة ستكون لا، فحين حضرت حفصة وسلمن وقبلن ورحبن وقلن، سمعت حفصة وهي توافق عائشة حين قالت:

ـ لن أمكث فيها يومًا أو ساعة، فلنغادر إلى الحج حتى يقضي الله أمره ويجلو الليل بقمره.

عقبت حفصة فورًا:

ـ وأنا مسافرة معك يا عائشة طبعًا.

قبل أن ينهين كلامهن سمعن صوت عبيد الليثي صائحًا من خارج الغرفة، وكان ينادي:

ـ يا أم المؤمنين، يا خالة.

قالت عائشة متوجسة:

ـ هذا صوت عبيد بن أم كلاب.

ردت:

ـ ماذا عندك؟

صاح كي تسمع كلماته أمهات المؤمنين:

ـ أغيثوا السيدة أم حبيبة.

ضربت حفصة صدرها وجلًا، وتنبهت عائشة سمعًا، وأطرقت أم سلمة تفكرًا.

كان لهثان عبيد يدفع كلماته وراء حروف بعضها تخبطًا:

ـ كنت رأيت أم حبيبة تمضي فوق بغلة لها في الزحام المتراص والقوم النائمين على الأرض والجالسين عند عرض الطريق والمزدحمين ناحية المداخل إلى دار عثمان ونادت فيهم: أفسحوا للسيدة أم حبيبة، زوج رسول الله.

كان البعض يتلكأ والبعض يستفهم والبعض يستغرب والبعض يتسمر والبعض يستفسر، وكان الطريق لا ينفتح والناس لا تغادر والأجساد لا تفسح، حتى خرج صوت من حنجرة غليظة يسأل أم حبيبة:

ـ وفيمَ جاءت السيدة؟

علق أحدهم في مواجهته:

ـ بل هي أم المؤمنين وهي أمك.

فعاد الصوت الذي عرف عبيد أنه صوت نيار بن عياض:

- وفيمَ جاءت أمنا؟

ردت:

- جئت لهذا الخليفة المحاصر الذي منعتم عنه الماء مظلومًا.

هاج القوم وماجوا ونفروا واستنفروا وزاموا وزمجروا، فقالت أم حبيبة:

- إن الخليفة المتولي لوصايانا وأمر أيتامنا وأريد مراجعته في ذلك.

كانت تتحدث مضطربة ومنزعجة، وصوتها مهدور بين الزعيق والصريخ والجلبة والجلجلة، وبينما هي تمسك قربة ماء تربطها بعقال دابتها، وتحاول أن تتماسك من دفع بغلتها بقبضات الناس ونخزهم، إذا بسيف يرتفع بيد أحدهم ثم يهوي على حبل البغلة فيقطعه، فتنتفض البغلة ترتفع بقوائمها فوق الأرض وتترنح وتميل بمؤخرتها، فتسقط أم حبيبة عن ظهر البغلة تكاد تهوي في الأرض فتلحق بها سواعد وأذرع وتساندها أكف وأياد وهي تبدأ بكاء مرًّا ومكتومًا، وقد تقطع جلد قربة الماء وتنثال بين الأقدام يراق منها الماء، ثم حملوها إلى بيتها وسط الزحام.

حين سمعت حفصة نهاية ما جرى لأم حبيبة حين صمت صوت عبيد نهضت جزعة:

- لنرحل الآن يا عائشة.

تلقت عائشة القصة بنداء على جاريتها:

- أخبري أخي عبد الرحمن أن يحضر توًّا.

بينما قامت أم سلمة وقالت:

- أنا ذاهبة لأم حبيبة لأطمئن عليها.

* * *

انصرف عبيد وجرى ليعود، بعدما أبلغ عائشة النبأ، إلى أصحابه في

حصار عثمان. تباطأت قدماه سعيًا وانشغلت عيناه بحثًا، فقد كان كلما اقترب يستقبله صمت هائل رهيب يخيم على المكان، ثم يرى الزحام كأنه كتلة واحدة من الرؤوس المتراصة المتجمدة المتصلبة دون حركة قدم ولا إيماءة رأس ولا انقباض كف أو انفراجها، فاستغرب عبيد وزاد تعجبه كأن لا صوت ولا نفس يصدر من صدر ولا من جوف، فتخلى عن بطئه إلى اندفاعة لاهثة، فاقترب مسرعًا فأدرك ما سر شلل الناس، فقد بان وجه عثمان مطلًّا من نافذته، ثم كان الصوت الوحيد الذي يعلو فوقهم، هو صوت عثمان يتكلم:

ـ السلام عليكم.

ألقى عثمان السلام ثانية فلم يسمع كما للأول ردًّا. الخليفة المحاصر المتكئ على إفريز نافذة يطل برأسه على مئات المحاصرين وقد تجمدوا، الواقف منهم والجالس والقائم والراقد والمتحرك والمتجمد والشاخص والشائح والمائل والساند والسارح، فلا يسمع منهم وعليك السلام أبدًا، أيمنعون عنه السلام كما يمنعونه الحركة والماء؟ كان الهامس في صدره برد التحية يخشى أن يسمعها جاره فيتهمه بالتهاون مع المحاصر والرضا بالطعن في دين الله! كانت سرائر الناس مغلقة على قلوب منغلقة حتى إنها لم تسمع ولم تسامح برد السلام على هذا الوحيد المعلق في نافذته!

عاد عثمان وسأل بصوت رغم وهنه كان مسموعًا جليًّا، فقد وقع على فضاء صمت مترقب:

ـ هل فيكم طلحة؟

مرة أخرى يسأل عثمان عن طلحة ويناديه، كأن جرحه في طلحة لا يزال ينزف لم يبرأ، أو أمله فيه لا يزال ينبض ملحًا.

قال عبيد في نفسه: هل وصل عثمان أن طلحة كان يمضي لشأن من شؤون

تجارته في السوق فرآه حسان بن ثابت وقد قعد في سقيفة بيته معتزلًا فدعاه أن يدخل، فرد عليه طلحة: هل اطمأننت على صاحبك؟ فأجاب حسان متأسيًا خافت الصوت حزينًا: أظنكم والله قاتليه. فقال طلحة وقد وقف قبالة حسان: فإن قُتل فلا ملك مقرب ولا نبي مرسل. رد حسان: بل مظلوم يُقتل. فاستدار عنه طلحة وهو يشيح بيده عنه. هل رأى عثمان هذه الإشاحة وهو واقف عنده بين حوائط بيته، تحاصرها وتحاصره جموع متهمة متربصة؟

لم يجب طلحة، ولم يلح عثمان في استنطاق صمته، بل تنهد وقال بعلو صوته:

ـ أنشدتكم الله أن تجيبوني، حين ضاقت ساحة مسجد رسول الله على مصليه، وبتنا نتزاحم في صفوفنا فيه، فما كان مني منذ أعوام إلا أن اشتريت البيوت من حوله وتوسعت في ساحته وزدت أرضه، ثم أنتم اليوم تمنعونني من الصلاة فيه!

هنا خشي عبد الرحمن بن عديس أن يهزم نشيج نشيد عثمان حقد الرجال عليه، لكنه شهد صلدًا في الصدور لم يختلج فيهم خلجة كأنهم صم لم يسمعوا حاجة ولا حجة.

لم يسمع عثمان إلا أنفاسًا تتلظى وتأتيه حتى عنده، كأنها حمى نار تأكل حطب أرواحهم، فهتف بهم وهو يقبض على خشب النافذة فتساند على صبيح ونجيح وقد وقفا خلفه وعن جانبه:

ـ أنشدتكم بالله أن تجيبوني، هل تعرفون أننا كنا في عهد رسول الله نشتري الماء من بئر رومة اليهودي، وكان يبيعنا الماء بغلاء سعره وبأمره وهواه، فعز على فقرائنا ومهاجرينا ثمنه. فقال النبي: من يشتري بئر رومة يوسع بها على المسلمين وله بها الجنة. فاشتريتها بمالي بعشرين ألفًا سبيلًا لله يشرب منها المسلمون الرائح والغادي ويسقي الفقير والغني؟

ثم صمت عثمان وقد تكاثفت الدموع في حبال صوته:

ـ وأنتم تمنعون عني الآن شربة ماء منها!

كانت الجملة كفيلة بفتق قلوب المحاصرين الذين لاذوا بالبهوت والخمود، وساعتها أدرك ابن عديس وهو ينظر إلى سودان ثم إلى كنانة ويلمح ابن ملجم ويقف عند ابن الحمق أن عثمان لن يجد منها إلا صخرًا موضع قلبهم، فهم لم يتأثروا ترققًا. على العكس فإن الحقد يغلق قلوبهم، والهمهمات لم تكن من أفواه الناس تنهدات، بل زومات تخشى على آخرين منهم أن يتأثروا. عبيد الليثي تأثر، أخذته نقرة في قلبه على حين غرة وتذكر حُبى المكلومة بكراهيته لعثمان. هذا الصوت الشجي المحزون الذي جاءهم من نافذة عثمان لم يفجر نحيب أحد إلا نائلة هناك وراء عثمان تبكي زوجها الذي ينشد شربة ماء من أعدائه من سبيله وبئره.

التفت لها عثمان فنزل عن النافذة ومضى بذراعيه على أكتاف نجيح وصبيح حتى وصل إلى نائلة التي تلقته معانقة متزلزلة ببكاء يرجرج جسدها مرتعشًا، ربت على ظهرها مواسيًا، ومسح بكفه دمعها حانيًا، وهمس بها:

ـ اهدئي يا غاليتي واذهبي لتأتيني بمريم فقد أوحشتني.

لم تقدر على الكلام ولا ردت ولا جاوبت، بل قامت مهمودة الحركة وخرجت من الغرفة لتجلب مريم لأبيها، بينما نظر عثمان إلى نجيح وصبيح فأومأ لهما ليجلسا فأبيا فصمم بعينيه وبكلماته:

ـ اجلسا أمامي.

جلسا، فتنهد وقال لهما:

ـ منذ متى أنتما في خدمتي؟

كان كل منهما موجوع الروح ومضطرب الحزن مما يتلقى خليفتهما

ويلقى سيدهما، تفاجئه الصدمة وتصدمه المفاجأة من أسابيع تمر وهذا الخذلان يسري ويشري الصحاب والرفقاء.

رأى عثمان حزنهما، فقال:

ـ أنت يا نجيح حر وقد أعتقتك، وأنت يا صبيح حر وقد أعتقتك.

صمتا دون أن يستوعبا قرار عثمان، لكنه أكمل:

ـ وآمركما الآن بالرحيل من هذه الدار.

٧٤

ـ إذن هو ينتظر أن نقتله.

قالها عبد الرحمن بن عديس وهو مستغرب ومستنكر ومستمهل مالك الأشتر كي يفك هذا اللغز الذي أتى به من عند عثمان.

ـ ألا ترى ذلك يا أشتر؟

كان قد ضاق بابن عديس السبيل، فالجمع يتجمع حوله ويخنق عليه حصارًا كحصاره لعثمان، يستنهضونه للتعجيل بالرجل، ويتخوفون من طول صبر ابن عديس على الإبقاء على عثمان وقد مرت قرابة الأربعين يومًا. صحيح أن كل يوم يخشون نبأ قدوم جيش معاوية من الشام فلا يصح النبأ ولا يتحقق الخبر، إلا أن عمرو بن الحمق يعيش شواء أعصابه كل صبح ولا يطيق الصبر على اقتحام دار عثمان ليخلص منه.

نقاشات الليل بعد صلاة القيام تنهك أعصاب ابن عديس، فزحام حوله من المصريين ومن حفظة القرآن ومن عوام المدينة ومن بدو الصحراء ومن غلمان وأحداث يتكالبون عليه، ومنهم من يفتح شدقيه تجرؤًا، ومنهم من يقبح كلامه متهمًا إياه بالتخاذل. يبحث ابن عديس في كل نهار عن ابن أبي طالب فلا يجده إلا معتزلًا عند أحجار الزيت،

وقد يئس من عثمان كما يئس من المصريين ومصاحبيهم منذ ضربوا يده وأسقطوا قربة الماء، وصار الرجل متحيرًا بين متهميه بتأليب المصريين ومتهميه بخذلان المصريين. طلحة يدخل في غمار تسعير الحنق، ولا يستطيع أن يغاضبه ابن عديس فهو الذي ينفق على هؤلاء الناس وطعامهم وسقايتهم. أما الزبير فهو بين قدم مقدمة وقدم مدبرة، فهو يشعل ناره مع طلحة وهو يلقي ماءه مع ابنه عبد الله. حتى عمار الراضي بالثورة ضد عثمان لا يدير معه أوارها ولا يقود معه رجالها، بل هو متروك بين الرجال للإمامة وللقيادة، ونفسه تعصاه في الكلمة الأخيرة، وقلقه يغلي من صبر عثمان وصلابته عن الاستسلام، ومن تواطؤ الصمت لدى كبار صحابة الرسول، ومن حالة اللاقرار التي تنحسر فيها قدرته على التحكم في رجاله، حتى إنه رأى بعضهم يحمل من السوق طعامًا لم يدفع ثمنه ونهر البائع عن طلب حقه وشخط فيه ألَّا حق له عنده. لم يكن حادثًا فرديًّا، بل التلكؤ عند بيوت أهل المدينة، والتسكع على أبوابها، والسكنى في حدائقها، والنوم في سقائفها، والسطو على بلح نخلها وثمر شجرها، والقفز على غرفة بيت المال، وخطف أموال قادمة من فارس على إبل أرغموا سائسيها على أن يبركوا بها في حلقة الحصار، وأنزلوا مالها وتقاسموه تخاطفًا دون الرجوع لابن عديس ولا انتظار قراره.

لا ينسى هذه السيدة حُبى زوجة عبيد الليثي المغموس معهم في الحصار والصاحب الرفيق لمحمد بن أبي بكر وهي تعدو نحو زوجها في الجامع وهو جالس بينهم وهي تصرخ عليه أن يغيثها. فكان على ارتباك قدومها ومفاجأة اقتحامها اجتماعه وصياحها بين الرجال مسرعًا في الاستجابة إليها والإقبال على تهدئتها:

ـ ما بالك يا حُبى؟ ولماذا أتيت هنا؟

الحرج كان باديًا في السؤال، لكنه كذلك كان مشفقًا عليها ومتوقعًا ثقل ما تحمله فحملها على فعلتها:

ـ أغثني يا عبيد.

ـ ماذا يا امرأة؟ أفزعتني والرجال!

تنفست بحشرجة التعب والقلق وقالت باكية:

ـ إنهم يعتدون على طويس؟

صرخ فيها:

ـ أي طويس هذا الذي تزعجين به جمع الرجال؟ وما شأننا به؟

زاد بكاؤها نحيبًا:

ـ هو شأني، وهو طويسي الحاني الرقيق، ثم هو شأنك وشأنكم، فإن أصحابك يكسرون عظام طويس عند سقيفة بيتك لما سمعوه يغني عندها حزنًا وصبابة، وقال له واحد منكم اسمه سودان إن الله يأمره بقتله.

ـ وهل قتله؟

سأل مفزوعًا، وقفز اهتمام ابن عديس نحوهما فورًا وقد أحس جلل الحادثة. ردت عليه حُبى:

ـ لقد رأيته يضربه ويتجمع حوله صبية من هنا وهناك يصيحون عليه سبابًا ولعانًا.

ثم انشرخ صوتها نعيًا:

ـ ولعلهم قتلوه الآن.

إذا بسودان يقدم عليهم بطوله الفاره وسمرته الداكنة وندائه الخشن:

ـ زوجتك تريق حياءها يا عبيد في مسجد رسول الله!

لما التفتت له ورأته حُبى رمت عنها حزنها وتشجعت فأطلقت فيه صوتها:

ـ أن أريق حياء في مسجد الرسول أفضل مما تفعلونه وأنتم تريقون فيه الدماء.

صاح فيها عبيد:

ـ اسكتي يا حُبى.

انفجر بكاؤها تحاول أن تمنعه وتتماسك فتفشل.

قال سودان لعبيد:

ـ أتبكي زوجتك على هذا المخنث مزمار الشيطان ربيب عثمان، ترك هذا الظالم مخنثًا يفسد المهاجرين والأنصار بغنائه!

قام ابن عديس ونهره:

ـ مالك أنت وطويس وغنائه؟ وماذا فعلت به؟

نظر سودان لحُبى نظرة كارهة مستعلية:

ـ أدبته وهددته بألا يعود للغناء ثانية.

اندفعت حُبى خارج الجمع تشق طريقها من باب المسجد وهي تصيح:

ـ غدًا ستقتلون العصافير لأنها تغني.

ساعتها عرف ابن عديس أن تفلتًا يهم بالمدينة لو استمر على حصار عثمان دون أن يستسلم عثمان ودون أن يقرر ابن عديس.

* * *

ذهب ابن عديس إلى مالك الأشتر وقد جاءته صحبة البصرة وانضمت إلى معسكرهم، وقد ألزم الأشتر نفسه بعدم الانضمام إلى الحصار حول دار عثمان.

ـ لماذا؟

سأله ابن عديس، فأجاب الأشتر:

ـ وماذا تفعل بي هناك وأصحابي؟ أنتم تملأون على الرجل فضاءه وتحت سوره وحيطته وعند بابه وسقيفته فما حاجتكم بنا؟ ثم إن مروان يعرف أننا هنا فاجعله يخشى مددنا بدلًا من أن يعتاد وجودنا.

قال ابن عديس:

ـ ماذا لو ذهبت لعثمان؟

وافق الأشتر وذهب. أمر ابن عديس المصريين بأن يتركوه يمر بينهم إلى باب عثمان، وقد نادى الأشتر ليزور، فتلكأ مروان شاخطًا رافضًا، ثم لما عرف عثمان بقدومه طلب أن يجتمع به. دخل الأشتر فناء الدار ووقف قبالة السقيفة يرى هذا العدد المحدود من أهل عثمان، سلم على الحسن مبتسمًا وأومأ لعبد الله بن الزبير، بينما قطع عليه الطريق عبيد الله بن عمر مستنفرًا متحديًا فنظر له الأشتر مستخفًّا:

ـ من أنت يا هذا؟

رد عبيد وهو يحس الإهانة:

ـ أوَلا تعرفني؟

ـ لو كنت أنت تعرفني ما وقفت أمامي هكذا!

ـ أنا عبيد الله بن عمر بن الخطاب.

ضحك الأشتر:

ـ مرحى بمن نجاه عثمان من القصاص وأنقذ عنقه من حد السيف. ألست قاتل الهرمزان دون بينة ولا جريرة للثأر من قتل أبيك؟ ما الذي تفعله هنا؟ أتخشى أن نطبق عليك الحد ونقتلك حين نخلع صاحبك؟

حاول الحسن أن يخفف من غليان الغلواء فربت على عبيد الله أن

يتنحى عن طريق الأشتر، ثم جذب عبد الله بن الزبير ذراع عبيد الله وتحرك به، فمر مالك الأشتر وهو يهز الأرض بخطوات ثقيلة، لحظتها جرى عبيد الله نحو ثلاثة من الرجال ونادى أحدهم:

ـ يا كُثير، خذ صاحبيك وتسلق السطح، فلا نأمن أن يكون الأشتر هنا للمكيدة.

بينما يستجيب الرجال سريعًا تنهد محمد بن طلحة وقال لعبيد الله:

ـ أي مكيدة يا عبيد، فالقوم أحمق من أن يكيدوا؟

صرخ فيه ابن عمر:

ـ والله لا نعلم المكيدة من هؤلاء العصاة المنحرفين، أم من أصحاب عثمان من آبائكم؟

وصل الأشتر باب عثمان فألقى السلام واستأذن فأذن له عثمان، كان وحيدًا أمام مصحفه ساكنًا ساكتًا، يجلس صبيح ونجيح بجواره هادئين بلا حركة، الغرفة على اتساعها وأبسطتها وفراشها وأثاثها فارغة إلا من هذا الحزن الثقيل، دقت الكآبة عمودًا في صدر الأشتر فقال:

ـ إلى متى يا صاحب رسول الله؟

ـ إلى أن يشاء الله يا أشتر.

ـ ولكن الناس من بايعوك ووضعوك على رقابهم يا عثمان، فهم يخلعونك إن أرادوا.

ـ هذا القميص ألبسنيه الله.

ـ بل ألبسه لك عبد الرحمن بن عوف.

ـ ولو كان قد ألبسه صاحبكم ابن أبي طالب، أكنت تأتي لتقول له إن الناس قد جمعوا لك فاخلع نفسك؟!

ـ احقن دمهم ودمك يا عثمان.

جأر مروان بصوته قادمًا من خلف الأشتر:

ـ إنذار هذا أم تهديد؟

التفت له الأشتر بشرر النظر، فاحترقت أعصاب مروان ارتداعًا فسكت خوفًا:

ـ بل نصيحة لصاحب رسول الله.

تمالك مروان نفسه:

ـ وهل الخليفة في حاجة إلى نصحك؟

ـ إنه يستمع كل ساعة إلى غبائك، فلعله ينتبه وهو يسمع حكمتي.

رد عثمان مترفقًا:

ـ أهي الحكمة أم هي النفرة والنقمة؟

ـ بل والله الحكمة يا أخي، فإنك تركت مثل هذا المروان وأوطأ منه عقلًا يسوقونك، بل ويزورون عليك ويختمون بختمك ويقررون من خلفك، حتى هنت يا صاحب رسول الله وزوج ابنتيه على نفسك وعلى الناس فلا يرضون إلا أن يخلعوك.

أشاح عثمان بيده وهو يقلب صفحة من مصحفه:

ـ والله لو صلبوني ما أخلع نفسي يا أشتر.

ابتسم الأشتر مخففًا عنه وعن عثمان قسوة اللحظة، وقال:

ـ لو صلبوك لا يحتاجون ساعتها إلى خلعك يا عثمان.

علق عثمان هادئًا ممعنًا نظره في سطور المصحف:

ـ فلتفعلوا ما تشاءون.

عاد الأشتر وهو يوفي أمانة وديعته فقال:

ـ ارفق بنفسك وبنا يا عثمان، فإن الناس يريدون منك أشياء لا شيئًا واحدًا، فامنحهم طيب بعضها تمنع عن نفسك وعنا شر بعضها.

صمت عثمان واستغلق المعنى على مروان وقال وجلًا من غضبة الأشتر:

ـ أفصح يا أشتر، فهل من جديد لديك نسمعه؟

رد الأشتر وهو لا يلتفت إلى مروان، فاستدار مروان له حتى يرى قوله يخرج من فمه، فنهره الأشتر:

ـ اصمت أنت يا هذا، فكلامك يقتل هذا الرجل أكثر من سيوف خصومه!

ثم اقترب الأشتر من عثمان حتى لامس جلد مصحفه:

ـ إذا لم تعزل نفسك، فلتختر أن تفتدي نفسك ممن ضربته أو جلدته أو حبسته وإما أن يقتلوك.

ضحك عثمان مشفقًا وساخرًا، بينما لم يطق مروان نفسه فزعق:

ـ أهذا جديدك يا أشتر؟

لم يعره الأشتر اهتمامًا، وجلس بقرفصائه على الأرض أمام عثمان مستندًا على مصحفه المفتوح:

ـ لا يخدعك هذا الدعي التافه، فوالله هذان العبدان الجالسان جنبك أشد إخلاصًا لك وأكثر عقلًا منه، فهو يوهمك بأن جيش معاوية قادم، وأنا أبلغك الحقيقة أن ابن أبي سفيان لن يحرك بغلة إليك، فهو يريد لنفسه الشام ولا يرى حاجة إلى نصرتك، فهو يبيعك مقابل سكوت من يخلفك عليه. وها نحن وقد ظهر هلالان في سماء يثرب فوق محاصريك ولم يغثك معاوية، فاستمع لي يا رجل ودع هذا الحكم للناس يختارون من شاءوا.

أطرق عثمان صامتًا حتى طال صمته وعلا نفسه وزاد همه. سمع الأشتر صرير ضروس مروان قلقًا، بينما كانت دموع نجيح وصبيح تجري على

خديهما. ولم يترك الأشتر نفسه للأمل في أن يستجيب عثمان لخطابه، لكنه ضبط نفسه مترقبًا ما بعد صمت الرجل وقد طال.

حين تكلم عثمان فاجأهم:

ـ أعرفت يا أشتر أنني أرسلت عبد الله بن عباس على رأس الحج هذا العام؟

تجاوز الأشتر دهشته من السؤال وقال:

ـ نعم، كل عيد وأنت بخير يا أخي.

رد عثمان وهو يتساند على أكتاف خادميه لينهض واقفًا، فوقف معه الأشتر:

ـ هذا عيدنا الأخير يا أشتر في دنياكم، فأنا ذاهب للعيد مع حبيبي.

كان عثمان يتجه نحو النافذة ويفتح كوتها ويضع نجيح وسادة تحت قدميه، بينما يسانده صبيح ليطل من النافذة وهو يطلب من نجيح بيده شيئًا، فيسحب الخادم من جلبابه لفافة من الجلد ويقدمها له وسط استغراب الأشتر ومروان، وقد أجمعا على شعور واحد لأول مرة في جلستهما وهو الذهول.

نادى عثمان مخاطبًا المحاصرين فقطع صخبهم بصوته:

ـ أفيكم الزبير؟

لم يرد لا الزبير ولا غيره، فتنهد عثمان ونادى تحت نافذته:

ـ يا عبد الله يا ابن الزبير.

جاءه الصوت مستجيبًا سريعًا:

ـ نعم يا خليفة المسلمين.

أومأ عثمان له وألقى باللفافة في حجره:

ـ هذه وصيتي لتحملها إلى أبيك، وقل له احفظ عثمان في أهله.

٧٥

صرخ سودان بحنجرته منتفضًا بجسده كله في وجه ابن عديس، حتى ظن ابن عديس أنه سيقفز على عنقه فعاد بصدره إلى الخلف:

ـ سكت يا ابن عديس حتى جاءوا ليقتلونا.

لم يفهم ابن عديس من سودان شيئًا إلا هياجه بوجهه الأسود الذي تحولت حمرة لهيبه وفمه المفتوح رذاذًا في الهواء. وهذا ابن ملجم محشور جنبه بعينين جاحظتين، بينما وراءهما جمع من أعراب المدينة. لم يرد على ما لم يفهمه بينما أحس بأن هيبته توشك على أن تتلقى ضربة موجعة، فلم يرَ وجه محمد بن أبي بكر مستنكرًا صراخ سودان، ولم يسارع كنانة كعادته لنجدته من فظاظة وتكاثر الناس، حتى أوشكوا أن يسقطوا فوق كتفيه حيث يجلس في صحن المسجد يجاور مالك الأشتر الذي زعق فيهم جميعًا:

ـ ما لكم أيها الحمقى تتكالبون على جلستنا كطرائد الصحراء يفرون من قسورة؟

واصل سودان صراخه المبحوح:

ـ استمهلنا ابن عديس وأبطأنا وأرجأنا ومنعنا من الانتزاء على عثمان

وخلعه حتى جاء جيش معاوية على حدود المدينة وسينقض على جمعنا هنا!

زعق فيهم الأشتر:

ـ ما هذا الخرف يا قوم؟ لقد جئت من حدود المدينة منذ ساعات ولا خبر ولا نبأ عن وصول لا معاوية ولا غيره!

صاح جبلة:

ـ بل وصل جيش الشام ليحمي هذا الكافر منا.

مخر ابن الحمق في الجمع مخرًا وقد دفع بعضًا منهم فترنحوا أمامه وهو يسحب سيفه من غمده ويشخط في ابن عديس:

ـ أنا ذاهب إلى عثمان لأقتله بينما أنتم تنتظرون الشاميين لينابذوا عنه.

قام ابن عديس هصورًا مدويًا:

ـ من قال لكم هذه الأخبار يعجلكم على شيء لم نعتزم فعله الآن!

صاح فيه سودان:

ـ بل سنفعله الآن!

التفت عمرو بن الحمق:

ـ أيها الناس، من جاء منكم من الفيوم؟

خرجت صيحات من جنبات المسجد ومن عند وصيد أحد أبوابه:

ـ نحن، ها هنا.

ثم استدار وقال صارخًا:

ـ ومن جاء من بلبيس؟

ارتفعت الصيحات من جنبات المسجد ومن خارجه:

ـ نحن، ها هنا.

دار دورة كاملة:

ـ ومن جاء من الصعيد؟

صدرت الأصوات من حناجر قريبة مطعمة بالصيحات والزمجرات:

ـ نحن، ها هنا.

ثم وجه عينيه نحو حلقات تقف أمامه:

ـ وأنتم يا أهل الفسطاط هيا بنا إلى عثمان.

* * *

اندفع ركب الجمع المذعور من مجيء الشاميين وضياع فرصة النيل من عثمان بحمى الغضب، لا يعرفون وهم يتصايحون ويصرخون ويلعنون عثمان ويتوعدونه، ويجرون في الشوارع المحيطة بقصر الخليفة ينثرون الفوضى والغبار، وتتخبط الأجساد مع السيوف المرفوعة والرماح المشرعة، وتهتز الأرض رجرجة بينما أمسكت يد أحدهم بحجارة رمتها على دار عثمان، فكأنما انتشرت عدوى الحجارة بين الجموع التي هرول كثير منها في جمع الحجارة والحصى وكسور الحوائط وكتل الطين. وبدأت القبضات تتكتل وتنفرج على رمي الحجارة فوق سور دار عثمان، فكأنها زخات مطر أو سنان سهام تنهال على النوافذ والأبواب والسقيفة والأسطح. كان مروان يأمر رجال بني أمية الذين ضمر عددهم أمام عينيه أن يتفادوا الحجارة، بينما يصرخ عبيد الله بن عمر بن الخطاب فيهم:

ـ لنرد عليهم حجارتهم ونرميهم بالنار.

نهره الحسن مغاضبًا وهو يمسكه ليجذبه تحت السقيفة:

ـ ويحك! بل نصمت ونحتمل فلا نقدر على صدهم، لو استفزهم رجالكم أو ردوا عليهم، فهم كثرة، ولو تسابقنا في الرمي لحجارة أو كرات نار لغلبونا ووصلوا للخليفة.

صاح فيه مروان:

ـ وهل ننتظرهم حتى يأتوا إليه ويقتلوه؟! كفانا تثبيطًا فيكفينا تحريض أبيك لقتل رجلنا!

صمت الحسن كاظمًا غضبه، بينما تبادل مع الحسين نظرة لا تعني إلا احتمال الصبر على مكابدة التطاول. انسل عبيد الله من تحت السقيفة، فكاد حجر طائر أن يطيح برأسه لولا اندفاع عبد الله بن الزبير نحوه ودفعه للعودة للسقيفة، فاشتد غضب عبيد الله وجذب محمد بن طلحة من ذراعه:

ـ هيا بنا نصعد إلى الخليفة.

منعهما مروان قائلًا:

ـ بل نبقى في مكاننا، فإن حاولوا اقتحام الباب خرجنا لهم جميعًا لنردهم.

فجأة انطلقت صرخة من خارج دار عثمان جفلت لها الأبدان، وكأنها أغلقت الأفواه كلها وأحلت الصمت المطبق على المكان، فلم يسمعوا صياحًا ولا همسًا ولا هياجًا من المحاصرين. لكن بذات الفجأة دوى الدق والخبط المحموم على الباب كأن الأكف وحدها قادرة على تحطيمه قرعًا، ثم تناهت لهم الصرخات وهي تلهث زاعقة مختلطة ومشتبكة ومنفعلة ومشقوقة من انفعال متفجر.

كان عمير بن ضابئ قد وضع رأس نيار بن عياض المهشمة في حجره وهو يصرخ في الحشد الملموم عليه:

ـ مات ابن عياض، قتله عثمان، رماه كثير بن الصلت من فوق سطح عثمان بحجر فقتله.

ورفع عمير صخرة ثقيلة وعريضة ملطخة بالدم من فوق رأس عياض، ثم لوح بها تقطر بنثرات الدم المنثالة على الأرض، وقد هاج الناس حتى لم يكن منهم إلا الصراخ الذي وصل إلى مسامع مروان كما

وصله صياح عمير، فنظر مرتبكًا ومأخوذًا إلى سعيد بن العاص يستفهم منه، فدار سعيد برأسه ناحية عبيد الله بن عمر كأنما يبلغ عنه، ففهم أن ابن الصلت فعلها فعلًا، وأن ابن عمر ربما من أمر بإلقائه للحجر القاتل.

قال عبد الله بن الزبير:

ـ كيف لم ننتبه لابن الصلت وما فعله؟!

رد محمد بن طلحة مهمومًا:

ـ لقد اختلطت علينا الحجارة، فلم نعرف أيها كان من فوقنا أو من تحتنا.

جاءهم صوت ابن عديس جهوريًّا حتى عندهم:

ـ يا عثمان، سلم لنا كثير بن الصلت لنقتص منه فقد قتل صاحبنا.

أول ما فعله مروان أن أخرج رأسه من تحت السقيفة وحملق في أعلى السطح ليرى هل لا يزال ابن الصلت هناك، فلما لم يجده استدعى سعيدًا وعبيدًا وانطلقوا للدخول إلى عثمان، فلما حاول ابن طلحة أن يلحق بهم منعه مروان:

ـ لتبق هنا مع أصحابك ودعونا ندبر شأننا مع خليفتنا.

رد محمد:

ـ لكنه خليفة المسلمين وليس خليفتكم أنتم!

رماه مروان بصوت لائم:

ـ لكن هذا ليس رأي أبيك.

ثم التفت نحو الحسن والحسين وابن الزبير:

ـ ولا آبائكم.

واختفى من نظرهم. وحين وصل إلى عثمان كان يقف عند الكوة في الحائط وقد صعد فوق حشية مستندًا على خادميه، فلما أحس قدوم مروان التفت إليه وسأله:

- أقتله ابن الصلت يا مروان فعلًا؟

وقبل أن يسمع إجابته أكمل محذرًا:

- ولا تكذب عليَّ!

ساعتها كان سعيد قد دخل وفي يده ابن الصلت. لم يكن يعرف رد فعل عثمان، لكنه وقف هادئًا طائعًا ومعترفًا بكل خلجة فيه ودون أن ينبس بكلمة.

التفت عثمان إلى النافذة وطل منها حتى يرى المحاصرين تحته ويروه، وصاح فيهم:

- يا ابن عديس، أأنت من سألتني أن أسلمك ابن الصلت؟

جاء الرد متأخرًا ومترددًا:

- نعم.

- والله لا أسلمه لكم أبدًا، فلم أكن أقتل رجلًا نصرني وأنتم تريدون قتلي.

ساد صمت لحظة كانت كافية لأن يبتعد عثمان عن النافذة ويخطو للغرفة، حتى انطلقت صرخة مذعورة هائلة من نائلة، وقد انخلع لها قلب الواقفين. وحين نظر مروان ناحية النافذة كانت كرة نار تندفع فتضرب الجدار ولكنها لم تخترق الكوة التي سارع نجيح لإغلاقها بالخشب، بينما كان عثمان يحتضن نائلة التي تحمل مريم فوق صدرها، هرعت مفزوعة وقد ظهرت ألسنة نار قادمة من فراش غرفتها، وجرى الرجال وأطفأوها، لكن النار كانت تشتعل الآن أسفل الدار في السقيفة.

وصل مروان إلى باب الدار وكانت النار تأكلها، بينما تقوست مجموعة الرجال الباقية بعيونهم المحدقة ووجوههم المتعرقة وأصابعهم المتشنجة على مقابض السيوف، ترقب مصير الباب المتآكل بالحريق، وهو يتكسر

بطقطقة الشرر ويتهاوى بتطاير شطرات الخشب. كان ابن عمر أول من سأل وسط فحيح الهواء بقذف شظايا الخشب المشتعل ودوي همهمات مسعورة بالكراهية توشك أنْ تصم الآذان:

ـ ماذا سنفعل يا مروان؟

رد عليه حانقًا وهو يتابع تراجع أقدامهم أمام أنين الباب الذي يهم بالسقوط مع خبط ورزع الأقدام والسيوف في خشبه من الخارج:

ـ اسأل ابن طلحة، لعله يدرك ماذا فعل أبوه فينا.

نظر إليه الحسن يائسًا من أي أمل فيه ورفع ذقنه تجاهه، كأنه يطلب منه الالتفات وراءه، فهم مروان الإشاحة، فالتفت فرأى عثمان واقفًا عند مدخل السقيفة يصيح عليهم وهو متكئ على نجيح وصبيح:

ـ ما احترق الباب إلا لما هو أعظم منه.

يبدو أنهم أدركوا وجوده والتقطوا صياحه متأخرًا، فأصاخوا السمع لما تلا ذلك من هتاف عثمان فيهم، جاء بصوت متعب ونبرة زاهدة وعينين مودعتين:

ـ لا يحركن رجل منكم يده، فوالله لو كنت خلفكم لتخطوكم حتى يقتلوني، ولو كنت قبلكم ما تجاوزوني إلى غيري.

ثم علا صوته:

ـ ارحلوا الآن، ولا أريد أن تريقوا دمًا باسمي، ولا نفسًا دفاعًا عني، وإني لصابر، يا حسن، يا محمد، يا عبد الله.

لكن مروان قفز عائدًا نحوه وهو لا يطيق وقفته ليبعد عنه مناصريه ومعفيًا أبناء محرضيه، فقال وهو يرده للخلف ويدفعه ليستدير بظهره ويعود إلى غرفته:

ـ والله لا تُقتل وأنا أقف على بابك!

ثم لكز نجيح وضرب صبيح بقدمه صارخًا:

ـ اذهبا بخليفتكم إلى غرفته ولا تقفا هنا حتى يدهمكم الفجرة أو نيرانهم.

* * *

حين دلف عثمان راجعًا، نزل مروان إلى بسطة السقيفة، ثم أمعن النظر في الوجوه الملتفة والملتفتة والمنتظرة والمراقبة والمترقبة، وحين سقط الباب هاويًا بتكسراته ودغدغاته رفع مروان السيف واندفع كالسهم ناحية الباب، فجرى الكل خلفه وهو يصرخ:

ـ من يبارزني يا ابن عديس حتى توسده أمه تراب قبره اليوم؟

يبدو أنه كان تحديه الأخير، وكانت محاولته التي فهمها عبيد الله بن عمر سدًّا أخيرًا أمام طوفان المحاصرين، الذين لما رأوهم وراء مروان بصرخته واحتلالهم الباب بوقفتهم ووجوه أبناء علي والزبير وعمر وطلحة، ضربهم الارتباك وشلت حركتهم، لا يعرفون هل يرمون بأنفسهم على هذه الثلة الصغيرة وخلفها تبدو وجوه بني أمية القليلة الكليلة ستنسحق بهدير غضب المحاصرين، أم يستجيبون لمبارزة مروان؟ إنه ليس أقوى منهم، ولا أكثر فروسية منهم، ولا مؤمنًا مثلهم، ولا قارئًا حافظًا كمثلهم، ولكن شيئًا فيه يصنع رهبة، وتحديه لهم لا يليق بعاصٍ كافر، بل برجل يتهيأ للموت أو للنصر. هل يموت من أجل عثمان؟ أليس هذا من تكسب منه وتزور عليه وقد طلبوا إقصاءه فرفض عثمان وسعوا لدمه فأبى عثمان؟ أهذا وفاء أم قنوط؟ أيريد الموت ليعجل به أو ينتظر مددًا ليتقوى عليه؟

كانت الأفكار تبيض أفكارًا فيهم وبينهم، لكنهم انتظروا رد ابن عديس، وقد توقفت لحظات هذه الجلبة الخانقة المتربصة المتحفزة على باب دار

عثمان، حتى ظهر ابن عديس، وكان قد تأخر عنهم وهم يرمون الدار نارًا، فقد هاجوا دون أمره، وساقهم عمرو بن الحمق دون رضاه، لكنه حين سمع انطباق الباب على الأرض ثم عرف صراخ مروان عليه، قام فجاء، فقدم وتقدم ووقف أمام مروان حتى ظن مروان أن هذا الشيخ هو من سيبارزه، لكن ابن عديس قال هادئًا:

ـ يا مروان، تنحَّ عن الباب فليس أمام عثمانك إلا أن يخلع نفسه ونكف الناس عنه.

ولع مروان نارًا فصرخ:

ـ والله لأقطعن رقاب من يفكر في أن يمس سن سيفه خليفة المسلمين!

تجول ابن عديس على الأشخاص الشاخصين خلف مروان، لعل أحدًا منهم أعقل من أن يترك جنونه يمشي وراء جنون مروان، لكن لا أحد إلا وكان واثقًا أن تنازله أو تهادنه هذه اللحظة يعني الاستسلام والخذلان.

التفت ابن عديس وهو يهمس في سره:

ـ أين ابن أبي بكر ليقول شيئًا لأصحابه من أبناء أصحاب أبيه؟

ثم تواصل الهمس:

ـ وأين ابن الحمق الآن؟ ربما يبارز مروان فيهدأ ويخفت مرجله المغلي فيتعقل.

زاد مروان الموقف صعوبة بصلابته، فلا هو تراجع ولا هو رجع. فلم يملك ابن عديس وقد شككت عيون رجاله في زعامته، وشك الشوك جلده، فرأى ابن عروة، كان شابًّا ملتصقًا طول الوقت بالمسجد وبه، لا يغادر المسجد ولا يبرح مكان ابن عديس، وترك بيته في المدينة وهجر أهله، وتربص لحظة ينصر فيها الله على الظالمين، هكذا أخبره حتى أمله من كثرة إخباره نفس الخبر بذات اللفظ، فنظر ناحيته وأشار له بيده:

ـ رح إلى هذا الرجل، خلصنا منه.

تقدم ابن عروة فرحًا دهشًا، فتمعن مروان في طول متحديه الفارع وعرض صدره الصخري وعينيه المتعاليتين المتوعدتين. كانت اللحظة حاسمة، فالفوز فيها سيجعل مروان طرفًا أقوى، ويهد حركتهم ويبث فيهم الإهانة فوق المهانة، وقد يفرق هذا جمعهم أو يثبط عزيمتهم، وقد يجند له أنصارًا ويجذب لعثمان مقاتلين معجبين. فانتهز فرصة أن هذا الغلام ابن عروة معجب بنفسه وسعيد بقامته المديدة، فقرر مروان أن يفعلها وهو يسمع آخر طقطقات خشب باب القصر يذوي تحت خفيه، وهو يقفز عاليًا يزأر ويرفع سيفه بغتة ويهوي به على عظام كتف ابن عروة اليسرى عند ترقوته، لكن وهو ينزل من قفزته إلى الشاب إذا به يفقد توازنه بقبضة مروعة من ابن عروة تزيحه في الهواء بعيدًا عنه، فتلتف ساقاه وتهوي ركبتاه من شاهق إلى حصى الأرض، فيكاد يسمع طرقعتها. حينها رفع ابن عروة السيف دفعة واحدة وبضربة باترة رآها مروان تتجه إلى عنقه، وسمع مروق نصلها تحت أذنيه، وكان آخر ما رأى نافورة دم تتفجر من عروق لا يعلم أين هي، إلا أنه أحسها تتقطع بسكين حاد مسنون أزهق ما تبقى له من وعي تحت مطرقة ألم مدوية.

صرخ الناس وصاحوا:

ـ الله أكبر، ابن عروة قتل الباغي عون الظالم وهامانه.

دبت الأقدام على الأرض نشطة نزقة فرحة، أحست نصرها وافتتحت غزوها، لكنهم تسمروا حين اندفع ابن رفاعة برمحه الطويل، وهو يصرخ صرخة صهيل فرس يثب من فوق جبل، يتجه كالمحموم والموسوم ناحية جسد مروان المسجى ينزف ويئن وينخر نخر الموت الزاحف، ويشرع في غرس الرمح في صدره. لكن فجأة اندفعت من باب البيت المجاور عجوز

ضئيلة الحجم مشعثة مولولة ونائحة، فرمت نفسها على جسد مروان وهي تصيح في ابن رفاعة:

- إن كنت تريد قتله فهو مقتول ميت أمامك، ولو كنت تريد اللعب في لحمه فهذا قبيح من قبيح.

من أين جاءت هذه السيدة؟ وكيف جرؤت؟ ومن أي بيت انفتح وكل البيوت مغلقة؟ لم يكمل واحد فيهم أسئلته، فقد حفزت فعلة السيدة المدافعين عن عثمان ليقاوموا، فقاموا إلى ابن رفاعة يضاربونه فنادى ابن عديس:

- إذا لم يعظهم قتل مروان، فليس لكم حرمة من دم إن أسلتم دمنا.

حين بدأ المحاصرون يدهسون في لحوم وعظام المدافعين عن عثمان الذين بدأوا التمترس عند الباب، كان ابن عديس يحذر بصوت عالٍ:

- إياكم وأبناء علي والزبير وطلحة.

حتى إنه رأى عبد الله بن الزبير يتلقى قطع سيف على جلد بطنه، فأمسك ابن عديس بساعد مبارز الرجل ومنعه من التمكن من قتل ابن الزبير، بل دفعه ابن عديس ليسرع الخطى مبتعدًا، خصوصًا وهو يرى محمد بن طلحة وقد ترك الباب وبدأ يتقهقر بظهره مبتعدًا بعد أن ضيق عليه عمير بن ضابئ.

ابن ملجم الذي ظل متسمرًا يتابع المشاهد، يرفع السيف دون أن يرى من يضربه به، فيهوي به على الهواء لاعنًا وزاجرًا، تعثر في جثة مروان، فشهق حين رأى هذه العجوز تجر الجثة وهي تضمها عند صدرها، وقد تشرب رداؤها دم مروان وتعرقت ولهثت، ونجحت وسط غفلة الناس عنها وانشغالهم بإسقاط جثث أخرى أن تدخل بجثة مروان إلى بيتها، وبينما تجر جسده الراقد من عتبة البيت إلى داخله، تحشر جثته بين حلق

الباب والجدار. لكن عيني ابن ملجم انخلعتا من محجريهما حين رأى يد مروان تتحرك، ثم إذا بمروان يلتفت برأسه للخلف ليخطف نظرات متلهفة على وقع المعركة، ثم حين يتأكد من وطيسها يسارع فتمتد كفه مرتعشة مرتبكة متعجلة ليرد الباب ويغلقه.

حينها كان محمد بن أبي بكر يقف على باب غرفة عثمان.

٧٦

اصطكت أسنان نجيح رعبًا حين رأى سقوط مروان مصروعًا، فجرى من كوة النافذة إلى صبيح المتصلب أمام باب الغرفة، بينما عثمان قد جلس أمام مصحفه وتربع على وسادته وبدأ يتلو القرآن بصوت خفيض مطمئن ثابت شجي وحزين، كأنه لا يصل إليه صخب نصال السيوف ولا شرر الحرائق وطقطقة الأبواب ولا صريخ الناس ولا صياح الرجال ولا صب اللعنات ورفع السنان، همس نجيح في أذن صبيح:

- إنهم يقتربون وما معنا سيف ولا رمح نرد به عن خليفتنا، ومكوثنا معه الآن لن ينقذه.

استنكر صبيح ما يسمع، فرد بنظرات مؤنبة ومهددة، وبهمهمات غير مصدقة، فأوضح نجيح خطته:

- لننزل نمنع عنه المجرمين.

لانت نظرات صبيح وملامحه المتخشبة:

- نحصل على سيوف ونشارك العدد الضئيل في صد الهجوم على الباب.

تبادلا النظرات ثم استدارا بعيونهم إلى عثمان المنشغل عنهما بربهما، كسرت وحدته قلبيهما فتعطل قرارهما عند وصيد الباب، ثم دفع نجيح ذراع صبيح:

ـ لن ننتظر هنا حتى يصعدوا إليه.

هبطا سريعًا درجتي عتبة الباب، فسمعت وقع الأقدام نائلة في غرفتها فخرجت مندفعة تحمل مريم في حضنها وتمشي وراءها جاريتان صغيرتان مرتعدتان. وجدت عثمان هناك وحده في الغرفة المفتوحة على أصوات الهزات والخبطات والخطوات والضربات والطعنات والصرخات والصيحات والهتافات والمتحطمات والمتكسرات خارج الحيطان، وجيش الكره يهم بالاقتحام، ينحني عثمان على المصحف ثم يقع رأسه على صفحاته. جرت نائلة نحوه مذعورة، ونزلت على ركبتيها عنده، ورفعت بكفها وجهه لوجهها، فكأنما أفاق من غفوة ففتح عينيه فرأى عينيها فتهللت مقلتاه وقبل أصابعها مبتسمًا وحانيًا، وهمس في أذن مريم التي بدأت في صريخ رفيع وملتاع:

ـ لا تبكي يا صغيرتي.

طمأن صوت عثمان مريم فهدأت وسكنت، ثم تململت من ذراعي أمها وقرفصت على الأرض تلعب بطرف عباءة نائلة ووشاحها. مسد عثمان على خد نائلة وقال:

ـ خذي مريم والزمي غرفتك يا نائلة ولا تجزعي.

سالت دموعها مطيرة وسخينة فربت على شعرها:

ـ إني رأيت رسول الله في غفوتي تلك وهو يخبرني أنني مفطر معه اليوم، اذهبي يا حبيبتي فإني ذاهب إلى حبيبي.

ثم عادت عيناه إلى سطور المصحف، وقد ودعها بإيماءة أن تدعه وحده. خرجت بطيئة الخطى مرتجفة البدن تحمل جاريتها مريم عنها، وتحمل أخرى جسد نائلة المتهاوي على صدرها وتدفعها للدخول في غرفتها، حين أحكمتا إغلاق الباب كانت خطوات قافزة تضرب درجة العتبة.

* * *

وقف محمد بن أبي بكر الصديق وحده أمام الغرفة فوجد عثمان وحيدًا.

كان يريد هذه اللحظة منذ سنوات، أن يخلو له وجه هذا الرجل.

لما تدافع الناس على باب دار عثمان وخرج مروان ورجال بني أمية إليهم، انسل ابن أبي بكر من بينهم وقد تبعه كنانة وجبلة وسودان، تخلف عنه عبيد الليثي وسط الزحام، ولم يلحظه ابن عديس، بينما لمحه ابن الحمق من بعيد من فوق الرؤوس. كان ابن أبي بكر يعرف طريقه مبتعدًا عن باب عثمان إلى باب جاره عمرو بن حزم، فدق الباب بمقبض سيفه دقتين، خشي وسط الصخب والضجيج ألا يسمعهما ابن حزم أو أن يكون قد خرج مع الناس ونسي اتفاقهما، لكن لحظة وكان ابن حزم يفتح الباب فيندفع ابن أبي بكر إلى الفناء، ويقفز كنانة ورفاقه السور إلى دار عثمان، حيث يهجمون على رجال بني أمية من الداخل. وبينما انتبه لهما عبيد الله بن عمر فصاح ليلقاهم رجاله، كان ابن أبي بكر يصعد إلى السطح وحده ليقفز على سطح دار عثمان ثم يهبط منه خلف السقيفة فيصعد عتبة الباب الذي يقود إلى داخل الدار حيث غرفة عثمان، وها هو الآن يقف أمامه.

استغراق عثمان في قراءة القرآن استفزه فهو يعرف أنه وصل، لا بد أنه سمع أنفاسه اللاهثة وزمجرته الكارهة وخطواته الثابتة الماشية نحوه. كان ابن أبي بكر يريد هذه اللحظة ولا يستعجل انتهاءها، أن يواجهه بكراهيته، أن يجابهه بكفره وظلمه، أن يرى فيه انكسار الهزيمة وإعلان الخيبة واعتراف الجرم وعقوبة الذنب. حين يلمع حد السيف أمام عينيه سيقر بمن انتصر اليوم. إن عثمان يوهمه بأنه المؤمن القانت المعتكف لمصحفه العاكف على صلاته، لا لن يخدعه. امتدت يد ابن أبي بكر تصفع عمامة عثمان، فأطاح بها، فانكشفت صلعته وتشعث شعره حول رأسه. اهتز جسد عثمان ومال رأسه، وامتدت كف ابن أبي بكر متصلبة متشنجة تقبض على لحية

عثمان فتكورت في قبضته متجعدة وهو يصرخ فوق رأسه، ثم يرفع لحيته إلى أعلى حتى يجبره على النظر في وجهه:

ـ هل نفعك اليوم معاوية ومروان وابن عامر يا نعثل؟ ما أغنى عنك اليوم بنو أمية وقد أردت الدنيا فجئتك بالآخرة.

كان وجه عثمان في قبضة ابن أبي بكر، التصقت نظراته في عيني ابن أبي بكر، وتحشرجت أنفاسه في أنف ابن أبي بكر، ورأى هذا الكره العميق يغلي في بؤبؤي عينيه، تحمر وتشتعل وتبظ وتجحظ. من أين أتى بهذا الحقد؟ من أين جلب كل هذا الكره؟ متى انغرس ونما وأفرع؟ لماذا لا يتذكر وجه هذا الطفل في يد أبيه أبي بكر؟ لماذا لم يتذكر أنه رآه في حجر والده في مسجد أو سقيفة؟ هل صاحب عبد الله ابنه يومًا؟ لا إنه في سن ابنه الأصغر أبان. الحمد لله أن أبان في مكة، هل كان ببهاقه وصممه سيقدر على كل هذا الغل؟ ثم قالها عثمان بخفوت صوت وألم نبرة ووحشة فرقة وافتقاد صاحب، قالها مغموسة بحزن طهور وأسى شفيق:

ـ يا قلبي على أبي بكر حين يعرف ماذا فعل ابنه في أخيه!

ارتج ابن أبي بكر من الجملة، سمعها من عيني عثمان قبل شفتيه، فاشتدت قبضته على اللحية ولفح وجه عثمان بصراخ يصم الأذن:

ـ أخزاك الله يا نعثل، لو رآك أبي تعمل هذه الأعمال لأنكرها عليك، وقبِل أن أفعل فيك أشد من قبضي على لحيتك.

ترك ابن أبي بكر لحية عثمان وقد تصلبت يده كأنها لا تزال تمسك بها، ثم عاد برأسه وجسده للوراء، بينما سقط رأس عثمان للخلف. استل ابن أبي بكر خنجرًا مسنونًا مدببًا من حزامه وشهره عاليًا وتقدم به مندفعًا ناحية عثمان يمعن في عينيه، يريد أن يرى ذعره فرأى وجه أبيه: أبو بكر وعثمان يقتربان لباب المسجد في نهار صيف قائظ يحثان الخطى لظل

سقيفة الجامع، عثمان يقدم تمرًا لكف محمد وهو جالس بجوار أبيه أبي بكر قبل صلاة المغرب، وأبو بكر يخبر عثمان بأن محمدًا أصغر من صام في أبنائه، فيمنحه عثمان تمرة إضافية ومسحة على الرأس، جنازة أبيه وعثمان بين تماسك الرجال وصلابة المشيعين وحده يبكي دمعًا يبلل هذه اللحية. ارتعشت يد محمد بن أبي بكر وهو يرى عثمان يرفع كفه فوق المصحف ناحيته:

- إني أستعين بالله عليك، لا تجعلني أقول لأبي بكر وأنا ذاهب إليه الآن إنك من قتلني يا محمد!

هوى الخنجر من يد ابن أبي بكر وسقط على الأرض، والتفت ليخرج مبتعدًا فصدمته رؤية نجيح وصبيح واقفين على باب الغرفة ممسكين بسيوفهما المسندة على الأرض، عرف أن كف عثمان أوقفتهما فانطلق خارجًا وهدير قلبه يطغى على ضجة علت ودنت.

لم تمضِ لحظة يلتقط فيها نجيح وصبيح أنفاسهما المرتجفة ويعود لهما الدم الهارب من العروق حتى كان كنانة مدويًا متفجرًا بالصياح يندفع تجاههما، فيضرب صبيح بظهر سيفه على ظهره فيلقيه أرضًا، بينما يركل نجيح بقدمه فيسقط نجيح متوجعًا صارخًا، بينما يقف كنانة في مواجهة عثمان الذي تجاهل اندفاع كنانة وصراخه ووضع رأسه في المصحف يكمل تلاوته. تحرك نجيح من وقعته فعرف كنانة نيته فرماه من مكانه بالسيف، ثم التقط الخنجر الملقى على الأرض، وركل المسند الخشبي للمصحف بقدمه فانحدف بعيدًا وافترشت صفحات المصحف على الأرض، بينما قفز كنانة ورفع الخنجر وهوى به يضرب كتف عثمان فترقوته فعنقه فينفجر الدم منثورًا في وجه عثمان ويغرق لحيته وينكفئ على جنبه مرميًا على صفحات المصحف التي تقطر دماء عثمان عليها

وتفترش الآيات وتلون الحروف وتتشربها مسام جلد الصفحات، وتنزف من حوافها إلى الأرض.

وصل جبلة الآن لاهثًا ومحمومًا، وجد عثمان ملقى دون أن يوقن بموته، فرفع رمحه عاليًا ووجهه إلى بطن عثمان، وقد قلب جسده بنعله حتى ينيمه على ظهره فينكشف له بطنه.

هتف:

ـ هي لله، هي لله.

يقفز عاليًا ثم يهوي ثم ينزل رمحه مقبوضًا بقبضتيه فيطعن صدر عثمان حتى تتكسر عظامه وهي تصطك بحد الرمح.

يندفع كنانة خارجًا والدم يطرطش وجهه ورداءه وتتعلق قطع من جلد وعظم عثمان في خنجره وهو يهتف مبحوح الصوت وفخيم الفخر ومدوي النبرة:

ـ قتلنا الكافر! قتلنا نعثل ابن اليهودية!

خرجت نائلة من باب غرفتها كأنها حطمته من ركضها الصارخ:

ـ آه! واعثماناه!

حين وصلت إلى عثمان الملقى المسجى، كان سودان قد سبقها ووقف على جثة عثمان وهو يرفع الصوت بالسيف:

ـ والله لأقطعن عنقك يا كافر!

وحين نزل بسيفه إلى عنق عثمان كانت نائلة ترمي جسدها نحوه وترفع ذراعها وهي تصرخ:

ـ لا!

تحاول أن تمنع بكفيها وذراعيها السيف عن الوصول إلى عنق زوجها، فإذا بحد السيف الذي يمسكه سودان بقبضتي يديه يهوي على كفها فتتفجر

صرخة ألم تحرق حنجرتها وهي ترى أصابع كفها تطير. يمرق السيف فوق كفها فيقطع خنصرها فترتمي على الأرض، ثم يمزق بنصرها فتتدلى معلقة بخيط من جلد، ثم يطير إصبعها الوسطى فتضرب وجهها، ثم يقطع رأسي سبابتها وإبهامها. تسقط نائلة بصدرها على جثة عثمان محتضنة رأسه بأصابعها المقطوعة النازفة المرتعشة المتشنجة، وينتفض بدنها وصوتها المتوجع المفجوع مخنوق بدم عثمان، وتلثم شفتاها المرتجفتان وجهه ولحيته. نظر سودان إلى امرأة عثمان الراقدة عليه، فاتسعت عيناه محملقتين في جسد نائلة وقد تحشرج صوته متبللًا بالشهوة تكتسح ذكورته:

ـ ما أجمل مؤخرتك يا امرأة.

بحد السيف المتقطر دمًا جذب عباءة نائلة عن مؤخرتها، فإذا بنجيح المترنح من أثر الضرب والطعن يستند على ركبته ويزحف بسيفه تحت ساقي سودان ثم يطعن بالنصل أسفل بطنه، ويتشبث بساقي سودان حتى يغرس النصل أعمق، فيصرخ سودان وقد فاجأته الطعنة، فهوى على نجيح بسيفه فشق حنجرته، فهمد نجيح ميتًا بينما خر سودان وشخر ثم انكفأ مقتولًا.

لحظتها كان جبلة ينادي القوم أن تعالوا. حين أفاق صبيح من إغماءة الاحتضار فرأى جبلة يخلع عن عثمان قميصه، وقد أزاح جسد نائلة عنه، فوثب صبيح على ظهر جبلة يطعنه بالسيف في جنبه، بينما يصرخ جبلة وهو يدور بجسده يحاول رمي صبيح من فوق ظهره وكتفيه ويضرب بسيفه في رأس صبيح وعنقه، فتتناثر الدماء وترش الغرفة حتى يهوي كلاهما ميتين على الأرض.

كانت نائلة تفيق من غشيتها تحاول أن تتحرك فلا تقدر، وحين رفعت عينيها وسط غبش الدمع والدم والعرق في جفنيها ورموشها رأت من عرفت أنه عمرو بن الحمق، وقد برك على فخذي عثمان وثبت ركبتيه على الأرض وأمسك سيفه بين قبضتيه وهوى على صدر عثمان يطعن ويعد:

- واحدة.

ثم ينزع السيف من صدر عثمان مكسوًّا بالدم ونازفًا، ثم ينزل به مرة أخرى ويطعن بقبضتيه:

- الثانية.

ثم يرفع السيف عن صدر عثمان المشقوق متكسر الضلوع ثم يعود لطعنه:

- الثالثة.

ثم يصيح:

- هذه الطعنات الثلاث في قلبك يا عثمان أتقرب بها إلى الله.

كانت نائلة تشعر الطعان في قلبها، وقد تجمد جسدها وتثلجت أطرافها ثم غابت عن الوعي، لكن عمرو بن الحمق الذي لم يشعر بوعيها ولا بغيابه كان مستمرًّا:

- الرابعة.

عاد كنانة إلى المكان ليرى ماذا فعل رفاقه، فثبت عند الباب، بينما ظهر خلفه عبيد الليثي، وهما لا يصدقان ما يفعل ابن الحمق:

- الخامسة.

ثم يشهر السيف أعلى وينزل أسرع إلى بطن عثمان فيبقره:

- السادسة.

ثم يخرج السيف بأحشاء متعلقة بجنبيه ودماء متخثرة وفتات جلد ويطعن جثة عثمان:

- السابعة.

كان ضجيج هائل في الخارج، فقد وصل الناس قتل عثمان فصاحوا وتهللوا وكبروا، بينما لا يزال ابن الحمق يفعلها:

- الثامنة.

كانت أصوات الأقدام قادمة راكضة هائجة تقترب، بينما ابن الحمق

يقف أخيرًا على قدميه ويضم ساقي عثمان حتى يلتصقا، ثم يرمي بنفسه وسيفه ثقيلًا عميقًا في صرة عثمان:

ـ التاسعة.

ثم ينزع سيفه ويرفعه لتتساقط منه الدماء قطرات وحبات متجلطات ولزجات على جسد عثمان وفراش الأرض والجثث المسجاة:

ـ أما هذه الطعنات الست، فإنها لي يا عثمان.

* * *

حين كان المحاصرون يحطمون كل شيء في طريقهم، ويدخلون بيت المال يمزقون أجولته وينهبون صرره ويحرقون خشبه ويملأون دار عثمان وهم يهتفون:

ـ الله أكبر كبيرًا والحمد لله كثيرًا، نصر عبده وأعز جنده.

ـ مات الكافر ابن عفان.

وقف ابن عديس عند باب غرفة عثمان يشهد الجثث المسجاة ويعبرها بخطواته، واقترب من جثة عثمان المبقورة والممزقة والعارية والغارقة في الدماء، وتنهد وهمس:

ـ ليس أسوأ مما فعلته لنا في حياتك يا عثمان إلا ما فعلته لنا بموتك.

التفت فرأى ابن أبي بكر وابن ملجم وكنانة يرقبونه فقال:

ـ ولا يدخل أحد غيرنا ولنغلق هذا البيت على جثته.

أشاح وجهه عن رؤية جسد نائلة المرمي وخرج.

٧٧

ـ يا روعي! يا لوعي!

كانت حُبى تضرب صدرها بكفها نائحة. ثكلت البلد الذي تعرفه والناس الذين كانت تظن أنها تعرفهم. تمشي تائهة، عمياء الخطى بين دوائر التراب وغمام الغبار وضباب الدخان الذي يعبئ شوارع المدينة فيمسح نورها. تضربها كتف غلام مهرول أو تخبطها ذراع رجل هائج، وتكاد تسقط من ركض صبية ورجال يخرجون من بيوت بني أمية ويدخلون إليها. أهل البلد يعرفون مطارحها، والبدو والأعراب والعرب المصريون تعرفوا عليها منهم، فكان واحد يشير مهتاجًا وهو يقفز فوق الأرض غضبًا:

ـ هذه دار من دور بني أمية.

فإذا بالجموع تقتحمها كاسرة أبوابها وقافزة من نوافذها.

فرت عائلات بني أمية منذ حصار عثمان من بيوتاتها، وصارت لها مقرات سرية عند شخصيات في المدينة لا تظهر ولاءها لعثمان وتخفي صلتها ببني أمية. فذهبت لهذه الدور نسوة وصبية وعجائز وشيوخ بني أمية، بينما هرب كثير من رجالهم خارج المدينة وتخفى بعضهم في أطرافها، وقد زال أثرهم عند انقضاض المحاصرين على بيت عثمان. يخرج هؤلاء

الآن من دور بني أمية يحمل بعضهم أواني ونمارق يجرون بها كالغنائم، وبعضهم يجرجرون نوقًا وماعزًا وخرافًا، وعابرون يطربون لهذه السجاجيد والمفارش التي نزعوها من الأرض ومن الأسرة يحملونها على الرؤوس والأكتاف، وتلك الأرائك المحمولة فوق أعناق البعض، وأولئك الذين يتنازعون مصابيح يحملونها من ذلك البيت أو هذه الدار.

تمر أمام حُبى مسيرة من بضع عشرات صاخبين يقرعون طبولًا يصيحون:

ـ قتلنا نعثلًا الكافر.

ترد صيحات من زوايا وأركان ومنحنيات قريبة:

ـ لا إله إلا الله قتلنا عثمان عدو الله.

اقترب أحدهم من امرأة توقفت عند بيتها متصلبة، فاقتحمها بوجهه:

ـ ما لك يا امرأة كأنك تأبين ما نصنع؟!

ظلت المرأة على جمودها فألح:

ـ هل أنت عثمانية يا كافرة؟

ثم شخط فيها بعدما انضم له آخرون متحفزين ومستنفرين، فجرت المرأة من أمامهم مذعورة وقد أطلقت ساقيها فتعثرت فسقطت فضجوا بالضحك والشماتة، حتى لمت المرأة هدومها ودخلت بيتًا تجهل أكان بيتها أم لا. ارتجفت حُبى خوفًا من أن يفعلوا فيها مثل هذا، فتجنبت السير نحوهم وعادت إلى طريق آخر وجدت فيه ذات الزحام وتلك الحاجات المحمولة فوق الرؤوس وفي الأيدي والصرخات والصيحات، لم تكن تعرف كيف ستصل إلى دار عثمان ولا ما الذي ستفعله، لكن قلبها المكلوم ونبأ مقتل عثمان الذي نقله النعيق الفرح لكل جنبات المدينة أدمى روحها، فخرجت من دارها تهيم على وجهها المتصلب تشعر

برودة، تكاد تمزق جلدها الرعدات. كان صوت طويس يغني في أذنيها عويل غناء على هذا الخراب الذي حل على شوارع المدينة وأطلال هدأتها الألقة. لن تكون المدينة أبدًا ما كانته قبل هذا النهار. عندما دنت من دار عثمان لطمت صدرها حين لطمتها جذوات النار التي خمدت وبقي سواد دخانها الكالح وهبابها الملتزج يتصاعد ويلف في هواء البيت وفوق سوره وعند حيطانه، وبقايا الخشب المتفحم للأبواب المتحطمة والأشجار المحروقة المتآكلة أوراقها والمتكسرة فروعها وتلك الأحجار المنزوعة والمدغدغة في السور والمرمية في الأرض، السقيفة المتدلية أخشابها والمنزوعة أعمدتها المنخورة، كانت حلقات الرجال المزهوين بقتل عثمان تقف أمام البيت تزأر:

ـ الله أكبر كبيرًا والحمد لله كثيرًا، أعز جنده وهزم عثمان وحده.

خرج صوت من بين حناجر أجساد متراصة كبنيان جدار أمام مدخل دار عثمان ينشد:

ـ أقبلن من بلبيس والصعيد.. مستحقبات حلق الحديد.. يطلبن حق
الله في سعيد.. حتى رجعن بالذي نريد.

وجل قلبها والتجم: أين هي تلك البلبيس؟ وما هو صعيده هذا؟ أغلب الأمر أنهما في مصر وهذا من المصريين الذين قدموا على عثمان.

نعم، فهي لا تتذكر أن رأت وجهًا كهذا في المدينة أو من أصحاب زوجها عبيد: يا لهولي! هل هو ممن غمس يده في دم عثمان؟

دق رمح في قلبها بالنكد، واغتمت فلم تكمل خاطرتها المتسائلة عن من سعيد هذا الذي يقصده الذي ينشد تيهًا بقتله تحت نافذة دار قتيله. كانت عيناها تقاومان غشاوة الحزن والدمع وهي تبحث عن عبيد، لعلها تجده هنا ولم يجرِ في شوارع المدينة يضرب مع الضاربين بالنصال على

النصال والرماح على الدروع تغنيًا بقتل عثمان، فخلت المدينة من أهلها والتزم الناس غرفها. ولم يغلب صمتها إلا صخب المختالين بالقتل، ولم يملأ الشوارع المهجورة إلا المهووسون بالسلب أو الشماتة، وخاف من يحب عثمان ومن يكرهه من طيش التهليل ونزق المتهللين. لكن حُبى لا يمكن لها أن تبقى في سريرها ونفضة النبضة في عرقها تخشى على نائلة: ماذا فعلوا فيها؟ هل قتلوها؟ (وهل يقتلون النساء؟) هل نجت؟ (وهل نجا أحد ممن جرى جري الزمان عليه؟) هل هربت وفرت وهي الآن في بيت من مقرات آل عثمان المتخفية؟ كانت تحث المشي ناحية دار عثمان مدفوعة بهذا الأنين المكتوم النحيل الممدود المشروخ الذي يطن في أذنيها حين واجهت صدور الرجال متغلظة الوجوه، وقد سدوا عليها الطريق لا يصدقون جرأتها على القدوم والاقتحام:

ـ اغربي عن هنا يا امرأة!

حاولت أن تبدو قوية فخافت أن تستفزهم، وشرعت أن تبدو ضعيفة فخشيت أن يفهمها حزينة على عثمان ثم يحسبها عليه فيقتلها في حمى الدم، وخافت أن تسكت فلا يطيق سكوتها، فالتفتت وأعطته ظهرها ورجعت، لكن يدًا تعرفها قبضت على كفها عصبية وغضوبة:

ـ ما الذي أتى بك إلى هنا؟

أطلقت أنفاسها المخنوقة في صدرها عندما رأت عبيدًا، فانهارت قوتها الهشة ورمت وجهها في صدره ونوحت بكلمات مكتومة البحة:

ـ اتركني أدخل لأطمئن عليها!

ـ من؟

ـ نائلة يا عبيد.

شدها من يدها مبتعدًا:

ـ هل جننت؟ لو ظنوك واحدة منهم سيقتلونك حالًا!

ردت وهي ترفع عينيها في عينيه تحاول أن تستحث فيه فارسها:

ـ أما وأنت معي فلا.

تحير عبيد ونهرها:

ـ عودي إلى بيتك الآن!

أظهرت قوتها عليه حين أفصحت عن ضعفها أمامه:

ـ أتوسل إليك يا عبيد.

خبأ عبيد حبه لها في حنقه عليها، تنمرت عيناه واحمرتا، وهو يمسك بيدها بقوة، رغم غلظتها أحستها حُبى حانية، لم تكن تدرك ما كانت ستراه. يعرفه عبيد ولا يريد لهذه السيدة النعيمة والتي لا تجيد إلا وهج البهجة ولا يشغلها إلا اصطكاك الأوراك وضم الأرداف ورفع السيقان وإيلاج المدبب في المحبب أن ترى تلك اللحوم الممزقة والأطراف المبتورة. يعلم ما في هذه الدار التي تتوسل لتدخلها. كان واقفًا خلف عبد الرحمن بن عديس حين ازدحم الناس خلفه، عادوا به إلى غرفة عثمان بينما كان يمنعهم عنها، أخذوه بينهم حتى دفعوه داخلها، ساعتها وقد صرعهم مقتل جبلة وسودان في غرفة عثمان، كانا رمتين مرميتين حول جثة عثمان المطعونة والمبقورة، فثار المزدحمون حتى أراد عمير بن ضابئ أن يرفع سيفه ليذبح عنق عثمان انتقامًا، فضربته يد ابن عديس محذرة مانعة وشخط فيهم:

ـ احملوا جثتي جبلة وسودان لنكرم مثوى الشهيدين.

حين تقدموا لرفع الجثتين أدركوا من رمية جثتي خادمي عثمان أنهما قاتلا صاحبيهما، فاندلعت نار الثأر في الصدور والوجوه، فتركوا جبلة وسودان على الأرض، وجرجروا جثتي الخادمين يتدحرجون بهما ويضربون فيهما ويخلعون عظامهما ويزحفون ببرك الدم ترسم طريقًا

حتى مخرج الباب. فعاد ابن عديس ليوبخهم ويزجرهم ويأمرهم بترك هذين والتفرغ لأخويهما.

وقف ابن عديس عند جثة عثمان لا يدري ماذا يفعل بها ولها، بجواره جسد زوجته المسجى تقطر دمًا من أصابع كفها المبتورة. حين فرغ الرجال من حمل جثتي سودان وجبلة وجد ابن عديس نفسه وحيدًا، اقترب من جثة عثمان، ثم جثا على ركبتيه ومد كفه مرتجفة مترددة ولمس وجهه فانتفضت أصابعه ورفعها عنه، وبينما ينهض قائمًا عاد فمسد بأنامله عيني عثمان فأغلقهما. حين كر راجعًا كانت غضبة الرجال أعلى من أن يتجاوزها ابن عديس. قتلوا عثمان ولم تبرد النار اللهيبة، بل أوارها اشتعل حين شاهدوا سودان وجبلة مذبوحين محمولين على الأكتاف. ضيقوا الخناق على باب عثمان وتربصوا بالغادين والرائحين ومنعوا الدخول له، وصاح بعضهم ببعض للحاق ببني أمية أينما كانوا.

عندما حضرت حُبى كان المرجل في غليانه لا يزال، وخشي عبيد عليها من فلتان يحاصر جثة عثمان كما كان يحاصر عثمان نفسه. بينما يأخذ بيدها ليبتعد بها ويتفرغ للانضمام إليهم، أنقذه ابن عديس حين أشار له بالقدوم إليه، فلما ذهب ووقف هنيهة عنده عاد إليها، ومن خلف ظهور الرجال سحبها وسلمها إلى باب دار عثمان المتحطم وتركها تدلف منه خلسة.

كان ابن عديس قد همس في أذنيه:

ـ دعها تدخل لعلها تنقذ نائلة.

في اللحظة التي اقترب ابن عديس من جثمان عثمان كان قد روعه صوت نفس رفيع حاد متغرغر ونبض ضعيف رمق حياة في جسد نائلة فأدرك أنها حية.

* * *

دار العز استقبلتها بخراب الطلل، بيت النعم المزدحم جحيمي ومهجور وموحش، الوسع الرحب ضاق، مات السكن بموت الساكن!

داست حُبى على الأرض فأحستها لزجة تلتصق بنعلها، نظرت تتفحص موقعها فلدغتها الصدمة، رقع وبقع الدم على الأرض تنسال إلى الزوايا والأركان، الدم مرشوش ومنثور على الحيطان والجدران والستائر، الأبسطة والفرش مبلولة بالحمرة القانية، نتف من جلود مقطوعة وشظايا من عظام مخلوعة تلتصق بالدم المسكوب. جثتا نجيح وصبيح ملقاتان على الدرج حولهما خطان عريضان من الدماء أثر الجر والزحف. صرخت فكتمت الصرخة حين رأت عثمان ملقى على جلود المصحف، ممزق الجلباب، مكشوف القميص الملتصق بالدم على جلده، مبقور البطن مدلى الأحشاء ومطعون الجنب ومكسور الضلع، واللحية متشربة دمه، ورضوض وكدمات وسحجات تخرمش وجهه وصلعته، وعيناه المغلقتان متورمتان ومتزرقتان.

رأتها جواره فصرخت صرخة نزعت كبدها نزعًا، رمت نفسها على جسد نائلة المسجى على بطنها وهي تصيح بها وتحرك رأسها ناحيتها وتقلب جسدها لتنيمها على ظهرها:

ـ نائلة!

صفعتها رؤية تلك الكف مقطوعة الأصابع تنزف دمًا. أمسكت بها حُبى تضمها في كفها مرتجفة متحيرة، ثم تربت على وجه نائلة الشاحب الباهت البارد. سمعت هذا الأنين المكتوم فحمدت الله متمتمة مرتجفة:

ـ إنها حية.

وقد خلا جسدها وهي تتفحصه محمومة وملهوفة من طعان أو جروح:

ـ استيقظي يا نائلة! قومي يا أم مريم!

للحظة ترددت في مواصلة ما تفعل: فلماذا تريد لها أن تقوم من موتتها؟ ألترى زوجها قتيلًا بجانبها؟ ألتعيش فجيعتها؟ ألتحيا في مصيبتها؟

شيء ما خرق سمع حُبى، خربشة في خشب، نحيب طفلة نحيف ضعيف. قفزت من مكانها بسرعة وركضت ناحية باب غرفة نائلة، دفعته فانفتح فرأت جاريتي نائلة كأنهما هرتان مبلولتان دموعًا وخوفًا مرتجفتان ملتصقتان، بينهما مريم تحضننانها وتكتمان فمها المفتوح والذعر يزعق من عينيها.

صاحت حُبى:

ـ قوما فورًا يا ابنتيَّ.

بتردد وبتخوف استجابت البنتان، تركتا مريم لتبكي مبحوحة ومتحشرجة.

أمرتهما حُبى:

ـ لتجلس إحداكما مع مريم ولتركض الثانية لتغلي لي زيتًا.

عادت إلى نائلة وبحثت عن ماء بللت به وجهها، وجرتها إلى سرير مفروش بالدم، فرمت الوسائد والملاءات وأرقدتها على ظهرها ولفت كفها مبتورة الأصابع بوشاحها. عندما جاءت الجارية بإناء الزيت كادت أن تسقط به على الأرض من الفزع والجزع، فنهرتها حُبى:

ـ أفيقي وتماسكي!

أخذت منها إناء الزيت الساخن، ورفعت الوشاح عن أصابع نائلة المقطوعة، وجذبت كفها نحو حافة الإناء ثم أغطست أصابعها في الزيت المغلي، فاحترق جلدها كاتمًا الدم، فأفاقت نائلة بصرخة وجع مدوية كتمتها قبضة حُبى بغلظة وشدة وهي تنفجر دمعًا، خشية أن يسمعها الرجال المحاصرون فيأتون لها يكملون قتلتها. كانت الجارية قد جثت

على الأرض تزحف وتتحسس وتزيح البساط وتدس رأسها تحت جثة عثمان وفوقها.

التفتت لها حُبى مؤنبة:

ـ عمَّ تبحثين يا جارية؟

التفتت إليها الجارية وهي ترفع بطني كفيها مضمومتين ثم تفردهما تحملان داخلهما أصابع نائلة المقطوعة.

٧٨

قرفص ابن ملجم وظل يتلو القرآن محركًا رأسه يميل به للأمام ويعود معه للوراء، وهو يحدق في المسجد النبوي الخالي إلا من بعض الوجوه المتحلقة حول مالك الأشتر وعبد الرحمن بن عديس. أين راح الناس؟ لماذا لا يجلسون معه ويستمعون إليه وهو يقرأ قرآن ربهم؟ ألم يتحقق النصر على عدو الله عثمان؟ ألم يفوزوا به؟ أعزوا الإسلام بقتل من انتزى على حكم ربه. كان ابن ملجم يحدث نفسه وقد انفض الجميع عن المسجد، حتى إن صلاة العصر أذنت ولم يأتِ إلا نفر من الأنصار. وغاب أهل الكوفة والبصرة في ضاحيتهم البعيدة، لم ينزلوا المدينة فلم يأمرهم الأشتر بها حتى الآن، بينما تشاغل المصريون بانشغالهم حول بيت عثمان، ومنهم من ذهب إلى بيت علي بن أبي طالب، وفي طرق المدينة يهجمون مهيجين متهيجين على كل رائحة غادية عادية لبني أمية وعثمانييهم.

عرف ابن ملجم أن الأنصار أكثر من شارك المصريين الغضبة على عثمان، فهو الخليفة الأموي الذي حاز أقاربه العز والتبر، بينما كان الأنصار جرحى غيابهم عن ولايات الأمصار أو قيادة الجيوش أو وفر المال أو تشييد القصور أو رئاسة الثغور. كم سمع قيس بن سعد بن عبادة يردد

هذا في الجامع، وكان قد سأل عنه وعرف أنه ابن الرجل الذي بايعه الأنصار خليفة لرسول الله في سقيفة بني ساعدة قبل أن يأتي أبو بكر وعمر وأبو عبيدة لتحويل البيعة عن أبيه إلى أبي بكر. ألم يقبض قلب هذا الرجل أم أنه نسي لحظة عمامة الحكم التي كانت أوشكت أن تلف رأس أبيه؟ في البلاد البعيدة مهجورًا ووحيدًا وطهقان مات سعد وترك لقيس مجد ساعة واحدة من الخلافة. إنه يؤم الصلاة الجامعة منذ مقتل عثمان، وقد مرت ثلاث ليالٍ لا يدرك أحد من أحد شيئًا عما سيحدث. لا جاءت جيوش الشام ولا قدمت جنود العراق، ولا خيل اليمن ولا إبل المنامة، لا أحد نصر عثمان وأغاثه حتى انبثق دمه في صدر جلباب سودان وجبلة. آه! مات صاحباه اللذان جاءا معه من مصر، حفظة القرآن، وكانوا يتبارون في سعة صدر كل منهم لكلمات ربه، وكيف تخاصموا وتنابذوا وتضاربوا في قراءات مختلفة للقرآن حتى كاد أن يهم أحدهم بأخذ عناق الآخر. قتل هذان في سبيل الله وهما يصفيان دم عثمان، بينما لم يشهد دمع أحد عليهما ولا سعي أحد لهما في جنازة تليق بموت الفرسان المغاوير. كيف انسل منه هذان الحافظان مع كنانة وابن أبي بكر وقفزوا معًا إلى بيت عثمان، تاركيه لا يجد من يرفع سلاحًا ضده ولا يغرس بخنجر في خاصرته. كان شغب كبير ويكبر أمام بيت عثمان، لكنه انتهى بنيران تأكل حطبًا وخشبًا، وبنو أمية القليلون يهربون بجلودهم من نصل السيوف ومن شرر النار. حتى إنه رأى سعيد بن العاص يلهث عدوًا وهو يطفئ ألسنة نار نشبت في طرف عباءته، يسقط متعثرًا فينهض متسرعًا فيعدو مهزومًا فيلتفت مذعورًا، وقطع ردائه المشتعلة تتمزق بضرب قدميه وتنطفئ بتراب يثيره ركضه المحموم.

قتلوا عثمان، لكن ابن ملجم ليس سعيدًا، وهان عليه أن يقول لابن الحمق الذي لم يغتسل حتى الآن بل يمشي بينهم بأكمام قميصه

الغاطسة في دم عثمان، ورشرشة الدم لا تزال عالقة لزجة وبارزة على صدر عباءته، أن قتل عثمان يقتضي قتل كل من يرى في عثمان خليفة حق، فكيف بالله يا ابن الحمق تسعد لقتل واحد ولا تحزن لقتل مئات يفتئتون على الإسلام بنسب عثمان إليه؟ لكنه لم يقل لابن الحمق ما يقوله في نفسه، فابن الحمق كما ابن عديس وكل هؤلاء الصحابة، يعتبرون أنهم وحدهم من يحددون مسار السيف وجهة الرمح، وليس فيهم من يرغب في مكاشفة أصحابه بأنهم كفرة كخليفتهم عثمان. لماذا لا نطلب منهم أن يبرأوا من عثمان وفعله حتى يتوبوا عن ردتهم ويعودوا إلى حظيرة إسلامهم ولا نتركهم ينهشون في المسلمين كما فعلوا مع عثمان؟

ابن ملجم وهو منهمك في قراءة القرآن دون رق أو جلد مصحف، يلمح عبيد الليثي يدخل الجامع مترددًا قلقًا. يهز ابن ملجم رأسه ويمد عنقه ويحملق بعينيه بينما تتحرك شفتاه بالتلاوة وهو يتابع عبيدًا يقترب من ابن عديس فيجذبه الأخير من يده ويمضي به مبتعدًا عن مالك الأشتر. عبيد يهمس في أذنيه. ماذا كان يقول له زوج حُبى فاسقة المدينة المرعية من عثمان، كما كان يترك هذا المغني المخنث طويس مطلوق الحنجرة في يثرب، والله لو تحكم على عنقه لذبحه؟ لكنه اليوم مكبوت الصوت، مكتوم الحس، مختفٍ ومخفي كمخنثي بني أمية الذين يتركون عثمانهم جثة مبقورة في صحن داره دون أن يحاول أحدهم دفنه.

كان عبيد وقد جمع شتات روحه الموزعة بين بكاء حُبى المتوسلة وبين عيني ابن عديس الحادتين الضاجتين منه.

ـ زوجتي.

قالها عبيد فتعصب ابن عديس:

ـ وما شأني بزوجتك يا هذا؟

ثم تذكر:

ـ ألم أتركها تذهب لنائلة في بيت عثمان؟

أومأ عبيد:

ـ نعم، لكنها الآن خرجت.

ـ وماذا في ذلك؟

ـ في ذلك خطر عليها وعلينا.

ـ كيف؟

ـ لقد خرجت لتمر على بعض بيوت بني أمية لتأتي برجال يُغسلون عثمان ويكفنونه ويدفنونه.

ـ ويحك يا ابن أم كلاب! أتخرج جثة عثمان ونحن على باب بيته؟!

كان صوت ابن عديس قد اخشوشن وتحشرج وارتفع، فجاء الأشتر على صوته:

ـ ما هذا الذي تقول يا ابن عديس؟

تدخل عبيد:

ـ جثة عثمان ثلاث ليالٍ في حضن زوجته نائلة وهي تستغيث أن تدفنه.

صفعت الجملة صدر مالك الأشتر فارتد للخلف، وكسرت نظرته المتعجبة المستنكرة المؤنبة رموش ابن عديس فخفضها مغمضًا.

* * *

اقشعر بدنها حين التقط سمعها دوس أقدام على الخشب المكسور والحرق المبدور وهذا الخطو الثقيل المتخفي في جنح الليل خلف نوافذ محطمة، هل جاءوا مرة أخرى؟

كانت العتمة تحشو جدران الغرفة وأركانها، وهذا النحيب المكتوم من صدر نائلة في حضن عثمان، ذراعها بيدها المرتعشة مبتورة الأصابع تضم

ظهر جثة عثمان لقلبها، بينما ذراعها الأخرى تلتف فوق كتفه، دماؤه تغطيه وتكسوها، ودموعها لهيبة، ونواحها المبحوح مشقوق الصوت مقتول بالإعياء، ووجهها الشاحب وعيونها الشاخصة وهزة رأسها التي لا تتوقف وعنقها المائل الناحل وشعرها المنشور المشعث وجلبابها المقطوع والممزق وصيامها عن طعام وشراب، ليس في البيت أصلًا لا مطعم ولا مشرب، وابنتها مريم المبهوتة التائهة في حجر جاريتها، والجارية الأخرى التي لا تكف منذ يومين عن حك الأرض بصخرة جلمودية تحاول يائسة عابثة عابسة إزالة الدماء عن الفرش والخشب والحوائط فتفشل، لكنها لا تتوقف مهموسة بما تفعل، ويصدر هذا الصوت الحاد عن اصطكاك الصخرة باللاجدوى.

تهمس نائلة بصوت كالصفير يخرج من بين ثنيات تنهيداتها:

ـ أريد أن أدفن زوجي يا حُبى!

ثم تنوح وهي تلثم جبهته وتعانق صدره:

ـ أريد أن أدفن حبيبي يا حُبى!

ثم ترفع يدها مبتورة الأصابع وقد بان حرق كي الزيت بصفرة مسودة عند أطرافها تخاطب غائبين حضروا أمام عينيها:

ـ أتتركون خليفة المسلمين وسيدهم وصهر نبيكم غارقًا في دمه لتتعفن رمته في حضن زوجته أيها المهاجرون والأنصار وصحابة النبي؟ يا ويلي ويا هولي! اليوم ثكل المسلمون إسلامهم!

لم تطق حُبى وخرجت ومشت من شارع إلى زقاق، ثم وصلت إلى باب تعرفه وطرقته ففزع مروان في الداخل ومد يده يحول دون أن تفتحه فاطمة. كان ممددًا على تلك الحشية المفروشة خلف غرفة البيت البعيدة عن الباب، ملمومًا في لفائف مصبوغة بدمائه وقد جفت، ولكن ريقه الناشف شرخ صيحته على فاطمة:

ـ لا تفتحي قبل أن تعرفي من الطارق! بل لا تفتحي أيًا كان من طرق!

كان مرعوبًا من هذا الضجيج يصم أذنيه قادمًا على مدى الساعة من حناجر المصريين الذين سرحوا في الشوارع يصحبون تلك الأصوات المهللة الموتورة من صبية وغلمان ورقيق. يختلس مروان مهدودًا ومنهوكًا نظرات من كوة تحت شباك، فيرى تلك الغبرات التي حلت بالمدينة، مدينته التي كان يمشي فيها عزيزًا بالعز، وها هو ملقى منذ ثلاثة أيام، أنقذته امرأة من مقتلة مهينة تحت نصل فسل ما كان ليمنحه نظرة من طرف عينه في أيام التسلط. هذه الوجوه الشائهة الجاهلة لن ترحمه لو خرج يطل برأسه أو يظهر حيًّا بينهم. نجاته في خبر موته وفي مخبئه في كنف هذه السيدة التي أشفقت عليه حين هوى لما أحس الضربة على قفاه وفوق ترقوته. وها هي تخزيه بشفقتها حين ارتعش أمامها لما سمع طرقات أصابع مجهولة على الباب. هدأت روعه واستمهلته لحظة ترى من يقف على بابها، فالسكوت عن الرد والغياب عن إجابة الطارق قد يدفع لفضول ملح أو إلحاح فضوليين. حين فتحت فرجة في الباب أدهشها وقوف حُبى صلبة ومتصلبة، وبعينين لا تسمحان لمن يراهما بالكذب قالت:

ـ أريد مروان بن الحكم يا فاطمة!

كيف عرفت وجوده لديها؟ وهل يعرف غيرها؟ لم تجب عن أسئلتها لنفسها، وجذبتها إلى الداخل، فلما وجدت حُبى نفسها أمام مروان شخطت فيه ساخطة:

ـ تختبئ عند امرأة وتترك سيدك وخليفتك جثة مقتولة لا تجد من يكفنها ويدفنها؟!

أراد مروان أن تخرس، فحاول أن يقف ليكتم صوتها، لكن قوته خارت مع رعبه، فتراجعت عنه لما رأت هزاله وغرست سكين غضبها في عينيه:

- أليس فيكم يا بني أمية رجل يقوم ليدفن عثمان وينجيه من مهانة أنكم أهله؟!

قال لها وقد تعافت كلماته رغم إعياء حاله:

- وماذا أفعل يا امرأة وأنا ملقى هنا مكسور العظم مقطوع اللحم؟

شخطت فيه حُبى:

- تحامل على نفسك، فلا أطلب منك أن تكون فارسًا بل لحادًا.

وضع كفه على فمه طالبًا منها أن تخفض صوتها إن لم تخفف غضبها:

- ولنفرض أني خرجت لأدفنه سيدفنوني معه حيًّا، هؤلاء لن يرحموني وسيقتلونني ولن يمهلوني وهلة حتى أدفنه!

مسحته بنظراتها وقالت وهي تنصرف عنه إلى الباب:

- وأين معاويتك الذي وعد خليفته بالذود عنه؟! إذا لم يكن قد أرسل جيشًا ليحارب عن عثمان فليرسل حفاري قبور ليدفنوه!

حين وصلت للباب التفتت:

- ولمن أذهب الآن إذا كان بنو أمية فئرانًا مذعورة تختبئ في الأقبية؟!

ردت فاطمة، وكانت قد صمتت وهي تتابع حوارهما:

- اذهبي إلى علي بن أبي طالب فليدفن أخاه.

صاح مروان ورغمًا عنه علا صوته:

- فليدفنه من قتله!

عادت حُبى إلى زاوية الغرفة التي يتدارى فيها ففاجأه رجوعها:

- ألا تستحي يا مروان من طمعك وجهلك يا ابن الطريد، وخليفتك جثة في حضن زوجته، وأنت عاجز عن نصرته حيًّا وميتًا، ثم لا أراك مخزيًّا ولا دامعًا ولا متحسرًا ولا كسيفًا ولا كسيرًا بموت ابن عمك وأميرك؟!

اتسعت حدقتا عينيه غيظًا:

- اغربي أيتها المتهتكة عني!

التفتت حُبى إلى السيدة العجوز وقالت لها وهي تمضي نحو بابها خارجة:

- لو كنت منك لسقيته سمًّا بدلًا من شربة ماء لا يستحقها.

٧٩

التفتت حُبى فرأت شبحًا يقف في صحن الدار، فارتعدت وارتعبت. كانت قد عادت متسللة إلى دار عثمان، وقد انفض الجمع المحيط بأسواره وحيطانه، وعبرت فجوة في جانب الدار مهدمة ومحطمة، وداست الخشب فصدر صوته المتكسر فتجمدت، لكنها أسرعت الخطو قبل أن يتنبه أحدهم فيأتيها مهاجمًا. اختفى عنها زوجها عبيد، ولكن شيئًا ما من الطمأنينة تسرب إلى جوانحها بعدما رأت خلو الدار من غوغاء المدينة، فكأن الرمال ابتلعتهم، لعل عبيد خاطب قلب ابن عديس فسحبهم، وإلا كانوا قد باغتوها الآن وهي تقفل راجعة من عند مروان خائبة الرجاء فيه وفي بني أمية، وقد اختبأوا في البيوت والحدائق خشية النيل منهم، بينما تركوا جثة خليفتهم ينالها القيظ والتخثر.

عندما دخلت نادتها نائلة وقد شعرت عودتها تبدد شيئًا من العتمة التي تكدست في جوانب المكان:

ـ هل وجدت من يغيثنا ويدفن سيدنا يا حُبى؟

تكلم صمت حُبى المكلوم عنها، ففهمتها نائلة، فأخذ ذراعاها يضمان عثمان إلى صدرها ويرجعان به إلى حجرها وهي تنوح باكية مولولة:

ـ آه يا حبيبي! غدروا بك حيًّا وميتًا!

جرت حُبى نحوها وهي تتعثر في طريقها وتتبادل النظرات مع جاريتيها،

وقد اعتادت العيون حلكة الليالي حتى يسكتن سيدتهما، وضعت كفها على فمها وهي تحس سخونة دمع نائلة على أصابعها المشبوكة فوق شفتيها:

ـ أخفضي صوتك يا نائلة فلو سمعونا قتلونا جنب ميتنا.

حينها دار رأسها فرأته واقفًا، لم تحس به داخلًا، ولم تسمع دقات قدميه ماشيًا نحوهن، رفعت رأسها مع نائلة المتفاجئة، وقد اقترب منهن وئيدًا، ورجعت نائلة بجسدها حاضنة جثة عثمان وجلة، لكن حُبى عرفت مسالمته من هدوئه ودمعه السخين الذي بدا أن له صوتًا تسمعه، فقامت نحوه واقتربت منه وهو يقترب منهن ملتزمًا بصمته، تعرفت عليه:

ـ أأنت حكيم بن حزام؟

أومأ حزينًا ومصدومًا، وقد ظلت نظراته مثبتة على جثة عثمان الممددة وبطنه المطعون وخصره المبقور ودمه النازف الناشف وقد اندس رأسه في صدر نائلة:

ـ السلام عليك يا زوجة خليفة المسلمين.

ناحت نائلة باكية كأنها تطلق روحها من محبسها، فاندفعت حُبى لتكتم صوتها ثانية وهي تسأل ابن حزام:

ـ أيعرفون أنك هنا؟

لم يجب حكيم عن سؤالها وإنما سأل:

ـ هل لديكم محفة يا جارية؟

كان ينظر إلى الجاريتين وقد قامت إحداهما نحوه، بينما كانت الأخرى تضم مريم الذاهلة في حجرها وقد صحت من نومها على نحيب أمها.

رمت حُبى كفيها على كتف الجارية متحسرة هامسة في سرها:

ـ أليس في المدينة من يغيثنا إلا حكيم بن حزام رجل المائة عام؟

كانت تعرف سني عمره، فقد كانت المدينة كلها تعرفه، القريشي الذي أسلم يوم فتح مكة وجعله النبي من المؤلفة قلوبهم، صار غنيًّا ثريًّا

منذ منحه النبي يوم غزوة حنين مائة بعير، ثم بات مع عثمان أغنى وأثرى وأكرم، ها هو قد شاخ وكبر وبانت عظامه ودق عوده وتجلد جلده، يحبه أهل المدينة منذ وقف في الحج على جبل عرفة وهو يقود معه مائة من العبيد، ووضع على أعناقهم أطواقًا من الفضة نقش عليها عبارة هؤلاء عتقاء حكيم بن حزام، وحين عاد للمدينة أهدى فقراءها ألفًا من الماعز، فصارت المدينة كلها تقص حكايته، وكلما عبرت شاة في يد فتى قالوا شاة حكيم، لكن ماذا يفعل عجوز المائة عام هنا معهن؟

أيطلب محفة لمن وهو لا يقدر على رفعها حتى لو عاونته النساء في وضع جثة عثمان عليها؟ هل يتمكن من حملها والخروج بها على عجزه وضعفه؟ وهل يقدر على رد غوغاء المصريين والمدينة لو صدوه ونهروه؟

لكن نائلة تعلقت بحكيم كأنه ملاكها المبعوث رحمة بقلبها. أشفقت حُبى عليها حين رأت أساريرها تنفرج ودموعها تجف وحدقتي عينيها تطوفان بوجه حكيم الذي لم ترَ نائلة فيه عجزه وضعفه ونحول عوده ودقة عظامه، أسرها حضوره المقدام فانتظرت نجدة الغوث لا فتوة الغائث. كانت حُبى تهمس لنفسها وللجارية التي تسمعها حائرة، لكنها قررت أن تعلو بصوتها إلى مسامع حكيم فقد خشيت على نائلة تعلقها بحبل عجوز واهٍ:

- أي محفة تطلبها يا حكيم؟ وهل لبيت عثمان أن يحتوي محفات الموتى؟ ثم من هو الذي يحملها معك ألم تر جثتي نجيح وصبيح على درجات السلم تنقرهما طيور الليل؟

رد حكيم حليمًا:

- إنه قادم، لا أظنه يخلف الموعد.

تعجبت حُبى وسألته:

- من هو ذا؟

سمعوا تعثر أقدام في الخارج، لعله زائر حكيم المنتظر. لم ينتبه للجثتين المرميتين أمام الباب فاصطدم بهما في طريقه. كان الصوت أزحم من أن يكون زائرًا واحدًا، فنخر الخوف قلب نائلة، بينما أمعنت حُبى في وجه حكيم الذي لم يكن في ملامح وجهه ما يقول أكثر من صمت شفتيه. لم يكن زائرًا واحدًا من دخل عليهم بل زائرين يحملان محفة بينهما.

رغم عتامة الظلام وغمامة الحزن، إلا أن نائلة كانت أول من عرفته، فاجأتهم حين أسندت خد عثمان على وسادتها في الأرض، وقامت بعباءتها الممزقة والممزوجة بالدماء، ويدها المتهدلة برباط الجرح المكوي وندت منها صرخة جزعة.

كيف رأته وتعرفت عليه في التو؟ هذا ما كانت حُبى منذهلة به فعلًا، فقد وقفت نائلة ودنت من الرجل وهي تصيح تضرب بيدها على صدرها، فينفك رباط الكف المبتورة فتظهر أصابعها المقطوعة المغموسة في الدم والحرق.

أحاط الجميع باللقاء مبهوتين، وهي تقول:

ـ أنت نعثل.

٨٠

كان نعثل اليهودي فعلًا بوجه عثمان، الشبيه بذات وقفته وقامته ولحيته الكثة المصبوغة والمحناة، تذكرته نائلة حين ذهبت تبحث عن شبيه عثمان الذي تصفه عائشة به، ويلقب غلمان الكره وغيلان الحقد في المدينة الخليفة باسمه.

وقف نعثل مفجوعًا بما رأى، يمنع عن نفسه التأثر، مشغولًا بمهمة مكلف بها مؤجر لها. حارس مقابر اليهود هو من جاء الآن واقفًا واضعًا المحفة على الأرض، وقد التفت إلى مطعم بن جبير الرجل الذي صحبه وجاء به إلى هنا يسأله العمل. كان حكيم قد استقبل مطعم بنظرات ممتنة أنه لم يخذله ولحق به، بل فعلها وأتى بمن يساعدهما على دفن عثمان. كان مطعم أكثر صحة منه وأصح بدنًا، لكنه لم يكن شابًّا أيضًا، فتركا نعثلًا يعد المحفة ويقربها من عثمان الراقد، وقد أصابتهم رجفة مرعدة حين قلب نعثل جسد قتيلهم على ظهره، فظهر وجهه الشاحب الباهت وزرقة الجروح وسواد الجلد المتناثر والبطن المبقور والعظام المكسورة والجروح المفتوحة والأحشاء المتدلية، تبادلوا الهزيمة في نظراتهم وأصابتهم هيئة عثمان بالحيرة.

قال مطعم:

ـ هل في البيت ماء لنغسل الخليفة؟

ردت جارية:

- ليس لدينا قطرة ماء واحدة!

أضافت حُبى:

- من قبل قتل الخليفة وقد منعوا عن أهل هذه الدار شربة الماء!

قال حكيم:

- لا حاجة لنا بتغسيله.

عقب مطعم:

- هل التيمم يجوز في الغسل؟

أشاح حكيم منزعجًا من طلب فتوى في هذه اللحظة، ثم أشار إلى نعثل أن يضعه على المحفة وهو يقول:

- خليفتنا شهيد والشهداء لا يغسلون.

اقترب نعثل وضم جسد عثمان بين ذراعيه، وقد تقدم الرجلان وساعداه بالإمساك بأطرافه. مدده على المحفة، ثم أمسك بطرفها وانتظر، فاقترب مطعم إلى طرفها الآخر يساعده حكيم فنحاه عنه:

- لا بأس يا حكيم.

مضوا نحو الباب فجرت نحوهم نائلة:

- إني قادمة معكم.

لم يرد أيهم، فمشت خلفهم ولحقت بها حُبى والجاريتان تحمل إحداهما الطفلة. كانت المحفة تتأرجح على أكتاف الرجلين، مرتبكين ومهتزين عبرا الباب، فاختلت القبضات المضمومة فسمعوا رأس عثمان يخبط في الباب فشهقت نائلة وجرت حُبى وازداد الرجلان قلقًا وفرقًا. عادوا وأسرعوا الخطى بينما تتخبط قدما عثمان في الحائط فتمسك بهما نائلة تحميهما من الاصطدام. عبروا جثتي نجيح وصبيح، فانطلق نحيب الجاريتين دفعة

واحدة كأنه كان مطبوقًا على صدرهما وانفتق بمنظر العبدين المعتوقين رمتين مهجورتين وحيدتين في الأرض. حاولوا تلمس طريقهم في الظلام، تركتهم جارية مندفعة ناحية باب غرفة دار المال، عادت وهم منشغلون عنها باللهث للخروج السريع، فإذا في يدها سراج مشتعل بضوء نار الزيت، ألقى الضوء عليهم هداية للطريق وجزعًا من انكشاف جنازتهم تحت النور.

وسط صمت المكان إلا من هسيس الريح وصيحات الليل البعيدة استغربت حُبى خلو الأزقة من الناس. كانت الجنازة تمشي خلف الضوء القادم من سراج الجارية، تسرع الخطوات وتلهج بالترقب الواجف الراجف، وتخطف العيون النظرات في الأركان والمنعطفات خشية خروج بعضهم أو أحدهم مهاجمًا أو متهجمًا. حين سبقوا في مشيهم نائلة المتعبة التي لم تشرب أو تأكل طيلة الأيام السابقة والمضعضعة بالحزن وبالفقد وبالبتر، وحين رأت نفسها تلهث خلفهم وقد نسوها من فرط الذعر المعلق على رؤوسهم، صاحت وقد سقطت على الأرض باكية صارخة:

ـ عثمان، لا تتركني يا قرة عيني!

فاستفاقوا لتأخرها، وعادت لها حُبى تجري مع الجارية حاملة السراج، بينما تسمرت الأخرى بمريم في حضنها، لكن الصوت الناحب كان قد جذب المجذوبين بالحقد على الخليفة المغتال، فقد ظهرت رؤوس غلمان وصبية، فلما رأوا الجنازة هاصوا وصاحوا وتنادوا.

ساعتها شدت حُبى نائلة من إبطيها، وكادتا تقفزان أشبارًا وأمتارًا للحاق بالجثمان في جنازة المشيعين الثلاثة وقد هرولوا، لكن الصبية لاحقوهم باللعنات المقذوفة مع الحجارة كثيرة وكثيفة أصابت رأس نائلة، لكن القذائف كلها كانت مصوبة ناحية المحفة حيث جثة عثمان المسجاة، فصرخت نائلة:

ـ حرام عليكم، ارحموا حرمة جثمان خليفتكم!

بدا أن نداءها استفزهم وجذب غيرهم، فأخذوا يركضون وراء الجنازة التي لم يعد أي من مشيعيها قادرًا على النجاة بنفسه من المطاردة. حكيم صاحب المائة عام كان يلهث ولا يقدر على العدو، ونعثل يجري بعزم ما فيه، بينما مطعم لا يقدر على مجاراة سرعته، فتتفلت منه ذراعا المحفة، ونائلة تتعثر وتسقط وتقوم تعاونها حُبى الملتاعة بما يجري، بينما تسقط الجارية التي تحاول تفادي المهاجمين بالانعطاف إلى زقاق، فتجد نفسها أمام زحف زحام آخر قادم فتعود للجنازة فتتلقى حجارة تقصف سراجها يسقط أمام نائلة، تحمله وتقربه من عثمان، ترى أثر الضربات الراجمة على وجهه، فتنتحب زيادة، وتحاول أن تحميه بجسدها، بينما تحتمي الجارية التي تحمل مريم بجدار بيت وتكمن عند عتبته تضم الطفلة بين صدرها وركبتيها. اقتربوا من البقيع، حيث تفاجأوا بهذا المدد الهائل للمطاردين وهم يرجمونهم بالحجارة ويهتفون:

ـ إلى جهنم يا عدو الله.

لكن آخر ما انتظروه جاءهم، فقد تحلقت الوجوه حولهم وحاصروا جثة عثمان، ومن بينهم برز عمير بن ضابئ مندفعًا مهووسًا بالانفعال يقترب من جثة عثمان، فوقف قبالته حكيم يمنعه:

ـ ابتعد عنا يا عمير واتركنا ندفن عثمان!

ـ والله لن تدفنوه في مقابر المسلمين أبدًا.

ـ ماذا تقول يا هذا؟!

نهره عمير بن ضابئ، وكاد أن يسقطه بدفعة يده:

ـ ابعد أنت يا طليق، فلن نسمح للمؤلفة قلوبهم أن يدنسوا مقابرنا بعثمان الكافر.

ـ ويحك يا ابن ضابئ!

قالها مطعم مع حكيم، لعلهما يتشجعان بمشاركة الاستنكار أمام هذا الخناق الذي يضيق عليهم، وقد ارتعشت حُبى خوفًا، بينما جرت نائلة إلى جثة عثمان الموضوعة الآن على المحفة فوق الأرض لتحميه منهم أو تعانقه لتموت معه. لكنها ما إن وصلت إلى جثمان زوجها إلا وقد قفز ابن ضابئ وقد سبقها للجثة منسلًّا من بين حكيم ومطعم، وارتكز على ركبتيه فوق الجثة غارسًا نعليه في فخذي عثمان، ثم هوى بيديه على صدر عثمان يضرب بعنف وقسوة ضلوع صدره، حتى سمع الجميع صوت طقطقة العظم وانكسار الضلع وهو يصرخ متشنجًا:

ـ سجنت أبي حتى مات في السجن يا عثمان.

فلما تيقن من تمام فعلته، بينما صراخ نائلة لم يصل أذنيه لأنه لم يخرج من حلقها من فرط الهول، قام ابن ضابئ عنه وضرب قدمي عثمان وهو يمضي لينضم منتصرًا إلى المتجمهرين الذين انتابهم صرع فرح، فلما جاءهم ابن ضابئ هللوا له صائحين.

تبحث حُبى عن وجه عبيد فلا تجده فتحمد الله على غيابه، تفتش عن رجال كابن عديس أو الأشتر يمنعان الغوغاء عن غيهم فلا تراهما. كانت مكلومة وهي تستوضح وجوهًا تعرفها من المدينة وقد ضجت بالفرح والشماتة في جثة عثمان التي يمثلون بها ويهتكون حرمتها.

كان صراخ الانتصار وصياح الفوز برحيل المشيعين عن البقيع يملأ أرجاء الساحة حين ابتعدت الجنازة الضئيلة المهزومة، والجموع تدفعهم باندفاعها وتحشرهم وتحاصرهم، حتى دخلت الجنازة عند حائط حش كوكب حيث وقف نعثل ومطعم بجثة عثمان.

كانت حُبى، وقد أشعل قلبها القرار المتخذ في عيون الرجال وبسواعدهم المشرعة في تنفيذه، تسأل ابن حزام ناحبة:

- هل ستدفنون عثمان في مقابر اليهود؟

لم يجيبوا حيث لا إجابة إلا فأس نعثل تضرب التراب تشق حفرة لجسد الخليفة.

حين عادت حُبى بنائلة خائرة القوى مفتتة الروح هائمة العقل، تسندها طيلة الطريق وتخبئها في كنفها مع الجارية خيفة الاعتداء عليها، كان الصبح قد بث نوره في العتمة، بينما لم يضئ شيء في عيونهن. أمرت حُبى الجارية أن تبحث عن صاحبتها ومريم بين حوائط البيوت بينما غذت سيرها، وهي تكاد تحمل نائلة فتنوء بحملها، ولكنها حين وصلت إلى دار عثمان انهارت، فهوت وسقطت مع نائلة عند الباب. وبينما كانت تغيب عن وعيها أيقنت أن ما تراه كان حقيقيًّا، فقد جر بعضهم جثتي نجيح وصبيح إلى الشارع وألقوهما في عرض الطريق حيث كانت الكلاب تغرس أسنانها في الجثتين وتدوس عليهما وتقضم عظامهما وتنهش في لحمهما العاري.

٨١

سمعوا أذان الصبح، لكنهم لم يبرحوا أماكنهم. احتشدوا كما هم منذ مغيب اليوم حول بيت علي بن أبي طالب. العشرات الذين سبقوا جذب وجودهم المئات الذين لحقوا، حتى تكدست الأزقة بهم، وسدوا باب بيت ابن أبي طالب. ولم يكن أحدهم يستجيب حين يأتيهم صوت يأمرهم بالانفضاض عن العتبات كي يمر الداخل والخارج، الأصوات عالية ومنزعجة ومزعجة، متداخلة وقلقة، جهورية وهامسة، متلعثمة ومفصحة. قال قيس بن سعد للحسن الذي كان يسحبه من يده ليمرق بين مناكب وأزناد:

ـ لقد كانوا يحاصرون عثمان ليخلعوه، واليوم يحاصرون أباك ليبايعوه، وقد أبى المخلوع الخلع وتأبى المبايع البيعة.

كان اليوم الخامس على قتل عثمان، والمرج والهرج يعمان قلوب المصريين والأنصار والكوفيين وقد نزلوا والبصريين وقد وصلوا للمدينة، وانضم إليهم بدو وأعراب يثرب وحوافها. لا شيء في المدينة إلا الفوضى والانفلات، لا شيء قد هدأ من زئير الهوس بقتل عثمان ومطاردة أهله إلا عندما بدأ ابن عديس وكنانة يسعيان بين المصريين بالعودة إلى الفسطاط،

ولا عودة إلا ببيعة لمن يخلف الخليفة المغتال، محمد بن أبي بكر لم تكن تخالجه ذرة من شك أن عليًا هو المرتجى، وحين قال:

ـ لنذهب إلى علي.

لم يجد مترددًا ولا متشككًا، بل تلهف الجمع على ما كانوا ينتظرونه، لكن ابن أبي بكر لم يجد عليًّا ولا الأشتر هو الآخر قد عثر عليه حين أطلق رجاله يبحثون عنه. زادت حمى المدينة بتغيب علي عن منتظريه. سألوا عنه في بيته فلم يجدوا إلا الحسن وقد أبعدهم عنه وعن البيت مخبرهم أن والده في خيبر. ذهب بعضهم إلى خيبر فوجدوه قد تركها. ابن عديس وابن الحمق أرسلا كنانة ليمكث عند البيت مترقبًا ظهور ابن أبي طالب بعدد من الرجال. أما آخرون فقد زاروا عمار بن ياسر يتلمسون أمل تواجد ابن أبي طالب عنده، فقلق لقلقهم حينما أنبأهم غيابه عنه. خرج معهم إلى المسجد وهو يقول:

ـ سنجد أبا تراب عند روضة رسول الله فهي ملاذه.

ردوا عليه بأنه لا يصلي في المسجد منذ مقتل عثمان.

ـ وأين الزبير وطلحة؟

أجاب حكيم بن جبلة القادم من البصرة:

ـ يلزمان بيتهما ويستدعيان بعضنا.

ـ أوَيوزع عليكم طلحة أموال عثمان ليشتري ودكم؟

هم أحدهم بالإجابة، فقاطعه عمار:

ـ لا تقل لي شيئًا، فلا حاجة لأن تكذب يا هذا!

وضع حكيم بن جبلة فمه في أذن عمار المقطوعة وهمس:

ـ أنت تعرفهما أكثر منا يا أبا اليقظان، وكلاهما ينتظران أن يُؤمرهما الناس.

قال عمار قاطعًا شاخطًا ينهر همس ابن جبلة:

ـ ويحك يا رجل البصرة فلا أمير إلا الإمام.

وقف في سيره ثم تمهل في كلماته:

ـ انصرفوا أنتم وسوف آتيكم بخليفتكم.

مشوا عنه مترددين وقد هشهم بعصاه وأزاحهم بإشارته من حوله، فمضوا إلى بيت علي يكملون زحامه المتكاثر يقوده كنانة وقد ألح في ندائه:

ـ يا حسن أين أبو الحسن؟

يكمل صدى صوته أصوات تنادي على الحسين:

ـ يا حسين يا حفيد النبي وحبيبه أين أميرنا؟

زاد الصخب، فطلب ابن عديس من عبد الرحمن بن ملجم إقامة الصلاة. سأل ابن ملجم بعد أن انتهى من الأذان عبيد الليثي وكان أول من وجده قد لبى الأذان:

ـ وأين صحابة الرسول؟ علي وعرفنا غيابه ولم نفهم سره، ولكن أين محمد بن مسلمة وأسامة بن زيد وابن أبي وقاص وحسان بن ثابت؟

دفع عبيد ظهر ابن ملجم وهو يهمس متعجلًا:

ـ هؤلاء عثمانية، لن يظهروا إلا لو اختفينا، ولن يوافقونا إلا لو تفرقنا.

كان عمرو بن الحمق قد وقف لإمامة الصلاة، بينما ظهرت الصفوف خلفه في غبشة الليل تحجز الشوارع وتسد الأزقة يصلون فوق التراب، بينما قال ابن ملجم:

ـ ولماذا لا نصلي في مسجد النبي؟

رد عبيد:

ـ نحن ننتظر عليًّا هنا، ثم إن ابن أبي بكر يؤم الصلاة في المسجد لو أردته.

خرج ابن ملجم من صفه ومضى وهو يعبر الصفوف بعد أن يشقها:

ـ نعم سألحق بصلاته هناك.

كان عبيد قد وصل للصف الأول خلف ابن الحمق، وحشر نفسه بين كتفي كنانة وابن عديس حين رأى تحت نور المشاعل المضيئة في أسرجة موضوعة على أفاريز النوافذ وأمام صف الصلاة، رداء ابن الحمق المصبوغ بدم عثمان لم يخلعه ولم ينظفه.

* * *

عندما وصل عمار إليها رآه، كان يحدق في السماء يبحث عن هذا الخيط الأبيض، قام ليصلي حين وضع عمار يده على كتفه:

ـ كنت أعرف أنك هنا يا علي.

قال علي دون أن يلتفت له:

ـ ليست المرة الأولى التي تأتيني فيها إلى هنا يا صاحب رسول الله.

كان علي بن أبي طالب هناك عند أحجار الزيت، حين انتظرهم منذ خمسة وعشرين عامًا ولم يأتوا أبدًا، كان أكثر شبابًا من شيبته الآن، وكان عمار شيبًا كشيبته هذه التي زادت ربع قرن.

بلغ عليًّا يومها أنهم بايعوا أبا بكر في السقيفة خليفة لرسول الله، جاءه النبأ وهو يغسل جثمانه الطاهر، حفر قبر النبي في غرفة عائشة بفأسه ورفع التراب بساعديه وذهب للصلاة عليه مع المشيعين دون أن يعلق أو يعقب، ثم لما فرغوا من مهمتهم اهتم بهمه وهو يسمع عمه العباس وأهل البيت يسألونه الفعل والفعلة، أيبايعون أبا بكر وأنت فيهم؟

خرج من المسجد وحده، ومشى وحده، وعبر الشوارع والبيوت والمسجد والسوق والنخل والبقيع، ثم جلس عند بئر يرقب رعيًا من الغنم، فرأى ثلاثين شاة، عدها وهي تمضي هنا وهناك تأكل حشا الأرض وتعبث

في ثراها، وقر قلبه ألم الخذلان، فقال: والله لو أن لي رجالًا ينصحون لله عز وجل ولرسوله بعدد هذه الشياه.

أطرق أسفًا، فلا أحد له ولا أحد معه.

حين عودته لداره وجدهم.

تجمع أمام باب بيت فاطمة عشرات من الرجال وقد خشي أن يكون قد توهم أنهم بلغوا مئات.

عدهم ساعتها عمار وقد اقترب منه وهو يربت على كتفه ويضم جنبه إلى جنبه:

ـ إنهم ثلاثمائة وستون رجلًا.

هل جمعتهم فاطمة غضبًا على الافتئات عليه غائبًا في غسل نبيهم، بينما يملكون رقاب خلافته دونه، أم جاءوا مبادرين متحمسين لنصرة ابن عم نبيهم ليحوز حكم المؤمنين؟

ما كان لهم أن يبقوا في قلب المدينة، حيث زحام الخلق واحتدام الكلام ونقاش الحل والعقد وخط الطريقة ووضع الخطط، فاستمهلهم علي كي يجتمع بهم للعزم على طلب الحكم أو مواجهة الأمر، فطلب منهم بصوت بدا جليًّا مجلجلًا في أسماعهم:

ـ اغدوا بنا إلى أحجار الزيت مُحَلِّقِين.

دخل داره وقد منحته فاطمة قوة إرادتها وبركة رضاها ودمع أبيها في عينيها تطلب منه أن يجفف حسرة فقدها لنبيها وأبيها وحبيبها بتطبيب جرحها فيمن تجاهلوه. أمسك قطعة من نصل فقص خصلة من شعر رأسه فوق أذنيه، داعبته زينب بأصابعها الرقيقة وأخذت منه خصلته فخبأتها في كفها، بعدها بساعة خرج محلقًا إلى أحجار الزيت فوق حصانه، نزل عنه وأسند سيفه ذا الفقار على ذلك الحجر الذي تفتق

يومًا ماء بدعاء الرسول. ربط حصانه في تلك النخلة الوحيدة، جلس منتظرًا الثلاثمائة رجل.

أكان الطريق طويلًا؟ أأخرتهم وعثاء أو عطلتهم غبراء؟

يطل أمامه ويلتفت حوله، هل هو يستبطئهم أم هو المتعجل؟

ها هو قد ظهر إبل قادم، ما له رجل على جمل وحيد هذا الذي يقترب؟

لما بان عرفه، إنه المقداد الذي برك بجمله واندفع نحو علي، لكن فراغ ما حوله أوحشه. جلس بجانبه صامتًا، بعد قليل كانت خيل تندفع نحوهما، لا بل حصانان يهبط عنهما راكبان يقتربان، إنهما حذيفة وعمار.

تصافحوا وقد أحسوا همًّا صار غمًّا بمرور الوقت دون قادم أو قدوم، لكن رجلًا كان يركض نحوهم من بعيد، كانت جريته تضرب التراب فتثيره، ولما دنا عرفوه، إنه أبو ذر الغفاري، لما لمح قلتهم وعرف خذلان الناس لعلي تغير قلبه وانفطر كبده، فجرى نحوهم مسرعًا لاهثًا، فلما وصل إليهم كان متعرقًا متعبًا، وصاح في عمار وحذيفة والمقداد:

ـ يا ويل هذه الأمة! ألم يأتِ غيركم؟

نظروا خلفه، وقال المقداد:

ـ بل هناك واحد آخر هناك.

التفتوا، كان سلمان الفارسي قد وصل أخيرًا وآخرًا لهم.

مكثوا كثيرًا ليعرفوا أنهم قليل، وبينما كان عمار يصب غضبه في صدور رفاقه، صمتوا حين سمعوا عليًّا وقد استند إلى أحجار الزيت يقول وقد رفع يديه للسماء:

ـ اللهم إن القوم استضعفوني، كما استضعفت بنو إسرائيل هارون، اللهم فإنك تعلم ما نخفي وما نعلن وما يخفى عليك شيء في الأرض ولا في السماء، توفني مسلمًا وألحقني بالصالحين.

الآن وبعد خمسة وعشرين عامًا، كان عمار بن ياسر يقف مع علي بن أبي طالب عند ذات الأحجار التي لم تكف عن دفق مائها وزيتها وهو يقول له:

- هذه المرة الحاضرة، ليست كتلك الفائتة يا أبا الحسن.

حين عادا كان علي يريد أن يصدق أنها ليست كتلك!

٨٢

هبوا نحوه حين عرفوا مجيئه. اندفع العشرات ثم المئات إلى الطريق الذي ينزل منه علي بن أبي طالب قادمًا إلى داره. تدافعوا ناحيته ولمسوه وجاوروه وصاحبوه وجذبوه وشدوه وصافحوه وعانقوه وتضاربوا على الالتصاق به وعلى التشابك بأصابع كفيه، بينما علي دهش قلق، لا يظن أن مقاومتهم مجدية، لكن مسايرتهم كذلك مرهقة مربكة. وقد حاول عمار بعنفوان رجل لا يعترف بتسعينية عمره أبدًا أن يحول بينهم وبين علي، لكن الهرولة والهرجلة كانت أقوى من إرادة هؤلاء المتهرولين والمهرجلين الذين تخبطت أجسادهم بعلي حتى كاد أن يتعثر بينهم ببدنه، فشق طريقًا إليه الحسين وقيس بن سعد فأفسحا له فرجة، وشق الحسن والأشتر ذات الفرجة فأحاطوه وسحبوا يديه فجسده من خنقة الزحمة وأدخلوه البيت ثم أحكموا إغلاق بابه بأجساد الرجال الذين نجحوا في سد المد الجارف من المتزاحمين الذين كانوا يهتفون:

ـ البيعة يا علي.

وزاد الصياح وعلا التصايح:

ـ البيعة يا علي.

حين جلس علي بن أبي طالب فوق تراب بيته مستندًا بظهره على الحائط العاري في تلك الغرفة التي طالما شهدت قدوم عثمان للتباحث، بحث في عيون الجالسين الواقفين أمامه عن إجابة السؤال الذي لم يسأله.

عافها فعلًا، اللحظة التي أنبأوه فيها بمقتل عثمان شقت روحه، عجزه عن نصرته برده عن فعاله وانسياقه وراء بني أمية كما عجزه تمامًا عن إيقاف عجلة الغضب ومرجل الكراهية الذي كان يغلي من محاصري عثمان. منذ زمن لم يشترك في غزو ولا معركة، زنده وصدره ورمحه وسيفه لم يسخنوا في حرب ضد الكفار، ولم يكن الرزق مؤرقًا وضاغطًا كما الماضي، فقد توسعت رقعة الإسلام فأثرت بيت المال فتحصل منها على قسمة تفيض عن حاجته، فهو لا يطلب من دنياه نعيم قصر ولا ظليل حديقة ولا بريق ذهب ولا لمعان فضة. لا شيء يليق به إلا التراب، كل ما عليها تراب، فماذا يغريه منها ليريدها أصلًا، لكنه لا يقدر على صمت حين يطلب أحدهم صوته، ولا يملك إلا الإجابة حين يرجوه أحدهم رأيه، ولا يسعه إلا القضاء حين يحتاج أحدهم حكمه.

الآن يسعون إليه لمبايعته في الحين الذي لا يرغب فيها ولا فيهم. أحين الصخب والغضب ومطير الدم ومزق الفتن يأتون إليه ليكون خليفتهم؟ ماذا عن عصر السقيفة أو حين مات أبو بكر ليودعها في يد عمر؟ وأين كانوا يوم انصرفوا عنه لعثمان يضربون على يديه في المسجد يبايعونه لما وضعه ابن عوف فوقهم؟ حين ظهر بعضهم خلفه في اليوم التالي لمقتل عثمان نفر منهم، لاذ بحائط بيت يتدارى عنهم، باعد خطواته وانصرف إلى أطراف السوق، فلما لقي فريقًا من الأنصار هللوا لرؤيته ونادوه بالإمارة، هرع من بينهم وهو يقول:

ـ لا تعجلوا.

حين عاد إلى بيته وجد كثيرين يتجمعون عنده ففهم، فعاد أدراجه وقد قر قراره على الذهاب إلى مكان حجر الزيت لا جمل ولا فرس معه، بل مشى في تراب المدينة وقيظها، فلما بدا أنه ابتعد عنهم صادفهم مقتحمين الطريق ثلة من وجوه مختلطة، الأنصار والمهاجرين، وقد استغاثوا به من حيرتهم:

ـ لماذا تمضي وحيدًا يا علي؟ هيا يا أبا الحسن لنبايعك فلا بد للناس من خليفة.

رد عليهم:

ـ لا حاجة لي في أمركم، أنا معكم، فمن اخترتم فقد رضيت به فاختاروا.

قالها مسرعًا ومبتعدًا، وسمعهم مستغربين متهامسين:

ـ والله لا نختار غيرك.

لكنهم قد اختاروا غيره من قبل، فلماذا هذه المرة؟ ولكن أليست هذه المرة الخطرة الأخطر؟ حين يشتد الشد والجذب وينشق الضلع في القلب ألا يكون الأمر في حاجة إلى من يفلق الصبح بين الحق والباطل، بين الخير والشر، بين الحلال والحرام؟ ومن له ذو الفقار غيرك يا علي؟

* * *

كان قيس بن سعد وقد وقف بجانب عمار الجالس، وتلاصق كتفا الحسن والحسين أمام فتحة الباب، بينما كان ابن عديس والأشتر يجلسان على مسندين ناشفين في مواجهة علي. بادره الحسن دون أن ينظر في عين أبيه بل مثبتًا عينيه عند ابن عديس:

ـ لا أرى أن نقبل من هؤلاء بيعة أبدًا.

شخط ابن عديس وقد فهم أن الحسن يعنيه:

ـ لماذا يا ابن علي؟ أليسوا أمة المؤمنين وعامة المسلمين؟

رد الحسن لين الصوت كي يخفف خشن الكلام:

ـ نعم، لكن فيهم من يسيح دم عثمان على يديه، فكيف لنا أن نقبل بيعة ثم يقول الناس إنهم حرضوا المصريين على خليفتهم كي ينتزوا عليه ويقعدوا مكانه؟

نظر ابن عديس إلى علي ورد على ابنه:

ـ أوَتخشون بني أمية يا أبا الحسن وما يقولون؟

علق قيس:

ـ بل ما يفعلون.

ثم لما وجد صمتًا، مله فملأه بمتابعة كلامه:

ـ أوَتظن أن معاوية سيسكت؟

شخط عمار فيهم:

ـ وما الذي يملك ابن الطليق ليفعله إلا السمع والطاعة لأمير المؤمنين؟ ثم من الذي سيجلسه على ولايته الدمشقية ساعة من ليل أو من نهار بعد الآن؟

عاد الحسن ليقول:

ـ أرى أن نمضي إلى جبل يعصمنا من هذا كله حتى يقضي الله بين الناس قضاءه.

ارتفع صوت الأشتر مجلجلًا:

ـ أوَتعرف ماذا إن رجع الناس إلى أمصارهم بعد قتل عثمان ولم يقم قائم بهذا الأمر؟ لن نأمن من خلاف الناس وتطاحنهم وفساد الحال وتطاول الفوضى!

ران صمت اتكأ فيه علي على نظرات الحسين الحانية. سمعوا الأكف تقرع الباب من الخارج وتخبط في الحيطان وتطرق على الجدران وتدق

في الأرض. دارت العيون حتى وقفت عند صوت قيس موجهًا كلامه إلى الأشتر:

ـ وماذا عن طلحة، وقد كان مشعل الحريق ضد عثمان، وأنفق على الناس من ماله وطعامه في حصارهم للرجل؟

رد ابن عديس:

ـ ماذا عنه؟

ثم التفت حيث الأشتر، وقد استقرت عليه نظرات قيس السائلة، فأجاب حاسمًا باترًا:

ـ سوف أجلبه حتى هنا ليبايع عليًّا أمامكم.

فأضاف قيس:

ـ والزبير؟

علق عمار:

ـ أوَيطلبها هذا لنفسه؟

قال الأشتر:

ـ دعوه لحكيم بن جبلة، فسوف يأتي به ليبايع، فليس له إلا أهل البصرة كما يظن، وهذا ابن جبلة زعيم البصريين الذين جاءوا لخلع عثمان وسيبايع عليًّا فما الذي سينتظره ابن العوام؟

كانت الغرفة قد ارتجت من زلزلة الأقدام التي تحاصر الدار ودمدمة الأصوات عند الباب والأسوار.

استعجلت العيون عليًّا أن يقول شيئًا، لكن الحسن الذي قال:

ـ ولكننا لن نحصل على بيعة محمد بن مسلمة!

رد عمار مستخفًّا:

ـ وماذا لو لم يفعل فنحن نعرف عثمانيته؟

ـ وحسان بن ثابت!

قالها قيس بن سعد، فرد عمار سريعًا يشيح بيده:

ـ لا ننتظر شعره.

قال الحسن:

ـ وزيد بن ثابت!

رد عمار:

ـ ولاه عثمان الديوان وبيت المال وقد دعا الأنصار لنصرة عثمان، فأجابه أبو أيوب: إنك لا تنصره إلا لأنه أكثر لك من العضدين.

فسكت وكف.

قال قيس:

ـ وماذا عن كعب بن مالك؟

أجاب عمار:

ـ استعمله عثمان على صدقة بلد وترك ما أخذ منهم له.

أطبق سكوت ساكن داخل البيت، بينما ارتج خارجه بالعجيج والضجيج واللغط والجلبة، فإذا بمالك الأشتر يندفع ناحية علي مقتربًا منحنيًا برأسه قابضًا على يده وهو يصيح منتصرًا:

ـ إني أبايعك يا علي أميرًا للمؤمِنين.

فاضت بهم الحماسة، واشتعلت مشاعر الجميع، وأحسوا الناس يطبقون على الدار، وقد تفتق خشب بابها وانهار دفع المدافعين عن بابها، وقد هاج الناس هياجًا لم يعد أحد قادرًا معه على منع أو تمنع.

اشتد الخناق على الدار الصغيرة بالاندفاع المتكالب على شق الطريق إلى كفي علي الذي وقف الحسن والحسين يحاولان إنقاذه من الحماس المشبوب باللهفة على مبايعته. قيس بن سعد صار يدفع الأيدي عن علي

ويضربها لتبتعد فتنتفض ولا ترجع. الأشتر يصيح بهم أن يهدأوا وأن يتريثوا وأن يلبثوا في أماكنهم في الخارج حتى يخرج لهم أمير المؤمنين. لا أحد تراجع ولا رجع ولا راجع. محمد بن أبي بكر وقد انهرست عظام منكبيه تحت زحام الخلق تساند على عبد الرحمن بن عديس الذي غامت عيناه عن أي حائل أو طائل بينه وبين مكان علي، يسعى له مزيحًا مزاحميه ومبعدًا مباعديه.

لا يعرف ابن ملجم لماذا أحس ساعتها حين انطلق صياح القوم بأن عليًّا يقبل البيعة بأن طاقة نور برقت فأبصرها تشده وتجذبه وتجمعه وتلمه. ها هو شرع الله وشريعته وحكمه وحكمته في جنبي رجل. أليس هذا من سيعيد له معاذ بن جبل، سيعوضه عن عدم مصاحبته للنبي ولحاقه بثرى تحت قدميه؟ هو ابن عم النبي والمطهر الذي أذهب الله عنه الرجس وطهره تطهيرًا، هو من سينقذ الدين من درن ظلم عثمان، ومن سيطبق العدل على هؤلاء الذين وثبوا على المسلمين. غمرته سعادة الوصول للخليفة الذي سيجعل من المسلم قرآنًا يمشي على الأرض وسيحكم بما أنزل الله. وجد نفسه وسط الأجساد المترنحة والأصوات المبحوحة يهتف وهو ينسى من وما حوله، ويكاد رأسه يصعد مشرئبًا حتى يلامس السقف المنخفض وهو ينظر إلى علي:

ـ السلام عليك أيها الإمام العادل والبدر التمام والليث الهمام والبطل الضرغام.

كان رأس ابن عديس مخفيًّا في أسفل صدور الناس، ولكنه عرف صوت ابن ملجم، واستغرب تلك الحرارة اللهيبة في كلماته المطلوقة من صدر اعتاد صمته الطويل. حاول أن يقيم رأسه ليرى ابن ملجم وهو يلهج بهذا الكلام إلى علي، لكنه لم يتمكن، فقط أحس أنه هو هذا الذي

يتجاوز الأعناق ويدوس على الأكتاف بيده وعلى ظهور الناس بقدمه وركبته وهو يتقدم نحو ابن أبي طالب مواصلًا:

ـ يا أمير المؤمنين ارم بنا حيث شئت لترى منا ما يسرك.

التفت الجمع إلى ابن ملجم وقد تقدمهم أخيرًا ليقف أمام علي، وقد اندفع ليلمس كف الإمام فيبايعه. لكن يد علي بعدت، رجعت، جفلت وانسحبت وانقبضت وارتدت إلى صدره، فضربت صدمة المفاجأة قلب ابن ملجم الذي اضطرب حماسه، فزاد اندفاعه نحو علي ليطبق على يديه.

رفع ابن أبي طالب عينيه نحوه، فرأى ابن ملجم هذه النظرة من علي. هل رآها غيره؟ هل لاحظها أحدهم؟ هل فهمها واحد منهم؟ هل سمعوا ما سمعه من علي أم أنه تخيله أو توهمه؟

أكان علي وقد رماه بتلك النظرة التي فلقته يردد ويتمتم ويدمدم: إنا لله وإنا إليه راجعون.

أبريل ٢٠١٣ – مارس ٢٠١٦